Kaiju Danshaku
Yokomizo Seishi

横溝正史少年小説
コレクション1

怪獣男爵

横溝正史

日下三蔵 編

柏書房

目次

横溝正史少年小説コレクション1

怪獣男爵

挿画

『怪獣男爵』　伊藤幾久造
『大迷宮』　富永謙太郎
『黄金の指紋』　成瀬一富

怪獣男爵

男爵島の怪

ふしぎな城

瀬戸内海《せとないかい》のまんなかに、男爵島《だんしゃくとう》というはなれ小島《こじま》がある。

周囲一里《り》、全島赤松におおわれた小島だが、島のなかほどの小高い丘の上に、世にもふしぎな建物がたっている。

建物の一部にとんがり屋根の塔があり、おまけに建物全体、まわりにひろい濠《ほり》をめぐらせて、跳橋《はねばし》のかかっているところは、とんと西洋のお城のようである。

雨の日、風の日、そしてまた、あした夕べのお天気ぐあいで、そのお城はなんというさまざまな感じを、見る人にあたえることだろうか。

あるときは威風堂々《いふうどうどう》、いまにも勇ましいラッパの音でもきこえそうな気がするかと思うと、あるときはまた、見ているうちに背筋《せすじ》がゾーッと寒くなるような、陰気な感じにおそわれることもある。

もし皆さんがこの島のほとりを舟でいかれたら、いったい誰《だれ》があんなところに、あんな奇妙なお城をたてたのだろうと、ふしぎに思われるにちがいない。

そうだ、そしてそのことこそ、わたしがこれからお話ししようという、世にも奇怪な物語なのだ。諸君、ききたまえ。男爵島にまつわる奇々怪々なこの物語を。……

それは夏休みもおわりにちかい、八月二十九日のひるすぎのこと、男爵島の沖あいを、一《いっ》そうのヨットが走っていた。

舵《かじ》をにぎっているのは二十二三の、たくましい肉づきをした青年だが、このほかにもう二人、かわいい少年が乗っている。一人はりりしい、りこうそうな顔をした少年で、年は十五六だろう。いま一人は十二三、いくらかおどけた顔をした少年である。

三人とも黒ん坊のように、日焼けしたからだに海水着一枚、歌をうたったり、双眼鏡をのぞいたり、快走するヨットに嬉々《きき》として打興《うちきょう》じていたが、そのうちに一番小さい少年が、けたたましいさけび声をあげた。

「やあ、史郎《しろう》さん、向《むこ》うにへんな島がみえるよ。ほらほら、あの島、妙なお家《うち》がたってるだろう。あれ、いったいなんだろう」

「あっ、ほんとうだ。まるで西洋のお城みたいだ。宇佐美《うさみ》さん、あれ、なんという島？」

声をかけられてふりかえったのは、舵をにぎった青年だ。

「あれがすなわち男爵島さ」

「男爵島？　男爵島ってなんのこと？」

「太《た》ア坊《ぼう》は知らないかな。ほら、古柳《ふるやなぎ》男爵の島のことさ」

「古柳男爵……？　なんだかきいたような気がするなあ」

史郎さんとよばれた少年も首をかしげた。

「あれ、史郎ちゃんも知らないのかい。君のお父さんとは深い関係があるんだぜ」

「小父《おじ》さんと……？　すると宇佐美さん、その人、えらい人なんだね」

太ア坊はからだを乗り出した。

「うん、とても有名な人だったよ。しかし、君たちが知らないのも無理はないかも知れん。あれからもう三年たっているからね。あの時は新聞が書き立てて、たいへんな騒ぎだった」

「いったい、どうしたの、その人が……？」

太ア坊はもう好奇心のかたまりである。眼玉《めだま》をくりくりさせているところは、とんと黒ん坊にそっくりだ。

「よし、それじゃヨットをここらへうかべておいて、これからその話をしてあげようか。男爵島もむこうに見えるし、古柳荘も目のまえにそびえている。古柳荘というのがお城の名前だよ。してみればここは、あの話をするのにおあつらいの場所かも知れない」

青年はそういって、舵をにぎったまま二人のほうへ向きなおったが、ここでひととおり三人のことを説明しておこう。

史郎君は苗字《みょうじ》を小山田《おやまだ》といって、お父さんの小山田博士は、日本でも有名な物理学者である。史郎君は今年十六、中学校の三年だが、この春かるい肺炎をわずらった。そこで夏のうちに、元気なからだになっておかなければというお父さんの御注意で、やって来たのが岡山県の海岸線にある、仙酔島《せんすいとう》というつ景色のよい島。一人では淋《さび》しかろうというので、いっしょにやって来たのが宇佐美恭助《きょうすけ》と太ア坊少年。

宇佐美恭助は大学の秀才で、柔道三段という猛者《もさ》。小山田博士の親友の子供だが、両親がなくなったので、博士がひきとってめんどうをみているのである。

太ア坊は本名太一《たいち》というのだが、誰も太一君などと、もっともらしく呼ぶものはない。太ア坊でとおっている。サルのようにはしっこくて、たいへんあいきょうのある少年である。史郎君のおうちとは、親類つづきになっているが、これまた両親がないので、小山田博士がひきとって、養育しているのである。小山田博士という人は、たいへん親切な人で、若いもののめんどうをみるのが好きだった。

さて、仙酔島へやってきた三人は、毎日ノンキに海水浴をしたり、舟をこいだり、名所旧蹟《めいしょきゅうせき》をさぐったり、思うぞんぶん遊んだので、史郎君もすっかり元気になった。

そこできょうは休暇のなごりに、少し遠出《とおで》をしようということになって、恭助がとくいのヨットをあやつって、男爵島のほとりへやって来たのだが、これぞはしなくも、世にも奇怪な大事件に、まきこまれるいとぐちになろうとは、神ならぬ身の知るよしもなかったのである。

大生理学者

「古柳男爵というのは、世界でも有名な生理学者だったそうだよ」

と、恭助がはなしはじめた。

「生理学といっても、太ア坊にはわからないかも知れないが、人間のからだのいろいろな働きをしらべる学問だ。古柳男爵はその生理学のなかでも、脳の生理、つまり頭脳のはたらきをしらべる学問では、世界でも五本の指におられるくらいの学者だった」

と、そこまで恭助がはなしてくると、史郎がはっと両手をうって、

「あっ、思い出したよ。あの古柳男爵……それじゃ三年まえに……」

と、いいかけたが、急にくらい顔をして口をつぐんだ。

「そうそう、やっと思い出したね。それじゃこの話、もう止《や》めにしようか」

恭助がそういうと、

「ダメだ、ダメだ、ずるいよ、ずるいよ。史郎さんは思い出しても、ぼくは知らないよ。宇佐美さん、古柳男爵がどうしたの」

と、太ア坊はヒョットコみたいに口をとんがらせてあとをせがんだ。どこまでも熱心である。史郎君もそばからことばをそえて、

「宇佐美さん、僕もききたいんです。お父さんはご自分のことは、ちっとも話してくださらないから、僕もくわしいことは知らないんです」

と、おちついた声で頼んだから、恭助もその気になって、またことばをついだ。

「そう、それじゃ話をしてあげようか。さて、古柳男爵だがね、いまいったとおりの大学者だから、もしその人が善人なら、日本の誇り、いや、世界の誇りといってもよいくらいの人だった。ところが残念なことにその人は……」

「悪い人だったの？」

「そうだ。悪いも悪いも大悪人だ。せっかくりっぱな学問をしながら、悪人とは情《なさけ》ないね。しかし、その話はあとまわしにして、まず、あの島のことから話していこう」

恭助は男爵島を指さしながら、

「もとあの島は、名さえハッキリしない無人島だったが、それを古柳男爵が買いとって、家をたてはじめたのは、今から五年まえのことなんだ。ぼくがいまいっている古柳男爵というのは、名前を冬彦《ふゆひこ》といって、ほんとうは男爵になれる人ではなかった。冬彦には夏彦《なつひこ》という兄さんがあって、この人が男爵家をついでいたんだが、五年まえにその夏彦男爵が、急に亡くなったものだから、弟の冬彦が男爵になり、そして兄さんの財産がすっかりころげこんできたものだから、そこでこの島を買いとり、ああいうお城

みたいな家をたてたのだ」

　恭助はそこでちょっと息をいれると、

「なにしろ、都会でも見られないような家を、こんな離れ小島《こじま》にたてはじめたものだから、みんな珍しがって、遠くからわざわざ見物にくる者さえあったという。そして誰《だれ》いうとなくつけた名前が男爵島。なにしろそういうえらい学者の男爵様がお見えになるというので、正直なまわりの島々の人々は、一日千秋《いちじつせんしゅう》の思いで男爵のひっこして来るのを待っていたが、さて、その日がくると、たいへん当てがはずれた。当てがはずれたばかりか、なんだか男爵という人が気味悪くなって来た……」

「どうして？　宇佐美さん、どうして男爵が気味悪くなったの？」

　太ア坊は眼《め》をパチクリさせている。

「と、いうのは、ああいうりっぱなお家だから、家族もさぞにぎやかなことだろうと思っていたところが、うつって来たのはたった三人、男爵と、男爵の助手の北島《きたじま》博士と、音丸三郎《おとまるさぶろう》という従僕《じゅうぼく》と……ところが、この音丸というのが、なんと身のたけ四尺《しゃく》足らずの一寸法師《いっすんぼうし》なんだ」

「一寸法師……？」

　史郎も太ア坊も眼をまるくした。

「そうだ。一寸法師だ。だからみんな気味悪がってね。なんでもこの音丸というのは捨子《すてご》だったのを、古柳男爵がひろって育ててあげたのだが、そういうからだだから人づきあいはできない。そのかわり、男爵にはじつに忠実で、男爵の命令ならなんでもきく。まるで、犬みたいな男なんだ」

「それからもう一人の、北島博士というのはどういう人なの」

　太ア坊はあとを待ちかねてうながした。

「ああ、この人はたいへんりっぱな人でね。古柳男爵の学問を尊敬して、助手としてはたらいていたのだが、なんでも男爵はその人を相手に、あのお城の中で、何か研究していたらしいという話だ」

「あんな不便なところで、いったい、なんの研究をしていたのでしょうね」

　史郎君がふしぎそうにたずねた。

「さあ、それがわからないのだよ。男爵は死んでしまうし、北島博士もそれについては一言もしゃべらないし……だから、その時分、漁師たちはいろんな想像をしてね、研究研究って、なんの研究かわかるもんか、きっとよくない研究にちがいないとか、男爵には何か後暗《うしろぐら》いところがあるにちがいない、でなければ、あんな不便な島へひっこもるはずがないとか、かってなことをいってたそうだ。それというのが男爵という人が、見たところりっぱな人だが、たいへん横柄《おうへい》な人でね、それに人とつきあうのがきらいとみえて、絶対に他人を島へよせつけない。まちがって漁師たちが、島へ上陸しようものなら、ものすごいけんまくでおっぱらう。そんなことから、みんな反感を持っていたのだが、そのうちに男爵島について、妙なうわさがたちはじめた」

「妙なうわさってどんなこと?」

太ア坊はもう好奇心のとりこである。手に汗をにぎって恭助の顔を見つめている。

「それが実に妙なことなんだ。あの島には男爵や北島博士、音丸という一寸法師のほかに、もう一人、いや一匹かも知れない。なんともえたいの知れぬ怪物がかくれているというんだ」

人か猿か

「怪物だって?」

これにはおちついた史郎も眼を見張ったが、三人とも、あまり話に夢中になっていたので、はるかかなたの水平線に、ポッツリ怪しい黒雲が現れたのに少しも気がつかなかった。

「えたいの知れぬ怪物だって? 宇佐美さん、それ、ほんとうのこと?」

太ア坊はもう好奇心にわくわくしながら、眼をいからせ、小鼻をふくらし、はあはあ息をはずませている。

「うそかほんとか、それは僕にもわからない。なんでもその時分、男爵島から、おりおり、なんともいえぬ恐ろしい叫び声が聞こえて来たというんだ。それはまるで野獣の叫びのようにものすごい声で、真夜中など、それがまわりの島々にひびきわたると、犬という犬が尻尾《しっぽ》をたれて恐れおののくんだそうだ」

「へえ、気味が悪いな」

太ア坊は首筋をゾクゾクさせた。

「犬にはわかるんですね。怪物の声が……」

史郎もいきをはずませている。

「そうらしいんだ。そこで男爵島には、何か恐ろしい動物を飼っているんだろうと、いよいよ男爵の評判が悪くなったのだが、そのうちにとうとう、怪物を見たというものが現れた」

「宇佐美さん、そして、その怪物というのはどんなやつなの」

「まあ、待て待て。おいおい話してあげるから。……さて、一番はじめにそれを見たというのは、となりの島の漁師だが、ある晩、男爵島のそばで夜釣《よづ》をしていた。その晩は、月のよい晩で、男爵島も昼のように明るかったというんだが、ほら、あそこに塔が立ってるだろう。あの塔の側面を、するする登っていくものがあるんだそうだ」

「宇佐美さん、それ、音丸じゃなかったのですか」

「いや、音丸じゃない。音丸は四尺《しゃく》にも足らぬ一寸《いっすん》法師《ぼうし》だが、そいつはかなりの大男なんだ。それに第一、塔の中にはちゃんと階段がついてるんだから、音丸ならそんなところをのぼるはずがない。いや、のぼろうたって、人間わざじゃできないはずだ。それにね、そいつ南洋の土人みたいに、腰帯ひとつの赤裸だったそうだ」

「ふうん」

太ア坊はいよいよ小鼻をふくらせる。こわいもの見たさで、手に汗にぎっているのである。

「それからそいつ塔のてっぺんまで登ると、それでもまだ満足できなかったのか、こんどは屋根の上へはいあがり、ほら、あそこに避雷針《ひらいしん》が立っているだろう、あいつをつかまえて、ユッサユッサとゆすぶりながら、ウオーッと一声叫んだというんだが、そのとたん、月の光でハッキリ見えた顔というのが……」

「顔というのが……？」

「むろん人間ではない。と、いってサルでもない。いわばゴリラと人間のあいの子みたいな怪物だったというんだよ」

「ゴリラと人間のあいの子！」

太ア坊と史郎君は思わず顔を見合《みあわ》せた。

「宇佐美さん、そんな動物がほんとうにいるんでしょうか」

「さあ、それはよくわからない。しかし、そういう怪物を見たのは、その漁師ひとりじゃないんだ。ひとりがいい出すと、おれも見た、私も見たというわけで、そこで、その人たちの話を集めて考えると、そいつはゴリラそっくりのからだつきをしているが、ゴリラほど毛深くはない。顔などわりに人間にちかく、また立って歩くこともできるらしい。とにかく、そういう評判がたったから、男爵の評判はいよいよ悪くなった。　男爵島と名をきくだけでも、漁師たちはおじけをふるってしりごみしたが、そうこうしているうちに、ああいう恐ろしいことが起《おこ》ったのだ」

「恐ろしいことってどんなこと?」

太ア坊は息をころして恭助の顔を見つめている。史郎君はしかし、その話になると知っていると見えて、ふっと眉根《まゆね》をくもらせた。

「ある日、お巡《まわ》りさんがおおぜいやって来て、古柳男爵をひっぱっていったんだ」

「どうしてなの、宇佐美さん、古柳男爵がなにか悪いことをしたの」

「悪事も悪事、たいへんな悪事をはたらいていたんだ。しかし、まあ、ちょっと休ませてくれよ」

恭助はそこでちょっとひと息入れた。

水平線のかなたに現れた黒雲は、しだいに空にひろがって来る。沖へ出ていた漁師たちは、道具をしまうのもそこそこに、近くの島へ避難のしたくをしはじめた。しかし、話に夢中になったこちらの三人は、まだそのことに気がつかなかったのである。

大悪人

「いま話をしている古柳男爵は冬彦といって、その人には夏彦という兄さんがあったことはさっきも話をしたね」

しばらくすると恭助はまた話しはじめた。

「その夏彦男爵が急に亡くなったばかりか、夏彦男爵のひとり息子《むすこ》の龍彦《たつひこ》というのが、同じころ行方不明になった。そこで夏彦男爵の弟の冬彦が、男爵家をついで、兄さんの財産をすっかりもらったのだが、それについてはその時分から、いろいろ悪い評判があったのだ。ひょっとすると冬彦が、兄さんの夏彦を殺し、龍彦をかどわかしたのではあるまいかと……」

「ふうん、古柳男爵というのは、そんなに悪い人だったの？」

「そうなんだよ。警察でもそういう評判があるからすててはおけない。いろいろさぐってみたんだが、はじめのうちはどうしても証拠がつかめなかった。そこで冬彦にかってなことをさせて、油断をさせておき、そのあいだにいろいろ探っていたのだが、二年目にとうとう証拠がそろったのだ。夏彦男爵はやっぱり冬彦に殺されたのだ。毒をのまされたのだよ。それから龍彦をかどわかして、どこかへかくしたのも冬彦だとわかった。そこでとうとう冬彦男爵はとらえられたというわけだ」

「ふうん、男爵でもそんなに悪い人があるのかなあ」

「そうだよ。人間の慾《よく》にはきりがないからね。古柳男爵はえらい学者だったが、学問だけではまんぞくできないで、お金持ちになってぜいたくしたいと考えたから、そんな悪いことをやらかしたのだ。ところで、この事件で一番はたらいた人を誰《だれ》だか知っているかい、それがすなわち、史郎ちゃんのお父さんの小山田博士だよ」

「うわッ」

両手をたたいてよろこんだのは太ア坊だ。

「ふうん、そうだったの。えらいねえ、うちの小父《おじ》さんは……そりゃアどんな悪人でも、うちの小父さんにかかったらかなわないんだからね。それで古柳男爵はどうなったの」

「むろん死刑さ」

「死刑……？」

さすがノンキな太ア坊も死刑ときくといきをのんだ。史郎君も眉《まゆ》をしかめて暗い顔になる。

「ああ、死刑になったんだ。三年まえの秋のことだがね、そしてその死骸《しがい》は男爵の遺言《ゆいごん》で、北島博士がひきとって、あの島のどこかにほうむってあるはずだ」

「そして、北島博士や音丸という人はどうしたの」

「その人たちは、まだあの島に住んでいるという話だよ。男爵は死刑になるまえに遺言状をかいて、男爵島と男爵島にあるすべてのものを、北島博士に譲っていったのだそうだ」

「ふうん、それから人かサルかわからない怪物というのはどうしたの」

「さあ、それはどうしたか誰にもわからない。きけば男爵が死刑になってからは、唸《うな》り声もきこえなくなったし、誰も姿を見たものはないという。だから、そんなもの、はじめからいなかったのかも知れないねえ。それよりも男爵のことだが、古柳男爵が死刑になったのは、兄さんを殺したほかにも、いろいろ悪いことをしていた事がわかったからだよ」

「えっ、ほかにもまだ悪いことをしていたの」

「そうだよ。古柳男爵はたいへん物慾《ぶつよく》の強い人だったんだね。物慾というのは、金銭だの品物だのをむやみにほしがることだが、とりわけ男爵は宝石狂だったらしい」

「宝石狂というのはなんのこと?」

「宝石狂というのは、ダイヤだの、ルビーだの、エメラルドだの、そういう宝石をみると、むやみにほしがる病気さ。そりゃ、誰だって、きれいな宝石を見れば、少しはほしくなるだろうが、古柳男爵はそれがかくべつなんだ。りっぱな宝石を見ると、盗んででも、人を殺してでも欲しくなる。そこがつまり病気だね」

「困った病気ですね」

「困った病気さ。その時分、東京では宝石がさかんにぬすまれてね。これはきっと宝石専門の泥棒がいるんだろうと、警察でもやっきとなってさぐっていたが、なんと、それがみんな古柳男爵のしわざとわかったんだ」

「ひゃッ、すると男爵は人殺しやかどわかしのほかに、泥棒までしていたんだね」

「そうだ、なまじっか学問があるだけに、悪智慧《わるぢえ》があるから、つかまらなかったのも無理はない。しかし、それもみんな小山田博士のはたらきでわかった。男爵も証拠をつきつけられて、一切のことを白状したが、ここにどうしても白状しなかったことが二つある」

「どんなこと?　何を白状しなかったの?」

「まず第一に龍彦君のいどころだ。龍彦君をかどわかしたことは白状したが、どこにかくしたかどうしてもいわなかった。龍彦君がかどわかされたのは十《とお》の年で、それから五年になるから、生きていれば史郎ちゃんと同じ年頃《としごろ》だが、どこにどうしているかわからない。気の毒な話だよ」

「それから、もうひとつ白状しなかったというのは、どういうことですか」

「宝石のことさ。古柳男爵がぬすみためた宝石類は、値段にみつもって、何百万円になるかわからないという話だが、それをどこへかくしたのかどうしても白状しなかった。だから何百万円という宝石が、いまもってどこかに埋もれているはずなんだ」

「ふうん」

太ア坊の好奇心はいよいよ絶頂に達した。しさいらしく首をかしげて、

「もったいないねえ。なんとかしてその宝石、探し出せないかなあ」

「あっはっは、太ア坊はその宝石を手に入れたらどうするつもりだね」

「僕、それで病院をたてて、病気のくせにお医者さんにかかれない人をいれてあげる」

「あっはっは、太ア坊は慈善家だね。それはよい考えだが、でも、できない相談だよ。だって、その宝石にはみんな持主《もちぬし》があるんだから、見つけたら返してあげなければならないさ」

「あっ、そうか」

太ア坊はカメの子のように首をすくめて舌を出した。

「それにね、その宝石については妙な話があるんだよ。古柳男爵は死刑になるまえに、へんなことをいったそうだ」

「へんなことってどんなこと？」

「自分が宝石のありかを白状しないのは、まだそれに用事があるからだ。自分は再びこの世に生《うま》れてきて、自分をこういう目にあわせた社会に仕返しをしてやる。そのためには、どうしてもその宝石が必要なんだ。……と、そんなことをいったそうだ」

「再びこの世に生れて来て……」

史郎君と太ア坊は、気味悪そうな顔を見合せた。

「うん、そうだ。どんなつもりでいったのか知らないが、きっと自分はもう一度、この世にうまれかわって来る。そして、社会に復讐《ふくしゅう》してやると、何度も何度もいったそうだ。たぶん気がくるっていたんだろうがね」

恭助はやっと話をおわってあたりを見まわしたが、だしぬけに、

「しまった！」

と、ばかりにヨットの舵《かじ》にとりついた。おりから、

どっと吹きおろして来た突風に、あやうくヨットがひっくりかえりそうになったのだ。

気がつけば、空いちめん、泥のような黒雲におおわれて、二粒三粒、大粒の雨がおちて来たかと思うと、たちまちザアーッと、車軸《しゃじく》をながすような大雨。

あたりはにわかに薄暗くなり、雷の音がしだいにこちらへ近づいて来る。ヨットはいまや、大《おお》夕立ちのまっただなかにまきこまれたのである。

ところが、そのときだった。男爵島の塔の上から望遠鏡で、しきりにヨットのようすをうかがっているものがあった。一寸法師《いっすんぼうし》ではない。また、北島博士でもなさそうだ。

姿かたちはよくわからないが、顔はゴリラにそっくりだ。

せまい額《ひたい》、出張った顎《あご》、おちくぼんだ二つの眼《め》。

……ああ、ひょっとすると、あれこそ男爵島の怪物ではあるまいか。

男爵再生

嵐のヨット

瀬戸内海にはいま、ものすごい嵐があれくるっている。

吹きすさぶ風、降りしきる雨、空には雲がひくく垂れこめ、しかもその雲は矢のように走っている。海にはあれくるう波が、白い牙《きば》をあげてかみあっている。

おりおり稲妻《いなずま》のひらめきが、嵐の中をなでていくと、そのあとから、天地をゆるがす雷鳴が、ものすさまじく鳴りひびいた。

こういう嵐のなかを一《いっ》そうのヨットが、木の葉のようにもまれもまれて流れていく。あぶない、あぶない、帆はちぎれ、舵《かじ》は折れ、あわやてんぷくと、手に汗にぎることいくたびか。

「宇佐美さん、だ、大丈夫？」

太ア坊は青くなってヨットの底にしがみついてい

る。海水着一枚の肌に、シャワーのように降りそそぐ雨。三人ともズブぬれになって、ガチガチと歯を鳴らしている。寒いのだ。

「大丈夫《だいじょうぶ》、心配はいらん」

恭助は必死となって風とたたかいながら、

「ヨットというやつは、ひっくりかえりそうに見えて、なかなかひっくりかえるものじゃない。太ア坊、こわいのかい」

「ううん、僕、こわかアないけど寒いや。それに僕、まだあまり泳げないもの」

「あっはっは。大丈夫、大丈夫、心配するな。なあに、これしきの嵐、史郎君、帆綱《ほづな》をうんとひっぱっていてくれたまえ」

口では元気なことをいっても、恭助も必死だ。汗と雨とが滝のようにひたいを流れる。

「宇佐美さん、一時どこかへ避難しましょう。とてもまっすぐにかえれはしません」

史郎君は案外おちついていた。

「よし、それじゃ男爵島へ逃げこむか」

その男爵島はすぐ鼻先に見えながら、なかなか近よることができないのだ。嵐にもまれて、ヨットは同じところばかりまわっている。

と、そのときだ。何を思ったのか史郎君が、

「あっー?」

と、叫んで帆綱をはなしたからたまらない。ヨットはいまにもひっくりかえりそうに傾いた。

「ど、どうしたんだ。史郎ちゃん」

「ええ、あの……いま稲妻がピカリとしたとき、誰《だれ》か塔の上からこっちを見ているような気がしたものだから……」

「音丸だろう」

「うん、そうかも知れない」

しかし、それは音丸ではなかった。ゴリラみたいなその顔は、なんともいえぬほど気味悪かったが、史郎君はわざと黙っていた。太ア坊をおどかしてはいけないと思ったからだ。

「宇佐美さん、男爵島にはまだ怪物がいるの」

太ア坊には史郎君の顔色がわかったのかも知れない。いくらか心配そうにたずねた。

「あっはっは、そんなものがいるもんか。ゴリラと人間のあいの子みたいな怪物なんて、そんなものが世のなかにあってたまるもんか。ここらの漁師は教

育がないから、そんなことをいって騒ぐんだ。あっ、しめた！」

「宇佐美さん、どうしたの？」

「風向きがかわったのだ。よし、いまのうちだ！」

なるほど、いままで近よろうとして近よれなかった男爵島が、ものすごい勢いで突進してくる。入江や、丘や、お城が、みるみるうちに眼前にせまって来た。

風よりも潮にのったのだ。ヨットはぐんぐん、手《た》ぐりよせられるように島へちかづいて、まもなく小さい入江の中へ滑りこんだ。

「しめた。こうなればもうこっちのものだ」

そこは三方を陸地にかこまれているので、風当りも少《すくな》く、いままでにくらべるとよっぽど楽だ。恭助はようやく落着《おちつ》いて舵をにぎりなおした。そしてそれからまもなく、ヨットが無事に横着《よこづ》けになったのは小さい桟橋《さんばし》。

「バンザーイ」

太ア坊はおどりあがって喜んでいる。

「やあ、やっと元気が出たな。こわい目をさせてすまなかった。さあ、あがろう」

「宇佐美さん、この島へ上陸するのですか」

「そうさ、こんなところで雨に打たれてるわけにもいかんじゃないか。古柳荘へいって雨宿りをさせてもらおう。なアに、北島博士という人は、たいへん親切な人だそうだから、心配することはないさ。史郎ちゃん、どうかしたのかい」

「ううん、別に……」

史郎君はあいまいにことばをにごした。

「それじゃ、早くあがりたまえ。いつまでも雨に打たれてると風邪《かぜ》をひくぜ。君に風邪をひかしちゃ先生にすまない」

三人がヨットからあがったとき、またもやピカッと稲妻のひらめき。史郎君はそのとたん、はっとして塔の上をふりかえったが、そこにはもう、怪しい影も見えなかった。

無気味な一寸法師

古柳荘は島のまんなかの、小高い丘の上にたっている。土砂降《どしゃぶ》りの中を三人が、その古柳荘へかけつけると、いいぐあいに濠《ほり》の跳橋《はねばし》はおりていた。

まえにもいったように、古柳荘にはひろい濠がめぐらしてあって、濠の内と外をつなぐものは跳橋ひとつ。いつもこの跳橋はぴんと上へ跳ねてあるのに、きょうにかぎってなぜおろしてあったのか、誰《だれ》もそこまで考えるよゆうがなかったのは、まことにぜひもないしだいである。

それはさておき、橋をわたると大きな門、ぴったりしまった鉄の扉《とびら》には、これをたたけというように、どらとばちとが、ぶらさがっている。

恭助がそのどらをたたくと、待ってましたというように、中からギイと扉がひらいて、顔を出したのは一寸法師《いっすんぼうし》、三人は思わずギョッといきをのんだ。

一寸法師は身長《みのたけ》四尺《しゃく》足らず、頭ばかりいやに大きくて、顔はガマにそっくりである。これこそ音丸にちがいない。

「何かご用事かな」

一寸法師はノロノロした声でたずねた。それからなめるように、三人の姿を見くらべながらにやりと笑った。気味の悪い一寸法師だ。

「ああ、いや、私たちは嵐にあって島へ避難して来たものですが、しばらく雨宿りをさせていただきたいと思いまして……」

恭助がていねいに頼むと、一寸法師は大きな頭をかしげて考えていたが、

「ああ、そう、それではお入り……」

と、少しからだを横にずらせた。恭助はよろこんですぐに入っていったが、史郎君と太ア坊はためらった。

「宇佐美さん、大丈夫、入ってもいいの?」

太ア坊は心配そうな顔色である。

「大丈夫、何も心配することはないさ。このかたが親切にいってくださるのだから、えんりょしないほうがいいよ」

「太ア坊、入ろう」

史郎君と太ア坊が中へ入ると、一寸法師はまたにやっと笑って、鉄の扉をぴったりしめた。史郎君はそのとたん、ひやッとするような感じがしたが、いまさら逃げだすわけにもいかない。

ドアの中はだだっぴろいホール。色ガラスをはめた高い丸天井《まるてんじょう》から、にぶい光がさしこんでいる。おりおり、その色ガラスが稲妻《いなずま》のために、燃えるように明るくなった。

KIKUZŌ

ホールの正面には、りっぱな大理石の階段がついているが、一寸法師はそのほうへ行かずに、左側にあるひろい部屋へ三人を案内した。

「しばらくここでお待ちください。いま先生に申しあげてまいります」

先生というのは北島博士のことだろう。

「どうぞよろしく」

一寸法師はまたぴったりとドアをしめて出ていった。その足音がホールを横切って、二階のほうへ消えていくのを待って、三人はほうッと顔を見合《みあわ》せた。

「気味の悪い人だねえ。一寸法師だなんて、僕いやだなア」

太ア坊はほっと一息というかたちだ。

「片輪《かたわ》のことをそんなにいうもんじゃないよ。あれで親切な人かも知れないからね」

口ではたしなめたものの史郎君、心の中では太ア坊としごく同感だった。

「そうだ。これは史郎君のいうとおりだよ。すがた形で、ひとのことをかれこれいっちゃいけない」

「うん、僕もういやアしないよ」

太ア坊は首をすくめてあやまった。

ところが一寸法師はいくら待っても帰って来なかった。五分とたち、十分と待っても、足音はきこえて来ない。三人はだんだん心配になって来た。第一、ズブぬれのままだから寒くてたまらない。しかも、この部屋というのが恐ろしくなんにもない部屋なのだ。イスもなければテーブルもない。敷物も敷いてないくらいだから、むろん額などかかっているわけがない。おまけに窓には太い鉄格子《てつごうし》がはまっているのだから、まるで牢屋《ろうや》そっくりだ。

窓の外はあいかわらずの土砂降りで、おりおりぱっと紫《むらさき》色の稲光が、部屋の中を明るくした。

「どうしたんだろう。何をしているんだろう」

恭助もしだいにいらいらしてくる。

「君たち、寒かあないかい」

「うん、僕……」

太ア坊がなにかいいかけたときである。突然、恐ろしい悲鳴が二声《ふたこえ》三声《みこえ》。

「やっ、あれはなんだ！」

三人がぎょっと顔を見合せたとき、ズドンと一発、嵐をついてきこえて来たのはピストルの音。……恭助はそれをきくと、夢中でドアへ突進していったが、そこであっと立ちすくんだのである。これはどうしたというのだ。

ドアにはピッタリ錠《じょう》がおりている！

恐ろしき足跡

「しまった！」

「宇佐美さん、どうしたの？」

史郎君もびっくりしてかけよって来る。

「やられた、鍵《かぎ》がかかっている」

「鍵が……？」

史郎君と太ア坊は、顔見合せてまっさおになった。太ア坊は急にガタガタふるえだした。

「宇佐美さん、どうしたの。なぜ鍵をかけていったの？」

「なぜだかわからない。しかしこれはやっぱり、太ア坊の考えが正しかったのかも知れぬ。あの一寸法師は悪いやつだったんだ」

「でも、僕たちをここへ閉じこめておいて、どうするつもりでしょう」

「どうするつもりかわからないが、きっと僕たちがいては、つごうの悪いことがあったにちがいない」

「しかし、それならば宇佐美さん、なぜ僕たちを中へ入れたのでしょう。なぜ門からおっぱらってしまわなかったのでしょう」

史郎君の疑問はもっともだった。恭助もはじめてそれに気がついて、

「そうだ、そういえば、あの跳橋《はねばし》がおりていたのがおかしい。ひょっとすると、僕たちがここへ来るのを、待っていたのではあるまいか」

「そういえばどらをたたくかたたかないうちに、一寸法師がドアをひらきましたね」

考えてみると、何もかもおかしな事ばかりだが、いまになって気がついても後《あと》の祭《まつり》というものだった。

「宇佐美さん、どうしたらいいの？　僕たち、ここから出ることができないの？」

太ア坊はいまにも泣き出しそうである。

「なに、心配はいらん、ちょっとお待ち」

恭助は窓をしらべてみたが、

「だめだ」

と、いって顔をしかめた。窓の鉄格子はせまくてとても抜け出すことはできないし、力いっぱいゆす

ぶってみてもビクとも、しなかった。

「それじゃ、やっぱりドアを破るよりしかたがないが……ちょっと退《の》いていたまえ」

恭助はドアから五六歩うしろへさがると、力まかせにぶつかってみたが、そんなことでビクともするドアではなかった。かえって恭助の方がはねかえされて、肩のいたさに顔をしかめたくらいである。何しろ海水着一枚の裸だから、うっかりするとけがをする。部屋の中はまえにもいったとおりガラン洞《どう》で、えものらしいえものは何一つない。これではいよいよ絶望だ。

三人は無言のまま顔見合せていたが、そのときまたもやズドンという音、それにつづいて、

「ウオーッ！」

と、一声、それはなんともいえぬ恐ろしいうなり声だった。そしてそれきりあとは墓場のような静けさ。嵐もだいぶおさまったらしい。

「宇佐美さん、い、い、いまのはなんの声？……」

「しっ、黙って……」

三人がしいんと息をころしていると、誰《だれ》やら二階からおりて来るようすである。ゴトゴトという足音は、一寸法師の音丸らしいが、それにまじってもうひとつ、ふしぎな足音が近づいて来る。

ピチャッ、ピチャッと、はだしで水たまりを歩くような足音なのだ。しかもその足音といっしょに、シュッ、シュッとあらあらしい息使いと、無気味なうめき声が近づいて来る。

恭助は二少年をきっと小脇《こわき》にかかえると、ドアに向《む》かって身構えしていたが、さいわい、足音はドアの前を素通りして、玄関のほうへ出ていった。

恭助はほっとして二少年のそばをはなれると、鍵あなに目をあててみたが、残念ながら鍵あなには、向《むこ》うから何かさしてある。

やがて足音が玄関へ消えると、バタンとドアのしまる音。それきりあとはまた、墓場の静けさにもどった。

「宇佐美さん、いまの足音なアに？」

太ア坊はガチガチ歯をならしている。

「一人は一寸法師のようでしたね」

「一人は一寸法師だが、いま一人のやつは……」

「ゴ、ゴ、ゴリラみたいな怪物じゃない？」

恭助もうそれを打消《うちけ》す自信はなかった。いまの

足音の恐ろしさ、気味悪さ、恭助でさえ、脇の下にビッショリ汗をかいたくらいである。

「宇佐美さん、僕たちどうするの？　どうしてここを出るの？　一寸法師が鍵をもっていったから、出ることはできないの」

　太ア坊の声に恭助もはっとわれにかえった。

「そのことなら太ア坊、心配はいらん。ここから出るくふうはついた。史郎君、鍵あなをのぞいてごらん。外から鍵がさしてあるだろう」

　史郎君はすぐ鍵あなをのぞいてみた。

「ええ、鍵はあります。しかし、鍵はあってもドアの外にあるんじゃア……」

「だから太ア坊の力をかりねばならん。ごらん、ドアの上に廻転窓《かいてんまど》があるだろう。あの窓は小さくておとなはとてもぬけ出せないが、太ア坊なら出ることができる。太ア坊、あそこからぬけ出して外からドアを開いてくれるかい」

　太ア坊は十三だが、からだはたいへん小さくて、九つか十《とお》の子供くらい、それにサルのように身軽な少年だから、こんな役はうってつけだった。太ア坊は目玉をくりくりさせて、

「そんなことわけないや。宇佐美さん、肩車して……」

　太ア坊は恭助の肩から廻転窓へはいあがると、すぐストンとドアの外へとびおりたが、そのとたん、何を見つけたのか、

「キャッ！」

と、悲鳴をあげた。

「太ア坊、どうした、どうした」

「宇佐美さん、あ、あ、あれ！」

　太ア坊は外からドアをあけると、いきなり恭助の腕にしがみついた。

　太ア坊がガタガタふるえているのも無理はない。恭助や史郎君も、太ア坊の指さすところを見た時には、からだ中の血が凍りついてしまうような気がしたくらいである。

　薄暗いホールの床に、べたべたとついている足跡……それはなんという、恐ろしい、そしてまた気味の悪い足跡であったろう。

　大きさは人間のおとなより、少し大きいくらいだが、指が恐ろしく長いのである。そしてときどき四つん這《ば》いになって歩いたとみえて、手のひらのあと

もついているが、これまた人間の手のひらとはちがっている。それはサルにそっくりだった。しかも恐ろしいのはまだそれだけではない。その足跡も手のひらの跡も、べっとりと血にぬれているのであった。

怪物脱出す

「史郎君、これはたいへんだ。北島博士の身に、何かまちがいがあったのかも知れない」

「宇佐美さん、いってみましょう」

いっときの驚きからさめると、史郎君も太ア坊も勇気をとりもどした。北島博士がけがをしていられるのなら、介抱《かいほう》してあげなければならない。さいわい、血にそまった足跡がよい道しるべだった。三人がそれをたどっていくと、足跡は二階から三階へつづいている。

「史郎君、この上は塔だぜ」

「怪物は塔からおりて来たんですね」

「あ、宇佐美さん、こんなところに鍵《かぎ》が……」

太ア坊がひろいあげたのは大きな銀色の鍵、それにもべっとり血がついている。

「太ア坊、それをひろっておけ、何か役に立つことがあるかも知れん」

塔の内部には、ラセン形の階段がついているが、そのへんまで来ると、血染めの足跡はいよいよはっきりしてくる。足跡のほかにポタポタと血のたれた跡もある。これでみると、怪物はけがをしているのかも知れない。

階段の上にはドアがあったが、そのドアはあけっ放《ぱな》しになっていた。三人はそこを入っていったが、そのとたん、あっとばかりに棒立ちになってしまった。

そこは塔の形をそのままに、円型をした部屋であったが、それこそかつて古柳男爵の研究室だったのにちがいない。壁をうずめる棚《たな》の上には、おびただしい標本や試薬瓶《びん》の列。標本の中にはかなり気味の悪いのもある。それから部屋のかたすみには、手術台のようなベッドがあり、ベッドのそばの戸棚には、外科のお医者さんの使うような道具がいっぱいつまっている。

しかし、三人が驚いたのはそのことではなく、部屋の一方の窓際に、大きな鉄格子《てつごうし》の檻《おり》がおいてあるのだ。いや、檻がおいてあるというよりも、部屋の一部分を鉄格子でくぎって、そのまま檻にしてあるのだ。しかも、その檻の中にはベッドのほかに、イスやテーブルもおいてあり、そしてそのテーブルの脚《あし》もとに、ピストルをにぎった男が倒れている。

「あっ、北島博士だ……」

恭助はあわてて檻のそばへかけよった。恭助は今まで北島博士に会ったことはないが、古柳男爵の事件のとき、博士の写真も新聞に出たので、よくおぼえているのである。

「太ア坊、さっきの鍵をかしてごらん。ひょっとするとこの檻の鍵かもしれない」

檻には大きな南京錠《ナンキンじょう》がかかっていたが、太ア坊のひろって来た鍵がピッタリあった。

「しめたッ」

ドアを開いてとびこむと、檻の中は血だらけだ。恭助は博士のそばへ駆けよると、

「先生、しっかりしてください、先生!」

と、抱きおこすと、うれしや、博士はまだことされているのではなかった。うっすらと眼《め》を開いて恭助を見ると、

「あいつはどうした……ロロはどうした……」

「先生、ロロというのはなんですか」

「ゴリラと人間のあいの子だ。そして、……そして今ではあれが古柳男爵なのだ」

三人はギョッとして顔を見合《みあわ》せた。北島博士は気がくるっているのであろうか。

「先生、しっかりしてください。古柳男爵は三年前に死んだはずじゃありませんか」

「そうだ、男爵は死んだ。死刑になった。しかしロロとなって生きかえったのだ。ああ、恐ろしい怪獣男爵……」

博士はガッと血を吐いた。どうやらあばら骨をやられているらしい。

「私は後悔している……男爵のたのみにまかせて手術をしたことを後悔している。……なん度あいつを殺そうと思ったか知れぬ。……しかしあいつはもう、獣《けだもの》であって獣でない。……あいつは古柳男爵なのだ。殺すわけにもいかなかった。……だから私はあいつを檻にとじこめ、外へ出さぬように用心した。……島にある舟をみんな沈めてしまった。……あいつは泳ぐことができないのだ。……こうして私は、

自分が死ぬまで、あいつのそばで暮《くら》そうと思った。……そして、自分の死が近づいて来たときには、あいつを殺そうと決心していた。……それだのに、きょう君たちのヨットがやって来た。……それを見ると音丸が檻を開いて……」

博士のことばはいよいよ奇っ怪至極《しごく》である。

「先生、しっかりしてください。手術とはなんの手術ですか」

「恐ろしい手術……古柳男爵の発明した恐ろしい手術……おお、むこうのデスクのひきだしに、私の日記がある。それを持って来て……」

史郎君はすぐに檻をとびだすと、デスクのひきだしから日記を探して持って来た。

「先生、日記というのはこれですか」

「おお、それだ……その中に古柳男爵再生のいきさつが書いてある。……それを東京の小山田博士に……」

「えっ、小山田博士？　先生、小山田博士というのは小山田慎吾《しんご》博士ですか」

恭助がびっくりしてたずねると、

「おお、小山田慎吾博士……知っているか」

「知っているどころではありません。ここにいるのは小山田博士の令息、史郎君というのです」

博士はそれをきくと、ビクッとからだをふるわせると、しっかと史郎君の手をにぎり、

「ああ、ありがたい。……せめてもの神様のお救いだ。史郎君、史郎君！」

「はい」

「お父さんにその日記をわたしてください。……そして古柳男爵……あの怪獣男爵をほろぼしてください！」

「怪獣男爵……？」

「そうだ。私はさっきあいつに一発くらわした。……あいつは大けがをしているはずだ。……しかし……しかし、そんなことで死ぬようなあいつではない。……あいつを捕《とら》えて……あいつを捕えてほろぼしてください。……ああ、怪獣王、ゴリラ男爵！」

北島博士は再びガアッと血を吐くと、ものすごく手脚《てあし》をふるわせた。

「先生、先生、しっかりしてください」

恭助と史郎君は左右から、北島博士の名をよんだが、もうその声は博士の耳にはとどかなかった。最

後のふるえが来たかと思うと、やがてがっくり、息たえてしまったのである。

恭助と史郎君はことばもなく、いたましそうに、博士のなきがらを見つめていたが、その時だった。さっきから窓から外をのぞいていた太ア坊が、けたたましい叫びをあげた。

「あっ、誰《だれ》かぼくたちのヨットに乗っていく！」

その声に驚いた恭助と史郎君が、窓のそばへかけよると、ああ、なんということだ。はるかかなたの入江から、一艘《そう》のヨットがすべり出て行く。それはたしかに自分たちのヨットであった。ヨットの舵《かじ》をにぎっているのは、一寸法師《いっすんぼうし》の音丸だが、そばに一人、黒いマントをかぶったものがうずくまっている。

いつの間にやら嵐はやんで、ところどころ雲が切れはじめている。そしてその雲の切れめから、一道《いちどう》の西陽《にしび》がさっとヨットを照らしたが、その時である。マントをかぶってうずくまっていたやつが、顔をあげてひょいとこちらをふりかえったが、そのとたん、三人は思わずわっと恐怖の声をはなった。

ああ、その顔！

それはゴリラにそっくりではないか。せまい額《ひたい》にくぼんだ眼、鼻の下が長くて出ばった顎《あご》、……それはなんともいえぬ、みにくい、恐ろしい顔だったが、ゴリラほど毛深くはなく人間にちかかった。

怪物はあざけるように歯をむき出し、片手をふると、すぐまたマントをひっかぶってうずくまった。ヨットはすべるように島をはなれていく。

ああ、北島博士の手術とはどんなことか。怪獣王、ゴリラ男爵とは何者か。そして、この怪物が島を脱出したために、どのような事件がおこるのであろうか。

小山田博士

藪睨みの男

その年の九月一日は二百十日《にひゃくとおか》にあたっていたが、さいわい無事平穏に日がくれて、夜の九時ごろのことである。

東京は芝高輪《しばたかなわ》にある緒方《おがた》という外科のお医者さんの所へ、ひとりの客がやって来た。

取次《とりつぎ》の看護婦にいうのには、けがが人ができたから、先生に来ていただけまいかというのであった。そこで緒方医師がじきじき会ってみると、客というのは年ごろ三十ぐらい、身なりはいやしくなかったが、ひどい藪睨《やぶにら》みの男であった。

「けがってどういうけがですか」

緒方医師がたずねると、その男はいくらか口ごもりながら、

「実は……飛道具《とびどうぐ》をいじくっておりましたところ、だしぬけに弾丸がとび出して、胸をやられましたので……」

「飛道具って銃ですか、ピストルですか」

「ピストルです」

「そして弾丸は……?」

「それがまだ胸の中に残っておりまして……」

「すると、なかなかの重態ですね」

「へえ、このままほうっておくと、命にかかわりゃしないかと思いますんで」

「患者はむろん男のかたでしょうね。そしてお年とお名前は?」

「年は、さあ……私も使いのことですからよくわかりませんが、たぶん三十五から四十までのあいだだと思います。名前は古柳……」

「古柳……? 古柳といえば以前この近くに、古柳男爵というかたが住んでいられたが、そのかたの身よりですか」

「と、とんでもない、男爵だなど……そんなものではございません」

藪睨みの男はひどくうろたえたようすであったが、緒方医師は気もつかずに、

「そうですか。珍しいお名前だから、ちょっとたず

ねてみたんですが……で、お所は？」

「伊皿子《いさらご》なんです」

伊皿子といえば高輪からそう遠くはない。しかし、なんといってもこの夜更《よふ》け、それに今夜はじめての客である。緒方医師はなんとなくためらわれる気持ちであった。

「伊皿子からここへ来るまでには、ほかにもたくさん、お医者さんがあるはずですがねえ」

「それはよく存じております。しかし、こういっちゃなんですが、ほかの先生では心もとないんで……患者もぜひこちらの先生に、お願いしてくれといいますんで」

「すると、その人は私をご存じなんですか」

「へえ、ずっとせんに、先生のお世話になったことがあると申していました」

これでやっと緒方医師の決心はついた。

「そうですか。それではお供《とも》しましょう。ちょっと待ってください。したくをしますから」

緒方医師はたいへん親切な人で、めったに患者をことわったことがないので有名だった。したくをして出て来ると、

「どうもありがとうございます。これで私も面目《めんもく》がたちます。表《おもて》に自動車を待たせてありますから……」

ところが自動車に乗って、ものの五分と走らぬうちに、藪睨みの男が妙なことをいい出した。

「先生、おそれいりますが、これをしてくださいませんか」

「なに……？」

男の出したのは黒いビロードの布《きれ》だった。

「へへへへ、これで目かくしをしていただきたいんで。行先を知られたくございませんのでねえ」

緒方医師は思わずカッとして、

「それじゃ、伊皿子といったのは……？」

「うそですよ。先生、悪いことはいいません。私のいうようにしてください。さもないと……」

何やらかたいものが、ピッタリ緒方医師の横っ腹におしつけられた。ピストルらしい。

「だまされた！」

緒方医師はムラムラと怒りがこみあげてきたが、こうなってはしかたがない。じたばたしてけがをしてもつまらない。

「おそれいります。こんな失礼なまねしたかァねぇ

が、ま、いろいろ事情のあることと思ってください。おい、運ちゃん、それじゃさっきいったようにやってくれ」

「おっとしょうち」

運転手はサーカスの力持ちのような大男であった。小山《こやま》のような肩をゆすってハンドルをまわすと、自動車はにわかにスピードを増して走り出した。

それからおよそ半時間。目かくしされた緒方医師には、どこをどう走っているのか見当《けんとう》もつかない。東京の町から町へと走りまわったあげく、ようやく目的の場所へついたらしい。自動車をとめてサイレンを三度鳴らすと、前方にあたって門の開く音。どうやら鉄の門らしくガチャンと金具のなる音がした。

「おい、気をつけろ、いられねえ音を立てるない！」

自動車は門の中へすべりこむと、徐行すること二十メートルあまり。

「先生、どうぞおりてください。おっといけねえ、目かくしをとるのはまだ早い。私がいいというまではそのまま、そのまま……」

緒方医師が自動車からおりたったときである。夜空をふるわしてきこえて来たのは、鐘《かね》の音。どこか近くに教会でもあるらしく、
カーン、カーン、カーン……

澄みきった鐘の音だった。緒方医師はそれをきくと、はてなとその場に立ちどまったが、藪睨みの男は大あわてにあわてて、

「ちきしょう、悪いところへ鐘のやつ！　先生、早く中へ入ってください」

手をとってひきずるように玄関の中へ入ったが、緒方医師はそのとたん、ぷうんと強いカビの匂いをかいだ。空家《あきや》か、あるいは長く空家になっていた家の匂いだ。

「先生、さあ、どうぞ」

藪睨みの男に手をとられて、長い廊下をすすんで行くと、カビの匂いはいよいよ強くなってくる。廊下はずいぶん長くて目的の部屋へつくまでには、二度も三度もまがったようだ。やっとそこへついたらしく、藪睨みの男がコツコツとドアをたたくと、

「お入り」

と、中から低い声がきこえた。

藪睨みの男は緒方医師の手をとって、中へ入るとピッタリとうしろのドアをしめ、

「さあ、先生、目かくしをお取りください」

緒方医師は目かくしをとって部屋の中を見まわしたが、そのとたん、ゾクリとからだをふるわせたのである。

怪しい患者

それはずいぶん広い部屋であった。天井《てんじょう》も高く、高い天井にはきらびやかな装飾灯《シャンデリヤ》がぶらさがっていた。だが、それにしてはへんにがらんとしている。壁にも床にも、飾りらしい飾りはほとんどなく、うすら寒い感じが、いよいよ空家を思わせる。

ただひとつ、部屋のすみにあるベッドだけが、空家としては不似合にりっぱであった。まるで外国の王様でも寝そうな、天蓋《てんがい》つきの豪華なベッド、そしてベッドのまわりには重そうなカーテンが垂れている。だが、緒方医師が気味悪く思ったのはそのことではなく、ベッドのそばに立っている男である。なんとその男は一寸法師《いっすんぼうし》ではないか。

緒方医師がびっくりして立ちすくんでいると、一寸法師がペコリと頭をさげた。

「先生、よく来てくださいました。さっそくですが見ていただけましょうか」

緒方医師はやっと気をとりなおし、ベッドのそばへよると、一寸法師がそっとカーテンを開いた。カーテンの中には誰《だれ》かねていたが、からだの上には頭から、スッポリ黒い布《きれ》がかけてある。緒方医師がそれをめくろうとすると、一寸法師がぐっとその腕をおさえた。

「いけない！　顔を見ちゃいけません。傷口だけ。……それで手当てはできるでしょう」

一寸法師の眼《め》があやしく光る。緒方医師はゾーッとしながら、無言でうなずいた。すると一寸法師は布のはしをめくって、患者の胸を出したが、緒方医師はそれをみると、またしてもゾッとからだをふるわした。

ああ、なんという気味の悪いからだ！　胸がおそろしくくぼんで、赤茶けた肌にはいちめんに金色のうぶ毛が生えている。皮膚のかたさは松脂《まつやに》でねりかためたよう。傷口は右の胸にあったが、ソロソロ肉がもりあがって、あなもふさがりそうになっている。

「いったい、このけがはいつしたんです」

緒方医師はおどろきとこわさをかみ殺して、やっとそうたずねた。

「先月の二十九日……いろいろわけがあって今まで手当《てあて》がうけられなくて……それにその間、無理をしたものだから熱を出して……」

なるほど、ひどい高熱で、患者は気をうしなっているらしかった。

「とにかく手術をしましょう。このままもう一日ほっといたら、それこそ命とりだ」

「先生、今なら助かりましょうか」

「それは手術の結果をみなければ……」

手術はわりにかんたんにすんだ。半時間もかからなかった。弾丸をとり出すと、あとをよく消毒してガーゼをつめた。

「危《あや》うところだ。もう二三センチどっちかへそれていたら命はなかった。それにしてもこの人は、よほど丈夫《じょうぶ》な体質ですね」

緒方医師は一刻も早く、この気味の悪い家から逃げ出したかったので、手を洗うと、

「それではまた、あす来ましょう」

と、道具をしまいかけると、藪睨みの男がいきなりドアの前に立ちはだかった。

「先生、それはいけませんや。どうしてって、いちいち送り迎えはできゃアしません。先生、いる物があったら看護婦さんに手紙を書いてください。使いの者にとりにやらせます。患者がよくなるまでは、ここにいていただかなきゃ……」

藪睨みの男は、指でピストルをおもちゃにしながら、薄気味悪く笑っている。そばには大男の運転手も立っていた。

緒方医師はこうしてとうとう、この気味の悪い家に、とらわれの身となったのである。

それから一週間、緒方医師はその家へとめおかれた。そして、患者の容態がだいぶよくなったところで、ある晩、自動車で送りかえされた。むろん、このあいだと同じように、目かくしされていたことはいうまでもない。

別れるとき藪睨みの男は、

「このことはけっして誰にもしゃべってはなりませんぞ。もししゃべったら、どんなことになるか……よく考えておきなさい」

と、すごいおどし文句をならべたが、緒方医師と

いう人は、たいへん正直な人であった。もしこれが、何か不正なことに関係があるとすれば、黙っているのはよくないと思った。そこで一晩考えたのち、つぎの日の昼過ぎ思いきって、警視庁をおとずれた。

ダイヤモンド

「それでけっきょくあなたは、患者の顔を見ずじまいだったとおっしゃるのですか」

警視庁で緒方医師にあったのは、等々力《とどろき》という有名な警部であった。警部は緒方医師の話にすっかり興味をそそられて、思わずイスからのりだした。

「ええ、私も一度見てやろうと思って苦心したのですが、相手がとても用心ぶかくて、とうとう見る機会がありませんでした」

「で、その家ですがねえ、ぜんぜん見当《けんとう》がつきませんか」

「いや、それについて、私は妙に思っていることがあるのです。と、いうのは、最初そこへつれて行かれた晩、すぐ近所で鐘《かね》の音がきこえたのですが、私はその鐘の音に、ききおぼえがあるような気がしてならぬのです」

警部はいよいよ身を乗り出して、

「ききおぼえがあるというと……」

「実はうちの近所に、高輪教会といってヤソの教会があるのですが、朝《あさ》な夕《ゆう》なに鳴らすその教会の鐘の音、それとそっくり同じような気がしたのですが……」

警部はそれをきくと両手をうって、

「わかりました。それじゃあなたのお考えでは、その家はお宅のすぐ近くにあるというんですね。つまり自動車でほうぼうひっぱりまわしたあげく、またもとの場所へ帰って来たのだろうと、こういうわけですね」

「そうです。そのとおりです」

「ところでお宅のご近所に、いまの話にあるような家がありますか。お話をうかがうと、かなり大きな洋館らしいが……」

「それですよ。私も考えてみたんですが、ひょっとすると、古柳男爵のお屋敷ではなかったかと思うのです」

「古柳男爵！」

警部はイスの腕木《うでぎ》をにぎりしめた。

「そうです。藪睨《やぶにら》みの男がもらしたことばにも、古柳という名が出たし、男爵のお屋敷は三年前から空家になっていますから、悪者が根城《ねじろ》にするにはおあつらいだと思うのです」

「ちょっと待ってください。あなたを迎えに来たのは藪睨みの男だといいましたね。そして一寸法師《いっすんぼうし》が介抱《かいほう》していたと……」

警部は急にだまりこんでしまったが、緒方医師は思い出したように、

「そうそう、一番大切なことを忘れていました。帰りにこんな物をもらってきたんです。一寸法師がいうのに、お礼を差上《さしあ》げたいが今ちょっと現金がない、これでがまんをしてくれと……いらないというのに、むりやりにこんなものを押しつけられて……」

緒方医師がポケットからとり出したのはビロードの小箱。パチッとふたを開くと、中から現れたのはきらめく大粒のダイヤモンド。

警部はあっと息をのんだ。

「実は私、どうせまがい物だろうと思ったのですが、念のためここへ来る途中、宝石商へよって見せたところ、本物も本物、いまの値段にすると何万円するかわからないといわれたので、びっくりしてしまいました」

緒方医師はそういって額《ひたい》の汗をふいた。

警部は食い入るようにダイヤモンドを見ていたが、何を思ったのか部下をまねいて何事かを命じた。部下はすぐ出ていったが、間もなくかかえて来たのは大きな台帳と強いレンズ。警部はバラバラと台帳をめくると、

「あった、あった」

と、指さしたのはダイヤモンドの写真である。そこにはダイヤの大きさ、重さ、特徴が、くわしく書きいれてある。警部はレンズでダイヤモンドを調べながら、写真のダイヤと見くらべていたが、

「ふうむ、やっぱりこれだ」

と太い息をもらすと、緒方医師の方へ向きなおって、

「緒方さん、あなたはたいへんよいことをしらせてくださった。あるいはこれは重大事件になるかもしれません。このダイヤはしばらくあずかっておきますが、ひょっとすると、これはあなたの物にならな

いかも知れませんよ」

「いいですとも。そんな物に未練《みれん》はありません」

緒方医師はそれから間もなく警視庁を出ていったが、するとその時、つかつかとそばへ寄って来た男がある。

「旦那《だんな》、自動車へ乗っておくんなさい」

「なに？」

ふりかえった緒方医師は思わずあっと立ちすくんだ。うしろから寄りそうように立っているのは藪睨みの男。ポケットの中からピッタリ銃口をおしつけながら、

「へへへへ、悪いことはいいません。黙って自動車へのってください。これも約束を守らなかった天罰《てんばつ》ですよ」

緒方医師は恐怖のためにまっさおになった。

ああ、なんという大胆さ。藪睨みの男は白昼堂々、しかも警視庁の前から、大の男をかどわかしていったのであった。

狸穴の先生

麻布《あざぶ》狸穴《まみあな》の高台に、さほど、大きくはないがガッチリとした一軒の洋館がある。かくべつ目立つ建物でもないが、近所のひとはこの洋館に、一種とくべつの敬意をはらっている。

それというのがこの洋館こそ、あの有名な小山田慎吾博士の住居だからだ。

小山田博士は物理学者である。物理学者としてもむろん有名だが、それよりも博士の名が天下にとどろいているのは、この人に妙な道楽《どうらく》があるからだ。道楽にもいろいろあるが、この人のは探偵道楽というのだから変《かわ》っている。

道楽だからむろん、これで金もうけをしようの、職業にしようのという肚《はら》はない。

実はずっと前にふしぎな事件があって、警視庁が困っているとき、博士は新聞を読んで事件の真相をみやぶった。そしてそのことを警視庁にしらせたところが、はたしてそのとおりに事件は解決、犯人もつかまった。

それ以来、警視庁ではむつかしい事件があると、博士のところへ相談に来る。博士もできるだけは力をかす。こうして博士はいつのまにか、警視庁の相談役みたいになり、名探偵小山田博士の名は、物理学者としてよりも有名になり、狸穴の先生といえば、知らぬものはないくらいになった。

とりわけ博士の名が有名になったのは、あの古柳男爵の一件だ。あの事件はほとんど博士ひとりの力で解決されたようなものだが、博士がなぜこの事件にそんなに力こぶをいれたかといえば、冬彦に殺された夏彦男爵が、博士の親友だったからである。

その親友の死と、一人息子《むすこ》の龍彦の、ゆくえ不明をあやしんだ博士は、二年あまりの苦心の末、とうとう古柳男爵の悪事のかずかずを調べあげ、警視庁へつげたのである。

こうしてさしも大悪人の古柳男爵も、とらえられて死刑になったが、今もなお博士が残念でならないのは、古柳男爵がとうとう龍彦のいどころをいわずに死んだことである。

そのために龍彦の消息はいまもってわからない。小山田博士はその後も龍彦のゆくえをさがしているが、生きているのか死んだのか、それさえわからないのだから残念である。

さて、博士はことし五十才、頭は雪のようにまっ白だが、顔は子供のようにつやつやとして血色がよい。そしていつもにこにこしているところは、これが悪人たちから、鬼のように恐れられる名探偵かと思われるくらいだ。

奥さんは先年なくなって、史郎と美代子《みよこ》と子供が二人あるきり、史郎君のことは前にいったが、美代子さんは今年十三、太ア坊と同いどしである。ほかにばあやさんと女中がいるが、それだけではさびしいので、恭助と太ア坊をひきとってめんどうを見ているのである。

さて、緒方医師が警視庁をおとずれた日の晩のこと、博士が書斎でむずかしい物理学の勉強をしていると、表の呼鈴《よびりん》がなった。それをきくと博士は身をおこして、かたわらのスイッチをひねったが、するとデスクの上に立ててある、縦《たて》四十センチ、横五十センチばかりのスクリーンに、くっきりと玄関のようすが映った。

やがて女中が出てきて玄関のドアを開くと、入って来たのは等々力警部。

博士はそれを見ると安心したように別のスイッチをひねったが、すると玄関のドアの上にパッと青い豆電球がついた。博士はそれらのようすを見定めておいて、二つのスイッチを切った。するとまず玄関の青電気が消え、ついでスクリーンに映《うつ》った影も消えた。

博士はいつも訪問客にあう前には、これだけの用心をしているのである。それというのが、博士のような道楽のある人には、いつなんどき、どんな危害を加えられないとも限らないからである。博士の邸《てい》宅《たく》にはこのほかにも、いろいろな仕掛けがしてあるということだが、これはまた機会をみて話すことにしよう。

やがて博士は応接室で、等々力警部と向《むか》いあってすわっていた。

「やあ、等々力さん、何かまたむつかしい事件を持ちこんできましたね」

小山田博士はそういってにこにこ笑った。

小山田博士と等々力警部は、長いあいだのおなじみなのである。

「ええ、またお智慧拝借《ちえはいしゃく》にあがりましたよ。ときに坊《ぼ》っちゃんがたはまだですか」

「ええ、まだ帰りません。子供ってしかたがないもので、学校がはじまっているのに音さたなしです。きっと遊びほうけているのでしょう。はっはっは」

博士は物事にくよくよしない性質だから、史郎君からしばらく音信がとだえても、そう深く気にならぬらしい。それにしてもきょうは九月の七日である。史郎君たちが男爵島へ流れついたのは、八月二十日のことだから、すでに十日たっている。いったい、あの三人は何をしているのであろうか。

「ときに等々力さん。君の事件というのは?」

「先生、まずこれからごらんください」

警部がとりだしたのは例のダイヤモンド。小山田博士は手にとって、

「ほほう、りっぱなダイヤですね。等々力さん、何かこれが……」

「先生、そのダイヤはもと外務大臣山崎《やまざき》夫人のもので、五年前に古柳男爵に盗まれて以来ゆくえがわからなかった品なんですよ」

小山田博士はそれをきくと、ギクッとしたように

イスの上で坐《すわ》りなおした。

「等々力さん、それじゃ古柳男爵の盗んだダイヤが、はじめて発見されたというわけですね。そして、いったいどこで……」

「先生、それがまた実に奇怪な話でしてね」

警部はそこで緒方医師の話をすると、

「先生、ここで注意すべきは、緒方医師の話に出てくる藪睨《やぶにら》みの男と一寸法師《いっすんぼうし》のことです。先生も記憶していられるでしょうが、その昔古柳男爵が悪事をはたらいていた頃《ころ》の部下に、蛭池《ひるいけ》という男がいたが、そいつはひどい藪睨みでした。それから男爵の従僕《じゅうぼく》に音丸という一寸法師がいましたが……」

「ふむ、ふむ、するとつまり昔の部下が、男爵のかくした財宝を発見し、男爵邸を根城《ねじろ》にして、何かたくらんでいるというんですね」

「いや、それだけなら私もこれほど心配しません。しかし、なんとなく気にかかるのは、緒方医師が手当てをしたという患者です。そいつはいったい何者でしょう。緒方医師の話によると、一寸法師はまるで犬が主人につかえるように、その患者につかえていたというのですが、音丸がそんなに大事にする相手は、古柳男爵よりないはずです。だからもしや……」

「ばかなことをいっちゃいかん。古柳男爵は死刑になって、この世にいないはずじゃありませんか」

「それはそうですが、古柳男爵は死刑になる前に、三年のうちにはきっと生きかえって来る。そして世間に対して復讐《ふくしゅう》してやると公言したそうじゃありませんか」

等々力警部はゾクリとしたように身をすくめた。

小山田博士はからからと笑うと、

「おいおい、等々力さん、今夜はよっぽどどうかしているぜ。古柳男爵がいかに学者でも、死んだものが生きかえれるものか。しかし……」

小山田博士は急にまじめになると、

「古柳男爵のダイヤが発見されたとは耳よりな話ですね。ひょっとすると、そいつが龍彦君のゆくえを知っているかも知れぬ。等々力さん、この事件、私が手がけてみてもいいですよ」

「ありがたい！　そのおことばを待っていました。実は先生、これから古柳男爵のもとの屋敷を、調べにいこうと思っているんですがいかがですか」

「よかろう。じゃ、ちょっと待ってくれたまえ」

博士がしたくをして出かけようとすると、奥から走り出て来たのは、セーラー服の可愛《かわい》いお嬢さん、小山田博士にとっては、眼《め》の中へ入れても痛くないという美代子さんである。

「お父さま、どこかへお出かけ？」

「ああ、美代子、お父さんはちょっと出てくるから、おまえはばあややお清《きよ》とお留守ばんをするんですよ」

「あら、いやだわ、いやだわ。だってさびしいんですもの。お兄さんたちもいらっしゃらないし、一人きりじゃつまらないわ」

いつもききわけのよい美代子さんが、その晩にかぎってダダをこねたのは、虫が知らせたとでもいうのであろうか。

「どうしたの、美代子、おまえはおりこうさんじゃないか。なに、すぐ帰って来る。それじゃばあや、頼んだよ」

と、小山田博士はそのまま自動車に乗りこんだが、運の悪いときにはしかたがないもので、自動車が出ていくのと入れちがいに、舞いこんだのが一通の電報。

ああ、もし小山田博士にして、この電報を読んでいたら、少しはあとに気をくばったであろうのに！

その電報にはこうあった。

フルヤナギダンシヤクイキカエル
シンペンニキヲツケヨ』シロウ

怪獣ロロ

闇からの声

古柳男爵のもとの屋敷は、芝高輪の高台にたっている。この建物は明治のなかほどに出来たものだが、あの大震災にくずれもせず、いまに残っているのだが、くすんだ煉瓦《れんが》の壁には、一面にツタが這《は》って、いかにも古めかしく、陰気くさい感じである。

とりわけ男爵が死んでからというものは、手を入れるものがないから、いよいよ荒れはてて、ばけもの屋敷のあだ名があるくらいだ。

「等々力さん、あの建物はいま誰《だれ》の所有になっているのですか」

いまそのばけもの屋敷へ向《むか》う途中で、小山田博士がそうたずねた。

「たしか北島博士のものになっているはずです。ご存じのとおり男爵は、死刑になるまえに一切を北島博士にゆずったのですから」

「番人はいないのですか」

「前にはいたそうですが、その男が死んでからは、誰も番人になりてがないので、今では空家《あきや》同然です。誰だってばけもの屋敷の番人には、なりたくありませんからね。おっとととと、そこでいい、そこでおろしてくれたまえ」

目的の場所より一丁《ちょう》ほど手前で、自動車をとめた等々力警部が、ひらりと外へとび出したとたんきこえてきたのは教会の鐘《かね》の音。

カーン、カーン、カーン。……

夜空をふるわす鐘の音、あとからおりた小山田博士も、思わず立ちどまって耳をすましました。

「ああ、あの鐘ですな、緒方医師がきいたというのは……。等々力さん、これはちょっと妙だとは思いませんか」

「妙とは……?」

「自動車で半時間も、緒方医師をひきずりまわすほど用心ぶかい人物が、鐘のことを忘れていたというのはおかしい。古柳男爵なら、そんな抜目《ぬけめ》のある男じゃない」

「しかし、そのとき患者は、高熱のために気を失っていたのですぜ。医者をひっぱり出したのは、部下のやったことだから……」

「はっはっは、君はあくまで古柳男爵生きかえり説を信じているんですね。ところで緒方医師というのは、信用できる人物ですか」

「それは大丈夫《だいじょうぶ》、部下をやって調べさせましたが、実にりっぱな人物らしい」

「するとその人の話は信用してよいわけだが、そうなると問題は患者だね。どうしてそんなに用心ぶかく顔をかくしていたのだろう」

「いや、かくしていたのは顔ばかりではなく、手も脚《あし》も、傷口以外には絶対にどこも見せず、どこもさわらせなかったそうで、どうもそこんところが気味が悪くてねえ。……やあ、ご苦労さま、何もかわったことはないかね」

男爵邸《てい》のそばまで来ると、暗やみの中から二つの影が近よって来た。見張りの刑事らしい。

「はっ、私たちも半時間ほど前に来たばかりですが、別にこれといって……」

「裏門のほうも大丈夫だろうね」

「はっ、黒川《くろかわ》くんと白山《しろやま》くんが見張っています」

「よし、それじゃ君たちはここにいたまえ。変《かわ》ったことがあったら呼笛《よびこ》を吹くから、すぐとびこんで来るんだぞ」

時刻は九時過ぎ。空には嵐のまえぶれか、雲がきれぎれにとんでいて、五日ばかりの月が見えつかくれつ。その月の光であらためて見直すと、なるほど気味の悪い建物である。

窓という窓ガラスがこわれて、ガランどうになっている。壁に這ったツタの葉が、女の髪のようにさやさやなびいている。屋根をあおぐと、展望台のような塔がそびえている。古柳男爵はよっぽど塔がすきらしい。

警部が門の鉄格子《てつごうし》をおすと、意外にもギイと中へ開いた。警部は思わず小山田博士と顔見合《みあわ》せた。

「変ですね」

「妙だね。とにかく中へ入ってみよう」

門を入って二十メートルほどいくと玄関がある。警部がドアのトッテをひねると、これまたなんなく内へ開いた。小山田博士と警部の顔は、にわかにひきしまってくる。

玄関を入るとプーンと鼻をつくカビの匂いも、先夜、緒方医師がかいだ匂いだ。緒方医師の話によると、問題の部屋はかなり奥にあるらしい。小山田博士と等々力警部は懐中電気をにぎり、足音に気をつけながら、長い廊下をすすんでいく。家の中はシーンとしずまりかえって、人のけはいはさらにない。

やがて二人はそれらしいドアの前まで来た。博士と警部はドアに耳をつけ、じっと中のようすをうかがっていたが、ふいにギョッとしたように顔を見合せた。

部屋の中からかすかなうめき声がきこえて来る。それにまじって、ドタリドタリと床の上で、寝返りをうつような音。……たしかに誰か部屋の中にいる！

警部はしりのポケットからピストルを出して、きっとばかりに身構えしながら、ドアのトッテをまわした。

ガチャリ！

ドアを開くと、さっと中へ躍りこんだ等々力警部。

「誰か！」

声をかけながらさっと懐中電気の光を向けたが、見ると床の上にはさるぐつわをはめられ、高手小手《たかてこて》にしばられた男が一人、恐怖の眼《め》を大きく見張ってこちらを見ている。

「誰か。君はこんなところで何をしているのだ」

しかし、それは無理である。相手はさるぐつわをはめられているのだから、返事のできるはずはない。それに気がつくと等々力警部。

「先生、ピストルと懐中電気を持っていてください」

二つの道具を博士にわたして、用心深くさるぐつわをといてやったが、そのとたん、

「や、や、や、き、君は緒方医師！」

いかにもそれは、警視庁の前からかどわかされた緒方医師であった。

「君はどうしてこんなところに……」

「やられた……やられました。……警視庁の前に、藪睨《やぶにら》みの男が待っていて……無理矢理《むりやり》に自動車にのせられ、……目かくしをされて……ああ、恐ろしいゴリラ男！」

そこまでいうと緒方医師は、気を失ってバッタリそこに倒れたが、その時である。暗やみの中から、ふいに妙な声がきこえて来た。それはじめ、ささ

やくような低い声であったが、しだいに大きくなってくると、やがて、わめくように部屋いっぱいにひびきわたった。

「小山田博士……小山田博士……おれがわかるか……おれが誰だかわかるか。……おれはきさまのために死刑になった古柳……古柳男爵だぞ！」

「あっ！」

小山田博士も等々力警部も、その声をきいたとたん、総身《そうみ》の毛という毛が、ことごとくさか立つような恐怖にうたれた。

悪魔の笑い

さすがの小山田博士も、しばし呆然《ぼうぜん》としてつっ立っていたが、ふと気がついて、ドアのそばにあるスイッチをひねった。

と、天井《てんじょう》のシャンデリヤに灯《ひ》がついて、部屋の中は急に明るくなったが、怪しいすがたはどこにも見えない。緒方医師の話のとおり、部屋のすみに、天《てん》蓋《がい》つきのベッドがあるきり、あたりはがらんとして殺風景《さっぷうけい》だ。

警部はそっとベッドのそばへ近よると、ピストルを身構えながら、さっとカーテンを開いたが、中はもぬけのからだった。警部はいささかひょうし抜けのていだったが、その時またもやきこえて来たのはあの恐ろしい声。

「わっはっは！　等々力警部面喰《めんくら》いのていときたね。だめ、だめ、いくら探したところで、おれの姿は見えっこないぜ」

警部はぎょっと息をのむ。声はたしかに部屋の中からきこえてくるのだ。それでいて、怪しい影はどこにも見えない。警部はあっけにとられてキョロキョロあたりを見廻《みまわ》していたが、その時三度《みたび》薄気味悪い声がきこえて来た。

「はっはっは！　ハトが豆鉄砲をくったかたちだね。だが、警部などどうでもいいのだ。おれの相手は小山田博士だ。おい、小山田、いやさ、小山田慎吾！」

そのとたん、小山田博士と等々力警部は、はっといっせいに天井を見上げた。わかった、わかった、怪しい声は天井の、シャンデリヤのあたりからきこえて来るのだ。

警部はそれに気がつくと、呼笛《よびこ》を出して口にあてた。

ピリ、ピリ、ピリ……

夜のしじまをつんざいて、呼笛の音がひびきわたる。と、すぐに刑事がとび込んで来た。

「君たち、この家を家探《やさが》しするんだ。この上の部屋を注意してみろ、怪しい奴《やつ》がいたら、かまわずふんづかまえてしまえ!」

「はっ、承知しました」

刑事がバラバラととび出していくあとから、等々力警部も出ようとしたが、そこへまた、あざけるような声がふって来た。

「わっはっは、家探しとおいでなすったな。だが、そんなことでつかまるおれだと思っているのかい。わっはっは!」

傍若無人《ぼうじゃくぶじん》な笑い声をきいているうちに、小山田博士ははっとあることに気がついた。

「いけない、等々力さん、こりゃ家探ししてもだめですよ」

「だめとは?」

「相手は家の中にいるんじゃない。見たまえ。あのシャンデリヤの根元に、円盤のようなものが見えるだろう。あれはラウドスピーカーなのだ。相手はどこか遠いところにいて、無線電話で話しているのだ」

「しかし先生、相手はわれわれの行動を、手にとる如《ごと》く見ているじゃありませんか。いや、見ているのみならず、われわれの会話も、全部きいているじゃありませんか」

「それはね、この部屋に特種《とくしゅ》な集音集像装置がしかけてあって、われわれの一挙一動、一言一句、電波によって送られるんだ。つまりテレヴィジョンのしかけだね。等々力さん、こりゃア容易ならぬ相手だぜ」

小山田博士と等々力警部は、ゾーッとしたように顔見合《みあわ》せたが、その時又《また》もや恐ろしい声。

「わっはっは! さすがは小山田博士だ。よく見やぶった。そうわかったら、家探しするのはやめたがよかろう」

「誰《だれ》だ、そういうきさまは何者だ」

小山田博士はきっとなって叫んだ。

「誰……? だからはじめに名乗ってあるじゃないか。古柳男爵だと……」

「違う。そんなバカな……古柳男爵は死んだ。死刑になった。三年前に世を去った。……」

「だから生きかえって来たのさ。なあ、おい、小山田博士、死刑になる前、おれは約束しておいたはずだ。三年のうちにきっと生れ代《かわ》ってくる。生きて再び見参《けんざん》するといっておいたはずじゃないか。おれはうそをいうのはきらいだ。生きかえられる目算《もくさん》があったからこそ約束をしておいたのだ。そして、いまこそこうして約束どおりもどって来たのだ。おれは古柳……古柳男爵だぞ！」

ああ、その声！　ギリギリ歯ぎしりをかむようなその声！　さすが物におそれぬ小山田博士や等々力警部も、ゾーッと背筋《せすじ》がつめたくなるような怖《おそ》れをかんじた。

「おい、小山田博士、きさままだ疑っているのか。よし、それでは証拠を見せてやろう。きさま、いま電気のスイッチをひねったろう。そのスイッチの下にもう一つ、かくしボタンがあるはずだ。押せ、そのボタンを押してみろ」

「あっ、先生、いけません」

「はっはっは、等々力警部、その心配は無用じゃ。おれはそんなケチな男じゃない。きさまらを殺そうと思えば、いくらでも手段はある。押せ、小山田博士、そのボタンを押してみろ！」

小山田博士は心をきめてボタンをおした。

と、そのとたん、天井の一角がポッカリわれて、大きな箱のようなものが、ユッサユッサとおりて来る。小山田博士と等々力警部は、息をのんで見詰めている。ピストルを握りしめた警部の手のひらはビッショリ汗だ。

下へおりて来るにしたがって、それがただの箱でないことがわかった。太い鉄格子《てつごうし》のはまった檻《おり》なのだ。そして檻の中には三人の人間が、さるぐつわをはめられ、高手小手《たかてこて》にしばられてぐったりしている。

小山田博士と等々力警部は、驚きの眼《め》をみはっていたが、その時またもや天井から、恐ろしい声がふって来た。

「そいつらに聞いてみろ。そいつらが、古柳男爵再生のいきさつを知っている。小山田博士、これがきさまへの贈物だ」

檻はようやく床についた。

博士ははじめて三人の顔を見たが、そのとたん、

KIKUZO

雷に打たれたように立ちすくんだのである。

北島博士の日記

博士が驚いたのも無理ではない。

檻《おり》の中にとらわれの身となっているのは、まぎれもなく恭助に史郎君。それから太ア坊の三人だ。瀬戸内海の海岸で、楽しくあそんでいるとばかり思っていた三人が、今こうして、檻の中のとらわれ人となって、眼《め》の前に現れたのだから、小山田博士ほどの人でも、気が狂いそうになったのも無理はなかった。

「史郎！　恭助！　太ア坊！」

小山田博士は檻にとびつくと、気ちがいのように鉄格子《てつごうし》をゆすぶった。等々力警部はあっけにとられて、眼玉をパチクリさせるばかり。

「わっははっ！　驚いたか、小山田博士。しかし、何も心配することはないぞ。おれの生きかえったお祝いに、みやげにこうして持って来てやったのだ。殺しゃアしない。じたばたさわぐとめんどうだから、ちょっと薬をのましてあるだけだ。もうソロソロ眼のさめる時分だろう。檻には鍵《かぎ》もかかっていない。ひきずり出して介抱《かいほう》してやれ」

博士ははっと気がついた。檻の戸に手をかけると、はたしてなんなく開《あ》いた。博士はいそいで中へとびこむと、

「史郎！　しっかりせい、これ、恭助、太ア坊もしっかりせんか」

等々力警部もあとからとびこむと、急いで三人のなわ目をとき、さるぐつわをはずした。

怪しい声のいうとおり、薬のききめは、切れめになっていたらしく、まず恭助がぼんやり眼をひらいた。

「これ、恭助、わしじゃ、しっかりしろ。小山田だ。わからんか」

「あっ、先生！」

恭助は博士の胸にすがりつくと、

「史郎君や太ア坊は……？」

「安心せい。史郎も太ア坊もここにいる。しかし、どうしてこんなところに……？」

「東京駅からかどわかされたのです。きょう夕方の列車で、東京駅へつくと、先生からの迎えだといっ

て、自動車が待っていました。ついうっかりそれに乗ると、藪睨《やぶにら》みの男が……」

「藪睨みの男だって？」

等々力警部も驚いてことばをはさんだ。

「そうです。恐ろしく藪睨みの男でした。そいつがいきなりピストルを突きつけて……くやしかったけれど、飛道具《とびどうぐ》にはかないません。そいつのいうままになっていると、怪しい家へつれこまれました。するとそこに、サーカスの力持ちのような大男と、一《いっ》寸法師《すんぼうし》の音丸がいて……」

「音丸？　恭助、おまえはどうして音丸を知っているのだ」

「それについては、いずれあとで話をします。とにかく、藪睨みの男と大男と、一寸法師の三人がいきなりわれわれの鼻の上に、しめったハンケチを押しつけて……それきりぼくはわけがわからなくなったのです」

恭助の話のうちに、史郎君も太ア坊も眼をさました。

「あっ、お父さん！」

「小父《おじ》さん！」

「おお、史郎も太ア坊も気がついたか」

「お父さん、たいへんです。古柳男爵が生きかえったのです」

「古柳男爵が生きかえった？」

「そうです、そうです。くわしいことは、この日記に書いてあります」

「日記……？　いったい誰《だれ》の日記だ」

「北島博士です。古柳男爵の助手をしていた北島博士の日記です。博士はこれをお父さんにわたしてくれと……」

「それじゃ、おまえたち、北島博士にあったのか」

「そうです。先生、われわれは嵐にあって、男爵島へ流れついたのです。そこで私たちは世にもおそろしい経験をしました。先生、とにかくその日記を読んでみてください」

さすがの小山田博士も、何が何やらわけがわからない。意外なところで意外な対面、それだけでもどぎもを抜かれているところへ、みんな口をそろえて、古柳男爵の再生をつたえている。博士が呆然《ぼうぜん》としたのも無理はない。

「よし、ともかく檻を出よう」

一同檻をでると、小山田博士はとりあえず、北島博士の日記をひもといたが、ああ、その日記こそ、古柳男爵再生の、世にもおそろしい秘密をときあかしているのだった。

私、北島俊一《しゅんいち》は後日のため、日記のはしに、この恐ろしい出来事を書きとめておくことにする。

古柳男爵は再生した。この日記を読む人々よ。それを疑ってはならぬ。あの大科学者にして、大悪人なる古柳男爵は、たしかにこの世に再生した。しからば、男爵はいかにして、この世にいきかえって来たか、今そのことを書きしるすであろう。

北島博士の手記は、そんなふうにはじまっている。

等々力警部と小山田博士は、ゾーッとしたように顔を見合《みあわ》せたが、やがてまた、急いでつぎの行に眼をはしらせた。

古柳男爵はまことにすぐれた生理学者であった。わけても脳の生理については、世界にならぶものもないほどの学者であった。その男爵があるとき、つぎのようなことを考えた。

人間の肉体が死ぬとともに、脳もいっしょに死んでしまうのは残念なことである。すぐれた学者や、えらい芸術家の、ふしぎな働きをもつ脳を、肉体とはべつに、いつまでも生かしておくことはできないものであろうか。……古柳男爵はそう考えたのであった。

北島博士のふしぎな手記は、まだまだ長くつづくのだが、それは読めば読むほど、いよいよますます怪奇であった。

大発明

そこで古柳男爵は、人間のからだから脳だけぬきとって、それを博士がつくった、ある特別な生理的食塩水の中で、保存することを思いたった。

博士はまず、医科大学から研究用の死体を買って来て、その研究をはじめた。しかしそれはだめであった。なぜかというにその死体は、死後あまり時間がたっていたので、脳の活力もすっかりなくなっていたからである。そこでそのつぎには、交通事故のために死んだ人の死体を死んでからすぐにひきとって、研究することにしたが、やがてとうとう成功したのである。むろん、それまでには、たびたび貴重な失敗もあったが。……

死後すぐに肉体から取り出された脳は、生理的食塩水の中で、りっぱにいきていたのである。すなわち、これでわかったことは、年とってしぜんと死んだ人や、長い病気で死んだ人の脳は、どんなに手をつくしてもだめであるということだ。それは脳そのものが年をとって、生きる力を失っていたり、病気のために弱っているからである。それに反して、災難などで急に死んだ人の脳を、できるだけ早いうちに取り出せば、りっぱに再生できるということがわかった。

しかし、男爵の研究も、それだけではなんにもならない。食塩水の中にある脳は、いかに生活力をもっていても、なんの働きも示すことはできない。そこで博士はまた、つぎのようなことを考えた。すなわちこの脳を、別の人間の頭に移植するということである。

北島博士の手記は、いよいよ出《い》でて、いよいよ奇怪である。

もしこのことに成功すれば、世にこれほどすぐれた発明はないであろう。なぜならば、世界にはりっぱな脳を持ちながら、弱いからだになやんでいる人が多い。またその反対に、生きていてもなんの役にも立たぬバカや気ちがいのくせに、からだだけは人なみすぐれて丈夫《じょうぶ》なものもいる。そういうバカの脳を抜きとって、そのあとへすぐれた脳をいれかえれば、それこそ頭脳もからだもすぐれた人間が出来るではないか。また、年とった天才の脳を、若いからだに移植することによって、天才の脳をいつまでも、若く保つこともできる。こういうことができるならば、それこそ今までに類のない、大発明だということができる。古柳男爵はそれをやってみようと考えたのだ。

しかし、それにはたいへんむずかしいことがあった。すなわち、生きている、しかも強壮なからだを持った人間が入用《いりよう》だからだ。男爵はここでハタと困った。はたしてうまくいくかどうかわからぬ研究に、生きた人間を使うことはできなかった。これには男爵も迷ったが、とうとう人間の代《かわ》りに、ほかの動物を使うことを思いついた。すなわち人間に一番近いサルの類を用いることである。

こうして古柳男爵が手に入れたのが、かの怪獣ロロである。

小山田博士は読みすすんでいくにしたがって、額《ひたい》にビッショリ、汗のにじむのをおぼえた。等々力警部も眼《め》を皿のようにして、この奇妙な手記をのぞいている。

北島博士の文章は、まだまだつづくのである。

古柳男爵が、どこからロロを手に入れて来たのか私は知らない。またロロとは何者かそれも知らない。しかし、ロロこそは世に恐ろしい怪獣であった。男爵はあるとき笑って、こいつは人間とゴリラのあいの子だよといったが、あるいはほんとうにそうかも知れぬ。ゴリラにしては人間に近いし、人間にしてはゴリラ的だった。

古柳男爵はロロを手にいれると間もなく、男爵島へうつることになった。それは軒《のき》のちかい都会では、ロロのうなり声を怪しまれるおそれがあったからだ。

男爵はロロの頭にまず、自動車の衝突で死んだ男の脳を植えつけてみた。そしてその実験は首尾よく成功したのだ。いったん死んだ男が、ロロのからだをかりて、みごとに生きかえって来たのである。

ああ、その時の男爵のよろこび、私のおどろき！私はあまりの気味悪さに、気がくるいそうであった。

ロロはむろん怪獣ではある。舌の構造も人間とちがっている。だから物をいうことはできなかったが耳はきこえた。そしてロロは今や、人間の話すことがわかるようになったのだ。いやいや、そればかりではない、半年あまり一生けんめいに練習すると、ロロの舌はしだいに自由になり、片語《かたこと》くらいならしゃべれるようになったのだ。

男爵はうちょう天になって喜んだが、ちょうどその時起《おこ》ったのがあの事件……

ある日、男爵島へ大勢の警官がやって来て、男爵をとらえていった。そして男爵の悪事のかずかずが暴露したのだ。

ああ、そのときの私のおどろき！

私はかねがね男爵の学問には敬服していたが、人物にはいつもいやアな感じをいだいていた。

しかし、まさかあのような大悪人であったろうとは！

しかも、私はその大悪人から、世にも恐ろしいことを頼まれたのだ。

北島博士の手記はまだまだつづく、そして一句は一句、一行は一行ごとに、恐ろしさを加えていくのであった。

美代子のゆくえ

嵐の夜の手術

北島博士の手記はまだつづく。……

古柳男爵が死刑ときまってからまもなく、私は面会をゆるされて、牢屋《ろうや》の中で男爵に会ったことがある。

そのとき、男爵は私に、こんなことを頼んだのだ。自分が死刑になったら、すぐさま死体をひきとって、男爵島へ持ちかえり、自分の脳をとって、ロロの頭に移植してくれ。——と。

ああ、あの時、私はなぜキッパリそれをことわらなかったのだろう。なまじっかそれを承知したために、私はいま後悔のために夜も眠れないのだ。

しかし、ここで私は一言いいわけをしておく。私が男爵の頼みをひきうけたのは、けっして慾《よく》に目がくれたためではない。男爵の財産がほしかったからではない。学者として私もいちど、自分であの実験をやってみたかったからなのだ。

私はそこで男爵のなきがらをひきとるための手続きをした。また、それを男爵島へほうむるためと称して、運んでいく許可もえた。

万事はうまくいった。まさかそんな恐ろしい実験が行われるとは知らないから、私の願いは首尾よくとりあげられたのだ。

こうして男爵が死刑になった直後、私はそのなきがらを男爵島へはこんでいった。そしてあの恐ろしい手術をやったのである。

その日のことを、私は今も忘れることはできぬ。

それはものすさまじい嵐の夜だった。男爵島の塔の外には、稲妻《いなずま》がひらめき、雷鳴がしきりにとどろいた。ああ、それこそは大悪人、古柳男爵再生にとってまことにふさわしい晩だったのだ。

手術のことをあまりくだくだしくのべるのは止《や》めよう。私は薬をつかってロロを眠らせた。そして、まえに植えつけてあった脳をぬきとり、そのあとへ、古柳男爵の死体から抜きとった脳を移植した。

そしてその結果は……?

ああ、私はいま、あの手術が失敗していたらどんなによかったろうと思う。ところが手術はみごとに成功したのだ。古柳男爵は、怪獣ロロのからだをかりて、みごとにこの世に再生したのだ!

手術がおわって、ロロが眠りからさめたとき、一番はじめにそいつはなんといったか。

「北島君、ありがとう」

それから、ひッつッたような笑いをあげると、

「おれが誰《だれ》だかわかるか。おれは古柳男爵だ」

ああ、そのときの私のおどろき、私の怖《おそ》れ。自らおこなったこととはいえ、私はそのせつな古柳男爵を、ロロのからだごと、殺してしまいたいと思ったくらいだ。

私は古柳男爵がなぜ、そのような手術を私に頼んだかよく知っていた。古柳男爵が死刑になる前に、もう一度この世に生《うま》れてきて、社会に復讐《ふくしゅう》してやるといったことは、私もよく知っていたのだ。

だから私は万一の場合を考えて、手術は檻《おり》の中でやったのだ。そして、けっしてこの恐ろしい怪獣男爵を、檻の外へ出すまいと決心した。

手術後の経過はすこぶるよくて、まもなくロロ、

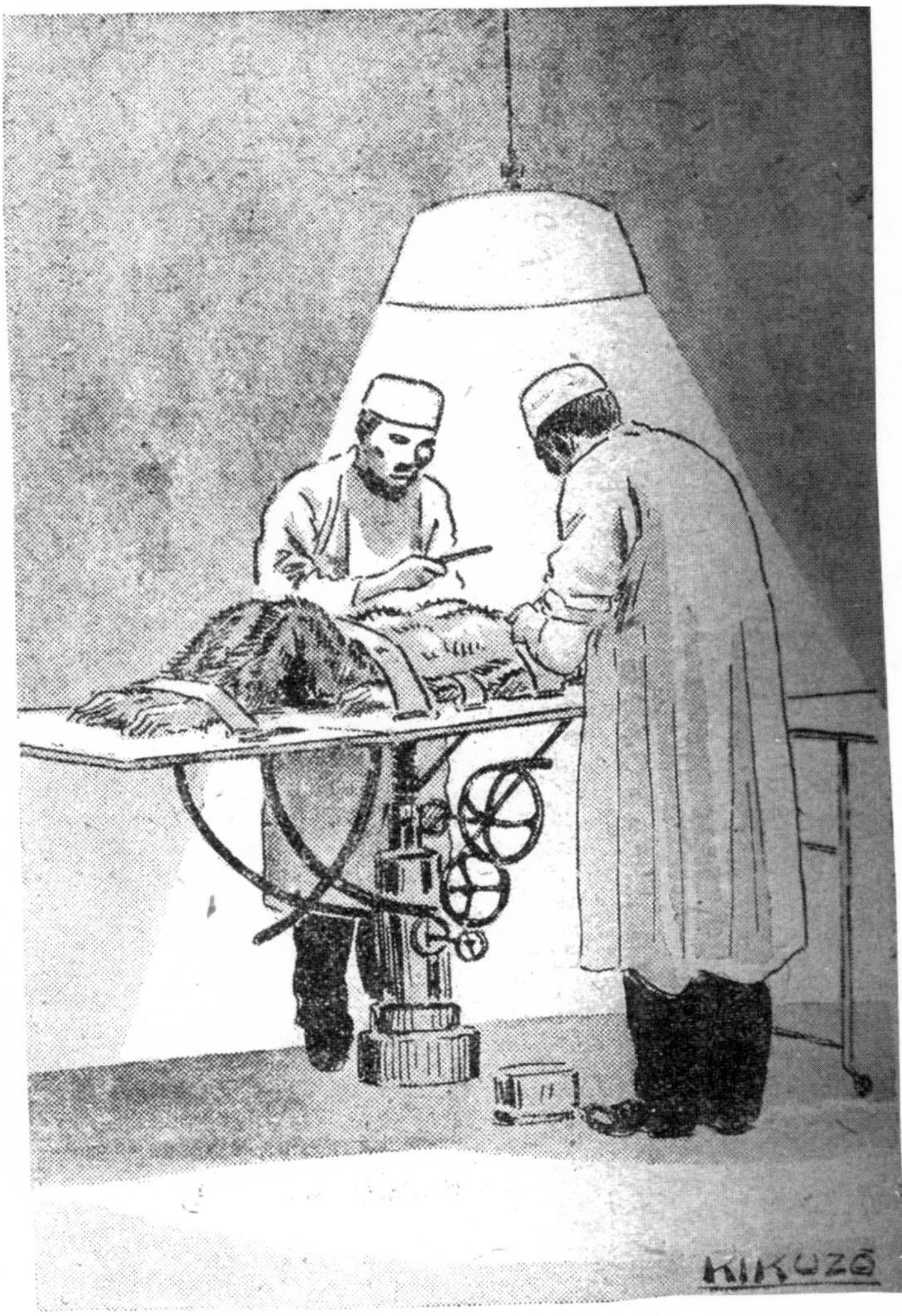
KIKUZŌ

いや、いまや古柳男爵であるところのその怪物はしだいに元気になって来た。しかも口のききかたなども、以前とくらべると、また一段とじょうずになった。

古柳男爵は檻の中から、外へ出してくれとしきりに頼むのだ。しかし、私は絶対にそれを受けつけなかった。檻から外へ出したがさいご、この怪獣男爵は、なにをしでかすかわからないのだ。

ところがまもなく、私は困ったことに気がついた。それは一寸法師《いっすんぼうし》の音丸だ。音丸はいつのまにやらあの怪獣が、古柳男爵であることに気がついたらしい。そして、男爵の命令とあらば、どんなことでもやりかねない一寸法師なのだ。

私は不安をかんじたので、三年分の食糧《しょくりょう》を買いこむと、島にある舟を全部沈めてしまった。こうしておけば、たとえ檻をやぶって外へ出ても、島を立ち去ることはできまい。漁師はおそれて、けっしてこの島へ近よらないし、怪獣ロロは十メートルと泳ぐことはできないのだ。

私はいま、恐ろしい怪獣男爵とともに、はなれ小《こ》島《じま》の一軒家に住んでいる。心労のために、ちかごろは、めっきりからだも弱ってしまった。近いうちに私は死ぬだろう。私は今その日の一日も早からんことを祈っているのだ。なぜならば、そのときこそ私は、一発のもとに怪獣男爵をうち殺そうと思っているからだ。

しかし、もしその日が来るまえに、怪獣男爵が島を脱出するようなことがあったら。……それを思うと私は髪の毛も白くなるような恐怖を感じる。古柳男爵は悪魔のような智慧《ちえ》のもちぬしなのだ。このことは世間で知らぬものはない。しかも、いまやそのうえに、怪獣ロロの腕力とすばしっこさを得た。鬼に金棒《かなぼう》とはこのことだろう。

ああ、恐るべき怪獣王、ゴリラ男爵！

神よ、この怪獣をほろぼすために、一日も早く、私のいのちを召したまえ。


北島博士の恐ろしい手記はそこでおわっていたが、それを読みおわった小山田博士と等々力警部の顔は、まっさおになっていた。

恐怖の幻灯

「先生、こりゃアしかし、ほんとうのことでしょうか。北島博士は気がちがっていたのではありますまいか」

そういいながら等々力警部は、ベットリと額《ひたい》ににじんだあぶら汗をぬぐっている。

「いいえ、警部さん、そんなことはありません。ぼくたちはげんにこの眼で、怪獣男爵を見たのです」

恭助がいった。

「お父さん、怪獣男爵はほんとにいるんですよ。僕たちのヨットが、男爵島へ流れついたのがいけなかったのです。男爵は一寸法師の音丸としめしあわして、北島博士をしめ殺し、僕たちのヨットに乗って島を脱出したのです」

史郎君もそばからことばをそえた。そしていまさらのように身ぶるいした。きっと、あの時の恐ろしさを思い出したのだろう。

「なに、それじゃ北島博士はなくなったのか」

「そうです、先生、しかし北島博士はそのとき、男爵にピストルで一発くらわしたそうですから、男爵は生きているとしても大けがをしているにちがいありません。だから、つかまえるのなら今のうちです」

「なに、それじゃ男爵はピストルでうたれているのか」

小山田博士ははっとしたように、等々力警部と顔を見合《みあわ》せた。それから思い出したように、床にたおれている緒方医師に眼をやった。

わかった、わかった、これで何もかもハッキリして来た。緒方医師が手当てをした、あの怪しい患者こそ、怪獣男爵だったのにちがいない。と、すれば、いまや古柳男爵、あの大悪人の再生については疑いをさしはさむ余地もない。

さすがの小山田博士も、あまりにも恐ろしい出来事に、しばし呆然《ぼうぜん》としてことばもなかったが、そのときだった。またもやあの気味の悪い声が天井《てんじょう》からふってきた。

「小山田博士……小山田博士……」

あっ。——と、一同は天井をふりあおぐ。何も知らぬ恭助、史郎君、太ア坊の三人は、びっくりしてシャンデリヤを見詰《みつ》めている。

「小山田博士……いやさ、小山田慎吾！」

と、気味わるい声はもう一度、博士の名をくりかえして呼ぶと、

「さあ、これでおれが……古柳男爵が約束どおり、この世に生きかえって来たことはわかったろうな。しかし、きさまはまだこのおれが、どんな姿になったか知ってはいまい。今それを見せてやる。おい、小山田博士。電気を消せ。そして、さっきのかくしボタンの下に、もうひとつかくしボタンがあるからそれを押してみろ！」

小山田博士はもうためらわなかった。いわれるとおり電気を消すと、もうひとつのかくしボタンをさがして押した。

と、ふいに壁の一部分に、十センチ四角の孔《あな》がパックリ開くと、そこからさっと一道《いちどう》の光がさして、向うの壁に世にも奇妙なすがたをえがき出したのである。

「あっ！」

それをみると一同は、くらやみの中で手に汗をにぎった。

「お父さん、幻灯《げんとう》ですね」

「そうだ、幻灯だ！」

小山田博士もあまりの無気味さに、ゾッと鳥肌《とりはだ》が立つ思いであった。

ああ、そこにうつし出された姿の、なんという気味悪さ！

そいつはゴリラにそっくりだった。脚《あし》がまがって、手が長くて、背中を丸くしてなかば這《は》うようなかっこうをしている。それでいてそいつは、フロック・コートを着ているのだ。フロック・コートの上に黒いトンビを着ているのだ。頭にはシルクハットをかぶっているのだ。足にはピカピカ光る靴をはいているのだ。

ああ、その姿のいやらしさ、みにくさ、あさましさ！　まことにそれこそゴリラ男爵、怪獣王の名にふさわしい！

しかも、この怪獣男爵の左右には、奇妙な部下がふたり立っている。

一寸法師の音丸と、藪睨《やぶにら》みの蛭池だ。ふたりとも、おどろき怖《おそ》れる一同を、あざわらうようににやにやしている。

「どうだ、わかったか、小山田博士！」

天井から、またあの恐ろしい声が落ちてきた。

「おれがこのようなあさましいすがたになったのも、みんなきさまや、きさまに味方する社会のためだぞ。おれは生きかえった。約束どおり復讐《ふくしゅう》してやる。きさまやきさまの味方の世間に対して、恐ろしい復讐をしてやるのだ！」

恐ろしい声は、そこでギリギリ奥歯をかみならすような音をさせると、

「きょうという日から、日本じゅうの人間は、まくらを高くして眠ることはできないだろう。おれはあばれてやる。あばれて、あばれてあばれまわってやる。それが怪獣王とうまれかわった、この古柳の復讐なのだ！」

怪しい声はそこでふたたび歯ぎしりの音をさせると、

「その手はじめが、おい、小山田博士、きさまだぞ。おれはきさまに息子をかえしてやった。そのかわり、きさまの娘をもらっていく。きさまにとっては眼の中へ入れても、痛くないほどかわいい美代子だ。おい、小山田博士、早くうちへかえってみろ！　うちへ帰って調べてみろ！　美代子は無事かどうかと……」

「お父さん！」

史郎が何かいおうとすると、怪しい声はあざけるように高笑いして、

「史郎、きさまの電報はまにあわなかったのだ。美代子はおれがもらっていったぞ。殺しゃアしない。殺しはしないがもう二度と、きさまたちの手にはもどらないのだ。小山田博士、きょうはこれでお別れだ。あっはっは、あっはっは、あっはっはっはっは！」

悪魔の笑いはいつまでも、いつまでも暗やみの中にうずまいていた。……

警報鳴らず

「いいえ、非常ベルは一度も鳴りませんでした。これればかりは神かけて申しあげます」

「ばあや、ひょっとするとおまえ、いつもの仕掛けをするのを忘れていたのじゃないか」

「そんなことはございません。窓のほうはお嬢さまとごいっしょに仕掛けましたし、廊下のほうはお清

さんと二人で仕掛けました。ねえ、お清さん、そうでしたね」

女中のお清はあまり意外な出来事に、さっきから泣いてばかりいたが、それでもばあやのことばをきくと力強くうなずいた。

小山田博士と等々力警部は、呆然《ぼうぜん》として顔を見合《みあわ》せている。恭助や史郎君、それに太ア坊の三人は、心配のあまり真っさおになっていた。

あれから一同はあわてて芝の高輪から、麻布狸穴にある、博士の屋敷へ帰って来たのだが、怪獣男爵のことばはうそではなかった。いつの間にやら美代子はいなくなっていたのだ。しかも留守番のばあやも女中も、小山田博士にきかれるまでは、少しもそのことに気がつかなかったのだから妙である。

「お嬢さま？　お嬢さまならお部屋でよくおやすみでございますわ」

一同の血相《けっそう》がかわっているのを、かえってばあやのほうがふしぎに思ったくらいである。

小山田博士も一時はこれでほっとしたが、念のために美代子の部屋を調べたところが、部屋の中はもぬけのから。そこで大騒ぎになって家の中はいうに及ばず、庭のすみずみまで探したが、美代子のすがたはどこにも見えなかった。それでいて部屋の中には取乱《とりみだ》した跡もなく、美代子といっしょに、美代子のふだん着のセーラーや、靴がなくなっているだけだったが、ここに一つふしぎなことがある。

いったいこの家では、夜になると表玄関はいうまでもなく、窓という窓、ドアというドアには、必ず秘密の仕掛けがほどこされるのだ。

それは赤外線警報装置ともいうべきもので、ドアならドアの内がわに、赤外線の帯が床から一尺《しゃく》ばかりの高さにわたされる。赤外線だから眼《め》には見えない。そして、ちょっとでもその光線にふれたがさいご、家中のベルが鳴る仕掛けだ。しかもこの帯は相当ひろいから、たとえそこにそういう光線が張りわたされていることを知っていても、よけて通るということは絶対にできない。

これは博士が身を守るために考案した工夫で、美代子の部屋にもむろんその装置はしてあった。そして今夜美代子が寝る前に、その装置がはたらくようにしておいたと、ばあやはハッキリいっている。それだのに警報は鳴らなかったのだ。いや、鳴らなかったからこそ、ばあやもお清も安心して、博士の一行が帰って来るまで、美代子のいなくなっていることに気がつかなかったのだ。

ところがよく調べてみると、美代子の部屋の窓に、ひとつだけ、内側のかけがねのはずれているのがあった。そしてその窓の内側だけ、赤外線の仕掛けがきってあった。

「先生、ひょっとするとこの窓だけ、ばあやさんが締《しま》りを忘れたのではないでしょうか」

等々力警部はそういったが、ばあやは決してそんなことはないといい張った。このばあやは非常に注意深い性質だし、また、うそをついてゴマかすような性質ではないから、これはほんとうのことに違いない。

「と、すると、いったん仕掛けた装置を、あとからまた、切ったものがあると見なければなりませんが、いったいそれは誰《だれ》でしょう」

「等々力さん、そのことだよ。五年前に古柳男爵……殺された夏彦男爵の令息《れいそく》、龍彦君のゆくえ不明になった時も、やっぱりこのとおりだったのだ。その晩、龍彦君はいつものとおり部屋に寝たが、つぎの朝になってみると、部屋の中はもぬけのから。しかも今夜と同じように、洋服も靴もなくなっていた。しかもその晩叔父《おじ》の冬彦は、遠方にいて、絶対に男爵邸へ近よらなかったことがわかっている」

「それでいて冬彦がかどわかしたのですか」

「そうだ、そのことは冬彦男爵も白状している。しかし、どういう方法でやったのか、……部下がやったとしても、あんなにうまく連出《つれだ》せるはずがない。そうそう、その頃《ころ》男爵邸《てい》には、よく吠《ほ》える犬がいたのだが、その晩は、一度も吠えなかったそうだ」

「お父さん、龍彦君の部屋の窓も、内側からかけがねがかけてあったのですか」

「そうだ。うちと同じ仕掛けになっているのだが、そのかけがねがやっぱりはずしてあった。しかもどこにも無理をして、こじあけたような跡はなかったのだ」

「お父さん、それでは龍彦君も美代子も、まるで自分で部屋を出ていったようですね」

史郎君がそういうと、小山田博士ははっとしたようすであった。

「史郎、よくいった。私はなぜそれに気がつかなかったろう。ほかに考えようがない以上、史郎のいうのが正しいかも知れない」

博士は急に部屋の中を歩き出したが、

「しかし、先生、そんなバカなことが！　夢遊病者じゃあるまいし、フラフラ出歩くなんて……美代子さんは夢遊病じゃありませんよ」

そういったのは恭助だったが、それをきくと博士はギクッと立ちどまった。そしてしばらく、何か考えていたが、やがてまた、檻《おり》の中の熊《くま》のように、部屋の中を行きつもどりつしながら、

「夢遊病……夢遊病……ああ、それにちがいない。……ばあや！」

博士は急にばあやのほうをふりかえった。

五人の誓い

「ばあや、おまえにきくがね。きょう、美代子のようすになにかかわったことはなかったかね。どんなつまらないことでもいいのだ。変だなと思われるようなことはなかったかね」

「はい。……」

ばあやはおどおどしながら、首をかしげて考えていたが、やがてはっとしたように、

「そうおっしゃれば旦那《だんな》さま、ちょっと妙なことがございました。あれは夕方の四時ごろでございましたでしょうか。表《おもて》へ妙なチンドン屋が参りまして、お嬢さんが見たいとおっしゃるので、お供《とも》をして参りました」

「妙なチンドン屋って、おばさん、どんなチンドン屋なの？」

太ア坊がはじめて口をひらいた。

「それがほんとうに変《かわ》ったチンドン屋で、一人は一《いっ》寸法師《すんぼうし》でした」

「一寸法師？」

みんなが一度に叫んだので、ばあやはびっくりして眼をパチクリさせた。

「あの、一寸法師がいけないのでございましょうか」

「いや、いいんだ、いいんだ、それで……？」

「それからもう一人は、変な張《はり》ボテ人形をかぶっているので、姿かたちはわかりませんが、妙に背中がまがっていて、這《は》うようなかっこうで歩いているの

でございます」

　一同はゾーッとしたように顔見合《みあわ》せた。

「ところで、その張りボテ人形ですが、眼《め》のところだけ切りぬいてあって、そこから中の人の眼がのぞいております。ところがその眼というのが、なんともいえぬほど気味のわるい眼つきなので、お嬢さまもはじめのうち、なるべくそのほうを見ないようにしていらっしゃいました。ところが、しばらくして私がふと気がつくと、いつの間にやらお嬢さまは、その張りボテの眼と、じっとにらめっこをしていらっしゃるのでございます。私、あまり気味が悪いものですから、お嬢さまの手をひいて帰ろうといたしましたが、そのときふっとお嬢さま、気が遠くなったように、私の胸へよろけかかっておいでになりました」

　一同はまた、ゾーッとしたように顔を見合せた。ばあやはなおもことばをついで、

「私びっくりして、お嬢さま、お嬢さまとお呼びしましたが、そのときのお嬢さまの顔色ったら、それこそまっさおでございました」

「ばあや、その時なぜそのことを、私にいってくれなかったのだ。私がそれを知っていたら……」

　小山田博士が沈んだ声でそういうと、ばあやもしょんぼり涙ぐんで、

「すみません、すみません。でも、二三度お名前を呼んでおりますうちに、血色もよくなり、もとどおり快活になられて、それからあとは、ふだんとちっとも変ったことはございませんでしたので……」

「ああ、いいんだ、いいんだ。けっしておまえのあやまちではない。さあ、ばあやもお清も部屋へおさがり。けっしてつまらぬことにくよくよするんじゃないよ」

　ばあやとお清は泣きながら、ていねいにおじぎをして部屋を出ていった。

　一同はしばらくシーンとだまっていたが、やがて小山田博士が悲壮な顔をして、ほかの人たちを見わたした。

「等々力さん」

「はい」

「恭助」

「先生。……」

「史郎も太ア坊もよくおきき。われわれがこれから

相手にしようという敵が、いかに容易ならぬ力を持っているか、いまのばあやの話でよくわかったろう。古柳男爵は昼のあいだに、美代子に催眠術《さいみんじゅつ》をかけておいたのだ。それはその時すぐに反応を示す催眠術ではなくて、夜の何時かになって、はじめて作用をしめすのだ。その時刻がくると、美代子は男爵にかけられた催眠術のために、自己催眠をおこした。そしてベッドから起きあがると、洋服を着て、靴をはき、赤外線の仕掛けをきっておいて、窓をひらいて外へ出たのだ。まるで夢遊病者のように。……そして表に待っていた男爵の部下に、どこかへ連れさられたのだ。五年まえ、龍彦君がさらわれたときも、やはりこれと同じ方法で、昼のうちに催眠術をかけられたのにちがいない。……ああ、美代子、かわいそうな美代子！」

小山田博士は悲痛な声をふりしぼると、よろめくようにイスに腰をおとして、ひしとばかりに両手で顔をおおうた。

一同はしばらく無言のまま、悲しそうに首を垂れていたが、やがて史郎君はきっと顔をあげると、博士の肩に手をかけて、

「お父さん、しっかりしてください。お父さんがそんなに気を落とされたら、僕たち、どうしてよいのかわかりません。ねえ、お父さん、戦いましょう。古柳男爵と戦いましょう」

「そうだ、史郎君、よくいった。先生、僕たちも及ばずながらお手伝いします。僕たちはまだ若いし、なんの役にも立たないかもしれませんが、美代子さんを思うまごころだけは誰《だれ》にも劣りません。先生、しっかりしてください」

恭助のことばのあとから太ア坊までが、

「そうだ、そうだ、おじさん、太ア坊だって手伝うよ。なにが怖《こわ》いもんか、あんなゴリラ！」

と、一生けんめいに眼をいからせたから、等々力警部も渋い笑いをうかべて、

「先生、これはこのひとたちのいうとおりです。警視庁も全力をあげてたたかいます。古柳男爵だとて、まさか神通力《じんつうりき》をこころえているわけではありますまい。きっとつかまえます。きっと粉砕《ふんさい》してやります。そして美代子さんのゆくえもきっと探し出してみせますよ。しかし、先生、それにはぜひとも先生のご助力が必要なのです。先生、しっかりしてくださ

い」

　警部のことばに小山田博士は、ふと顔をあげると、しばらく一同の顔をながめていたが、やがてきっと太い眉《まゆ》をあげると、

「いや、これは私が悪かった。皆さん、許してください。私はあやうく自分の悲しみのために、社会のことを忘れるところだった。そうだ、これは美代子ひとりの問題ではない。ひろく社会の問題なのだ。社会のために古柳男爵ごとき人物は、断乎《だんこ》ほろぼさなければならんのだ。みんなよくいってくれた。戦《たた》かおう。そうだ、戦いあるのみだ。あいつをこの社会からほろぼしてしまうまでは、戦って、戦って、戦いぬくのだ。いいか、みんなきょうから、古柳男爵の最期《さいご》を見とどけるまではどんな恐ろしいことや、どんな危《あぶな》いことや、どんなむずかしいことにぶつかっても、戦って、戦って、戦いぬくのだぞ」

「やります、先生！」

「お父さん、ぼくもやります」

「おじさん、太ア坊だってやるよ」

　こうして小山田博士と等々力警部、それから恭助、史郎、太ア坊の五人のあいだに、固い誓いがかわされたのである。

　ああ、かくて怪獣男爵に対して戦いは宣《せん》せられたが、はたして行手《ゆくて》はいかに。

　雨か、あらしか。……

日月《じつげつ》の王冠

怪獣と猛犬

その翌日の新聞には、怪獣王、ゴリラ男爵のことがデカデカと報道されて、世間の人々をあっと恐怖のどん底にたたきこんだ。

そこには古柳男爵邸《てい》で発見された、幻灯《げんとう》写真もかかげられていたし、また、北島博士の日記も、かなりくわしくのせられていた。

警視庁が新聞に、そういう記事や写真をのせることを許したのは、世間の人々の力をかりて、一日もはやく怪獣男爵を退治したいためであったが、これを見て誰《だれ》一人、怖《おそ》れおののかぬものはなかった。

怪獣王、ゴリラ男爵！

その名はいまや恐怖のシンボルとなり、フロック・コートを着た、あのいやらしい怪獣の姿は、人々の夢にまで出ておびやかすくらいであった。

警視庁ではむろん、古柳男爵の邸宅《ていたく》を上から下まで大捜索をした。そして精巧な無電装置のいろいろを発見して、いまさらのように古柳男爵の天才に驚いたが、そのほかにこれという目ぼしい証拠も発見されなかった。

あの気味のわるい声がどこから放送され、また小山田博士たちの声が、どこへ向けて放送されていたのかもわからなかった。

それにしても、その後怪獣男爵は、いったいどこにかくれているのだろう。ああいうみにくい姿をしているのだから、ちょっとでも人眼《ひとめ》にふれたらすぐわかるはずである。人間ならば変装することもできるが、ゴリラには変装できない。

それにまた、怪獣男爵が両腕とたのむ部下というのが、一寸法師《いっすんぼうし》に藪睨《やぶにら》み、これまた人眼をゴマ化《か》せない特徴をもっている。それにもかかわらずその後しばらく、誰も怪獣男爵を見たものはないし、誰も怪獣男爵のうわさをきいたものはなかった。

それについてある人は、怪獣男爵はまだ傷がよくならないのだろうといっていたし、またある人は、いやいや、傷はよくなったけれど、時機を待っているのだろう。そしていまに何か、恐ろしいことをしでかそうと企《たくら》んでいるにちがいないといっていた。

こうして一週間とたち、二週間とすぎていったが、するとここにまた恐ろしいうわさがひろがった。そのうわさというのはこうである。

それは九月もおわりの、ある雨催《あめもよ》いの晩のことであった。小石川《こいしかわ》小日向台町《こひなただいまち》に住む山村《やまむら》という人が、夜の十二時ごろ、自分の家へ帰ろうと、大日坂《だいにちざか》をのぼっていった。

大日坂という坂は、かなり急な坂で、昼でもあまりにぎやかなところではない。それが夜の十二時、しかも今にも雨が落ちて来そうな晩だからいっそうさびしい。むろん人影などはどこにも見えない。

山村さんはうつむきかげんに、コツコツ坂をのぼっていったが、すると、にわかにあちこちで、けたたましく犬のほえる声がきこえた。それはまるで、台町じゅうの犬という犬がことごとく吠《ほ》え出したかと思われるばかり。

山村さんはなんだか気味がわるくなった。深夜に犬の声をきくというのは、あまり気持ちのよいものではない。ましてやそれがあまり騒がしいから、何事がおこったのかと、怪しい胸騒ぎをおぼえたが、するとその時である。

何かしらまっ黒なものが、サアーッと風をまいて山村さんのそばを通りすぎると、ころげるように坂を駆けくだっていった。

山村さんはあっと後《うしろ》にとびのくと、びっくりして後姿を見送っていたが、するとそこへまた、サアーッと風をまいてとんで来たのは、仔牛《こうし》ほどもあろうかと思われる狼犬《おおかみいぬ》。犬はさっきの姿をめがけて矢のようにとんでいく。山村さんははっと手に汗をにぎった。

大日坂のふもとに近いところに、なんのお宮かしらぬが小さい祠《ほこら》がある。その祠には常夜灯がついているから、まっくらな坂の中でそこだけ明るい。

犬はその祠の前でさきの姿においついた。そしてものすごい勢いでとびかかった。

山村さんはびっくりして、はっとばかりに息をのんだ。犬と人、そこで恐ろしい格闘がはじまったのだ。

はじめのうち狼犬は、はなれてはとびつき、とびついてははなれ、ものすごい唸声《うなりごえ》を立てていたが、やがてサッと相手の咽喉笛《のどぶえ》めがけておどりかかった。

そして二つのからだはもんどりうって路上にたおれた。

たおれたまま二つの影は、あちらにごろごろ、こちらにごろごろころがっていったが、そのうちに、世にも恐ろしい唸《うな》り声が、夜のしじまをつらぬいた。

「ウオーッ!」

それはむろん人間の声ではない。と、いって狼犬の唸り声でもなかった。それはなんともいえぬ、恐ろしい、気味のわるい声だったが、それと同時に、

「キャーン!」

犬の悲鳴が、ふるえるように、高く、長く、夜のしじまに尾をひいた。

戦いは終《おわ》ったのである。あたりは急にしずかになった。さっきから吠えたてていた犬どもも、いつの間にか鳴りをしずめていた。

と、その時、路上からよろよろと立ちあがった怪物……一瞬、その姿が常夜灯のあかりの中に浮《うか》び出すのを見たとき、山村さんはからだ中の血という血が、いっぺんに冷えきるかと思われた。

ああ、それはまぎれもない、新聞にのった怪獣男爵の写真そっくりではないか。

怪獣男爵はころがっていたシルクハットをひろいあげると、にくにくしげに狼犬を蹴《け》とばし、それからひとこえ、

「ウオーッ!」

と、吠えると風のように暗い夜道を走りさった。

それからだいぶん経《た》って山村さんが、こわごわ犬の方に近づいてみると、なんと、狼犬は口からまっ二《ぷた》つに引裂《ひきさ》かれているのであった。

青沼春泥

怪獣王、ゴリラ男爵が大日坂に現れた。そして、仔牛ほどもあろうという狼犬を、まっ二つに引裂いたといううわさは、たちまち東京じゅうにつたえられて、またまた、人々をふるえあがらせたが、そのころ、小山田博士はただ一人、自宅の書斎にとじこもっていた。

この書斎を博士はみずから夢殿《ゆめどの》とよんでいる。聖《しょう》徳太子《とくたいし》が法隆寺《ほうりゅうじ》の夢殿で、仏の道におもいをこらされたように、博士も自宅の夢殿で、怪獣男爵に対する作戦を練っているのである。

怪獣男爵が大日坂へ現れたといううわさは、博士もすでに耳にしていた。そして、博士は今そのことを考えているのだ。男爵はなぜ大日坂へ現れたのだろう。あのへんに何か用事があったのか、それとも男爵のかくれ家《が》が、あの近所にあるのではあるまいか。

とつおいつ、そんなことを考えているところへ、玄関のベルがなった。博士ははっと身を起《おこ》すと、すぐ例のボタンをおした。するとデスクの上のスクリーンに、くっきり映《うつ》し出されたのは、年頃《としごろ》三十くらい、一見して画家か彫刻家としれる風采《ふうさい》の青年だったが、なんだかひどく取乱《とりみだ》しているようすであった。取次《とりつ》ぎに出た恭助にむかって、何やらしどろもどろにいっている。

「ははあ、奴《やっこ》さん、よっぽど心配ごとがあるとみえるな」

博士がつぶやいたとき、卓上にパッと黄色の豆電気がついた。それは客を通しましょうか、追っぱらいましょうかと、恭助が相談しているのであった。博士はちょっと思案をしたのち、青電球のボタンをおした。ともかく、会ってみようと思ったのだ。

間もなく博士は応接室で、その青年とむかいあっていた。博士の前には、青沼春泥《あおぬましゅんでい》と印刷した名刺がおいてある。

「青沼くんというのですね。で、御用《ごよう》は……?」

博士がたずねると、それまでもじもじしていた青年が、急にけいれんするように身をふるわせて叫んだ。

「先生、助けてください。私を助けてください」

あまりだしぬけだったので、博士はびっくりしたように相手の顔を見直しながら、

「助けてくれ? それはいったいどういう意味ですか」

「私は狙《ねら》われているのです。あいつに狙われているのです。ああ、恐ろしい。先生、お願いです。ぼくを助けてください」

「あいつ? あいつとは誰《だれ》のこと?」

「先生はご存じありませんか。一昨日《おととい》の晩、あいつが大日坂に現れたということを。……僕は大日坂のすぐ上に住んでいるんです。あいつはぼくを狙ってやって来たのです!」

博士はぎょっとして、もう一度相手の顔を見直し

た。

「青沼さん、あなたのいっていられるのは、古柳男爵のことですか」

「そうですとも、あの恐ろしいゴリラ男爵！」

「しかし、あなたは何か古柳男爵に、うらみをうける節《ふし》でもあるのですか」

「いいえ、直接にはなんの関係もありません。しかし、あいつに死刑を言い渡したのは……あいつに死刑を宣告した久米《くめ》判事というのは、私の伯父《おじ》なのです。私は久米判事の妹の子で、判事にとっては生きのこっている、たった一人の身寄りなのです」

小山田博士は急にイスから立ち上《あが》ると、二三度部屋の中を往復したが、やがて青沼青年の肩に手をかけると、

「わかりました。古柳男爵に死刑を宣告した、久米判事は去年なくなられた。久米判事は独身だったから子供さんもなかった。そこで、判事のいちばん近い身寄りであるあなたを、あいつが狙っているというのですね」

「そうです、そうです」

「しかし、何か狙われているという証拠がありますか。あいつが大日坂へ現れたというだけでは、少しあいまいだが……」

「先生、これを見てください」

青沼青年がポケットからつかみ出したのは、しわくちゃになった紙一枚。博士はふしぎそうに手にとってしわをのばしてみたが、そのとたん、思わずあっと息をのんだ。

紙の上にべったり押してあるのは大きな手型、しかもそれは人間の手のひらではなく、いつか史郎君たちが、男爵島のお城のホールでみた、あの血染の手型とそっくり同じだった。

「いったい、こんなものがどこにあったのですか」

「けさ、うちの庭に落ちていたのです。知らずに落《おと》していったのか、それとも僕をおどかすために、わざと落していったのかわかりません。しかし、あいつがやって来たことは間違いないでしょう。あいつよりほかに、こんな気味の悪い手型を持ったやつがいましょうか」

博士はしばらくそれを見詰《みつ》めていたが、やがてていねいに折りたたむと、

「これは私が預かっておきましょう。ところで青沼

さん、私にどうしろとおっしゃるのですか」

「先生、それを私はおたずねしたいのです。僕はどうしたらいいのでしょう。とても、大日坂へ帰る気はしません。ばあやと二人で……さびしくて、恐ろしくて、とてもそんな生活はできません。先生、ぼくはどうしたらいいのでしょう」

「青沼さん、あなたにお友だちはありますか」

「はい、牛込《うしごめ》のアパートに友人がいます」

「そう、それじゃ今夜からそこへとめてもらいなさい。古柳男爵にねらわれているなんていうんじゃありませんよ。ほかの口実でね。では、私はいそがしいから……」

青沼青年はしかたなしによろよろ立ち上《あが》った。

「先生、ときどき、僕、ここへお伺《うかが》いしてもいいでしょうか。僕、なんだか不安で不安で、おすがりできるのは先生だけなんです」

博士はだまって、相手の顔をながめていたが、

「いいですとも、あまりたびたびは困るが、ときどきいらっしゃい。では……」

青沼青年はしぶしぶドアの方へいったが、そこで思い出したように、

「あっ、そうだ、忘れていた。先生、さっきの手型のほかに、こんなものが落ちていたんですよ」

それは一枚の新聞の切抜《きりぬ》きだったが、博士はそれを見たとたん、電気にでもさわったように、ビリリとからだをふるわせた。

二着の洋服

それから間もなく青沼青年が出ていくと、史郎君と太ア坊が、ゲラゲラ笑いころげながら、応接室へとびこんで来た。

「お父さん、宇佐美さんとてもうまいですよ。すっかりルンペンになっちゃった」

「うん、あれならあの人と向《むか》いあっても、さっき取《とり》次《つぎ》に出た書生さんだと気がつきゃアしないや」

「ああ、恭助がいまの青年を尾行していったんだね」

博士はにこにこ笑っている。

「ええ、さっきお父さんがボタンを押したでしょう。それ『変装して客を尾行すべし』というボタンを。それで宇佐美さん、ルンペンになったんですが、それが

とてもうまいんですよ」

博士はいったい、いつの間にそんなボタンをおしたのだろう。思うにこの応接室にも、人に知れぬいろいろな仕掛けがあるにちがいない。

「お父さん、いまの人をどうして尾行するの。何か怪しいことがあったの」

「いや、そういうわけでもないが、少し気にかかるところがあったものだから……」

「おじさん、ぼくも変装したいなあ。おじさん、僕にも何か役をいいつけてくださいよ。僕、変装して、きっとゴリラ男爵をつかまえてみせる」

太ア坊は眼《め》をギョロギョロさせながら力《りき》んでみせたが、ああ、それからまもなく太ア坊が、ほんとうに変装して、大活躍するようになろうとは、そのとき誰《だれ》も、夢にも知っていなかったのである。

その時また表のベルが鳴った。こんどやって来たのは等々力警部であった。警部が応接室へ入ってくると、史郎君と太ア坊はえんりょして部屋を出ていった。

「等々力さん、また何かありましたね。いやあ、かくしたってわかります。ちゃんと顔に書いてあります。今度はどんなことですか」

警部は苦笑いをしながら、

「いや、先生にあっちゃかなわない。実はね、また変なことがあったんです」

警部の話によるとこうである。きょう、警視庁へ沢田《さわた》という男がやって来た。沢田というのは東京でしられた、洋服仕立《したて》職人だが、その沢田が等々力警部にむかって、次のような話をしたというのである。

この間、沢田のところへ電話がかかって来た。電話の主は、名前をいえば誰でもしっている有名な金持ちだったが、その人のいうのに洋服をこしらえたいが、寸法をとりに来てくれないか。もし来てくれるなら、自動車を迎えにやるというので、承知をして待っていると、まもなくりっぱな自動車がやって来た。そこでそれに乗ると……

「中に藪睨《やぶにら》みの男がいたのじゃないかね」

「そうなんです。もっとも黒眼鏡《くろめがね》で藪睨みはかくしていたそうですがね。さて、そのあとは緒方医師の場合と同じで、黒い布《きれ》で目かくしされ、つれこまれた所にゴリラ男爵がいた。そしてそこに三日とめおかれて、男爵の着ているフロック・コートや、トンビと寸分《すんぶん》ちがわぬ洋服を仕立てさせられたというのです」

「生地《きじ》やミシンは？」

「それはすっかり向《むこ》うで用意してあったそうです。ところがその生地というのも、男爵が着ているのと、まったく同じだったといいますから、男爵はよっぽど凝《こ》り性《しょう》で、少しでもちがったものだと気にいらないのですね」

生地も型も寸法も、まったく同じ二着の洋服。

……小山田博士はなんとなく腑《ふ》に落ちぬものを感じて、妙に胸が騒ぐのをおぼえた。

「それで、帰りもやっぱり目かくしされたので、どこへ連れこまれたかわからないというのだろうね」

「そうなんです。ところがおかしいことには、その男のいう部屋のつくりというのが、高輪にある、古柳邸《てい》のあの一室にそっくりなんですよ」

「なんだって！」

小山田博士は思わず大声で叫んだが、すぐ気がついたように、

「しかし、あの家には見張りがついているんだろう」

「そうなんです。だから、あの家であるはずがないんですが、そいつのいうところをきくと、何から何まで、あの部屋にそっくりなんです。どうも変な話なんですよ」

小山田博士はだまって考えていたが、

「いったい、それはいつのことなんだね。その洋服屋がつれ出されたのは……」

「いまからちょうど、一週間前のことで、そこに三日閉じこめられていたそうです」

「すると、大日坂の事件より前のことだね。だけど、その洋服屋、なんだってもっと早く、そのことを届けて出なかったのだろう」

「それがね、送りかえされて来るとその日からどっと寝ついて、きょうまで気がへんになっていたんだそうです。無理もありませんや。相手はいま評判のゴリラ男爵。ずいぶん、こわいおもいをしたでしょうからねえ」

二着の洋服、二着の洋服、何か気になる二着の洋服。……小山田博士はしばらく無言で考えていたが、やがて思い出したように、

「そうそう、こっちにも話があってねえ」

と、さっきの青沼春泥のことを話すと、

「……でね、古柳男爵が手型のほかに、こういう新聞の切抜きを落していったというのだ」

等々力警部もその切抜きを見ると、あっとばかりに驚いた。

> 来《きた》る十月三日は千万長者五十嵐《いがらし》宝作翁《ほうさくおう》八十才の賀《が》の祝いである。そこで五十嵐家では当日午前より、大勢の親戚や友人を招いて、邸内《ていない》において大祝賀会をひらくはずだが、ここに興味のあるのは、宝作翁は日本でも有名な宝石の蒐《しゅう》集《しゅう》家で、あつめた宝石の数知れず、なかでも『日月《じつげつ》の王冠』といわれる王冠は、黄金の台に日月ならびに七星をかたどった、粒よりのダイヤモンドがちりばめてあり、世界的に名高い宝物だが、当日はこれをお客さんに見せる由《よし》。

「先生、ひょっとすると古柳男爵は、こっちの計画に感づいているのではありますまいか」

「ふむ、そして部下をつかって、この記事で、私の顔色をよみに来たのではあるまいか……そう思ったものだから、恭助にその青年を尾行させたのだが……とにかく青沼春泥という男の素行《そこう》を、一度よく洗ってみる必要があるね」

と、小山田博士はつぶやいた。

鳴らぬ鐘

さて、こちらは宇佐美恭助である。

先生の命令で春泥を尾行していると、いつの間にやら高輪台町までやって来たから、恭助は大いにあやしんだ。

高輪台町といえば古柳男爵の屋敷のあるところ、さてはこいつも男爵の仲間かと、ハリキッて尾行していると、春泥は男爵邸の方へは行かずに、裏通りへ入っていったから、はてな、それでは見当《けんとう》がちがったかなと思っていると、急に春泥の素振《そぶ》りがあやしくなってきた。なんとなくソワソワとして、前後左右をうかがっている。

「はてな、奴《やっこ》さん、何を狙《ねら》っているのかな」

恭助はいよいよハリキッた。

時刻は雀色《すずめいろ》たそがれ時、しずかな屋敷町には人影もない。

と、ふいに身をひるがえした春泥は、五六段、ひろい石段をかけのぼったかと思うと、さっとかたわらの建物の中へとびこんだ。

「しまった！」

と、叫んだ宇佐美恭助、あわてていま春泥のとびこんだ建物の前へかけつけたが、そこであっとばかりに眼《め》をみはったのである。

教会――と、ひと目でわかるその建物の破風《はふ》には、夜目《よめ》にもしろく『高輪教会』。

高輪教会といえば、緒方医師が男爵邸へつれこまれた晩、鐘《かね》の音をきいたという教会ではないか。春泥はこの教会になんの用事があるのだろう。いや、用事があるとしても、あの怪しい素振りはどうしたことか。

恭助もいそいで石段をかけのぼると、表のドアを押してみたが、残念、中からかんぬきがはまっているらしい。そこで恭助は横の方へまわってみたが、幸い窓がひとつあいている。そこから中をのぞいてみると、いるいる、うすぐらい祭壇の上の、大円柱のかげにかがんで、なにやらモゾモゾやっているのは、たしかに青沼春泥である。

「はてな、何をしているのだろう」

恭助は窓にとりつき、一生けんめいに中をのぞいていたが、その時である。

「あなた、そんなところで何をしていますか」

うしろから声をかけられ、しまったとばかりにふりかえると、そこに立っているのは黒い被衣《かつぎ》をきた尼僧《にそう》。尼僧は清らかな眼をみはって、あやしむようにまじまじと恭助のようすを見ている。

「いえあの……いまここへ怪しい男がとびこんだものですから……」

尼《あま》さんはかすかにほほえんだ。信用しないという顔色である。恭助はやっきとなって、

「ほんとうなんです。ほんとうに変な男がとびこんだんです。ほら、あそこに……」

だが、春泥の姿はもう見えなかった。恭助がびっくりして、眼をパチクリさせていると、尼さんはまたほほえんで、

「そうですか。それではひとつ調べてみましょう」

尼さんは落ちつきはらって、横のドアからしずかに中へはいっていく。恭助もそのあとからついて入

ったが、ふしぎなことには、春泥の姿はどこにも見えないのだ。尼さんと二人で、すみからすみまで探してみたが、春泥の姿はついに発見できなかった。

「変ですねえ」

と、尼さんがつぶやいた。

「妙だなあ。たしかに変なやつがとびこんだのだがなあ」

恭助が弁解するようにいうと、尼さんは清らかなほほえみをうかべて、

「私、あなたを信じています。私がいま変だといったのは、このドアのことです」

尼さんは表のドアを指さした。ドアには内がわから、しっかりかんぬきがおりている。

「私が今ここへ来たのは、このかんぬきをしめ忘れていたことを思い出したからです。それがこうしてかかっているところをみると、誰《だれ》か来たのにちがいありません。でも、その人はどうしたのでしょう」

「僕にもわかりません」

恭助は念のために、窓という窓をしらべてみたが、みんな内がわから掛金《かけがね》がかかっている。いよいよもってふしぎである。

「僕が窓からのぞいた時には、たしかに、この辺にしゃがんでいたんですが……」

恭助は大円柱の根元を指さしたが、そのとたん、危《あや》く声を立てるところであった。祭壇の上にピカリと一つ光るもの、宝石のようである。恭助はすばやくひろってポケットへおさめたが、幸い尼さんは、気がつかなかった。

「ほんとにふしぎですねえ。でも、いないものはしかたがありません。外へ出ましょう」

人を疑うことを知らぬ尼さんに対して、恭助はなんだか恥《はず》かしくなってきた。そこで照れかくしに、

「この教会の鐘はじつにいい音がしますねえ。あれをきくと、なんだか心が洗われるような気がしますよ」

と、そういうと、尼さんはしずかにほほえんで、

「ええ、おかげさまで、やっと修繕《しゅうぜん》ができて来て、またまえのように鳴るようになりました」

「え、それじゃ、どこかいたんでいたのですか」

「ええ、ひびが入って鳴らなくなったのです。夏の中頃《なかごろ》からこの月の初めへかけて……」

「なんですって！」

恭助はギョッとして思わずそこに立ち止《どま》った。

「そ、そんなはずはありませんよ。九月一日の夜、鐘の音をきいたという人がありますもの」

尼さんはおだやかに首をふって、

「いいえ、その人はまちがっています。鐘が鳴らなくなったのは、八月十五日のことで、そのつぎの日に修繕にやって、やっと九月の五日に修繕ができて来たのですから、九月一日にあの鐘の鳴るはずがありません」

恭助はなにがなにやら、わけがわからなくなった。それでは緒方医師がきいたという鐘の音はいったい何《な》んだったのであろうか。

極東大サーカス

千万長者宝作翁

恭助の話をきいて小山田博士もおどろいた。

青沼春泥はどこへ消えたのか。また恭助のひろって来た宝石は誰《だれ》がおとしたのか、まえからそこに落ちていたのか、それとも春泥がおとしたのか。春泥が落したとすれば、どうしてかれはこのような貴重な品を持っていたのであろうか。

さらにおかしいのは鐘《かね》のことである。八月十五日から九月五日まで鐘が鳴らなかったとすれば、九月一日の晩、緒方医師がきいた鐘の音は、どこかほかで鳴らされたものにちがいない。ところが調べてみると、その辺では高輪教会以外に、どこにも鐘など鳴らすところはない。さらにもっとふしぎなのは、男爵邸《てい》の近所に住んでいる人々にきいてみても、九月一日の晩に、鐘の音をきいたという人は一人もなかった。

とすれば緒方医師はうそをついたのであろうか。いやいや警視庁でしらべたところでは、緒方医師は人格者だということだし、小山田博士が会って話したかんじでも、うそをつくような人とは思えなかった。とすればあの晩緒方医師は、夢でも見たのだろうか。

考えれば考えるほどあやしいことだらけである。小山田博士はもっとくわしく、このことを調べてみたかったが、残念ながらそのひまがなかった。と、いうのは五十嵐宝作翁《おう》の祝賀会がせまって来たからだ。

諸君もすでにお察しのとおり、宝作翁のお祝いに、『日月《じつげつ》の王冠』をかざるようにしたのは、小山田博士の入智慧《いれぢえ》であった。宝作翁はいつか怪事件にまきこまれて、あやうくむじつの罪におちようとしたところを、博士にたすけられたことがあるので、博士のたのみとあれば、どんなことでもきいてくれるのだ。

「わかりました、小山田先生」

博士の頼みをきくと宝作翁は、八十とも思えぬつやつやとした童顔をほころばせ、

「つまり王冠を餌《えさ》にして、男爵をおびき出そうというのですな」

「そうです、そうです。古柳男爵はすぐれた学者で、しかも奸智《かんち》にたけた大悪人ですが、ひとつだけ大きな弱点をもっている。すなわち、宝石ときくとどんな危険をおかしてでも、手に入れたくなる病気です。だからいま、『日月の王冠』が金庫からとりだされて、お客さんにひろうされると知ったら、たとえそれがわなだと知っても、きっと奪いに来るにちがいありません」

「いや、よくわかりました。古柳男爵のような大悪人を、捕えるために役立てば、こんな結構なことはありません」

「さっそくご承諾《しょうだく》くださいましてありがとうございます。しかし、ご老人」

と、博士は急に声をひくめると、

「何をいうにも相手は奸智にたけた古柳男爵。こちらも十分警戒はしますが、万が一ということもあります。そこでどうでしょう。表向きは『日月の王冠』をかざるということにして、こっそりにせ物をこさえて飾ったら……」

小山田博士がそういうと、宝作翁はもってのほかという顔をした。

「それはいけません。たとえ男爵をおびきよせるためとはいえ、ほかのお客さんにも見ていただくのでしょう。何も知らぬお客さんをあざむくというのはいけない。あとでにせ物とわかってごらん、五十嵐宝作、一代の恥辱《ちじょく》です」

「なるほど。それではできるだけげんじゅうに、お巡《まわ》りさんがたに守ってもらいましょう」

「それも結構だが、あまり王冠々々とさわいで、制服のお巡りさんなどおいてくださるな。そんなことをすれば、お客さんがたも不愉快だし、宝作め、王冠がおしゅうてお客さんを泥棒あつかいにしたといわれては、わしも面目《めんもく》ない。あまり大げさにしないように」

「なるほど、それもそうですね。それでは王冠に手をふれたら、たちどころに警鈴《けいりん》がなるように仕掛けておいては……」

博士がそういうと、宝作翁はしばらく考えていたが、

「いや、それもやめよう。お客さんの中には、手にとってみたいと思う人があるかも知れぬ。そのたんびにジリジリ鳴っては失礼にあたる。小山田さん、あんたの親切はようわかる。しかし、世の中万事《ばんじ》運しだいじゃ。とるもとられるも時の運、万が一、盗まれたところで、わしがあきらめればそれでよい」

さすがは裸一貫《いっかん》から、千万長者になった宝作翁、王冠のひとつやふたつ、屁《へ》とも思わぬくちぶりだったが、それだけに小山田博士の責任は重大である。もしものことがあってはと、しきりに心をいためていたが、そうこうしているうちに、やってきたのが十月三日、祝賀会の当日だ。

幸いその日は秋晴れのよい天気。祝賀会はおもに庭園でおこなわれる予定だから、まことに好つごうであった。

やがて午前十時半ともなれば、五十嵐家の表門には、あとからあとから自動車がついた。

祝賀会は午前十二時にはじまって、三時か四時におわる予定だ。つまり問題の王冠は、十一時ちょっとまえに大金庫からとりだされ、四時にはもとの金庫へしまわれる。

このことは新聞にも出ていたから、怪獣男爵が来

るとすればその間だ。午前十一時から午後四時まで、それこそ小山田博士にとっては、命をけずる五時間だった。

さて、問題の王冠は、いまやガラスのケースに入れられて、大広間のまん中にかざってある。

宝作翁にお祝いのことばをのべた人々は、何をおいても評判の王冠を見ようと、広間の方へやって来るから、王冠のまわりには、いつも人がひしめきあっていた。

なるほど、これでは特別の張番《はりばん》はいらぬかも知れぬが、それにしてもあたりに一人も、番人らしいものがいないのは不用心千万《せんばん》。

等々力警部や恭助はどうしているのだろう。

印度《インド》の魔術師

こうして午前中はなにごともなく過ぎた。

十二時になるといよいよ祝賀の宴だが、これは庭に張った大テントの中で行われる。

テントは三百人以上も収容できる大きさで、中にはりっぱな食堂が出来ていた。

やがて、正面に宝作翁、その左右に、親戚の人々、そしてお客さんがたがそれぞれの席につくと、四五人の代表が立って、それぞれお祝いのことばをのべる。それにつづいて宝作翁があいさつをすると、式はおわりで、あとはうちくつろいでご馳走《ちそう》ということになる。

食事がおわるとあとはお客さんの自由行動。ひろいお庭には、売店みたいなものがたくさん出来ていて、お汁《しる》こでもサイダーでも、お好みしだいふるまわれる。

一方、何もたべたくない人のために、遊戯場や、余興場が設けてある。射的場《しゃてきば》だの、玉ころがしだの、ベビー・ゴルフだのがあるかと思うと、娘手踊《むすめておど》り、手品に玉乗り、自転車の曲乗りなどもある。こういう余興場の芸人は、みな本職だが、きょう一日だけやとわれて来たのである。むろん、身許《みもと》も厳重に調べてあった。

こうして一同、たのしい秋の半日をうち興じていたが、二時ごろになると、ちょっと興ざめするようなことが起《おこ》った。屋敷の外から、にわかにそうぞうしい楽隊の音がきこえて来たのだ。それはその頃《ころ》五十嵐家のうらの空地《あきち》へテントをはって、興行をしていた極東《きょくとう》大サーカスの奏する音楽の音であった。

五十嵐家のうらの空地で、サーカスが興行しているということは、小山田博士も気にやんだ。そこで等々力警部にたのんで調べてもらったが、別にあやしいところもなかった。

第一、サーカスがそこで興行をはじめたのは、宝作翁のお祝いが発表されるよりまえのことだから、怪獣男爵がいかに用意周到とはいえ、そこまで先見《せんけん》の明《めい》ありとも思えぬ。

それでも小山田博士は気になるままに、いちどサーカスの団長にあってみたが、その人は正直そうなよい人であった。

さて、その日小山田博士は、目立たない服装をして、お客さんの中にまじっていたが、そうぞうしい楽隊の音をきくと、ふっと眉根《まゆね》をくもらせた。しかし、お客さんたちはすぐそのそうぞうしさにも馴《な》れたとみえて、たのしく打ち興じている。

小山田博士はこのあいだ、家の中をひとまわりしてみようと思った。時刻はすでに二時、四時までにはあと二時間しかない。

広間へ来てみるとあいかわらずの人だかり、小山田博士はドアのそばに立って、ひとりひとり客の顔をながめていたが、べつにあやしい節《ふし》もなかった。

博士はほっと安心したが、そのとき、ちょっと妙なことをしたのである。

ドアの両側には五尺《しゃく》にもあまる揃《そろ》いの大花瓶《おおかびん》がおいてあって、大輪《たいりん》の菊がもりあがるようにいけてあるが、博士はその花瓶をかわるがわるコツコツたたいた。するとふしぎなことには花瓶の中からも、それにこたえるように、コツコツたたく音がする。

博士はそれをきくとほっとしたように広間を出たが、そのとたん、おやとばかりに眼《め》をみはった。軽気球がひとつ、五十メートルばかりの上空に、フワリフワリと浮いているのだ。

博士はしかし、すぐそのあとで気がついた。

それは『印度《インド》の魔術師』と称する手品使いが、手品につかう軽気球である。見ると余興場の中でも、そこがいちばんの人だかりなので、いったいどんなことをするのだろうと、博士も好奇心をおこして見にいった。

印度の魔術師というのは、サーカスの力持ちのような大男で、顔じゅうまっくろに墨《すみ》をぬり、頭に白い布をまき、金や銀のいっぱいついた印度の服をきて、地べたにあぐらをかき、笛を吹いている。その魔術師の左右には、男の子と女の子がすわっているが、これまた顔じゅうまっくろにぬり、魔術師と同じような服をきている。二人とも黒い顔の中で、眼だけが白くひかっているが、その眼はなんだか、夢を見ているように力がなかった。

さて、魔術師は笛を吹きおわると、マホメット教徒のように両手をあげておいのりをした。二人の子供も両手をあげておいのりをした。

おいのりがすむと、魔術師は口に指をあてて口笛をふいた。すると男の子が立ちあがって、軽気球の綱をのぼりはじめた。女の子も立ちあがって、綱をのぼりはじめた。

やがて綱をのぼった少年少女が、軽気球のかごの中にかくれると、こんどは魔術師が立ちあがった。そして腰につるした半月刀《はんげつとう》みたいな刀をぬきはなって口にくわえると、ものすごい形相《ぎょうそう》をして綱をのぼりはじめた。

やがて魔術師のすがたが軽気球の中にかくれたかと思うと、まもなく上からバサリと音がして何やらおちて来た。見るとそれは少年の腕であった。

見物があっとばかりに手に汗をにぎっていると、つぎからつぎへと、手だの足だの胴だのがおちて来た。そして一番さいごに落ちて来たのは少年少女の首であった。

あまりのことに見物が、まっさおになってふるえていると、やがてするすると魔術師がおりて来て、落ちている手だの脚《あし》だの胴だのをつぎあわせ、その上に首をのっけると、ああらふしぎ、たちまちもとの少年少女となって、手をつないでペコリとおじぎをした。

嵐のような拍手《はくしゅ》かっさいである。

「まあ、すてき、どうしてあんなことができるのでしょう」

美しい令嬢が感にたえたようにつぶやくと、そばにいた物識《ものし》りらしい紳士が、なにやら説明していたが、小山田博士がきくともなしにきいていると、それはだいたい、つぎのような意味のことばであった。

「なあに、あれは集団幻視というやつですよ。さっき魔術師が笛を吹いていたでしょう。あの笛の音をきいているうちに、われわれはうっとりと夢見ごこちになって、ああいう幻《まぼろし》を見せられたのです。それについておもしろい話がありますよ。印度ではこういう奇術がさかんに行われているのですが、ある時、アメリカかイギリスの旅行者が、こっそりその場を活動写真にとったのです。人間の眼はゴマ化《か》せても、機械をごまかすわけにはいきませんからね。ところがあとでフイルムを現象して映《うつ》してみると、見物がああいう幻を見ているあいだ、魔術師も少年も、地べたにすわったきり、ちっとも動いていないことがわかったのです。それで集団幻視ということがわかったのです」

「まあ、それじゃ一種の催眠術《さいみんじゅつ》ですね」

「そうです。しかし催眠術としてもえらいものですね。これだけの人が全部、同じまぼろしを見せられたのですから」

催眠術――と、きいて小山田博士がはっとしたときである。塀《へい》の外がにわかにさわがしくなったと思うと、裏門からなだれのように、大勢の人々がとびこんで来た。

ゴリラと王冠

「どうした！　何事が起ったのだ！」

「逃げたア！」

「逃げたア？　何が逃げたんだ」

「サーカスから猛獣が逃げた」

「ライオンが逃げた」

「大ニシキヘビも逃げた」

「ワニも逃げた」

「ゴリラも逃げた」

「わっ、こっちへ来るウ！」

口々にわめきながら、押しあい、へしあい、サーカスの見物がなだれをうって、裏門からとびこんで来たからさあたいへん。五十嵐家の邸内《ていない》はうえをしたへの大騒動になった。

五十嵐家のお客さんだけでも、三百名以上いたところへ、サーカスの見物がまた二三百、なだれこんで来たのだから、さしもにひろい邸内も人にうまって、しかもその人たちが、

「あっ、あそこへライオンが来た！」

「ゴリラだ、ゴリラだ！」

「キャッ！」

「あれ、助けてえ！」

悲鳴とともに右往左往《うおうさおう》するのだから、

「しまった！」

と、さけんだ小山田博士、広間の方へとってかえそうとするのだけれど、人波におしかえされて思うように進むこともできない。と、そのときどこかで、

「ウオーッ！」

と、恐ろしいライオンのうなり声。

「ズドン！」

と、ピストルをぶっぱなす音。五十嵐家はいうにおよばず、附近《ふきん》いったい、恐怖のどん底にたたきこまれたのである。

ちょうどその頃《ころ》広間では、まだ五六名のお客さんが、王冠をとりかこんで、口々に感心したり、賞《ほ》めそやしたりしていたが、そこへバラバラと血相《けっそう》かえた人々がとびこんで来たから、みんなびっくりして王冠のそばをはなれた。

「ど、どうしたんです。何があったんです」

「何があったどころじゃありませんよ。サーカスから猛獣が逃げ出したんです」

「なに、猛獣が……？」

「そ、そうですよ。ライナンもゴリラもワニもニシキヘビも、みんなみんな逃げ出したんです。ぐずぐずしてるとかみ殺されますよ」

「わっ、そ、それはたいへん」

みんないっせいに広間をとび出したが、あとにたった一人だけ、とりのこされた人がある。それは黒い眼鏡《めがね》をかけ、八字髭《はちのじひげ》をはやしたりっぱなフロック・コートの紳士であったが、みんながとび出していくのを見ると、黒眼鏡のおくでニヤリと笑った。

それからあたりを見廻《みまわ》すと、ツツツツーッと、すべるようにガラスのケースに近よった。そしてそこでもう一度、すばやくあたりを見廻すと、ケースを開いて、やにわに王冠に手をかけた。

誰《だれ》もいない、誰もとがめるものはない。……しすましたりと怪しの紳士、王冠をケースの中からつかみ出したが、そのとき、うしろでガサリという音。

怪しの紳士はギョッとばかりにとびあがって、音のした方を振りかえったが、そのとたん、髪の毛がいっぺんに逆立《さかだ》ちになった。

庭の方から、ノソリノソリと入って来たのは、正《しょう》真正銘《しんしょうめい》、まがいなしのゴリラである。いまサーカスから逃げ出したやつであろう、身のたけ五尺《しゃく》もあろうという大ゴリラ。怪しの紳士はそれを見ると、ポケットからピストルを出すと、やにわに一発ぶっぱなした。それがいけなかったのである。

いったい、このゴリラは、ながらくサーカスに養われているだけに、いたっておとなしいやつなのだが、紳士のはなった一発が、ヒュッと頬《ほ》っぺたをかすめたから、にわかに怒り心頭にはっしたのだ。

「ウオーッ！」

と、ものすごいうなりをあげると、背中を丸めて、さっとばかりに怪しい紳士にとびかかった。

「た、助けてえ！」

紳士は二発目をうつひまもなかった。ゴリラの怪力にしめられて、苦しそうな悲鳴をあげたが、それより少しまえのことである。ドアの両側にある大花《おおか》瓶《びん》から、半身のぞかせてこの場のようすを見ているものがあった。

それは等々力警部と宇佐美恭助である。二人は紳士が、王冠に手をかけるところから見ていたのだが、とび出そうとするところへ、入ってきたのがあのゴリラ。

あっというまもなく、この騒動が持上《もちあが》ったのだから、しばらく二人はびっくりして、その場のなりゆきを見ていたが、やがて恭助は、はっと気がついて、ピストルを取り出すと、花瓶の中からゴリラに向って、きっと狙《ねら》いをさだめたが、時すでにおそかった。ゴリラと怪紳士のあらそいは、すぐかたがついてしまった。

ぐったりと気を失った怪紳士のからだを、床の上に投げ出すと、ゴリラはそこに落ちている王冠をとりあげた。そして、珍しそうにしばらく王冠をおもちゃにしていたが、やがてそれを頭にかむった。

それから意気揚々《いきようよう》として広間を出ていった。

それを見て驚いたのは等々力警部に宇佐美恭助、あわてて花瓶からとび出すと、ゴリラのあとを追おうとしたが、そのまえに気がついて、怪紳士のからだをだきおこしたが、そのとたん、恭助のくちびるから、あっと驚きの声がとび出した。

「あっ、こ、これは青沼春泥！」

いかにも、ゴリラともみあっているうちに、黒眼鏡も八字髭もとんでしまったその顔は、たしかに青沼春泥である。

ゴリラ対ゴリラ男爵

さて、こちらはゴリラだ。

王冠をかぶって意気揚々《いきようよう》と広間を出ると、おどろいたのは庭のひとびと。

「やあ、ゴリラが出て来たぞ」

「あっ、王冠をかぶっている」

口々にたち騒ぐから、めんどうとでも思ったのか、スルスルとかたわらの木によじのぼるとポンと、二階のバルコニーへとびうつった。

「やあ、ゴリラがバルコニーにとびうつった」

「めんどうだ、うち殺してしまえ」

人々がワイワイ騒いでいるところへ、息を切らして駆けつけて来たのはサーカスの親方である。

「ま、まあ、皆さん、待ってください。あのゴリラはおとなしいやつで、こちらから手出しをしないかぎり、けっして人に害を加えるようなことはありません。どうか私にまかしてください」

と、立騒《たちさわ》ぐ人々をなだめておいて、ゴリラの方へ向きなおると、

「これ、五郎《ごろう》や、おとなしくこっちへおりて来い。皆さん、けっしておまえにわるさをなさろうというのじゃない。さ、さ、早くこっちへおりて来い」

五郎というのがゴリラの名前らしい。しかし、その五郎はさっきの怪紳士とのいきさつがあるから、ごきげんはなはだよろしくない。ケロリとそっぽを向いたまま、おりて来ようとはしないのである。

「これ、どうしたものじゃ。いつもはいたってききわけのよいおまえだのに、これ、五郎、五郎……あっ」

と、息をのんだのは、サーカスの親方ばかりではなかった。そこにいあわせた人々は、みな同じように息をのんだ。

バルコニーの上には、直径三メートルもあろうと思われる、大きな薬玉《くすだま》がぶらさがっている。この薬玉は祝賀会が終《お》わるとき、宝作翁《おう》の手によってわられる予定であった。そして、薬玉がわれると五色《ごしき》の吹流しと、平和のしるしのハトが数十羽中からとびだすはずであった。

ところが、ああ見よ、いまその薬玉のわれめから、ヌーッと二本の腕がでてきたではないか。しかも右手には、ギラギラするような短刀をにぎっている。

ゴリラはなんにもしらないで、王冠をかぶったまま、すました顔で、バルコニーの上をノソノソあるいている。そのゴリラが薬玉の真下まで来たときだ。一本の腕がうしろからやにわにゴリラの首をつかむと、はっし！　柄《つか》をもとおれと短刀をふりおろしたからたまらない。

「ギャッ！」

ゴリラはものすごい悲鳴をあげた。と、そのせつな、ヒラリと薬玉の中からとび出して、ゴリラの肩にとびのったのは、ああ、なんということだ。まぎれもない、怪獣王、ゴリラ男爵、ゴリラ男爵！

「ゴリラ男爵だ、ゴリラ男爵だ！」

恐ろしいささやきと戦慄《せんりつ》が、つなみのように人々のあいだをつたわった。皆、いちように、化石したように、バルコニーの上の活劇を見まもっている。

「ウオーッ」

最初の一撃におそろしい深傷《ふかで》をおうたゴリラだったが、それでも必死になってあばれまわる。しかし、ゴリラ男爵はゴリラの背中に吸い付いたように抱きついたまま、はっし、はっしと、つづけざまに、鋭い刃物をふりおろす。

「ウオーッ、ウオーッ！」

天地もひっくりかえるようなゴリラの咆哮《ほうこう》――しかし、いかにたけしい猛獣でも、つづけざまにこう突かれてはかなわない。

「ウオーッ！」

と、さいごに一声、世にもものすごい叫びをあげると、血だらけになってバルコニーから下へ落ちて来た。

そのとたん、ゴリラの頭からすかさず王冠を抜きとったゴリラ男爵、すばやくあたりを見廻《みまわ》したが、やがてバルコニーに張りわたしてある綱をプッツリ切った。

この綱というのは、庭のまん中にたてた柱から、八方へ張られた万国旗《ばんこくき》の綱なのである。ゴリラ男爵はその綱の強さをはかっていたが、やがて頭にかぶったシルクハットを投げすてて、かわりにスッポリ王冠をかぶると、血にそまった短刀をきっと口にくわえ、一《ひ》イ二《ふ》ウ三《み》イ、調子をつけると、さっとバル

コニーの手すりを蹴《け》った。

ああ、あざやかな怪獣男爵の大曲芸。

綱をにぎった男爵のからだは、時計のふりこのように、ツウーッと虚空《こくう》に弧《こ》をえがいたが、ころあいを見はからって、さっと両手をはなすと、ヒラリととびうつったのは軽気球の綱である。

男爵はその綱にとびうつると同時に、足もとからプッツリ綱を切ったからたまらない。いままで地上につなぎとめられていた軽気球は、フワリフワリととび出した。

「しまった！　軽気球で逃げるぞ！」

そのとき、やっとその場へ駆けつけて来たのは、小山田博士に等々力警部、それから宇佐美恭助の三人だ。

ズドン、ズドン！

下からピストルをぶっぱなしたが、ゴリラ男爵はゆうゆうとして綱をのぼっていく。

と、そのとき、軽気球のかごの中から顔を出したのは、印度の魔術師と少年少女。魔術師は上から綱をたぐっている。

男爵はようやくかごのそばまでのぼったが、そこでくるりと下を向くと、

「やい、小山田博士、きさまかごの中の二人を誰《だれ》か知ってるか、あの二人こそ、おれの甥《おい》の龍彦と、きさまの娘の美代子だぞ！」

あっ！　と叫んだが時すでにおそし。軽気球は風にのって、フワリフワリととんでいく……。

ロロの正体

男爵をたおせ！

その夜の東京はたいへんな騒ぎであった。

怪獣男爵も男爵だが、それよりももっと身にせまった危険は、極東サーカスからとびだした猛獣である。

サーカスから逃げ出した猛獣のうち、ゴリラだけはゴリラ男爵の手によってたおされたが、ライオンやワニや大ニシキヘビは、どこへもぐりこんだのか、その夜のうちには発見されなかった。

しかも、極東サーカスというのは、たいへん大仕掛けな曲芸団だったから、ライオンも一頭ではなく三頭いたが、その三頭がみんな檻《おり》からとび出したというのだからたいへんだ。

警視庁もすててはおけない。市中といわず市外といわず、お巡《まわ》りさんを総動員して、猛獣警戒にあたらせた。お巡りさんにはそれぞれピストルがわたされて、見つけしだいうち殺してよろしいという命令であった。

市民の中にも勇敢な人々は、自警団のようなものを組織して、町内の警戒にあたった。飛道具《とびどうぐ》をもっている人は飛道具を、刀をもっている人は刀を、飛道具も刀ももたない人は、棍棒《こんぼう》だのまさかりだのを持ち出して、なにしろたいへんな騒ぎであった。

町という町にはかがり火がたかれて、まるで戦場のようなものものしさが、あちらでもこちらでも見られた。

それでもライオンはまだよかったが、気味のわるいのはワニとニシキヘビである。いつどこから這《は》いだしてくるのかわからないのだから、市民は戦々《せんせん》兢々《きょうきょう》として夜もねられなかった。

床下をネコがあるいても、天井《てんじょう》をネズミが走っても、それ、ワニではないか、ニシキヘビではないかとおびえた。押入《おしいれ》を開くときでも、ひょっとするとその中に、ニシキヘビがとぐろをまいているのではあるまいかと思うと、引手《ひきて》にかけた手がふるえるくらいであった。

こういう騒ぎはまる三日つづいたのである。ライオンはわりに早くつかまったり、殺されたりしたが、ワニとニシキヘビは四日目のひるすぎまでゆくえがわからなかったのである。

ワニはお茶の水のどろの中にひそんでいるのを、よなげ屋（川の中から鉄屑《てつくず》などをひろいあつめるのを商売にしている人のこと）に見つかって、大騒ぎになり、集《あつま》って来たお巡りさんたちによってたちまちうち殺されてしまった。

ニシキヘビは麹町《こうじまち》のさる邸宅《ていたく》の庭へしのびこんで、飼っているニワトリを呑《の》もうとするところを書生《しょせい》さんに発見され、これまたお巡りさんたちに、よってたかってうち殺された。こうして四日目の晩になって、市民ははじめて枕《まくら》を高くしてねることができるようになった。

幸い、そのあいだに殺された人はなかったが、怪《け》我人《がにん》はそうとうたくさんあった。もし、恐怖のために一時的にしろ、気が変になった人をかぞえたら、五六百人の被害者があったろう。

それにしても、どうしてこんな騒ぎが起《おこ》ったのか、それについてはサーカスの連中が厳重にとり調べられたが、それによってわかったところによると、だいたいつぎのとおりであった。

極東サーカスにも一寸法師《いっすんぼうし》の道化役《どうけやく》がひとりいた。道化役というのは、顔にべたべたおしろいや紅《べに》をなすりつけ、おどけた身振りで、見物を笑わす役のことである。

小山田博士もまえにサーカスをおとずれたとき、一寸法師がいるときいて、気になるままにあってみたが、それは音丸とは似ても似つかぬ男だったから安心していた。

極東サーカスの一寸法師は小虎《ことら》といって、しごくおとなしい男であったが、酒がたいへんすきであった。そして酒をのむと、どこでもかまわず寝てしまうのであった。

ところがあの騒ぎのあった日、小虎がひとりでうすぐらい楽屋のすみにいると、そこへ若い男がやって来た。小虎の話によると、その男はおそろしい藪《やぶ》睨《にら》みだったそうである。

藪睨みの男は、口をきわめて小虎の芸をほめ、ちかづきのしるしだといって酒をすすめた。昼のあいだはけっして酒をのんではならぬと、親方からつねづねいわれていたのだが、相手があまりじょうずにすすめるので、つい一杯、つい二杯と、思わずさかずきをすごすうちに、とうとう小虎は酔いつぶれて寝てしまった。そして、それからあとのことは何もしらぬという。

サーカスではそんなことはちっとも知らなかった。小虎が酔いつぶれてからも、サーカスの中には一寸法師がうろうろしていたから、みんなはそれを小虎だとばかり思っていた。と、いうのが、前にもいったとおり、道化役というのは、顔じゅうおしろいだの紅だのを、べたべたなすりつけているのだから、ちょっと見ただけでは、人のかわっているのがわからないのだ。

あの猛獣たちがとび出すすこし前、一寸法師が檻《おり》のまわりをうろうろしていたから、さてはあいつが檻を開いたのだろうと、あとになって気がついた。

……

と、いうのが、サーカスの人たちが、口をそろえて述べたてたところである。

これを聞いて警察では、すぐ思いあたるところがあった。藪睨みの男とは蛭池という男にちがいない。そして怪しい一寸法師とはいうまでもなく音丸なのだ。

ああ、怪獣王、ゴリラ男爵は、五十嵐邸のうらの空地《あきち》に、サーカスが興行しているのに眼《め》をつけて、部下に命じて猛獣たちをおい出させ、騒ぎに乗じて『日月《じつげつ》の王冠』をぬすもうという、それははじめからの計画だったのだ。

ああ、なんという奸悪《かんあく》さ！

それをきいた時には、日本じゅうの人がいかりにふるえて叫んだのであった。

「ゴリラ男爵をたおせ！」

「怪獣王をとらえろ！」

七つの鐘

だが、そのゴリラ男爵はどうしたであろうか。五十嵐翁《おう》の祝賀会から、まんまと『日月の王冠』をうばいとった怪獣王、ゴリラ男爵は、軽気球にのって大空たかくまいあがったまま、その後消息がわからない。

あの日、道ゆく人々は、大空たかくフワリフワリとんでいく軽気球を見て、はじめのうちはただ珍しそうにながめていたが、そのうちに、ゴリラ男爵がその軽気球にのっていると知って、それッとばかり自転車でおっかけていくものもあった。

警視庁でも市中はいうまでもなく、近県各地の警察に手配をすると同時に、自動車にお巡《まわ》りさんをいっぱいつんで、軽気球のあとを追っかけはじめた。

だが、その追跡のまだるっこいったらない。その日は東の微風だったので、軽気球はしだいに西方へむかってながれていったが、下から見ると、動いているのかいないのか、わからないほどの速度であった。まるで空中の一点のように、静止したまま、動かないような場合もあった。

そしてそのうちに日がくれた。

あいにくその夜は、月の出がおそかったので、星《ほし》明《あか》りではどうにもならない。とうとう軽気球のゆくえはわからなくなった。

小山田博士は自宅の一室で、刻々はいる警視庁からの情報に胸をいためていたが、軽気球のゆくえついに見失なわるときいたときには、胸もはりさけるばかり、ふかい絶望のといきをもらした。

消そうとしても、消そうとしても、博士の眼《め》の中に浮《うか》んでくるのは、顔じゅうをまっ黒にぬった少年少女の姿である。ああ、自分は眼前数メートルのところに、龍彦や美代子の姿を見ていたのだ。それでいて気のつかなかった自分は、なんという愚《おろ》かものであったろうか。それを考えると博士のはらわたは、悲しみのためにちぎれそうであった。だが、その悲しみはすぐ怒りにかわっていった。

ああ、ゴリラ男爵のなんという奸悪《かんあく》さ。わざと眼のまえに、龍彦や美代子のすがたを見せびらかして、自分の愚かさに手をうって笑おうという陰険さ。それを思うと博士の心は怒りににえくりかえり、よし、あくまでも戦ってやる。食うか食われるか、最後の最後まで戦ってやるぞと、また、新しい闘志ももえあがってくるのであった。

軽気球のゆくえは、その夜をさかいとして、ぜんぜんわからなくなってしまったが、五日目になって、奥多摩《おくたま》の山の中の、スギの梢《こずえ》にひっかかっているのが、たまたま通りかかった猟師によって発見された。

この報告をきくと小山田博士は、等々力警部らとともに、すぐ警視庁の自動車にのって、現場へ出向いていったが、むろん、そのころには軽気球の中はもぬけのからだった。ゴリラ男爵も印度《インド》の魔術師も、美代子も龍彦もいなかった。

「それにしても、先生、軽気球はここへ墜落《ついらく》したのでしょうか。それとも、着陸したのでしょうか」

「むろん、着陸したのだろうよ。あのゴリラ男爵が、墜落するようなへまをやるはずがない。しだいにガスを抜いていって、人目のないこの山中へ着陸したのだ。たぶん、それはあの晩のことだろう」

「しかし、それからどこへいったのでしょう。ああいう目立つすがたをして、うかうか山から出るのはずいぶん危険な話じゃありませんか」

「いや、それにはきっと迎えがあったにちがいない。君もおぼえているだろう。高輪の古柳邸《てい》には、精巧な無電のしかけがしてあったね。古柳男爵はどこへでも持っていける、小型の無電装置をもっていて、いつでも部下と連絡できるにちがいないのだ」

はたしてその附近《ふきん》の村をしらべてみると、四日の朝早く、ものすごいスピードでとばしていった自動車があるという。

こうして小山田博士は、また失望の胸をいだいて東京へ帰ったが、博士の帰りを待ちかねたように、迎えに出た恭助がこういった。

「先生、さっき青山の病院から電話がかかってまいりまして、すぐ来てくださいということでした。青沼という男がなにか話があるそうです」

博士はそれをきくと、すぐまた等々力警部といっしょにとび出していった。

ゴリラにしめられた青沼春泥は、あれきり死んでしまったのではなかった。あばら骨が折れているうえに、内出血がひどくて、とても命は助かるまいといわれていたが、ふしぎにきょうまで生きて来たのだ。

「ああ、よく来てくだすった。もうあと一時間保《も》つか保たぬかわからぬ状態です。本人もそれを知っていて、息をひきとる前に、何か先生に申しあげたいことがあるようです。早く患者のへやへいってください」

博士のすがたを見ると、医者が早口にそういった。春泥はほんとうに死にかけていた。しかしそれでも博士のすがたがわかったらしく、せまり来る死の苦しさとたたかいながら、一生けんめいに話をしたが、それは非常に興味のある打明《うちあ》けばなしであった。

古柳男爵は死刑の宣告をうけるまえ、春泥の伯父《おじ》の久米判事にわいろをおくって、少しでも罪を軽くしてもらおうとしたらしい。正直な判事はむろんそんなものに眼をくれるはずがなく、だんこ死刑をいいわたした。

ところが去年判事が亡くなってから、春泥が伯父の書類などかたづけていると、古柳男爵のおくった手紙がでてきた。その手紙はまるで謎《なぞ》のような文章であったが、なかに、もし自分の罪を軽くしてくれるならば、かくしてある財宝の七分の一をおくるということばがあった。

七分の一――このことばが春泥の注意を強くひいた。半分とか、三分の一とか、また十分の一とかいうならわかるが、七分の一とはかわった数字である。

そこで春泥はこういうふうに考えた。古柳男爵はぬすみためた財宝を、七つにわけてかくしておいたにちがいない。そして、そのひとつを判事におくろうとしたのだ――と。そこで春泥は古柳男爵の身辺から、七という数字に縁のあるものをさがし出そうとした。

「そして君はそれを探しあてたかね」

「探しあてました。そしてときどき出向いては、こっそり宝石を持ち出していました。ところが……ところが、こんど古柳男爵がいきかえって東京へ帰って来たのです。男爵はすぐ、宝石のかずがへっていることに気がつき、まもなくそれが、誰《だれ》のせいであるか感づいたのです。大日坂で犬がさき殺された晩、男爵はじきじき私のところへやって来て、私を殺すとおどかしました。私は恐ろしさのためにふるえあがりましたが、すると、男爵は命を助けてやるかわりに、部下になれというのでした。私は……私は……」

そこまで話すと、にわかに痰《たん》がのどへからんで来たらしく、はげしいふるえが、春泥のからだをおそったから、小山田博士もこれにはあわてた。

「よし、わかった！　それでだいたいの事情はわかったが、その財宝というのはどこにかくしてあるのだ」

「それは……それは……七つの鐘《かね》……七つの聖母……七つの箱……」

そこまでいうと春泥は、がっくり息がたえたのであった。

ロロの双生児《ふたご》

かんじんのところで春泥の息がたえたので、財宝のありかはまたわからなくなったが、しかし最後にもらしたかれのことばは、たいへん暗示的だった。七つの鐘――七つの聖母――七つの箱――

それをきくと小山田博士は、何か思いあたるところがあるらしく、ピクリと眉《まゆ》をうごかしたが、それからまもなく病院を出て、麻布狸穴の邸宅《ていたく》へ帰ってみると、そこにも話があるという人が、博士の帰りを待っていた。

それは極東サーカスの団長で、ヘンリー松崎《まつざき》という男であった。

ヘンリー松崎というのは、いかにもサーカスの団長らしく、太いカイゼルひげをはやした大男だが、今度の事件ですっかり元気を失っていた。

「先生、私はもうだめです。ライオンもゴリラもニシキヘビもワニも、みんなみんな殺されてしまいました。動物がいなくては、サーカスもやっていけません。解散するよりみちはありません」

ヘンリー松崎はしょげかえったが、すぐギラギラと眼をひからせて、

「それというのも、みんなあのゴリラ男爵のためです。私はあいつを八つ裂《やざ》きにしてやりたい」

と、くやしそうに歯ぎしりしながら、

「それについて、先生のお耳に入れておきたいことがあるのです。先生、私はあのロロという怪物を知っているのです」

いままで黙ってきいていた小山田博士は、それをきくとはじめてからだをのり出した。

「ロロを知っている？」

「そうです。そうです。先生、まあ聞いてください。私どもはずっと昔から、ときどき満洲《まんしゅう》へ興行にいくことにしています。ところがそこでよくカチ合うのが、オーロラサーカスという、やっぱり同じような仲間です。団長はなんとかいう長い名前のロシヤ人ですが、私どもはペロ公ペロ公とよんでいました。ところがそのペロ公の一座にいたのがあのロロです」

「松崎さん、それ、まちがいないだろうね」

「誰《だれ》がまちがうもんですか。うちの座の者はみんな

知っています。実は私ども、ついこの間まで旅廻《たびまわ》りをしていたので、ゴリラ男爵の写真が新聞に出たのを知らなかったんです。このあいだ五十嵐さんのバルコニーで、私ははじめてゴリラ男爵を見たんですが、あれならペロ公の一座にいたロロにちがいありません」

「松崎さん、いったい、ロロとは何者だね」

「それですよ、先生、表向きはアフリカでつかまえたゴリラと人間のあいの子だなどといってましたが、そんなことはうその皮で、ありゃ正真正銘《しょうしんしょうめい》まちがいなしの人間なんで、つまり片輪《かたわ》なんですね。なんでもペロ公がカンシュク省かどこか、中国の奥地でみつけて来たので、あのとおり、顔といい、からだといい、ゴリラそっくりのようすをしてますから、ペロ公め、ゴリラと人間のあいの子だなどと吹きやあがって、大儲《おおもう》けをしたんです」

「しかし、それをどうして古柳男爵が手に入れたろう」

「さあ、それです。あれは四五年まえのことでしたがね。ハルピンかどこかで興行中、ペロ公のテントから火が出ましてね、なにしろ火のまわりが早かったから、あっという間もない、大事な玉《たま》をすっかり焼き殺してしまったんです。それで、ペロ公すっかり左前《ひだりまえ》になった。ちょうど今度の私みたいなもんです。幸いロロだけは助かったんですが、ロロひとつじゃ商売にならない。ペロ公が弱りきっているところへやって来たのが日本人で、なんでもずいぶん高い金を出して、ロロを買いとっていったそうです」

「その日本人というのが古柳男爵なんだね」

「だろうと思います。名前はききませんでしたがね」

「しかし、ペロ公はまえから古柳男爵を知っていたのだろうか」

「そうらしいですよ。酔っぱらったときのペロ公の話から考えると、ときどき日本から仕送りがあるというようなことをいってましたからね」

「仕送り？　しかし、古柳男爵がなぜ、ペロ公に仕送りをしていたのだろう」

「これも酔っぱらったときの話だからよくわかりませんが、ペロ公、古柳男爵からあずかりものがあったらしい、男の子でしたがね」

小山田博士はとつぜんイスから立ち上《あが》った。そし

て、いかにも心が騒ぐというふうに、部屋の中をいきつもどりつしていたが、

「そして……そして……その男の子はどうしたろう。まだ、ペロ公のもとにいるのかね」

「いえ、なんでもね、ロロをひきとるとき、いっしょに連れて帰ったそうですよ。そのときペロ公が、その子をつれて帰ってどうしまつするつもりだとたずねたところが、相手はものすごい顔をして、ナーニ、気ちがい病院へでもブチ込むさ、と、いったそうです」

「気ちがい病院！」

ああ、なんというかうまいかくし場所だ。気ちがい病院！　気ちがい病院！　自分はどうしてそれに気がつかなかったろう。

「いや、松崎さん、よいことをきかせてくだすった。あなたの話はたいへん参考になりましたよ」

「そうですか、それは結構でした。私はあのゴリラ男爵がにくらしくてたまらないんです。先生、私の代《かわ》りになんとか敵《かたき》をうってください」

ヘンリー松崎はそこで立ち上ったが、にわかに思い出したように、

「そうそう、先生、忘れていました。私はいままでロロ、ロロと、ひとりのようにいってましたが、ロロはひとりじゃないんですよ」

「なに、ロロはひとりじゃない？」

「そうなんです。ロロは双生児《ふたご》なんです。だから、すっかり同じ顔かたちをしたやつが、二人いるわけです。一方はポポというんですが、ペロ公のやつ、ポポのことはかくしていましてね。と、いうのは舞台で奇術やなんかするときに、双生児《ふたご》を身代りにつかったりして、お客さんをゴマかして、うまいことをしてやがったんです。だから、ロロに双生児《ふたご》があることを知っているものは、そうたくさんはありませんよ。ええ、ロロを買ったやつはポポもいっしょに買っていったそうです」

ロロに双生児《ふたご》の兄弟がある。――と、きいたとたん、さっと博士の頭に浮《うか》んだのは、いつかの洋服屋の一件だった。色も形も大きさも、すんぶんちがわぬ二着の洋服――あれはポポのためにこさえたのではあるまいか。

作戦計画

青沼春泥の告白と、ヘンリー松崎の話によって、秘密はしだいに明《あき》らかになっていく。

古柳男爵もおそらく、ロロが人間であることを知っていたのだろう。しかし、ロロが人間だということになれば、北島博士が手術を承知しまいと思ったので、わざとゴリラと人間のあいの子のようにいっておいたのだろう。

しかし、それにしても古柳男爵は、ポポをいったいどうしたのだろう。自分がいきかえるためにはロロ一人あれば足りることだ。それだのにポポもいっしょに買って来て、そのポポをどこへかくしたのだろう。いや、それよりも、ポポをなにに使うつもりだろう。

ヘンリー松崎が帰ったあと、小山田博士はまるで動物園のトラかライオンのように、部屋の中をあるきまわっていたが、やがて警視庁へ電話をかけて、等々力警部にきてもらうことにした。

警部がくると恭助や史郎、それから太ア坊まで呼びあつめて、あらためて春泥の告白とヘンリー松崎の話をすると、

「そういうわけで、龍彦君や美代子は、どこかの気ちがい病院へ入れられているのではないかと思うのだ。気ちがい病院の中には正直なのもあるが、なかにはまた、ずいぶんインチキなのもある。そういう札《ふだ》つきの病院を、警察の手でさがしてもらいたいのだ」

「しかし、先生」

と、等々力警部はあやぶむように、

「気ちがい病院といえば、龍彦君がいなくなったときにも、いちおう調べたのですぜ」

「だから、いっそう安全なかくし場所じゃないか。警察が気ちがい病院を調べているころには、龍彦君はペロ公のもとにいた。そして何年かたって、ホトボリのさめたところで、つれて帰って気ちがい病院へ放りこんだんだ。一度しらべて疑いのはれているところを、二度と調べる気使いはないと思ったのだ」

「なるほど」

警部もはじめてうなずいた。

「しかし、先生、龍彦君や美代子さんは、なぜ自分が誰《だれ》であるか名乗って、病院を出してもらわないのでしょう」

そうたずねたのは恭助だった。

「それはむろん、男爵に催眠術《さいみんじゅつ》をかけられているからだよ。美代子はこのあいだ、私のすぐ鼻さきにいながら気がつかなかったじゃないか。ふたりとも眠りつづけているんだよ。それに病院で知っていてかくしているとすれば、いっそう出す気づかいはない」

博士のことばに一同は、いたましそうに顔をしかめた。そして、しばらく黙っていたが、やがて等々力警部が元気をだして、

「ところで、先生、インチキ気ちがい病院を探すとしても、どのへんから手をつければいいでしょう。気ちがい病院も、全国にはずいぶんたくさんありますが……」

「それはむろん東京の近くにきまっているよ。このあいだの五十嵐邸の事件でもわかるとおり、必要があればすぐつれて来れるのだから」

「ところで、そういう病院を発見したとして、さてどうしますか。怪しいからって、むやみに踏みこんで調べるわけにはいかず、うっかりヘマをやると、またほかへかくされる心配がありますが」

「さあ、それだよ、史郎や太ア坊にも話をきいてもらったのは。ここはどうしても二人に働いてもらわねばならない」

「えっ、お父さん、ぼくたちに何かすることがあるんですか」

「おじさん、どんなことをするの。太ア坊、なんでもするよ。ぼく、変装したいなあ」

史郎君と太ア坊は、そこでガゼン張切《はりき》った。小山田博士はしぶい笑いを浮かべて、

「は、は、は。太ア坊はよっぽど変装がお好きとみえるな。よしよし、こんどはどうしても太ア坊に変装してもらわねばならぬ」

博士はそこで警部の方へ向きなおって、

「君のほうで、これはと思うような病院が見つかったら、このふたりを患者にしたてて、入院させようと思うのだ」

それを聞いて驚いたのは警部と恭助。

「な、な、なんですって。それじゃ二人を気ちがい

に仕立てるのですか」

「そうだ。これも社会のためだ。古柳男爵をほろぼすためには、これくらいのことはしかたがない。一人じゃ心細いから、二人やることにするが、いっしょじゃ怪しまれる。で、一日ぐらい日をおいて、順ぐりに病院へおくりこむことにする。そして中へ入ったら、二人連絡をとって、病院のようすを探るのだ。史郎、太ア坊、できるかい」

「やります。ぼく、やります」

「おじさん、それじゃ、僕気ちがいに変装するの。うれしいな、うれしいなあ」

　史郎君と太ア坊は大乗気《おおのりき》であった。

太ア坊の冒険

気ちがい病院

　東京の東のはずれ、荒川放水路《ほうすいろ》が海にそそぐ砂町《すなまち》のへんに、木常《きつね》病院という気ちがい病院がある。キツネとは妙な名だが、院長の木常昏々《こんこん》氏というのは、眼《め》のつりあがった、くちびるのとンがった、いかにもキツネコンコンの名にふさわしい顔つきをした人であった。

　小山田博士の宅で、作戦計画がねられてから一週間ほどのちのことである。木常昏々先生はたいへん上《じょう》きげんであった。と、いうのはきのう、おとといと、つづけさまに東京の有名な金持ちから電話がかかって、子供をあずかってくれまいか、と、いう相談があったからである。

　その一人は一六《いちろく》銀行の支配人、金野《こんの》銀一《ぎんいち》氏の長男で、銀太郎《ぎんたろう》ということし十六になる少年だが、勉強がすぎたせいか、少し頭がへんになっている。しばらくあずかってもらえないだろうかというのであった。

一六銀行といえば、全国に何百という支店をもつ大銀行、その銀行の支配人といえば大したものだから、昏々先生は大よろこび、二つ返事でひきうけたが、すると、きのうになってまた福運がまいこんだ。

こんどは銀座でも名高い丸屋《まるや》呉服店の主人、丸井《まるい》長造《ちょうぞう》氏のひとり息子《むすこ》、昭吉《しょうきち》ということし十三になる息子だが、どうも腕白《わんぱく》でこまるから、しばらくあずかってほしいというのであった。丸屋の主人、丸井長造氏といえば、長者番附《ばんづけ》にのるほどの金持ちだから、昏々先生はのどをコンコン鳴らせてひきうけた。

「どうじゃな、ケン子、わしもえらくなったもんじゃ。こういう金持ちからたのまれるようになったのじゃからな」

と、昏々先生がおくさんのケン子夫人にじまんをすると、

「さあ、どうですか。あまり喜んでいるとあてがはずれますすよ。第一、金野だの丸井だのってほんとうでしょうか。誰《だれ》かが名前をかたっているのじゃありませんか」

と、これまたご主人にまけずおとらず、キツネのような顔をしたケン子夫人が注意した。

「さあ、そこでじゃて。わしもそれを考えたから、いちどたしかめてみるつもりじゃ」

「たしかめるってどうするんですか」

「だしぬけにこっちから電話をかけてみるのさ。ほんとに丸井だの金野だったら、向《む》こうでも話がわかっているはずだ。ケン子や、ここに電話番号があるからかけてごらん」

「なんといってかけるんです」

「坊《ぼ》っちゃんはいつごろお見えになりましょうか、と、聞いてみるんだ。いいか、こちらは木常だというんだよ。気ちがい病院だなんていうな。向うにも外聞《がいぶん》があろうからね」

「承知しました」

ケン子夫人は電話をかけたが、その結果は上々首尾、ケン子夫人もすっかりうたがいが晴れて大喜びだった。

「あなた、やっぱりほんとうよ、丸井さんも金野さんもご主人が出られて、ごていねいなあいさつでし

たわ。でも、今後はあまり電話をかけてくれるなって……」

「ふむ、それは無理もないな。ところで、坊っちゃんがたはいつお見えになるんだ」

「あらあらたいへん、忘れていたわ。丸井さんも金野さんも、さっきおうちを出られたんですって。もうソロソロお見えになるじぶんよ」

「バカ、なぜそれを早くいわないのだ」

昏々先生もケン子夫人もにわかにうろたえはじめたが、やがてまた昏々先生が、

「なあ、ケン子や」

と、おくさんに声をかけた。

「はい、なんですか」

「丸井と金野のことだが、子供たち気がへんだというのはほんとうだろうか」

「ええ、私もいまそのことを考えていたんですが、どうだか怪しいわね。金持ちのうちにはとかくヤヤコシイことが多いから。子供をうちへおくのはまずいし、と、いって殺すわけにもいかず……と、そんなんじゃないかしら、ほら、はなれの二人みたいに……」

ケン子夫人がうっかり口をすべらせると、昏々先生はたちまちこわい顔をして、

「これ、めったなことをいうもんじゃない。おまえはどうも口がかるくていかん。はなれの二人はりっぱな気ちがいじゃ。その証拠にはいつも夢をみているみたいで、ここへ来てから一度も口をきかんじゃないか」

「それはそうですけれど……」

「いやいや、あれは気ちがいじゃ。りっぱな気ちがいじゃよ。しかし、このあいだあの二人の姿が急にはなれから消えてしまったのには驚いた。あれはいったいどうしたわけだろうな」

「あの時は私もひやッとしました。表のドアにはちゃんと鍵《かぎ》がかかっているのに、どこを探しても姿が見えないんですものね。おまけにつぎの日見ると、ちゃんとかえって来ている。まるでキツネにつままれたような気持ちでしたが、でも安心しました。なんといってもあの二人はうちのドル箱ですものね。ところであなた、丸井と金野のことですがね」

「ふんふん」

「子供たちが気ちがいでないほうがいいわね。それ

だとかえってたくさん金を出しますよ」

ああ、なんということだ。この病院では気ちがいでもないものを、気ちがいとしてあずかることがあるらしい。そして、そのほうがお金がもうかるらしいのだ。いかにもキツネコンコンの名にふさわしい病院ではないか。

それにしても、はなれの二人は何者か……ちょうどその時、表《おもて》に自動車がついたようだ。

銀太郎と昭吉

はじめに来たのは金野家の坊っちゃんの銀太郎、いかにも利口《りこう》そうな少年だが、そういえば顔色も悪く、眼《め》つきもしずんでいる。

「ほんとうにお気のどくな坊っちゃんで、家のなかがしじゅうゴタゴタしているところへ、勉強がすぎたのか、このところ少し……」

金野家の召使《めしつか》いと名乗る正直者らしい爺《じ》いやはそういって鼻をすすった。

「悪いといってどういうふうに悪いのかね」

昏々先生がもったいぶってたずねると、

「どうといって、昼間は別にかわったこともございません。ただ、ボーッとしているのと、ほとんど口をおききにならないのと、ほら、あのとおり、しじゅう何か書いていないと気がおさまらないのと……まずそんなところですが、夜になるとときどき……」

「ときどき、どうかするのかね」

「はい、ふらふらと出歩きなさいますんで。つまり夢遊病者というのでございましょうか」

昏々先生はもったいぶって、

「なるほど、こういう質《たち》の少年にはよくあることだね。しかしただ出歩くだけのことかね、いたずらをするというようなことは……」

「いえ、その心配はありません。病人としてはいたっておとなしいほうで……」

「いや、よくわかりました。なに、この病院にいればすぐよくなります」

「ありがとうございます。では、さしあたりこれが一ケ月ぶんの費用でして……主人が参上すべきところ、まことに失礼ですが……」

と、さし出した金包《かねづつ》みのあつさを見て、昏々先生、

思わずニヤリとしかけたが、すぐ、エヘンとばかり威厳をつくろって、

「ああ、そう、ではおあずかりしよう。いずれあとで精算書はさしあげるが……」

「いいえ、そんなにしていただかないでも結構です。では、きょうはこれで……坊っちゃん、おとなしくするんですよ」

　爺いやが頭をなでても、銀太郎少年は気づかぬようすで、テーブルにむかって一心不乱になにやら書いている。のぞいてみると、丸だの三角だのをやたらにならべているのである。

「あれで数学の勉強をしているつもりなのですよ。ほんとうにおかわいそうで……」

　爺いやが鼻をすすりながら出ていくと、いれちがいにケン子夫人が入ってきた。

「あなた、自動車の番号はひかえておきましたよ。あとで金野家の自動車かどうかしらべて見ましょう。あら、まあ、そのお金……」

　ケン子夫人は眼をまるくして喜んだが、そこへまた自動車がついたようすに、昏々先生はあわてて銀太郎少年を、おくの病室へつれさった。ケン子夫人は、お金をとらの子のようにだいじにしてたんすの中へしまいこんだ。

　こんど来たのは、丸井家の坊っちゃんで、昭吉君というのだが、サルのようにチョコチョコしていっときもじっとしていない。

「この坊っちゃんも気のどくでしてねえ」

　丸井家の書生《しょせい》と名乗る青年は、金野家の爺いやと同じようなことをいった。

「じつはこんどご主人が、わかい奥さんをおもらいになるものですから……それにこの昭吉君というのが、ほら、あのとおり、片時もじっとしていらっしゃらない。どこでもチョコチョコのぞきたがる。なんでもかんでもひっかきまわすという性分《しょうぶん》で……もし、新しい奥さんのお気にさわってはというので……これは、当座の入費《にゅうひ》ですが、どうぞお納めください」

「いや、よくわかりました。なに、私がおあずかりしたからには、ご主人も大舟にのった気持ちで新しい奥さんをおもらいください。では、このお金はおあずかりしておきましょう」

　その晩、昏々先生とケン子夫人は、大ホクホクで

お金のかんじょうにいそがしかったが、そのころ狸穴の小山田博士のお宅では、爺いやに化《ば》けた等々力警部と、書生になった恭助が、博士をはさんで密談の最中だった。

「やはり木常昏々というのは怪しいですぜ。病院といっても看護婦も薬局生もおらず、患者もいるのかいないのかわからないんです」

「それに金を見るときの昏々先生の眼つきったら！よほど慾《よく》のふかい男らしい」

「しかしゆだんはなりませんよ。細君が自動車の番号をひかえていましたからね。あとで金野家の自動車かどうか調べるのでしょう」

「僕のときもそうでしたよ。あれだけ用心するところを見ると、やっぱり何か、うしろ暗いところがあるんですね」

「いや、それくらいのことはやるだろう。きょうも向うから、丸井家と金野家へ電話をかけて来たそうだからね。しかし大丈夫《だいじょうぶ》だ。丸井氏にも金野氏にもよくたのんであるのだから、そのほうから尻《しり》のわれる心配はない」

丸井の主人も金野氏も、いつか小山田博士にたすけられたことがあるので、博士のたのみとあれば、どんなことでもきいてくれる。それに、丸井家に昭吉、金野家に銀太郎という子供があることもほんとうだし、しかも、ほんものの昭吉や銀太郎は、ともにちかごろからだを悪くして、田舎のほうへ養生《ようじょう》にいっているのだから、昏々先生がいかにキツネの悪《わる》智慧《ぢえ》で、両家のようすをさぐったところで、このほうからうそのわかる心配はなかった。

しかし史郎君や太ア坊のような少年に、はたしてあの大役がつとまるだろうか。あぶない、あぶない。何かまちがいがなければよいが……

おしゃべり夫人

等々力警部のにらんだとおり、木常病院というのは、だんぜんインチキ病院であった。

看護婦もいなければ、薬局生もおらず、ひろい病院にすんでいるのは、昏々先生とケン子夫人ばかり。ケン子夫人がおそうじからご飯たきまで一切《いっさい》がっさいやってのける。そしてひまさえあると、金《かね》のかんじょうばかりしている。この人はよほど金のかんじょうがすきらしい。

しかし、中味の貧弱なのと反対に、建物だけはじつにりっぱである。赤煉瓦《れんが》のたかい塀《へい》には、大きな鉄格子《てつごうし》の門がついていて、知らぬ人がみると、どんなお金持ちのお屋敷かと思われるばかり。昏々先生のような人が、どうしてこんなりっぱなお屋敷を手にいれたのか、まことにふしぎなことである。

さて、史郎君と太ア坊が、それぞれ銀太郎昭吉という名前で入院してから、三日ばかりは何事もなくすぎた。史郎君は毎晩、夢遊病のまねをして、ふらふら歩きまわるし、太ア坊は太ア坊で、一日じゅうサルのようにチョコチョコ廊下を走りまわっているが、かくべつこれという発見もなかった。

ところが、四日目の晩のことである。真夜中ごろ、例によって史郎君が、へやからぬけ出そうとして、ふと窓から外をみると、鍵《かぎ》の手《て》にまがった向うの建物の窓がなかから開いて、誰《だれ》やらひらりととび出したから、驚いたのは史郎君、ぎょっとしてカーテンのかげに身をかくした。

どろぼう……?

史郎君は心臓がドキドキした。そこはたしかに昏々先生の部屋だから、ひょっとするとこのあいだ、等々力警部や恭助のもって来た金をねらって、泥棒がはいったのではあるまいか……史郎君はそんなふうに考えた。

怪しい影はしばらく窓の下にたたずんで、あたりのようすをうかがっていたが、やがて忍び足にこちらのほうへ近づいて来る。その影が史郎君の窓の下まで来たときである。おりから雲間をはなれた月光が、さっと怪しい影の横顔をてらしたが、そのとたん、史郎君はうしろへひっくりかえるほど驚いた。

なんと、怪しい影とは昏々先生ではないか。昏々先生はしのび足に中庭をよこぎると、まもなく建物の角をまがって見えなくなった。

史郎君の胸はあやしくおどる。

昏々先生はなんだって、窓からそとへぬけ出したのだろう。なんだって自分の家の中を歩くのにあのように足音をしのばせるのだろう。いや、それよりもこの真夜中に、いったい、どこへいくのだろう。

史郎君は窓のそばに立って、しばらく思案をしていたが、やがて決心がさだまると、窓を開いてひらりと外へとび出した。それから抜足差足《ぬきあしさしあし》、昏々先生のあとをしたって、建物のかどまでいった。

この建物のうしろには、少しはなれたところに、はなれの洋館がたっている。あまり大きくはないが、どっしりとした赤煉瓦の建物で、壁いちめん、ツタの葉がからみついているのが、いかにも陰気くさいかんじである。

昏々先生はこの洋館のまえに立って、すばやくあたりを見廻すと、鍵を出してドアをひらき、吸いこまれるように中へ消えた。

史郎君もすぐそのあとから、ドアのところまで駆けつけたが、残念、ドアには鍵がかかっている。史郎君はそこで、ぐるりと建物のまわりをひとまわりしてみたが、窓という窓にはよろい戸がおりていて、どこにも這《は》いこむすきまはない。史郎君はまた、ドアのところへひきかえして来たがそのときである。

どこかでドンドンと壁をたたくような音。史郎君ははっとしてドアに耳をつけてみた。

きこえる、きこえる。たしかに洋館の中からだ。ドンドンと壁をたたくような音、つづいてがらがらと土をくずすような音。……この建物の中には昏々先生よりほかにいないはずだが、もしその物音のぬしが昏々先生としたら、先生はいったい何をしているのだろう。

史郎君はしばらく物音に耳をすましていたが、そのうちにふと気がついたのは、物音は建物の中ではなく、どうやら地《ち》の下からきこえるらしいのである。

わかった、わかった、このはなれには地下室があるのだろう。しかし、いまじぶんその地下室で、先生はなにをしているのだろう。

史郎君はしきりに心のさわぐのをおぼえたが、そのときだった。向うのほうから、

「あなた、あなた」

と、叫ぶ声。ケン子夫人の声である。史郎君ははっとして、離れのうしろへかくれたが、そのとたんケン子夫人のすがたがあらわれた。

「あなた、あなた、どこにいらっしゃるの。変なかたねえ。ちかごろ毎晩、わたしの眼《め》をぬすんで窓からぬけ出すのを、わたしはちゃんと知っていますよ。あなた、あなた」

ケン子夫人はひとりごとをいいながら、ドアのまえまでやって来たが、そこでぎょっとしたように立ちどまった。足下《あしもと》からがらがらと土のくずれるよう

な音がきこえてきたからである。

ケン子夫人はびっくりしたように、胸をおさえて立ちすくんでいたが、やがて何やら合点《がてん》がいったようでに、

「ああ、わかった。あなた抜孔《ぬけあな》をさがしているのね。このあいだ、離れにいる子が二人とも、一日見えなくなって、つぎの日ちゃんと帰って来ていた。私はあのときキツネにつままれたような気持ちだったが、ひょっとするとこの離れに抜孔があるのではあるまいかと、私だってそれくらいのことは考えたのよ。だって、このお屋敷はもと古柳男爵のもちものだったんですものね」

史郎君はそれをきくと、胸の中が早鐘《はやがね》をうつようにガンガン鳴り出した。

ああ、やっぱりここは古柳男爵に関係のある家なのだ。そして、離れにいる二人の子供とは、いうまでもなく美代子と龍彦君にちがいない。……

「でも、あなたは変なかたねえ。抜孔をさがすのなら探すで、なぜ、はっきり私におっしゃらないの。なぜ、そんなにないしょらしく、私にかくして探していらっしゃるの」

ケン子夫人という人は、なんでも思うことを、ベラベラと口に出して、ひとりごとをいうくせがあるらしい。史郎君がきいているとも知らないで、夫人はなおもしゃべりつづける。

「あなたがそんな素振《そぶ》りをするときは、きっと何か欲《よく》ばったことを考えているのよ。私にないしょで、お金もうけなんかしようというときにきまっているわ。あなた、その抜孔に金でもかくしてあると思っているの。古柳男爵がその抜孔になにかだいじなものを……あっ」

とつぜん夫人は、ことばを切った。そしてしばらく石になったようにからだをすくめて、何やらじっと考えていたが、急にガタガタふるえ出した。そして、

「ホ、ホ、宝石！」

と、さけぶと、まるで気ちがいみたいにドアにとびついて、

「あなた、あなた！」

と、あたりかまわぬ大声でさけびながら、むちゃくちゃにドアをたたき出した。

史郎君はそのすきに、離れのかげから抜け出して

自分の部屋へかえって来たが、そのとき風にのってきこえて来たのは、
と、澄みわたった鐘の音。史郎君はそれをきくと、またぎょっとばかりに息をのんだ。

カーン、カーン、カーン。……

その鐘の音は、ここへ来てから毎日きいているのだが、いままでそれに特別の意味があろうとは夢にも思わなかった。しかし、いまきいたケン子夫人のひとりごとを思いあわすと。……

高輪の古柳男爵邸の近所にも教会があった。そして、ここもまた、もとは古柳男爵のもちものだったというが、この近所にも教会がある。

七つの鐘、七つの聖母、七つの箱。……

史郎君はまたはげしい胸騒ぎをおぼえたのである。

ケン子夫人のご馳走

その翌日、ケン子夫人は妙にすぐれぬ顔色をしていた。目がまっかに充血して、眼《め》のふちが黒くなっているのは、昨夜眠らなかった証拠である。史郎君や太ア坊のところへ、朝ご飯を持って来たときも、ろくすっぽ口もきかずに、何やら心配そうに考えこんでいた。

昨夜あれから何かあったのだろうかと、史郎君は首をかしげた。それに昏々先生のすがたが、朝から見えないのもふしぎであった。

史郎君は妙に胸騒ぎをおぼえて、いっときも早く太ア坊に連絡したいと思ったが、なかなか思うようにいかなかった。

史郎君が太ア坊と連絡するのは、あの丸だの三角だのを書いた紙を、太ア坊の眼につくところへおいておくのである。ちょっと見たところでは、気ちがいがでたらめにかいたとしか見えないあの丸だの三角だのは、そのじつ、ちゃんと暗号になっていて、これによって二人は、誰《だれ》に怪しまれることもなく、じょうずに連絡しているのである。

――離レノ中ガ怪シイ。今夜二人デ調ベテ見ヨウ。

そういう意味のことを暗号に書いて、史郎君は病院のなかを探しまわったが、運わるく太ア坊のすがたはどこにも見えない。庭のすみずみまで探《み》して《あた》まわったが、太ア坊はどこへいったのか、見当らなかった。

ところが、史郎君が庭のいちばん奥まで来たときである。どこかでポンポンと、のんびりとした鼓《つづみ》の音がきこえて来た。近所へげた直しが来ているらしい。

史郎君はそれをきくと、思わず眼を光らせた。素速くあたりを見廻《みま》わすと、ポケットから紙と鉛筆をとり出して、例によって丸だの三角だのを書きならべた。そしてそれを何くわぬ顔で、しばらく手玉にとっていたが、やがてポンと塀《へい》の外へ放り出した。

塀の外には、はたしてそのとき、黒眼鏡《くろめがね》をかけたげた直しが店をひらいて、トントンとげたの歯入れをしていたが、その面前へポンと落ちて来たのが紙つぶて。げた直しはすばやくあたりを見廻わすと、紙つぶてをひろいあげて読んでみた。

「コノ近所ニ教会ガアリマスカ。教会ガアッタラソレニ注意シテクダサイ。……」

げた直しは黒眼鏡の奥でキラリと眼をひからせると、紙つぶてをズタズタに引きさき、急いで荷物をかたづけて、いずくともなく立ち去った。

このげた直しとは何者ぞ。いうまでもなく宇佐美恭助の変装だったのだ。

それはさておき、こうして恭助と連絡をすませたのち、史郎君はなおも太ア坊を探してまわったが、ふしぎなことには太ア坊は、どこにも姿を見せなかった。それもそのはず、太ア坊はそのころケン子夫人につかまって、たいへんなご馳走《ちそう》になっていたのである。

「どう？　昭《しょう》ちゃん、そのキャンデーおいしい？　キャンデーがいやならチョコレートもあってよ。あら、あら、両方ほしいって？　昭ちゃんはずいぶん慾張《よくば》りねえ。でも、いいわ。いくらでもおあがり。シュークリームがほしければシュークリームもあってよ。それからお昼には何をご馳走しましょうかねえ。昭ちゃんはどっちが好き？　おすしと洋食と？」

妙なこともあればあるものである。あの慾張りでケチン坊のケン子夫人が、なんだってこんな大ばんぶるまいをするのだろう。太ア坊もちょっと気味悪かったが、しかし、そんなことで尻《しり》ごみをするような、太ア坊とは太ア坊がちがう。ケン子夫人のすすめる菓子を、かたっぱしからムシャムシャ平《たい》らげながら、

「ぼく、両方とも好きだよ。おすしもいいし、洋食

KIKUZŌ

もいいなア。それにウナギどんぶりも食べたいなア。天ぷらとおそばも好きだよ。おばさん、みんな食べさせてくれるの。ぼくうれしいなア。ああ、それから食後のくだもものも忘れちゃいやだよ」

「まあ、まあ、まあ、この子ったら！　そんなに食べてお腹《なか》がはりさけやアしないの？」

「大丈夫だよ。僕のお腹は別あつらえにできてるンだもの。うそだと思うンなら食べさせてごらん。おばさん、シュークリーム、早くちょうだい」

ケン子夫人はためいきをついた。たいへんな子供につかまったものだと思った。しかし、腹に一物《いちもつ》あるケン子夫人は、いま、この子のごきげんをそこねてはたいへんだと思うから、お昼には洋食に、おすしに、ウナギどんぶりに、天ぷらに、おそばと、山のようにご馳走をならべたてた。ケン子夫人にとっては、それは血の涙の出るほどの大散財だったが、太ア坊はケロリとしたもので、片っぱしからそのご馳走をたいらげると、

「おばさん、食後のくだものは？」

と、催促《さいそく》したから、ケン子夫人はあきれてしばし口もきけなかった。

「ええ、ええ、ええ、ちゃんと用意してありますよ」

と、リンゴの皮をむきながら、

「ねえ、昭ちゃん、おばさん、親切でしょう。こんなにご馳走してくれるひと、どこを探したってありゃしませんよ。昭ちゃんは、おばさんに感謝しなきゃいけませんよ。はい、おリンゴ」

太ア坊はムシャムシャとリンゴをかじりながら、

「おばさん、カンシャってなんのことだい」

と、ケロリとしている。

「感謝というのはね、ありがたく思うことですよ」

「うん、それなら、ぼく、ありがたく思ってるよ」

「ただ、ありがたく思うだけ？　ご恩返しをしようとは思わない。昭ちゃん、恩を忘れるひとは人間じゃありませんよ。畜生《ちくしょう》ですよ」

「ううん、ぼくは人間だい」

「ほ、ほ、ほ、それじゃご恩返しをする気があるのね。昭ちゃんは、ほんとにお利口《りこう》ねえ。だからおばさんは昭ちゃんが好きよ。それじゃアね、昭ちゃんにひとつお願いがあるンだけど」

と、ケン子夫人はにわかに膝《ひざ》をのりだした。ケン

子夫人が身をきるような思いをしてまで、あんなご馳走をしたのは、いったいどういう魂胆《こんたん》があるのだろうか。

秘密の地下道

煙突から入る

その晩、八時すぎのことだった。

思いがけないご馳走に、すっかり満腹した太ア坊が、自分のおへやでウツラウツラしかけていると、トントンと軽くドアをたたいて入って来たのはケン子夫人である。

「あら、昭ちゃん、もう寝ているの、それじゃ約束がちがうじゃありませんか」

「ううん、ぼく、寝てなんかいやアしない。こうして英気《えいき》をやしなっているンだい」

「あら、あんな生意気なことをいって。……でも、約束をおぼえていてくれたのはお利口ねえ。さあ、それじゃソロソロ時刻だから出かけましょう」

「うん」

ベッドを蹴《け》ってはね起きた太ア坊は、すばやく洋服に着かえると、

「そうそう、おばさん、向《むこ》うにいる子ねえ。ほら、なんとかいった。銀太郎くんというの？　あの子にも手伝ってもらったらどう？」

太ア坊がそういうと、ケン子夫人は手をふって、

「ダメダメ。あの子は陰気でいけないよ。しじゅう何か考えこんでさ。丸だの三角ばかり書いている。あんな子になにができるものかね。こんなことは昭ちゃんにかぎりますよ」

太ア坊は何かしら、ひどくケン子夫人に信用があるらしい。

やがて身支度《みじたく》ができると、二人はそっと廊下から外へ出た。

今夜も春のおぼろ月夜。ほのじろい月光が、病院の庭をてらしている。太ア坊は思わず大きなくさめをした。

「しっ！　まあ、なんて声を出すんだねえ。あの子にわかったら困るじゃないか」

ケン子夫人はなんとなく、史郎君が煙《けむ》たいのである。だから今夜のことも、できるだけ史郎君にないしょで決行したいのである。幸い、その史郎君はよく寝ているのか、なんの物音もきこえなかった。


二人は庭をつっきると、やがて病院のうらにある、離れのほうへ近よった。ツタの葉のいちめんにからみついた、赤煉瓦《れんが》の洋館は、今宵《こよい》も月光の中に、くろぐろとそびえている。

ケン子夫人はその洋館のドアに近づくと、念のために押したり引いたりしてみたが、中から錠《じょう》がおりていると見えてビクともしない。

「やっぱりだめねえ。それじゃ、きょう昼考えたとおりやるよりほかにみちはない」

ケン子夫人は太ア坊をしたがえて、建物の後《うしろ》へまわっていくと、はるかかなたの屋根を指さし、

「ほら、あそこに煙突《えんとつ》が見えてるでしょう。あの煙突は広間のストーヴの煙突だけど、ながいことストーヴを使ったことはないのだから、そんなに煤《すす》がたまっているはずはないのよ。だから、あそこから中へもぐりこむの、そんなにむずかしいことじゃないと思うのよ。昭ちゃん、あんた、できる？」

わかった。わかった。ケン子夫人が血の出るような思いで、太ア坊にあんなご馳走をしたのは、これを頼みたいからなのだ。思うに昏々《こんこん》先生は、昨夜この離れへ入ったまま、まだ出て来ないのであろう。

しかも先生は入口のドアを、中からピッタリしめていったから、どこからも中へ這《は》いこむすきはない。そこで夫人の眼《め》をつけたのがあの煙突だ。それ以外には離れへ入るみちはない。しかし、女の身として、そんな冒険ができるものではない。ケン子夫人は困ったが、そこでふと思いついたのが太ア坊のことである。

太ア坊はリスのようにすばしこくって、サルのようにまた木のぼりがじょうずである。ほうっておくとどこへでもスルスルのぼっていく。そうだ。あの子を使ってやろう。……そう思いついたケン子は、さてこそあんなご馳走で、さんざん太ア坊のごきげんをとっておいて、今夜ここへ連れ出して来たのである。

太ア坊はしかし、そんな詳しいことは知らない。怪しむように眼を光らせながら、

「うん、そんなことわけないや。だけどおばさん、ほかに入口はないのかい。窓やなんかから入れないの」

「ダメダメ、窓にもみんな中から栓《せん》がさしてあるのよ。だからねえ、昼間いったとおり、あんたが煙突から中へ入っていく。そしてね、ひょっとすると入口のドアに、中から鍵《かぎ》がさしたままになってるかも知れないから、そうしたら入口のドアをひらいておくれ。もしそれがダメならば、どの窓でもいいから、栓を抜いてひらいておくれ。ねえ、わかったろう」

「うん、わかったよ。つまり、どこからでもいいから、おばさんが入れるようにしてやればいいんだろう」

太ア坊は眼玉をギロギロ光らせている。

「そうそう、太ア坊は利口だねえ、さあ、それじゃ一刻も早く屋根へのぼっておくれ。あっ、この綱を忘れちゃダメよ」

ケン子夫人が用意して来た綱を肩にかけると、太ア坊はしばらくあたりのようすをながめていたが、やがてヒョイと雨樋《あまどい》にとびついた。

スルスルスル、太ア坊はサルのように雨樋をのぼっていく。

「昭ちゃん、大丈夫?」

「大丈夫さ」

まったく太ア坊にとってはそんなこと、なんの雑作《ぞうさ》もないことだった。雨樋だけでも十分だのに幸い、ツタのつるがいちめんに絡《から》みついているのだから、

身の軽い太ア坊にとっては、手がかり、足がかりになるものはいくらでもあった。

太ア坊はみるみるうちに屋根の上まで辿《たど》りついた。屋根はかなりの急傾斜である。それに煙突のある場所までにはかなりの距離がある。太ア坊は四つん這いになって、やっと煙突のもとまでたどりついたが、そのとたん、

「あっ！」

と、思わず叫びをもらした。

「ど、どうしたの、昭ちゃん、何かあったの」

下のほうからケン子夫人のしのび声。

「ううん、なんでもないや、足をすべらしかけたんだよ」

とっさに太ア坊はゴマ化《か》したが、かれがいま思わず叫び声をあげたのは、けっしてそんなことではない。

煙突の周囲には太い綱がゆわえてあって、しかもその綱のさきは、煙突の中へたれている。おまけにその綱の真新しいところを見ると、誰《だれ》かさきに煙突から中へ入っていったものがあるのだ。太ア坊の心臓はにわかにドキドキ鳴り出した。

「昭ちゃん、どうしたの。何をぐずぐずしているの」

下からまたもやケン子夫人の声。

「ううん、いま、入るところじゃないか」

太ア坊はついに心をきめた。改めて自分の持って来た綱を煙突にまきつけると、他の一端を中へ垂らして、それをつたってスルスル煙突の中へ入っていった。

煤がたまっていないなどといったのはうその皮である。太ア坊は煤のためにいきがつまって、いまにも死にそうな気がした。そして、やっと広間のストーヴから這い出したときには、全身、黒ん坊のように真っ黒になっていた。

「チェッ、おばさんのうそつき。ああ、気持《きもち》が悪い。ぺっ、ぺっ」

幸い広間のドアはあいていた。そして向うに入口のドアらしいものが見えた。

「昭ちゃん、昭ちゃん、うまくいったかい。うまくいったら早くここをあけておくれ」

ケン子夫人の呼ぶ声に、ドアの裏側へかけつけると、幸い鍵は鍵孔《かぎあな》にはまったままになっている。太

ア坊が急いでその鍵をまわそうとしたときだった。

暗闇《くらやみ》の中からだしぬけに、ぐっと太ア坊の手をおさえたものがある。

見憶えのセーラー服

「…………!」

太ア坊は何かいおうとしたが、あまりの恐ろしさに舌が上顎《うわあご》へくっついてことばが出ない。鍵を持ったままガタガタふるえていると、

「太ア坊、僕だよ。史郎だよ」

耳もとでささやいたのは、おお、なんと、なつかしい史郎の声ではないか。

「あっ、史郎ちゃん」

叫ぼうとするところを、いきなり史郎が手で蓋《ふた》をした。

「しっ、黙って、ここはこのままにしておいて向うへいこう」

「どうしてなの。史郎ちゃん、外にはおばさんが待っているんだよ」

「おばさんなんかどうでもいい。二人きりで家のなかを調べてみよう」

外ではケン子夫人がやけくそに、ドンドン、ドアをたたきながら、

「これ、昭ちゃん、どうしたの、なぜここをあけないの。鍵がないのかい。鍵がなかったら、さっきもいったとおり窓をあけておくれ。これ、なぜ、返事をしないの。おまえ、きょうあんなにご馳走《ちそう》をしてやったのを忘れやアしないだろうね。おすしに、洋食に、おそばに、天ぷらに、ウナギどんぶりに、あんなにたくさん食べながら、……これ、昭ちゃん、おまえ食い逃げをする気かい」

ケン子夫人はいまにも泣き出しそうな声である。

史郎はかまわず太ア坊の手をひいて、ぐんぐん奥へ入っていくと、やがて腹をかかえて笑い出した。

「太ア坊、おまえ、そんなにご馳走になったのかい。おすしに、洋食に、おそばに、天ぷらに、ウナギどんぶり……よくそんなに食べられたねえ」

史郎君は笑いころげながら眼《め》を丸くしている。太ア坊はケロリとして、

「だって、おばさんがいくらでもお食べといったから食べてやったのさ。おばさん、でも、ケチだよ。

僕が食べるのを、いかにも惜しそうにして見てンだもの。ぼく、おもしろかったから、よけいに食べてやった」

「ははは、おばさん、そんなにご馳走して、今晩手先に使うつもりだったんだね」

「うん、そうだよ。僕そのことを史郎ちゃんに話そうとしたのだけれど、おばさんがどうしてもゆるさないのさ。だけど、史郎ちゃんはどうしてここへ入って来たの」

史郎君はそこで昨夜のことを、手っとりばやく語ってきかせると、

「それで僕は朝から太ア坊をさがしていたんだよ。それだのに、どうしても会えなかったもんだから、とうとう一人でしのびこんで来たんだ。でも、よかったよ。ここでこうして会えて。……ひとつ、二人で家の中を調べてみようじゃないか」

二人は洋館の中をくまなく探してみたが、別にかわったところもなかった。ああして鍵がドアのうちがわにさしてあるところを見ると、昏々先生はまだこの建物の中にいるはずだのに、その姿はどこにも見当《みあた》らなかった。

史郎君はふと、昨夜の物音のきこえて来た方角を思い出して、

「ああ、そうだ。地下室だ。太ア坊、地下室へおりる階段は見えない？」

その階段はすぐ見つかった。台所のすぐかたわらに、磨滅《まめつ》して角の丸くなった石の階段がついている。史郎君は懐中電灯で照らしながら、

「太ア坊、気をおつけ。何かあるとすると、この地下室のなかだよ」

ふたりは懐中電灯の光をたよりに、ソロソロ階段をおりていった。階段をおりるにしたがって、しだいに空気は重苦しく、闇《やみ》はいっそう濃くなって来る。階段をおりきると、そこは地下室に似合わぬ、ちょっと小ぎれいな部屋になっていて、部屋の向うに重そうなカーテンがたれている。

史郎君は用心ぶかく身構えながら、カーテンのそばへよると、そっとめくってみたが、カーテンの向うには、洞穴《ほらあな》のような長い廊下がつづいていた。

「太ア坊、入ってみるかい？」

「うん」

二人はカーテンの中へ入ったが、そのとたん、あ

っとびっくりしたような声をあげた。廊下の片側は、牢屋《ろうや》のように鉄格子《てつごうし》のはまった部屋になっているのだ。そして、その部屋のなかには、ベッドが二つ、洗面台が二つ、イスが二つ。

史郎君は格子の外から懐中電灯の光をむけて、しげしげベッドの上をながめていたが、ふいにあっと跳《と》びあがった。

「し、史郎ちゃん、ど、どうしたの」

史郎君はしかし、それにも答えず夢中で鉄格子にとびついたが、さいわいドアはあいていた。史郎君は気ちがいのようにドアの中へとびこむと、やにわにつかみあげたのはベッドの上に脱ぎすててあったセーラー服。

「太ア坊、ごらん。こ、こ、これは美代子の洋服だぜ」

地下道の死人

ああ、美代子はやはりここに閉じこめられていたのか。ベッドが二つあるところを見ると、おそらく龍彦もいっしょだったのだろう。

「太ア坊、おそかった。おそかった。もう少しはやくそれに気がついていたら……」

史郎君はじだんだふんでくやしがったが、そのとき太ア坊がふと気がついたように、

「史郎ちゃん、でも、ちょっと妙だよ。このセーラー服をさわってごらん。なんだか、まだあったかいような気がするよ」

史郎君がびっくりしてさわってみると、なるほど、セーラー服にはまだかすかなぬくもりが残っている。史郎君はにわかに面《おもて》をかがやかせた。

「しめた！　それじゃまだそんなに遠くはいかないのだ。しかし……」

と、史郎君はふしぎそうに首をかしげて、

「と、すると、この地下室にはほかに出口があるのだろう。あの離れからは誰《だれ》も外へ出ることはできないはずだのに……」

史郎君のことばもおわらぬうちに、突如《とつじょ》きこえて来たのはピストルの音。地下室の壁から壁へ反響して二発、三発、つづけさまに鈍《にぶ》い音がきこえてくる。

二人はそれをきくと、脱兎《だっと》の如《ごと》く鉄格子の外へとび出していった。

「太ア坊、たしかに向《むこ》うのほうからきこえて来たね」

「うん奥のほうからだよ」

懐中電気の光をたよりに、洞穴《ほらあな》のような廊下を進んでいくと、突当《つきあた》りの壁がつきくずされて、その向うにまた、暗い洞穴がつづいている。

わかった、わかった。昨夜昏々先生がたたいていたのはこの壁なのだ。この壁はおそらく、何かの仕掛けでうごくようになっているのだろうが、その仕掛けを知らない昏々先生は、壁をたたいてみて、音の反響から、壁のうしろが洞《うつろ》になっていることに気がついて、むりやりにツルハシで壁をうちくずしたのだ。その証拠にはくずれた煉瓦《れんが》の山の上にツルハシがひとつ投げ出してある。

だが、それから昏々先生はどうしたか。美代子や、龍彦君をつれ出したのは昏々先生であろうか。

「史郎ちゃん、どうする？　この穴のなかへ入ってみる？」

「うん、入ってみよう。ピストルの音はこの穴の向うからきこえて来たのだよ。この穴はきっとどこかへ抜けられるようになっているのにちがいない。だけど、太ア坊、おまえ怖《こわ》いのなら、ついて来なくってもいいよ」

「何が怖いもんか。僕もいっしょにいく」

太ア坊は肩をそびやかしてついて来る。

穴の中はさっきの廊下よりよほど狭くなっているが、それでも大人が立って歩けるくらいの広さはあった。ただ、地下をくりぬいただけの工事だから、じめじめとして、いたるところに水が洩《も》ったり、また水溜《みずたま》りができていたりした。

その土の上にくっきりついている靴のあとは、たぶん昏々先生の足跡だろう。そのほかに子供の足跡が二つついているのは、美代子と龍彦にちがいない。よく見ると、この二つの足跡は、昏々先生の靴跡より、あとからつけられたものらしい。と、すると、二人はかってに逃げだしたのだろうか。それとも昏々先生よりほかに、二人をつれ出したものがあるのだろうか。

「あっ！」

とつぜん、太ア坊が奇妙な叫びをあげて立ちすくんだ。

「ど、どうしたの、太ア坊」

「史郎ちゃん、あ、あれ……あの足跡……」

ふるえながら指さす太ア坊の指先に、懐中電気の光をあびせた史郎君も、そのとたん、思わずまっさおになった。

美代子と龍彦の足跡にならんで、なんともいいようのない、気味のわるい足跡がついている。ゴリラのように指の長い足跡——いつか男爵島の古柳荘で見たあの足跡——ああ、この足跡の主こそは怪獣王、ゴリラ男爵でなくて誰であろう。

「太ア坊、それじゃ、美代子や龍彦君をつれ出したのは、やっぱりゴリラ男爵なんだね」

「そうだよ、史郎ちゃん、それにこの足跡はまだ新しいよ。ゴリラ男爵がとおってから、きっとまだ間がないのだよ」

「よし、それじゃ大いそぎで追っかけよう」

ふたりが足を早めたとき、またもや、向うの方からきこえて来たのは、ズドン、ズドンとピストルの音。

「太ア坊、ひょっとすると、警官がやって来たのかも知れないよ」

「うん、そうかも知れない。ゴリラ男爵をやっつけてるのかも知れないね」

二人は急に勇気が出て、いよいよ足を早めていった。地下道は二百メートルも行くと、行きどまりになっていて、そこにまた擦《す》りへった石段があり、石段の上の方から、ぼんやり光がさしている。どうやら出口へ来たらしい。

史郎君と太ア坊は夢中で石段をのぼっていったが、急にわっと叫んでとびのいた。

石段の中途にだれやら人が倒れているのだ。史郎君がおそるおそる懐中電気でしらべてみると、それは木常昏々先生であった。昏々先生はしめころされたのか、のどに大きな指のあとがついている。そして、昏々先生の足もとには、二つ三つ、星のように宝石がかがやいていた。

史郎君と太ア坊は、まっさおになってしばらく顔を見合《みあわ》せていたが、そのときまたもやきこえて来たのはピストルの音。二人はそれをきくと夢中で穴からとび出したが、そのとたん、

「誰だ！」

と、するどい声をあびせたものがある。

人間振子

「や、そういう声は宇佐美さんじゃないの」

「おお？　なんだ、史郎君に太ア坊か。いったい、そのざまはどうしたのだ。二人とも黒ん坊みたいにまっくろじゃないか」

いままで暗闇《くらやみ》のなかにいたので、気がつかなかったが、いま、こうして明るいところで顔を見合《みあ》わすと、二人とも吹き出さずにはいられなかった。

「わっ、太ア坊、なんだい、その顔は……眼《め》ばかりキョロキョロ光らせて、黒ん坊の子供そっくりだよ」

「そういう史郎ちゃんだってまっくろだい。黒ん坊」

久しぶりに恭助に出会ったので、太ア坊すっかり元気になった。

「はっはっは、お互いに自分の顔は見えないから笑っていりゃアいいや。だけど史郎君、どうしてこんなところからとび出して来たんだ」

史郎君がそこで昨夜からの話をすると、恭助もつくづく感心して、

「いや、史郎君、太ア坊、君たちの勇敢なのには感心したよ。しかし、君たちは一歩おくれてよかったのだ。もう少し早く地下室へ入っていたら、ゴリラ男爵にぶつかって、どんなことになっていたかも知れないんだ」

「あっ、そのゴリラ男爵はどうしたの。そしてここはいったいどこなの」

「太ア坊、ここは教会の中なんだよ。古柳男爵は、自分のかくれ家《が》のそばに、いつも教会をたててかくれ家と教会のあいだに地下道をつくっておいたらしい。きょう、史郎君のよこした通信で、やっとそのことがわかったから、宵《よい》から先生や等々力警部と、この教会の張番《はりばん》をしていたのだ。そうしたらはたして、ゴリラ男爵がやって来て、教会の中へ消えてしまった。われわれはすぐ中へとびこんだが、男爵のすがたは見えないんだ。どこかに抜孔《ぬけあな》のあることはわかっていたが、どこに入口があるかわからなかったので、教会の中で待ち伏せしていると……」

「ゴリラ男爵が出て来たの？」

「うん、出て来たんだ。美代子さんと龍彦を両脇《りょうわき》に

かかえて……」

「それから、宇佐美さんどうしたの。ゴリラ男爵をつかまえたの」

「ところがそうはいかなかったんだ。いつの間にやら藪睨《やぶにら》みの蛭池と、それからサーカスの力持ちみたいな男ね、あいつがわれわれをつけて来て見張っていたんだね。ゴリラ男爵をつかまえようとすると、急にそいつらパンパン、ピストルをうち出して……」

「じゃ、宇佐美さん、また、ゴリラ男爵をにがしたの」

史郎君はいかにも残念そうな調子である。

「いや、まだ、逃がしたとはいえない。みんなで包囲しているのだから、史郎君も太ア坊もこっちへ来たまえ」

いま三人が立っているのは、三畳《じょう》ばかりの天《てん》じょうのひくい部屋だったが、その一隅《いちぐう》に細いはしごが立ててある。それをのぼっていくと天じょうに小さい穴があいている。その穴から這《は》い出して史郎君と太ア坊は思わず眼をまるくした。

そこは教会の祭壇の上だった。そして三人の這いだしたのは、聖母をおまつりしてあるずしのなかで、一同が這い出したのちに恭助が、かたわらにある大円柱の唐草《からくさ》模様を指でいじると、いままで横になっていた聖母が、するするとずしのなかにおさまって、抜穴は完全にかくれてしまった。

「ふうん、うまいこと考えたもんだなア」

太ア坊が感心していると、そのときまたもやピストルの音。つづいてわっとときの声。

「史郎君、太ア坊、来たまえ」

三人は教会のそとへとび出したが、そのとたん、史郎君と太ア坊は、思わずあっと手に汗をにぎった。

教会の屋根高くそびえる鐘楼《しょうろう》の屋根の上に、すっくと立っているのはゴリラ男爵。その左右には美代子と龍彦とが、ぐったりと気をうしなって抱かれている。ひしひしと警官たちのつめかけた鐘楼には、等々力警部や小山田博士のすがたも見える。警部はときどき、鐘楼からからだを乗り出し、空にむかって発砲する。しかし、それはゴリラ男爵をねらっているのではないのだ。ただおどかしに撃っているのだ。

怪獣男爵はそのたびに、キイキイ歯をむき出してあざわらった。

「おい、小山田、おまえおれを撃つ気かい。撃つなら撃ってみろ。もんどりうっておれはここから転げおちる。しかし、転げおちるのはおればかりじゃないぞ。おまえの子供の美代子もおちる。龍彦もいっしょに落ちる。落ちたが最後どうなるか。おい、小山田、それくらいのことわかっているだろうな」

気味のわるい男爵の声。ゴリラだか人間だかわからない唸《うな》り声。教会の周囲をとりまく警官たちは、地だんだふんでくやしがったが、相手のいうとおりだからどうすることもできないのだ。

史郎君も歯ぎしりしながら、

「それにしても、宇佐美さん、あの藪睨みの蛭池や、力持ちの男はどうしたのです」

「それがねえ、ゴリラ男爵に気をとられているうちに、どこかへ逃げてしまったらしい。なにしろこちらは土地不案内だろう。それにこのへんには、堀割《ほりわ》りがいたるところにあるから、それを利用してまんまと逃げてしまったらしいのだ」

そのとき、またもやゴリラ男爵が無気味な叫びをあげた。

「おい、どうするのだ。おれをこのまま逃がすのか。それとも二人の子供を殺しても、このおれをつかまえようというのかい」

小山田博士は腹《はらわた》が煮えくりかえるばかりであった。ここでゴリラ男爵をたすけようといえば、わが子可《か》愛《わい》さに大悪人を見のがしたと、世間の人からうしろ指をさされよう。しかし、いま危険におちいっているのは美代子ばかりではない。龍彦も同じ運命におちいっているのだ。

「等々力さん」

小山田博士がなにかいいかけると、その心根《こころね》をさっしたのか、等々力警部はなぐさめるように、

「先生、いいです。いいです。万事わたしにまかせてください」

警部は鐘楼からからだを乗り出すと、

「おい、古柳男爵」

と、呼びかけた。

「なんだい、警部」

「おまえも男だろうな。おれがここでおまえを見のがすといったら、二人の子供はきっとこちらへ返すだろうな」

ゴリラ男爵はキイキイ声をあげて笑うと、

「あっはっは、とうとう折れて出たな。よいともよいとも。この場をのがしてくれさえすれば、子供はきっと助けて返す。だが、おまえのほうこそ、そのことばにうそいつわりはあるまいな」

「うそはいわぬ。よし、それでは子供をこっちへわたせ」

「バカなことをいうな。子供をさきにとられてたまるものか。待て待て、よい考えがある」

ゴリラ男爵はしばらくモゾモゾしていたが、やがて、

「どうだ、こうしておきゃア。あっはっは、人間の振子《ふりこ》ができたよ」

と、おもしろそうに笑う声に、上をふりあおいだ一同は、思わずあっと手に汗にぎった。

美代子と龍彦は一本の綱の両端にしばられて、鐘楼の避雷針《ひらいしん》にブラ下げられているのである。あまり残酷なこのやりくちに、史郎君は腹が煮えくりかえるようであった。二人とも気をうしなっているからよいものの、もし気がついたら、それこそ、恐怖のために気が狂うか、それともいっぺんに死んでしまうだろう。

ゴリラ男爵は手を打ってわらいながら、

「さあ、これでこっちはかたづいた。やい、等々力警部、教会のうしろに張りこんでいる警官たちを、みんな表のほうへ廻すようにしろ」

約束だからしかたがない。警部があいずをすると、教会のうしろにいたお巡《まわ》りさんたちは、みんなゾロゾロ表のほうへひきあげた。

「ようし、それじゃ、小山田博士、等々力警部、いずれそのうちまた会おう」

あの気味の悪い二重廻《にじゅうまわ》しの袖《そで》をはためかすと、ゴリラ男爵は鐘楼の屋根から、さっと教会の屋根へとびおりた。そして、つつつと瓦《かわら》の上をわたっていく。こんなときの用心にと、あらかじめ靴をぬいでいるので、その素速いことといったら、それこそサルにそっくりだ。

またたく間に屋根をわたって、教会の背後へ出ると、コウモリのように羽根ひるがえしてさっととんだ。教会の背後には堀割りがあるが、いつの間にやら、そこへ一艘《そう》のモーター・ボートが入って来ていた。ゴリラ男爵がとびこんだのは、そのモーター・ボートの中だった。

パン、パン、パン——

鐘楼につめかけていた警部や警官が、ピストルを乱射しながら、ひとあしおくれて屋根のはしへたどりついたときには、モーター・ボートはすでに堀割をぬけて荒川放水路《ほうすいろ》へ、そしてさらに東京湾へ。

——モーター・ボートのハンドルを握っているのは、一寸法師《いっすんぼうし》の音丸だった。

モーター・ボートはみるみるうちに、夜霧のなかに見えなくなった。

崖上の怪屋

解けた謎

美代子と龍彦はたすかった。

しかし、助かったとはいうものの、二人とも魂のぬけがらみたいなものであった。わけても龍彦は苦労をかさねた年月がながかっただけに、心身にうけた打撃も大きく、恢復《かいふく》するまでには相当かかるだろう。小山田博士はこの二人を、信用のできる病院へあずけて、一日も早く恢復することを祈っている。龍彦は孤児同然の身のうえだから、博士が父のような慈愛をもっていつくしんでいるのである。

こうして無事に人質はとりかえしたけれど、残念なのはゴリラ男爵をにがしたことだ。それについて、世間では小山田博士を非難するものも少《すく》なくない。博士はわが子可愛《かわい》さに、大悪人ゴリラ男爵を見のがしたのだと、——そんなうわさが耳に入るにつけ、博士の心苦しさはひととおりではない。一日も早くゴリラ男爵をつかまえて、世間のひとびとを安心させなければならぬ。そう決心した小山田博士は、日夜をわかたぬ活動でめっきりやつれた。やつれたかわりに博士の活動は、着々として功を奏しているのだ。

博士がまず解いたのは、「七つの鐘《かね》、七つの聖母、七つの箱」と、青沼春泥が死ぬまぎわにもらしたことばの謎《なぞ》である。

諸君はおぼえていられるだろう。この物語のはじめに、緒方医師が藪睨《やぶにら》みの男に、怪しげな家へつれこまれたとき、教会の鐘をきいたということを。……緒方医師はその鐘の音から、自分のつれこまれた家を、古柳男爵の屋敷であろうと判断して、そのことを等々力警部にうったえて出たのだ。ところが、のちにわかったところによると、その時分、古柳男爵邸のすぐそばにある、高輪教会では、鐘にひびが入って鳴らなくなっていたという。と、すればあの晩、緒方医師のきいた鐘は、いったいどこで鳴らしたのだろうか。

それからまたもう一人、藪睨みの男に誘拐《ゆうかい》された人物がある。それは東京でも一といって二とさがらぬ洋服仕立《したて》職人で、かれは古柳男爵の着ている洋服や二重廻《にじゅうまわ》しと、寸分《すんぶん》ちがわぬ品をつくらされたということだが、かれのつれこまれた部屋というのが、高輪の古柳家の一室と、寸分ちがわぬ作りかたであったという。ところがふしぎなことにはその時分、高輪の古柳男爵邸《てい》は、アリの這《は》い出るすきまもないほど、厳重に見張られていたのだから、ゴリラ男爵であろうと誰《だれ》であろうと、出入りをすることは絶対にできないはずなのだ。

小山田博士はそのころから、高輪の古柳家と寸分ちがわぬ作りの家が、どこかほかにあるのだろうとにらんでいたが、さすがにそれが、七軒もあろうとは夢にも思わなかった。

ああ、七軒のまったく同じつくりのかくれ家《が》！ 古柳男爵のような悪がしこい人間でなくて、どうしてこんなことが考えられよう。

だが、こうわかってみると、かくれ家をさがすのもかえって簡単だった。七軒のかくれ家には、どれも近所に教会があり、教会には同じ音色《ねいろ》の鐘があるのだ。七軒のうち、高輪の古柳男爵家と、砂町の木《き》常《つね》病院はすでにわかっているのだから、あと五つ、教会を発見すればよいのだ。

小山田博士は等々力警部にたのんで、東京じゅうの教会をかたっぱしから調べてもらった。そしてとうとうその中から、同じ音色の鐘を持った、四つの教会をさがし出したのだ。調べてみると、それらの教会のちかくには、いずれも古柳男爵邸とおなじ作りの家があり、しかもそれらの教会と家の間には、秘密の地下道があることまであきらかとなった。

七つの鐘、七つの聖母、七つの箱。……

謎のようなこの文句は、こうしていまやすっかり明らかとなった。古柳男爵は盗みためた宝石類を七つの箱におさめ、七つの教会の、七つの聖母の台の下にかくしておいたのだ。

そして、いまや七つの教会のうち六つまでが発見された。

だが、最後のひとつは……？　等々力警部の必死の捜索にもかかわらず、それはどうしても発見されなかった。しかも、六つの教会が発見されたときには、時すでにおそく、聖母の下にかくされていた宝石箱は、いずれも持ち出されたあとだったのだ。

ああ、最後に残されたひとつのかくれ家、それはどこにあるのだろうか。

試験管のノミ

小山田博士の書斎では、博士をはじめ宇佐美恭助、それから史郎君や太ア坊まで額《ひたい》をあつめて、東京全市の地図しらべによねんがなかった。こうなっては、警察にばかりまかせてはおけないので、恭助や史郎君、それから太ア坊まで動員して、東京じゅうをしらべてまわっているのだが、そこへやって来たのが等々力警部である。

「ああ、等々力さん、なにかわかりましたか」

ただならぬ警部の顔色を見ると、すぐに博士がそうたずねたが、警部は力なく頭をふって、

「いいえ、例のかくれ家はまだわかりません。しかし、それとは別に、きょうは非常に妙なことがあったのです」

「妙なこと……？」

「そうです。先生、ごらんください。これなんです」

等々力警部がとり出したのは革のケースで、ハガキぐらいの大きさである。博士がふしぎそうにケー

スを開くと、中には六本の試験管が入っており、試験管にはげんじゅうに封蠟《ふうろう》がしてある。

「何《な》んだい、こりゃア……」

博士が試験管をとりあげようとすると、

「先生、気をつけてください。試験管をこわしちゃ、たいへんなことになります」

警部の声があまり心配そうだったので、一同はふしぎそうに試験管の中をのぞいたが、すぐ妙な顔をして警部の顔を見直した。

「やあ、警部さん、これ、ノミじゃない?」

太ア坊がとんきょうな声でさけんだ。一同が驚いたのも無理はない。六本の試験管には、どれにも十五六匹のノミが、ピョンピョン跳《は》ねているのである。

「そうだよ、太ア坊、ノミだよ。しかしノミはノミでもただのノミじゃないのだよ。先生、それはみんなペスト菌を持ったノミですよ」

「ペスト菌?」

一同は思わず手に汗をにぎった。

伝染病のなかでもいちばん恐ろしいペストが、ネズミから伝染することは諸君も知っていられるだろう。そしてその病気のなかだちをするのが即《すなわ》ちノミなのだ。ペストにかかったネズミの血を吸ったノミが、人間にペスト菌をうつすのだ。だからペストがはやる時には、いちばんにネズミ退治をしなければならぬし、また、ノミを撃滅しなければならないのだ。

「よし、話をきこう。等々力君、君はどこから、こんな恐ろしいものを手に入れたのだ」

「先生、お聞きください。こういうわけです」

警部の話によるとこうである。

浅草《あさくさ》に万吉《まんきち》という有名なスリがいる。この万吉が省線《しょうせん》の有楽町《ゆうらくちょう》駅で、ひとのポケットからスリとったのがこの革のケース。ところが運わるくすぐそばに刑事がいたので、万吉はその場で御用《ごよう》になった。

「ところが、妙なことには、万吉をつかまえた刑事が、スラれた人を呼びとめて、革のケースを見せると、そいつ顔色かえて逃げてしまったというのです」

「逃げてしまった?」

「ええ、そうです。スラれたほうが逃げるなんて、刑事も思いませんでしたし、それに万吉をつかまえているところだし、……で、とうとう逃がしてしまったのですが、そうなるとあやしいのはこのケース。なにか秘密があるのだろうと、警視庁へとどけて来たのです」

「で、学校や病院にききあわせてみたんだろうね」

「もちろん。しかしどこでも心当りはないといいます。第一、こんな危険なものを持って歩くはずがないというのです。それに、刑事に呼びとめられて逃げ出したところに、うしろ暗いところがあるにちがいありません。そこで……」

「そこで……？」

「万吉を呼びよせて、スラれた男の人相をきいてみたのですが、そいつは鳥打帽《とりうちぼう》をかぶり、黒眼鏡《くろめがね》をかけていたが、万吉がスリを働くまえに眼鏡のしたをのぞいてみると、そいつ恐ろしい藪睨《やぶにら》みだった……」

「藪睨みだって？」

史郎君と太ア坊が思わず口をはさんだ。小山田博士もおどろいて、

「等々力さん、それじゃそいつ、ゴリラ男爵の配下の蛭池だというんですか」

「そうです。蛭池なんです」

「しかし、等々力さん、藪睨みだからって、それが蛭池とはかぎらんでしょう。世に藪睨みの男もすくなくない」

「いや、ところがそうではないのです。万吉がその男からスったのは、ケースばかりではありません。ほかにこんなものを抜き取っていたんですがね」

警部のとり出したのは一枚の写真だったが、一同はそれを見ると、思わず呼吸をはずませた。まぎれもなくそれは、怪獣王、ゴリラ男爵の写真ではないか。

博士の推理

ああ、気味の悪いゴリラ男爵。

例によって黒い洋服に黒い二重廻《にじゅうまわ》し、頭にはシルクハットをかぶり、手にはステッキ。そしてあのゴリラの顔が、歯をむき出してわらっている。奇怪ともなんともいいようのない写真だった。

しばらく一同は無言のままこの写真を見守っていたが、やがて小山田博士が決然として、

「なるほどこんな写真を持っていたとすれば、相手は蛭池にちがいあるまい。しかし、蛭池がなんだっ

て、ペスト菌を持ったノミなどを……」

「先生はご存じじゃありませんか。このあいだ深川《ふかがわ》のほうでペストが発生したのを。……あれはひょっとするとゴリラ男爵の……」

恭助も史郎君も太ア坊も、それを聞くと思わず真っさおになった。小山田博士も血の気をうしなった顔で強くうなずきながら、

「そうだ。わたしもいまそれを考えていたところだ。みんなおぼえているか。古柳男爵はいつか何《な》んといった。自分をこんな目にあわせた社会に対して、復讐《ふくしゅう》をしてやるといったね。ところがいままであいつは、何ひとつ自分のほうから手出しはしていない。五十嵐邸《てい》の騒ぎだって、われわれがあいつを釣出《つりだ》すためにやったことで、向《むこ》うから手を出したわけじゃないのだ。だからわたしはいまにあいつが何かやり出すだろうと待っていたのだが、ペスト菌をバラ撒《ま》く……おお、なんという恐ろしいことだ。等々力さん、これは防がねばならん。そうだ、どんなことがあっても、これはやめさせねばならん」

小山田博士はドスンと机をたたいた。

「先生、しかし、どうしたら防げるか。……」

「どうしたら防げるか？　むろん、それには都の衛生課のひとびとに働いてもらわねばならん。しかし、それよりももっと根本的な問題は、古柳男爵をつかまえることだ。そして二度とこんなことができないように、牢屋《ろうや》にぶちこんでしまうのだ」

「そりゃア、それに越したことはありません。しかし、どうしたらあいつをつかまえる事ができますか。あいつの居所《いどころ》さえわからないのに」

「居所？　それはわかっているよ」

「わかっている？」

驚いて跳《と》びあがったのは、等々力警部ばかりではない。恭助も史郎君も太ア坊も、びっくりして博士の顔を見直した。

「先生、そりゃアほんとうですか。わかっているのならなぜ教えてくださらなかったのです」

「まあ、おちつきたまえ。実はわたしもいまわかったばかりだからねえ。みんな、この写真をよくごらん。なんのために古柳男爵が、こんな写真をうつしたのか知らんが、いずれ世間をあっといわせる道具に使うつもりだったにちがいない。ところで、男爵の背景となっている景色をよくごらん」

そこは海岸の崖《がけ》の上らしく、男爵のうしろには海が見え、はるか沖合を汽船らしいものが、一点のしみのようにうつっている。

小山田博士は拡大鏡で写真を見ながら、

「この汽船は先週の土曜日に横浜を出帆《しゅっぱん》した欧洲《おうしゅう》航路の女王丸だ。僕はあの船でイギリスへいく友人を、横浜まで送っていったからよく知っているんだ。ところでこのレンズでよくごらん。甲板《かんぱん》からテープみたいなものがたくさんブラさがっているよ。ほら、別れのとき投げあうテープだ。してみると、これは女王丸が横浜を出帆して間もないころの写真と思われる。と、いうことはこの写真がうつされた場所は、東京湾のうちがわにあり、しかも女王丸のすすむ方角から判断すると、おそらく東京湾の西海岸であろうと思われる」

ああ、なんでもない一枚の写真でも、見るひとが見たら、これだけのことがわかるのだ。等々力警部も拡大鏡で写真をながめていたが、

「あっ、そういえば、向うに雲のように見えるのは、房総《ぼうそう》半島じゃありますまいか」

「そう、わたしもそうじゃないかと思う。ところで等々力さん、ゴリラ男爵のような人物が、まっ昼間《ぴるま》のこのこと散歩に出かけるはずはない。だから、写真の場所は、男爵のかくれ家の庭にちがいないのだ。だから、東京湾の西海岸、房総半島がそういう位置に見えるところをしらみつぶしにさがしていったら、古柳男爵の最後のかくれ家《が》がわかると思うんだが……」

「わかりました、先生！」

等々力警部は欣然《きんぜん》として叫んだ。

「二三日のうちに、きっと、古柳男爵のかくれ家をさがしてお眼《め》にかけます」

ああ、こうして怪獣王ゴリラ男爵と、小山田博士の最後の一騎《いっき》討ちは、いよいよ近づいて来ようとしている！

画家と漁師

警視庁では秘密にしていたが、深川に発生したペストが、ゴリラ男爵のしわざであるということは、いつか世間に知れわたり、日本じゅうは恐怖のどん底にたたきこまれた。

ゴリラ男爵がペスト菌をバラまいている！　おお、なんという恐ろしいことだ。いまに日本じゅうペスト患者でうまってしまうのだ。そして、あちらでもこちらでも、ペストのためにバタバタ人が死んでいくだろう。……日本じゅうこういううわさにふるえあがらぬものはなかったが、とりわけお膝《ひざ》もとだけに、東京都民の恐怖は大きかった。

都の防疫課《ぼうえきか》でも、やっきとなって防疫につとめた。人々は必死となってネズミを退治《たいじ》た。ノミを見つけると眼のいろをかえてひねりつぶした。それにもかかわらず、ペスト患者の発生はあとをたたなかった。たたないはずだ。ゴリラ男爵がペスト菌をバラまいているのだもの。……

さあこうなるとうらまれるのは小山田博士だ。博士がゴリラ男爵を逃がしたために、こんなことになったのだ。小山田博士よ、一日もはやくゴリラ男爵をつかまえて、この罪ほろぼしをせよ。……新聞はそんなことを書き立てた。

小山田博士はしかし、一言もそれについて弁解しなかった。博士は狸穴《まみあな》の自邸にとじこもったきり、一切面会をことわって、考えにふけっているということだ。新聞記者が押しかけても、博士はけっしてあわなかった。

そこで口の悪い世間ではこういった。小山田博士は面目《めんもく》なくて、どこかへ逃げ出したのであろうと。しかし、それはまちがいであった。博士はたしかに狸穴の自宅にとじこもっているのである。その証拠には、二階にある博士の書斎の窓に、おりおり博士のすがたがうつることがあった。

博士はいつも安楽《あんらく》イスに腰をおろし、パイプをくわえて物思いにふけっているようすであった。それを見た人々のなかには、博士は一生けんめいゴリラ男爵を退治《たいじ》る方法を考えているのだという人と、いや、そうではあるまい。博士は腰が抜けてしまったのだと、悪口をいう人とふたいろあった。

しかし、そのひとたちがもし、窓にうつる影の本体を知ったなら、どんなに驚いたことであろう。安楽イスに腰をおろして、パイプをくわえているのは、なんと、博士にあらずして、博士にいきうつしの人形なのだ。

わかった、わかった、敵をあざむくにはまず味方からと、小山田博士はゴリラ男爵をあざむくために、世間の人々からしてあざむいてかかっているのだ。

それではほんとうの小山田博士はどこにいるのであろうか。

だが、それはしばらくおあずかりとしておいて、ここは東京湾の西海岸――と、いうよりも浦賀水道《うらがすいどう》に面した三浦半島の東海岸、剣《けん》ガ崎《さき》のほとりである。

この剣ガ崎の突端《とったん》、海からそそり立つ高い崖《がけ》の上に、ツタのからみついた、古い煉瓦《れんが》づくりの洋館が一軒たっている。そしてその洋館と相対するが如《ごと》くそびえているのは、あれくちて、なかばこわれかけたひとつの教会。――だが、それは教会とは名ばかりで、もし屋根の上にトンがり屋根の鐘楼《しょうろう》がなかったなら、教会ということさえわからなかったであろう。むろん、牧師もおらず信者もなく、建物のなかはいたずらに、クモやコウモリの巣になっている。

それは小山田博士の邸宅で、最後の打合《うちあわ》せがあってから、一週間ほどのちのことである。

崖のほどよいところに三脚《さんきゃく》をすえて、せっせとこの教会を写生している若い画家があった。年ごろは二十四五か、いかにも画家らしく長い髪をもじゃもじゃのばし、ベレー帽を横ちょにかぶり、ゆるいブラウスを着て、いつも細身のマドロス・パイプをくわえている。

この人は四五日まえから、近所の村の宿にとまっているのだが、この教会が気にいったといって、きのうからここに三脚をすえ、写生にとりかかったのである。

画家がよねんなくカンバスのうえに絵筆をはしらせていると、崖のしたから漁師が二三人あがって来た。そして、画家のすがたを見つけると、もの珍しそうにそばへ寄って、

「やあ、うまいな、あの教会をかいてるンだね。ちょっと見な。そっくりにかけてるじゃないか」

「あたりまえだ。餅《もち》は餅屋といわあ。画家さんはそれが商売だもの。画家さん、あんた東京から来《き》なすったのかね」

「ふむ、東京から写生旅行に来たのだが、あの建物が気にいったので、ここに足をとめることにしたのさ。ありゃアやっぱり教会かね。ずいぶん荒れているンだね」

「ええ、もう、十年もまえからほうりっぱなしだからね。ちかごろじゃ幽霊屋敷ともっぱら評判でさ」

KIKUZŌ

「幽霊屋敷？　何か怪しいものでも出るのかね」

「へえ、変なおばけが出入りするという評判なんですよ。一寸法師《いっすんぼうし》のおばけがね」

「一寸法師のおばけ？」

　これは聞きずてならぬとばかりに、画家は筆をやすめて漁師のほうをふりかえった。

謎の怪屋

「はははは、なアに、うわさですよ。そんなことあてになるものですか。第一、それをいい出したのがバカ竹《たけ》のことだからね。あんなやつのいうことがあてになるもんですか」

「しかし、一寸法師のおばけを見たのは、バカ竹ばかりじゃないよ。ほかにも見たという者があるぜ」

　別の男が抗議を申し込んだ。

「油屋のおしん婆《ば》あだろう。あのおしんときたら、また、ひと一倍臆病婆あときてるからね。こわいこわいと思いつめりゃ、枯尾花《かれおばな》も幽霊に見えらあ。一寸法師のおばけだなんて、あんまりご念が入りすぎるじゃないか」

「いったい、バカ竹や油屋のおしん婆《ばあ》さんが、一寸法師のおばけを見たというのは、いつごろのことだね」

「へえ、この二十日ばかりのことですよ。そうそう、あの教会の向うに、古い洋館がありましょう。あの洋館はずいぶん長いこと空《あ》いていたンですが、二十日ほどまえに人が入ったんです。バカ竹やおしん婆あが、教会におばけが出るといい出したのは、その時分からのことですよ」

　画家はまた、ちょっと心が騒ぐ風情《ふぜい》で、にぎっていた絵筆のさきがかすかにふるえた。

「そうそう、あの洋館……あの洋館もいいね。教会がすんだら、つぎにはあの洋館を写生させてもらおうと思っているんだが、ご主人というのはどういう人だね」

「それがねえ、ハッキリわからないんです。なんでもひどいご病気で、そこであそこへご養生《ようじょう》においでなすったということですが、よほどのお年にちがいない。腰なんか弓のようにまがって、地べたを這《は》うように歩いているんでさあ」

「君はその人を見たのかね」

「なに、見たといっても遠くの方からちらと見ただけですがね。顔なんかも黒い頭巾《ずきん》みたいなものをスッポリかむって……ありゃアよほど人に顔を見られるのがきらいなんだね」

「でも、いい人にゃアちがいないよ。あした、村のものを全部よんで、ご馳走《ちそう》してくださろうというんだからね」

別の若者が思い出したようにいった。画家はそれを聞くとどきっとしたように、

「えっ、村の人たちを全部よぶんだって？」

「へえ、飲みほうだいの食いほうだいの無礼講《ぶれいこう》というわけでさ。おまけに余興としてサーカスが来るという話ですよ」

「サーカス？　なんというサーカスだね」

「さあ、なんといったけな。おめえ、サーカスの名前、おぼえちゃいないか」

「ええ——と、なんといったけな。そうそう極東サーカスとかいったぜ」

「そうそう、そのサーカスだ。ほら、いつか新聞に出てたじゃないか。ライオンだのゴリラだのが逃げ出して、大騒ぎをやらかしたあのサーカスさ。あれがあした来るというんで、村の子供たちは大喜びさ」

画家はいよいよ心が騒ぐふぜいである。

「いったい、あのお屋敷のご主人はなんというお名前だね」

「一柳《いちやなぎ》さんとおっしゃるんだよ。たいそうなお金持ちだが、長らく外国へいってらっしゃって、向うで金もこさえたが、そのかわり、無理がたたってからだを悪くなすったという話だ。それで、保養かたがた、日本へかえって来なすったんだね」

「ふうむ、しかし、君はいったい誰《だれ》からそんな話きいたの。このへんに、一柳さんの識合《しりあ》いのかたでもいるのかね」

「いえ、そうじゃありませんが、お屋敷におしゃべりな家政婦がいましてね。それが村へ出て来てはなんでもかんでも、ベラベラしゃべるんでさ」

「ほんとにあの家政婦はおしゃべりだよ。こっちのきかないことまでベラベラしゃべるんだからね。キツネみたいな顔をしているから、はじめはいやだったが、あれでなかなかお人好《ひとよ》しなんだね」

キツネみたいな顔をしたおしゃべり女……ああ、

ひょっとすると、それはもしやケン子夫人ではあるまいか。

昏々《こんこん》先生は砂町教会の地下道で、首をしめられて死んでいたが、ケン子夫人はあれ以来、ゆくえがわからなくなっているのである。

思うに昏々先生がしめころされたのは、あの抜穴を発見し、それからひいては、聖母の像のしたにかくしてある宝石を見付けて、ひそかにそれを横奪《よこど》りしようとしたのを、ゴリラ男爵にかんづかれたためであろう。

しかしケン子夫人には罪はなかった。夫人は良人《おっと》がそんな大それた野心を持っていることさえ気がつかなかったのである。そこでゴリラ男爵は、ひそかに彼女をつれ出して、家政婦としてつかっているのであろう。

こうなるともう疑いの余地はない。剣ガ崎の崖うえにそびえているあの洋館こそ、ゴリラ男爵の最後のかくれ家にちがいないのだ。

画家は心にうなずくと、にわかに三脚をたたみ、カンバスをしまうと、漁師たちにあいさつもそこそこに立ち去ったが、さて、その翌日のことである。


剣ガ崎の附近では、盆《ぼん》と正月がいっしょに来たように、たいへんなにぎわいであった。

いつもぴったり門をとざした崖うえのお屋敷が、きょうは朝から八文字《はちもんじ》に正門をひらいて、その門のなかへ続々として、吸いこまれていくのは、きょうを晴れと着かざった村の老若男女《ろうにゃくなんにょ》である。

極東サーカスの一行は、すでにお屋敷のなかへ繰りこんでいると見えて、陽気な楽隊の音が、人の心をそそるようにきこえてくる。

庭内には、いつしつらえたのか、テントばりの小屋があちこちに出来ていて、そこではおすしでも、おそばでも、おでんでも、おしるこでも、また、お酒でも、ビールでも、食いほうだい飲みほうだいだった。

こうしてお昼過ぎには、さしもひろいお屋敷のなかも、近在の人々でいっぱいになったが、それにしても、この家の主人がゴリラ男爵であるとすれば、男爵はいったい何をたくらんでいるのであろうか。

七色のあられ

恐ろしき霧

ちょうどそのころ、一柳家の奥まった一室では、二人の男がヒソヒソと密談にふけっていた。

「どうだな。だいぶ集まったようすかな」

そうたずねたのは大きな皮イスに腰をおろした人物。頭からスッポリと三角形のトンガリ頭巾《ずきん》をかぶり、腰が弓のようにまがっているところを見ると、この人こそ一柳家の主人にちがいない。

「はい、もうあらかた集まったようでございます」

トンガリ頭巾の男の問いに対して、こう答えたのは、なんと身長《みのたけ》四尺《しゃく》そこそこの一寸法師《いっすんぼうし》――とこういえば諸君はすぐに、この人物が何者であるかおわかりになったにちがいない。

そうだ、諸君もお察しのとおり、この男こそ音丸三郎なのだ。そしてまた、この男が音丸である以上、かれと向いあっているトンガリ頭巾の怪人が、古柳男爵であることは、いまさらこと新しく述べるまでもあるまい。

「よしよし、それではよいかげんに、門をしめてしまったがよい」

「はい、それはもうさっきしめましてございます。泣こうが喚《わめ》こうが、もう一歩たりともお屋敷を出ることはできますまい」

「そうか、よしよし、いまに眼《め》にもの見せてくれるわえ。あっはっは」

古柳男爵はいかにもうれしそうに、手袋をはめた両手をこすりあわせながら、

「ときに音丸、花火のしたくはよいだろうな」

「はい、万事用意ができております。合図があれば、いつでも打ち出せるようになっております」

「そうか、そうか。すると何も手抜かりはないな」

「はい、手抜かりはございません」

「よし！」

古柳男爵は、だしぬけにイスから立ち上《あが》ると、曲《まが》った脚《あし》でよちよちと、部屋のなかを行きつ戻りつしながら、

「なあ、音丸、よくお聞き。これこそ古柳男爵一世《いっせ》

一代《いちだい》の大芝居《おおしばい》のはじまりなのだ。いつかわしは小山田博士に宣言してやった。自分をこのような破目《はめ》に追いこんだ、世間のやつにきっと復讐《ふくしゅう》してやるとな。その復讐がいま眼のまえに近づいているのだ。おれはな、ペスト菌をバラ撒《ま》いて、東京じゅうをペストの巣にしてやろうと思うた。しかし、ちかごろでは防疫法《ぼうえきほう》というやつがゆきとどいているし、それに蛭池のバカがヘマをやらかしたばっかりに、すっかり小山田の奴《やつ》に計画を見破られてしまった。おかげで、おれの思ったほどペスト患者が発生しない。そこで思いついたのが今度の計画だ。なあ、音丸、おまえも知っているだろう。あの花火……あっはっは、なんという恐ろしい花火だ。これこそ地獄の花火なのだ。いまに見ろ。この屋敷じゅう死人の山で埋《うず》もれるのだ」

古柳男爵は、部屋のなかをよちよち歩きまわりながら、のべつ幕なしにしゃべっている。しゃべっているうちに、自分のことばに酔ったように、手をふり、足を踏みならした。

「おれはこの花火をつくるために、ずいぶん長いあいだかかった。おれの脳みその限りをつくしてやっとこしらえあげたのだ。おまえも知っているだろう。花火の中にはおれの発明した、おそろしい薬が仕掛けてある。ドカンと花火をブッ放《ぱな》すと、その薬液がこまかい霧となって降ってくる。おそろしいのはこの霧だ。一度こいつが触れると、もうその人間は助からぬ。薬液のかかったところ、皮膚に赤い斑点ができると、瞬《また》きをするひまもない。そいつはころりと死んでしまうのだ」

古柳男爵は気味悪い歯ぎしりをして、

「しかし、恐ろしいのはそれだけではないぞ。ただそれだけのことなら、それほど珍しい発明とはいえんわい。恐ろしいのはこの斑点の伝染力だ。もし、この斑点で死んだ男に、うっかりさわったがさいご、たちまちそいつも感染して、これまたころりと死んでしまう。そしてまた、その感染したやつにさわったやつは、これまたころりと参るのだ。おお、すばらしい伝染力！」

古柳男爵は自分のことばに酔ったように、

「なあ、音丸、おまえもいつか見たであろう。試験に使って殺した犬に、雀《すずめ》が来てとまったら、たちまちその雀がころりと死んでしまったじゃないか。あっはっは、これにくらべれば、ペストもコレラもものの数ではない。しかも、この病気には予防法は何もないのだ。一度はやり出したがさいご枯野《かれの》をやく火のように、どこまでもどこまでもひろがっていって、とどまるところがないのだ」

古柳男爵はそこでキキと、サルのような歯ぎしりの声をあげた。

「復讐してやる。この薬でおれは世間に復讐してやるのだ。いまに東京じゅう、日本じゅう、いや世界じゅうの人間という人間を根絶《ねだ》やしにしてやるのだ」

おお、なんという恐ろしいことば、なんという無気味な呪《のろ》い、怪獣王ゴリラ男爵は、気の狂った天才の頭脳をもって、いまや全人類を滅亡させようとたくらんでいるのだ。

「しかし、だんな様」

音丸がおだやかな声でたしなめるようにいった。

「それならばあなた様はなぜあの花火を、東京のまんなかで打揚《うちあ》げないのでございます。なぜ、このようなへんぴなところで、打揚げるのでございます」

「ああ、そのことか。それはな、おれはきょうここで試験してみようと思うのだ。なに、試験などせずとも、りっぱに成功することはわかっている。しかし、念には念を入れよということがある。ここで一度試験してみて、うまくいったら、東京のまんなかで打揚げてやる。ああ、見物《みもの》だな。東京じゅうの人間が、老《おい》も若きも、男も女もバタバタと、将棋倒しに死んでいく。おお、なんという壮観だろう」

まったく鬼だ。悪魔であった。古柳男爵はいまや復讐の悪鬼と化しているのであった。男爵はなおもしばらく、気が狂ったようにこの計画について語り、その結果を想像し、うちょうてんになって部屋の中を歩きまわっていたが、しばらくすると昂奮《こうふん》もおさまったのか、ケロリとしたようすになって、

「ときに音丸」

「はい、なんでございます」

「宝石はどうした。宝石の用意はしてあるだろうな」

「はい、宝石なら、この箱のなかにひとまとめにしてございます。お眼にかけましょうか」

「おお、見せてくれ、久しぶりに眼の保養をしたい」

「どうぞ、存分にごらんくださいまし」

音丸が部屋の隅《すみ》からげんじゅうに鉄鋲《てつびょう》をうった箱をもって来てふたをひらいた。と、そのとたん七色《なないろ》の虹《にじ》がほの暗い部屋の一隅にかがやきわたった。

宝石箱

古柳男爵はしばらく、息をこらしてこの宝石を見つめていた。それから箱のそばに膝《ひざ》をつくと、両手で宝石をしゃくいあげた。手ぶくろをはめた醜《みにく》い男爵の両手から、宝石が七色のあられとなってこぼれ散った。

「おお、おお、おお、おれの宝石、美しいおれの宝石！」

トンガリ頭巾《ずきん》の奥から、異様に熱をもったひとみがかがやき、両手はわなわなとふるえている。男爵はしばらく、恍惚《こうこつ》として宝石をかきまわしていたが、やがてやっと満足したように、

「もうよい、しまっておいてくれ」

昂奮《こうふん》のために汗ばんだ額《ひたい》をこすりながら、古柳男爵はよろよろと立ち上《あが》ると、

「音丸、それじゃ忘れぬようにな。その宝石はボートの中に積んでおいてくれ。花火を打揚《うちあ》げたらすぐにここを脱出するのだ。わかっているだろうな」

「はい、よく、承知しております」

「じゃ、おまえはその箱といっしょにボートの中で待っているのだ。おれはすぐにあとからいく。いいか。忘れぬように外套《がいとう》をすっぽり頭からかぶっているのだぞ。うっかり花火の霧を浴びたらたいへんだぞ」

「わかりました。しかし、だんな様」

「なんだ」

「大丈夫《だいじょうぶ》でございますか。小山田博士や等々力警部がこのお屋敷の附近《ふきん》をうろついている形勢があります。きのう、崖《がけ》の下で写生をしていた画家は、たしかに宇佐美という若者でした。ひょっとすると、あいつら村の者に化《ば》けて、お屋敷にまぎれこんでいるかも知れません」

男爵は、それをきくと、気味悪い声を立ててわらった。

「音丸、それこそこっちの望むところだ。小山田博士も等々力警部も、それからあの若僧《わかぞう》もチンピラた

ちも、みんなここへ来るがいい。いまにからだじゅう、赤い斑点だらけになって、もがき死にに死んでしまうのだ。わっはっは！」

そこへ足音がちかづいて、外からドアをノックする音がした。

「誰《だれ》だ？　ああ、ケン子か、お入り」

ドアをひらいて顔をのぞけたのは、まぎれもない、木常昏々《きつねこんこん》先生の奥さんケン子であった。

「あの……だんな様、そろそろお時刻でございます。皆様にごあいさつなさるのではございませんか」

「ああ、そうか、よしよし、いますぐいく。それから、ああ、ケン子や、花火がかりの蛭池のところへいってな。あいさつが終《おわ》ると、わしがハンケチをふる。それが合図だから、花火を打揚げるようにといっておくれ」

「はい、承知いたしました」

ケン子が出ていくと、古柳男爵はもう一度音丸の方をふりかえって、

「それじゃ、音丸、抜かるまいぞ。花火の音がきこえたら、すぐ出発できるように用意をしておけ」

古柳男爵はいったん部屋を出ていったが、ものの三分とたたぬうちにひきかえした。

「おや、だんな様、何かお忘れものでございますか」

音丸がふしぎそうにたずねると、

「ああ、いや」

と、古柳男爵は頭巾をかぶった顔をそむけるようにして、

「その宝石箱だがな。それはやっぱりわしが持っていこう」

と、ひくい、ほとんど聞きとれないくらいの声でいった。

「え？　それはどうしてでございますか」

「どうしてというわけはないが……なんだかおれは気がかりなのだ。なあ、音丸、おれがどんなに宝石気ちがいかということは、おまえもよく知っているだろう。おまえを疑うわけじゃない。しかし、おれは片時《かたとき》も、宝石のそばからはなれたくないのだ。さ、それをもらっていこう」

「そうですか。それではあなたのご随意《ずいい》に」

「よし、では、さっきの約束を忘れるな」

宝石箱を小脇《こわき》にかかえた男爵が、ノロノロと部屋

を出ていくのを見送ってから、音丸はいそいで部屋のなかを片附《かたづ》けはじめた。あとで警察の手が入っても、証拠がのこっていないように気を配るのだ。古柳男爵にとって、音丸はまったく忠実な犬だった。主人が悪人であろうがあるまいが、音丸は少しもかまわなかった。男爵の命《めい》とあらば、どんなことでもやってのける。男爵のために、一身《いっしん》をささげてもいとわない。それが、このあわれな一寸法師《いっすんぼうし》にとって、ただ一つのよろこびなのであった。

やがて音丸は、何も見落《みお》しているものはないかと、入念に部屋のなかを見廻《みまわ》したのち、いそぎあしで部屋を出ていった。おそらくボートの用意をしにいったのであろう。

ハンケチ振られぬ

「親方、妙なことがありますぜ」

そこはきょうの催《もよお》しに、景気をつけるために呼ばれてきた、極東サーカスのうす暗い楽屋であった。親方のヘンリー松崎が鏡にむかって、きらびやかな衣裳《いしょう》をつけていると、そこへ若い団員が気味悪そうな顔をして入って来た。

「なんだい。川上《かわかみ》、何か変ったことでもあったか」

「それがね、どうも変なんです。親方はいつか五十嵐さんの裏の空地《あきち》で、興行をしていたときのことをおぼえているでしょう」

「なんだい、だしぬけに……あのときのことを忘れてたまるものか。ゴリラ男爵のために、だいじな動物たちをめちゃめちゃにされて、危《あや》く解散という破目《はめ》になったのだ。あのときのことを思うとおれはいまでも口惜《くや》しくてたまらない」

親方のことばのとおり、一時は解散のどたん場《ば》まで追いつめられた極東サーカスだったが、それでは団員たちがその日から、くらしにも困るところから、気をとり直して、ささやかな興行をつづけることになった。しかし、かんじんの動物たちがいなくては、大サーカスなどといばってもいられない。いまでは田舎《いなか》から田舎へと廻《まわ》る、しがない、貧弱なサーカス団におちぶれている。それがこのたびはからずも、この近辺をうってまわっているうちに、一柳家から話があって、きょうここへ出張して来たのであった。

「さあ、それです」

と、川上という若い男は身を乗り出して、

「そもそも、ああいう破目になったのは、うちの一寸法師の小虎《ことら》が眠り薬を飲まされて、ぐっすり眠りこんでいるあいだに、ゴリラ男爵の配下の一寸法師が、動物の檻《おり》をひらいたからでしょう。ねえ、そうでしたね」

「うん、そのとおりだよ。しかし、それがどうしたというんだ」

「ところで小虎のやつに眠り薬をのましたのは、ひどい藪睨《やぶにら》みの男だったということでしたね。いや、わたしも現に、ほんのちらりとだが、そいつを見て識《し》っているんです。ところが……」

「ところが……おい、どうしたんだ。そんなに気を持たせずにハッキリいえよ」

「へえ、ところが、その藪睨みの男がいるんですよ。このお屋敷に……」

団長はカッと大きく眼をむいた。

「おい、ほんとうか、それは……」

「ほんとうです。まちがいありません。わたしだって怨《うら》み骨髄《こつずい》に徹しているんです。あいつの顔を忘れてたまるもんですか」

「そして、どこにいるんだ、そいつは？」

「お庭の隅《すみ》に花火の仕掛けがしてありましょう。そこで番をしているんです」

「すると、川上、このお屋敷はゴリラ男爵と何か関係があるというのかい」

「さあ、そこまではわかりませんが、いろいろ妙なことがありますぜ。村の人の話をきくと……」

「ちょっと待て。そういえばおれにも思いあたることがある。さっきちらと見た人の中に、どうもどこかで見たことのある顔だと思ったのがあるが、そういわれてハッキリ思い出したよ。ありゃア小山田博士だったのだ。博士が変装して、このお屋敷にまぎれこんでいなさるんだ」

「親方、そうするとここはやっぱり……」

「しっ、だまってろ。こりゃアおもしろくなってきたぜ。ゴリラ男爵にゃア深い怨みがあるんだ。もしそんなことなら……」

と、団長はものすごい微笑をうかべたが、すぐ思い出したように、

「ときに川上、一寸法師の小虎はいるだろうな」

「さあ、それなんですがね。藪睨みの男を見つける

と、すぐにあいつを探してみたんです。ひとつ首実《くびじつ》検《けん》をさせてやろうと思ってね。ところが小虎のやつ、どこを探しても見えないのですよ」

「なに、小虎が見えない？」

団長は不安らしく眉《まゆ》をひそめて、

「それじゃ至急さがしてみろ。あいつのことだから、またどこかで寝てるんじゃないか。おや、あれはなんだい」

そのとき場外から割れるような拍手《はくしゅ》がきこえた。いよいよ、ゴリラ男爵のあいさつがはじまったのである。

「おい、川上、ちょっと外へ出てようすを見てやろうじゃないか」

庭を見下ろすバルコニーの上には、この家の主人が立っていた。黒い三角のトンガリ頭巾《ずきん》に、黒いダブダブの二重廻《にじゅうまわ》し。むろん、顔も形もわからないが、弓のようにまがった背中は、ゴリラ男爵にソックリだった。

「親方、ありゃア……」

「ふむ、やっぱりゴリラ男爵にちがいない」

団長は思わずいきをのんだ。

「しかし、なんという大胆なやつだろう。それにまた何をしでかすつもりだろう。おい、川上、気をつけろ。男爵がこんなことをやらかすからには、きっと、それ相当の魂胆《こんたん》があるにちがいない」

「親方、おれはなんだか気味が悪くなって来た」

川上という若い男は、にわかにガタガタふるえ出したが、ちょうどそのときバルコニーの上ではゴリラ男爵のあいさつがようやくおわって、

「さて、皆さん」

と、男爵は頭巾の下からいちだんと声をはりあげた。

「かくも皆さんが大勢おいでくださったことは、私にとって身にあまる光栄であります。つきましては私は皆さんに、世にもめずらしい贈物《おくりもの》を差上《さしあ》げようと思うのであります。贈物とはほかでもありません。向うにしつらえてある花火です。いまあの花火を打《う》ち揚《あ》げますが、はたしてその中から何が飛出《とびだ》すか、鬼が出るか蛇《じゃ》が出るか、なにとぞ、皆さん、たのしみにしてお待ちください」

ゴリラ男爵はそこでことばを切ると、咽喉《のど》の奥であざけるような笑い声をあげながら、ズラリと庭を

見下ろした。人の好《よ》い村人たちは、はたして何がとび出すかと、固唾《かたず》をのんで待っている。やがて、男爵はポケットよりハンケチを取り出すと、もったいぶって二三度振った。

ああ、ハンケチは振られたのである。そして、つぎの瞬間、ドカーンと花火が、空中高く打揚げられた。

木《こ》ッ葉《ぱ》微《み》塵《じん》

あぶない、あぶない。

いまに虚《こ》空《くう》より恐ろしい薬液が、霧となって降って来るのだ。そしてその霧にふれたがさいご、たちどころに赤い斑点ができて死ぬのだ。そして、それに触《さわ》った人も犬も鳥も、順ぐりにバタバタと同じ病気で死んでいくのだ。ああ、小山田博士や等々力警部は何をしているのであろう。

しかし、誰《だれ》もそんなことを知っている者はない。そして、人間、何も知らぬということほど強いものはないのだ。人々は手に汗にぎって、何が落ちて来るかと空を仰《あお》いでいる。


一瞬——二瞬——

と、ふいに何やらパラパラと、固い小石のようなものが頭上から降ってきた。

「あっ、痛い」

頭をかかえてとびのいた人々が、足もとを見ると、何やらキラキラ光るものが落ちている。何気《なにげ》なくそれを拾いあげた一人が、

「あっ、宝石！　ダイヤモンドだ」

と、叫んだからたまらない。庭を埋《うず》めつくした人々は、わっとなだれをうってもみあった。

なるほど、宝石だ。

ダイヤもある。ルビーもある。サファイヤもある。色美しい宝石が五色のあられとなって降りしきる、七彩《しちさい》の滴《しずく》となって土に散る。

「わっ、ルビーだ、エメラルドだ。ダイヤモンドだ」

「ああ、ほんとうにすばらしい贈物だわ」

と、われを争って地上にころがる宝石を、拾い集めるひとびとを見て、バルコニーにいるゴリラ男爵はびっくりして眼《め》をこすった。いったい、これはどうしたのだ。あの恐ろしい霧はなぜ降って来ないの

だ。それに、宝石だって？　じょうだんじゃない。みんな気がちがったのではあるまいか。……

男爵はもう一度眼をこすりなおしたが、そのとき、カラカラと音を立てて足もとに降って来たのは一個のダイヤ。ゴリラ男爵はそれを見ると、びっくりしてとびあがった。

「あっ、これは……」

と、その時だった。

「古柳男爵」

うしろからがっしりと肩に手をかけたものがある。

「なに？」

古柳男爵はびっくりしてふりかえったが、そのとたん、全身がいかりのためにふるえた。

男爵のうしろに立っているのは、三角形のトンガリ頭巾《ずきん》にダブダブの二重廻《にじゅうまわ》し、しかも背中が弓のようにまがっているところまで、ゴリラ男爵にそっくりの怪人だった。

「だ、誰《だれ》だ、きさまは。顔を見せろ、顔を……」

古柳男爵はのどをしめつけられるような声をあげた。

「はっはっは、男爵、わたしが誰だかわからないかね。よろしい、それではお望みにまかせて顔を見せてあげよう」

相手がトンガリ頭巾をとったせつな、

「やっ、き、きさまは小山田！」

いかにもそれは小山田博士だった。小山田博士はおだやかに微笑していたが、さすがに緊張のために、青白《あおじろ》んだ頰《ほお》はビクビクとけいれんしている。

「ああ、わかった、それじゃ花火のなかをすりかえて、宝石をバラ撒《ま》いたのは、きさまのしわざだな」

「はっはっは、そのとおり。幸いのトンガリ頭巾とダブダブの二重廻し、これで音丸をあざむいて宝石箱はこっちへもらったのさ。しかし、安心したまえ。花火のなかに仕掛けたのは、みんなにせ物のガラス玉ばかりさ。村の人たちにぬか喜びをさせるのは悪いが、ちょっと、君のどぎもを抜いてやろうと思ってね」

「ちくしょう！」

「古柳男爵、宝石を取りあげられてしまえば、君の神通力《じんつうりき》も半分以上なくなったも同然だ。すなおに降参《こうさん》したらどうだ」

「おのれ、おのれ、おのれ」

「男爵！　藪睨《やぶにら》みの蛭池もとらえられた。あの大男も取りおさえたぞ。君はもう羽根をむしられた小鳥も同じだ。それ、等々力君」

小山田博士が片手をあげると同時に、バラバラとバルコニーにあらわれたのは、等々力警部をはじめとして、刑事の一行。そのうしろには恭助もいる。史郎君もいる、太ア坊もいる。

「古柳男爵、神妙《しんみょう》にしろ！」

等々力警部は古柳男爵の手をおさえた。

だが、そのとき、警部のほうにほんのわずかばかりの油断があったのである。こうして大勢でとりまいてしまえば、古柳男爵いかに神通力ありとはいえ、しょせん袋の中のネズミである。そういう安心が警部の心になかったとはいえない。それがいけなかったのである。

警部の手をふりはらった男爵が、さっと右手をあげたと見るや、何やら梅の実ほどのものがバルコニーにとんでくだけた。

すさまじい閃光《せんこう》！　濛々《もうもう》たる毒煙！

「しまった！」

一同は思わずバルコニーに顔を伏せる。鼻をさすはげしい臭気《しゅうき》。涙がとめどもなくポロポロ溢《あふ》れる。催涙《さいるい》ガスである。

と、そのすきに、ゴリラ男爵は身をひるがえしてバルコニーから中へとびこんだ。

「しまった、逃げるぞ！」

「それ、屋敷を包囲しろ。取りにがすな」

だが、誰もかれも催涙ガスにやられて向うが見えない。あとからあとからと、とめどなく涙が溢れるのだ。

と、そのときどこかでドドドドとエンジンの音。

「等々力君、気をつけろ。海へ逃げるにちがいないぞ。海上に気をつけろ！」

溢れる涙をハンケチでおさえながら、小山田博士はまっさきに立って、バルコニーをとび出して崖《がけ》のふちに駆けよった。警部も刑事もバラバラとあとから駆けつけてくる。

と、見れば、きり立ったような崖のふもとから、今しも一艘《そう》のモーター・ボートがとび出してくる。

わかった、わかった。この屋敷にも地下道があって、それが崖下の水門に通じているにちがいない。

モーター・ボートに乗っているのは、たしかにゴリラ男爵と一寸法師《いっすんぼうし》。男爵はもう頭巾をかぶっていない。あの醜悪《しゅうあく》な顔から歯をむき出して、獣《けだもの》のようにキキとわらった。

「撃て！」

その瞬間、警部が叫んだ。

と、崖上にならんだ十数人の刑事の手から、いっせいにピストルが火をふいた。

一回、二回、三回。……

ピストルの音が静かな海面にとどろきわたる。

「ちくしょう、これでもくらえ」

警部はつづけさまにピストルを乱射する。と、どの一発が命中したのか、とつぜん、モーター・ボートのエンジンが火をふいた。

「あっ、あたったぞ！」

青白い焔《ほのお》が、メラメラと燃えあがったかと思うと、つぎの瞬間、すさまじい爆音と共に、モーター・ボートは木っ葉微塵《こっぱみじん》となって空中高く吹きあげられたのである。

あのみにくいゴリラ男爵と、一寸法師を焔のなかに包んだまま。……

大団円《だいだんえん》

ゴリラ男爵はほろんだ。かれの唯一の配下であった音丸とともに、東京湾の空に吹きあげられたのである。

このことは、それからまもなく行われた海上捜査によって、もう疑う余地はない。ゴリラ男爵は全身、やけどを負うた死体となって発見されたし、また、音丸も顔面を火に吹かれて、ふた目とは見られぬ恐ろしい形相《ぎょうそう》となってただようていた。

この報《しらせ》がその日ただちに、ラジオによって全国につたえられたから、さあ、人々のよろこびようといったらなかった。

怪獣王ゴリラ男爵はほろんだのだ。きょうから枕《まくら》を高くして寝られるのだ。さいわい、東京都のペストもおいおい下火になって来たし、もうペスト菌をバラ撒《ま》かれる心配もない。ことにゴリラ男爵が最後にたくらんでいた、あの恐ろしい伝染病のことを伝えきいたとき、ひとびとは、あまりの惨忍《ざんにん》さにふるえあがると同時に、それを未然にふせいでくれた小山田博士に対して、いまさらのように感謝のことばをささげるのを忘れなかった。

こうして小山田博士は一躍《いちやく》日本一の英雄になった。毎日々々感謝の手紙や電報がひきも切らず博士のもとにとどいた。

さいわい美代子も龍彦も、その後しだいに経過がよく、めでたく退院する日も近いだろうといわれている。

こうして、どちらを見ても博士の周囲は、おめでたいことづくしだったのに、どういうものか博士は、なんとなく浮かぬ顔をしていた。

「お父さん、何をそんなに沈んでいらっしゃるのですか。ゴリラ男爵もほろんだし、美代子や龍彦君もちかく退院するというのに」

史郎君が心配してそうたずねても、博士は言《げん》を左右にして答えなかった。

それではいったい、小山田博士は何を心配しているのであろうか。何をあのような浮かぬ顔をしているのであろうか。

博士は心中ひそかにこう考える。

——ゴリラ男爵はほんとうに死んだのであろうか。いや、あの剣ケ崎の崖《がけ》下で、木ッ葉《こっぱ》微塵《みじん》となったのは、ほんとうに怪獣王ゴリラ男爵だったろうか。もしそれならば、古柳男爵が、ロロといっしょに買って来た、双生児《ふたご》の兄弟ポポはどうしたのであろう。古柳男爵はかつて、自分の着ている洋服と、寸分《すんぶん》ちがわぬ衣裳《いしょう》をもう一着つくったというではないか。ひょっとすると、あのとき吹きあげられたのは、ロロではなく、ポポのほうではあるまいか。すなわち、怪獣男爵は、ポポを身がわりに立てて、自分はどこかへ姿をくらましたのではあるまいか。——

小山田博士の恐れる原因は、もうひとつある。それは、極東サーカスの一寸法師《いっすんぼうし》小虎が、あの日以来ゆくえがわからぬということである。

——ひょっとすると、あのときモーター・ボートから吹きあげられた一寸法師は、音丸三郎ではなくて、極東サーカスの小虎だったのではあるまいか。一寸法師の死体は発見された。しかし、それは全身にやけどをしていたし、顔はふた目と見られぬほど、火にふかれて、相恰《そうごう》のみわけは全然つかなかったのだ。……

小山田博士の心痛はこういうおそろしい疑問にあ

るのだ。

博士はおりおり恐ろしい夢を見ることがある。それは怪獣王ゴリラ男爵が一寸法師の音丸とともに、再びこの世にあらわれて、惨忍きわまる悪事をはたらくという夢である。

怪獣王ゴリラ男爵はほんとうに死んだのか。それとも博士が恐れているとおり、まだどこかに生きていて、ひそかに活躍の機をねらっているのか。——それは誰《だれ》にもわからぬ謎《なぞ》である。

大迷宮

高原の怪屋

黒めがねの少年

世の中には、みょうなまわりあわせがあるものです。それこそ芝居《しばい》や小説にだって、めったにないような、人に話せば、うそだといわれそうなほど、ふしぎなめぐりあわせがあるものです。そして、そういうみょうな、ふしぎなめぐりあわせがたびかさなるうちに、いつか、とんでもない事件に、まきこまれていることが、ままあるものです。

これからお話ししようとする、この物語の主人公、立花滋《たちばなしげる》君のばあいが、そうでした。

滋君があんなにサーカスのファンでなかったら——いやいや、滋君がいかにサーカスのファンであったとしても、去年の夏、軽井沢《かるいざわ》へ避暑にいかなかったら——いやいやいや、滋君がいかにサーカスのファンであり、そしてまた、去年の夏、軽井沢へ避暑にいったとしても、あの日、いとこの謙三《けんぞう》にいさんと、自転車の遠乗《とおの》りに出かけて、大夕《おお》だちにあわなかったら、これからお話しするような、あんなにも奇怪な、そしてまた、あんなにもおそろしい事件に、まきこまれるようなことはなかったでしょう。

しかし、こんなふうに書いていくと、これをお読みになる諸君は、きっと、いったいなんのことだとめんくらわれるでしょう。

よろしい、それではここに、わかりやすいように、滋君が去年の夏、軽井沢へ避暑にいったというところから、お話をすすめていくことにいたしましょう。

滋君はことし十四、したがって去年の夏は十三才で、新制中学の一年生でしたが、滋君のつもりでは、その夏はどこへもいかないで、おうちで勉強しようと思っていました。

ところが夏休みもおわりにちかい、八月も二十日《はつか》すぎになってから、軽井沢へ避暑にいっている、いとこの謙三にいさんから、そんなに勉強ばかりしていると、からだをこわすから、たとえ一週間でもいいから、こちらへ来て、のんびり遊んでくらすようにと、しんせつなさそいの手紙が来ました。

ちょうどそのころ、滋君は、あらかじめきめておいただけの勉強はすましていたし、それに謙三にいさんのいうことも、もっともだと思ったので、おとうさんや、おかあさんのゆるしをえて、一週間の予定で、軽井沢へ遊びにいくことになりました。

それが八月二十三日のことなのですが、あとから思えば滋君は、この汽車の中からして、この事件にまきこまれる、ふしぎなめぐりあわせに出あっているのでした。

もう夏もおわりにちかいせいだったか、軽井沢へいく汽車は思ったよりもすいていました。滋君はゆうゆうと、ふたりぶんの席を占領して、本を読んだり、また本に読みあきると、窓のそとの景色をながめたりしていました。この汽車は夕がたごろ軽井沢へつくはずで、いとこの謙三にいさんが、駅まで迎えにきてくれることになっているのです。

さて、滋君のまえの席には、親子かと思われるような年ごろのふたりづれが乗っていました、ひとりは五十か、あるいはもっと年をとっているかと思われるような老人でしたが、顔じゅうに、アイヌのようなひげを、黒々とはやしているのが、ちょっと人目をひきました。せいはあまり高くはなさそうでしたが、ずんぐりと、かたぶとりをしたからだをしています。

そして、度の強そうなめがねをかけ、頭にはおしひしゃげたような、山のひくい、つばの広い帽子をかぶり、この暑いのにちゃんとせびろの三つぞろいを着ています。そして、ネクタイのかわりに、黒い細いひもをむぞうさにむすび、手にはまるでいぬころしの棒みたいな、太いステッキを持っているのですが、顔じゅうをうめるようなひげといい、帽子も洋服もまっくろなところといい、太い、いぬころしの棒みたいなステッキといい、なんとなく、きみのわるいかんじでした。

さて、そのつれというのは、十七八の少年なのですが、これがまた、ちょっとみょうないでたちなのです。

灰色がかった、じみなせびろに、同じ色の鳥《とり》うち帽《ぼう》——と、いうところまでは、べつにかわったことはないのですが、子どものくせに黒めがねをかけ、しかも、この暑いのに、顔じゅうかくれてしまいそうなほどの、大きなマスクをかけているのが気になります。

黒めがねにマスク——といえば、だれでもすぐに変装ということを考えるでしょう。まったく、これくらいかんたんな変装道具はありませんからね。

滋君も、すぐそう思いました。しかし、あいてはじぶんと、いくらも年のちがわぬ少年なのですから、滋君は、すぐその考えをうち消しました。そして、きっと目がわるいところへ、かぜでもひいたのだろうと同情しました。

それですから、滋君はそれきりふたりのことは気にもかけず、さっきもいったとおり、本を読んだり、窓の外をながめたりしていたのですが、そのうちに、はっとするようなことがおこったのです。

それは、まもなく、列車が軽井沢へつこうというころでした。

いぬころし棒を持った男が、思いだしたようにポケットをさぐると、

「そうそう、忘れてたよ。ここにキャンディーがあるんだがたべないかね」

そういって、なにやらあめだまみたいなものを出しました。

ところが、ちょうどその時、少年は目にごみでもはいったのでしょう。黒めがねをはずしていたのですが、そこへ、キャンディーを出されたものだから思わずマスクもはずしました。

それはほんのちょっとのまのことでした。だが、そのちょっとのまに、すっかり少年の顔を見てしまった滋君は、思わずあっというさけびが出そうになるのを、あわててのみこむと、いそいで本のかげへ顔をかくしてしまいました。

滋君はその少年を知っていたのです。

タンポポ・サーカス

立花滋君のおうちは東中野《ひがしなかの》のおくにあるのですが、

その夏のはじめごろ、近所のあき地に、大きなテント小屋がたちました。

おやおや、なにができるのかしらと思っていると、それがサーカスでした。しかも、少年少女タンポポ・サーカスという、かわいい名まえのサーカスでした。

少年諸君はだれでもサーカスがすきですね。滋君も大すきでした。

そのサーカスというのが、少年少女タンポポ・サーカスという名のとおり、団員というのが、ほとんど、十二三から十七八才までの少年少女ばかりなので、いっそう子どもたちに人気がありました。

おとなといっては、力もちのおじさんと、いろいろおもしろいげいをして、見物を笑わせる道化師《どうけし》のふたりだけ。いやいや、そのほかに、いつも猛獣使いが持つような、長いかわのむちをふりまわしている、こわそうな団長がいましたが、そのほかはぜんぶ少年少女なのです。

滋君は、このサーカスがたいそう気にいったので、三度ほど見にいったことがあります。ほんとうはもっと見にいきたかったのですが、おこづかいがたりなかったので、そうは見にいけなかったのです。

滋君はそのサーカスのなにもかもが気にいりました。力もちのおじさんが、大きな米俵《こめだわら》を三つもいっしょに、手玉にとるのにも目をみはりましたし、道化師がいろいろ、へんなことをして笑わせるのもおもしろうございました。また、じぶんと同じ年ごろの少女が、二頭の馬にかた足ずつのせて、広いテント小屋のなかを、走りまわるのにも感心しました。

しかし、なんといっても、滋君がいちばん気にいったのは、ブランコ乗りの少年でした。

テント小屋のたかいたかいてんじょうに、ぶらさがっている七つのブランコ、そのブランコからブランコへと、とんぼがえりをうちながら、飛びうつっていく少年のげいとうをみたときには、だれでも手にあせをにぎらずにはいられません。もし、ちょっとでも、けんとうがくるって、むこうのブランコにつかまりそこなったら……下には、あみもなにもはってないのですから、それこそ、こっぱみじんと、からだがくだけるにちがいありません。

しかし、その少年はけっしてやりそこなうようなことはありませんでした。まるで鳥かチョウのよう

に七つのブランコを、つぎからつぎへとわたってい
くその身のかるさ、あざやかさ。そして、少年が七つのブランコをわたってしまうと、いつも、手にあせにぎって見物していた人々は、いっせいに、ほっと安心のためいきをつき、それから思いだしたように、われるような拍手《はくしゅ》かっさいをおくるのでした。

その少年こそは、タンポポ・サーカスの人気王、タンポポ・サーカスはこの少年によって、見物を集めているといっても、まちがいがないくらいでした。

いま、軽井沢へいく汽車のなかで、思いがけなくも乗りあわせた、黒めがねにマスクの少年というのが、なんとそのサーカスの少年ではありませんか。

滋君は胸がドキドキしました。そして、なんともいえぬおそろしさに、全身から冷汗《ひやあせ》が出てきました。

なぜでしょう。サーカスの少年といっしょに乗りあわせたのが、なぜ、そのようにおそろしいのでしょう。それには、わけがあります。

ちょうどその日からかぞえて、三日まえのことでした。サーカスのひとたちが、顔色をかえて、口々になにかわめきながら、町を走りまわっているのを見て、滋君はふしぎに思いました。

そこで近所のおじさんにわけをきくと、
「なに、サーカスの子どもがひとり、にげたのだよ」

とおしえてくれました。そして、にげたのは、ブランコの少年だとつけくわえました。それからそのあとで、
「あのサーカスの団長というやつは、とてもひどいやつで、気にいらぬことがあると、だれかれのようしゃなく、あの長いむちでピシピシなぐるんだそうな。それがおそろしさに、にげだしたんだろうが、かわいそうに、つかまらなければよいが」

と、近所のおじさんは心配そうにためいきをつきました。
「どうして、おじさん、つかまるとどうかなるの」

と、そこで滋君がききますと、
「どうかなるのどころじゃない。つかまると、それこそ、死ぬか生きるかというほどの、ひどいしおきにあわされるんだよ。つまり、ほかのものに対するみせしめだね」

と、おじさんはまた、心配そうにためいきをつきました。滋君はそのときついでに、その少年の名が

鏡三《きょうぞう》というのであることも、近所のおじさんからおそわりました。

ああ、その鏡三少年なのです。いま、滋君の目のまえに腰をおろしているのは……。

滋君はおそろしさに、からだがふるえるようでした。ああ、この少年が黒めがねやマスクをかけているのは、けっして目がわるいためでも、かぜをひいているせいでもないのです。さいしょ、滋君があやしんだとおり、顔をかくすためなのです。

滋君は、そっと汽車のなかを見まわしました。ひょっとすると、タンポポ・サーカスの追手《おって》のものが、乗ってはしまいかと思ったからです。しかし、さいわい、それらしい人のすがたは見えませんでした。

滋君は、ほっと胸をなでおろすと、こんどはつれの男は、なにものだろうと考えました。

つかまれば、生きるか死ぬかというような、ひどいおしおきをうけることは、鏡三少年もよく知っているにちがいありません。それを知っていながら、鏡三少年は、じぶんだけの考えでにげだしたのでしょうか。

いやいや、まだ十七や八の少年に、それほどの大胆さがあるとは思えません。と、すれば、このいぬころしの棒を持った男が、そそのかしてつれだしたのではありますまいか。

滋君は本のかげから、そっとふたりのようすを見ましたが、そのとき気がついたのは、鏡三少年自身、ひどく、つれの男をおそれているらしいことです。

それに気がつくと、滋君はまたゾッとしました。もしじぶんが、鏡三少年を知っているということを、この男が知ったらどうするだろう……そう考えると、滋君はまた、なんともいえぬおそろしさで、せすじがつめたくなるような感じでした。

丘の一軒家

「へへえ、するとそのサーカスの少年と、いぬころしの棒を持った男も、この軽井沢へおりたというんだね」

「そうなんです。それでね、ぼくきょうまで、町をあるくたびに、あの人たちに出あいはしないかと気をつけていたんですが、とうとういちども出あいませんでした」

それは滋君が軽井沢へきてから六日めのことでした。滋君はそのつぎの日、東京へかえる予定だったので、おわかれに自転車の遠乗《とおの》りをしようということになって、謙三にいさんとふたりで、軽井沢から三十キロほどはなれた山のなかへでかけました。

滋君はこの自転車ハイキングの途中で、はじめて謙三にいさんに、サーカスの少年のことをうちあけたのです。

「ぼく、このことだまっていようかと思ったのです。しかし、どうしても気になるものだから……ぼくにはあのふたりが、軽井沢の近所にいるように思えてしかたがないのです。しかし、ぼくはあす、東京へかえらねばならんでしょう。それで、にいさんにお願いして、そういうふたりづれを見つけたら、気をつけてもらいたいと思うんです」

「ふふん」

謙三にいさんも目をまるくして、

「しかし、滋君、その少年がサーカスからにげだした、鏡三少年にちがいないということは、だいじょうぶかい。もしや人ちがいでは……」

「いいえ、ぜったいに人ちがいではありません。それにだいいち、子どものくせに黒めがねをかけたり、マスクをしているのがおかしいじゃありませんか。あれはタンポポ・サーカスの、追手の目をくらますためですよ」

「そういえばそうだね。ところが、その鏡三少年は、ひどく、つれの男をおそれているようすだったというんだね」

「そうなんです。だから、ぼく心配なんです。ぼくにはあの男が、むりやりに鏡三少年をつれだしたとしか思えません。そして、それにはなにか、深い秘密があるような気がしてならないのです」

「深い秘密だって?」

謙三にいさんは両手をうつと、

「滋君、きみはまるで、探偵小説か冒険小説のようなことをいうね。あっはっは、おもしろい。よし、ひきうけた。おれがきっと、そのふたりをさがしだしてやる。ただし、そのふたりが軽井沢にいるならばだぜ」

謙三にいさんというのは秀才の大学生で、しかも柔道三段という豪《ごう》のもの。

いったい人間というものは、だれでも、秘密だの、冒険だのということに、心をひかれるものですが、謙三にいさんもその例にもれず、滋君の話にひどく興味をおぼえたらしく、山のなかの草《くさ》っ原《ぱら》に自転車をとめてねころぶと、この事件について、それからそれへと空想のつばさをのばすのでした。

謙三にいさんと滋君が、あの大《おお》夕だちのまえぶれに、ぜんぜん気がつかなかったというのも、つまりそのとき、あまり話にむちゅうになっていたからなのです。そして、ふたりがはじめて気がついたときには、空はもう、まっくろな雲でおおわれているのでした。

「あっ、いけない、滋君、夕だちだ」

そうさけぶと、はや、謙三にいさんは自転車にとびのっていました。滋君もそれにつづいたことはいうまでもありません。

だが、ふたりがものの一キロといかぬうちに、ザーッとしのつくような雨が落ちてきました。と、同時に、ものすごいいなずまと雷鳴。

「しまった、滋君、超スピードだ」

ふたりはせなかを丸くして、山道を走っていきます。そのうえから、ぼんをひっくりかえしたようにふりそそぐ雨、あたりはしだいに暗くなって、いなずまと雷《らい》の音がものすごい。

ふたりはむちゅうになって山道を走っていましたが、運のわるいときにはしかたがないもので、ものの四キロと来ないうちに、とつぜん、滋君があっとさけんで自転車からとびおりました。

「滋君、ど、どうしたんだ」

謙三にいさんも、少し行ってから、自転車をとめてふりかえりました。

「にいさん、すみません。自転車がパンクしたんです」

「自転車がパンクしたあ?」

さすがに、謙三にいさんも顔色をかえました。夕だちはいよいよはげしくなるばかり、しかも、そこから軽井沢までは、まだたっぷり二十五キロはあるのです。とても、自転車をひいては歩けません。

「しかたがない。そのうちに家があったら、空気入れのポンプを持っていないか、聞いてみよう」

「にいさん、すみません」

ふたりは自転車をおして歩きだしました。しかし、もともと人家《じんか》のない山をよって、ハイキングに来たのですから、おいそれと家など見つかろうはずがありません。

ふたりは、びしょぬれになってしまいました。雨がズックリはだへしみとおって、かぜをひきそうでした。ふたりは寒さにガチガチ歯を鳴らしながら、それでもいっしょうけんめい、四キロぐらい歩きましたが、そのころにはもう、とっぷりと日がくれて、あたりはまっくらになっていました。

ああ、もうこうなっては、たとえタイヤに空気がはいっても暗い夜道のこの雨のなか、とても山道は走れません。しかも夕だちはなかなかやむけしきもなく、雷鳴こそはやや遠ざかったものの、いなずまはまださかんに、ふたりの前後を照らします。

滋君はさすがに子どもで、心ぼそさが胸にあふれて、いまにも泣きだしそうになりましたが、そのときでした。さっと光るいなずまと同時に、

「あっ、あそこに家が見える!」

謙三にいさんのさけび声。しかし、そのときにはもういなずまは消えて、あたりはうるしのようなやみでした。

「家が見えるんですって?」

「うん、いまにまた光るからみていたまえ。右手のほうに見えるから」

謙三にいさんのことばのとおり、それからまもなく、またもや、さっと青白い、いなずまの光が地上をはっていきましたが、滋君はその光のなかではっきり見たのです。

右手の小高い丘のうえに、洋館が一《いっ》けんたっているのを……滋君はそれをみたとき、虫が知らせるとでもいうのでしょうか、なんともいえぬきみわるさに、ゾクリとからだをふるわせたのです。

無気味なおじ

「にいさん、なんだかきみのわるい家ですね」

「どうして?」

「だって……」

「はっはっは、滋君、それは神経《しんけい》だよ。いなずまの光でみるから、きみがわるいように思うのさ。なに、べつにかわったことがあるものか。いや、たとえ多少きみがわるいとしても、このままじゃ、ふたりともかぜをにしかたがない。このままじゃ、ふたりともかぜを

ひいてしまう」

おりおり光るいなずまをたよりに、ふたりは丘の道をのぼっていきます。かみなりの音は、もうよほど遠くなっていますが、雨はまだふりしきっています。ひょっとすると、夕だちから、そのまま、地雨《じあめ》になったのかもしれません。高原では、ふつうの雨でも平地より、ずっと、いきおいがはげしいのです。

ふたりはまもなく洋館の前までたどりつきましたが、なるほどそばへよってみると、滋君のいうとおり、きみのわるい建物だと、謙三にいさんもまゆをひそめました。

それは古めかしいれんが建ての洋館でしたが、かべいちめんにはったつたの葉が、ザワザワと風にざわめいているのが、なんともいえぬぶきみさです。しかし、いまはそんなことを気にしているばあいではありません。さいわい門がひらいているので、ふたりは中へはいっていくと、げんかんのベルをおしました。

ジリジリジリ……広い建物のずっとおくで、ベルの音のするのが、あたりのしずけさを思わせて、なんともいえぬきみわるさです。

やがてベルの音におうじて、おくのほうから、かるい足音がきこえてきたかと思うと、なかからドアがひらきました。そして顔を出したのは、あきらかに召使《めしつか》いと思われる六十ぐらいの老人でしたが、感心なことには、ちゃんと洋服を着ています。

「なにかご用かな」

という老人の問《とい》に対して、謙三にいさんが、てみじかにわけを話して、空気入れのポンプはないかとたずねると、

「ああ、空気入れならここにある。おはいり」

なるほど、玄関へはいってみると、自転車が二台に、空気入れがひとつおいてあります。いったい軽井沢というところは、自転車のとてもてはやされるところですから、空気入れもたいていの家にあるのです。

謙三にいさんは、そのポンプをかりて、タイヤに空気を入れにかかりましたが、まえにもいったとおり、自転車がなおったところで、この雨の夜、とても軽井沢まではかえれません。とはいえ、このとっつきのわるい老人に、これ以上のことをたのむのもどうかと、謙三にいさんもこまっていましたが、そ

のときでした。おくのほうから老人をよぶ、わかい男の声がきこえました。

「ああ、わかさまのおよびです。ちょっと待ってください」

老人は、あたふたとおくへはいっていきましたが、しばらくすると、かえってきて、

「わかさまにおふたりのことをお話ししたら、たとえ自転車がなおってもこの雨ではかえれまい。よかったら、とまっていかれたら……と、こうおっしゃるのですが……」

謙三にいさんと滋君は思わず顔を見あわせました。渡りに船とはこのことです。そこでふたりが礼をのべると、どうぞこちらへと通されたのは、りっぱな広間で、老人が気をきかしたのか、ストーブにあかあかと火がもえています。

「それにあたっていてください。いま、着がえを持ってきますから」

そういって、老人が出ていくのと、ほとんどいれちがいに、ドアの外から、

「剣太郎《けんたろう》のお客さんというのはこちらかい」

と、太い、さびのある声がきこえたかと思うと、ひとりの男がせかせかとはいってきましたが、ひと目そのすがたを見たとたん、滋君は思わずあっと、じぶんの口をおさえました。おお、なんと、その男こそ汽車で出あった、いぬころしの棒の男ではありませんか。

むろん、今夜は家のなかですから、ステッキは持っておりません。しかし、帽子をぬいだその頭が、まるでパーマネントでもかけたようにちぢれて、さかだっているのが、ライオンみたいにおそろしい感じです。汽車の中では気がつきませんでしたが、おそろしいガニまたです。

ちぢれっ毛の男は、うたがいぶかい目つきで、じろじろふたりを見ていましたが、すぐ、あやしいものではないと安心したのか、つかつかとそばへよってくると、早口で、みょうなことをいいました。

「ああ、剣太郎のお客人《きゃくじん》というのはきみたちだね。ええ、そう剣太郎というのがこの家の主人で、わしは、そのおじになるだが、きみたちにあらかじめ注意しておきたいことがある。剣太郎はちかごろ、神《しん》経衰弱《けいすいじゃく》のきみでな、少し気がへんになっとるんじゃ。だから、みょうなことをいうかもしれんが、気にか

けぬようにしてくれたまえ」

「みょうなことといいますと？」

謙三にいさんがたずねると、

「つまりじゃな。じぶんと同じ人間が、もうひとりこの家のなかにいるというんじゃな。いやいや、もうひとりのじぶんが、この家のどこかにかくれているといってきかんのじゃ。そんなばかげたことがあるはずがないといっても、そこが病人でな、どうしても、じぶんがもうひとり、この家のなかに……」

だが、そのとき、ろうかのほうで足音がしたので、ちぢれっ毛の男は、ハタとばかりに口をつぐんだ。そして、とってつけたような笑顔をつくると、

「——剣太郎やお客さまはこちらじゃよ」

と、みずから立って、ドアをひらきましたが、そのとたん、滋君はふたたびあっといきをのんだのです。

ああ、ドアの外に立っている少年、それこそまぎれもなくタンポポ・サーカスの人気王、鏡三少年ではありませんか。

だが、しかし……。

これはなんということでしょう。

ちぢれっ毛の男のことばによると、その少年の名は、剣太郎というらしいのです。

それにしても、その剣太郎少

年のいう、もうひとりの、じぶんというのはなんのことでしょう。

滋君はなんともいえぬぶきみさに、胸をドキドキさせましたが、しかし、あとから思えばこのぶきみさは、まだまだほんの序《じょ》の口《くち》でした。

そのま夜中、滋君がはからずもみた、人食い寝台のきみわるさ、おそろしさ……

ああ、じつに、この家こそは、化物《ばけもの》屋敷であったのです。

せむしの家庭教師

剣太郎少年は、部屋のなかへはいってくると、いかにもなつかしそうに、

「夕だちにあっておこまりだったでしょう。おや、たいへんだ、ずぶぬれになりましたね。じいや、じいや、早く着がえをもってきて……ああ、津川《つがわ》先生がいらっしゃった」

剣太郎少年のことばに、ドアのほうをふりかえった滋君は、そこでまた、思わずからだをふるわせました。それもむりではありません。ドアの外に立っ

ているのはせむしなのです。二十七八の色の白いちょっとみれば詩人か音楽家というかんじの青年ですが、気のどくなことにはせむしなのです。おまけに足もわるいとみえて、家のなかでステッキをついています。

せむし青年はろうかに立って、しばらく滋君と謙三にいさんを見ていましたが、やがて安心したように、

「剣太郎君、じいやさんにたのまれて、お客さまの着がえをもってきましたよ」

そういいながら、へやのなかへはいってくるところをみると、はたして足がわるいらしく、左のほうをひきずるようにしています。

「先生、ありがとう。それでは、あなたがた、さっそく着かえなさい。着がえがすんだら食事にしましょう。ぼくたちも、ちょうどこれから、たべようと思っていたところです」

せむし青年のもってきてくれたのは、西洋のねまきに、そのうえへ着るへや着《ぎ》のガウンでした。滋君と謙三にいさんが、礼をいって、手ばやくそれに着かえてしまうと、剣太郎少年がにこにこしながら、

「それで少しは、さっぱりしたでしょう。さあ、それでは食堂へまいりますが、そのまえに、おたがいに名のりあおうではありませんか」

そういって少年は、自分は鬼丸《おにまる》剣太郎といって、この家の主人であるといいました。

「それから、そこにいるのがぼくのおじさんで、鬼丸博士です。

有名な科学者ですから、名まえはごぞんじかもしれませんね。それから、こっちにいらっしゃるのは、ぼくの家庭教師の津川先生です。からだがごふじゆうですけれど、たいへんしんせつなかたです」

それは十六七の子どもとは思えないほど、てきぱきとした口のききかたです。謙三にいさんもあわてて、そのあとから名のりました。

「いや、これは失礼いたしました。ぼくは立花謙三といって、軽井沢へ避暑にきているものです。こちらは、いとこで同姓《どうせい》滋」

「ああ、そうですか。それでは立花さん、食堂へまいりましょう」

食堂には、りっぱなごちそうが用意してありました。

しかし、滋君はそのごちそうも、ろくろくのどをとおりません。見れば見るほど剣太郎は、サーカスの少年に生きうつしです。

やわらかそうな髪の毛を、左でわけて、ふっさりと、ひたいにたらしているところから、細くて、しなやかで、それでいて、いかにもすばしっこそうなからだつきまで、鏡三少年にそっくりです。

滋君はなんだかこわくて、きみがわるくて、まともに顔をあげられませんでしたが、剣太郎少年のほうでは、少しもそんなことには気がつきません。

「立花さん、今夜はほんとによく寄ってくださいましたね。ぼく、このあいだから、さびしくてさびしくて、しようがなかったんです。お友だちがほしくてしようがなかったんです。おじさんは、むやみに友だちをつくっちゃいけないといいますけれど、ぼく、まだ子どもでしょう。やっぱりお友だちがほしいんです」

「剣太郎や」

そのとき横から、たしなめるように声をかけたのは鬼丸博士でした。

「おまえにはりっぱなお友だちがあるじゃないか。津川先生という……」

それをきくと剣太郎少年は、さっと、ほおをあからめました。そしてしばらくうつむいたまま、ナイフとフォークをいじくっていましたが、やがて顔をあげると、

「ええ、それはそうです。津川先生はりっぱなかたです。なんでもおできになります。立花さん、津川先生はああいうおからだですけれど、とてもお強いんですよ。それに弓だってピストルだって、百発百中の名人なんです。でも……お友だちとしては年がちがいすぎるんですもの。ぼくはやっぱり……」

と、やさしい目で滋君を見ながら、

「そのひとくらいのお友だちがほしいんです」

その声がいかにもさみしそうだったので、滋君はなんとなく気のどくになりました。それとともに、いままできみわるく思っていたこの少年が、それほどでもなくなりました。

少年は、さみしそうに笑いながら、

「ぼくはきっと、さびしがりやなんですね。ときどき、さびしくて、さびしくて、気がちがいそうになることがあります。おじさんや津川先生は、それを、

病気だといいます。それはそうかもしれません。でも、あのことだけはそうじゃないのです。けっして病気のためにみた、夢でもまぼろしでもないのです。ぼくはほんとに見たんです。この目で見たんです。この家のなかにもうひとり、ぼくと同じ人間がいるのを……」

鬼丸博士は、だしぬけにせきをすると、滋君や謙三にいさんにむかって、パチパチと目くばせをしました。そうら、いわんこっちゃないでしょう。頭がへんになってるんだから相手にならないようにという意味でしょう。

もうひとりのぼく

謙三にいさんは、うなずいて、気のどくそうな顔をしていましたが、なに思ったのか滋君はテーブルの上からのりだして、

「それはどういうわけですか。じぶんと同じ人間がいるなんて、きみのわるい話ですね」

そうたずねると、剣太郎はいかにもうれしそうに、

「ああ、きみ、よくたずねてくれましたね。ぼくがこの話をすると、ほかのひとはみんな、いやな顔をするんですよ。おじさんだって、津川先生だって、じいやだって……。きみだけです。そう熱心にたずねてくれるのは。……でも、これはうそじゃないのです。この家のなかに、もうひとり、ぼくと同じ人間がいるんです。もうひとりのぼくがいるんです」

「いつ、そのひとを見たんですか」

「いつ……？　そうですね」

剣太郎少年は指おりかぞえていましたが、

「そうそう、あれは二十三日の晩でした。夜中にふと目をさますと、だれかが上から、ぼくの顔をのぞいているのです。それがぼくでした。ぼくはその晩、窓のカーテンをしめわすれてねていたので、月の光ではっきり顔が見えたのです」

滋君は思わずはっと息をのみました。二十三日といえば、滋君が軽井沢へきた日ではありませんか。しかも、その汽車のなかで滋君は、剣太郎に似た少年が、鬼丸博士といっしょに乗っているのを見たのです。そのことと剣太郎少年の話とのあいだに、なにか関係があるのではありますまいか。

「それはきみのわるい話ですね。そして、そののち

も、その人を見たことがあるのですか」

「ありますとも、二度も三度も……一度は、ぼくがふろへはいっていると、窓の外からのぞきました。そのつぎは、居間《いま》で本をよんでいると、ドアの外を通ったのです。三度めは、動物室で、ぼくがカピの剝製《はくせい》を見ていると……」

滋君は、びっくりして相手の顔を見なおしました。

「動物室ってなんですか。カピの剝製ってなんのことですか」

そうたずねると、剣太郎は顔をあかくして、

「そうそう、きみはなにも知らないのでしたね。動物室というのは動物の標本をならべてあるところです。あとで見せてあげましょう。それはすばらしいんですよ。カピというのは、ぼくがかわいがっていた犬ですが、今月の十五日に、きゅうに血をはいて死んだのです。それで、おじさんにお願いして、東京へもっていって、剝製にしてもらったんです。かわいそうなカピ！」

滋君は謙三にいさんと顔を見あわせました。なんだかへんな話です。やっぱりこのひとは病気なのではないかしら……。

剣太郎もそういう顔色に気がついたのか、

「ああ、きみも、うたがっているんですね。きっとぼくを気ちがいだと思ってるんでしょう」

「いえ、そ、そんなことはありません。でも、だれかいると思ったら、どうしてさがしてみないのですか。さがしてみたら、いるかいないか、はっきりわかるでしょう」

「もちろん、さがしてみましたよ。おじさんや津川先生、じいやにも手つだってもらって……でも、どうしても見つからないんです」

「それじゃ、やっぱり……」

「病気のせいだというんですか。いいえ、そうじゃないんです。そうじゃないんです」

剣太郎少年は、やっきとなって、

「ぼくは知っているんです、ぼくと同じ人間、いや、もうひとりのぼくがこの世にいるということを……子どものじぶんから知ってるんです。子どものじぶん、ぼくはいつもそいつと遊んでいたんです。そいつはぼくとそっくりでした。生きうつしでした。どっちがどっちかわからないくらいでした。そいつの顔を見ていると、そいつがぼくだか、ぼくがそいつ

だかわからなくなるくらいでした。ぼくたちはとても、なかがよかったんです。でも、ときどき、けんかもしました。それというのが、そいつがときどきズルをするからでした。ビー玉をかしてやったのに、そのつぎにあったとき、そんなもの、かりたおぼえはないといいはるので、それでけんかになるんです。でもそのつぎにあったとき、すなおにビー玉をかえしてくれるので、また、なかなおりをするんです。ぼくたち、ほんとになかがよかったんです」

そういう話をするとき、剣太郎少年のほおは、ほんのりそまり、夢みるようにうっとりとした目は、いかにも幸福そうでした。

滋君はまた謙三にいさんと顔を見あわせました。鬼丸博士とせむしの津川先生は、やっぱりそうでしょう、へんでしょうというような顔をして、ふたりの顔を見ています。

「それで、そのひとはどうしたんですか。子どものときいっしょに遊んだというひとは……」

謙三にいさんがたずねると、剣太郎少年はかなしそうに目をふせて、

「知りません。ぼくの記憶はそこでプッツリ切れているんです。ひょっとすると、そいつはぼくの兄弟じゃなかったかしら、と思っておじさんにたずねるのですが、おじさんはそうじゃない。ぼくに兄弟なんかひとりもないというんです。その後、ぼくはそいつに一度もあったことがありません。でも、思いだすと、なつかしくてたまらないんです。だから、この家にいるのなら、かくれていないで、出てきてくれればいいのに……」

剣太郎少年はそういって、また、ほっと、ふかいためいきをつきました。

大サーカス王

その夜、滋君はねむれなかった。ふたりにあてがわれた二階のへやは、しずかで、おちついて、ベッドのねごこちもわるくなかったのですが、それでも滋君はねむれませんでした。

考えれば考えるほど、きみのわるいことばかり。食事がすむと剣太郎少年は、やくそくどおり滋君と謙三にいさんを、動物室へ案内しましたが、ああ、その時の滋君のおどろき!

それは四五十じょうもしけそうな、広い、てんじょうの高い長方型の大広間でしたが、かべにそって、ぎっちりとならんでいるのは、なんと、剝製《はくせい》にされた動物ではありませんか。

剝製ということばを諸君は知っているでしょうね。動物が死ぬと皮をはいで、それに、つめものをして生きているときのかたちのままで、保存しておくことです。

そういう剝製の動物が、まるで動物園か博物館のように陳列してあるのです。鳥もいました。けものもいました。けもののなかには猛獣もいました。ライオン、とら、ひょう、わに、くま、おおかみ、ゴリラ、そういう猛獣が、声もなく、音もなく、思い思いのかっこうで、うずくまっているところを想像してごらんなさい。

しかもここは山の中の一軒家、夕だちはやんでも、窓の外には、まだ、おりおり、いなびかりがしています。滋君はいうにおよばず、柔道三段の謙三にいさんまで、あっとばかりに立ちすくんだのもむりはありますまい。

「いったい、これはどうしたのですか。まるで動物園みたいじゃありませんか」

謙三にいさんがやっとおどろきをおさえてたずねると、剣太郎少年は、かなしそうに答えました。

「これはみんな父のかたみだそうです」

「おとうさんのかたみですって?」

「ええ、そうです。ぼくの父はサーカス王といわれたくらいで、世界的大サーカスの持ち主だったということです。オニマル・サーカスといえば、ドイツのハーゲンベックと肩をならべる大サーカスで、団員も二三百人はおり、鳥も動物なども何百種といて、小さな動物園などかなわなかったということです。そういう大サーカスですから、日本にいることはほとんどなく、いつもヨーロッパからアメリカを、興行してあるいていたのです。父は動物をこのうえもなく愛していたので、かれらが死ぬと、かたっぱしから剝製にして、だいじにとっておいたのです。ただ、ぞうだけは剝製にするには大きすぎるので、あのように、きばをとっておいたのです」

なるほど、かべのいっぽうには、みごとな象牙《ぞうげ》がたくさんかけてありました。

こうして話をきいてみると、かくべつふしぎでもありませんが、それでも滋君は、まだなんとなくおびえた気持で、剣太郎少年や謙三にいさんのあとについて、きみのわるい動物の剝製を見てまわりました。

「ところで、そのおとうさんはどうなすったのですか。おなくなりになったのですか」

「ええ、ぼくの小さいうちに。……だからぼくは、父のことはちっともおぼえていないのです」

と、剣太郎が悲しそうにいったときでした。滋君がふいに、あっと小さいさけび声をあげたので、ふたりはびっくりしてふりかえりました。

「ど、どうしたんだ、滋君、なにかあったの」

「いま、あのゴリラの目玉が、ギロリと動いたような気がしたんです」

そのゴリラというのは、六尺《しゃく》ゆたかな巨体（約一・八メートル）で、手をあげて仁王立《におうだ》ち、かっと口をひらいたところは、なんともいえぬものすごさです。

謙三にいさんは笑いながら、

「ははは、バカをいっちゃいけない。剝製の目玉が動いてたまるもんか。しかし、なるほどすごいやつですね。まるで生きてるようだ。剝製とわかっていても、なんだかやっぱり、きみがわるいですね」

謙三にいさんもきみわるそうに肩をすぼめて、つくづくゴリラを見ています。そのとき滋君がシェパードの剝製を見つけました。

「ああ、これがさっきの話の愛犬ですね」

「ええ、そうです、そうです」

剣太郎はいかにもいとしそうに剝製の犬の頭をなでながら、

「あなたがたもきっと、『家《いえ》なき児《こ》』という、フランスの有名な小説をごぞんじでしょう。あの小説のなかに出てくる、いちばんかしこい犬の名がカピでしたね。その名をとってつけたんですが、このカピも、それはりこうな犬でした」

「どうして死んだのですか。血をはいたとかいいましたね」

「ええ、そうです。まえの日まで元気でピンピンしていたのに、十五日の朝、きゅうにくるしみだしたかと思うと、半時間もたたぬうちに、血をはいて死んでしまったのです。おじさんは食あたりでもしたんだろうといってましたが、ほんとにかわいそうなことをしました。ぼくと、とてもなかよしだったのに……」

剣太郎はそういって目になみだをうかべていました。あとから思えばカピの死こそ、このきみのわるい事件のはじまりみたいなものでしたが、そのときだれも、それに気がついたもののなかったのも、まことにぜひないことでした……。

こんなことを、とつおいつベッドのなかで思いだしていた滋君は、ふいにはっといきをのみました。階段をあがって、だれやらこっちへやってくる。しかも、ああ、その足音のきみわるさ！　ピタッ、ピタッとはだしで、どろのなかを歩くような足音……しかもその足音が、滋君たちのへやのまえで、ぴたりととまったではありませんか。滋君は全身から、滝のようにあせがながれるのをおぼえました。

しかし、まもなく足音はドアのまえをはなれると、またピタピタと歩いていきます。そして三つほどむこうのへやのまえで、ぴったりとまったようすですが、それに気づくと滋君は、また、はっと胸をとどろかせました。なぜといって、そこは剣太郎の寝室なのです。あやしいものはどうやらそこへはいったようす。

滋君の胸は、いよいよあやしくふるえます。

「にいさん、にいさん」小声で呼んでみたけれど、謙三にいさんは目のさめるようすもありません。とはいえ、あまり大きな声をだすこともできないのです。

滋君は泣きたくなってきましたが、そのとき、むこうのへやで、ドアのしまる音がしたかと思うと、やがてまたピタピタという、きみのわるい足音がこちらへ近づいてきます。滋君はふたたびベッドへもぐりこみました。

あやしのもの

足音はへやのまえまでくると、またピッタリととまって、なかのようすをうかがっていましたが、やがて安心したのか、あいかわらずピタピタと、きみのわるい足音をひびかせながら、階段のほうへあるいていきます。

その足音がドアのまえをはなれたせつな、滋君はベッドからすべりおりていました。そしてドアのうちがわに立って、じっとききき耳をたてていましたが、足音が階段へさしかかったころ、そっとドアをあけて、外へすべりだしました。

ろうかを見まわすと、階段のうえに電気がひとつ、あやしのもののすがたはすでに見えません。階段をおりていく足音が、ただピタピタとぶきみにきこえてくるばかり……。

滋君は風のようにろうかを走って、階段のうえまでくると、てすりのすきからそっと下をのぞきましたが、そのとたん、全身の毛がさかだつような恐怖をおぼえたのです。

おお、なんと、階段をおりていくうしろすがたは、ゴリラではありませんか。ゴリラはせなかをまるくして、はうように階段をおりていきましたが、やがて下までたどりつくと、ふいにこちらをふりかえりました。滋君はあわてて首をひっこめましたが、さいわいゴリラは気がつかなかったのか、まもなくその足音は、動物室のほうへ消えていきました。

滋君はぼうぜんとして立っています。心臓が早鐘《はやがね》をうつようにドキドキして、全身からつめたいあせがびっしょりです。だが、そのうちに、はっとあることに気がつきました。もしやあのゴリラが、剣太郎になにか危害をくわえたのではあるまいか……。

そこで滋君はいそいでへやへとってかえすと、謙三にいさんをたたきおこして、てみじかにいまの話をかたってきかせました。

謙三にいさんも、はじめのうちは、なかなか信用しませんでした。たぶん夢でもみたのであろうと、からかいましたが、あまり滋君が熱心なので、それではともかくと、へやを出て、剣太郎少年のへやをのぞきにいきました。

「剣太郎君、剣太郎君」

小声で呼んでみましたが、へんじはありません。

「よくねてるんだよ、きっと」

それでも念のためにドアをおしてみると思いがけなく、なんなくひらきました。

へやのなかはむろん電気が消してありましたが、窓にシェードがおろしてないので、ガラス戸の遠くむこうに、浅間《あさま》の山が火をふいているのがみえます。そして、そのてりかえしで、へやのようすも、おぼろげながら見えるのですが、剣太郎はむかって左においてある、りっぱな箱型の寝台のなかにねています。寝息がきこえるところをみると、べつに危害をくわえられたようすもありません。

「そらごらん、べつにかわった……」

だが、そのとたん滋君が、こぶしもくだけよとばかり、謙三にいさんの腕をにぎりしめました。

「にいさん、あれ、あれ、あれ、ベッドのてんじょうがさがってくる！」

「な、なんだって」

謙三にいさんもそのほうを見ましたが、とたんにあっと息をのみました。

剣太郎少年の寝ているベッドは、じつにすばらしいものです。四《よ》すみに、唐草《からくさ》もようをほった柱が立っていて、それが箱型のてんじょうをささえています。つまり、そのてんじょうは箱のふたのようになっており、ふたのまわりにも、すばらしい唐草もようがほってあります。

ところがいま見ると、そのふたが音もなく、四すみの柱をつたっておりてくるのです。

一センチ、二センチ、十センチ……二十センチ……。

ああ、このままほうっておけば、てんじょうが、ぴったりベッドにふたをしてしまいます。もしそうなったら、ベッドにねている剣太郎は、虫とりすみれにとらえられた虫のように、箱の中で息がとまって死んでしまうにちがいない。

「あっ、いけない！」

謙三にいさんと滋君は、ベッドにとびつき、剣太郎少年をゆすぶりましたが、ねむり薬でも飲まされたのか、眠りはなかなかさめそうにない。ふたりはあわてて、剣太郎少年のからだをひきずりだそうとしましたが、ああ、もうおそかったのです。

ベッドのふちとてんじょうのすきまは、もう十五センチほどしかなく、そのすきまから、人間のからだをひきずりだすなどということは思いもよりません。そこでふたりは必死となって、てんじょうを下からささえましたが、とてもそんなことで機械の力にはかてません。厚いかしのてんじょうは、じりり、じりりとさがってくるのです。

「だめだ、滋君」

謙三にいさんは絶望の目であたりを見まわしましたが、ふいに顔をかがやかせました。

「ああ、いいものがある！」

と、手にとりあげたのは、三十センチばかりの青《せい》銅《どう》の像、謙三にいさんはそれをとって、ベッドのふちにあてがいました。てんじょうはいよいよさがって、がっきりと青銅の像をおさえます。

ギリギリギリ……うめくような歯車の音。

ガリガリガリ……ひしめくような機械のうめき。

……しかし、青銅のかたさにかつことはできなかったのです。

バリバリバリ……ついにてんじょうのかし板がさけました。バリバリバリ、かし板がむざんにさけてとびながら、それでもまだてんじょうはさがってきます。しかし、もうだいじょうぶでした。

「滋君、もう心配はいらん。これだけ大きな穴があいてしまえば、息のつまることはない」

謙三にいさんはそういって、流れるあせをぬぐいましたが、ああ、しかし、そのときふたりは、あまりベッドに気をとられていたので、背後にせまる危険に気がつかなかったのです。

とつじょ、あやしのふたつの影が、うしろからふたりにおどりかかったかと思うと、なにやら、あまずっぱいにおいのするものが、ぴったりふたりの鼻をおさえました。

「あっ、なにをする！」

さけんだがおそかった。滋君も謙三にいさんも、しばらく手足をもがいていましたが、やがてぐったり、床のうえにたおれてしまいました。ねむり薬をかがされたのです。

窓の外には浅間の火が、いよいよものすごくもえさかります。

夢かまぼろしか

それからどのくらいたったのでしょうか。滋君がふと目をさますと、窓のすきからあかるい日光が、へやの中へさしこんでいます。窓の外にはふるような小鳥の声。

滋君はびっくりしておきなおりましたが、そのとき、みょうなことに気がつきました。そばには謙三にいさんが、大きないびきをかいてねているのですが、いつのまにやらふたりとも、ちゃんとじぶんの洋服をきて、しかも床の上に、じかにねているのです。

滋君はあわててあたりを見まわしましたが、そのとたん、きつねにつままれたような気がしました。寝台はいうまでもなく、いすもテーブルも窓かけもなく、床のしきものさえも、煙のように消えているではありませんか。そして、空家《あきや》のようなへやの中には、ほこりくさいにおいが、いちめんにただよっているのです。

滋君はびっくりして、謙三にいさんをたたきおこしました。謙三にいさんもすぐ目をさましましたが、あたりのようすを見ると目をまるくして、

「滋君、ここはどこだい。ぼくたちはいったいどうしたというんだ」

「わかりません。ぼくも、なんだか、きつねにつままれたような気持です」

謙三にいさんも首をかしげて、

「それにしてもへんじゃないか。ぼくたちゆうべ、剣太郎君から、ねまきをかりて着かえたはずだのに……」

謙三にいさんのその一言に、滋君のあたまには、さっと昨夜のことがうかんできました。

「ああ、剣太郎君……ゴリラ……そしてあの寝台！」

謙三にいさんもそれをきくと、昨夜のことを思いだしたらしく、床をけって立ちあがりました。そして、むちゅうでろうかへとびだしましたが、そこはたしかに、昨夜ふたりが、寝室としてあてがわれたへやにちがいありません。左がわにはゴリラのおりていった階段が、そして右がわには剣太郎のへやが見えます。

それを見るとふたりはむちゅうで、剣太郎のへやへとんで行きましたが、ドアをひらいて、ひと目なかをのぞいたとたん、ふたりともあっけにとられて、立ちすくんでしまいました。

へやの中はからっぽです。寝台もなければ、いすテーブルもありません。あの青銅の像をかざってあった台もなければ、床のしきものもなく、ここもまた、空家のようにがらんとして、ただ、ほこりくさいばかりです。

しばらく、ふたりはあっけにとられて、ポカンとしていましたが、すぐ、へやをまちがえたのではないかと思って、となりのへやからとなりのへやへと、ドアをひらいてみましたが、どのへやもどのへやも、しきものもなければ道具もなく、ただもう、ほこり

くさいばかりです。

滋君と謙三にいさんは、びっくりして顔を見あわせていましたが、きゅうになんともいえぬ、きみわるさがこみあげてきました。そこでへやをとびだすと、ころげるように階段をかけおりていきましたが、するとふたりのおどろきは、いよいよ大きくなるばかりでした。

階下には、ゆうべ、ふたりがとおされた、居間《いま》もあり、食堂もあり、動物室もありました。してみると、ここは、たしかにゆうべふたりが、一夜《いちや》の宿をもとめた家にちがいないのですが、ああ、なんということでしょう。どのへやも空家のようにがらんとして、なにひとつ、道具とてはないのです。いやいや、道具よりも、あのたくさんの動物の剝製《はくせい》はどうしたのか、なにもかもが煙のように消えてしまって、むろん、人影とてどこにも見あたりません。

滋君と謙三にいさんは、あっけにとられてポカンとしていましたが、きゅうにゾッとするような、きみわるさにおそわれたのです。

「わっ！」

どちらからともなくそうさけぶと、ころげるようにげんかんへとびだしましたが、見るとそこには、どろまみれになったふたりの自転車がおいてあります。滋君と謙三にいさんは、それを一台ずつかかえると、むちゅうで外へとびだしました。

ああ、それにしても、あのたくさんの道具や動物の剝製、さてはまた、剣太郎少年やそのほかのひとびとは、いったいどこへ消えてしまったのでしょうか。

船から消えた男

「なるほど、するときみたちがねているあいだに、なにもかも煙のように消えてしまったというのですね」

「そうです、そうです。だからぼくたち、きつねにつままれたような気持《きもち》なんです」

それは滋君と謙三にいさんが、きみのわるい洋館から、にげだしてきた翌日のことでした。

謙三にいさんのかりている、貸別荘のえんがわでは、いましも三人の男が、とういすによりかかって話をしています。

そのうちのふたりは、いうまでもなく、滋君と謙三にいさんですが、あとのひとりは、ちょっとみょうな人物でした。としは三十五六でしょうか、白《しろ》がすりのひとえに、よれよれのはかまをはいた、小《こ》がらで貧相《ひんそう》な顔をした男。髪の毛といったら、すずめの巣のようにもじゃもじゃです。そのすずめの巣のような頭を、なにかというと、かきまわすくせがあり、おまけに少々どもりです。

謙三にいさんの話によると、この人は、金田《きんだ》一耕助《いちこうすけ》といって、こちらで心やすくなった、えらい探偵さんだそうですが、見たところ、ちっとも探偵らしくなく、滋君はなんだか心ぼそいような気がしましたが、謙三にいさんは、とてもこの人を信用しているらしく、おとといの晩から、きのうの朝へかけてのできごとを、のこらず語ってきかせました。

ほんとうならば滋君は、きのう東京へかえるはずでしたが、あの洋館のことが気にかかって、しばらく出発をのばすことにしたのです。

金田一耕助はこのふしぎな話をきくと、いかにも、うれしそうに、にこにこしながら、

「それで、きみたちが目をさましたのは、朝の何時ごろでしたか」

「外へとびだしたとき、腕時計を見たら十時ちょっとすぎでした」

「そして、きみたちがねむり薬をかがされたのは？」

「はっきりしたことはわかりませんが、ま夜中の一時ごろではないでしょうか」

「そうすると、きみたちは九時間あまりねていたことになりますが、そのあいだに、大急ぎで道具をまとめ、外へはこびだしたのではありませんか」

「そんなことはぜったいできません。いや、できるとしても、それにはおおぜいの人をつかって、大さわぎをしなければならないでしょう。ところが、その家から三百《ひゃく》メートルほどはなれたところに、百姓家《しょうや》があるのですが、そこできいてみたところが、そんなさわぎはなかったし、だいいち、その家はながいこと空家《あきや》になっているというんです。そして、ぼくがゆうべの話をすると、それはきっと、きつねにでもだまされたのだろうと、笑ってとりあわないのです」

「まさか、そんなことはないでしょうが、ひょっとするときみたち、夢でもみたのではありませんか」

「そんなバカなことはありません。滋君もぼくと同じことをおぼえているんです。ふたりが同じ夢をみるなんて、そんなことがあるでしょうか」

謙三にいさんがムッとしたようにいうと、金田一耕助もうなずいて、

「いや、そんなつもりでいったのじゃないが……それにしてもみょうですね。動物の剝製《はくせい》がたくさんあったといいましたね。この山中に、どうしてそんなものがあるのでしょう」

そこで謙三にいさんが、剣太郎からきいた話をかたってきかせました。そのあとから滋君も、タンポポ・サーカスからにげだした、鏡三少年のことを話しましたが、すると、その話をきいているうちに、金田一耕助の目が、にわかに、いきいきとかがやいてきたかと思うと、だしぬけに大きな声でさけんだのです。

「なんですって！　するとその少年の父は、オニマル・サーカスの団長だというのですか」

「そうです。そうです。金田一さん、あなたはオニマル・サーカスをごぞんじですか」

金田一耕助は、だまってしばらくふたりの顔を見ていましたが、やがて夢みるような目つきになって、

「ええ、知っています。話をきいたことがあるんです。ああ、オニマル・サーカス……オニマル・サーカスの団長……」

と、むちゅうになってつぶやいていましたが、きゅうに、とういすから立ちあがると、

「行ってみましょう。案内してください、その家へ。オニマル・サーカスの話は、道々きかせてあげますから」

そういったかと思うと、金田一耕助は、はかまのすそをはためかしながら、はや、えんがわからとびおりていました。

「オニマル・サーカスの団長――そうです。ぼくはその名をきいたことがあるんです」

それからまもなく自転車をつらねて、軽井沢を出発した三人でした。金田一耕助は自転車にのるのにも、和服にはかまというすがたですから、かなりへんなかっこうでしたが、ご当人はそんなことにはおかまいなしで、自転車を走らせながら話しはじめました。

「なにぶんにも古い話で……もう十年も昔のことだ

から、私もくわしいことはおぼえていないが、オニマル・サーカスの団長のことで、ふしぎなことがあったのです。オニマル・サーカスの団長は、たしか鬼丸太郎《おにまるたろう》といったとおぼえています。そうそう、タロ・オニマルといえば、世界じゅうに知れわたったサーカス王でした」

「その鬼丸太郎がどうかしたのですか」

「そうです。ふしぎな事件でした。いまから十年ほどまえのこと、そのじぶん、アメリカにいた鬼丸太郎は、なにを思ったのかサーカスを人にゆずって、日本へかえってくることになったのです。たしかそのとき鬼丸太郎は、いったんヨーロッパへわたって、それから日本へかえってきたのでしたが、汽船が大阪湾へはいって、もう少しで神戸の港へはいろうとするころ、とつぜん、鬼丸太郎のすがたが、船のなかから消えてしまったのです」

「消えてしまった？……」

「そうです。消えてしまったのです。船のなかをどんなにさがしても見あたらなかったのです。それでいて、荷物はちゃんと船室にのこっていたのですよ。そこでこういうことになりました。鬼丸太郎は汽船が神戸へつくまぎわに、気がへんになって、海へとびこんだのではあるまいかと。……そこで、そのへんいったいの海面が、くまなくさがされましたが、とうとう死体は見つからなかったのです。そうそう、それで思いだしましたが、そのとき鬼丸太郎の死体をさがしたのは、弟の鬼丸次郎《じろう》という男でしたよ、そうです、たしか博士だとかききました」

大金塊

「鬼丸博士もそのときいっしょに、アメリカからかえってきたのですか」

「いや、そうじゃありません。鬼丸博士は日本にいたのですが、兄を神戸港へむかえに行ったところが、いまもいったとおり、すがたが見えないので、大さわぎになったのです。さて、死体はとうとう見あたらず、そこで、いつとはなしにこの話は、世間から忘れられてしまったのですが、それから半年ほどたって、またこの事件がやかましくなってきました」

「なにか、またおこったのですか」

「そうです。たいへんなことがわかったのです。鬼丸太郎のゆくえがわからなくなってから、半年ほどのちに、アメリカからこんなうわさがつたわってきたのです。鬼丸太郎はサーカスを人にゆずってきたのですが、そのねだんは、そのころの金《かね》で百万円だったそうです。ところが鬼丸太郎は、その金を、ぜんぶ黄金にかえ、しかも、それをいくつかの金《きん》の塊《かたまり》にして、こっそり日本へ持ってかえったらしいというのです」

「百万円の金の塊り！」

謙三にいさんと滋君は思わず息をのみました。

「そうです。そのじぶんの百万円ですよ。いまその金塊《きんかい》があったら、何千万円、いや、何億というねうちでしょうね。そういう金塊をもってかえったらしいのですが、それがどうしても、ゆくえがわからないのです」

「鬼丸博士も知らないのですか」

「知りませんでした。博士もいろいろしらべられたらしいのですが、ぜんぜん知らぬ、いまきくのが初耳だというのです。初耳だったかどうかはべつとして、博士はじっさい、金塊のゆくえは知らなかったらしい。知っていれば、取りだして使うでしょうが、そんなようすはすこしもなかったのですね。それでけっきょく、鬼丸太郎がそのような大金塊を、持ちかえったというのは、うそかほんとか、それもわからなくなってしまったのです。そのうちに、ほら、戦争でしょう。それでその話は、こんにちまで忘られてしまっていたわけです」

ああ、何億円という大金塊！

聞くさえ胸のおどる話ではありませんか。ひょっとすると、そのことと、こんどのふしぎな事件のあいだに、なにか関係があるのではないでしょうか。それにしても、神戸港外で船から消えた鬼丸太郎は、はたして死んでしまったのでしょうか。いやいや、ひょっとすると、どこかに生きていて、大金塊のお守《もり》をしているのではありますまいか。

滋君はいまさらのように、じぶんが足をつっこんだ、この事件のなみなみならぬ奇怪さに、血わき、肉おどるのをおぼえずにはいられませんでした。

それはさておき、三人が丘の上にある、あの洋館へたどりついたのは、それからまもなくのことでした。

「金田一さん、これです。この洋館です」

金田一耕助はだまって外から、この洋館をながめていましたが、

「なるほど、これはどう見ても空家《あきや》ですね」

そういいながら、げんかんのドアに手をかけましたが、なんとそのドアには、じょうがおりているではありませんか。三人はそれに気がつくと、思わずギョッと顔を見あわせました。

「きみたちが出ていってから、だれか、じょうをおろしたやつがあるんですね」

滋君と謙三にいさんは、息をのんでうなずきました。なんだか、いよいよ、きみがわるくなってくるのです。

金田一耕助は、しばらくドアをおしていましたが、

「とてもここからははいれません。ひとつ、うらへまわってみましょう」

三人はぐるりと洋館のまわりを一周しました。金田一耕助は注意ぶかく、地面をしらべていましたが、

「きみたちがここへとまったのは、あの、大夕《おお》だちの晩でしたね」

「ええ、そうです。しかし、ねるころには雨はやんでいましたよ」

「ええ、私もよくおぼえています。十時ごろには雨はやみました。だから、ま夜中ごろに、だれかがこの家へちかよったとしたら、土がしめっているから、足あとがのこらぬはずはありませんね」

「ええ、それはそうです」

滋君は、なんのために金田一耕助が、そんなことをいうのかと、ふしぎに思いながら、あたりを見まわしましたが、足あとらしいものはどこにも見あたりません。

「金田一さん、それはどういう意味ですか」

謙三にいさんも、ふしぎそうにたずねました。

「いや、なんでもありません。あっ、あの窓からなかへはいれるかもしれない」

そこは洋館のうらがわでした。そこの窓だけ、よろい戸がこわれて、ガラス戸がむきだしになっています。金田一耕助はナイフをつかって、ガラス戸のかけがねをはずすと、

「さあ、なかへはいってみましょう」

三人はすぐ窓からなかへはいりました。そこは、食堂のとなりの台所でしたが、なにひとつなく、がらんとしているところは、きのうの朝のとおりです。

「なるほど、これは空家ですね。ああ、このにおい……。これは長いあいだ空家になっていたしょうこですよ。ところで、剣太郎少年のねていたへやというのはどこですか」

三人はすぐに階段をのぼって、剣太郎のへやのまえまできましたが、そのときでした、とつぜん滋君が大きなさけび声をあげたのは……。

「ど、どうしたんだ、滋君！」

だが、滋君はそれにはこたえず、まるで石になったように、ろうかの左手にある窓から、外をのぞいていましたが、とつぜん、はじかれたように、右手にある剣太郎のへやへとびこみました。そして正面の窓をひらいて外をながめていましたが、きゅうに気がくるったようにさけんだのです。

「にいさん、にいさん、これはどうしたのでしょう。おとといの晩、ぼくらがここへきたときには、このへやの窓から、浅間の山が火をふいているのが見えましたね。それがどうでしょう。いまは浅間山の煙が、ろうかの窓から見えるではありませんか」

ああ、滋君のいうとおりでした。おとといの晩、へやの正面の窓から見えていた浅間山が、きょうは、はんたいに、ろうかの窓から見えるではありませんか。謙三にいさんもそれに気がつくと、いっとき気がくるったような目つきをしました。

ああ、浅間山があれからのちに、ひっこしをしたのでしょうか。それとも洋館が、くるりと、むきをかえたのでしょうか。

ああ、世のなかに、こんなとほうもない、バカげたことがあるでしょうか。

おそろしい顔

あっけにとられて、目をパチクリさせているふたりの顔を、金田一耕助はだまってしばらく見つめていたが、なに思ったのか、きゅうにガリガリ、バリバリ、むちゃくちゃに頭をかきまわすと、

「やっぱり、そ、そうだったのか。わ、わたしの思っていたとおりだったのか」

と、こうふんのためにどもりながら、

「立花君、滋君、この家には、きっとぬけ穴があるにちがいない。さがしてみましょう。ぬけ穴の入口をさがしてみましょう」

ふたりはびっくりして、金田一耕助の顔を見なおしました。

「金田一さん、ど、どうしてそんなことがわかるんです。この家にぬけ穴があるなんて……」

「それはね、この家のまわりに、どこにも足あとがついてなかったからです」

ふたりは、いよいよふしぎそうに、

「だって、足あとがないということと、ぬけ穴とどういう関係があるのですか」

「まあ、聞きたまえ、立花君、滋君」

金田一耕助は、ふたりの顔を見くらべながら、

「浅間山がひっこしするなんて、そんなバカな話はありませんね。それかといって、この大きな建物が、くるりと向きをかえるなんて、これまたバカげた話ですね。だから、おととい の晩、君たちが一夜の宿をもとめた家と、きのうの朝、きみたちが目をさました家とはちがっていたのです。そう考えるよりほかに、ひと晩のうちに、たくさんの道具や剥製《はくせい》が消えてしまったという説明はつかないのです」

「だって、金田一さん、おとといの晩の家と、この家とはそっくり同じですよ。家のなかも、家の外から見たところも……」

謙三にいさんは息をはずませます。金田一耕助は、にっこりわらって、

「だから、これとそっくり同じ家が、もう一軒どこかにあるにちがいありません。人間にふたごがあるように、家にもふたごがあるのでしょう。そしてきみたちは、ねむり薬をかがされてねているあいだに、向こうの家からこっちの家へはこばれたのです。しかし、外からはこばれたとすると、どろの上に足あとがついていなければならぬはずだのに、それがないところをみると、きっとぬけ穴をとおってきたのにちがいない。さあ、そのぬけ穴の入口をさがしてみましょう」

ああ、金田一耕助のいうことは、いちいちもっともだと思われます。いやいや、それよりほかに、浅間山のふしぎや、ひと晩のうちに、たくさんの道具や、剥製が消えてしまった説明はつきそうにありません。

滋君は、いままで心のなかでけいべつしていた、金田一耕助というひとを、あらためて見なおさずにはいられませんでした。ああ、このひとはほんとに

えらい探偵なのだ。じぶんたちが、ひと晩かかって考えてもとけなかったなぞを、このひとは、またたくまに、といてしまったではないか。滋君のそういう尊敬の念は、それからまもなく、ぬけ穴の入口を発見することによって、いよいよたかまってきたのです。

それからまもなく三人は、家のなかをすみからすみまでさがしましたが、やがて大広間のかたすみまできたときでした。

「あっ、こんなところに、ぼくの万年筆がおちている」

そうさけんだのは滋君でした。しかも、滋君はこの大広間のこんな場所へ、ちかよったことはいちどもないのです。

金田一耕助はそれをきくと、ふたりをうしろへおしのけて、床の上を注意ぶかくしらべていましたが、

「ああ、見たまえ、ここに、なにかひきずったあとがついている」

なるほど、ほこりの上にうっすらと、ひとすじのあとがついているのですが、それはかたわらの、かべの下へ、すいこまれるように消えているのです。

そのかべというのは、日本ざしきの床《とこ》の間《ま》のように、ほかのかべより、少しおくへくぼんでいます。

金田一耕助は、そのかべのまわりをなでていましたが、なにを見つけたのか、とつぜん、あっとさけびました。

「ここに、かくしボタンがついています。これがきっと、ぬけ穴のドアをひらくしかけにちがいない」

金田一耕助は、そのボタンを、いろいろいじっていましたが、どういうしかけになっているのか、なかなか思うように開きません。金田一耕助はしだいにいらだってきましたが、そのときでした。とつぜん、滋君と謙三にいさんが、左右から金田一耕助の手をおさえました。

「しっ、だまって！　かべのおくから、足音がちかづいてきます」

金田一耕助はギョッとしたように、かべのかくしボタンから手をはなすと、じっと耳をすましましたが、ああ、ちがいない。たしかにかべのおくの床の下から、ひそやかな足音が、ちかづいてくるではありませんか。

三人は、さっと左右にわかれると、ピタリとかべ

に背をつけました。

床の間のように、くぼんだかべのすぐ向こうがわは、階段になっているらしく、しだいにそれをのぼってくる足音が、手にとるようにきこえます。三人は息をころして、その足音が、階段をのぼりきるのを待っていました。

息づまるような数秒間――。

足音はとうとう階段をのぼりきると、かべの向こうで、なにやらガサガサひっかきまわしていましたが、するととつぜん、くぼみのかべがスルスルと右のほうへすいこまれて、そこに二メートル四方ほどの穴があいたのです。そして、そこからひょいと外をのぞいた顔……。

ああ、その顔を見たとたん、滋君は、おそろしい悲鳴がのどをついて出るのを、どうしてもおさえることができませんでした。

そいつはやせて、背の高い男でした。そして身にはまっ黒なせびろをき、頭にはまっ黒な中折《なかお》れ帽《ぼう》をかぶっていました。しかも、その中折れ帽のまわりには、これまた、まっ黒な布をたらしているのでしたが、だれも見ているものはないと安心したのか、そいつは、がいこつのような手で、ひょいとその布をまくりあげたのです。

滋君が悲鳴をあげたのは、じつにその瞬間でした――。布の下からのぞいた顔――。

ああ、それは絵にかいたどくろそっくりではありませんか。

滋君の悲鳴をきくと、しまったとばかりに、そいつは身をひるがえし、ころげるように、階段をかけおりていきました。あまりのことに、ぼうぜんとして立ちすくんだ三人の目のまえに、ふたたび、かべがスルスルとしまっていくのです。

第二の家

滋君はいうにおよばず、謙三にいさんや金田一耕助も、しばらくは棒をのんだように立ちすくんでいましたが、さすがは名探偵金田一耕助、すぐにはっと気をとりなおすと、さっき見つけておいた、かくしボタンにとびつきました。そして、いろいろいじっているうちに、こんどはうまく、ツボにはまったらしく、ぬけ穴の入口がふたたび、するすると、ひらいたのです。

金田一耕助はふたりのほうをふりかえると、

「立花君、滋君、きみたちはここにのこっていてもいいのですよ。ぬけ穴のむこうに、どんな危険が待っているかもしれませんからね」

「いいえ、金田一さん、ぼくはいきます」

言下《げんか》に謙三にいさんがこたえました。

「ぼくだって……ぼくだっていきます」

「よし、それじゃきたまえ」

かくし戸のすぐうちがわは、一畳《じょう》じきぐらいの板の間になっていて、そこから急な階段が、下へつづいているのです。

さすがに金田一耕助は、探偵だけあって、いついかなるばあいでも、懐中電灯をわすれません。それは、てのひらにはいるくらいの、小さな豆懐中電灯ですが、明《あ》かるいことはおどろくばかり、しかも、ふつうの懐中電灯より、ずっとひろく光線がひろがるのです。

「気をつけてくださいよ。ふみはずすと、けがをしますよ」

階段は五十段ありました。それをおりると、かなりひろい横穴が、やみのなかにつづいています。三人は耳をすましてみましたが、地下道はしいんとしずまりかえって、なんのもの音もきこえません。どくろ男は、もうよほど、遠くまでにげてしまったらしいのです。

金田一耕助は舌うちをして、

「にがしたかな。とにかくいってみましょう」

この横穴は、しぜんにできたものではなく、

だれかがほったものにちがいありませんが、ずいぶん大じかけな工事で、りっぱにセメントでかためてあります。三人は用心ぶかく、一歩一歩に気をつけて、やみの地下道をすすんでいきましたが、そのおくふかいことはおどろくばかりで、もう千メートルもきたかと思うのに、まだ出口にいきつきません。

「こりゃあ……たいへんな工事ですね」

金田一耕助も舌をまいておどろいています。

ところが、それからまた五百メートルほどきたところで、三人は、はたと立ちどまりました。みちがそこで、ふたまたにわかれているのです。

金田一耕助は地面をしらべていましたが、なにしろセメントでかためたみちのこととて、足あとなどはどこにものこっておりません。

「しかたがない。こっちのほうから、さきにしらべてみましょう」

三人は左のみちへはいっていきましたが、すると、ふたまたから三百メートルほどきたところで、ばったり階段にであいました。

「立花君、どうやら目的のところへ、たどりついたらしいですよ」

階段はやっぱり五十段ありました。金田一耕助はすぐにかくしボタンを見つけて、それをいじっていましたが、するすると、まもなく目のまえのかべがひらいたので、三人はすぐにそこからとびだしましたが、そのとたん、思わず、あっと立ちすくんだのです。

なんと、そこは三人が、さっきぬけ穴へもぐりこんだ、あの大広間にそっくりではありませんか。てんじょうの高さ、窓のかたち、柱のかざりにいたるまで、一分《いちぶ》一厘《いちりん》のくるいもなく、ひょっとすると、また、もとのへやへかえってきたのではないかと思われるくらいでした。

ぬけ穴のどくろ男

「ど、ど、どうです、立花君。や、や、やっぱりぼくのいったとおりでしょう。同じかまえの家がふたつあったのです」

金田一耕助はすずめの巣のようなもじゃもじゃ頭を、めったやたらとかきまわしながら、ひどくどもっていいました。金田一耕助という探偵は、こうふんすると、頭をかきまわすのと、どもるのがくせでした。

謙三にいさんも目をパチクリさせながら、

「これはおどろきました。するとおとといの晩、ぼくたちのとまったのはこの家だったのですね。しかし、金田一さん、あのたくさんの動物の剝製《はくせい》はどうしたのでしょう」

なるほど、大広間は空家《あきや》のようにがらんとして、どこにも動物の剝製は見えません。

「そうですね。ひとつさがしてみましょう」

ところが、家のなかをしらべていくうちに、三人はまたしても、みょうな気持《きもち》がしてきました。それというのが、間《ま》どりのぐあい、へやのかっこう、たしかにおとといの晩の家にちがいないのですが、この家もまた、空家のようにがらんとして、動物の剝製はおろか、なにひとつ道具とてはないのです。それに、このかびくささはどうでしょう。これは長いあいだ空家になっていた家のにおいです。とても、おとといまで人のすんでいた家とは思われません。

「みょうですね」

「へんですね」

三人はきみわるそうに顔を見あわせましたが、

「とにかく二階をしらべてみましょう」

そこで三人は大急ぎで、二階へかけのぼりましたが、二階もまた、なにひとつ道具とてはなく、ただカビくさいばかりです。三人はきつねにつままれたような顔をして、剣太郎少年のへやのまえまできましたが、そのときでした。滋君が、気がくるったようにさけんだのです。

「ああ、金田一さん、にいさん、こんどは浅間山があんなところに見えている」

ああ、なんということでしょう。おとといの晩には浅間山が、ろうかの右手にある、剣太郎少年のへやの正面の窓からみえたのです。そして、さっきの家では、浅間山は、ろうかの左手の窓からみえました。ところがなんと、同じ浅間山が、こんどはろうかのつきあたりにある、小窓の正面にみえるのです。ああ、これはいったいなんということでしょう。

三人はしばらく気がくるったような目をして、浅間の煙をにらんでいましたが、そのとき、滋君がさけびました。

「にいさん、にいさん、それじゃ、この家も、おとといの晩、ぼくたちのとまった家とちがうのでしょうか」

その声をきいたとたん、いなごのようにとびあがったのは、金田一耕助探偵でした。

「そうだ、滋君、よくいった。きみのいうとおりだ。この家はおとといの家とちがうのだ」

「だって、だって、金田一さん、それじゃおとといの家というのは……？」

「もう一軒あるのです。これと同じ家が、どこかにもう一軒あるのです。ぼくは……ぼくは……同じ家が二軒あるのだと思っていたが、そうじゃなかったのだ。同じ家が三軒あるのです。あっ、そうだ」

金田一耕助はとつぜん身をひるがえして、階段のほうへかけだしました。

「金田一さん、ど、どうしたのですか」

「立花君、滋君、きたまえ、さっきの地下道のわかれみち、……ぼくたちはみちを左へとってきたが、あそこを右へいけばいいんだ。右へいけば、おとといの家にぶつかるのだ。どくろ男は、そっちのほうへいったにちがいない」

三人はまたぬけ穴をとおって、もとの地下道へもぐりこみました。そして、さっきのふたまたまでたどりつくと、こんどは右のほうの道をすすんでいきました。

それにしても、これはなんというみょうなことでしょう。そっくり同じかまえの家が、二軒あるということだけでも、世にもふしぎな話ですのに、さらにもう一軒、同じ家があるというのだから、まるで夢のような話です。しかし、その夢のような話がじっさいにあるのです。ああして、そっくり同じ家が二軒ある以上、そして、ここにこうして地下道があるところをみると、金田一探偵の推理がまちがっているとは思われません。

そうだ、たしかにもう一軒、そっくり同じ家があるのだ。そして、その三軒の家をこの秘密の地下道がつないでいるのです。だれが、なんのために、こんなみょうなことをしたのか、そこまでは、だれにもわかりませんでしたけれど……。

三人は一歩一歩に気をつけて、くらい地下道をすすんでいきます。そして、まもなくわかれみちから、二百メートルほどきましたが、三人はとつぜん、ギョッと、地下道のなかで立ちすくんだのです。

地下道のはるかむこうからきこえてきたのは、するどい、けたたましい悲鳴。ことばがぼやけて、はっきりとわかりませんが、なんだか、すくいをもとめているような声です。

「なんだ、あれは……」

金田一耕助がさけんだときです。ひとこえ高く、キャッというような悲鳴がとどろいたかと思うと、あとは、死のようなしずけさ。

「立花君、いこう、いってみよう」

「よし、滋君もきたまえ」

三人はむちゅうになって地下道をはしっていきましたが、それから、ものの五十メートルもいかぬうちに、金田一耕助がとつぜん、

「だれだ?」

と、さけんで立ちどまると、かたわらの地下道のかべに、さっと懐中電灯の光をむけました。と、そのとたん、地下道のかべにピッタリと、こうもりの

ようにすいついた黒い影が、くるりとこちらへ向きなおりましたが、おお、その顔、——それはたしかに、さっきのどくろ男ではありませんか。

さいしょの家

「あっ！」

いっしゅん三人は気をのまれて、棒をのんだように立ちすくみましたが、つまり、それだけのあいだ、こちらにすきができたわけです。
タ、タ、タ、タ、——どくろ男は身をひるがえして、三人のほうへ突進してくると、やにわに太いステッキをふりあげて、はっしとばかりなぐったのは、金田一耕助の右うでです。
「あっ！」

ふいをつかれては、さすがの名探偵もたまりません。思わず懐中電灯をとりおとしましたが、そのとたん、あかりがきえて、あたりはまっくら。そのくらやみのなかを、さっと風をまいて、黒い影のとおりすぎるけはいがしたかと思うと、やがて、タ、タ、タ、タ、タと、かるい足音が、三人がいまきたほうへと遠ざかっていきます。

「ちくしょう、ちくしょう、立花君、滋君、懐中電灯をさがしてくれたまえ」

懐中電灯はまもなく見つかりました。さいわいこわれてもおらず、ふたたびあかりがつきましたが、そのときには、どくろ男のすがたも見えず、足音ももうきこえません。

「金田一さん、ど、どくろ男でしたね」

「ふむ」

「あとを追わなくてもいいのですか」

「あとを追うてもむだでしょう。あのふたまたの、どっちへにげたのかわかりませんからね。それより、さっきの悲鳴が気になります。いってみましょう」

三人は、そこでまた、その地下道をさきへすすんでいきましたが、やがて百メートルもきたところで、急な階段にぶつかりました。

「悲鳴はこの上からきこえてきたのですね」

「そうらしいですね」

「しかし、みょうですね」

「なにがですか、金田一さん」

「だって、あの悲鳴をきいてから、われわれはすぐに走りだしましたね。そして、五十メートルもいかぬうちに、どくろ男にであいましたね」

「ええ、そうです。それがどうかしましたか」

「ところが、どくろ男にであったところから、この階段まで百メートルはたっぷりあります。あの悲鳴のあとで、どくろ男がとびだしたとしたら、どんなに早く走ったとしても、とても、あそこまでくることはできなかったわけです」

滋君もやっと、金田一耕助のいおうとするところが、わかりました。

「ああ、それじゃあなたは、あの悲鳴とどくろ男と、かんけいがあるかないかということをかんがえていらっしゃるのですね」

滋君がそういうと、金田一耕助はいかにもうれしそうに、にこにこわらって、

「そうです、そうです。滋君、よく気がつきましたね。いや、しかし、とにかくこの上をしらべてみましょう。どうもこれがぼくのわるいくせでね。なんでもないことを、みょうに深く考えたくなるのです」

いや、しかし、それはけっしてわるいくせではないと、滋君は思いました。なんでもないことにもよく気をくばり、注意ぶかく目をみひらいていたからこそ、このひとはえらい探偵さんになれたにちがいない。そして、そのことは探偵にかぎらず、どんな仕事にも必要なことなのだから、じぶんもこの人といっしょにいるあいだに、できるだけ見習うようにしようと、滋君は考えたのです。

それはさておき、階段をのぼると上の板の間があり、そこに、またかくしボタンのあるところまで、ふたつの家と同じでした。金田一耕助も、まえのふたつの家でおぼえがあるので、すぐそのかくしボタンをおしました。

と、はたして前面のかべが、するすると横にひらいたのですが、そこからとびだしたとたん、滋君は思わず大声でさけんだのです。

「ああ、この家です。この家です。おとといの晩、ぼくたちのとまったのはこの家にちがいありません」

ああ、もうまちがいはありません。大広間いっぱいにかざられた動物の剝製《はくせい》。それはいまもなお、ぶきみなしずけさをたたえながら、思い思いの姿勢で

たたずんでいるではありませんか。金田一耕助も、このたくさんの剝製をみたときには、びっくりしたように目を見はりましたが、そのときでした。とつぜん、滋君が謙三にいさんのうでをつかんでさけんだのです。

「あっ、あんなところに人が……」

見ればなるほど動物室の一隅《いちぐう》に、だれやら人が、がんじがらめに、いすにしばられ、がっくり首をうなだれているのです。三人はそれを見ると、すぐそのほうへかけよって、うなだれている首をあげましたが、そのとたん、

「あっ、じいやさんだ」

と、滋君がさけびました。そうです。それはたしかにおとといの晩、謙三にいさんと滋君を案内してくれた、じいやさんにちがいありません。しかも、そのじいやさんの胸もとからは、なまなましい血が、ぐっしょりと流れているではありませんか。

カピの死

「立花君、なにか気つけ薬はないか。このひとはまだ死にきってはいない」

さすがは金田一探偵、いったんのおどろきからさめると、すぐじいやさんのからだをしらべ、謙三にいさんにそう命じました。謙三にいさんは言下《げんか》にへやを出ていきましたが、まもなく食堂から持ってきたのはブランデーのびん。くいしばった、じいやさんのくちびるをわって、そのブランデーをつぎこむと、まもなくじいやさんは、うっすらと目をひらきました。

「ああ、気がつきましたか。しっかりしてください。傷は急所をはずれていますぞ」

じいやさんはしかし、首を左右にふると、

「あぁわたし、はだめ……この傷では助からぬ」

「ばかなことをいっちゃいけない。いったいだれがこんなことをしたんです」

「どくろ……どくろ男……」

金田一耕助は、思わず謙三にいさんや、滋君と顔を見あわせました。するとやっぱりさっきの悲鳴と、どくろ男は、かんけいがあったのでしょうか。じいやさんはからだをふるわせ、

「ああ、おそろしい。どくろのような顔をした男

……そいつが、ぼっちゃんの鍵《かぎ》をとりにきたのです。……。わたしをいすにしばりつけ、鍵のありかを白状させようとしました。わたしは……わたしはしかし、どんなにせめられても、なぐられても、鍵のありかをいわなかった。……それで、とうとうこのとおり……」

「じいやさん、じいやさん、ぼっちゃんというのは剣太郎君のことですか」

滋君がたずねると、じいやさんはうなずいて、

「ああ、あんたはおとといの晩のお客さん。お願い。……そこにあるクジャクの剝製《はくせい》。そのクジャクのくちばしのなかに鍵がある。……それを、ぼっちゃんにわたしてください」

滋君はすぐに大広間をさがしましたが、なるほどかべぎわのたなのうえに、みごとな剝製のクジャクがあります。くちばしのあいだをのぞくと、なにやらキラキラ光るもの。とりだしてみると、はたして鍵でした。長さ二センチぐらいの、小人島《こびとじま》の鍵のようにかわいい黄金の鍵。

滋君はきんちょうして、鍵をにぎりしめると、

「じいやさん、この鍵は、きっと剣太郎君にわたします。でもあの人はどこにいるのですか」

「どこにいるのか、わたしにもわからない。きのうの朝、鬼丸博士や津川先生と急に東京へいくといって出発して……」

三人は思わず顔を見あわせました。してみると、剣太郎少年はぶじだったのでしょうか。

「じいやさん、じいやさん、三人はなにも、持たずにいきましたか。ひょっとすると、大きな箱のようなものを、持っていきませんでしたか」

そうたずねたのは金田一耕助です。じいやさんは、かすかにうなずいて、

「はい、ゴリラの剝製を持っていくといって、それを、箱づめにして……」

三人はまた顔を見あわせました。ああ、あのゴリラの剝製。……いったいなんのために、あんなものを持っていったのでしょうか。

「じいやさんは、きのうの朝、ぼくたちがいないのを、ふしぎに思いませんでしたか」

「はあ、……ふしぎに思いました。鬼丸博士にたずねてみました。すると博士のいうのには、夜明けまえに出発したと……」

これでみると、謙三にいさんと滋君にねむり薬をかがせて、あちらの家へはこんでいったのは、鬼丸博士にちがいありません。おそらく津川先生もてつだったのでしょう。そうしておいて夜明けを待って、剣太郎少年をつれてたち去ったのにちがいありません。それにしてもゴリラの剝製。——ああ、それにはどういう意味があるのでしょうか。

そのときまた、じいやさんの顔色がしだいにわるくなってきたので、謙三にいさんは大急ぎで、医者をさがしにいきました。そのあとで、広間のなかをしらべていた金田一耕助が、ふと目をつけたのはカピの剝製です。

「ああ、これが剣太郎少年の愛犬ですね」

「ええ、そうです。そうです」

「カピは八月十五日の朝、血をはいて死んだのですね。そしてそれから一週間のちの八月二十三日に、滋君は鬼丸博士が、剣太郎少年とうりふたつの、鏡三少年といっしょに、軽井沢へやってきたのを見たのですね」

「そうです、そうです。でも、金田一さん、それがどうかしましたか」

「滋君、ぼくはいま、おそろしいことをかんがえているのですよ。人間はだまされても犬はだまされません。剣太郎少年とうりふたつの人間をつれてきて、剣太郎少年とすりかえておいても、人間——たとえば、じいやさんは気がつかないかもしれない。しかし、犬はだまされないでしょう。どんなに顔がよく似ていても、人間にはそれぞれちがったからだのにおいがあります。犬はきっとそのにおいをかぎわけて、にせものを見やぶるでしょう。そこであらかじめ、犬をころしておいて」

滋君は思わず、あっとさけびました。

「金田一さん、それじゃ鬼丸博士は、剣太郎と、鏡三君をすりかえたというのですか」

「いや、いや、はっきりいいきるのはまだ早い。しかし、鬼丸博士はなんだって、ゴリラの剝製なんか持っていったのでしょう。そのなかにだれか……もしや剣太郎少年が……」

「あっ、そ、それじゃきのうの朝、じいやさんの見た剣太郎少年というのは、そのじつ剣太郎君ではなく、鏡三少年だったのでしょうか」

金田一耕助はくらい目をして、

「そうでないことを祈ります。しかし、そうであったかもしれない」

滋君はなんともいえぬおそろしさに、歯がガチガチと鳴りましたが、そこへ謙三にいさんが、お医者さんをつれてきました。

しかし、万事は手おくれで、それからまもなく、じいやさんは息をひきとりましたが、そのあとで、お医者さんが、みょうな話をしました。その話というのはこうなのです。

「この家には、剣太郎という少年がいましてね。あの少年について、みょうな話があるんですよ。ひと月ほどまえのこと、剣太郎君の左の腕のつけねがいたむといって、このじいやさんといっしょにわたくしのところへきたのです。みるとそこに、大きなおできみたいなものがあります。きいてみるとそのおできは、剣太郎君のまだ、ものごころつかないころからあるのだそうですが、それが急にいたみだしたというのです。そこで切開手術をしたのですが、そのおできの中からなにが出てきたと思います。鍵ですよ。二センチぐらいの小さな黄金の鍵……」

その話をきいたとたん、滋君はてのひらの中ににぎっている、あの小さな黄金の鍵が、やけつくようにかんじました。

ああ、それでは、いま滋君のにぎっている鍵、じいやさんがいのちをかけて、わるものから守ったこの鍵は、剣太郎少年のからだのなかに封じこまれてあったのか。

しかし、それにはいったい、どういう秘密があるのでしょうか。……滋君は、つぎからつぎへとおこる、ふしぎな事件に、目がくらむような気がしましたが、しかし、読者諸君よ、いままでお話ししてきたところは、いわばまだこの物語のはじまりにすぎないのです。それから、まもなく舞台を東京にうつして、そこにいったい、どのような、怪奇な事件がくりひろげられることでしょうか。

怪獣男爵No.1《ナンバー・ワン》

それはさておき滋君は、そのつぎの朝、軽井沢をたって、東京へかえってきましたが、その当座、わすれようとしてわすれることのできないのは、あのふしぎなできごとです。

滋君はおかあさんにおねがいして、小さな守りぶくろをぬっていただくと、あの黄金の鍵《かぎ》をなかへしまいこみ、肌身はなさず持っていることにしました。滋君はおりおりそっと、守りぶくろのなかから、黄金の鍵をだしてながめます。するとさまざまな空想のつばさがひろがっていくのです。

ああ、この小さい鍵に、いったい、どのような秘密があるのでしょうか。剣太郎少年の腕の筋肉から出てきたということですが、いったいだれがそんなところへ、黄金の鍵を封じこめておいたのでしょうか。

じいやさんの話によると、剣太郎少年は小さいときから、左の腕に大きなおできがあったそうですが、そのなかに、このような鍵がかくしてあろうとは、夢にも知らなかったということです。

してみると、だれがこの鍵をかくしたにしろ、それは剣太郎少年の、まだものごころもつかぬころのことにちがいありません。ああ、ものごころもつかぬ子どもの腕のなかに、鍵をかくそうなどとは、なんというひどいことをしたものでしょう。しかし、またかんがえなおすと、それだけにこの鍵のたいせつさが、わかるような気もするのです。ひょっとすると、この鍵こそは剣太郎少年の、幸運のとびらをひらく鍵ではありますまいか。

ある日、滋君はその鍵を、てのひらにのせてつくづくながめていましたが、そのうちに、鍵のうえになにやら小さな文字らしいものが、ほってあるのに気がつきました。そこで、お父さんのおへやから、虫めがねをかりてきてしらべてみると、そこにほってあるのは、

No.1《ナンバー・ワン》

という文字、すなわち第一号という文字です。

滋君ははてなとばかりに首をひねりました。第一号というからには、第二号や第三号の、黄金の鍵があるのでしょうか。もし、あるとすればどこにあるのでしょう。

滋君はいよいよ深いなぞのなかに、まきこまれていく気もちでしたが、そのうちに、十日ほどおくれて、謙三にいさんも軽井沢からかえってきました。謙三にいさんは滋君のうちに同居して、大学へ通っているのです。

ふたりは学校からかえると、毎日、軽井沢の話ばかりしていましたが、するとそれからまた五日ほどたって、金田一耕助がひょっこりたずねてきました。金田一探偵はそれまで軽井沢にのこって、警察の人たちといっしょに、いろいろしらべていたのです。

その耕助の話によると、あのきみょうな三軒の家をたてたのは、ゆくえ不明のサーカス王、鬼丸太郎だということがわかったそうです。しかし、なぜあのように三軒の家を、なにからなにまで、そっくり同じかたちにたてたのか、そこまではまだわからないということです。

三軒の家は谷をへだてて三つの丘に、それぞれたっているのですが、外から見て、いかにもよくにた家だということは、近所の人も知っていたものの、なかまでそっくり同じだとは、いままでだれも知らなかったのです。

謙三にいさんと滋君があらしの夜、一夜の宿をもとめたのは、いちばん南の丘にある家でした。そしてつぎの日、目をさましたときには、いちばん北の家へはこばれていたのですが、なにしろまえの晩、ひどいあらしで道にまよっていたので、つぎの朝、あき家をとびだしたときには、そこがきのうの道とちがっていることに、気がつかなかったのもむりはありません。

「それで、先生」

謙三にいさんは、いつのまにやら、金田一耕助を先生とよぶようになっていました。

「鬼丸博士のゆくえはまだわかりませんか」

「わかりません。警察でもやっきとなって、さがしているようですがね。ときに滋君、きみは、あの鍵をもっているでしょうね」

「ええ、ここに持っています」

滋君は守りぶくろから、黄金の鍵をだしてみせる

と、

「ところが、先生、この鍵についてちょっとみょうなことを発見したのですよ」

と、あの番号のことをかたってきかせると、金田一耕助も虫めがねをとって、まじまじと鍵のおもてをながめながら、

「なるほど、なるほどたしかにナンバー・ワンとほってありますね。すると、これは滋君のいうように、第二、第三の鍵があるのかもしれませんね。しかし、あるとすればどこにあるのか、いやいったい、だれが持っているのか……」

金田一耕助はそういって、虫めがねをもったまま、しばらくじっとかんがえこんでいました。

面をかう人たち

それからのちも滋君は、黄金の鍵のことが気になってたまりませんでしたが、それかといってそのことばかりに、気をとられていたわけではありません。滋君にしろ、謙三にいさんにしろ、まだ学生です。学生であるからには勉強がだいいちです。鬼丸博士や剣太郎少年のことが気になりながらも、ふたりとも勉強のほうがいそがしくて、軽井沢のできごとも、なんだか遠いむかしの夢のように思われてきました。

金田一耕助はおりおりふたりをたずねてきますが、この人もほかにいそがしい事件をひかえているとみえて、この事件にばかり、かかりあっていられないようすでした。ただ、いつかきたときの口ぶりでは、タンポポ・サーカスのゆくえをさがしているようすでした。

そうこうしているうちに、はやあの時から七カ月たち、この三月に滋君は、優等の成績で新制中学の二年生になりました。

その春休みの、四月はじめのある朝のことでした。滋君と謙三にいさんは、あまりお天気がよいので、どこか郊外へハイキングにいこうかと相談していましたが、そこへやってきたのが金田一耕助のつかいです。金田一耕助の手紙をもってきたのです。ひらいてみると、
本日午後一時までに、上野公園竹の台、西郷《さいごう》さんの銅像の下までこられたし。万事はお目にかか

って申しあげます。

立花謙三
滋　両君へ

金田一耕助

滋君と謙三にいさんは、それを読むと思わずはっと顔を見あわせました。

「にいさん、きっとあの事件のことですね」

「もちろん、そうだろう。先生はやっぱり、あの事件をわすれていなかったのだね」

滋君と謙三にいさんは、いかに勉強のためとはいえ、いつとはなしにあの事件のことをわすれていた、じぶんたちのことがはずかしいような気がしました。

そこでつかいの人にはかならずいくからとことづけて、おひるごはんを早めにたべて出かけていくと、上野公園はたいへんな人出《ひとで》でした。

その日は四月の第一日曜日にあたっていたうえに、天気はよし、さくらもそろそろ満開というところへ、さらに人出をさそったのは、ちょうどそのころ上野では、産業博覧会がひらかれていたからです。

その博覧会のよびもののひとつである、軽気球がゆらゆらと空高くうかんでいるのも、人の心をうきたたせるようです。その軽気球というのは、博覧会のお客のなかで、のぞみのひとをよりすぐっては、空から東京見物をさせるのです。

さて、滋君と謙三にいさんが、ごったがえす人波をかきわけて、西郷さんの銅像の下までくると、金田一耕助が待っていました。あいかわらずよれよれの着物によれよれのはかま、形のくずれたお釜帽《かまぼう》。どこから見ても貧乏書生《びんぼうしょせい》というかっこうで、とてもえらい探偵さんなどとは見えません。

「ああ、先生、なにかかわったことでも……」

謙三にいさんがなにかいおうとするのを、金田一耕助はエヘンエヘンとさえぎって、

「いや、なに、あまり天気がよいから、博覧会でも見ようと思ってね」

と、わざと、大声でいったかと思うと、すぐ声をおとして、ささやくようにいいました。

「立花君、滋君、むこうに面売りの男が立っているだろう、あいつに気をつけていたまえ」

そのことばにふたりがそっとむこうをみると、いきするひとごみのなかに、面売りがひとり立って

いました。首にぶらさげた箱のなかに、おかめやひょっとこやてんぐの面やそのほかさまざまな面がはいっているところをみると、なるほど面売りにちがいありませんが、謙三にいさんや滋君がその男を見てはっとしたというのは、それがふつうの人間ではなかったからです。そいつは一寸法師《いっすんぼうし》でした。

一寸法師の面売り……滋君はなんともいえぬみょうな気がしましたが、するとそこへやってきたのがひとりの男。

「あっはっは、お花見の面か。おもしろかろう。ひとつもらっていくぜ」

ひょっとこの面をかったその男が、くるりとこちらをむいたせつな、滋君は思わずあっといきをのみました。

「せ、先生、あれは……」

「しっ、だまって。もうひとり面をかいにくる男があるはずだから待っていたまえ」

金田一耕助のことばのとおり、その男が立ちさるとまもなく、またひとりの男がやってきて、こんどはてんぐの面をかっていきましたが、その男の顔をみると、滋君のこうふんは、いよいよ大きくなってきました。

「さあ、そろそろいこうか。立花君、滋君、あの男のすがたを見失うな」

てんぐの面をかった男は、その面を顔につけると、急によっぱらいのあしどりになり、ふらふらと人ごみをわけて歩きだしました。

「先生、先生、それにしてもあの男たちはなにものですか」

謙三にいさんがたずねると、金田一耕助はおもしろそうに滋君をふりかえって、

「そのことなら滋君にたずねてみたまえ、滋君は気がついているようだから、なあ、滋君、知っているんだろう」

「知っています。先生、あの人たちはみんなタンポポ・サーカスのひとたちです。ひょっとこの面をかったのは、サーカスの力持《ちからもち》、てんぐの面をかったのは、サーカスの団長です。そしてあの面売りの一寸法師は、タンポポ・サーカスの、道化師《どうけし》です」

軽気球のおじいさん

「タンポポ・サーカスのひとたち?」

謙三にいさんはいきをのむと、

「しかし、先生、そのひとたちがいったいなにをしようとしているのです」

「立花君、それはぼくにもわかりません。だから、これから見はっていようというのです」

それから金田一耕助は、つぎのような話をしました。
去年の軽井沢の事件があってから、金田一耕助は、タンポポ・サーカスのゆくえをさがしていましたが、ちかごろになって、こういうことがわかったのです。
鏡三少年がいなくなってから、タンポポ・サーカスはすっかり人気がなくなり、まもなくつぶれてしまいました。サーカスの団長や力持、それから道化師の一寸法師は、それをざんねんがって、なんとかして鏡三少年をさがしだし、もういちどタンポポ・サーカスをたてなおそうと、やっきとなっていたのです。
「そういうことがわかったので、ぼくはひとをやとって、三人を見は

らせておいたのですが、きょうはここで三人が、ひとめをさけてあうことがわかったので、きみたちにもおしらせしたのです。なんといっても滋君こそ、こんどの事件ではいちばんえんがふかいのですからね」

　そういわれると滋君は、なんだかじぶんが英雄にでもなったような気がしました。

「先生、ひょっとするとあのひとたちは、鏡三少年を見つけたのではありますまいか」

「いや、ぼくもそう考えているんですよ。きみたちも見たろう。いまのあのひとたちの顔色、意気ごみ。——なにかよほどのことをたくらんでいるにちがいありませんよ」

「先生、鏡三少年のいどころがわかれば、鬼丸博士や剣太郎君のこともわかるわけですね」

「そうだ、そう思ったからこそ、ぼくはタンポポ・サーカスを見はっていたのだ。ああいうひとたちは、一種とくべつの組織をもっていて、人をさがすことなどたいへんうまいんですよ。どうかすると警察などより、よっぽど役にたつことがある」

「あっ、そうだ」

　両手をうって、そうさけんだのは滋君。

「あのひとたち、鏡三少年を見つけて、これからとりかえしにいこうとしているにちがいありませんよ。だからああしてお面をかぶっているんです。鏡三少年は、あのひとたちの顔を知っているから見つけたらすぐにげてしまいます。そこでああしてお面で顔をかくして、ちかづこうとしているのです」

「えらい!」

言下《げんか》にそういったのは金田一耕助でした。

「滋君、きみもだいぶ目があいてきたね。そうだ。なにごとにも目をひらいて、注意ぶかくかんがえるということはいいことだよ」

金田一耕助にほめられて、滋君はちょっとあかくなりましたが、そのときでした。てんぐの面をかぶった男、すなわちタンポポ・サーカスの団長は、ふらふらと産業博覧会へはいっていきました。よっぱらいだと思うから、へんなお面をかぶっていても、だれもあやしむものはありません。

三人は顔を見あわせていましたが、これまた入場券をかってなかへはいっていきました。

博覧会のなかはたいへんなにぎわいです。ひろい場内には、この博覧会のためにたてられた建物がいくつもいくつもたっていて、そのなかには、日本全国からあつめられた、めずらしい産物がいっぱい陳列してあるのです。

建物はそういう陳列場ばかりではなく、余興場だの売店だの、さてはまた、すしだのおしるこだのたべさせる店などが、いたるところにたっています。そして、ひろい場内いっぱいにはりめぐらされた万《ばん》国旗《こっき》、あちこちからきこえてくる陽気な音楽、そのなかをおしよせた見物が、それこそアリのようにひしめきあってうきうきとあるきまわっているのです。

てんぐ面の男はそういうひとごみのなかを、あいかわらずふらふらと歩いていきます。しかし、注意ぶかく見ていたら、かれがけっしてよっぱらっているのでもなく、また、あてもなくあるきまわっているのでもないことがわかりましょう。この男はなにか目的をもっているのです。そして、その目的にむかって、ズンズン進んでいるのです。

てんぐ面の男は、まもなく軽気球をあげるところまできました。ちょうど、いまひと見物おわったところと見え、軽気球がユラユラと空からおりてきます。軽気球は滑車《かっしゃ》をつかって、空へあげたり、空からおろしたりするのです。つまり軽気球をつなぎとめてあるつなを、滑車でゆるめると、軽気球はユラユラと空高くのぼっていきます。そのはんたいに滑車のつなをまいていくと、それにひかれて軽気球はおりてくるのです。

その滑車の係は、六十才ぐらいのしらがのおじいさんでしたが、いましも一心に滑車をまいている目のまえに、てんぐ面の男が立ちどまりました。そして、あせでもふくつもりだったのでしょう。なにげなく面をとってあたりを見まわしましたが、そのとたん、滑車係のおじいさんは、はっとしたように顔をそむけました。どうやらこのおじいさんは、タンポポ・サーカスの団長を知っているらしいのです。

団長のほうでは、しかし、そんなことには気がつきません。ふたたび面をかぶりなおすと、すぐ、そばにある余興場へはいっていきました。金田一耕助や謙三にいさん、それから滋君の三人も、すぐあとから余興場へはいっていきましたが、ああ、もしこのとき金田一耕助が、滑車係のおじいさんの、へんなそぶりに気がついていたら、かれはもっとよく注意したことでしょうに。なにしろひどいひとごみですから、ついそれに気がつかなかったというのも、まことにぜひないことでした。

少年歌手

それはさておき、余興場のなかは満員でした。この余興場は、西洋風のレビューだの、ダンスだのを見せるところらしく、滋君たちがはいっていくと、舞台ではかわいらしい少女たちが、こちょうのようにおどっているところでした。

しかし、てんぐ面の男はそんなものには目もくれず、ひとごみをかきわけて、ぐんぐんまえへ出ていきます。そのあとから三人も、さりげなくついていくのです。

このさい、三人にとってたいへんつごうのよいことには、こちらではむこうをよく知っているのに、むこうではちっともこちらを知らないことです。だから、どんなにそばちかくへよっていっても、あやしまれることはありません。

てんぐ面の男は、とうとう見物席のいちばんまえの列まで出ました。滋君たち三人は、それから、三列ほどうしろの通路にしゃがみました。立っていると、ほかの見物人のじゃまになるからです。

それでも滋君はときどき立って、そっと見物席をながめます。すると、すぐ目についたのは、ひょっとこ面の男です。その男も、見物席のいちばんまえにいて、舞台にもたれるように立っています。ああ、かれはいったい、ここでなにをおっぱじめようというのでしょうか。

滋君はなんとなく、胸がワクワクする気もちで、そのほかにも、タンポポ・サーカスのひとたちはいないかと、見物席を見まわしていましたが、そのうちに、思わずあっと、ひくいさけびが、口をついて出ました。

「滋君、ど、どうしたの。なにかあったの？」

「にいさん、にいさん、あそこに鬼丸博士が……あ、津川先生もいっしょにいる！」

「なに、鬼丸博士が……」

金田一耕助もはじかれたようにふりかえりました。

「滋君、ど、どれだ。鬼丸博士というのは？」

金田一耕助は、まだ鬼丸博士も津川先生も知らないのです。

「先生ほら、ここから三列ほどうしろの左のはしに、顔じゅうひげだらけのひとがいるでしょう。あれが鬼丸博士です。そして、そのとなりにすわっているのが津川先生」

謙三にいさんもそのほうを見ましたが、ああ、滋君のことばにあやまりはありません。鬼丸博士と津川先生は、ひとごみのなかにかくれるように、からだをちぢめて、しかも、その目はくいいるように舞台のほうを見つめているのです。鬼丸博士の手には、きょうもあの太い犬ころし棒みたいなステッキがにぎられていました。

謙三にいさんはひょっとすると、剣太郎少年はいないかと、そのへんをさがしてみましたが、そのすがたはどこにも見えませんでした。

「なるほど、あれが鬼丸博士と津川先生か。よし、おぼえておこう。ときに立花君、滋君」

「はい」

「あのひとたちがきているとすると、これはいよいよただごとではありませんよ。いまにきっとこの余興場で、なにかおっぱじまるにちがいない。そこでいまのうちから、そのときのてはずをきめておきましょう」

「はあ、どうすればいいのですか」

「きみたちはどんなことがあっても、鬼丸博士や津川先生から、目をはなさないでください。ぼくはタンポポ・サーカスの連中を見はっているから」

「しょうちしました。滋君、わかったね」

「ええ、わかりました。でも、先生、いったいなにが起こるのでしょうか」

滋君はなんとなく、むしゃぶるいが出るかんじです。

「さあ、それはぼくにもわからない。わからないだけに、いっそう気をつけていなければならないのだ」

むろん、こういう会話は、ほかの見物のじゃまにならぬように、ごくひくい声でかわされたのですから、すぐまえにいるタンポポ・サーカスの団長も気がつきません。

そのうちに、プログラムはしだいにすすんでいきました。二つ三つ、ダンスがあったあとで、手品がすむと、こんどは、

「少年歌手」

というはり札《ふだ》が、舞台のそでのところにはりだされました。

すると、それと同時に、場内の電気がいっせいに、パッと消えたかと思うと、ただ一点、舞台のうえに投げかけられたのは、すみれ色の光の輪。そして、ゆるやかな音楽の音《ね》につれてしずしずと、その光の輪のなかにあらわれた少年歌手というのは……。

おお、その少年歌手の顔を、ひとめ見たとたん、滋君と謙三にいさんは、思わず手にあせをにぎり、ほとんど同時にさけんだのです。

「剣太郎少年！」

「鏡三少年！」

金田一耕助はそれをきくと、はじかれたようにふたりのほうをふりかえりました。

「立花君、まちがいないか。あれは、たしかに、剣太郎少年ですか」

「そうです、そうです。ぼくは鏡三少年を知りませんが、あれは剣太郎君にいきうつしです」

「滋君、きみはあれを鏡三少年というのですか」

「先生、ぼ、ぼくにもわかりません。だって鏡三少年と剣太郎君はいきうつしなんですもの。でも、あのひとはふたりのうちのひとりにちがいありません」

そのとき、音楽の音につれて、少年歌手がしずかに歌いだしました。それはあまい、ものかなしげな、なんともいえぬよい声でした。

その歌声にききほれて、場内にはせきひとつするものもありません。

だが、このまっくらな見物席から、少年歌手をねらっているへびのような八つの目があったのです。タンポポ・サーカスの団長と力持《ちからもち》、それから鬼丸博士と津川先生。鬼丸博士と津川先生は、すいよせられるようにじりじりと、舞台のほうへちかづいていきました。

あいずの口笛

さて、話かわってこちらは余興場のすぐ外にある、軽気球上《あ》げ場《ば》ですが、そこではいましも軽気球が、ゆらりゆらりとおりてきて、ぶじに地上につきました。そして、空からの東京見物をおわったひとびとが、にぎやかに笑いさんざめきながら、なわばしごをつたっておりてきます。ところがなかにただひとり、みんながおりてしまっても、軽気球のなかにのこっているひとがありました。

そのひとはまっくろな洋服をきて、そのうえに、うすい、ひらひらした黒のマントをはおっています。そして、頭にかぶったつばのひろい帽子のふちには、カーテンのように、黒いきれをたらしているのです。

そのひとは軽気球のかごのなかに立って、ぼんやりあたりを見ていましたが、そのとき、ひくい口笛の音がきこえてきたので、おやというように下を見ました。口笛をふいているのは、滑車《かっしゃ》がかりのじいさんです。

黒衣のひとはそれを見ると、あたりを見まわし、じぶんもかるく口笛をふきます。すると、それにこたえるように、滑車がかりのじいさんが、またもやひくい口笛で……。

どうやらその口笛は、なにかのあいずらしいのです。

黒衣のひとはそれをきくと、なにか心にうなずきながら、なわばしごをつたって、するするとおりていきます。すると、滑車がかりのじいさんが、すぐそばへやってきて、なにやら耳もとでささやきました。

黒衣のひとはそれをきくと、ひどくびっくりしたようすでしたが、すぐじいさんにひとことふたこと、ひくい声でささやくと、そのまま、すたすた軽気球のそばをはなれて、余興場のうらのほうへまわっていきました。

ちょうどそのころ、余興場では……。

みょうなお面で顔をかくした、タンポポ・サーカスの団長と力持、それから鬼丸博士と津川先生が、へびのように目をひからせながら、じりじりと舞台のほうへちかづいていきます。その団長と力持を、ゆだんなく、見はっているのは金田一耕助。一方滋君と謙三にいさんは、見物をかきわけて、鬼丸博士や津川先生のほうへちかづいていきました。

やがて少年歌手の歌が一曲おわると、場内はあらしのような拍手《はくしゅ》かっさい。――と、この時です。お面で顔をかくした団長と力持が、くらやみのなかでうなずきあうと、いきなり舞台へとびあがったから、おどろいたのは少年歌手です。

「あっ、あなたがたはなにをするのです」

「おい、鏡三、いままでうまくかくれていたな。おれの声がわからねえか」

てんぐ面の団長に、むんずとばかり手をとられて、少年歌手は身をもがきながら、

「あっ、だれです、だれです。ぼくの名は鏡三じゃありません」

「しらばくれてもだめだ。おれはタンポポ・サーカスの団長の、ヘンリー松村《まつむら》だ」

「知りません、知りません。ぼくはそんなひと知りません」

「こいつめ、しらばくれやがって……団長、いいから、ひっかついでいこうじゃありませんか」

「あっ、なにをするのです。あなたはだれです」

「おれか、おれはタンポポ・サーカスの力持、万力《まんりき》の鉄だ。鏡三、来い！」

左右から両手をとられて、少年歌手はさっとあおざめ、

「あっ、なにをするのです。だれか来てえ……助けてください！」

いままであっけにとられてポカンとしていた見物も、少年歌手の悲鳴に、はじめて、ただごとでないことに気がつきました。さっと、総立ちになったなかに、四五人舞台へとびあがったものもあります。

楽屋でも、やっとこのさわぎに気がついて、座員が四五人、ばらばらと、とびだしてきましたが、そのとたん、いままで、まるくすみれ色に、舞台をてらしていた光が、ふうっと消えて、余興場のなかはまっくらがり……。

くらやみの騒動

さあ、たいへん、余興場のなかは、上を下への大さわぎ。

「だれだ、だれだ。電気を消したのは。……電気をつけろ、電気をつけろ！」

と、舞台の上でどなるものがあるかと思うと、

「あっ、だれか来てえ。だれかわたしのハンド・バッグをとっていった……」

と、見物席では女の悲鳴。それにつづいて、

「あっ、おれのがまぐちもないぞ。すりだ、すりだ、どろぼう！」

こうして舞台も見物席も、はちの巣をつついたような大さわぎになりましたが、そのうちに舞台の上では、どたばたと組打《くみう》ちの音。

「き、き、きさまたちはなにものだ。この子をいったいどうしようというのだ」

「どうもこうもあるもんか。この子はおれのもんだ。タンポポ・サーカスからにげだしたんだ。だれにことわって、こんなところへつれて来た」

「いいえ、いいえ、ちがいます。タンポポ・サーカスだの、万力《まんりき》の鉄だのって、ぼくはちっとも知りません。このひとたちは人ちがいをしているのです。はなしてください。はなして……」

金切《かなき》り声《ごえ》でさけんでいるのは少年歌手です。

「ええい、めんどうくせえ。鉄、なんでもいいからそいつをかついでいけ」

「おい、こら、なにをする！」

「なにもへちまもあるもんか。それじゃ、団長、あとはたのみましたぜ。鏡三、こい！」

「いやです。いやです。はなしてください。あっ、だ、だれか来てえ！」

「やかましいやい。こいといえば、おとなしくついて……うわっ！」

とつぜん、おそろしいさけび声が、くらやみをつんざいてきこえました。どうやら、万力の鉄らしい

……。

その声があまりおそろしかったので、いままでは鳴いていた舞台も見物席も、いっとき、水をうったように、しいんとしずまりかえってしまいました。そのしずけさのなかに、だれやら、どさりと倒れる音。

と、そのときです。いままで消えていたすみれ色のまるい光が、ふたたび、ぱっと舞台の上をてらしたのですが、そのとたん、ひとびとは、なんともいえぬおそろしいものを見て、思わずあっとふるえあがってしまったのです。

すみれ色の光のなかに、すっくと立っているのは、なんと、どくろのような顔をした男ではありませんか。

どくろ男は、だしぬけに、光をまともからあびせかけられ、はっとしたように顔をそむけましたが、ときすでにおそかったのです。すっかりその顔かたちを、見物のひとびとに見られてしまったのですが、ああ、そのすがたのきみわるさ、その顔のおそろしさ。

黒いマントに黒い洋服、そして黒い帽子の下からむきだしになっているのは、鼻もくちびるもなく、馬のようにみにくい歯なみが、二列にならんでいる、それこそ、世にもおそろしいどくろの顔……。

しかも、そのどくろ男は、かた手でしっかり少年歌手をだいているのです。少年歌手はどくろ男の顔を見たとたん、

「きゃっ！」

と、さけんで、そのまま、気をうしなってしまいました。

それにしても、万力の鉄はどうしたのかと見まわすと、あ、いました。万力の鉄はひょっとこの面をかぶったまま、舞台の上に倒れているのです。しかもかれの肩のあたりには、細身の短刀がつっ立って、山鳥のしっぽのように、ぶるんぶるんとふるえています。

すみれ色のまるい光で、これだけのことを見てとったとたん、舞台の上のひとびとも、見物席の見物たちも、いっせいに、わっとさけんで浮き足だちましたが、つまり、それだけのあいだが、どくろ男にとっては、乗《じょう》ずるすきになったわけです。

どくろ男は、やにわに少年歌手をだきあげると、

うすいマントをひるがえして、さっとばかりに舞台から、楽屋のほうへかけこみます。

それを見て、

「しまった!」

と、ばかりに、見物席から舞台へとびあがったのは金田一耕助。

「にがすな。そいつをにがしちゃならんぞ」

金田一耕助のその声に、いままでぼうをのんだように立ちすくんでいたひとびとも、はっとばかりに気をとりなおして、なだれをうって楽屋のほうへかけこみましたが、そのとき、またもや電気が消えて、あたりは、うるしをぬりつぶしたようなまっくらがり。

「しまった、しまった。ちきしょう、ちきしょう」

金田一耕助は、じだんだふんでくやしがりましたが、なにしろかってわからぬ楽屋のなか、あちらへぶつかり、こちらへつきあたり、なかなか思うようには進めません。

それでもやっと、楽屋口を見つけて外へとびだすと、そのとき、わっと向こうの方で、ひとびとの、ののしりさわぐ声。金田一耕助は、はかまのすそをふりみだして、声のするほうへかけつけましたが、そのとたん、思わずあっと、手に汗にぎって立ちすくんでしまいました。

ああ、なんということでしょう。いましも地上をはなれてゆらゆらと、大空めがけてのぼっていく軽気球――その軽気球にのっているのは、たしかに、どくろ男と少年歌手ではありませんか。

三十メートル、五十メートル、八十メートル……滑車《かっしゃ》のゆるむにしたがって、軽気球はゆらりゆらりと、しだいに空高くのぼっていきます。

「つなをまけ、滑車をしめろ、軽気球をあげてはならん!」

金田一耕助はやっきとなってどなりましたが、それがきこえたのかきこえないのか、滑車がかりのじいさんは、ばかみたいな顔をして、ぽかんと軽気球をみています。

「おい、なにをしているんだ。滑車をまかないか。つなをしめないか。……あっ!」

金田一耕助は、とつぜん、ギョッとしたように立ちすくんでしまいました。

滑車のかいてんにしたがって、くるくるとのびていたつなが、ふいに、ふわりと滑車をはなれて、宙にういてしまったのです。ああ、なんということでしょう。つなはそこでぷっつりと、切れていたではありませんか。

一寸法師の大曲芸

「わあっ！」

軽気球あげ場をとりまいて、黒山《くろやま》のようにたかっていたひとびとの口から、いっせいに、おどろきのさけびがもれましたが、それもむりではないのです。

糸の切れたゴム風船。――滑車をはなれた軽気球の運命は、それと同じではありませんか。空高く、のぼって、のぼって、のぼりつめたあげくのはてにはどうなるでしょう。

軽気球が破裂して、小石のように落下するか、それとも、ガスがしだいにぬけて落ちてくるか。……どちらにしても、ついらくすることにはちがいありません。ああ、千が一にもたすかるみこみのない怪人と少年歌手――それを思えば、ひとびとが手にあせにぎったのもむりではありません。

それはさておき、滑車をはなれた軽気球は、いちど、ぐらりとななめにかたむきましたが、すぐまたもとの位置にかえると、おりからの東のそよ風にのって、ふわりふわりと、とんでいきます。それにつれて、たれさがったつなのはしが、黒山のようにあつまった、ひとびとの頭をなでていく……。

と、とつぜん、勇敢なひとりのひとが、そのつなのはしにとびつきました。しかし、いかに大力男《だいりき》でも、ひとりの力で軽気球をつなぎとめようなどとは思いもよらぬことなのです。はんたいにそのひとは、するするすると地上から、空のほうへひきあげられます。

「わあっ！」

広場をとりまくひとびとの口から、またどよめきの声がもれました。

その声におどろいたのか、つなのはしにぶらさがった勇敢な男が、まっさおになって手をはなしたからたまりません。数メートルの高さから、もんどり打って落ちてきました。

「わあっ！」

またしても見物のどよめきの声。

それにしてもそのひとは、気のつきようが早かったからまだよかったのです。もうしばらくがんばっていたら、みるみるうちに空高くつりあげられて、おりるにおりられず、のぼるにのぼれず、それこそ、進退きわまってしまったにちがいありません。

それはさておき、軽気球がのぼるにつれて、ぶらさがったつなのはしも、しだいに高くなっていきます。いまでは、頭上はるかにはなれたつなは、陳列場の屋根をなでながら、しだいに西へとながされていきます。

ところが、この博覧会の西のはずれには、百メートルぐらいの塔が立っていました。この塔もまた軽気球とともに、この博覧会のよびもののひとつで、塔上には望遠鏡がそなえつけてあり、そこから東京見物をさせるしくみになっているのです。

いましも、その塔上には五六人のひとがむらがって、ものめずらしげに望遠鏡をのぞいていましたが、そこへ聞こえてきたのがただならぬ喚声《かんせい》、どよめきの声。……なにごとならんと、塔の窓からのぞいたひとびとは、思わずあっと手にあせをにぎりました。

軽気球はいま、塔のま上にさしかかり、そこからぶらさがったつなが、窓のそとをすれすれにぶらさがっているではありませんか。風のぐあいか、軽気球はいっときそこに停止しているらしく、つなのはしがぶらぶらと、窓のすぐそとにゆれています。

と、このときでした。塔の階段をとぶように、かけのぼってきた奇妙な人物があります。背の高さは十《とお》か十一二の子どもくらい。しかし、子どもかと見れば子どもではなく、顔を見れば、りっぱなおとななのです。

一寸法師《いっすんぼうし》。——

そうです、タンポポ・サーカスの一寸法師、さっき西郷さんの銅像の下で、面を売っていた一寸法師なのです。

一寸法師は窓のそとにぶらさがっている、つなのはしに目をとめると、むらがるひとびとをかきわけて、やにわに窓にかけのぼり、つなのはしに両手をかけました。と、そのとたん、軽気球がふわりとうごいて、一寸法師は塔の窓から、百メートルの上空へ……。

「わあっ！」

ふたたび、みたび、どよめきの声が、博覧会をうめつくしたひとびとの口からもれます。

それにしても一寸法師は、なんというだいたんな、なんという命しらずのまねをするのでしょう。かれはつなをつたって、軽気球までのぼっていくつもりでしょうか。しかし、つなのはしから軽気球まではな、百メートルはたっぷりあります。もし、とちゅうで腕がしびれて手をはなしたら……。

ひとびとが手にあせにぎって、そのなりゆきを見まもっているのもむりではありません。

しかし、一寸法師には、なにかかんがえがあるとみえて、べつにあわてたふうもなく、さるのようにするすると、二メートルほどつなをのぼると、やがてつなに両足をかけ、まっさかさまにぶらさがりました。

「あっ!」

見まもるひとびとのわきの下から、また滝のようなひやあせが流れます。

しかし、一寸法師はあわてずさわがず、まっさかさまにぶらさがったまま、つなのはしをとって、なにかしていましたが、なんと、できあがったところを見ると、つなのはしを結んで、輪をつくっているではありませんか。

そして二三ど、その結びめのつよさをためしていましたが、やがて安心したのか、そのつなの輪に腰をおろすと、帽子をとって下なる群集にふってみせました。

ああ、だいたんな一寸法師の大曲芸。

「わあっ!」

ふたたび、みたび、ひとびとの喚声とどよめきが、上野の森をゆるがしたのも、むりではありませんでした。

津川先生の射撃

まえにもいったとおり、その日は四月の第一日曜日でした。しかも天候はよし、陽気はよし、上野は博覧会とお花見の客で、ごったがえすようなにぎわいでした。

そのひとたちにとって、これほどのめずらしい、スリルにとんだ見ものが、またとほかにあるでしょうか。

どくろ面の怪人と、少年歌手のふたりをのせて、糸の切れたゴム風船のように、空高くとんでいく軽気球。その軽気球のつなのはしに、まるで時計の振り子のようにぶらんこした一寸法師《いっすんぼうし》。――ひとびとが手にあせにぎって、あれよあれよと立ちさわぐのも、むりではありません。

それはさておき軽気球は、間もなく博覧会場をはなれると、ゆらりゆらりと、不忍池《しのばずのいけ》の上空をながれていきます。あいかわらずつなのはしには、一寸法師がぶらさがっているのです。

と、このときでした。清水堂《きよみずどう》のほとりから、つと身をのりだした人物があります。津川先生なのです。あのせむしでびっこの津川先生――津川先生はすばやくあたりを見まわしましたが、だれもかれも軽気球に気をとられているので、だれひとりこちらを見ているものはありません。

それをみると津川先生、にたりときみの悪い微笑をもらすと、持っていたステッキを、まるで鉄砲のように身がまえました。しかも、そのねらいは、ぴったりと、一寸法師につけられているではありませんか。

ああ、これはいったいどうしたことでしょう。津川先生はじょうだんで、そんなまねをしているのでしょうか。それとも、津川先生のステッキは見たところステッキとしか見えないけれど、その実、鉄砲のような役めをするのではありますまいか。そういえば、いつか軽井沢の一軒家で、滋君や謙三にいさんにむかって、剣太郎少年がこんなことをいったではありませんか。

「津川先生は、ああいうおからだですけれど、とてもお強い人ですよ。そして、弓だってピストルだって、百発百中の名人なんです」

ああ、その津川先生は、百発百中のうでまえで、一寸法師をうちころそうというのでしょうか。しかし、鉄砲をうてば音がするにきまっています。音がすれば、いかに軽気球にむちゅうになっているひとびとだって、きっと、こちらをふりむかずにはいないでしょう。それとも津川先生の鉄砲には、音のしないしかけでもしてあるのでしょうか。

いっとき、にとき。――津川先生の顔色はしだいにあからみ、きっと結んだくちびるのはしに、つよい決意があらわれます。その津川先生のねらいのさきには、一寸法師が、ゆらりゆらりと、ゆれているのです。

と、このときでした。

「ばか！　なにをする！」

ひくいながらも、するどい声でそうさけんで、うしろから津川先生の腕をおさえたものがありました。鬼丸博士でした。

「あっ、鬼丸博士、なぜとめるんです」

津川先生の顔には、さっとあお白い、いかりのほのおがもえあがります。

「なぜもへちまもあるもんか。つまらんことをして、ひとに見とがめられたらどうするんだ。早くその鉄砲を下におろせ」

「だって、だって、鬼丸博士、あいつも……あの一寸法師も、きっとわれわれと同じものをねらっているにちがいありませんぜ。とすれば、われわれにとっては敵です。競争者です。ひとりでも競争者をたおしておけば……」

「ばかな、あんな一寸法師になにができる。せいぜいあいつは、軽気球のあとをつけていくくらいがせきのやまだ。それよりも、きょうはまんまとしくじったのだから、いさぎよくかぶとをぬいでかえろう。ぐずぐずしていて、見とがめられちゃあつまらない」

せむしでびっこの津川先生は、まだみれんらしく軽気球のあとを見送っていましたが、その軽気球はすでに不忍池をはるか向こうへこえて、ぶらさがった一寸法師も、もう点ほどの大きさにしか見えません。

「チョッ、あなたがとめなきゃあ、いまごろは、一寸法師は、心臓をさされてまっさかさまに、不忍池へ落ちていったのに……」

津川先生はいかにもくやしそうに歯ぎしりしました。

それにしても、津川先生のいまのことばは、ちょっとへんではありませんか。心臓をうたれてというのならわかりますが、心臓をさされてというのは、どういうわけでしょう。さされてというのは、刃物のばあいにかぎります。それでは津川先生の鉄砲からは、刃物がとびだすことになっているのでしょうか。

それはさておき、鬼丸博士と津川先生が、清水堂のそばをはなれて、そそくさと上野の山をくだっていくとき、ぬうっとまた、清水堂のかげからあらわれた、ふたりの人物がありました。

いうまでもなく、立花滋君と謙三にいさんです。ふたりは無言のままうなずきあうと、見えがくれに、鬼丸博士と津川先生のあとをつけはじめました。

それにしても、ふたりをつけていった滋君と謙三にいさんは、そこにどのようなふしぎなことを発見するでしょうか。そしてまた、どくろの怪人と少年歌手、さてはまた一寸法師をぶらさげた軽気球は、ながれながれて、いったい、どこへ落ちつくのでしょう。さらにまた、博覧会場にただひとりのこった金田一耕助は、どのような奇妙なことを発見するでしょうか。

こうして事件は、いよいよ怪奇のうずのなかにまきこまれていくのでした。

アルミの短刀

それはさておき、その日の東京中のさわぎったらありませんでした。

それもそのはず軽気球がひとつ、おりからの快晴を、西へ西へと流れていくのです。しかも、ぶらさがったつなのはしには、だれやら人がとりすがっているではありませんか。

それをみると道行くひとびとは、手にあせにぎって、あれよあれよというさわぎ。それをきいて、家のなかにいるひとまで、われもわれもととびだします。こうしてさわぎは、いよいよ大きくなりましたが、そこへラジオが、上野の事件を報道しましたから、さあ、東京じゅうはかなえのわくような大さわぎ。

「あの軽気球にはどくろの怪人と、少年歌手がのっているんだってさ」

「そして、あのつなのはしにぶらさがっているのは、一寸法師だって話だぜ」

と、いたるところで空を見あげて大さわぎ。なかには自転車で追いかけるものもありましたが、空とぶものを地上から、追いかけたところではじまりません。まもなくあきらめて、すごすごひきかえすばかりです。

警視庁でもすててはおけない。ラジオ・カーや自動車で追いかけましたが、軽気球はまるで地上のさわぎを、あざけるように、あるときは空中にぴたりと停止しているかと思うと、やがてまた、ふわりふわりと風にのって、西へ西へとながれていくのです。まるで、おいでおいでをするように……。

こうして何時間か、空と地上の追っかけっこがつづきましたが、そのうちに日がくれて夜ともなれば、もう追跡をつづけるわけにはいきません。軽気球はおりからの、おぼろ月夜の空たかく、とうとうゆくえが、わからなくなってしまったのです。

ああ、それにしても、どくろ面の怪人や少年歌手、さてはつなのはしにぶらさがった、一寸法師は、どうなったか。

……それは、しばらくおあずかりして、ここでは話を、博覧会場にただひとり、とりのこされた金田一耕助のほうへもどしましょう。

軽気球がとびさったとき、金田一耕助もしばらくそのゆくえを見まもっていましたが、やがてすがたが見えなくなると、いそいで余興場へとってかえしました。

と、見れば、いまのさわぎにみんな外へとびだして、あきやのようにがらんとした、余興場の舞台には、ふたつだけ、ひとのすがたがのこっています。いうまでもなくタンポポ・サーカスの団長と力持《ちからもち》。

ヘンリー松村は万力《まんりき》の鉄をだきおこし、

「おい、しっかりしろ、きずは浅いぞ、気をたしかに持ってくれ」

と、いまにも泣きださんばかりです。かみをきれいに左でわけて、八字《はちのじ》ひげをぴんとはねあげたところは、いかにもサーカスの団長といったかっぷくですが、顔を見ると悪人とは思われません。

金田一耕助がそばへよってみると、万力の肩には、まだ短刀がつっ立っていました。耕助は、つくづくその短刀を見ていましたが、なに思ったのか、

「おお!」

と、声をあげましたが、その声に顔をあげたヘンリー松村。

「ああ、どこのおかたかぞんじませんが、わたしは、くやしくてたまりません。あの怪物が……どくろのような顔をしたばけものが、こんなことをしゃあがったんです」

「いいや、それはちがう」

「ええ、ち、ちがうって……?」

「そうです。そのひとをつきさしたのは、どくろ面の男ではありません」

「な、な、なんですって？」

あきれたようにききかえすヘンリー松村の顔を、金田一耕助はにっこり見ながら、

「ヘンリー松村君、この短刀をよく見たまえ。どくろ面の男がうしろから、万力君をつきさしたものなら、短刀は上から下へむかっていなければならぬはずだ。それだのにこの短刀は、下から上へつきあげてあります」

なるほど、そういわれてみれば、その短刀は刃を上に、柄《つか》を下に、三十度ほどの角度をもって、下から上へつっ立っているのです。

ヘンリー松村は目をまるくして、

「そ、それじゃいったいだれが……」

「だれだか、ぼくにもわかりません。しかし、それがだれにしろ、そいつは舞台の上にいたんじゃない。同じ舞台にいたのでは、とてもこんな角度で、下から上へつきあげるわけにはいきますまい。これはだれか、舞台の下、見物席から……」

「投げつけたというんですか」

「いや、投げつけたとしてもすこしおかしい。それにこの柄、……これはアルミニュームですよ、とても軽くできています。ふしぎだ、どうもぼくにはわからない」

金田一耕助は、ふしぎそうに小首をかしげていましたが、ああ、もし、かれが津川先生の、あのきみょうなステッキを知っていたら。……ひょっとするとこの短刀は、津川先生のステッキから、とびだしたのではありますまいか。

三人めの少年

それはさておき、おりからそこへ楽屋の連中が、警察のひとたちをつれてかえってきました。

「警官、こいつです。こいつらがこのさわぎの張本《ちょうほん》人《にん》です」

たぶんそれが楽屋主任なのでしょう。燕尾《えんび》服《ふく》をきた男が、いかりに声をふるわせながらヘンリー松村と万力《まんりき》の鉄を指さします。それをきいて警官が、ばらばらとふたりのそばへよろうとするのを、

「まあ、まあ、待ってください」

と、おしとめたのは金田一耕助。

「このひとたちにはこのひとたちで、なにかいいぶんがあるにちがいありません。まあ、それからきいてやってください。それから、だれか医者を。……このひとは死んでいるのではありません。てあてをすればたすかります」

そういう耕助のすがたを見て、

「おや、あなたは金田一さんじゃありませんか」

と、びっくりしたように、ひとをかきわけ、まえへ進みでた人物がありました。耕助もそのひとを見ると、

「ああ、あなたは等々力《とどろき》警部。それじゃこの事件はあなたのかかりなんですか」

と、いかにもうれしそうに、もじゃもじゃ頭をかきまわしました。

等々力警部といえば、警視庁でも腕ききといわれる警部さん。耕助探偵とはかねてから顔なじみでいままでいっしょに働いたことも、一どや二どではありません。そして警部は心の底から、このもじゃもじゃ頭のへんてこな探偵に敬服しているのです。

「金田一さん、あなたが顔を出しているところをみると、これはよういならぬ事件とみえますな。ひょっとするとこれは、軽井沢の事件に関係があるのじゃ……」

金田一耕助は警部にたのんで、鬼丸博士のゆくえをさがしてもらっていたのです。

「そうです、そうです。警部さん、そしてここにいるのがいつかお話しした、タンポポ・サーカスの団長と力持《ちからもち》君ですよ」

等々力警部はそれをきくと、さっと、きんちょうの色をうかべて、

「ああ、これが……おい、だれか医者をよんでこい。それからこのけが人をむこうへつれていって、てあてをしろ」

言下《げんか》に刑事が二三人、ばらばらとよって万力の鉄を、楽屋へかついでいきました。そのあとで、警部は団長のほうへむきなおると、

「ヘンリー松村……とかいったね。きみはどうしてこんなさわぎを起《おこ》したのだ。いったい、少年歌手を、どうしようというのだ」

ヘンリー松村は口をとがらせ、

「わたしはあの子をとりかえしにきたんです。あれ

はもと、わたしどものサーカスにいた、鏡三という子なんです。それをこいつらがぬすみだしゃあがったんです」

「ちがいます、ちがいます。それはちがう」

いかりに声をふるわせたのは、燕尾服をきた楽屋主任。

「わたしども、タンポポ・サーカスなんて知りません。名まえをきいたこともない。あの子は、ある人のせわで、やとってくれと、ここへやって来たのです」

「あるひとってだれですか」

金田一耕助がたずねました。

「ほら、あのじいさん、軽気球がかりのおじいさんです」

「な、な、なんですって?」

金田一耕助はおどろいたように声をあげると、

「だれかいって、軽気球がかりのじいさんをさがしてきてください」

言下に刑事が二三人、ばらばらととびだしていきましたが、そのときにはもう、あのじいさんは影も形も見えなかったのです。

ヘンリー松村もこうふんして、

「いいや、あれはやっぱり鏡三だ。だれのせわで来たにしろ、あれは鏡三にちがいねえ」

「ちがう、ちがう、あれはだいいち、鏡三なんて名まえじゃない」

「それじゃ、なんという名まえなんですか。もしや、剣太郎というのじゃ……」

そうたずねたのは耕助です。しかし、燕尾服の楽屋主任は、それもきっぱりうち消して、

「ちがいます。そんな名まえじゃありません。あれは珠次郎《たまじろう》というのです」

「珠次郎……」

金出一耕助はぼんやり口のうちでつぶやきましたが、にわかに大きく目を見はると、

「な、な、なんですって、珠次郎……珠次郎というんですか」

金田一耕助が、こうふんしたときのくせで、がりがり頭をかきまわすのを、等々力警部はふしぎそうに見まもりながら、

「金田一さん、どうかしたのですか。珠次郎という名に、なにか心あたりがあるんですか」

「警部さん、待ってください。ぼくはなんだか気がくるいそうです」

ああ、なんということだ。剣太郎、珠次郎、鏡三……そして、同じかまえの三つの家。……ああ、ひょっとすると、剣太郎や鏡三のほかに、もうひとり、あのふたりに生きうつしの少年がいるのではあるまいか。

金田一耕助がふかい思いにしずんでいるのを、等々力警部は見まもりながら、

「金田一さん、あなたがなにを考えていられるのか知りませんが、わたしも、これはよういならぬ事件だと思うのです」

警部の声もきんちょうしています。

「はあ、よういならぬ事件というと……」

「あなたのご注意で、わたしは鬼丸博士の過去をしらべてみました。あいつはあれで、そうとうえらい生理学者なんですよ」

「そのことなら、ぼくも知っています」、

「そう、ところであいつの先生というのをごぞんじですか。あいつの先生は、なんと、怪獣男爵《かいじゅうだんしゃく》なんですよ」

「な、な、なんですって?」

「しかも、その怪獣男爵が、こんどの事件に、関係しているのじゃあないかと、思われるふしがあるんです。と、いうよりも鬼丸博士はたんなる手先で、怪獣男爵こそ、この事件の張本人《ちょうほんにん》ではないかと思われるのです」

それをきくと、さすがの金田一耕助も、まるでゆうれいにでも出あったように、みるみるまっさおになってしまいました。

ああ、それにしても金田一耕助を、かくまでもおそれさせる怪獣男爵とは、いったいどのような怪物でしょうか。それはしばらくおあずかりとしておいて、ここでは鬼丸博士と津川先生を追っかけていった、立花滋君と謙三にいさんの、その後のなりゆきをお話しすることにいたしましょう。

鐘楼の怪

中央線の国分寺《こくぶんじ》駅から、支線にのって二十分。武蔵野《むさしの》の原っぱにある、さびしい駅をおりて、さらに十五分もあるいたところに、ふしぎな洋館がたっ

ています。

赤れんがの古めかしい洋館で、かべいちめんに、つたの葉がおいしげっているところが、いかにもいんきで、きみのわるい感じです。むろん近所に家とてもなく、ところどころに、雑木林《ぞうきばやし》があるばかり。そういう雑木林にかくれるように、そのきみわるい洋館はたっているのです。

さて、上野の博覧会で、あのようなさわぎがあってから数時間のち、日もとっぷりとくれはてた、夜の八時ごろのことです。雑木林のなかにねそべって、さっきからこの洋館をうかがっている、ふたつの影がありました。いうまでもなく、立花滋君と謙三にいさん。

「にいさん、たしかにこのうちですね」

「うん、このうちにちがいない。ごらん、屋根の上に、鐘楼《しょうろう》のような塔がたっているほかは、軽井沢の洋館と、そっくり同じたてかただからね」

「それにしてもにいさん、ときおりあの鐘楼へあらわれる、人かさるかわからぬような怪物とはなにものでしょう」

「さあ、それはなにかのまちがいじゃないかな。そんな怪物が、世の中にいるはずがないからね」

「でも……」

滋君はなにかいいかけましたが、急におそろしそうに肩をふるわせると、そのままだまってしまいました。

それにしても、滋君のいまいった、人かさるか、わからぬような怪物とは、いったい、なんのことでしょう。それには、こういう話があるのです。

上野公園から、鬼丸博士と津川先生をつけてきた、滋君と謙三にいさんは、とうとうこの付近でふたりのすがたを見うしなってしまったのです。そこで武蔵野の原っぱを、あてもなくあるいているうちに、はからずもぶつかったのが、あの洋館です。

もうそのころは、日もとっぷりとくれはてて、おぼろの月が空に出ていましたが、その月明かりで洋館を見たとき、ふたりはあっとさけんで立ちどまったのです。さっきもいったとおり、その洋館は屋根の上に、鐘楼がついている以外は、なにからなにまで、軽井沢の三軒の家と、そっくり同じたてかたなのです。

「にいさん、ここですね」

「ふん、たしかに、ここへはいったにちがいない」

そこでふたりはこっそりと、洋館のまわりをあるいてみましたが、この洋館は三方をふかい雑木林でとりかこまれているうえに、周囲には、高いれんがべい、正面にはがんじょうな鉄柵《てっさく》の門に、がっちりと錠《じょう》がおりていて、とりつくしまがありません。ふたりはしばらく、この家のまわりをうろついていましたが、急に思いついて、駅の近所までとってかえすと、たばこ屋のおばさんをつかまえて、洋館のことをきいてみました。

「ああ、あの洋館……」

たばこ屋のおばさんは、ふたりが洋館のことをたずねると、急に顔色をかえて、

「あなたがたが、なぜ、あの洋館のことをおたずねになるのか知りませんが、あれはじつにきみのわるい家ですよ」

そういって、おばさんが話してくれたところによるとこうなのです。

あの洋館はながいこと、あきやになっていて、このへんのひとたちは、ゆうれい屋敷とよんでいました。そして、だれひとり、そばへちかよるものもありませんでしたが、ちかごろその洋館に、ときどき、へんなことがあるというのです。

「それを、いちばんはじめに見たのは、この近所のお百姓《ひゃくしょう》でしたが、夜おそく、あの家のそばをとおると、ほら、あの家の屋根の上に、鐘《かね》つき堂みたいなものがあるでしょう。そのお堂の屋根の上に、へんなものがとまっていたというのです」

「へんなものというと……？」

「それがねえ、はじめはなんだかわからなかったそうです。ところが、その晩は月がよかったものだから、雑木林のかげにかくれて、じっと見ていたところが、そいつがお堂の屋根へ、のぼったりおりたりするんだそうで。……それがまた、いかにもたのしそうなので、いよいよへんに思ってみていると、やがて、そいつが月の光の正面にきたので、はっきりすがたが見えたのですが、そのとたん、見ていたお百姓は、それこそ、腰をぬかさんばかりに、びっくりぎょうてんしたそうです」

「そいつはいったい、なんだったんですか」

「それがねえ、人ともさるとも、えたいのしれない怪物なんです。いいえ、こんなことをいってもあな

たがたは、信用なさらないかも知れませんが、そういう怪物を見たのは、そのひとだけではないのです。そして、そういう怪物が、あの鐘つき堂にあらわれる晩には、きまって、近所じゅうの犬が、気ちがいのように、なきたてるんですよ。ほんとにきみのわるい洋館です。ちかく警察のひとにたのんで、なかを調べてもらおうということになっています」

おばさんはそういって、いかにもきみのわるそうに、ぶるぶるからだをふるわせました。

怪物と猛犬

あとから思えば滋君と謙三にいさんは、この話をきいて、すぐに東京へひきかえせばよかったのです。そして、金田一耕助や等々力警部に、いまの話を報告すれば、これからお話しするような、世にもおそろしいめにあわずにすんだにちがいありません。

しかし、ふたりはそのはんたいに、たばこ屋のおばさんの話から、はげしい好奇心にかりたてられました。人かさるかわからぬ怪物。

はたして、そのようなものがいるのだろうか。いるとしても、そいつは鬼丸博士や津川先生と、いったい、どういう関係があるのでしょう。滋君と謙三にいさんは、どうしてもそれを見とどけずにはいられませんでした。

そこで、たばこ屋のおばさんが、とめるのもきかないで、ふたたび、あの洋館のほとりへとってかえしたのです。

時刻はまさに八時半。謙三にいさんは、ふいにむっくりと雑木林《ぞうきばやし》の、草のなかから起きあがりました。

「滋君、いつまでこうして、待っていてもしかたがないよ。思いきって、あの家のなかへ、しのびこんでみようじゃないか」

「でも、にいさん、どうしてなかへはいるの」

「へいをのりこえるのだ。どこかに、のりこえられるような場所があるにちがいない」

滋君はちょっとためらいましたが、すぐ謙三にいさんに同意しました。じっさい、ここでいつまで待っていてもきりがありません。だいいち今夜、人かさるかというような、怪物があらわれるかどうかわからないのです。そこでふたりは、雑木林から外へはいだしましたが、そのときでした。

どこか遠くのほうで、自動車のとまる音がきこえたかと思うと、やがて、あちこちでものすごい犬のなき声がはじまりました。

滋君と謙三にいさんは、思わずはっと顔を見あわせる。

夜がふけて、犬の遠ぼえをきくほど、さびしくもまた、きみのわるいものはありません。ましてやここは人里《ひとざと》はなれた武蔵野の原。それも一ぴきや二ひきではなく、何十ぴきという犬が、あちこちから、いっせいにほえはじめたのですから、そのものすごいことといったらありません。

「にいさん。もしや、あの怪物が……」

さっきのおばさんの話を思いだして、滋君はがちがちと歯をならしてふるえています。と、そのときでした。雑木林のむこうから、だれかこちらへ走ってくる足音がきこえます。それにつづいて、あとを追うような犬のほえ声。あちこちからきこえてくる、犬の遠ぼえは、いよいよ、はげしくなってきます。

「滋君、こちらへきたまえ」

謙三にいさんは、いきなり、滋君の手をとって走りだしました。

雑木林をまがったところに、小さな辻堂《つじどう》があり、辻堂にはきつね格子《ごうし》がはまっています。そして、その軒下には、ほのぐらい電気がひとつついているのです。

謙三にいさんは格子をひらいて、お堂のなかへ滋君をひっぱりこみましたが、そのとたん、雑木林のかどをまがって、ふたつの影がもつれるように、お堂の前へとんできたのです。

それは人と犬なのです。だが、その人というのが、なんという、きみょうな、なりをしていたでしょうか。

そのひとはシルクハットに、燕尾服《えんびふく》をきて、上にマントをはおっていました。そして、手には太いステッキをもっているのです。

そのひとは、ころげるように、お堂の前にさしかかりましたが、そのとたん、子うしほどもあろうかと思われる猛犬が、きばをならして、さっとうしろからとびつきました。

「あっ！」

滋君は格子のなかで、思わず目をつむりましたが、すぐつぎのしゅんかん、おそるおそる、その目をひらいてみると、人と犬とが組みあったまま、土の上をころげまわっているのです。

「ウォーッ！」

　ものすごい猛犬のうなり声。それにつづいて人間のほうも、いかりにみちたさけび声をあげましたが、その声をきいたとたん、滋君は、全身の毛という毛が、ことごとく、さか立つようなきみわるさを感じたのです。それは、人ともけものとも、わけのわからぬ声でした。

「ウォーッ！」

　ふたたび猛犬がうなります。それにつづいてさっきより、いちだんといかりにみちた人のさけび声がきこえましたが、そのとたん、

「キャーン！」

　と、世にもかなしげな声をあげると猛犬は、はげしく足をふるわせ、やがて、がっくり動かなくなってしまいました。

　あやしい人は口のなかで、なにやらはげしくつぶやきながらよろよろと土の上から起きなおりましたが、そのとたん、滋君は、頭から、冷水をあびせられたようなおそろしさを感じました。

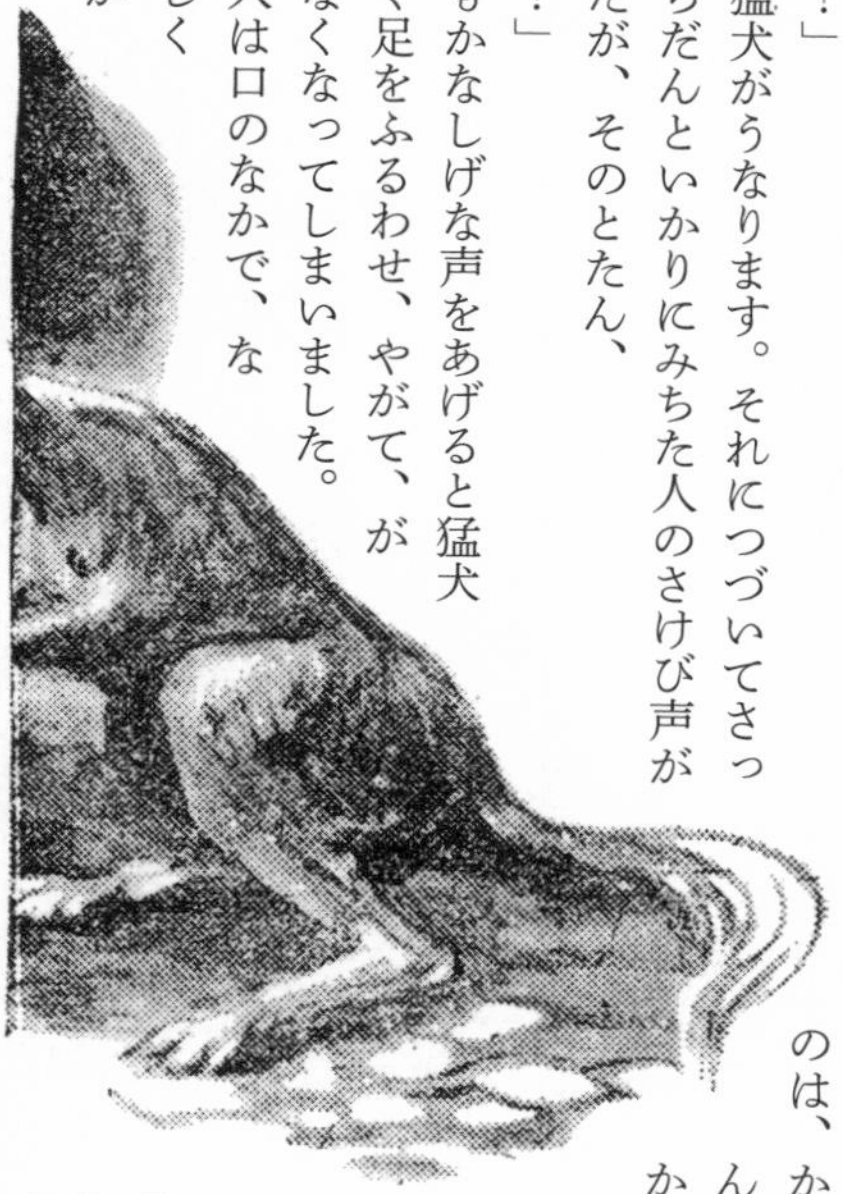

　ああ、それはなんという、きみのわるい怪物だったでしょうか。
　そいつはたしかに、人間にはちがいないのです。しかし人間としてはおそろしく手がながく、足が、わにのようにまがっているところが、ゴリラにそっくりそのままでした。いえいえ、ゴリラににているのは、からだだけではありません。落ちくぼんだ目、ながい鼻の下、さてはあごのかたちまで、ゴリラとそっくりの顔をしているのです。むろん、ゴリラほど毛ぶかくはありませんが……。
　あやしいゴリラ男は、シルクハットをとってかぶりなおすと、ステッキをひろいあげ、それで二つ三つ、世にもにくらしそうに猛犬の死体をぶんなぐると、やがて、よたよた、洋館のほうへ歩いていきました。ゴリラそっくりのあるきかたで……。

そのとき、またもやあちこちで、ものすさまじい犬の遠ぼえ。

滋君も謙三にいさんも、全身からたきのように、あせの流れるのを感じながら、まるで石になったように、しばらくお堂のなかに立ちすくんでいました。

マリアさまの像

滋君と謙三にいさんは、しばらくお堂のなかで立ちすくんでいましたが、やがてはっとわれにかえると、たがいにうなずきあいながら、そっとお堂の中から出ました。

見ると足もとに、猛犬の死体がころがっていましたが、それを見るとふたりはまるで、冷水でもあびせられたようにぞっとしました。ああ、なんと、猛犬は、もののみごとに、口をひきさかれているではありませんか。

「に、にいさん」

「おそろしいやつだ。ものすごいやつだ。この犬をひきさくなんて、なんという怪力だろう」

「にいさん、かえりましょう。かえって金田一先生に、この話をしましょう」

「うん、それもいいが、せっかくここまで来たのだから、もう少しようすを見とどけていこう。それとも滋君、きみはこわいのか」

「いいえ、にいさん。にいさんがいくというなら、ぼくもいきます」

「よし、それじゃ来たまえ」

辻堂《つじどう》の前をはなれて、雑木林《ぞうきばやし》をもういちどまがると、あやしい洋館の正門がみえます。

「にいさん、怪物はあの門からはいっていったのでしょうか」

「いいや、そうじゃあるまい。あの門をひらけば、辻堂まで音がきこえるはずだ。きっとほかに、入口があるにちがいない」

ふたりは洋館の側面へまわりましたが、そのときむこうから聞こえてきたのはかるい足音。それを聞くとふたりはぎょっとして、またかたわらの雑木林へとびこみました。

足音はだんだんこちらへ近づいてきます。そしてまもなく、ひとつの影が、つと鼻さきへあらわれましたが、そのすがたを見たとたん、ふたりはまたもや、あっといきをのんだのです。

なんと、それは一寸法師《いっすんぼうし》ではありませんか。

それではひるま、軽気球にぶらさがっていった一寸法師は、このちかくへおりたのでしょうか。いえいえ、そんなはずはありません。軽気球がおりたのなら、だれか気がつくはずです。それに同じ一寸法師でも、さっきの一寸法師とは、どこかちがうところがあります。

それはさておき、一寸法師はくわをかついで、すたすたと辻堂のほうへいきましたが、やがてひきずってきたのは犬の死体です。一寸法師はふたりがかくれているとはゆめにも知らず、すぐ鼻さきへ大きな穴を掘り、そこへ犬の死体をうめると、そのまま、すたすたと、いま来た道をひきかえしていきました。

わかった、わかった。一寸法師はさっきの怪物の命令で、犬の死体をうずめにきたにちがいない。とすれば、そのあとをつけていけば、洋館の入口がわかるのではないでしょうか。

ふたりはそっと雑木林からはいだすと、木陰《こかげ》づたいに一寸法師のあとをつけます。一寸法師はへいにそうて、すたすた歩いていましたが、やがて、つと立ちどまって、すばやくあたりを見まわしたかと思うと、あっという間もありません。そのすがたは、へいの中にすいこまれるように、かき消えてしまったのです。

滋君と謙三にいさんは、びっくりして顔を見あわせていましたが、やがてこわごわ、一寸法師の消えたあたりへちかづいて見ると、ちょうどそこには、厚いれんがべいにアーチ形のくぼみがあって、そのくぼみの中に、マリアさまの像が安置してあるではありませんか。

わかった、わかった。このマリアさまがくせものなのだ。これがなにかのしかけになっているにちがいない。

謙三にいさんは、マリアさまの台座にあがり、像のあちこちをさぐっていましたが、そのうちに、ふたりの口からいっせいに、あっというさけびがもれました。それもむりではありません。マリアさまの台座が、謙三にいさんをのせたまま、まわり舞台のように、くるりとむこうへ回転しました。と、同時に滋君の前にあらわれたのは、さっきと寸分《すんぶん》ちがわぬ、マリアさまの像ではありませんか。

「にいさん、にいさん、謙三にいさん」

滋君はびっくりして、小声で呼びます。

「おお、滋君」

へいのむこうから、これまたびっくりしたような、謙三にいさんの声が聞こえました。

「にいさん、だいじょうぶですか」

「だいじょうぶだ、滋君、このマリアさまが、ぬけ穴の入口になっているのだ」

「にいさん、こっちにもマリアさまの像がありますす」

「なるほど、それじゃまわり舞台の両側に、マリアさまの像があるのだな。滋君、台座の上へあがって、マリアさまのせなかにある、小さないぼをおしてみたまえ」

滋君はいわれたとおりにしましたが、するとマリアさまの像が、またもやくるりと回転して、滋君もへいの中へすいこまれたのです。

怪物と鬼丸博士

こうしてふたりはしゅびよく、へいの内《うち》がわへしのびこむことができましたが、見るとそこは洋館のうらてにあたっており、むこうに勝手口のドアが見えます。窓はみんなしまっているので、中から見られる心配はない。ふたりは犬のように四つんばいになって、するすると、ドアのほうへはいりました。

さいわい、かぎがかかっていなかったのか、ドアはなんなく開きます。ふたりはうなずきあいながら、そっと中へすべりこみました。

ドアの中は台所でした。むろん、電気はついておりませんが、どこからか光がさしてくるとみえて、ほんのりと明《あ》かるいのです。そのうす明かりで見まわすと、そこは軽井沢の家と、そっくり同じ作りではありませんか。

謙三にいさんは、しめたとばかり喜びました。この家も、軽井沢の三軒と、同じつくりだとすれば、滋君や謙三にいさんは、手にとるように間取りがわかるのです。台所のとなりは食堂で、食堂とろうかをへだてて居間《いま》があるはず。そしてその居間の横に、二階へあがる階段があるはずなのです。

滋君と謙三にいさんは、となりの食堂へはいりましたが、はたしてむこうに、居間のドアが見えます。ドアはぴったりしまっていましたが、その上にあるらんまから、光がもれているのです。しかも、居間の中から、話し声がきこえるではありませんか。

滋君と謙三にいさんは、ぎょっと顔を見あわせましたが、やがて謙三にいさんは、滋君の手をひいて、居間の横にある階段のほうへいきました。その階段を半分ほどのぼると、左のかべに、小さい回転窓があります。そこからのぞくと、居間の中がひとめで見わたせることを、謙三にいさんは、軽井沢の家で知っていたのです。

さいわい窓はあいていました。ふたりはそっと居間をのぞきましたが、そのとたん、思わずいきをのんだのです。

煖炉《だんろ》を背にして、いすに腰をおろしているのは、まぎれもなく鬼丸博士でしたが、どうしたものかその顔には、なんともいえぬおそろしそうな色がうかび、ひたいにはあせがびっしょり、おまけにガタガタふるえています。それをとりまくようにして、腰をおろしているのは、さっきの怪物と一寸法師《いっすんぼうし》、さらにもうひとりは、せむしでびっこの津川先生。その場のようすから見ると、鬼丸博士は三人から、取りしらべをうけているようなかっこうでした。

怪物は鬼丸博士のほうへのりだすようにして、なにやら、するどい声で詰問《きつもん》していましたが、やがていすからとびあがると、両手をあげて、いまにも、とびかかりそうな形をしました。

鬼丸博士は恐怖の色をいっぱいうかべ、

「いいえ、男爵、それはちがいます。それは誤解です。わたしはなにも知りません」

と、金切《かなき》り声《ごえ》でさけびます。滋君と謙三にいさんは、思わず顔を見あわせました。

男爵とはいったいなんだろう。いまの世に男爵などあろうはずがないではないか。……

ああ、しかし、滋君も謙三にいさんも知らなかったのです。あのきみの悪いゴリラ男こそ、さっき金田一耕助が、等々力警部からひとことその名を聞くや、まっさおになった、怪獣男爵とやらではありますまいか。

「いいや、知らぬとはいわさぬ。知らぬなどとはいわさぬぞよ」

怪物はじだんだふむようなかっこうでいいましたが、ああ、その声のきみわるさ。まるでおおかみの遠ぼえのような声なのです。

「きさまは長いこと、剣太郎といっしょに住んでいたのだ。それだのに――それだのに、あの秘密に気がつかぬというはずはない」

ギリギリとおく歯をかみならす音。滋君と謙三にいさんは、ぞっとするようなおそろしさを感じながらも、いよいよ熱心にきき耳を立てます。怪物の口から剣太郎の名が出たからです。

「わしはな、剣太郎が鍵《かぎ》をもっておらぬはずはないと思うたで、きょうもあの子のところへいって、はだかにしてからだじゅうをしらべてみた。すると、左の腕のつけねに、ちかごろ切開したようなあとがあるではないか。剣太郎は剛情《ごうじょう》だから、どんなにきいてもその傷口のことを白状しおらぬ。ところがいま津川にきくと、剣太郎の左の腕のつけねには、小さいときからおできがあったという。津川はしかしそのおできを、いつ切開したのか知らぬという。これ、鬼丸博士、きさまがそれを知らぬはずはあるまい。おできを切開したのはきさまにちがいない。おまえはあのおできの中から、いったいなにをとり出したのじゃ」

「知りません、男爵、わたしはなにも……」

「ええい、まだまだしらばくれるのか」

怪物はじだんだふんで、

「きさまはおできを切開して、そこから鍵をとりだしたにちがいない。その鍵はどこにある。出せ、鬼丸博士、その鍵をここへ出せ」

鍵ときいて滋君は、思わず、うわぎの上から、はだにかけた守袋《まもりぶくろ》をおさえました。その鍵なら、滋君の守袋の中にあるのです。

「男爵、ほんとにわたしはなにも知らんのです。おできの中に鍵がかくしてあったなんて……」

「そんなばかなことはないというのか。よしよし、いまにしょうこを見せてやろう」

怪物はきみわるくせせらわらって、

「鏡三の左の腕のつけねにも、大きなおできがある。あの中にも鍵がかくしてあるにちがいないのじゃ。いままでそれに気がつかなんだ、おれはなんというばかだろう。音丸！」

「はい」

と、一寸法師がうやうやしく立ちあがりました。

「鏡三をここへつれてこい。鬼丸の目の前で、あのおできを切開して、鍵を取りだしてみせてやるのだ」

滋君と謙三にいさんは、またはっと顔を見あわせます。鏡三ははたしてここにいたのです。

人間の丸太んぼう

一寸法師がへやから出てくるようすに、滋君と謙三にいさんはあわてました。ふたりはいそいで階段をかけのぼると、ぴたりとろうかに腹ばいましたが、さいわい一寸法師は二階へくるようすはなく、階段の下を横ぎって、ホールへはいっていきました。そして、まもなく肩にかついで出てきたのは、なにやらふとい丸太んぼうのようなものです。

一寸法師が居間《いま》へかえっていくのを見て、滋君と謙三にいさんは、ふたたび階段をおり、回転窓から中をのぞきましたが、ちょうどそのとき一寸法師が、丸太んぼうを肩にかついで、ドアから中へはいってきました。

一寸法師は丸太んぼうを肩からおろして、怪物の前に立たせましたが、そのとたん、滋君と謙三にいさんは、天地がひっくりかえるほどおどろいたのです。ああ、なんということでしょう。丸太んぼうと見えたのは人間でした。

人間の足から肩のあたりまで、長いつなでぎっちりと、すきまもなく、ぐるぐるまきにしてあるのです。つなのはしから出ているのは、首から上とはだしの足だけ。しかも、口にはげんじゅうに、さるぐつわをはめてあるので、顔もよくわかりません。

「音丸、つなをといてやれ」

怪物の命令一下《いっか》、一寸法師は丸太んぼうのまわりをまわりはじめました。くるくる、くるくる、こまねずみのように走り、まわるにしたがって、丸太んぼうのいましめが、足のほうからとけていきます。一寸法師はそのつなを、腕にまいて輪をつくりながら、なおもくるくるくるくる、走りまわります。

怪物は鬼丸博士のほうをふりかえって、

「これよ、鬼丸次郎」

と、あいかわらずきみのわるい声でした。

「きさまのようなふらちなやつはないぞ、きょうもきょうとて、珠次郎をうばってこいと命じておいたのに、まんまとしくじりおって……それのみならず、軽気球にブラさがった一寸法師を、津川がうちころそうとしたのを、きさまがとめたというではないか」

「男爵……」

鬼丸博士はなにかいおうとしました。しかし、あまりのおそろしさに口がきけないのです。ただ、ガタガタとふるえるばかり。

「いいや、きかぬぞ。いいわけはきかぬぞ。きさまはおれの敵か味方か。味方ならばおれがどんなに、剣太郎、珠次郎、鏡三の三つ子をさがしているか知っているはずだ」

三つ子ときいて滋君と謙三にいさんは、また天地がひっくりかえるほどおどろきました。

ああ、そうだったのか。剣太郎と鏡三は、ふた子ではなかったのか。ふたりのほかにもうひとり、珠次郎という兄弟があって、三人は三つ子だったのか。

……滋君と謙三にいさんはこうふんのためにふるえ

ています。

「これ、鬼丸次郎」

怪物がまたきみのわるい声でうなります。

「おれがなんのために、三つ子をさがしているのか、きさまもよく知っているはずだ。三つ子のおやじの鬼丸太郎は、十年まえにアメリカから、百万円の金《きん》塊《かい》を持ってかえって、どこかへかくした。よいか。十年まえの百万円だぞ。金《きん》の相場のあがったいまでは、何億というしろものだ。おれはそれがほしいのだ。何億という財産を手にいれたいのだ」

怪物はゴリラのように背をまるくして、のそりのそりとへやの中を歩きまわりながら、

「ところが鬼丸太郎はその金塊を、はなれ小島《こじま》の大迷宮の中にかくしおった。おれはやっとその島と大迷宮のありかをさがしあてたが、大迷宮の入口は、大きな岩でとざされている。どうしても中へはいることができんのじゃ。それは、岩を爆破するのはなんでもない。しかし、そうすると大金塊が、こっぱみじんとなって、ふっとぶかもしれんのじゃ。だから、なんとかしておだやかに、岩をひらかねばならんのだが、それには鍵《かぎ》がいる。鍵は三つで、鬼丸太郎は三つの鍵を一つずつ、三つ子のからだの中にかくしておいたのじゃ。これよ、鬼丸次郎、きさまはまえからそのことを、知っていたのであろう」

「と、とんでもない、男爵!」

鬼丸博士はガタガタふるえています。滋君と謙三にいさんは、また顔を見あわせました。

ああ、なんというふしぎな話でしょう。

何億円というねうちのある大金塊。それをかくした大迷宮。迷宮の扉《とびら》をひらく三つの鍵。その鍵をひとつずつ、からだの中にぬいこめられた三つ子の兄弟。世に、これほどふしぎな、これほど奇怪な話がまたとあろうか。しかも、その財宝をねらっているのは、たとえようもないほどおそろしい怪物なのです。

滋君と謙三にいさんが、こうふんのためにガタガタふるえたのも、むりではありません。

と、このときでした。こまねずみのような一寸法師の運動が、おわったかと思うと、丸太んぼうのつなはすっかりとけて、その下からあらわれたのは、まぎれもない、ブランコのりの鏡三少年ではありませんか。

それをみると謙三にいさんは、滋君になにやらささやき、ふたりは階段をおりていきました。そしていったん台所へ出ると、そこのドアをひらいておいて、謙三にいさんだけ、そっと居間へとってかえしました。

「ふふふ」

ドアに耳をあてがうと、怪物のきみのわるい笑い声がきこえます。

「これじゃ、このおできじゃ。この中に鍵がかくしてあるのじゃ。これよ、鏡三、いたかろうがしんぼうしろよ。いま切開してやるぞ」

ああ、なんということだ。怪物は薬もつかわずに、手術をしようとしているのです。

「おじさん、かんにんしてください。かんにんしてください」

泣きさけぶ鏡三少年の声。

「これ、しずかにせんか。あばれちゃいかん。音丸、津川、こいつをおさえつけていてくれ」

「おじさん、おじさん、かんにんして……」

バタバタと居間の中をにげまわる音。そのときでした、謙三にいさんがドアに口をあてて、大声でさけんだのは……。

「にげろ、鏡三君、にげろ！」

さけんでおいて謙三にいさんは、大急ぎで台所へとってかえすと、そこにある電気のスイッチを切ったからたまりません。家の中はまっくらがり。……

鏡三のつな渡り

「滋君、にげろ、大急ぎだ」

謙三にいさんがマリアさまの像のところまで走ってくると、そこには滋君がさきに来て待っています。

滋君はすぐに台座の上へあがって、マリアさまのせなかにある、小さいいぼをおしました。台座はくるりと回転して、滋君はへいの外へころがり出ます。それにつづいて謙三にいさんも、中からとび出してきました。

ふたりはすぐに雑木林《ぞうきばやし》へかけこむと、しげみの中に身をかくします。

それにしても、家の中では、どんなことがおこったでしょうか。耳をすましてきいていると、怪物のいかりにみちたうなり声が、あらあらしく、家の中をかけめぐります。それにつづいていっせいに、遠くのほうで犬がほえはじめました。

それを聞くと怪物は、いよいよ逆上したのか、たけりくるったように、うなり、さけび、ドンドンと、ものをぶっこわすような音。ひょっとすると怪物が、いかりにくるって、そこらじゅうのものを、投げつづけているのではありますまいか。

それにしても鏡三少年はどうしたか。ぶじにあのへやから逃げだしたか。……

滋君と謙三にいさんが、雑木林の中で、手にあせをにぎって気をもんでいると、家の中をかけめぐっていた怪物のうなり声が、しだいに高いところへのぼっていきます。どうやら、うなり、さけび、たけりくるいながら、階段をのぼっていくらしいのです。

滋君と謙三にいさんは、はっとして、屋上にある鐘楼《しょうろう》を見あげましたが、そのときでした。鐘楼へのぼるらせん形の階段を、さるのようにスルスルとのぼっていくものがありました。

鏡三少年でした。少年はらせん階段をのぼりきって、ぶじに鐘楼へたどりつくと、やにわに、つり鐘《がね》をたたきだしたからたまりません。

ジャン、ジャン、ジャン！

おぼろにかすむ春の夜空をついて、けたたましい鐘の音。

ジャン、ジャン、ジャン！

それをきくと怪物が、またものすごい声をあげます。それにつづいてあちこちから、何十、何百という犬が、ものにくるったようにほえくるう声。

「あっ、いけない、に、にいさん」

滋君が思わず謙三にいさんの腕をつかみました。

それもむりではありません。鐘楼の下のらせん階段へ、ぬっとすがたをあらわしたのは、まぎれもなく怪物ではありませんか。

あぶない、あぶない。鏡三少年はもうどこにも、にげる場所はありません。下からはあの怪物が一歩一歩ちかづいていきます。怪物のうしろには、一寸《いっすん》法師《ぼうし》の音丸と、せむしでびっこの津川先生もついています。

ジャン、ジャン、ジャン！

必死となって鐘をついていた鏡三少年は、それを見ると、もうこれまでと思ったのか、いきなり、鐘楼のひさしにとびつきました。そして、くるりと、しりあがりのようりょうで、鐘楼の屋根へとびあがったのです。さすがはサーカスの人気者だけあって、その身のかるいことはおどろくばかり。

鐘楼の屋根には避雷針《ひらいしん》が立っています。

鐘三少年はそれにとりつくと、左の腕にとおしていたものをはずしました。

ああ、それこそさっき鏡三少年を、ぐるぐるまきにしていたつなではありませんか。おそらく、くらやみのさわぎにまぎれて、そのつなを、一寸法師からうばいとってきたのにちがいありません。

鏡三少年はつなのはしをながくのばすと、右手でくるくるちゅうにふっています。わかった、わかった。鏡三少年はアメリカのカウ・ボーイなどがよくやるように、投げなわのようりょうで、そのつなのはしを、向こうに見える、杉の大木のこずえにからみつかせようとしているのです。

怪物はいま、ものすごいうなりをあげて、鐘楼までたどりつきました。この怪物も、人かさるかといわれるほど、身がかるいのです。怪物も鐘楼のひさしに手をかけます。

ああ、あぶない、あぶない、怪物が屋根へのぼってきたら……。

だが、そのとき、つなのはしは鏡三の手をはなれて、一本のぼうのように、春の夜空をとびました。

バサッ！　つなのはしはもののみごとに、杉のこずえにからみつきます。

鏡三は二三度、つなをひいて強さをためしていましたが、やがて、だいじょうぶと思ったのか手にのこったつなのはしを、避雷針にむすびつけると、やにわに、つなに両手をかけてするするする。——

ああ、なんというはなれわざ、なんという大曲芸！

「鏡三君、しっかり！」

滋君と謙三にいさんは、危険もわすれてさけびました。

しかし、いえいえ、もう危険はなかったのです。なぜといって、鏡三のうちならす鐘におどろいて家をとびだした村の人々が、手に手にこん棒、すき、くわなどをひっさげて、むこうのほうからやってきたからです、先頭にはおまわりさんも立っています。

怪物はいま鐘楼の屋根へはいあがりました。そしてはるかに、村の人々を見おろすと、

「うおうッ！」

と、いかりにみちたさけびをあげ、それから鐘楼にいる津川先生に命じました。

「うて！　津川、あいつをうちころせ！」

言下《げんか》に津川先生が、手にしたふしぎな杖《つえ》を身がまえます。

鏡三少年はいま、鐘楼と杉の木のなかほどまで来ました。

津川先生はきっとそれにねらいをつけると、やがて、音もなく一本の短刀が、月下《げっか》に銀色の線をえがいて、さっと鏡三少年のほうへとんでいきました。

怪屋包囲

「あっ、あぶない！」

さっきから、手に汗にぎってようすを見ていた、滋君と謙三にいさんのくちびるから、いっせいにそういうさけびがもれました。

しかし、さいわいその短刀は、ねらいがそれたか、鏡三のほおをかすめて、はるか向こうへとんでいきます。鐘楼の上では、怪物のいかりにみちたさけび声。津川先生はまた、あわててふしぎな銃をとりなおしました。

「鏡三君、はやく、はやく！」

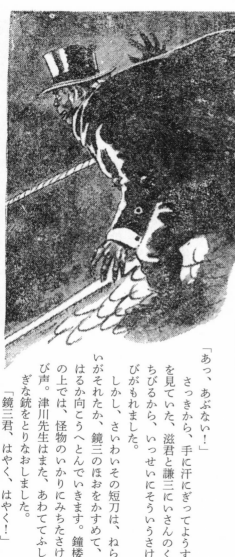

いつの間にか滋君も謙三にいさんも、雑木林の中からとびだし、やっきとなっての声援です。

鏡三はすでに半分以上もつなをわたって、からだはへいの外へ出ています。津川先生はきっとねらいを定めると、やがてまた、一本の短刀が矢のように飛びましたが、こんどはみごと命中したのか、

「あっ!」

と、さけぶと、鏡三は、十数メートルの上空から、もんどりうって。……

「しまった!」

滋君と謙三にいさんは思わず目をおおいましたが、つぎのしゅんかん、こわごわ目をひらいてみると、こはそもいかに、鏡三のすがたはどこにも見えません。ふしぎに思ってきょろきょろと、あたりを見まわしていると、

「ああ、あなた、ここです、ここです」

と、頭の上から人の声。

はっとして、上をあおぐと、鏡三は、よいあんばいに、そこにある、杉の大木の枝につかまっているのです。

「あっ、きみ、だいじょうぶですか」

「やられました。肩を……でも、だいじょうぶです。いま、そこへおりていきます」

さすがにサーカスそだちだけあって、身がるなもので、鏡三はするすると、杉の大木をつたっており

てきましたが、それを見ると怪物は、いかりにみちた声をはりあげ、ひと声たかくさけんだと思うと、そのまま、逃げるように鐘楼からおりて行きます。

鏡三はよろよろと、滋君や謙三にいさんのほうへちかよってくると、

「ああ、あなたがたですね。さっき電気を消して、逃げろといってくださったのは……」

「そうです、そうです。しかし、そんなことはどうでもよい。それよりけがは……」

「なあに、これしきのこと……」

鏡三は歯をくいしばって強がりましたが、その顔は血のけもなくてまっさおです。

見れば左の肩に短刀がつっ立っていて、山鳥の尾のようにふるえています。あぶない、あぶない、その短刀がもう三センチ、下へさがっていたら、鏡三はすでに命のないところでした。

「きみ、きみ、しっかりしたまえ。村の人がやってきたから、お医者さんのところをきいてみましょう。それまでしんぼうができますか」

「できますとも。あのおそろしい怪物のことを考えれば、どんなしんぼうだってできます。あなたがたは、ぼくにとって命の大恩人です」

そのことばからしても、鏡三がいままで、どんなおそろしいめにあっていたかわかります。

それはさておき、そこへおまわりさんを先頭にたて、おおぜいのひとがかけつけてきました。おまわりさんは、滋君たちの声を聞くと、ばらばらとそばへかけよってきて、

「どうした、どうした。きみたちは、ここでなにをしているんだ。あっ、この子はけがをしてるじゃないか」

そこで謙三にいさんが、てみじかにわけを話すと、さいわいかけつけてきた人のなかには、お医者さんもまじっていました。

「それじゃ、前田《まえだ》先生、この子をよろしくおねがいします」

おまわりさんは鏡三を、お医者さんの手にひきわたすと、滋君たちのほうへ向きなおって、

「この一軒家については、ちかごろ、いろいろあやしいうわさを聞くので、いちどしらべてみようと思っていたところだが、それじゃ、さっき鐘楼にいたやつが、その怪物なんだね」

「そうです。そうです。おそろしいやつです。おまわりさん、一刻も早くつかまえてください」

「なに、だいじょうぶだ。逃げようたって逃げられるもんか。この家はいま、村のひとたちが包囲しているんだ。ところで、きみたちのいう秘密の通路というのはどれかね」

滋君と謙三にいさんが、マリアさまの像をおしえると、

「よし、それじゃここから逃げださぬよう、だれか見はりをしていたまえ。諸君、それじゃさっき手はずをきめたとおり、老人や子どもはへいの外で見はっていること。それから、わかいものはおれについてくる。わかったね」

「わかりました」

「おまわりさん、ぼくたちも行きます」

滋君と謙三にいさんがさけびました。

「よし、それじゃついて来たまえ。おい、だれか肩車を……」

言下に青年たちが、へいに向かって人ばしごをつくります。それをつたっておまわりさんを先頭に、滋君や謙三にいさん、さらに青年たちが、われもわれもと、勇ましくときの声をあげながら、へいをのりこえていったのです。

鬼丸博士の死

その夜のきんちょうした光景を、滋君はいつまでも、忘れることができないでしょう。

こうして、へいの中は青年たちのふりかざす、懐中電灯やたいまつの光でみたされました。へいの外には老人たちが、これまた、たいまつや懐中電灯をふりかざして、げんじゅうに見はりをしているのです。これではいかなる怪物も、のがれることはできますまい。

おまわりさんは青年たちを二組にわけ、一組は見はりとして、家の外にのこしておき、あとの一組をひきつれて、勝手口から中へはいっていきました。滋君や謙三にいさんが、案内にたったことはいうまでもない。

家の中は墓場のように、しいんとしずまりかえっています。滋君と謙三にいさんは、あたりに気をくばりながら、台所から食堂をぬけ、居間《いま》のまえまで

くると、そっとドアをひらいてみたが、へやの中はもぬけのから。

「だれもおらんじゃないか」

「きっと二階にかくれているんですよ」

二階へあがるまえに、ホールをのぞいてみましたが、そこもやっぱりもぬけのから。一同は二階から、鐘楼《しょうろう》まで調べましたが、どこにもあやしいすがたは見えないのです。

「へんだなあ。逃げだすはずはないんだが」

「おまわりさん。もう一ど手わけして、すみからすみまで、調べてみようじゃありませんか」

謙三にいさんのことばにしたがい、一同を三組にわけて、上から下まで、すみからすみまで、調べてまわりましたが、あの怪物はおろかなこと、鬼丸博士も津川先生も、一寸法師《いっすんぼうし》の音丸も、まるで、すがたが見えないのです。

一同は階段の下に集まって、ぼうぜんとして顔を見あわせました。

「へんだなあ、木村《きむら》さん、どうしたんでしょう」

青年のひとりがきみわるそうにつぶやきました。

このおまわりさんは木村というのです。

「おかしいな。ひょっとするとこの家には、どこかに、抜け穴があるのじゃないかな」

木村巡査のことばをきくと、滋君と謙三にいさんが、はっと顔を見あわせました。

「そうです、そうです。それにちがいありません。それでなかったら鐘楼の上から、村の人たちがおしよせてくるのを見ながら、あんなにおちついているはずがありません」

「そうだ、そうだ。そしてその抜け穴は、あのホールにあるにちがいない。おまわりさん、来てください」

滋君と謙三にいさんが、さきに立ってホールへかけこみました。そのホールも軽井沢の三軒と、そっくり同じつくりです。滋君はホールのすみの、床《とこ》の間《ま》のようにくぼんだところへ走りよると、壁をなでまわしたが、

「あ、あった」

と、さぐりあてたボタンをおすと、はたせるかな、目のまえの壁が、するすると左へひらいて、そこにあらわれたのはまっくらな抜け穴の口。

「あ、これは……きみたちはどうしてこれを知って

いるんだ」

「そんなことより、怪物はここから逃げたにちがいない。中へはいってみましょう」

さすがに木村巡査もきみわるがって、ちょっとためらっていましたが、

「よし、それじゃぼくがさきにはいりましょう。だれか懐中電灯をかしてください」

謙三にいさんにそういわれると、はっと勇気をとりもどしました。

「いや、わたしがさきにはいろう。きみたちもあとから来てくれたまえ」

木村巡査が中へはいると、すぐそのあとから滋君と謙三にいさん、さらにそのあとから、青年たちがつづきました。

この抜け穴も軽井沢のとまったく同じで、階段をくだると、また横穴になっています。その横穴を用心ぶかく、はうようにして進んでいくと、三百メートルほどして、横穴はいきどまりになっており、そこにまた、上へのぼる階段がついています。

木村巡査は用心ぶかく、懐中電灯で階段をしらべていましたが、ふいに、わっとさけんでとびのくと、

「だ、だれだっ、そこにいるのは……」

「な、なんですって？　だれかいるんですか」

木村巡査の声におどろき、青年たちがいっせいに、懐中電灯の光を向けると、なるほど、まっくらな階段のとちゅうに、だれやらひとが、こちらを向いて腰をかけています。

「あ、鬼丸博士だ！」

滋君と謙三にいさんは、思わずいきをはずませます。

いかにもそれは鬼丸博士。しかし、いったいこれはどうしたのか。鬼丸博士は、五六本の懐中電灯の光を身にあびながら、泰然《たいぜん》として腰をおろしているのです。

「おい、こら、こっちへおりて来い」

木村巡査がさけびましたが、しかしそれでも鬼丸博士は、あいかわらず泰然として、身動きはおろか、まばたきひとつしないのです。ああ、そのきみのわるいことといったら！

たまりかねて木村巡査は、ピストルを出しておどしのために、一発ぶっぱなしましたが、そのとたん鬼丸博士のからだが、ぐらりとまえにかたむいたか

と思うと、頭のほうからまっさかさまに、階段をころがりおちてきました。

あっとさけんで一同は、思わず左右にとびのきます。鬼丸博士は階段を、下までころがりおちると、そのまま動かなくなりました。

「木村さん、あなた、このひとをピストルで……」

「ちがう、ちがう。わたしはただ、おどしのためにうったのだが……」

謙三にいさんは身をかがめて、鬼丸博士のからだを調べていましたが、

「死んでいる。しかし、たまがあたったのじゃない。このひとはしめころされたのです。ごらんなさい、のどにあるこのあざ！」

なるほど、鬼丸博士ののどには、おそろしいむらさき色の指のあとがついています。

「にいさん、怪物がしめころしたんですね」

「そうだよ、きっと。鬼丸博士は怪物から、逃げようとしたんだろう。怪物がそれをおこって、しめころしたにちがいない」

なんともいえぬおそろしさに、一同はだまって顔を見あわせていましたが、やがて謙三にいさんが気がついて、

「とにかく、抜け穴の出口を調べてみましょう」

と、先に立って階段をのぼると、あげぶたを開いて外へとびだしましたが、そのとたん、思わずあっと立ちすくんだのです。

ああ、そこは、さっき滋君と謙三にいさんが、怪物の目をのがれるためにとびこんだ、辻堂《つじどう》の中ではありませんか。

第二の鍵

「やあ、立花君、滋君、おてがら、おてがら、きみたち、鏡三少年を見つけたというじゃないか」

その翌朝のことでした。ゆうべはかえる電車がなくなって、やむなく駐在所へとめてもらった滋君と謙三にいさんが、朝起きて、御飯をごちそうになっているところへ、表に自動車がとまったかと思うと、中からおりたのは、金田一耕助。等々力警部もいっしょでした。

「あっ、金田一先生、ぼくたちがここにいることが、どうしてわかりましたか」

「なに、こちらの木村巡査から警視庁にれんらくがあったので、警部さんがぼくにしらせてくれたんですよ。警部さん、これがきのうもお話しした、立花謙三君と滋君」

警部さんにひきあわされて、滋君はなんだかきまりがわるいような気持でした。等々力警部はおだやかに微笑をふくんで、

「いや、電話できいたが、ゆうべはたいへんでしたね。木村君の話によると、きみたちは怪獣男爵を見たんですって？」

「怪獣男爵……？」

滋君と謙三にいさんは目をまるくして、

「怪獣男爵とはなんですか」

「いや、それについてはいずれ話すが、そのまえに、ゆうべのことを話してくれませんか」

「しょうちしました。聞いてください。こうです」

と、謙三にいさんがゆうべのできごと、――見たこと、聞いたことをのこらず語ってきかせると、金田一耕助と等々力警部は、いちいち、おどろきの目をみはっていました。

「……それで辻堂から外へとびだしたときには、怪物も津川先生も一寸法師《いっすんぼうし》も、もうどこにもいなかったんです。村の人たちも一軒家のほうに気をうばわれていたので、三人が辻堂から逃げだしたのに気がつかなかったんですね。どうもはなはだざんねんです」

謙三にいさんがくやしがるのを、等々力警部はなぐさめるように、

「いや、怪獣男爵をにがしたのはざんねんだが、それだけのことがわかったのは大《おお》てがらです。すると剣太郎、珠次郎、鏡三の三人は、三つ子の兄弟だというんですね」

「どうもそうらしいんです」

「いや、ぼくもそうじゃないかと思っていましたよ」

金田一耕助はひざをのりだし、

「それというのが軽井沢の三軒の家……ふたごならば二軒あればたりるのですからね。それに剣太郎と鏡三という名まえです。ふたりきりの兄弟なら、剣太郎と鏡二《きょうじ》とか鏡次郎《きょうじろう》とすべきでしょう。それを鏡三としてあるのは、もうひとり間に、何二とか何次郎という少年があるのじゃないか……そう思ってい

るところへ、少年歌手の名まえを珠次郎と聞いたものだから、てっきり三つ子だと気がついたのです。剣と珠と鏡……なにか思いあたるものはありませんか」

「あっ、三種の神器《じんぎ》だ！」

滋君は思わずいきをはずませます。金田一耕助はにっこり笑って、

「そうですよ。鬼丸太郎は三つ子が生まれたので、三つぞろいになったもの、すなわち、三種の神器の名をもらって子どもにつけたのです」

「そして、その三つ子のからだの中に、ひとつずつ、鍵《かぎ》がぬいこんであるというんですね」

警部がたずねました。

「そうです、そうです。怪物もゆうべやっとそれに気がついて、鏡三少年はあやうく手術をされるところでした」

「その鏡三はどこにいますか」

「あの少年なら、前田先生のところへあずけてあります。呼んできましょうか」

「ああ、そうしてくれたまえ」

木村巡査が出ていったあとを、一同はことばもなく、めいめい考えこんでいます。

ああ、なんというふしぎな事件だろう。三種の神器の名まえをもらった三つ子の少年、その三人のからだにぬいこまれた三つの鍵、その鍵によってひらかれる大迷宮、そこにかくされた大金塊《きんかい》、しかも、それをねらっているのは、世にもおそろしい怪物なのだ。

滋君は、はからずもまきこまれたこの事件の、あまりの奇怪さに、ぞっとするようなおそろしさを感ずると同時に、いっぽうまた、血わき肉おどるのをおぼえるのです。

そこへ木村巡査が鏡三少年と前田先生をつれてきました。

「これからこの子をお調べになるのでしょうが、そのまえに申しあげたいことがありまして……」

前田先生は一同の顔を見まわすと、

「ゆうべわたしは、この少年のきずの手あてをしました。きずというのは左腕のつけねに、アルミニュームでできた、ふしぎな短刀がつっ立っていたんですが、それをぬいて、傷口をぬおうとするとなにやらカチリと針にあたるものがある。ふしぎに思って、

それをとりだしたのですが……ごらんください。これです」

と、前田先生がポケットからとりだしたものを見て、滋君は思わず、あっとさけびました。

「あっ、そ、それは、ぼくが守袋《まもりぶくろ》に入れて持っている鍵と、そっくり同じ鍵ですね」

いかにもそれは、滋君が肌身はなさず持っている、黄金の鍵と、たいへんよくにた鍵でしたが、ああ、しかし、滋君が思わずそのことを口ばしったときでした。

となりのへやでねころんでいたひとりの男が、ぬっとばかりに頭をもたげたのです。その男というのは、ゆうべあのさわぎがあってから間もなく、よっぱらって道にねているのを、木村巡査が見つけてきて、そこへねかせておいたのです。

年のころは二十七八、ゆうべよっぱらって、土の上にねていたので、顔も手足もどろだらけ、おまけに目がわるいとみえて、黒い、大きな眼帯をかけているので、人相はさっぱりわかりません。

あやしい男はたたみの上に起きなおると、しょうじのすきから目をひからせ、滋君の顔を見ていましたが、やがてぎょっとしたように、息をのむと、そのままそっとうら口から、駐在所をぬけだしていったのです。

ああ、それにしても、この男は、はたして何者か。ひょっとするとこの男に、鍵を持っていることを知られたがために、滋君の身のうえに、なにかおそろしいことが起《おこ》るのではありますまいか。

奇怪な大発明

それはさておき、神ならぬ身の、そんなこととは夢にも知らぬとなりのへやでは、

「なるほど、そうすると、これで鍵がふたつそろったわけですね」

金田一耕助は、鍵をあらためながら、

「警部さん、ごらんなさい。この鍵にはＮｏ．３《ナンバー・スリー》と、ほってあります。してみると、きのう軽気球でつれさられた珠次郎のからだにＮｏ．２《ナンバー・ツー》の鍵がぬいこまれていることになりますね」

「そして、その鍵を、怪獣男爵がねらっているんですか」

等々力警部はおそろしそうに、ぞくりと肩をふるわせましたが、それを聞くと謙三にいさんがひざをすすめて、

「警部さん、怪獣男爵とは何者ですか。それじゃ、ゆうべの怪物は、男爵なのですか」

謙三にいさんに問いつめられて、金田一耕助と等々力警部は、しばらく顔を見あわせていましたが、やがて警部は向きなおると、

「そうです。男爵なのです。いや、男爵だったのです。いまはもう男爵も子爵《ししゃく》もありませんからね。あいつはもと、古柳《ふるやなぎ》男爵といって、華族であると同時に、世界的な大学者、大生理学者だったのですよ」

生理学というのは、人間のからだのいろいろな働きをしらべる学問ですが、あのような、人かさるかわからぬような怪物が、もと男爵で、しかもそんなえらい学者であろうとは――滋君も謙三にいさんも、思わず大きく目を見はりました。

等々力警部は、ふたりの気持を察したのか、くらい顔に微笑をうかべると、

「いやいや、あいつはもとから、あんなからだじゃなかったのです。古柳冬彦《ふゆひこ》男爵は、もとはふつうの人間だったが、いちど死刑になってから、あんなふうに生まれかわったのです」

「死刑になったんですって？」

「生まれかわったんですって？」

滋君と謙三にいさんはびっくりしてさけびます。鏡三少年も目をまるくしています。

「そうです。死刑になったのです。そして、生まれかわったのです。しかも、それがひじょうに科学的な生まれかわりかたなんです」

等々力警部は一同の顔を見まわしながら、

「古柳男爵が、世界的に有名な大生理学者であることは、さっきも話しましたね。そうです、古柳男爵は大生理学者でしたが、わけても脳の生理については、世界でも、くらべもののないほどの学者でした。そして、それについて男爵は、世にもおそろしい発明をしたのです」

等々力警部の語るところによると、それはなんともいえぬおそろしい話でした。

人間のからだが死ぬといっしょに、脳も死んでしまうのは、いかにもざんねんなことである。すぐれた学者や、えらい芸術家の、ふしぎな働きをもつ脳

を、からだとはべつに、いつまでも生かしておくことはできないだろうか……古柳男爵は、まずそう考えたのでした。

そこで古柳男爵は、人間のからだから、脳だけぬきとって、それを男爵がつくった、ある特別の生理的食塩水のなかで、保存することを思いつきました。

男爵はまず、医科大学から研究用の死体をかってきて、その研究をはじめました。しかしそれはだめでした。なぜかといって、その死体は、死後あまり時間がたっていたので、脳の活力もすっかりなくなっていたからです。

そこで、そのつぎには、交通事故のために死んだひとの死体を、死後すぐにひきとって、研究することにしましたが、なんどもなんどもしっぱいしたのち、やがて、とうとう成功しました。死後すぐに肉体からとりだされた脳は、生理的食塩水のなかで、りっぱに生きているのです。すなわち、これでわかったことは、年とってしぜんと死んだ人や、長い病気で死んだ人の脳は、脳そのものが年とっていたり、病気のために弱っているからだめですが、それに反して、災難などで急に死んだ人の脳を、できるだけ早いうちに取りだせば、りっぱに再生できるということがわかったのです。

しかし、男爵の研究も、それだけではなんにもなりません。食塩水のなかにある脳は、いかに生活力をもっていても、なんの働きを示すこともできません。そこで男爵はまた、つぎのようなことを考えました。すなわちその脳を、べつの人間の頭にうえかえることを。……

「脳をうえかえるんですって？」

滋君は思わずいきをはずませます。

「そうだよ。滋君。もしこのことに成功すれば、世にこれほどおそろしい発明はないでしょう。世間には、りっぱな脳を持ちながら、弱いからだになやんでいるひとが多いいっぽう、生きていてもなんの役にもたたぬ、ばかか気ちがいのくせに、からだだけは人なみすぐれてじょうぶな人間もいる。そういうばかの脳をぬきとって、そのあとへ、すぐれた脳をうえかえれば、それこそ、頭脳もからだも、ひとなみすぐれた人間ができるではないか。……古柳男爵は、そう考えたのです。そして、いっしょうけんめいに、その研究をしたのです」

「そして、古柳男爵はその研究に成功したのですか」

「そうです。成功したのです。だから古柳男爵は、いったん死刑になりながら、ひとに命じて、いちはやく脳をうえかえさせたために、ああいう怪物となって生きかえったのです」

　ああ、なんというおそろしい話でしょう。なんというきみのわるい物語でしょう。

　滋君や謙三にいさん、さては鏡三少年も、わきの下にびっしょりと、つめたい汗がにじみ出るのをおぼえました。

五人のちかい

「それじゃ、古柳男爵は死刑になったのですか」

　謙三にいさんは、あおくなってたずねます。等々力警部はうなずいて、

「そうです。古柳男爵というひとは、身分もたかく、えらい学者でありながら、たいへんな悪人で、いろいろ悪事をはたらいたことがわかったので、とうとう、死刑になったのです」

「そして、だれがその脳を……」

　滋君も息をのんで、ひざをのりだします。

「それは男爵のお弟子さんで、北島《きたじま》博士というひとです。男爵は悪人でしたが、なにしろ世界的な学者でしたから、お弟子さんにもえらい学者があったのです。北島博士は男爵の命令で、男爵が死刑になると、すぐに死体をひきとって、脳をとりだし、それをロロという怪物の脳といれかえの手術をしたのです」

「そして、手術は成功したんですね」

「成功しました。古柳男爵は怪物ロロのからだをかりて、みごとに生きかえったのです。だからいまでは男爵は、手のつけられぬ怪物になってしまいました。死刑になるまえの男爵は、世界的大学者だけあって、すばらしくよい頭をもっていましたが、からだはあまり強くなかったのです。ところがいまではあのとおり、ゴリラのようなからだをしているうえに、身のかるいことはおどろくばかり、それでいて、頭は昔ながらの古柳男爵ですから、知恵といい、体力といい、くらべものもないほどの、怪物になってしまったのです」

滋君は、ゆうべ猛犬をまっぷたつにひきさいた、怪物の力を思いだして、おもわずふるえあがったのです。

「しかし、古柳男爵の脳をうえつけた、ロロというのはなんですか。ゴリラですか」

「いいや、ゴリラじゃありません。古柳男爵が、蒙《も》古《こ》のおくからつれてきた人間なんです。しかし人間だというと、北島博士が脳のいれかえをしょうちしないと思ったので、男爵はゴリラだといって、博士をだましていたのです」

「そして、その北島博士はどうしたのですか」

「ころされました」

等々力警部はくらい顔をして、

「男爵は北島博士の手術のおかげで、ロロのからだをかりて生きかえったにもかかわらず、恩人の博士をころしてにげだしたのです。そして、じぶんを死刑にした世間にたいして、復讐《ふくしゅう》をするのだといって、悪事をかさねているのです」

滋君と謙三にいさん、さては鏡三少年も、ぞっとしたように顔を見あわせます。

やがて、謙三にいさんは、ひざをすすめて、

「しかし、警部さん、あの一寸法師《いっすんぼうし》はなにものです。たしか音丸とかいってましたが……」

「ああ、あれですか。あれは音丸三平《さんぺい》といって、男爵にとっては無二《むに》の忠臣、おさないときから男爵にそだてられたので、男爵のいうことなら、なんでもきくんです。ところで、謙三君、滋君、それから鏡三君」

「はい」

「怪獣男爵と音丸は、まえにもさんざん悪事をはたらいたが、警察の手においつめられて、とうとう死んだ……、と思われていたのです。しかしこうして、すがたをあらわしたところをみると、死んではいなかったんですね。その怪物がこんどの事件に関係しているとすると、これはひとすじなわではいきません。しかし、ひとすじなわでいかないといって、われわれは手をつかねていることはできないのです」

警部は三人の顔を見わたして、

「われわれは、たたかわねばなりません。あの怪物をとっちめて、二度と悪事ができないように、どこかへおしこめてしまうまで、あくまでたたかわねばなりません。きみたちに、それだけのかくごがあり

ますか」

「もちろんです」

言下《げんか》にこたえたのは滋君です。謙三にいさんも、鏡三少年も力づよくうなずいて、

「警部さん、ぼくたち、……ぼくと滋君とは、はじめから、この事件に関係しているのですから、ぜひともお手つだいさせてください」

謙三にいさんがひざをのりだせば、鏡三少年も勇ましく、ほおをそめて、

「警部さん、ぼくにも……ぼくにも手つだわせてください。あの怪物は、ぼくたち三人兄弟をねらっているのですね。そして、ぼくたち三人の持っている、鍵を手にいれ、おとうさんのかくしておいた大金塊《きんかい》をよこどりしようとしているのですね。ぼくはたたかいます。あくまで怪物とたたかいます」

「よし、それで話はきまった!」

その時、そばからさけんだのは金田一耕助。

「それじゃ、ここでわれわれはちかおう。どんなおそろしいことがおこっても、おめず、おくせず、あくまで怪獣男爵とたたかうことを……」

金田一耕助が手をさしだしたので、あとの四人も手をさしのべて、ここに五人はかたくちかいあったのですが、ああ、それにしても、かれらのゆくては雨か嵐か……。

眼帯の男

こうして、げんしゅくなちかいがおわると、金田一耕助はにっこりわらって、

「さあ、そう話がきまれば、まず第一に作戦計画をたてねばなりませんが、それには、なんといっても、剣太郎君と珠次郎君を、さがしだすことが第一です。そこで鏡三君にきかねばならぬが、鬼丸博士は剣太郎君を、どこへかくしたのですか。いや、そのまえに、きみはどうして、タンポポ・サーカスからにげだしたのです。サーカスのひとたちが、きみをいじめたのですか」

鏡三少年はつよく首を左右にふって、

「いいえ、そんなことはありません。団長も力持《ちからもち》のおじさんも、みんな、とてもぼくをかわいがってくれました」

「それだのに、どうしてきみは……?」

「鬼丸博士にだまされたんです。あの日、鬼丸博士がやってきて、兄弟にあわせてやろうというものですから……そうです。ぼく、兄弟があることを知っていました。三つ子だとは知りませんでしたが、ふたごのように、よくにた兄弟があることを、知っていたんです。どういうわけか、小さいときに、わかれてしまったんですが……」

「なるほど、それで、鬼丸博士につれられて、軽井沢へいったんだね」

「そうです。しかし、鬼丸博士は、ぼくを兄弟にあわせようとせず、ゴリラの剝製《はくせい》のなかに、ぼくをかくしたんです」

「あっ、それじゃ、いつかの晩、ろうかを歩いていたゴリラというのは……？」

滋君がさけびました。

「そうです。ぼくでした。ぼく、剣太郎にいさんがこいしくて、ときどき、そっと顔をのぞきにいったんです」

「ふむふむ、それで……？」

「ところが、ある晩、そうです、おふたりがとまった晩、鬼丸博士と津川先生は、剣太郎にいさんを魔の寝台でころそうとしました。しかし、おふたりのためにしっぱいしたので、にいさんにねむり薬をかがせ、ぼくのかわりにゴリラの剝製につめ、ぼくを剣太郎にいさんの身がわりにして、軽井沢をたちさったのです」

「そして、ここの一軒家へきたんですね。ところで剣太郎君はどうしたんですか」

「どうしたのか、ぼくもよく知りません。鬼丸博士が、どこかへつれていってしまったんです」

「鬼丸博士は、じぶんで大金塊を手にいれようとしていたのかしら」

鏡三少年は言下にそれをうちけして、

「いいえ、ちがいます。あのひとは、怪獣男爵におどかされて、手先になっていただけなんです。鬼丸博士より、津川先生のほうが悪人でした。津川先生は怪獣男爵の命令で、鬼丸博士を見はっていたんです。鬼丸博士は、いつもふたりからにげようとしていました」

「ああ、それで、ゆうべ、とうとうころされたんだね」

金田一耕助は、なにか深くかんがえながら、

「ところで鏡三君、きみのもうひとりの兄弟、珠次郎君は、きのう、どくろのような顔をした男に、軽気球でつれさられたのだが、きみはそういう人物に心あたりはないかね」

「どくろのような顔をしたひと……？」

鏡三少年は、はっとしたように、

「ああ、そういえば、いつか鬼丸博士と津川先生が、そんな話をしていました。あのふたりは、それがだれだか知ってるらしく、ひどくおそれているようでした」

それをきくと一同は、思わず顔を見あわせました。ああ、津川先生のような悪人が、おそれていたという、どくろ男とは、いったいなにものなのでしょうか……。

だが、ちょうどそのとき、電話のベルが鳴りだしました。警視庁から、等々力警部にかかってきたのです。警部はしばらく、電話の話をきいていましたが、やがて、きっと、きんちょうした顔でふりかえると、

「金田一さん、軽気球のゆくえがわかったそうですよ」

「え？　そ、そ、そして、どこに……」

「多摩川《たまがわ》のおくの青梅《おうめ》付近の森のなかに、軽気球がひっかかっているのが発見されたそうです。これからすぐに、現場へ出向くようにと、本庁からの命令です」

「よし！」

金田一耕助はこおどりせんばかりに立ちあがり、

「そ、それじゃ、これからすぐにいきましょう」

「金田一先生、ぼくも……」

滋君も立ちあがりましたが、謙三にいさんがそれをおしとめて、

「滋君、きみはいけない。きみはつかれているのだから、きょうは、このままかえりたまえ」

「だって、にいさん……」

「いや、それは謙三君のいうとおりだ。滋君、きみは鏡三君といっしょに、ひとまずおうちへかえりなさい。鏡三君はけがをしているのだし、どこもいくところがないのだから」

金田一耕助にそういわれると、滋君もはんたいすることはできません。

「よし、それじゃ、自動車で、国分寺駅まで送って

あげよう」

等々力警部は、もう駐在所からそとへとびだしていました。

こうして、それからまもなく、一同をのせた自動車は、中央線の国分寺駅までくると、そこで滋君と鏡三少年をおろし、ほかのひとたちは青梅をめざして、走りさったのですが、あとから思えばこのことこそ、金田一耕助にとっては一世一代《いっせいちだい》の大しっぱいでした。

なんとなれば、滋君と鏡三少年が電車にのると、すぐそのあとから、さりげなく、同じ電車にのりこんできた男があります。

滋君も鏡三少年も気がつきませんでしたが、その男こそ、さっき駐在所のとなりのへやで、立ちぎきをしていた男……黒い、大きい眼帯をかけた男ではありませんか。

眼帯をかけた男は、かた目をへびのように光らせて、ふたりの少年をねらっています。その顔には、どこやら見おぼえがあるのですが、はて、いったい、だれだったでしょうか。

三人のゆくえ

さて、こちらは金田一耕助や等々力警部、さては謙三青年をのせた自動車です。国分寺から立川《たちかわ》へ出ると、青梅街道をまっしぐらに……。

やがて、自動車が青梅へはいると、わかいおまわりさんが出迎えました。

「警視庁の等々力警部ですね。ぼくは高木《たかぎ》巡査です。お待ちしていました」

「ああ、そう。そして軽気球は……？」

「ご案内しましょう」

一行は自動車からおりると、高木巡査に案内されて、街道わきの山道へさしかかります。いくことおよそ二十分。道はしだいにけわしくなって、両がわにはいちめんに、雑木林《ぞうきばやし》がひろがっています。そのあいだをはうように進んでいくと、まもなく、ゆくてにあたってがやがやと、ひとの声が聞えてきました。

それをめあてに進んでいくと、やがて、きりたてたような絶壁の上に出ましたが、見ると、その絶壁の上にそびえている、大木のこずえに、空気をぬいて、ぺしゃんこになった、軽気球がひっかかっているのです。

一行がそれにちかづいていくと、軽気球をとりまいてさわいでいたひとびとが、だまって道をひらきます。耕助は大木の枝からぶらさがっている、からのかごをのぞきながら、

「警部さん、これは墜落《ついらく》したのじゃなく、わざと空気をぬいて、着陸したんですね。ところで、この軽気球を発見したのは？」

「へえ、それはわたしで……」

と、ひとびとのなかから進みでたのは、二十五六の青年でした。

「ああ、きみですか。それでは軽気球を発見したときのもようを語ってください」

「へえ。それはこうなんで。……この崖《がけ》の下にはごらんのとおり、道が一本とおっています。けさ早く、わたしはその道をとおって、おくへたきぎをとりに出かけたのですが、なにげなくがけの上を見ると、こいつがひっかかっておりますんで……わたしもきのうのさわぎは、ラジオできいておりましたから、大急ぎで、高木さんにしらせにいったので……」

「なるほど、それであなたがかけつけてきたときには、軽気球はからだったのですね」

「はい、からっぽでした。のってたやつは、がけをつたっておりたにちがいありません。ほら、あのつなをごらんください」

なるほど、軽気球のひっかかっている大木には、つながいっぽんむすびつけてあります。

「なるほど。それじゃみんな、ぶじに着陸したとみえる。しかし、つなにぶらさがって追っかけた、一寸法師《いっすんぼうし》はどうしたろう。きみ、きみ」

と、耕助は一同をふりかえり、

「だれかこのへんで、あやしい人影を見たひとはありませんか」

「ああ、そのことですが、田代《たしろ》さん、あなたからじかに話してください」

高木巡査にうながされて、一同のなかから出てきたのは、五十くらいの老人でした。

「へえへえ、わたしが田代ですが、わたしの家は、がけ下の道が街道すじにおちあうところにありますんで、……ところが、けさはやく、そう五時ごろの

ことでしょうか、わたしがにわとりにえさをやっておりますと、がけ下の道から、三人の男が出てまいりましたんで。それがまことに、異様な人物ばかりで、ひとりは黒いマントに黒いベール、ひとりは十五六の子どもでしたが、あとのひとりが一寸法師で」

「なるほど、それで……」

「わたし、なんだかきみわるくなって、そっとようすをみていますと、三人はわたしのうちのまえに立って、なにかいらいらしたようすで、待ってるようでございましたが、すると半時間ほどして、立川のほうから自動車がきて、三人はそれにのっていってしまいましたので」

　金田一耕助は目をかがやかせて、

「その自動車というのは、ぐうぜん、とおりかかったのだろうか。それとも……」

「いいえ、どうも、うちあわせしてあったようで。三人のすがたを見ると運転手のほうから、自動車をとめましたので……」

「その運転手というのは……」

「六十ぐらいの、しらがの老人でございました」

　しらがの老人ときいて、金田一耕助ははっと謙三青年や、等々力警部の顔を見ました。ひょっとすると、それは博覧会の、軽気球がかりの老人ではありますまいか。

「ところで、その自動車はどっちの方角へいったんだね。立川のほうへかえったのかね」

「いいえ、そのままおくのほう、大菩薩峠《だいぼさつとうげ》のほうへまいりましたんで」

　そのとき、横からことばをはさんだのは、等々力警部でした。

「ところでその三人だがね。一寸法師とベールの男と、けんかをしているようなようすはなかったかね」

「とんでもない」

　田代老人は首をふって、

「けんかどころか一寸法師は、とてもほかのふたりをだいじにあつかっておりました」

　それをきくと三人は、思わず顔を見あわせます。タンポポ・サーカスの一寸法師は、どくろ男を知っているのであろうか。

　それはさておき、金田一耕助は、なおも村のひと

たちをつかまえて、いろいろきいていましたが、それ以上のことはききだせそうにないことがわかると、

「警部さん、それじゃここはこれくらいにして、自動車のゆくえをさがそうじゃありませんか。おっと、そっちへいったらまわり道だ。ひとつこのがけをおりましょう」

「よし」

それからまもなく三人は、つなをつたってがけをおりると、がけ下の細道を、街道のほうへ歩いていきましたが、なるほど、街道とその細道の出あうところに、にわとり小屋のある家があります。田代老人のすまいです。

その横をとおって三人は、街道へ出ようとしましたが、そのとき、立川のほうからきた自動車が、全速力で三人の目のまえを走りすぎました。

それを見るとなに思ったのか、

「あっ!」

と、さけんで謙三青年が、金田一耕助と、等々力警部の手をとってひきもどしたのです。

どくろ男の正体

「ど、ど、どうしたの、謙三君」

「いまの自動車……いまの自動車に、タンポポ・サーカスの団長と力持《ちからもち》が……」

金田一耕助と等々力警部は、はっと顔を見あわせましたが、

「け、け、警部さん、こ、こ、こいつはおもしろくなった。ひとつ、その自動車を……」

「よし!」

街道へ出ると、さっきの自動車はもうそのへんには見えません。三人はのってきた自動車にとびのると、目を皿のようにして、さっきの自動車をさがしながら走りだしましたが、相手はよほどスピードを出しているらしく、いつまでたってもすがたが見えません。

「おかしいな。どこにもわき道はないのだから、この道を行ったにちがいないのだが……」

「とにかく、行けるところまでいきましょう」

自動車はもう青梅を出はずれて、かたがわは高い

山が、まゆにせまり、かたがわには、多摩川が、ふかい谷底をながれています。

「金田一さん、それにしてもへんですね。ヘンリー松村や万力《まんりき》の鉄は、どうしてこのへんに、軽気球がついたことを知ってるのだろう」

「それはだれかが連絡したんですよ。警部さん、あの軽気球はあてもなく、風にながされてきたんじゃありませんよ。さっきかごの中をのぞいたら、方向《ほうこう》舵《だ》のようなものがありました。だから、だいたいこのへんにけんとうをつけて、やってきたのにちがいありません」

「しかし、金田一さん、軽気球がかりの老人は、どうしてこのへんに、軽気球がおりたことを知っていたのでしょう」

「それはね、あのどくろ男から連絡があったのでしょう。あの軽気球には、きっと無電装置がしてあったんです。それで着陸場所を、老人にしらせたんですよ。そういう目算《もくさん》がなければ、いかに大胆なやつでも、あんなあぶない芸当を、演じるはずがありませんからね」

「なるほど」

と、警部がうなずいたときでした。むこうのまがり角から、だしぬけにあらわれたのは、一台の自動車。その自動車をよびとめてしらべてみると、なかはもぬけのからでした。

「きみ、きみ、さっき立川のほうから、客をふたりのせてきたのは、この自動車だね」

「へえ、さようで」

その自動車はふつうのハイヤーでしたが、運転手は警部のすがたに、あおくなっています。

「その客たちはどうした」

「へえ、そのお客さんは、ここから一キロほどいったところの、道がふたまたになっているところでおろしました。お客さんたちは、そのわき道へはいっていったようで」

「よし、それじゃいってよろしい」

ハイヤーをやりすごしておいて、一キロほどやってくると、はたして、道がふたまたになったところがあります。わき道というのは、細い、石ころ道で、とても自動車はとおれません。

三人は自動車をおりて、そのわき道へはいりましたが、道はしだいにけわしくなって、左右には高い山がそびえています。

その道を、ものの五百メートルもきたときです。とつぜん、謙三青年が、あっとさけんで立ちどまりました。

「あっ、先生、警部さん、あの家……」

見ると、左がわの山の中腹に、一軒の洋館がたっているのですが、そのつくりは、軽井沢の三軒や、また、ゆうべの一軒家と、そっくり同じではありませんか。

「よし、どこかに道はないか」

さがしてみると一本の細道が、やっと草のなかに見つかりました。三人はむこうから見られぬように、草の中をはうようにして、洋館のほうへちかづいていきます。洋館の窓という窓はどこもしまって、しいんとしずまりかえっているのが、化物《ばけもの》屋敷のようにいんきで、いかにもきみがわるい感じです。

三人はやっと洋館のうらがわにたどりつきましたが、見ると、かって口があいています。

三人はそれを見ると、そっと中へしのびこみました。いざという時にそなえて、警部はきっと腰のピストルに手をやって……。

家の中はうすぐらく、かびくさいにおいが、むっと立ちこめていますが、この洋館も、軽井沢の三軒と、そっくり同じつくりなので、三人はまようこと

もありません。

台所から食堂をぬけ、居間《いま》のまえまできて、じっとあたりのようすをうかがっていると、とつぜん、へやの中から、聞えてきたのは、ひくいいんきな声でした。

「おはいりください。金田一さん、等々力警部も、立花謙三君もごいっしょに……」

それをきくと、三人は、あっとさけんで立ちすくみましたが、すぐ警部が気をとりなおし、ドアをけって中へとびこむと、へやの正面の大きないすに、ゆったり腰をおろしているのは、なんと、あのきみのわるいどくろ男ではありませんか。

そして、その足もとには少年歌手の珠次郎がすわっており、左右には、軽気球がかりの老人をはじめとして、一寸法師に、ヘンリー松村、それから力持の万力の鉄が、まるで家臣のように、いならんでいるのです。

「だ、だれだ！　きみはだれだ！」

腰のピストルを身がまえながら、きっとして、声をかけたのは等々力警部。それを見ると、どくろ男は、かなしげに首を左右にふりながら、
「警部さん、わたしはけっして、あやしいものではありません。わたしこそ、鬼丸太郎のなれのはてです」
「な、な、なんですって？」
そうさけんだのは金田一耕助。ああ、それでは、このきみのわるいどくろ男こそ、世界的サーカス王といわれた鬼丸太郎だったのか。
「そうです。その鬼丸太郎はわたしです。そして、ここにいるのがむすこのひとりの珠次郎。あとの四人は、わたしにとっては、むかしのかわいい部下たちです」

大迷宮の扉

わなに落ちる

それにしても、鬼丸太郎がどうして、あのようなきみのわるい顔になったのか、それにはおそろしい話があるのですが、そのことは、しばらくおあずかりとしておいて、ここでは、滋君と鏡三少年の、その後のなりゆきについて、お話をすすめていくことにしましょう。

国分寺駅で金田一耕助たちとわかれた滋君は、鏡三少年をつれて、東中野のおくにある、じぶんの家へかえって来ました。

滋君のおうちでは、滋君や謙三にいさんが、ゆうべひと晩かえって来なかったので、おかあさんがたいへんなご心配でしたが、そこへ滋君が、見知らぬ少年をつれてかえって来たのですから、おかあさんは二どびっくりです。

しかし、滋君のおかあさんは、たいへんしんせつ

なひとですから、鏡三少年の気のどくな身のうえをきくと、すっかり同情して、

「まあ、まあ、そういうわけなら、いつまでもうちにいらっしゃい。それにゆうべそんなさわぎがあったのなら、ふたりとも、つかれているでしょう。ねどこをしいてあげますから、しばらく横になっていらっしゃい」

ああ、なんというしんせつなことばでしょう。小さいときからサーカスにいて、さんざんくろうをしてきた鏡三少年には、滋君のおかあさんのしんせつが、涙が出るほどうれしいのでした。できることならいつまでも、このしんせつなおばさんのところにいたいと思いました。

しかし、世の中は思うようにはいきません。いたいと思うその家に、鏡三少年は、ほんのしばらくしかいることができなかったのです。

滋君たちがかえってから、一時間ほどのちのことです。表に自動車がとまったので、おかあさんがお出になりましたが、すぐ、一通の手紙をもってかえっていらっしゃいました。

「滋や、警視庁の等々力警部というかたから、おむかえにまいりましたといって、こんな手紙を持ってきたんですけれど……」

「え、警部さんから……？」

滋君はびっくりして、手紙の封を切ってみると、こんなことが書いてありました。


滋君。

とうとうわるものをつかまえたが、それについて、きみと鏡三少年に、ぜひこちらへ来てもらいたいのだ。例の鍵《かぎ》を持って、むかえの自動車で、すぐに来てくれたまえ。金田一先生や謙三君もこちらにいる。

等々力警部より

「鏡三君、怪獣男爵がつかまったらしいよ」

滋君は思わず息をはずませます。

「しめた！　滋さん、行ってみましょう」

「鏡三君、きみ、鍵を持っている？」

「鍵ならここに持っています。滋さんは？」

「ぼくもここに持っている。それじゃ、おかあさん、ちょっと行ってきます」

「まあ、滋、だいじょうぶなの。なにかまた、あぶないことがあるのじゃないの」

おかあさんは心配そうに、おろおろしていらっしゃいますが、勇みたったふたりには、そんなことばは耳にもはいりません。

「おかあさんだいじょうぶです。謙三にいさんだっているんですもの。さあ、行こう」

ふたりが表に出てみると、自動車のドアをひらいて立っているのは、黒い眼帯でかた目をかくした男です。そして運転台には鳥《とり》うち帽《ぼう》をかぶった男が、むこうむきに、せなかをまるくしてすわっていました。

「滋や、気をつけてね。そして、なるべく早くかえっていらっしゃいね」

「はい、おかあさん」

心配そうなおかあさんをあとにのこして、自動車はふたりをのせて走りだしましたが、それからものの三分とたたぬうちのことです。鏡三少年がだしぬけに、あっとさけんで、まっさおになったから、おどろいたのは滋君です。

「ど、どうしたの、鏡三君」

「いけない！　滋さん、あ、あれを……」

鏡三少年がふるえる指で、ゆびさしたのは運転台にある鏡です。その鏡に、鳥うち帽子をかぶった運転手の顔がうつっているのですが、ひとめそれを見たとたん、滋君は全身に、つめたい水をあびせられたようなおそろしさをかんじました。

ああ、なんということでしょう。そこにうつっているその顔……それは、まぎれもなく怪獣男爵の忠実なしもべ、一寸法師《いっすんぼうし》の音丸三平ではありませんか。

「鏡三君！」

「滋さん！」

ふたりはひしと手をとりあいました。それからいそいで、自動車のまどをひらいて、すくいをもとめようとしましたが、そのとき、むっくり助手台から、ふりむいたのはかた目の男です。

「あっはっは、やっと気がついたか。このままだまってつれていくつもりだったが、気がつかれたらしかたがない。じたばたしないように、どれ、ひとねむりさせてやろうか」

あざわらうようにいいながら、ポケットから取りだしたのは一《いっ》ちょうのピストル。

「あっ、なにをするのです。きみはだれです」

「なに、きみはだれだと？　あっはっは、おい音丸こいつらにはおれがだれだかわからねえらしい。まあ、いいや、いずれそのうちにわかるだろう。おい、小僧、これでもくらえ」

かた目の男がひきがねをひくと、なかからとび出したのは弾丸《だんがん》ならで、一種異様なにおいをもった蒸気でした。

二ど三ど、かた目の男がひきがねをひくたびに、あやしい蒸気が自動車の客席にみちあふれ、やがて、滋君と鏡三少年は、こんこんとして、ふかいねむりにおちてしまったのです。

剣太郎あらわる

それから、いったいどのくらい時間がたったのか。なにも知らずにねむっていたふたりには、ほんの五六分としか思えませんでしたが、ほんとうはあれからもう十時間以上もたって、いまはま夜中の十二時すぎです。

滋君がふと目をさますと、そばには鏡三少年がまだこんこんとねむっています。

滋君はさっきのことを思いだし、いそいでからだをおこして、あたりを見まわしましたが、そこはもう自動車のなかではありません。

てんじょうのひくい、せまっくるしい、マッチ箱のようなみょうなへやです。まどといえば、かべにひとつ、ドアにひとつ、いずれも小さく円《まる》いのがあいているばかり。

ひくいてんじょうから、古めかしいつりランプがぶらさがっていて、その下に荒けずりの板でできたいすテーブル。へやのすみに、敷物もなにもないはだかのベッド。滋君と鏡三少年は、そのベッドのうえにねかされていたのです。

「鏡三君、鏡三君」

滋君はひくい声で、鏡三少年をよびおこしました。その声が耳にはいったのか鏡三少年もすぐ目をさまし、きょろきょろあたりを見まわしながら、

「あっ、滋さん、ここはどこです」

「どこだか、ぼくにもわからないんだ。鏡三君、きみ、頭がいたくない？」

「いたいです。がんがんわれるようです。それに、

むかむかするようなこのにおいったら！」

まったく鏡三少年のいうとおりでした。ペンキのにおいとも、ガソリンのにおいともつかぬ、へんなにおいがへやのなかにたちこめて、いまにもはきけをもよおしそう。それにさっきのねむり薬がまだきいているのか、滋君は頭がわれるようにいたくて、なんだか、からだがふらふらするのです。

「滋さん、あのドアには錠《じょう》がおりてるの」

「いや、まだしらべていないんだ。よし、ひとつしらべてみよう」

滋君は、はだかのベッドからすべりおりましたが、そのとたん、へやぜんたいが、ぐらりと大きくかたむいたので、滋君はふらふらと、たおれそうになったからだを、あわててベッドのはしにつかまってささえました。

「地震……？」

滋君と鏡三少年は、ぎょっとして顔を見あわせましたが、ふたりともまっさおです。

「地震かしら、へんだねえ」

滋君がつぶやいたときでした。

またもやへやぜんたいが、ぐらりと大きくかたむいて、鏡三少年はベッドのうえでころんだひょうしに、ゴツンとかべに頭をぶっつけました。

「滋さん」

鏡三少年はびっくりしたように、目をまるくしていましたが、ふと気がついて、ベッドのうえにある円《まる》まどのガラスにひたいをこすりつけて外をながめました。

「鏡三君、なにか見える？」

「ちょっと待ってください。くらいのでよくわかりませんが、なんだかようすがへんですよ」

鏡三少年は、あついガラスにひたいをこすりつけて、いっしょうけんめいに外をながめていましたが、やがて、はじかれたように、滋君のほうをふりかえると、

「滋さん、わかった、わかった！　ぼくたちのいるのは船のなかです。船のなかにとじこめられているのです。ほら、海が見えます。波の音もきこえます。そして、ずうっとむこうに灯台の灯《ひ》が見えています」

「船の中だって！」

滋君もいそいでベッドにかけのぼると、円まどに

ひたいをこすりつけて外をながめましたが、ああ、鏡三少年のことばにまちがいはありません。まどの外には、くらい夜の海がひろがっていて、はるかむこうに明滅しているのは、どこの灯台か。夜霧ににじんでいるのが、まるで涙でかすんでいるように見えるのです。

「滋さん！」

「鏡三君！」

ふたりは、ひしとだきあいました。陸のうえならともかくも、船のなかにとじこめられては、とてもにげ出すすべはありません。

「滋さん、ドアは……？」

「だめだ、錠がおりている。それに、とてもがんじょうなドアだから、ぼくたちにはやぶることはできないよ」

「滋さん、それじゃぼくたちはまた、怪獣男爵にとらえられたんですね」

「そうだ。しかし、これくらいのことでへこたれちゃだめだ。ぼくたちはちかったじゃないか。どんなおそろしいめにあっても、おめず、おくせず、あくまでたたかうと……」

「ええ、ぼくはへこたれません。ぼくはいままでに、もっともっと、おそろしいことに、なんども出あってきたんですもの……」

「しっ、だれか来た！」

ふたりはごろりとベッドのうえにねころぶと、目をつむって、たぬきねいりです。

と、そのとき、ドアの外へそろり、そろりとちかづいてきた足音が、ぴったりととまったかと思うと、やがてガチャリと錠をひらく音。

滋君と鏡三少年は、ベッドのうえで目をつむったまま、必死となってねたまねをしていますが、心臓が早鐘《はやがね》をつくようにがんがん鳴って、全身からはねっとりと、きみのわるいあせがふきだします。

やがて、すうっとなまぬるい風がはいってきたのは、だれかがドアをひらいたのでしょう。それからそろそろ、ベッドのそばへちかづくけはいがしたかと思うと、

「ああ、まだよくねている。さっき話し声がきこえたと思ったが、あれはぼくのききちがいだったのかしら」

滋君はその声をきくと、ぎょっとして目をひらき

ましたが、ひとめあいての顔をみると、

「あっ、き、きみは剣太郎君！」

と、思わずベッドのうえにとびおきました。

船中の三少年

いかにもそれは剣太郎でした。去年の夏、軽井沢の一軒家から、鬼丸博士につれさられたきり、ゆくえ不明になっていた剣太郎……かれはこんな船の中にとらえられていたのか。なるほど、これではいくらゆくえをさがしても、わからないのもむりはない。

剣太郎はさびしくわらって、

「ああ、きみはいつか軽井沢の家へおとめした、ふたりづれのひとりですね」

「そうです、そうです。あのときおせわになった立花滋です。剣太郎君、ぼくはどんなにきみをさがしたかわかりませんよ。きみにお返ししなければならぬものがあるのです」


滋君は黄金の鍵《かぎ》をとりだそうとして、にわかにさっと顔色をかえました。鍵をいれた守袋《まもりぶくろ》がなくなっているのです。

「あっ、鍵がない！　守袋がなくなっている！」


さっきから、剣太郎と滋君の顔を見くらべていた鏡三少年も、そのことばをきくと、あわててじぶんの鍵をさがしてみましたが、

「あっ、ぼくの鍵もなくなっている！」


鏡三少年の鍵もなくなっていました。


ふたりがあわてふためくのを、剣太郎はあわてて制して、

「いけません、いけません、さわいではいけません。あいつらはきみたちがまだねていると思って安心しているのです。声をきいたら、やってくるにちがいない。しずかにしてください」

「にげましょう」


とつぜん、滋君がさけびました。

「あいつらが安心しているうちに、この船からにげだしましょう」

「いいえ、だめです。いけません」

剣太郎はかなしそうに首を左右にふって、

「このへやからにげだすことはできても、この船からにげだすことはできません。甲板《かんぱん》へ出る口には、どこにも厚いおとし戸がついていて、げんじゅうに

錠《じょう》がおりているのです」

「錠がおりているならやぶればいい」

「いいえ、だめです。ぼくもなんどもやってみましたが、とても子どもの力ではやぶれません。それにいつでもだれかが見はっていて、見つかると、それはそれはひどいめにあわされます」

長いあいだ、怪獣男爵にいじめぬかれた剣太郎は、すっかり元気をうしなって、なにもかもあきらめきったようすです。

「きみたちを助けてあげたいのはやまやまだけれど、とてもぼくの力にはおよびません。ぼくには敵ばかりおおぜいあっても、味方はひとりもないのです。だから、せめてきみたちにあって、話をしたいと思って……」

それから、剣太郎はふしぎそうに、鏡三少年のほうを見ながら、

「このひと、たいへんぼくによくにていますが、ひょっとすると、ぼくの兄弟では……」

そういわれて、滋君ははじめてはっと気がつきました。

「そうそう、きみたちはまだ、いちどもあったことがないのですね。剣太郎さん、このひとは、きみとおなじ三つ子の兄弟のひとりで、鏡三君というのです」

「三つ子の兄弟ですって？」

「そうです、そうです。きみにはもうひとり、珠次郎君という兄弟があるのです」

滋君はてっとりばやく、じぶんが知っているだけのことを話してきかせると、

「剣太郎さん、きみはいま、じぶんには敵ばかりおおぜいあっても、味方はひとりもないといいましたね。しかし、それはまちがっているのです。なるほど、きみには敵もおおぜいいるけれど、味方だってたくさんいるのです。金田一先生や等々力警部、それにぼくのいとこの謙三にいさんたちが、怪獣男爵とたたかって、きみたち三人を助けようと、いっしょうけんめいにはたらいているのです。だから剣太郎さん、どんなつらい、おそろしいことがあっても、気をおとさずに、しっかりしていてください」

「ほんとうですか。それは……」

「ほんとうです。にいさん、いま、滋さんのいったことは、みんなほんとうです」

鏡三少年も、そばからことばをそえました。

「それじゃ、ぼくはもう、ひとりぼっちじゃないのですね」

「ひとりぼっちじゃありません。ぼくはまだ子どもで、なんにも役にたたないけれど、きみたちの味方になって、いっしょうけんめいにはたらきます。だから、剣太郎さん」

「ありがとう、ありがとう、滋君」

剣太郎は滋君の手をとって、しっかりにぎりしめると、

「よくいってくれました。きみのおかげで、ぼくもようやく元気が出ました。たたかいます。ぼくも怪獣男爵とたたかいます」

「にいさん！」

「鏡三！」

やつれはてた剣太郎のほおにも、そのとき、さっと血のけがさし、ひとみが、きらきらとかがやきはじめました。三人は手をとりあって、しばらくは感慨無量のおももちでしたが、やがて滋君が気をとりなおし、

「いや、いまはこんなことをしているばあいでは

ありません。ぼくたちは、一《いっ》こくも早く、この船から逃げだすくふうをしなければならない。剣太郎さん、この船はいったいなんという船ですか」

「あかつき丸というのです」

「そして、ここはどこですか」

「東京湾の神奈川沖です」

「よし！　それじゃ、ともかく甲板《かんぱん》へ出るくふうをしましょう。甲板へ出れば、なにかまた考えもうかびます。たとえ海を泳いでも……」

滋君はさきに立って、ぱっとドアをひらきましたが、そのとたん、棒をのんだようにに立ちすくんでしまったのです。

ああ、ドアの外には三人の男が、にやにやわらいながら立っているではありませんか。まんなかには、あのおそろしい怪獣男爵、左がわには、せむしでびっこの津川先生、右がわには一寸法師《いっすんぼうし》の音丸三平。剣太郎も鏡三少年も、三人のすがたを見ると、紙のようにまっさおになりましたが、そのとき、びっくりしたような声で、だしぬけにさけんだのは滋君でした。

「わかった、わかった、鏡三君、津川先生はせむしでもびっこでもないんだ。さっきぼくたちをかどわかしに来た、かた目の男は津川先生だったのだ」

それをきくと、怪獣男爵とほかのふたりは、急にげらげらわらい出すと、

「小僧、いまやっとそれに気がついたのか。かしこいようでもやっぱり子どもだ。もうすこしはやく気がついていたら、こんなことにはならなかったのに。うっふっふ」

怪獣男爵はいやらしいわらいかたをすると、いきなり、毛むくじゃらの手をのばして、むんずとばかり、滋君の腕をつかんで、

「さあ、小僧、こっちへ来い。おまえにちょっと用事があるんだ！」

暗号の手紙

怪獣男爵は滋君に、いったい、どんな用事があるのか、いやいや、それより怪汽船あかつき丸にとじこめられた三少年は、今後、どういうおそろしいめにあわされるのでしょうか……。

それらのことは、しかし、しばらくおあずかりとしておいて、ここでは滋君のおうちのようすから、話をすすめていきましょう。青梅のおくの一軒家で、はからずも鬼丸太郎を発見した金田一耕助と等々力警部は、一同をつれて警視庁へひきあげましたが、謙三にいさんだけは、とちゅうでみんなとわかれると東中野の滋君のおうちへかえって来ましたが、そこで滋君のおかあさんから、等々力警部のむかえが来て、滋君と鏡三少年が出かけたという話をきくと、びっくりぎょうてん、まっさおになってしまいました。

謙三にいさんは、すぐに警視庁へ電話をかけました。

等々力警部と金田一耕助も、電話をきくとおどろ

いて、すぐに滋君のおうちへかけつけて来ました。

そして、おかあさんから話をきくと、大いそぎで、怪自動車のゆくえをさがすために、東京都はいうにおよばず、近県各地へ非常線をはるように命令しました。

しかし、夜にはいっても、怪自動車のゆくえは、かいもくわかりません。滋君のおかあさんは、心配のために病気になりそうでした。謙三にいさんが電話をかけたので、おとうさんもおつとめさきからかえっていらっしゃいましたが、これまた心配のあまり、いっぺんにお年をとられたように見えました。

こうして、金田一耕助や、等々力警部が、滋君のおうちにつめきったまま、不安な一夜をあかしましたが、朝になっても、どこからもよいたよりは来ませんでした。

「おとうさん、おかあさん、ぼくがわるかったのです。滋君のような少年を、こんなおそろしい事件にひっぱり出すなんて……」

金田一探偵は、もじゃもじゃ頭をさげてあやまりました。おとうさんは、しかし、首を左右にふって、

「いやいや、これはあなたの罪ではありません。もともと、この事件は、あれがいちばんさいしょにまきこまれたのですし、それに冒険ずきな子だから、こういうことになったのです。しかし、金田一先生」

おとうさんはいくらかことばを強めて、

「わたしは、けっして望みをうしないません。親の口からいうのもなんですが、あの子は知恵もあり分《ふん》別《べつ》もある子どもです。どんなおそろしい立場に立っても、きっと、なんとかして、うまくきりぬけてくれると思います」

ああ、子をみるは親にしかずというが、まったくそのとおりでした。それからまもなく滋君があらわした、あのすばらしい知恵と機転には、だれしも舌をまいて、感心せずにはいられなかったのです。

それはおひるすぎのことでした。みすぼらしいなりをした少年が金田一耕助にあてて、一通の手紙をもって来ました。その封筒のおもてをひとめ見るなり、

「あっ、滋君からだ！」

と、謙三にいさんがさけびました。そこで大急ぎで封をきってみると、そこには、つぎのようなことが書いてあるのです。

あれからぼくと鏡三君は捕われて、激
怪獣男爵のところにいます。悲しくな
ってしまいます。怪獣男爵はひどいが
き大将のようにぼくをいじめます。鬼をうわ
まわる人です。恐ろしさで血もこお
る思いです。早く助けてください。き
っと、お願いします。怪獣男爵のい
うのに珠次郎君と珠次郎君の持っ
てる鍵をよこせば、ぼくらを助けてく
れるそうです。珠次郎君に鍵を持た
せて、明晩六時　銀座尾張町の角に
立たせておいてください

滋

金田一耕助先生

一同は思わず顔を見あわせました。

「それじゃ、珠次郎という少年と、滋君をとりかえっこしようというのだね」

おとうさんがおっしゃいました。

「そうです。それがぼくにはふしぎです」

そうつぶやいたのは謙三にいさん。

「ふしぎって、なにがですか」

金田一耕助がたずねました。

「ぼくは滋君の性質をよく知っていますが、じぶんが助かりたいために、他人をおそろしい立場にひきいれるような少年ではけっしてありません。だから、どんなにおどかされたって、こんな手紙を書くはずはないのだが……それに、このみょうな文章、どうも日ごろの滋君らしくないんですが、と、いって、これは滋君の字にちがいない……」

金田一耕助はそういわれて、もう一ど手紙に目をおとしましたが、なに思ったか、だしぬけに、バリバリガリガリ、もじゃもじゃ頭をかきまわすと、いきをはずませて、

「わかった、わかった。おとうさん、おかあさん、謙三君、それから警部さんもよく見てください。こ

れは暗号になっているんです」

「暗号……？」

「そうです、そうです。ほら、この六時の六の字に、三重丸がついてるでしょう。これに大きな意味があるのです。この手紙のはじめのほうの六行の、いちばん上の字と、下の字を全部かなになおして右から読んでごらんなさい。第一行の一番下にはかと書いて消してありますが、これは滋君がわざとやったんです」

　そういわれて一同は、目を皿のようにして、手紙をながめましたが、ここには念のために、はじめの六行の上の字と下の字を、仮名になおして書いてみましょう。

あれから　　　　　　　か
かいじゅう男爵　　　悲しくな
ってしまいます　　　が
き大将　　　　　　　鬼をうわ
まわる人です。　　　血もこお
る思いです　　　　　き

「ああ、あかつき丸、神奈川沖！」

　謙三にいさんが、思わずいきをはずませます。

「そうです、そうです、滋君は神奈川沖に停泊している、あかつき丸という船のなかにとじこめられているのです。そして、怪獣男爵におどかされて、この手紙を書かされたとき、とっさの機転でそのことを、暗号として手紙のなかにいれたのです。ああ、なんというすばらしい少年でしょう。なんという、おちついた、あっぱれな子どもでしょう」

　金田一耕助はそういうと、うれしくて、うれしくてたまらぬように、もじゃもじゃ頭をかきまわしました。

あかつき丸襲撃

　こうして、滋君のいどころがわかればこっちのものです。

　怪獣男爵が滋君と珠次郎少年をとりかえようといってきた時間は、あすの晩の六時ですから、それまでには、じゅうぶん作戦をねる時間があります。

等々力警部も謙三にいさんも、大はりきりで勇気りんりんとしていましたが、そのなかにあってただひとり、みょうに考えこんでいるのは金田一耕助。

「金田一さん。どうしたんですか。何をそんなに考えこんでいるんです」

「警部さん、ぼくは心配でならないんですよ。われわれの行動は、ぜんぶむこうへ、わかってしまうんじゃないでしょうか」

「どうして。なぜそう考えるんです」

「だって、警部さん、怪獣男爵といえども、千里眼《せんりがん》のように、なにもかも見とおしというわけじゃないでしょう。それなのに、どうしてわれわれが、珠次郎少年を発見したことを知っているのです。われわれが珠次郎君を発見したのは、きのうのことですよ。それをすでに知っているというのは……」

「知っているというのは……？　どうしたというんですか」

「われわれのまわりに、スパイがいるんじゃないかと思うんです。警部さん、ひょっとすると、警視庁のなかに、怪獣男爵のスパイがいるんじゃないでしょうか」

「ばかな——、そんなばかなことが……」


等々力警部は一言《いちごん》のもとにうちけしましたが、すぐまた考えなおして、

「わかりました。金田一さん、そうおっしゃれば、そんなことがないともかぎりません。それではこんどの行動は、できるだけ秘密のうちにはこぶことにいたしましょう」

こうして、等々力警部の手によって、注意ぶかい手くばりがされました。こんどこそ、警部は怪獣男爵の一味のものを、ひとりのこらずとらえてしまうつもりですから、その手くばりにも、ねんにはねんをいれたのです。

そして、その夜。

東京湾はいま、しずかな夜のとばりにつつまれています。

こんやはうつくしい星月夜《ほしづきよ》、空には糸のような月をとりまいて、降るように星がまたたいています。海の上はしずかにないで、風もなければ、波もおだやか。あちこちにまたたくともし火は、夜づりをする船でしょうか。

と、見れば神奈川沖のはるかかなたに、一《いっ》そうの船が碇船《ていせん》しています。怪汽船あかつき丸です。あか

つき丸はいま、あかりというあかりをことごとく消して、しずかなねむりについているように見えます。波の上にまっくろな、巨体をよこたえているところを見ると、なんとなく、まがまがしい感じです。

深夜の十二時。

どこかでボーッと、ものかなしげなサイレンの音がきこえました。と、いままであちこちにちらばっていた夜《よ》づりの船が、きゅうにかっぱつに動きだしました。いえいえ、それは夜づりの船ではありませんん、大《おお》がた小《こ》がたのランチです。それらの船はいっせいに、ある一点をめざして進んでいきます。ある一点とは、いうまでもなく怪汽船あかつき丸。

それらのランチのひとつに、金田一耕助ものっていました。耕助は甲板《かんぱん》に立って、やみのなかによこたわる、怪汽船あかつき丸をみつめています。耕助からすこしはなれて、黒いベールで顔をかくした黒衣の人物。そして、そのそばに立っているのは、まぎれもなく、珠次郎少年ではありませんか。

「おとうさん、おとうさん」

珠次郎少年がそうよびかけたところをみると、ベールで顔をかくしたそのひとこそ、三つ子の父の鬼丸太郎にちがいありません。

「おとうさん、あの船のなかにぼくのきょうだいがいるんですね。にいさんや弟が……」

ベールのひとはだまってうなずきました。

「ああ、ぼく、はやくあいたいな。にいさんや弟に、はやくあいたいな」

鬼丸太郎と珠次郎のふたりは、こんやの計画を知って、むりになかまにくわえてもらったのです。

等々力警部や謙三青年のすがたが見えないのは、ほかのランチにのっているのでしょう。そのかわり井《い》川《がわ》刑事という警部の部下が、きんちょうした顔色で、珠次郎少年のそばに立っています。

「珠次郎君、もうすぐだよ。もうすぐきみは、にいさんや弟にあうことができるんだ」

金田一耕助はそれから井川刑事にむかって、

「井川さん、どうしたんでしょう。もうそろそろはじまりそうなもんですがねえ」

「そうです、もうすぐはじまりましょう」

包囲のあみはいまや完全にしぼられました。怪汽船あかつき丸をとりまいて、大小さまざまのランチが十五六そう、あいずの号砲をいまやおそしと待ちかまえているのです。

時まさに十二時三十分。――とつぜん、東京湾のしずけさをついて、ごうぜんとピストルの音がひびきました。

と、いままで鳴りをひそめていた、十五六そうのランチから、いっせいにわっと、ときの声がおこったかと思うと、十数本のサーチライトが、あかつき丸を中心にいりみだれ、けたたましいエンジンのひびき。なかにははやあかつき丸にとりついたものもあるとみえて、甲板のうえでうちあうピストルの音。いよいよあかつき丸襲撃がはじまったのです。

金田一耕助はこのようすを、手にあせをにぎって見ていましたが、そのときです。とつぜん、あかつき丸の甲板にあたって、なにやら異様な爆音がきこえてきたかと思うと、えたいの知れぬ巨大なかげが、むくむくと甲板からうきあがってきたのです。

金田一耕助はびっくりして、その大きな怪物のかげにひとみをこらしていました。

「ああ、ヘリコプターだ!」と、思わずいきをのみました。

怪獣男爵の脱走

ヘリコプターは甲板のさわぎをしりめにかけ、ふわりとちゅうに浮いたかと思うと、おりからの星空たかくのぼっていきます。それをめがけてピストルのたまがみだれとびましたが、ヘリコプターはすぐに、たまのとどかぬ空たかく、まいあがってしまいました。

「しまった! しまった! ヘリコプターの用意があるとは気がつかなかった」

金田一耕助はランチの上で、じだんだふんでくやしがりましたが、空と海、つばさなき身の追いかけるすべとてもありません。ヘリコプターは警官たちをあざけるようにゆうゆうと海上を旋回《せんかい》していましたが、そのとき、あかつき丸の甲板から、ただならぬさけび声がきこえてきたので、ふりかえってみると、ああ、なんということでしょう。あかつき丸の船底《ふなぞこ》から、大きなほのおがもえあがってきたではありませんか。

怪獣男爵はにげるにさきだち、船に火をはなっていったのです。

ほのおは見る見るうちにもえひろがって、いまにもあかつき丸をひとなめにせんいきおい。おどろいたのは甲板にいたひとびと、敵も味方も右《う》往《おう》左《さ》往《おう》、あわててランチにとびおりるものもあれば、海へとびこむものもあります。

それにしても滋君はどうしたか。怪獣男爵がつれ去っていてくれればよいが、もし船にのこっているとしたら……。

金田一耕助はそれを思うと、目のまえがまっくらになるような気もちです。

こうして金田一耕助は、あかつき丸に気をとられていたので、おなじランチにのっている、井川刑事のふしぎな態度に、すこしも気がつきませんでした。刑事はすきを見すまして、懐中電灯をとりだすと、空にむかって二三回ふりました。それからそっと、珠次郎少年のうしろによりそったのです。と、そのときヘリコプターから、なにやらパラリとおちてきました。なわばしごです。長い長いなわばしごです。ヘリコプターはなわばしごをぶらさげたまま、あいかわらず、ゆうゆうと空を旋回しています。

金田一耕助もそれに気がつきましたが、まさかそれが、井川刑事のあいずによるとは気がつきませんでした。きっと海にとびこんだ、仲間をすくおうとしているのだと思ったのです。それよりも気にかかるのはあかつき丸。

あかつき丸は、いまやはんぶん以上も火につつまれて、しだいに右へかたむきます。むろん、甲板にはもう人影とてもありません。

ドカン、ドカン!

とつぜんものすごい音がとどろきました。船につまれていた火薬がばくはつしたのにちがいない、青白いほのおが、いなずまのようにひらめいたかと思うと、あかつき丸はたちまち、大きな火の玉となってしまいました。

その火の玉をとりまいて、まひるのような海上を右往左往するランチ。海のなかからすくいをもとめる声。……

金田一耕助は手にあせにぎって、こういうようすを見ていましたが、そのときです。だしぬけにうしろのほうで、ただならぬさけび声がしたので、びっくりしてふりかえると、ああ、なんということでしょう。

ヘリコプターからおろされた、なわばしごのさきにとりついているのは、井川刑事ではありませんか。しかも刑事のかた腕には、珠次郎少年がだきすくめられているのです。

「ああ、おとうさん、おとうさん！」

すくいをもとめる少年の声。

「おお、珠次郎！」

鬼丸太郎はあわててそばへかけよりましたが、そのしゅんかん、なわばしごはランチをはなれて、空高くまいあがっていきました。

それとみて付近のランチから、パンパンとピストルがはなたれましたが、すぐにそれもやんでしまいました。珠次郎少年にあたってはならぬと思ったからです。
井川刑事はゆうゆうと、珠次郎少年をだいたまま、なわばしごをのぼっていきます。いまはもううたがうよちはありません。井川刑事こそ、怪獣男爵のスパイだったのです。

ひとびとは手にあせにぎって、このようすをながめていましたが、そのときでした。ヘリコプターから大きな袋がなげおろされました。袋はいったん海へしずみましたが、すぐまた浮かびあがってくると、ぷかぷかと水のうえに浮いています。五六そうのランチが、すぐそのまわりに集まりました。
「あっ、人間だ、人間だ。だれか人があの袋のなかにいれられているのだ！」
そうさけんだのは謙三青年のようでした。みるとなるほどその袋は、人間のかたちをしていて、しかも、ぴくぴく動いています。
金田一耕助はそれを見ると、すぐにランチをそばへよせ、袋を海からひきあげると、口

をきって、なかから人をひきだしましたが、そのとたん、おどろきの声が口をついて出ました。

「おお、滋君、滋君、滋君じゃないか」

「ああ、先生、ぼくは……ぼくは……だいじょうぶです」

滋君はそれだけいうと、金田一耕助にだかれたまま、気をうしなってしまいました。

ああ、怪獣男爵は珠次郎をうばいさったかわりに、滋君をかえしてよこしたのです。

空をあおげば、なわばしごにはもう人影はなく、ヘリコプターは星月夜の空たかくまいあがると、水平線のはるかかなたに、すがたを消してしまいました。

もえさかるあかつき丸をあとにのこして。……

鬼丸太郎の告白

こうして神奈川沖におけるあかつき丸襲撃は、あれほどの大さわぎにもかかわらず、けっきょくは大しっぱいでした。

とらえられたものといえば、みんな下っぱの連中ばかり、なかにはそんな悪い船とも知らず、使われていた人さえあったくらいです。

そして、かんじんの怪獣男爵や一寸法師《いっすんぼうし》の音丸三平、さては、にせびっこの津川先生たちは、剣太郎や鏡三少年をつれて、まんまとヘリコプターでにげてしまったのです。

ただ、立花滋君をとりかえすことができたのが、せめてもの成功ですが、それとても、珠次郎少年をうばいさられたのですから、さしひきするとゼロみたいなものです。

それですから、さわぎのしずまるのを見とどけて、警視庁の一室へひきあげてきた、等々力警部や金田一耕助、さては謙三にいさんたちは、すっかりしょげきっていました。

「鬼丸太郎さん」

金田一耕助はベールの人にむかって、

「あなたには、なんともおわびの申しあげようもありません。ぼくがそばについていながら、珠次郎君をとられてしまうなんて……」

「いや、いや、それはあなたのあやまちではありません。わたしのほうが、あなたより珠次郎のちかくにいたのですから……」

「なんにしても、ヘリコプターを持っていようなどとは夢にも思わなかった。それと知ったら、もっと用意のしようがあったのに……」

等々力警部はいかにもざんねんそうです。

「これでまた、手がかりがなくなったわけですね。怪獣男爵がどこへ逃げたか……」

謙三にいさんも、くやしそうにつぶやきましたが、そのときでした。

「いいえ、そんなことはありません」

と、きっぱりといいきったのは鬼丸太郎。

「怪獣男爵がどこへにげたかわかっています。あいつは迷宮島《めいきゅうとう》へいったのです」

「迷宮島……？」

一同は思わず鬼丸太郎の顔を見なおしました。さっきからへやのすみにねかされていた、滋君もようやく正気にもどったのか、むっくりと頭をあげて、一同の話をきいています。

「そうです。迷宮島です。怪獣男爵はわたしの三人の子をとりこにしました。そして三つの鍵《かぎ》を手にいれました。だからあいつらはその鍵で、大迷宮の扉《とびら》をひらき、わたしのかくしておいた金塊《きんかい》を、手にいれようとしているのです」

「大金塊ですって？　それじゃ、そんなものがほんとにあるんですか」

等々力警部がいきをはずませます。

「あります。迷宮島の大迷宮のおくに、わたしがかくしておいたのです」

金田一耕助はまゆをひそめて、

「しかし、鬼丸さん。あなたはどうしていままでに、それをとりにいかなかったのです」

「それはできないのです。三つの鍵がないかぎりは、かくした本人のわたしでさえも、大金塊にちかよることはできないのです」

「鬼丸さん、もっとくわしくお話しくださいませんか。あなたはどうして、そんなことをなすったのですか」

金田一耕助はふしぎそうにたずねました。

「お話ししましょう。みなさん、きいてください。こういうわけです」

そこで鬼丸太郎がうちあけた話というのは、世にもふしぎな話でした。

アメリカで世界的サーカス王といわれていた鬼丸太郎が、サーカスを売ろうと決心したのは、三つ子の子どもがうまれたからでした。鬼丸太郎は三人の子を、日本で教育したいと思って、サーカスを売り、その代金をぜんぶ金塊にかえ、日本に持ってかえったのです。

「わたしは、それをなんべんにもわけて、日本へ持ってかえりました。そして、まえに買っておいた瀬戸内海《せ と ないかい》の無人島に、大迷宮をつくり、そのなかに金塊をかくしたのです。そして迷宮をひらく三つの鍵を、三つ子のからだにひとつずつ、ぬいこめておいたのです」

鬼丸太郎がなぜそんなみょうなことをしたかといえば、弟の鬼丸次郎をおそれたからでした。鬼丸博士は学者のくせに、腹ぐろい人物で、かねてから大金塊をねらっていたのです。

「わたしは弟のために、いつころされるかもしれないと思いました。だからじぶんが死んでも、三人の子が大きくなれば金塊が、手にはいるようにと思って、そういう用心をしたのです。わたしは三人をべつべつの人間にあずけて、そだててもらうことにしました」

　鬼丸太郎のその用心はよかったのです。なぜならば、鬼丸太郎がそれだけの用意をととのえ、さて、サーカスのあとしまつに、もういちどアメリカへわたってかえってきたとき、かれは船のうえから鬼丸博士にゆうかいされて、迷宮島の土牢《つちろう》のなかにとじこめられてしまったのです。

「弟は迷宮をひらく方法をおしえろといいました。わたしはおしえませんでした。それでわたしは十二年という長いあいだ、せまい土牢のなかにとじこめられていたのです」

　ああ、それはなんというおそろしい話でしょう。十二年間の土牢生活、きいただけでもぞっと身ぶるいがするではありませんか。

「しかし、弟にせめられているうちはまだよかったのです。そのうちにもっとおそろしいことがおこりました。怪獣男爵が秘密をかぎつけ、弟にかわってわたしをせめはじめたのです。

　ああ、そのおそろしさ、わたしは去年やっとのことで、土牢を脱走することができたのですが、それまでに、なんべんあいつのために、死ぬようなめにあわされたかしれません。わたしの顔がこのように、どくろみたいになったのも、みんなそのあいだの苦しさ、おそろしさのためなのです」

　鬼丸太郎はそういって、どくろのようなあの顔を、ひしとばかりに両手でおおいました。

迷宮島

　さて、話かわって、瀬戸内海のほぼなかほど、広島県の海岸線から、はるか南の海上に、周囲一里《り》ばかりの小島《こじま》があります。

　そこはもと無人島だったのですが、いまから十五年ほどまえに、アメリカがえりの金持ちが、買いとったとかいうことで、大工事がはじまりました。工事は、やく一年ほどつづいて、島の中央のおかのふもとに、まるで西洋のお城のようなりっぱなおうちがたちましたが、どういうわけか、それきり住むひともなく、いまではあれるにまかせてあります。

だからいまでも島のちかくを船でとおると、物見やぐらや鐘《かね》つき堂が、赤松林のうえにそびえているのが見えるのです。

ちかくの島に住むひとは、この島をゆうれい島《とう》とよんでいて、だれひとりちかよるものはありません。それというのがその島には、どくろのような顔をしたゆうれいが出るだの、人かさるかわからぬような怪物が住んでいるだの、いろいろあやしいうわさがあるからです。

さて、神奈川沖であの大さわぎがあったつぎの日のことです。ゆうれい島のちかくの島では、またしてもみょうなうわさがたっていました。ゆうべま夜《よ》中《なか》に、空にあたってみょうな爆音がきこえたかと思うと、それがゆうれい島におりていったというのです。

だから、いまにあの島に、なにかおそろしいことがおこるにちがいないが、どんなことがおこっても、けっしてちかよってはならぬと、たがいにいましめあっていたのです。

ああ、それにしても、ひとびとがきいた爆音とは、ヘリコプターではなかったでしょうか。神奈川沖から脱出した怪獣男爵が、ひょっとするとこの島へ、おりたのではないでしょうか。そしてひとのおそれるこの島こそ、大金塊のねむる迷宮島ではありますまいか。

そうです、そうです、そのとおりです。

そのしょうこには、赤松林の上に見えるあの物見やぐらのなかに立っているのは、一寸法師《いっすんぼうし》の音丸三平ではありませんか。

それにしても、一寸法師はそんなところで、いったい、なにをしているのでしょうか。ぴったりと物見やぐらのかべに身をよせ、さっきから一心に下を見おろしているのです。その目はまるで、えものをねらったたかのようなするどさです。

ああわかりました。

一寸法師がねらっているのは、あのにせびっこの津川先生です。津川先生はそんなところから、一寸法師が見ているとは知るや知らずや、地図のようなものをかた手に持って、お城のまわりをあるきまわっているのです。

それにしても諸君がもし、ひとめでも空からこの島を見おろしたらどんな大きなおどろきにうたれることでしょう。うえから見ると島全体が、大きなくものすのように見えました。

島の中央にあるお城を中心として、四方八方に道が放射しており、それらの道を、無数のわき道がつないでいます。そして、どのみちも両がわには、たかいコンクリートのへいがめぐらしてあるのです。

諸君は迷路というのをごぞんじでしょう。よく雑誌の考えものやなんかに出ていますね。迷宮島は島ぜんたいが大きな迷路になっているのです。たかいコンクリートで両がわをさえぎられた道のなかには、とちゅうで袋になっているのもあるし、また、いくら歩いてもいつのまにか、もときたところへかえる道もあります。

ああ、なんというすばらしい大工事でしょう。これこそは世界的サーカス王、鬼丸太郎が、じぶんの一生の富をかけてつくった大迷路、大迷宮なのでした。

それはさておき、地図をかた手に迷路のなかをあるきまわっていた津川先生は、どうしても思うところへ出られないのか、しばらくするとがっかりしたような顔色で、お城のほうへひきかえしてきます。

それを見ると一寸法師も、すばやく、物見やぐらから、すべりおりていきました。

お城へかえってきた津川先生は、あたりのようすをうかがいながらじぶんのへやへかえっていきましたが、しばらくして出てきたところを見ると、ああ、なんということでしょう。鬼丸太郎そっくりの、どくろの面をつけ、マントを着ているではありませんか。

わかった、わかった、津川先生は鬼丸太郎に変装して、なにか悪いことをしようとしているのです。そして、それにつけても思いだすのは、いつか軽井沢で、剣太郎のじいやさんを殺したどくろ男のことですが、あれも鬼丸太郎ではなく、津川先生が、鬼丸太郎に変装していたのではありますまいか。

それはさておき、どくろ男に変装した津川先生は、ひろいお城のホールを、しのびあしであるいていきます。ゆうべのつかれで、怪獣男爵をはじめとして、ほかの連中はみんなぐっすり寝ているはずです。もうそろそろ日の暮れかけたお城のなかは、しいんとしずまりかえってうすぐらいのです。

津川先生は大きなかしのドアの前に立ちどまりま

した。そして、しばらくなかのようすをうかがっていましたが、やがてそっとドアをおしました。ドアはなんなくひらいたので、津川先生はすばやくなかへすべりこみ、ドアをぴったりしめました。

窓という窓には、カーテンがおりているので、へやのなかはまっくらです。津川先生はしばらくあたりのようすをうかがっていましたが、やがて手さぐりで、へやのすみにあるたんすのそばへよると、ひきだしをひらいて、ゴソゴソなかをかきまわしています。

しかし、そのひきだしには、ねらっている品がなかったのか、また、つぎのひきだしに手をかけましたが、そのときです。くらやみのなかでガチャリと音がしたかと思うと、

「うわっ、しまった!」

という津川先生のさけび声。とたんにパッと電気がつきましたが、その光で、へやのなかを見まわした津川先生は、どくろ面のおくで、まっさおになってしまいました。

へやの中央にあるいすには、怪獣男爵がゆったりすわっているではありませんか。そして、そのうしろには、鉄のくさりで腰をつながれた、剣太郎、珠次郎、鏡三の三つ子少年が、ゆうれいのような顔をして立っています。ドアのほうを見ると、そこには一寸法師の音丸と、にせ刑事の井川が、にやにやしながら立っているのです。おまけに津川先生は、いつのまにやら両手に手錠《てじょう》をはめられているではありませんか。

「これ、津川!」

怪獣男爵はいかりに声をふるわせました。

「きさまはここへなにしにきた。おおかた三つの鍵をぬすもうと、しのびこんできたのであろう。あの、ここな、ふとどきものめ!」

「いいえ、いいえ、男爵さま……」

「いうな、いうな。かねてから、きさまがわしをだしぬいて、大金塊をよこどりしようとたくらんでいることは、わしはちゃんと知っていたのだ。津川、うらぎりものにたいするおきてを、きさまもよく知っているはずだな」

怪獣男爵はのどのおくでひくく笑うと、

「ちょうどいい。これからいよいよ大迷宮の扉《とびら》をひらこうという、かどでの血祭《ちまつり》じゃ。津川、かくごは

よいだろうな」

怪獣男爵のゴリラのような指が、ひらいたり、つぼんだりしました。津川先生はまっさおになってふるえています。

迷路を行く

それはさておき、怪獣男爵がヘリコプターで、迷宮島へおりたつぎの日の、日が暮れてからまだまもないころのことでした。

おりからの月明かりをたよりに、迷宮島の東の入江へ、しずかにこぎいれていく小船が二そうありました。いずれもこのへんの漁師がつかう、ふつうの小さい漁船です。

それにしても、人もおそれるこの島へ、しかも日が暮れてからちかづくとは、なんという大胆な人々だろうと、よくよく見ればそれもそのはず、これこそは怪獣男爵のあとを追って、東京からやってきた金田一耕助とその一行ではありませんか。

まず、先頭の船にのっているのは、金田一耕助と等々力警部、それからどくろ男の鬼丸太郎。

第二の船には立花滋君と謙三にいさん、むろん、どの船にもひとりずつ、おまわりさんがのっていて、船をこいでいるのです。

二そうの船はしずかに入江のおくへすすんでいきます。空には利鎌《とがま》のような月がかかって、月光のなかにくっきりと、お城のようなたてものがそびえています。それを見ると滋君は、武者ぶるいが出る感じでした。

やがて船が船着場《ふたつきば》へつくと、鬼丸太郎がまず第一に船から陸へとびあがります。それにつづいて金田一耕助と等々力警部。滋君も謙三にいさんといっしょに船からあがりました。

やがて一同が上陸すると、鬼丸太郎が先頭に立ち、島のおくへとすすんでいきます。だれひとり口をきくものはなく、おとなたちはかた手にピストル、かた手に懐中電灯を持っていましたが、さいわいの月明かりに、懐中電灯の必要はなさそうでした。

いくこと一キロあまりにして、一同は、はば十メートルばかりの堀のそばに着きました。見ると対岸には高い城壁がめぐらしてあり、正面にはアーチがたの城門が見え、その城門のすぐ前に、橋がななめ

に、空にむかってはねあげられているのです。金田一耕助は橋を見あげながら、

「鬼丸さん、あの橋がおりてこなければ、われわれはこの堀をわたることができませんね」

「だいじょうぶ、こちらからでも橋をおろすことができます。怪獣男爵が気がついて、そのしかけをこわしていないかぎりは……」

鬼丸太郎は堀についている石段を、五、六段おりていくと、石がけの石を一つとりのけ、穴のなかへ両手をつっこみ、ハンドルをまわすような手つきをしていましたが、するとどうでしょう。あのはね橋が音もなく、こちらへむかっておりてくるではありませんか。

一同が思わず、手にあせをにぎっているうちに、橋はぴったり一同の前におりました。

鬼丸太郎は石段をのぼってくると、

「さすがの怪獣男爵も、このしかけには気がつかなんだとみえる。さあ、じゃまのはいらぬうちに橋をわたってしまいましょう」

滋君はまるで、おとぎばなしの国へきたような気もちです。橋をわたると城門には大きな鉄の扉《とびら》がしまっています。鬼丸太郎はポケットから古びた鍵をとりだすと、やがて鉄の扉は八文字《はちもんじ》にひらかれました。そのとき鬼丸太郎は一同をふりかえり、

「さあ、われわれはこれから大迷宮のなかへはいるのですが、みなさんはけっしてわたしのそばをはなれてはなりませんぞ。大迷宮のなかでまようと、とてもそとへは出られませんからね」

それを聞くと一同は、思わずさっと緊張します。滋君も胸がどきどきしてきました。

扉のなかは短いトンネル。そのトンネルをぬけて、城壁のなかへ一歩足をふみいれたせつな、滋君はまた、おとぎばなしの国へ来たような、なんともいえぬふしぎな気がしました。

そこには半径二十五メートルばかりの、コンクリートでかためた広場が、正確な半円をえがいているのですが、その周囲には高さ五メートルばかりのコンクリートのへいが、ずらりとめぐらしてあります。そしてそのへいのはるかかなたに、物見やぐらが見えるのです。

鬼丸太郎はそれを指さし、

「みなさん、ごらんなさい。あのへいには五つの道

がひらいています。しかし、むこうに見える、物見やぐらへいきつくことができるのは、たった一つの道しかないのです。もしまちがってほかの道へふみこんだら、それこそ、大迷宮のなかへまよいこんでしまうのです。さあ、いきましょう」

　鬼丸太郎はつかつかと広場を横ぎると、右から二つめの道へはいっていきました。その道というのは、はば三メートルほどあって、両がわには五メートルほどの高さのコンクリートべいが、ずらりとめぐらしてあります。だから、前と後《うしろ》と上以外には、どこも見えないようになっているのです。

　この道をいくこと三百メートル。そこにはまた直径五十メートルの円形広場があり、広場をとりまくコンクリートべいには、いまきた道もふくめて、五つの道がひらいていました。

「みなさん、おわかりですか。さいわいにして迷路の入口で、正しい道をえらんだとしても、ここでまちがったらなんにもなりません。さあ、わたしについておいでなさい」

　鬼丸太郎はへいぞいに、広場を右へまわりましたが、やがて二つめの道へはいっていきます。滋君もそのあとからついていきましたが、その道もさっききた道とぜんぜん同じで、目印一つありません。しかもいくこと三百メートル、そこには

またもや、さっきの広場と寸《すん》分《ぶん》ちがわぬ広場があって、同じような五つの道がついているではありませんか。

鬼丸太郎はこんどはその広場を左へまわると、すぐとなりの道へはいっていきました。

金田一耕助はしだいにこうふんしてきて、

「鬼丸さん、鬼丸さん、もしまちがって、ほかの道へはいっていったらどうなりますか」

「そこにもやっぱり、三百メートルいくと広場があり、広場には五つの道があります。こうして広場と道は島ぜんたいにひろがっているのですが、広場にも道にもなんの目印もありませんから、いちど通ったところへかえってきても気がつきません。だからいったん迷路へふみこんだらとても出ることはできないのです」

それをきくと滋君はぞっとするようなきみわるさを感じました。しかも、いけどもいけども同じような道と広場ばかり、滋君はなんだか頭がへんになりそうでした。

しかし、さしもに長いこの迷路も、やっとおわりに近づきました。第八番めの広場をすぎると、鬼丸太郎が一同をふりかえり、

「さあ、みなさん、われわれはまもなく、迷路を出ます。迷路のそとにはお城がありますが、そのお城

には怪獣男爵がきているにちがいありませんから、どなたも用心してください」

それを聞くと一同は、またあたらしい危険にさっと緊張しました。

地底の爆発

第八番めの広場をすぎていくこと三百メートル。はたして一同は迷路のそとへ出ましたが、滋君はそのときのこうふんを、のちのちまでわすれることができませんでした。

迷路のそとにはゆるい傾斜をした丘があり、丘の上にはあのお城が月光のなかにそそり立っているのです。それはまるでおとぎばなしか、夢の世界のような風景でした。

一同はしばらく地上に身をふせて、お城のようすをうかがっていましたが、あたりはシーンとしずまりかえって、ひとのけはいはありません。とつぜん、お城のむこうの森で、するどい鳥の声がしましたが、それが消えると、あとはまた墓場のようなしずけさ。

一同は地上をはうようにして、坂をのぼっていきましたが、べつにとがめるものもなく、ぶじにげんかんまでたどりつくことができました。

そこでまた一同は耳をすましましたが、お城のなかはひっそりしてものおとひとつきこえません。鬼丸太郎は鍵《かぎ》を出して、げんかんのドアをひらきました。げんかんのなかは広いホール。

むろんあかりはついていませんが、窓からさしこんでくる月光に、ぜんぜんなんにも見えぬということはありません。鬼丸太郎はすりあしで、ホールを横ぎると大きなかしのドアの前に立ち、また、きき耳をたてています。

「なにかきこえますか」

金田一耕助が小声でききます。

「いいえ。怪獣男爵がいるとすれば、このへやですが、ひょっとするとあいつは地下迷路へはいっているのかもしれません」

「地下迷路……！」

金田一耕助はくらやみのなかで目をみはりましたが、鬼丸太郎はそれにはこたえず、そっとドアをおしました。ドアには鍵がかかっていなかったらしく、なんなくひらきました。

鬼丸太郎はかべの上をさぐって、電気のスイッチをひねりましたが、そのとたん、一同は思わず、ピストルをにぎりしめました。へやの正面の安楽《あんらく》いすに、男がひとり、ゆうぜんと腰をおろしているのですが、なんとそいつの顔は鬼丸太郎とそっくりではありませんか。

「だれか、そこにいるのは！」

等々力警部がピストルをかまえ、声をはげましてたずねましたが、へんじはおろか、相手は身うごきひとついたしません。

「おい、へんじをしろ、へんじを……へんじがないとうつぞ！」

しかし、それでも相手は、へいぜんとして、へんじはおろか身うごき一つしないのです。

警部はふしぎそうに顔をしかめていましたが、やがて思いきったように、つかつかと安楽いすのそばにより、男の肩に手をかけました。するとどうでしょう。そのとたん、男のからだがずるずるといすからすべり落ちたかと思うと、バサリと落ちたのはどくろの仮面。

「あっ、津川先生だ！」

と、滋君がさけんだのと、等々力警部が、

「あっ、しめころされている！」

とびっくりしたのはほとんど同時でした。いかにもそれは津川先生、しかもその津川先生は、むざんにしめころされているのです。

「怪獣男爵のしわざですね。ごらんなさい。こののどを……大きな指のあとがついている」

金田一耕助は身ぶるいしながら、

「それにしても、怪獣男爵はどこへいったのか」

と、あたりを見まわしましたが、そのときでした。どこかでドカンと爆発音が聞えると同時に、あたりがゆらゆらゆれたのは……。

「地震……？」

「いいや、地震ではありません」

そうさけんだのは鬼丸太郎。こうふんに声をふるわせて、

「あれは地下迷路の爆発した音です。だれかが迷路の扉《とびら》をあけそこなったのです。しかし、ふしぎだ、そんなはずはない、怪獣男爵はほんものの三つの鍵を持っている。爆発なんてするはずがない。しかしいってみましょう。みなさん、きてください」

先頭に立って走りだす鬼丸太郎に追いすがりながら、滋君が声をかけました。

「おじさん、おじさん、それでは鍵がちがっていると爆発するの」

「そうだ、そうだ、そのとおりだ。あの鍵は見たところなんのへんてつもないが、たいへんびみょうにできていて、一ミリの十分の一でもくるいのある鍵で、むりに扉をあけようとすると、爆発するしかけになっているのだ。つまり、そしてぜったいに、合鍵ができないようにしておいたのだ」

滋君はそれをきくと、なにかしら、ふしぎなほおえみをうかべました。

男爵の最期

それはさておき、お城のうしろに森のあることは、まえにもいっておきましたが、その森は高いがけの上にしげっているのです。がけの下には谷川が流れていますが、その谷のほとりに、ちょっと大きな洞《どう》窟《くつ》がありました。鬼丸太郎は一同をそこまで案内すると、

「これが地下迷路の入口です。この島は石灰岩《せっかいがん》からできているので、地下には鍾乳洞《しょうにゅうどう》がくものすのように走っているのです。わたしはその鍾乳洞に手をくわえ、一大地下迷路をつくりました。そしてそのおくに大金塊《きんかい》をかくしたのです。さあ、いってみましょう」

「ああ、ちょっと待ってください。地下迷路の入口は、これだけですか」

「そうです。ほかにもあったのですけれど、みんな岩でふさいでしまいました」

「よし」

等々力警部はふたりの警官をふりかえり、

「きみたちはここで見張りをする。いいか、あやしいやつがとび出してきたら、かたっぱしからひっとらえる。わかったね」

「はっ、しょうちしました」

ふたりの警官をそこにのこして、ほかのものはぜんぶ洞窟のなかへもぐりこみます。洞窟のなかはまっくらなので、みんなてんでに懐中電灯をふりかざしていました。

はじめのうち洞窟はひくくて、せまくて、おとな

がやっと立ってあるけるくらいでしたが、いくほどに、しだいに高く、ひろくなって、いくこと三百メートル。きゅうにあたりがひろくなったかと思うと、直径二十メートルばかりの円形広場にぶつかりました。

「ごらんなさい。わたしはここを青銅《せいどう》の殿堂とよんでいました。第一の扉《とびら》はここにあるのです」

一同は懐中電灯の光であたりを見まわし、思わず、あっと感嘆の声をはなちました。

広場のかべというかべには、無数の鍾乳石《しょうにゅうせき》が、白《しろ》蛇《へび》のようにからみあい、天井《てんじょう》からもいちめんに、大小さまざまのかたちをした、鍾乳石がぶらさがっています。そして、それらの鍾乳石のあいだに、点々として青く光っているのは蛍石《ほたるいし》でしょう。その美しさ、壮厳《そうごん》さは、筆にもことばにもつくせぬくらいで、滋君は全身がしびれるような気がしました。

「この広場には七つの洞窟が口をひらいています。わたしはその一つを大きな岩の扉でふさぎ、それを第三の鍵でひらくようにしておいたのです。ごらんなさい。その扉がひらいているところを見ると、怪獣男爵が中へはいっているにちがいありません」

なるほど、鬼丸太郎の指さす洞窟の入口のそばには、大きな岩がレールにのっかって横たわっています。その岩にはふとい鉄のくさりが網《あみ》のようにからみついているのです。

鬼丸太郎はその洞窟のそばにより、かたわらのかべを指さすと、

「ほら、そこにかべをくりぬいて、青銅の仏像がおいてあるでしょう。その仏像のおなかに鍵穴があります。その鍵穴へ第三の鍵をいれて、右へ七度まわせばこの岩がうごくのです」

その仏像というのは、高さ五十センチばかりの、ごく小さなものでしたが、それがこの大きな岩を動かす力を持っているのかと思うと、滋君はいまさらのように、機械の力の偉大さに、おどろかずにはいられませんでした。

「さあ、この中へはいってみましょう。怪獣男爵は、きっと、このおくにいるにちがいありません」

「ああ、ちょっと待ってください」

金田一耕助は立ちどまって、

「もしまちがって、ほかの洞窟へまよいこんだらどうなりますか」

「それこそ、とても生きてふたたび、洞窟を出ることはできないでしょう。そこには天然の鍾乳洞のほかに、わたしが手をくわえてこしらえた迷路が網の目のように走っていますから、なにも知らないものがまよいこんだら、それこそ、みずから地獄へおりていくのも同じです」

「鬼丸さん、あなたは、どうしてそんな迷路をこしらえたのです。それもみんな、大金塊をかくすためですか」

「いいえ、そればかりではありません。地上の大迷宮といい、地下のこの大迷路といい、みんな外人をよぶためです。わたしは永《なが》く外国にいたので外人の気持《きもち》をよく知っています。かれらは迷宮だの迷路だのというものをことのほかこのむのです。わたしはこの島全体を、一大観光地にするつもりでした」

滋君は、それをきくと思わず、あっと感心しました。金田一耕助もうなずいて、

「わかりました。いまに、きっとあなたの希望が、とげられるときがくるでしょう。さあ、それでは中へはいってみましょう」

鬼丸太郎を先頭に立て、一同はまた洞窟のなかへもぐりこみましたが、ものの二百メートルもあるいたところ、鬼丸太郎がふいにぎょっとしたように立ちどまりました。

「鬼丸さん、どうかしましたか」

「しっ、むこうからだれかくる。みなさん、懐中電灯を消してください」

それを聞くと一同は、あわてて懐中電灯を消すと、ぴたりと洞窟のかべに身をよせました。

いかにも鬼丸太郎のいうとおりです。たしかに、だれかむこうからやってくるのです。ドタバタという足音にまじって、ひくい、おこったようなうめき声がきこえます。それをきくと滋君と謙三にいさんは、思わずぞっと全身の毛がさかだつのをおぼえたのです。

ああ、その声……それこそはまぎれもなく、怪獣男爵のうめき声ではありませんか。

一同がいきをのんで待ちかまえているとも知らず、まもなくむこうのほうから懐中電灯の光が二つあらわれました。ああ、もうまちがいはありません。怪獣男爵と、一寸法師《いっすんぼうし》の音丸三平。怪獣男爵はけががでもしたのか、よろよろしながら、いかりにみちたう

めき声をあげています。それを見ると等々力警部が、ふいにズドンと一発ぶっぱなしました。

おどろいたのは怪獣男爵と一寸法師、あわてて懐中電灯を消すと、ズドン、ズドンとむこうからもうってきます。それとみるやこちらからも、いっせいにピストルが火をふきました。

こうしてしばらく、まっくらな地下の洞窟で、ピストルのうちあいがつづけられていましたが、多勢《たぜい》に無勢《ぶぜい》、とてもかなわぬと思ったのか、怪獣男爵はいかりにみちたさけび声をあげ、もと来た道へとにげていきます。

一同はそれを追っかけていくうちに、またさっきと同じように、直径二十メートルばかりの広場へ出ました。

「これが白銀《はくぎん》の殿堂です。しかし、怪獣男爵はどっちのほうへ逃げたのか……」

、そこにも七つの洞窟が口をひらいていました。一同は懐中電灯をつけて、あたりを見まわしていましたが、ふいに謙三にいさんが、

「あっ、こっちです、こっちです。ほら、ここに血のあとがつづいています」

とさけびました。

なるほど、見れば点々とつづいた血のあとが広場を横ぎってひとつの洞窟のなかへ消えているのです。謙三にいさんがいきおいこんで、その洞窟へとびこもうとするのを腕をとって、ひきもどしたのは鬼丸太郎。

「よしなさい。怪獣男爵はもう死んだも同じことです。この洞窟へまよいこんだら、とてもふたたび出ることはできますまい。それよりこうして……」

鬼丸太郎はピストルを、洞窟のおくをめがけて、ぶっぱなしました。ほかの人たちもそれにつづいて、ズドンズドンとうちました。

「さあ、こうしておけばあいつはいよいよおくへ逃げこむでしょう。そして、地底の迷路をいつまでも、さまよいあるくのです」

こうしてさしもの怪獣男爵も、地下迷路のなかへ消えてしまったのでした。

第一の鍵

「さあ、これで怪獣男爵はかたづきました。それで

は黄金《おうごん》の殿堂へいってみましょう」

前にもいったとおり、そこは白銀の殿堂というのですが、そこにもかべをくりぬいて、小さな白銀の仏像がおいてありました。そしてその仏像のすぐそばに、さっきと同じような岩の扉《とびら》がひらいているのです。いうまでもなく怪獣男爵が、第二の鍵《かぎ》でひらいたのです。

鬼丸太郎を先頭に立て、一同はその洞窟へはいっていきましたが、いくらもいかぬうちに、もうもうたる土けむりが、洞窟のなかにたてこめているのに気がつきました。

「あっ、これは……」

一同は思わずハンケチで口をおさえます。

「黄金の殿堂が爆発したのです」

鬼丸太郎はしずんだ声でつぶやきます。

「それにしても、どうしてこんなことになったのか、怪獣男爵はほんものの鍵を持っているはずなのに……」

進むにしたがって、土けむりは、いよいよはげしくなってきて、息をするのも苦しいくらいでした。それをこらえて、おくへおくへと進んでいくうちに、あっとさけんで立ちどまったのは滋君。

「ど、どうしたの、滋君!」

と、金田一耕助。

「だれかが、おくのほうで呼んでいます。あ、あれは、剣太郎君や鏡三君の声だ!」

それを聞くと一同は、脱兎《だっと》のごとく走りだしました。もう土けむりなど、もののかずではありません。いくことおよそ三百メートル、一同は大きな土くずれにぶつかりました。

「剣太郎、珠次郎、鏡三!」

鬼丸太郎がむちゅうになってさけびます。
「あっ、こちらです。こちらです。助けてください！」
土くずれのむこうから、三人の少年が口々にさけぶのがきこえます。一同はやっきとなって土くずれのあいだをさがしましたが、やっと人ひとりは出せるくらいのすきまを見つけました。怪獣男爵と一寸法師《いっすんぼうし》も、そこからはい出してきたにちがいない。点々として血のあとがつづいています。
一同がそのすきまからはいこんでいくと、土くずれのむこうがわには、かなりひろい空地《あきち》がのこっており、そこに剣太郎、珠次郎、鏡三の三少年が、まっさおになってたたずんでいました。三人は鉄のくさりで、鍾乳石《しょうにゅうせき》のふとい柱にしばりつけられているので、身動きさえもできないのでした。

「ああ、剣太郎、珠次郎、鏡三、おまえたちはぶじだったか。剣太郎や鏡三はまだ知るまいが、わたしがおまえたちのおとうさんだよ」

こうして、ながいわかれののちにめぐりあった親子四人が、どんなによろこびあったか……それらのことはあまりくどくどしくなるからはぶくとして、そのとき、とつぜん、

「あっ、こんなところに人が死んでいる!」

そうさけんだのは謙三にいさんでした。その声に一同がふりかえってみると、なるほどいまの土くずれで、おしつぶされたのでしょう。男がひとり大きな岩のかたまりの下じきになって死んでいました。懐中電灯の光で見ると、それはにせ刑事の井川でした。

ああ、天のさばきはなんというきびしさでしょう。罪のない三少年はぶじに助かったのに、井川は土くずれの下じきとなり、怪獣男爵と一寸法師は、おそろしい地下の迷路にすいこまれてしまったのです。

一同はしばらくシーンと顔を見合わせていましたが、やがて鬼丸太郎がかたわらのかべを指さし、

「みなさん、これをごらんください。ここに金色《こんじき》の仏像があるでしょう。この仏像にも小さな鍵穴があります。ここへ第一の鍵をさしこんで右へ七度まわすと、そこにある岩の扉がひらくのです。そして、その扉のうしろには、大金塊《きんかい》があるのですが、第一の鍵をうしなったいまとなっては……」

鬼丸太郎がかなしげに声をうるませたときでした。とつぜん、大声でさけんだものがあります。滋君でした。

「おじさん、その鍵ならここにあります!……」

一同はびっくりしてそのほうを見ると、滋君は声をふるわせながら、

「ぼくはもしものことがあってはならぬと、この鍵のにせものをこさえておいたのです。怪獣男爵にゆうかいされたとき、ぼくの持っていたのはにせものです。ほんものはおうちにしまっておいたのです。おじさん、これこそ、ほんとうのナンバー・ワンの鍵です」

「滋君!」

鬼丸太郎は滋君の手から、小さな鍵をうけとると、ふるえる手で仏像の鍵穴にさしこみました。そして、一度、二度、三度……鍵をまわすにつれて、あの大

きな岩の扉が、ギリギリ、ギリギリ、歯車の音とともにひらいていくではありませんか。

金田一耕助と等々力警部、それから謙三にいさんの三人は、いきをのんでそれを見まもっていましたが、やがて扉がひらくといっせいに、懐中電灯の光をそのおくにさしむけました。と、そのとたん、なんともいえぬふかい感動の声が、一同のくちびるをついて出たのです。

懐中電灯の光をうけて、さんぜんとかがやいているのは、人間の大きさほどもあろうという黄金のあみださま。ああ、それこそは、何億円というねうちのある大金塊なのでした。

さあ、ながらくつづいたこの物語も、これでいよいよおしまいです。

大金塊はぶじに地下迷路よりそとへはこび出されました。鬼丸太郎はそれを政府の手で処分してもらいました。鬼丸太郎はいまや大金持《おおがねもち》です。しかし、かれはそれを、けっしてむだにつかおうとはいたしません。それをもとでに、迷宮島に手をいれて、そこを一大観光地にしようといっしょうけんめいです。剣太郎、珠次郎、鏡三の三少年もおとうさんに力をあわせてはたらいています。やがてそこが瀬戸内海の一名物となり、外国の観光客をよびよせるのもまぢかいことでしょう。

それにしても怪獣男爵はどうしたでしょうか。その後鬼丸太郎は大勢の人をやとって、地下迷路をくまなくさがしましたが、とうとう怪獣男爵や一寸法師のすがたを発見することはできませんでした。

怪獣男爵は人知らぬ迷路のおくで死んだのでしょうか。いえいえあのわるがしこい怪物のことゆえ、どこかに抜道を発見してひそかに脱出したのではありますまいか、そしてまた、どこかで悪事をたくらんでいるのではないでしょうか……。

黄金の指紋

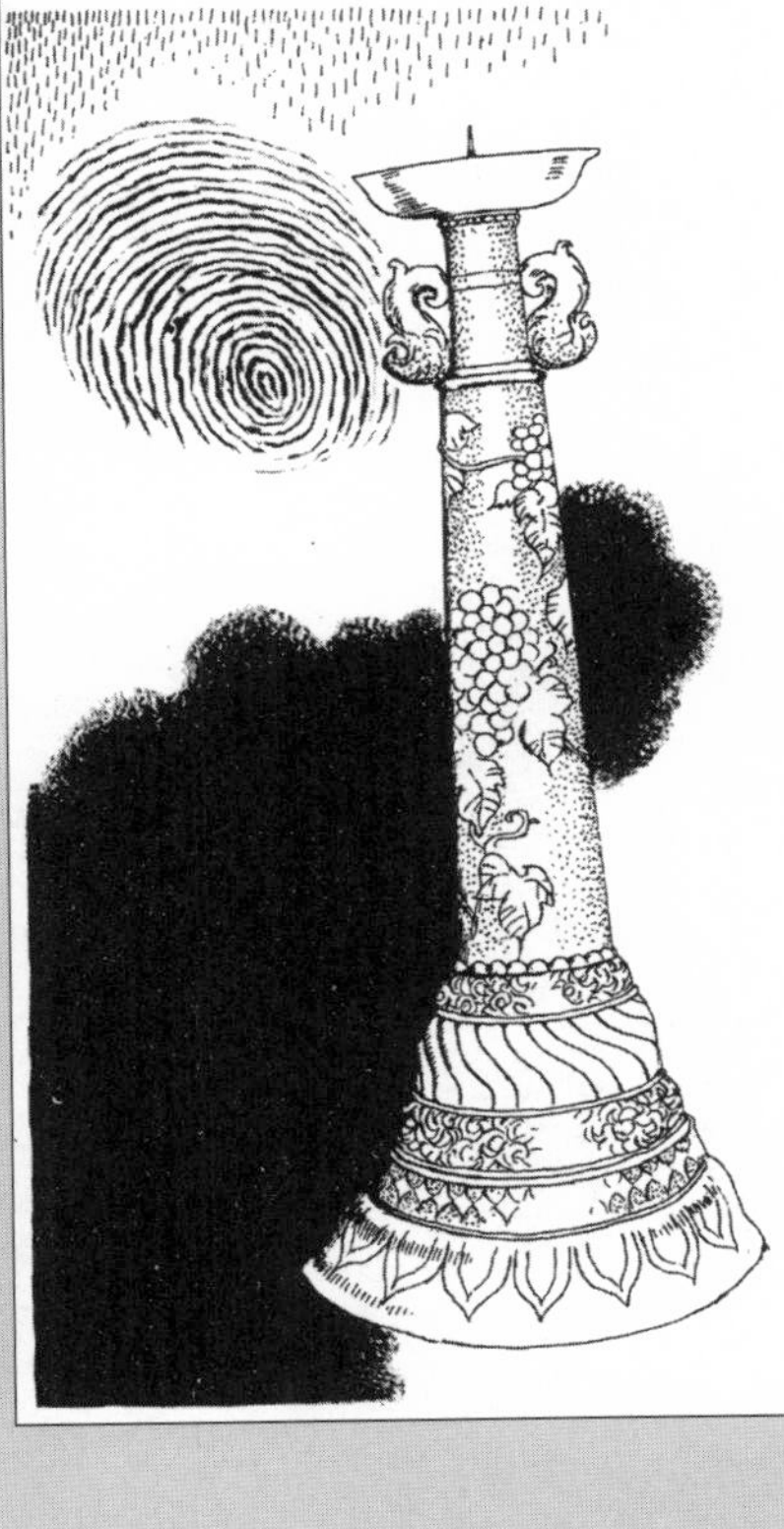

鷲の巣灯台

皆さん、瀬戸内海《せとないかい》の地図をひらいてごらんなさい。岡山県の南方に、児島《こじま》半島という半島が、瀬戸内海にむかって、ながくつきだしているのが見えるでしょう。

その児島半島のほぼとっさきに、下津田《しもつた》といううちいさな町がありますが、その下津田の町はずれに、岬《みさき》がひとつ、海にむかってつきだしています。

この岬は、鷲《わし》の岬というのが、ほんとうの名前なのですが、きんじょに暗礁《あんしょう》がおおくて、ときどき船が難船するところから、ひと呼んでこれを難船岬。

この難船岬は長さが一キロ弱、全部けわしい崖《がけ》からできているので、人家《じんか》とてはありませんが、そのとっさきに灯台がひとつ、海にむかってそびえています。瀬戸内海を航行する、船の乗組員たちが、鷲の巣灯台とよんでいるのがこれなのです。

この鷲の巣灯台の灯台守《も》りは、古川謙三《ふるかわけんぞう》といって、年のころは四十前後、たいへん話のおもしろい、子供ずきなひとなので、野々村邦雄《ののむらくにお》くんはいつかこのおじさんと、すっかり仲よしになっていました。

野々村邦雄くんはこのへんのものではありません。生《うま》れは東京、学校も東京でことし新制中学の二年生になるのですが、下津田の町に、おかあさんのにいさんが住んでいるので、この夏休みを利用して、東京からひとりであそびにきたのです。

そしてお勉強のかたわら、海水浴をしたり、ハイキングをしたり、たのしく夏休みをおくっていましたが、そのうちに、こころやすくなったのが、灯台守りのおじさんです。

邦雄くんはお勉強やハイキング、さては海水浴にもあきると、よく灯台へあそびにいきました。そして灯台を見せてもらったり、おじさんから、いろんなお話をきくのが、なによりのたのしみでした。

まえにもいったように、灯台守りのおじさんは、たいへん子供ずきでした。それに話がとても上手でした。

おじさんはここの灯台へくるまえに、あちこちの灯台で、灯台守りをしていたので、ずいぶんいろんなことを知っていました。ながいあいだ、灯台守りなどしていると、いろいろふしぎな思いや、あぶない目にあうものらしいのです。

嵐のことや、難破船のこと、さては海にからまるふしぎなお話——

話上手なおじさんの口から、それらの話がかたられるとき、邦雄くんはどんなに胸をおどらせて、聞きとれていたことでしょう。東京うまれで、東京そだちの邦雄くんにとっては、おじさんのお話は、みんな、おとぎばなしか、冒険小説のようにしか思われませんでした。

いやいや、しかし、おじさんのお話は、けっしておとぎばなしでも、冒険小説でもなかったのです。邦雄くんはそれから間もなく、灯台守りのおじさんと、仲よくなったばっかりに、おじさんのお話よりも、もっともっと、ふしぎな冒険、怪奇な事件にまきこまれることになったのでした。

それは夏休みも、のこりすくなくなった八月二十五日のこと。

邦雄くんはその日も鷲の巣灯台へ、あそびにいきましたが、おじさんにひきとめられるままに、晩ごはんもごちそうになり、夜の八時ごろまであそんでしまいました。

それというのはおばさんが、二、三日まえから親戚のおうちへいっていて、おじさんひとりでおるすばん。それでさびしかったのと、もう間もなくお別れだと思えば、たがいになごりがおしまれて、ついひきとめもし、ひきとめられると、ふりきって帰《か》えることもできなかったのです。

それはさておき、邦雄くんが鷲の巣灯台を出たのは、八時ちょっとすぎでした。いかに日のながい夏とはいえ、八時といえばもうまっ暗。空をあおげば、イカのすみのような黒雲《くろくも》が、あとからあとから矢のように、東から西へながれていきます。

夕方から吹きだした風が、しだいに吹きつのって来て、なにもさえぎるもののない、鷲の岬のてっぺんでは、うっかりしていると、崖《がけ》のうえから吹きとばされそう。崖の下では波の音がものすごいのです。

そういえば、さっき鷲の巣灯台できいたラジオの気象通報では、今夜半《こんやはん》より、かなり強い嵐がくるだろうとのこと。

邦雄くんはまっこうから吹きつける風とたたかいながら、懐中電気の光をたよりに、鷲の岬のとちゅうまで来ましたが、そのとき、とつぜん、

「おい、ちょっと待て」

行くてに立ちふさがったものがあります。

邦雄くんはぎょっとして立ちどまると、反射的に懐中電気の光をむけましたが、みると相手はふたりで、ひとりは雲つくばかりの大男、それに反してもうひとりは、女のようなきゃしゃな体をした人物でしたが、ふたりとも、洋服のうえに、ながい防水外套《がいとう》を着て、ふちの広い防水帽をかぶっています。

しかもふたりがふたりとも、防水帽をまぶかにかぶり、外套のえりをふかぶかと立てているので、見えるものとては、ぶきみに光る眼《め》ばかり、顔はちっともわかりません。ただ、小柄のほうの人物が、女のように色の白いのが眼につきました。

「なんだ子供か」

相手もぽっと懐中電気で、邦雄くんの顔をてらすと、大男のほうが、ひょうしぬけしたようにそういいました。太い、さびのある声です。

「おまえどこから来た。そして、いまごろどこへ行くんだ」

「ぼく……ぼく、鷲の巣灯台へあそびにいってたんです。そ、そして、これから下津田へ帰《か》えるとこなんです」

なんだか気味が悪かったので、邦雄くんはどもりがちに答えました。

「なに、灯台へいっていた？」

大男はちらと小男と顔を見合《みあわ》せたようでしたが、すぐまた邦雄くんのほうへむきなおって、

「灯台には灯台守りがいたろうな」

「はい」

「灯台守のほかに誰《だれ》かいるか」

「いいえ、今日はおじさんひとりです。おばさんは二、三日まえから、親類のところへいってるんで

す」

　そういってから、邦雄くんは思わずはっとしました。そのとたん、大男の眼がぎろりと光ったように思われたからです。

「ああ、そうか、よしよし、それじゃ気をつけていけ。呼びとめてすまなかったな」

　相手が道をひらいてくれたので、邦雄くんは逃げるようにそこからはしり出しました。なんともいえぬ気味悪さに、わきの下にびっしょり汗をかきながら……

　そのとき、ざあっと猛烈な雨が、たたきつけるように落ちてきました。その雨のなかに、鷲の巣灯台の光がきらりきらりと明滅しています。

難破船

　ジャン、ジャン、ジャン……けたたましく鳴りひびく半鐘《はんしょう》の音に、邦雄くんがはっと目をさましたのは、その真夜中の三時すぎのこと。

　嵐はいよいよ勢いをましたらしく、外はものに狂ったような雨と風の音。波の音もものすごいのです。

　しかも、それらの音にまじって聞こえるのは、町でつきだす早鐘《はやがね》の音。沖からきこえる汽笛《きてき》のひびきが悲しそうです。

「あっ、難破船《なんぱせん》だ！」

　邦雄くんは、がばと寝床からとびおきると、海に面した雨戸をひらきましたが、そのとたん、どっと吹きこむ風にのって、半鐘の音と汽笛のひびきが、にわかに大きく耳をうちます。

　沖をみれば、すみを流したような海のうえに、三十度ほどかたむいた汽船のりんかくがぼんやりみえます。

　邦雄くんはそれを見ると、はっと息をのみましたが、そのときもうひとつ、邦雄くんをあっと驚かせたものがあるのです。

　それは鷲の巣灯台でした。ああ、なんということでしょう。鷲の巣灯台の灯《ひ》がきえて、海のうえはまっ暗ではありませんか。こんな晩こそ、海上をいく船にとって、灯台の光がなによりもたよりなのに……

　邦雄くんは、はっと胸さわぎをかんじました。今夜、宵《よい》に、鷲の岬《みさき》のとちゅうで出あった、あの怪しいふたりづれのことが、さっと頭にひらめいたからです。ひょっとすると、灯台守《も》りのおじさんに、何かまちがいがあったのではあるまいか。

そのとき、早鐘の音にとびだした町のひとびとが、口々にののしり、わめきながら、下の道を浜辺のほうへ走ってゆくのがきこえました。

「こりゃ、たいへんだ」

邦雄くんはいそいで部屋へとってかえすと、電気のスイッチをひねってみましたが、停電とみえて灯《ひ》はつきません。邦雄くんはしかたなしに、暗やみのなかで制服をつけ、上からレインコートをひっかけましたが、そのとき階下でもがやがやと、さわぐ声がきこえました。どうやら、おじさんやおばさんも起きているらしいのです。

邦雄くんがレインコートのうえに頭巾《ずきん》をかぶって、階下《した》へおりていくと、おじさんもローソクの光をたよりに、ちゃんと身じたくができていました。

「おじさん、おじさん、難破船です。それに灯台の灯がきえています」

「なに、灯台の灯がきえている？……」

おじさんもびっくりして、窓から外をのぞきましたが、

「あっ、ほんとうだ。どうしたんだろう」

「おじさん、ぼくも連れてってください」

「まあ、邦雄さん、あんたはおうちにいたほうがいいよ。けがをするとあんたのおかあさんに申しわけがないから……」

「いいえ、おばさん、だいじょうぶです。ぼくはもう子供じゃありません。それに、灯台のおじさんのことが気になるのです」

ふたりが押問答《おしもんどう》をしているところへ、だれかがどんどん表《おもて》の戸をたたいて、

「御子柴《みこしば》さん、御子柴さん、起きてください。難破船ですぞッ」

邦雄くんのおじさんは、御子柴忠助《ちゅうすけ》といって、この町の町長ですから、こんなときには、何をおいてもかけつけなければならないのです。

「よし、いまいくぞッ」

「おじさん、ぼくもいっしょにつれてってください」

「よし、ついておいで」

嵐はますますつのってきて、雨と風がたたきつけるように、まっしょうめんから吹きつける。それとたたかい、たたかい、ようやくの思いで浜までくると、そこはもう、戦場のようなさわぎです。

三カ所ばかりたいたかがり火の間をぬって、たいまつがとぶ、カンテラが右往左往《うおうさおう》する。みんな声をからして口々に、何やらわめいているのです。

「おうい、ロープをよこせ、ロープを……」

「よし、きた、おういロープを投げるぞ」

「舟はどうした。どうして、こっちへかえってくるのだ」

「だめだ、だめだ。この嵐じゃ、とても汽船までちかよれやせん」

「あっ、そこにだれか流れついたぞ」

そういう声が、雨と風に吹きちらされて、とぎれとぎれにきこえてきます。半鐘の音はもうやんでいましたけれど、汽笛《きてき》の音がもの悲しい。さっきからみると沖の汽船は、よほどかたむきが大きくなっているのです。

浜からは、いくどか舟が出されましたが、何しろひどい嵐です。みんな岸へ吹きもどされて、どうしても沖の汽船へたどりつくことができません。

そのうちに、全身ずぶぬれになったひとびとが、ひとりひとり、若者の肩につかまって、よろよろと邦雄くんのまえを通りすぎました。みんな難船したひとびとなのです。

きけば汽船からおろされた八《はっ》そうのボートのうち、半分までが、とちゅうでひっくりかえったのだという。それでも生きて浜までたどりついたひとびとは、さいわいです。岸まで流れよったときには、もう、息のない人も少《すく》なかったのです。

邦雄くんはそういう人を見るたびに、手をあわせておがみましたが、そのうちに、ふと気がついて、

「おじさん、おじさん」

「おお、邦雄、何か用事か」

おじさんは、戦場のような浜じゅうを走りまわって、さしずをあたえるのにいそがしかったが、邦雄くんに声をかけられると、汗まみれの顔をふりむけました。

「ぼく、ちょっと灯台へいってきます。灯台のおじさんが気になりますから」

「ああ、そう」

おじさんはちょっと小首をかしげましたが、

「それじゃいって来い。気をつけていけよ。ああ、それから邦雄」

「はい、何か御用ですか?」

「とちゅうでだれか、流れついているかも知れないから、よく気をつけてくれ」

「はい、わかりました。それじゃおじさん、行ってきます」

懐中電気の光をたよりに、邦雄は嵐をついて、鷲の岬のほうへ走りだしましたが、あとから思えばこのことこそ、あのような奇怪な冒険に足をふみいれる、第一歩となったのでした。

黒い箱

嵐はどうやら峠《とうげ》をこしたらしく、さっきからみると、雨も風も、だいぶ勢いがおとろえたようです。

それでもまだ、ときどき、思いだしたように吹きつける風、たたきつける雨が、邦雄くんの行くてをはばみます。

その雨、風とたたかいながら、邦雄くんはやっと鷲の岬のとっつきまで来ましたが、なに思ったのか、とつぜんギョッとして立ちどまりました。

どこかで、うめき声がする。

邦雄くんは嵐のなかに立ちどまって、じっと聞きみみを立てましたが、ああ、まちがいはありません。うめき声はそこにそびえている、岩のかげからきこえるのです。

邦雄くんは小走りに岩をまわって、むこうへ出ましたが、すると、はたして岩の根もとに、男の人がたおれているのです。洋服がぐっしょりぬれているところをみると、難破船《なんぱせん》から流れよった遭難者にちがいありません。

邦雄くんはいそいでそばへかけよりました。

「もしもし、しっかりしてください」

懐中電気の光をむけると、それは二十四、五才の青年紳士でした。

「もしもし、しっかりしてください。もうだいじょうぶです。気をたしかに持ってください」

そのことばが耳にはいったのか、青年紳士は、苦しげに目をひらいて、邦雄くんの顔をみながら、

「ああ、……きみ、……水……水……」

「ああ、水ですか。ちょっと待ってください。いますぐくんできます」

邦雄くんは岩のむこうに、きれいな小川が海にそそいでいるのを知っています。そこで大いそぎで小川の水を、どっぷりと手ぬぐいにふくませて帰ってくると、それを青年紳士の口にあてがいました。

青年紳士はうまそうに、その手ぬぐいをすっていましたが、やがてがっくりと首をうなだれると、

「ああ、ありがとう。……ぼくは……ぼくはもう死んでもいい……」

「な、なにをいってるんです。ばかなことをいっちゃいけません。しっかりしてください」

「いいや、ぼくは、もうだめだ。胸を射たれて……ぼくは、もう助からぬ」

「えッ、なんですって？」

邦雄くんはびっくりして、懐中電気の光で、青年紳士の胸をしらべましたが、そのとたん、思わずあっと息をのんだのです。

ああ、なんということでしょう。青年紳士の胸のあたりが、まっかに血でそまっているではありませんか。

「ああ、あなた、こ、これはいったい、どうしたんです。……射たれたって、いったい、だれにうたれたんです」

「あいつだ、あいつだ、義足の男……」

「義足の男ですって？　そして、いつ射たれたんです」

「汽船が暗礁《あんしょう》に乗りあげたとき……あいつは……あいつは、どさくさまぎれにぼくを殺して、こ、このケース（小箱）を盗もうとしたんだ」

見ると青年紳士は、小《こ》わきにしっかり、黒い皮の、直方体のケースをだいているのです。

「ぼくは……ぼくは……これをかかえて、命がけで海へとびこんだ。こ、これをあの人にわたすまでは、ぼくは……ぼくは……死んでも死ねぬ……」

「あなた、あなた、しっかりしてください。死ぬなんて、そ、そんな……ああ、ちょっと待ってください。ぼく、だれかを呼んできます」

灯台も灯台でしたが、こうなると、この青年紳士をすてておくこともできません。邦雄くんがだれか呼んでこようと思って立とうとすると、青年紳士は腕をとってひきとめました。

「ああ、ちょっと待って……ぼくは……ぼくは、それまで命が持つかどうかわからぬ。……それよりもきみにたのみがある。さっきから、きみのことばを聞いていたが、きみはこのへんの人じゃないね」

「ええ、ぼくのうちは東京です。お休みで、こっちへ遊びにきているんですが、二、三日うちに東京へかえります」

それをきくと、青年紳士は、急に大きく目をひらきました。

「き、きみ、そ、それはほんとうか」

「ほんとうです」

「あ、あ、ありがたい。こ、これも天の助けだ。き、きみ、こ、これを……」

青年紳士はむりやりに、かかえていた黒いケースを邦雄くんにおしつけると、

「こ、これを……きみにあずけておく。これを、東京へかえったら金田一耕助《きんだいちこうすけ》という人にわたしてくれ。金田一耕助……わかったか。ところ書きはそのケースのなかにある……」

「あなた、あなた、しっかりしてください。そ、そんなことをいったって、ぼく……」

「いいや、きみよりほかに頼むひとはない。おねがいだ、聞いてくれ。一生のたのみだ。きみが聞いてくれないと、かわいい……かわいいお嬢さんの運命にかかわるのだ。……いいか、たのんだぞ。……気をつけたまえ、このケースをねらっているやつはたくさんある。

今夜……今夜、灯《ひ》台の灯をけして、船を遭難さしたやつも、きっとそのうちのひとりにちがいない……」

「な、な、なんですって？」

邦雄くんは思わずギョッと、青年紳士の顔を見なおしました。

「これは……これは……ぼくの邪推《じゃすい》かも知れないが、だれかが、船を遭難させて、ぼくとこの黒いケースを、海底にしずめてしまおうとしたのにちがいないのだ。……恐ろしいやつだ。恐ろしいやつが、たくさんこの箱をねらっているのだ。……気をつけて……だれにもきみが、この箱を持っていることを知らしちゃならんぞ。……とりわけ、……とりわけ、義足の男に気をつけて……金田一耕助……わかったか、……金田一耕助にこの箱を、きっとわたしてく

れたまえ」

青年紳士はそこまで語ると、がっくり首をうなだれたのです。

気がつくと、嵐はもうだいぶおさまっていましたが、それでもおりおり、たたきつけるような雨が降ってはとおりすぎて行きます。

野々村邦雄くんは、黒い箱をかかえたまま、茫然《ぼうぜん》として雨のなかに立っていました。

義足の男

「もしもし、おじさん、しっかりしてください。もしもし……」

邦雄くんはとほうにくれてしまいました。

青年紳士にわたされたものを見ると、縦横《たてよこ》ともに二十センチ、高さ四十センチくらいの、黒い皮の長方形のケースで、何がはいっているのか、手にとってみると、ずっしりと持ちおもりがするのです。

「もしもし、おじさん、もしもし……」

邦雄くんはむちゅうになって、青年紳士をゆすぶりましたが、ぐったり目をつむって、返事もしません。ひょっとすると、死んだのではあるまいかと、胸へ手をやってみましたが、心臓はうごいています。傷口をしらべてみると、出血はとまっていました。

邦雄くんは急にぴょこんととびあがりました。そうだ、だれかを呼んでこよう。手当《てあて》が早ければ助かるかもしれぬ。むこうの浜には、お医者さんや看護婦さんもいるはずだ。

邦雄くんは岩をまわって五、六歩かけだしましたが、そこでふと、思い出したのが黒い箱のこと。あの箱をのこしていってよいだろうか。いけない、いけない。だれかがやってきて、あの箱を持っていったらどうするのだ。あの人は気をうしなっているのだから、だれが持っていってもわかりやしない。それではあずけられた自分がすまぬ。

邦雄くんはいそいで青年紳士のそばへひきかえすと、黒い箱をとりあげましたが、それはかなり重いうえに、かさばるので、とても人目につかぬように、持ってあるくことはできません。それだのに、さっき、この青年紳士はなんといったか。

「きみがこの箱を持ってることを、だれにも知らしちゃならんぞ……」

邦雄くんはちょっと、とほうにくれましたが、すぐよい考えがうかびました。青年紳士がたおれている岩には、だれもしらない穴があります。邦雄くんはいつか、カニを追っかけていて、偶然発見したのですが、それを思いだすと、すぐ、その穴のそばへとんでいきました。

穴は出っぱった岩の下にあり、しかも岩にこびりついた海草が、すだれのようにたれているので、だれもそんなところに、穴があるとは気がつきません。邦雄くんはその穴の奥へ、黒い箱をおしこみました。

そして、その上から、流れよった海草を、めちゃくちゃにつめこみました。こうしておけば、もうだれにも見つかる気づかいはありません。邦雄くんはそれでやっと安心して、岩のかげからとび出しましたが、ああ、そのときかれは、大事なものをわすれていました。

それは手拭《てぬぐ》いです。さっき青年紳士に、水をのませるために使ったあの手拭い。邦雄くんはそれをわすれていったのですが、その手拭いには、邦雄くんの名前のみならず、学校の名まで書いてあったのです。

それはさておき、岩かげからとび出した邦雄くんは、まだ降りしきる雨をついて、一生けんめい走っていきましたが、すると、ものの五百メートルも来たときでした。

「おい、きみ、きみ」

かたわらの岩かげから、ぬうっと黒い影が、上半身をあらわしました。

「は、はい、何か御用《ごよう》ですか」

邦雄くんはぎょっとして立ちどまると、懐中電気の光をむけましたが、このひとは、毛皮でつくったふちなし帽をかぶり、皮のジャンバーを着て、ふといステッキをついています。そして、片眼《かため》を黒い布でおおうているのが、なんとなく、気味の悪いかんじです。

「きみ、きみ、きみにたずねたいことがあるんだが……」

「はあ、なんですか」

「きみはむこうから来たようだが、あっちにだれか、流れついている者はないか」

「はあ……」

邦雄くんは、ちょっと返事につまりました。さっ

きの青年紳士のことを、いってよいか悪いかちょっと迷ったのです。

「じつはわたしのつれが、ゆくえ不明になっているので、さっきからさがしているのだ。海の底へしずんだものならしかたがないが、浜へうちあげられているなら、かいほうしてやりたいし、すでに命のないものなら、自分の手でほうむってやりたいと思ってね」

いかにも心配そうなようすを見ると、邦雄くんもついつりこまれて同情しました。

「おじさんのつれというのは、どういう人?」

「二十五、六の青年だがね」

片眼の男はちょっとためらったのち、

「じつは、悪者に胸をうたれて負傷しているのだ。それで、いっそう心配なのだが……」

「ああ、おじさん、その人ならむこうにいるよ。むこうの岩かげ……ほら、むこうに大きな岩が見えてるでしょう。あのむこうに……」

「ああ、そうか。それはありがとう。それじゃ、さっそくいってやろう」

そういいながら片眼の男が、小岩をまたいで、やおらこちらへ出てきたとき、邦雄くんは思わずあっと、その場に立ちすくんでしまいました。いままで小岩でかくれていたので、気がつかなかったのですが、なんと、その男の左の足は、義足ではありませんか。

ああ、青年紳士がくれぐれも、気をつけろといった義足の男。難破船のうえで、青年紳士を殺そうとした義足の男……邦雄くんは、頭からつめたい水を、ぶっかけられたような気持でしたが、義足の男はそのようすを、ぎょろりとしりめにかけると、そのままステッキをついて走りだします。しかも、その足の早いこと。ピョンピョンと、とぶように走っていくのです。

それを見ると邦雄くんも、むちゅうになって、おじさんたちのいるほうへ走っていきました。

したたる血潮

「邦雄や、どうしたもんだ。だれもいやあせんじゃないか」

「邦雄さん、あんた、ねとぼけて、夢でもみたのとちがうか。あっはっは」

それから間もなく、おじさんや、おまわりさんの木村《きむら》さん、さてはお医者さんの須藤《すどう》先生を案内して、さっきの岩かげまでひきかえしてきた邦雄くんは、まるでキツネにつままれたような顔色でした。そこには義足の男はもとよりのこと、重傷を負うて、人事不省《じんじふせい》におちいった、青年紳士のすがたさえ見えないのです。

「いいえ、そんなことはありません。たしかにここに、人がたおれていたんです。しかも、その人はピストルで射たれていたのです」

「しかし、そんなに重傷をおうているものが、急に身をかくすはずがないじゃないか」

「だから、おじさん、義足の男がつれていったのです。義足の男がどこかへつれていってしまったんです」

義足の男は青年紳士を、いったい、どこへつれていったのだろう。そして、どうしようというのだろう。邦雄くんはそれを考えると、なんともいえぬ恐ろしさをかんじました。

「は、は、は、ばかなことをいっちゃいかん。そいつは義足をはめていたというのだろう。そして、ステッキをたよりにやっと歩いていたというのだろう。そんなおとこが人間ひとり、抱いて逃げることができるものか」

おじさんも木村巡査も、どうしても邦雄くんのことばを、信用しようといたしません。悪いことには、降りしきる雨に、岩のうえの血痕《けっこん》も洗いながされて、血にそまった負傷者が、そこにたおれていたことを、証明できるような痕跡《こんせき》は、どこにも残っていないのです。

だが、そのしょうこがある。それは穴のなかにかくしてある、あの黒い箱です。

邦雄くんは、よっぽどそれをとりだして、おまわりさんに、説明しようかと思ったが、いや、待てしばしとひかえました。青年紳士はなんといったか。

「それを君が持っていることを、ぜったいに人に知られてはならぬ」

と、そういったではありませんか。もし青年紳士が死んだのなら、あの一言《ひとこと》こそ遺言《ゆいごん》になったわけです。

死にゆく人の、さいごの言葉は、しっかり、守ってあげねばならぬ。またもしあのひとが生きているとすれば、その許しをうけるまでは、ぜったいに人にもらしてはならぬ。自分のような少年に、このようなことを頼むというのは、よくよくのことでなければならない。きっと自分を信頼できる少年だと思ったのであろう。もしそれならば、自分はその信頼にそむいてはならぬ。そうだ。自分は青年紳士にたのまれたとおりに実行しよう。

黒い箱をひと知れず、東京まで持ちかえって、金田一耕助という人に手渡ししよう。それまでは、ぜったいにこのことを、人にしゃべるまい。……邦雄くんはけなげにも、心のなかでかたくそう誓ったのでした。

そのとき、おじさんが思い出したように、

「そうそう、邦雄、おまえは灯台までいってみたのか」

「いいえ、おじさん、そのとちゅうで青年紳士に出あったものですから……」

「は、は、は、まだあんなことをいっている。どうもへんだな。灯台守《も》りは何をしてるんだ。木村さん、いってみようじゃありませんか」

「そうですね。わたしもさっきから気になっていたのです。ひとつしらべてみましょう」

「わたしもおともしますかな。邦雄くんのいうけが、人が、どこかそこらにたおれているかも知れませんから」

お医者さんの須藤先生だけが、いくらか邦雄くんの話を、信用している口ぶりでした。

そこで一同は灯台めざして歩きだしましたが、ああ、そのときになっても邦雄くんは、まだ気がつかずにいたのです。岩のうえにわすれていった手拭《てぬぐ》いが、青年紳士とともに消えうせていることを……

間もなく、一同は鷲の巣灯台につきました。

「おーい、古川くん、いるか」

灯台守りの小屋のまえで、おじさんが大きな声で叫びました。しかし、返事はなくて、入口のドアが、ばたんばたんと、風にあおられているばかり。なかをのぞいてみると、ひとのすがたは見えなくて、ただ、電気がわびしげについているばかり。

「みょうだな。どこへいったんだろ」

「おじさん、へんじゃありませんか。灯台の入口があいています」

「よし、なかへ入ってみよう。古川くん、古川くん」

一同は灯台守りの名をよびながら、灯台のなかへ入っていきましたが、そのとたん、邦雄くんが、あっとさけんで立ちすくみました。

「おじさん、おじさん！」

「ど、どうした、邦雄、なにかあったか」

「あ、あれ……」

邦雄くんの指さすところをみて、一同は思わずぎょっと息をのみました。

階段のうえに点々として、くろいしみがつづいています。しかも、それはずっとうえのほうからつづいているのです。

木村巡査はそっとそのしみにさわってみて、

「血だ！」

一同はぞっとしたように、顔を見合わせましたが、やがて、はじかれたように階段をかけのぼりはじめました。

指紋のある燭台

鷲の巣灯台は五階になっています。そしてそのうえに照明灯がそなえつけてあるのです。

一同は階段につづいている、血のあとをつたって、照明灯のそばまでかけつけましたが、そのとたん、まるで棒をのんだように、立ちすくんでしまったのです。それもむりではありません。

照明室は巨人の手によって、かきまわされたような混乱ぶりです。照明灯はこっぱみじんとぶっこわされて、レンズのかけらがあたりいちめんに散乱しています。

そして床は血の海なのですが、その血のなかに、灯台守りの古川謙三は、胸をえぐられてたおれていました。むろん、死んでいるのです。殺されたのです。それをみると邦雄くんは、なんともいえぬいかりが、むらむらと、胸もとにこみあげてくるのをかんじました。

だれかが照明灯をこわしにきたのです。灯台守りのおじさんは、それを防ごうとして、勇敢にたたかったあげく、とうとう、力つきて殺されたのにちがいありません。

邦雄くんはふと、昨夜、鷲の巣岬《みさき》のとちゅうで会った、ふたりづれを思い出しました。あいつだ、あいつがおじさんを殺したのだ。

そして、照明灯をこわしていったのだ。なんのために？……ひょっとすると、それは青年紳士もいっていたとおり、あの船を難船させるためではなかったでしょうか。

ああ、なんという非道《ひどう》、なんという大犯罪、それこそ、鬼とも、悪魔ともいうべきしわざではありませんか。

邦雄くんはふたたび、みたび、いかりが胸もとにこみあげてくるのをおぼえました。

「おじさん、おじさん、灯台守りのおじさん」

邦雄くんはそう叫んで、むちゅうでそばへかけよろうとしましたが、その声に、一同は、はっと気がつきました。

「あ、そうだ。邦雄くんむこうの浜辺に警部さんがきているはずだ。邦雄くん、すまないが警部さんに、このことを知らせてきてくれ」

「だって、ぼく……」

「邦雄、なにをぐずぐずしている。木村さんのおっしゃることをきかないか」

おじさんにそういわれると、きかないわけにはいきません。邦雄くんはよろめくようなあしどりで照明室を出ていきました。

ああ、おじさんが死んだ。灯台守りのおじさんが死んだ。自分をあんなにかわいがって、いろんなお話をしてくれた、あのやさしい、親切なおじさんが死んだ。

しかも、悪者の手によって殺されたのだ。邦雄くんはいかりとともに、なんともいえない悲しみが、胸にみちあふれてくるのをおぼえます。灯台をでた邦雄くんは、岬をすぎ例の岩かげまできましたが、そのとき、ふと思い出して、穴のそばへよりました。

さいわい、あたりにはだれもいません。穴のなかをさぐってみると、さっきの黒い箱がありました。それをレインコートの下にかくして、もとの浜辺まででかえってくると、警部さんはすぐに見つかりました。

警部さんは邦雄くんの話をきくと、びっくりして、

二、三人の部下とともに、灯台のほうへかけ出しました。
そのあとを見送っておいて、邦雄くんはおじさんのおうちへかえってくると、そのまま二階へあがって、レインコートの下から、黒い箱をとり出しました。

邦雄くんのあたまには、いま、はっきりとしたひとつの考えがあります。それは、どうしても灯台守りのおじさんの、かたきを討《う》たねばならぬということです。

しかし、かたきを討つためには、まず、そのかたきからさがし出さねばなりません。

それにはどうすればよいか。そこで思い出したのはさっきの青年紳士のことばです。

「これはぼくの邪推《じゃすい》かも知れないが灯台の灯《ひ》を消して、船を遭難させたのも、ぼくとこの黒い箱を海底へ、しずめてしまうためではないか……」

すると、灯台守りのおじさんを殺したやつも、この黒い箱と、何かかんけいがあるにちがいない。

邦雄くんはわななく指で、黒い箱をひらきました。箱にはかけがねがついていたけれど、カギはかかっていなかったのです。箱のなかから出てきたのは、白い桐《きり》の箱でした。

邦雄くんがそっとふたをとってみると、なかには、黒いビロードでつつんだものがあり、そのうえに、金田一耕助という人の、ところがきがのっけてありました。

その紙をのけ、邦雄くんは布ごとなかみを出すと、ひざのうえにおいて、そっと布をめくってみました。するとなかから出てきたのは、目もまばゆきばかりの黄金の燭台《しょくだい》、すなわちローソク立てなのです。

台座の直径十五センチばかり、そのうえに高さ三十センチ、直径八センチばかりの円筒形の柱が立っていて、その柱にはブドウのつるのからみついているところが、彫ってありますが、なんと、そのブドウの実というのが、みんな紫《むらさき》ダイヤではありませんか。

邦雄くんは、思わず息をのみました。燭台をもつ手が、わなわなとふるえました。ひたいに汗が、びっしょりうかんできました。

邦雄くんは、あわてて燭台を、机のうえにおきました。それからハンケチで、ていねいにぬぐいかけました。なんべんも、なんべんも、ていねいにふきましたが、そのうちに邦雄くんは、ふしぎなことに気がついたのです。

燭台の火ざらのところ、そこだけはなんの彫刻もなく、すべすべとしているのですが、そこにはくっきり、指紋がひとつ、ついているのです。

邦雄くんははじめ、それを自分の指紋だと思い、ていねいにふきましたが、いくらふいても指紋はとれません。邦雄くんはふしぎに思って、目をちかづけてみましたが、そのとたん、世にもみょうなものを発見して、思わずあっと息をのんだのです。

いくらふいても取れぬはずです。その指紋はくっきりと、黄金の地肌《じはだ》に、焼きつけられているではありませんか。

ああ、いったい、これはだれの指紋なのでしょうか。そして、この指紋のついた黄金の燭台には、いったい、どのようなナゾが、秘められているのでしょうか。

須藤先生のゆくえ

邦雄くんはまるで自分が、冒険小説の主人公かなんかになったような気がしました。それもそのはずです。その黄金燭台《しょくだい》というのは、どう見てもただの品とは思われません。

もしこれが、しんのしんまで黄金だとしたら、いまのねだんにして、何万円、何十万円、いや何百万円するかわからぬしろものです。

おまけに、その燭台にちりばめられた、むらさきダイヤのすばらしさ――

邦雄くんのような少年にも、これが世にも貴重なものであるらしいことがわかるのです。

しかも、この黄金燭台には、黄金とダイヤのねうちばかりではなく、もっとほかに、何かおおきな意味があるらしいのです。

あの青年紳士はこういったではありませんか。

「お願いだ。きいてくれ……君がきいてくれないと、かわいいかわいい、お嬢さんの運命にかかわるのだ……」

してみると、この黄金燭台が金田一耕助というひとの手に、ぶじにわたらないと、どこかのかわいいお嬢さんのからだに、不仕合《ふしあわ》せなことがおこるのではありますまいか。

そう考えると邦雄くんは、重っくるしい責任感で胸がふさがりそうでした。

もし、これがふつうの少年なら、こんなきみ悪い事件から、手をひいたかも知れません。警察へとどけて出るか、それともおじさんにうちあけるかして、自分は責任をさけようとしたかも知れないのです。

しかし、野々村邦雄くんは勇気にとんだ、責任感のつよい少年でした。あのきずついた青年紳士の、一生けんめいのたのみを思うと、どうしても、そのとおりにしてあげねばならぬと決心しました。

たとい、そこにどのような、危険や災難がよこたわっていようとも……

それはさておき浜べでは、その日いちにち、救難作業がつづけられていました。

難船した汽船は日月丸《にちげつまる》といって、九州の博多《はかた》から大阪へむかうとちゅうでしたが、船客船員あわせて、百六十人から乗っていたのに、ぶじにたすけられたのは六十八人、死体となって浮きあがったのが四十七人、あとの四十何人かは、まだ生死さえわからないのです。

邦雄くんはそういううわさをきくにつけ、灯台守《も》りのおじさんをころし、灯台の灯《ひ》を消したにくむべきしわざに対して、はらのなかが煮えくりかえるようないかりを感じました。

夕方ごろおじさんが、へとへとになってかえってきました。

「たいへんな出来事だな。浜へいってみい、気のどくで目もあてられんぞ」

「ほんとうにとんだことでしたねえ。それでもう、あなたのご用はおすみになりまして？」

おばさんがたずねると、おじさんは首を左右にふって、

「なかなか……飯《めし》を食うたらまた出かける」

「まあ、あんまりごむりをなすって、あとでおつかれが出ると困りますわ」

「そんなことといってられるかい。遭難した人のことを考えてみなさい」

「それもそうですけど」

「おじさんまた出かけるの。それじゃぼくもつれてってください」

邦雄くんはそばから口を出すと、おじさんは笑って、

「いや、おまえこそうちにいたほうがいいぞ。けさはご苦労だった。くたびれたろう」

「だいじょうぶですよ。あれからぐっすり寝ましたもの。ねえ、つれてってください」

「そんなにいうなら来てもいいが……」

そこで晩ごはんがすむと、邦雄くんはまた、おじさんについて、浜べへ出てゆきました。

夕食がすんでもまだ明るい浜べは、あいかわらず戦場のようなさわぎです。きんじょの町から応援にきた、おまわりさんや青年団員、さてはまた、新聞やラジオで日月丸遭難を知って、おどろいてかけつけてきた遭難者のみよりの人たちで、浜べはごったがえすようなさわぎです。

嵐はすっかりおさまって、昨夜にかわる上天気。海もおだやかにないで、夕焼け雲のうつくしいのが、かえってものかなしさをそそるのです。

日月丸ははんぶんかたむいたまま、沖に坐礁《ざしょう》をしています。

邦雄くんとおじさんが浜べへくると、すぐ木村巡査がそばへよってきました。

「ああ、御子柴さん、あんた須藤先生をごぞんじじゃありませんか」

「えっ、須藤先生がどうかしましたか」

「それがおかしいんです。お昼すぎからずっとすがたが見えないんですよ」

「うちへかえってるのじゃありませんか」

「いいえ、おくさんも知らないといってるんです。どうもへんですね。こんな大切なばあいに、お医者さんがすがたをかくすなんて……」

木村巡査はこまったように、頭をかいていましたが、それをきくと邦雄くんは、なんとはなしに怪しい胸さわぎを感じたのでした。

しょうこの手拭

「おじさん、ぼく、ちょっとむこうのほうを見て来ます」

おじさんと木村巡査をそこにのこした邦雄くんは、

ごったがえす浜べのなかを、難船岬《みさき》のほうへあるいていきました。

邦雄くんの胸は、いま怪しくおどっています。須藤先生はいったいどこへいったのか。あとから打ちあげられる、気の毒なけが人をほっておいて、お医者さんがかってによそへいくとは思われません。

須藤先生がいなくなったには、何かわけがあるにちがいない。だが、そのわけとはなんだろう……

邦雄くんの頭に、いなずまのようにひらめいたのは、胸をうたれた青年紳士のことです。あの青年紳士がいなくなったのは、義足の男がつれていったにちがいないが、ひょっとするとその義足の男が須藤先生を……

邦雄くんはまもなく、難船岬のねもとまで来ました。そこにはお巡《まわ》りさんが二、三人立っていて、だれも岬へいれないように、張番《はりばん》をしています。鷲の巣灯台で人ごろしがあったので、げんじゅうに警戒しているのです。

しかし、邦雄くんのめざしているのは、難船岬ではなくて、そこから五百メートルほどむこうの、崖《がけ》のうえにたっている、漁師小屋でした。この小屋は五、六年まえの嵐で、めちゃめちゃにこわされて以来、住むひととてもなく空屋《あきや》になっているのです。

邦雄くんはきょういちにち考えたあげく、ひょっとすると義足の男は、あの小屋へ、青年紳士をつれこんだのではないかと思いました。

難船岬のねもとをすぎると、間もなくむこうに、半ごわれになった小屋が見えます。邦雄くんは岩かげに身をかくすと、這《は》うようにしてじりじりと小屋にちかづきます。

ところが邦雄くんが、小屋から二百メートルほどのところまで、這いよったときでした。だしぬけに、崖の下からきこえてきたのは、ダ、ダ、ダ、ダというエンジンの音。

邦雄くんははっとして、崖ぶちから、下の海面をのぞきましたが、そのとたん、髪の毛が逆立つような恐ろしさをかんじたのです。

崖のしたからいま一《いっ》そうの、モーター・ボートが出ていきます。しかも、そのモーター・ボートのハンドルをにぎっているのは、まぎれもない、片目を黒い布でおおった義足の男、おまけにモーター・ボートのなかには、がんじがらめにしばられたうえ、さるぐつわまではめられた、青年紳士がぐったりと、横になっているではありませんか。

「あっ、だれか来てください。人ごろしです。人ごろしです」

邦雄くんはむちゅうになって叫びました。その声がきこえたのか、義足の男はハンドルをにぎったまま、くるりとこちらをふりかえりましたが、ものすごい目で、邦雄くんをにらみつけると、そのまま沖へまっしぐらに……

「あっ、だれか来てください。あの人がころされます。あの人がころされます……」

邦雄くんがむちゅうになって叫んでいると、難船岬のねもとで見張りをしていたおまわりさんが、ばらばらとかけつけてきました。

「おい、どうしたんだ、何事がおこったのだ」

「あっ、おまわりさん、あのモーター・ボートを追っかけてください。悪者がけがにんをつれてゆくのです。けがにんは、いまにころされるにちがいありません」

おまわりさんは、半信半疑で邦雄くんの話をきいていましたが、モーター・ボートを見ると、

「あっ、あれは海上保安隊のボートじゃないか。畜《ちく》生《しょう》ッ、だれか乗りにげしやがった」

おまわりさんはピストルを出してぶっぱなしました。しかしモーター・ボートはすでに遠い沖へ出ているので、とてもピストルのたまはとどきません。

ピストルの音をききつけて、またふたり、おまわりさんがかけつけて来ました。

そこで邦雄くんが手短かに、朝からのいきさつを語ってきかせると、俄然《がぜん》、おまわりさんはきんちょうして、

「よし、それじゃすぐに追っかけろ」

「追っかけろといって、モーター・ボートはどこにあるんだ」

「岬のむこうがわに、保安隊のボートが来ているはずだ。来たまえ」

「よし、おれは警部さんに報告してくる」

こうして、大さわぎののち、モーター・ボートが出されたころには、しかし、義足のおとこと青年紳士をのっけた船は、おりからの夕焼けの空をうつして、まっかに燃えあがる海上遠く豆粒ほどの大きさになって走っていました。

「邦雄、どうしたのだ。あのさわぎは何事だ」

邦雄くんが手にあせをにぎって、海上を見つめているところへかけつけて来たのは、おじさんと木村巡査です。

「あっ、おじさん、来てください。あの小屋です」

邦雄くんを先頭に、おじさんと木村巡査が、半ごわれの漁師小屋へかけつけると、そこには、はたして須藤先生が、がんじがらめにしばられ、さるぐつわをはめられて、床にころがされているのでした。

「あっ、こ、これは……須藤先生、いったい、これはどうしたのです」

おじさんと木村巡査が、あわててさるぐつわをはずし、いましめをとくと、須藤先生はいきをはずませ、

「御子柴さん、木村くん。邦雄くんのいったのはほんとうでしたよ。わたしは義足のおとこにピストルでおどかされ、ここへつれて来られたのです。すると若い男がたおれていて……」

「それで先生が手当《てあて》をしたんですね。そして、きずはどうでした」

邦雄くんが心配そうにたずねました。

「いや、きずはあんがい浅かったのです。それで、手あてはすぐにすんだが、義足のおとこめ、礼をいうどころか、あべこべにわたしをしばって、さるぐつわまでかませ、どこかへ出かけていきましたが、さっきモーター・ボートを見つけて来たといってけがにんをかついでいってしまったんです。ところで邦雄くん、君は気をつけなきゃあいかんぜ」

「ど、どうしてですか。先生」

「ほら、この手拭《てぬぐい》、これは君のものだろう」

須藤先生が出してみせたのは、さるぐつわに使われた手拭ですが、それを見ると邦雄くんは、思わずぎょっとしました。

ああ、それはまぎれもなく、自分の手拭ではありませんか。しかもそこには自分の名前のみならず、学校の名まで書いてあるのです。

「義足のおとこはそこに書いてある、野々村邦雄とはどういう人間だとたずねていたよ」

「先生、先生、それで先生は、ぼくのことをいったのですか」

「いいや、知らんといっておいた。しかし、義足のおとこはせせら笑って、なに、おまえがいくらかく

しても、町できけばわかることだと……」

邦雄くんはそれをきくと、背すじが寒くなるようなおそろしさを感じたのです。

ああ、義足のおとこがじぶんをねらっている。ひょっとすると、義足の男は、じぶんが黄金の燭台をあずかっていることに、気がついたのではあるまいか……

苦いリンゴ

汽車はいま東へ東へと走っています。

ローカル線で岡山まで出て、そこから下関《しものせき》発、東京行《ゆき》急行に乗りかえたとき、すでに日はとっぷりと暮れていたから、汽車はいま、まっくらな闇《やみ》のなかを、ひたすら、東へ東へと走っているのです。

邦雄くんはおばさんの、作ってくれたおべんとうを食べてしまうと、雑誌をひらきましたが、どうも身がはいりません。

思いはともすれば、怪奇な冒険のほうへとんでいき、邦雄くんの目は、とかく網棚《あみだな》のうえにある、ボストン・バッグにひかれるのです。そのボストン・バッグのなかにこそ、あの黒い皮の箱がひめられているのです。

それは、あの日月丸の遭難事件があってから、一週間ほどのちのこと、邦雄くんはいま下津田の町や、なつかしい灯台にわかれをつげて、東京へかえろうとしているのです。

義足のおとこはとうとうつかまりませんでした。義足の男ののってにげた、モーター・ボートは下津田から、二里《り》ほどはなれた海岸に、のりすててあったのですが、ふしぎなことにはその附近《ふきん》のひとでだれひとり、義足の男を見たものはありませんでした。

また、灯台守《も》りのおじさんをころして灯台の灯《ひ》を消した、悪者もまだつかまりません。いったいその悪者と義足の男と関係があるのかないのか、それもまだわかりません。

邦雄くんはふしぎでならないのですが、灯台の灯を消したやつは、いったい、どういう目的をもっていたのでしょう。日月丸が難船すれば、ひょっとすれば、黄金燭台《しょくだい》も、海底に沈んでしまうかも知れないではありませんか。それにもかかわらず青年紳士は、灯台の灯を消したやつも、黄金燭台をねらっているのにちがいないといいましたが、それはどういうわけでしょう。

わかりません。なにもかもが、まだ濃いナゾの霧につつまれているのです。ただわかっているのは、義足の男がじぶんの名前を知っていること。そしてじぶんをつけねらっているにちがいないこと——ただそれだけです。

邦雄くんはなんとはなしに、ぞくりと体をふるわせましたが、そのときでした。

「あの、ちょっと、これ、おあがりになりません？」

声をかけられて、ふと、隣席をふりかえると、きれいな婦人が、にこにこ笑いながら、邦雄くんのほうを見ていました。

邦雄くんはその婦人に見おぼえがありました。この婦人も岡山駅から、邦雄くんといっしょに乗りこんだのです。そして、ちょうどあいていたこの席へ、隣りあわせに坐《すわ》ることになったのです。

その婦人は、年ごろ三十くらい、黒っぽい旅行服に、黒っぽい外套《がいとう》をきて、黒っぽい帽子の下から、黒い紗《しゃ》のベールをたらしています。

しかし、外套も、服も、靴も、みんなぴかぴかするような、ぜいたくなもので、とても三等にのるような、婦人とは見えません。指にもきらきら光る石のはまった指輪をはめているのです。

邦雄くんはさし出された、おいしそうなキャンデーの箱を見ると、どぎまぎして、顔をあかくしながら、

「ああ、いや、ありがとうございます。ぼく、いま、おべんとうを食べたばかりですから……」

と、ことわりました。

邦雄くんはけっして、キャンデーがほしくなかったわけではありませんが、ちかごろ汽車のなかがとかく物騒《ぶっそう》だということを、人にきいていたから、用心をしているのです。

うっかり人にすすめられたものを食べたところが、そのままねむってしまって、そのあいだに持物《もちもの》をぬすまれるという話が、よく新聞に出ているので、邦雄くんは気をつけているのです。

「まあそれじゃ、食後のくだものはいかが」

婦人はキャンデーの箱をひっこめると、リンゴをひとつとりだしました。

そして、器用な手つきで皮をむくと、まんなかか

らふたつに切って、その半分を邦雄くんのほうへさしだしました。

　邦雄くんはまさか、それまでいやといえませんでした。そこでお礼をいって、半分のリンゴを受取《うけと》ると、相手はどうするかと見ていましたが、婦人は平気でのこりの半分を食べてしまいました。

　邦雄くんもそれに安心して、もらった半分をたべましたが、そのとき、邦雄くんは気がつかなかったのです。

　リンゴをふたつに切るとき、婦人がすばやくナイフの片側に、なにやらあやしい薬をぬったのを……そして薬をぬった側で切られた半分を、邦雄くんにすすめたのを……汽車はいま、まっくらな明石《あかし》の海岸を走っています。

　邦雄くんは窓ガラスに顔をよせて闇のなかに白くひかる、明石の海の波がしらをながめていましたが、すると、ふいになんともいえぬねむさにおそわれました。

　邦雄くんはしばらく、おそいかかる睡魔とたたかっていましたが、そのうちに、はっとあることに気がつきました。ああ、さっき食べたリンゴの味……舌にのこるほろ苦さ……邦雄くんはぎょっとして、婦人のほうをふりかえりました。婦人の目がベールの下で、ヘビのように光っています。

　邦雄くんはなにか叫ぼうとしました。しかし、舌がもつれて声が出ません。邦雄くんはしばらく、必死となってもがいていましたが、やがてとうとう睡魔にまけて、ふかいふかい、ねむりの淵《ふち》へひきずりこまれていきました。ベールの婦人の、ヘビのような目が、あざけるように笑っているのを意識しながら……

　三等車はぎっしり客でつまっていましたが、だれひとり、小さなこの出来事に、気がついたものはなかったのです。

恐ろしき注射

　午後十時――
　汽車はいま神戸をすぎて、三《さん》の宮《みや》駅にすべりこもうとしています。三の宮にはそうとうおりる人があるらしく、車内はなんとなくざわめきたっていました。身づくろいをする人、網《あみ》だなから荷物をおろす

人、あわてて手洗場《てあらいば》へかけこむ人……

黒衣婦人も列車が三の宮駅へちかづくにしたがって、そわそわしながら、手まわりのものをまとめていましたが、やがて網だなからおろしたのは、ああ、なんということでしょう。邦雄くんのだいじな、だいじなボストン・バッグではありませんか。そのカバンのなかには、邦雄くんが青年紳士からあずかった、黒い皮のはこがはいっているのです。

黒衣婦人はすました顔で、それをさげるとデッキへでました。三等車にはぎっちり人がつまっていますが、だれひとり、黒衣婦人の怪しいふるまいに気がついたものはありません。かんじんの邦雄くんは薬のききめで、こんこんとねむりつづけているのです。

やがて列車は、ごうごうと、三の宮駅へすべりこみました。黒衣婦人は邦雄くんのボストン・バッグをぶらさげて、ゆうゆうとして、プラット・フォームへおりていきます。

ああ、なんというだいたんさ。身なりを見れば貴婦人ですから、だれひとりこの婦人がねむり薬をかがせたり、人のものをかっぱらったり、そんな悪事をはたらこうとは、夢にも気づかなかったのも、むりではありません。

さて、黒衣婦人がプラット・フォームへおり立ったところ、前方につながれた二等車からいそぎあしでおりてきた男があります。

男はしばらくあたりを見まわしていましたが、黒衣婦人に気がつくと、ステッキをふってあいずをします。黒衣婦人もそれに気がつくと、れいのカバンをぶらさげて、足ばやにプラット・フォームを走っていきました。

黒衣婦人がそばへやってくると、

「どうだ、カオル、うまくいったか」

黒衣婦人の名は、カオルというらしいのです。

「ええ、先生、だいじょうぶです。これ……」

カオルはほこらしげに、片手にぶらさげたボストン・バッグをふってみせます。

男は、それをみると目を光らせて、

「それじゃ、そのなかに例のものが……」

「ええ、まちがいありません。あたし、うえからさわってみたんですもの」

「いや、お手柄《てがら》、おてがら、おれもこれで、枕《まくら》を高くして寝られるというものだ」

男がにやりと笑ったとき、けたたましい発車のベルとともに、列車がうごきだしました。

「あっ、いけない。あの子に姿を見られちゃまずい。おい、早くでよう」

黒衣婦人は、しかしおちつきはらって、

「先生、だいじょうぶですよ。薬のききめであの子はぐっすり眠っていますわ。なかなか目がさめるものですか。ほら、あのとおり……」

ちょうどそのとき、邦雄くんの乗った三等車が、ふたりのまえをとおりすぎましたが、窓ガラスにかおをよせて、ぐっすりねむった邦雄くんの姿を見ると、男は安心したように、

「なるほど、うまくやったな、うまいうまい」

と、そのままカオルをひきつれて、改札口を出ていきました。

ああ、それにしても、そのとき邦雄くんの目がさめていて、ひと目でも、黒衣婦人とならんで立っている、男のすがたを見たならば、どのように驚いたことでしょうか。

その男こそはいつぞやの晩、鷲の岬《みさき》のとちゅうで、邦雄くんに灯台守《も》りのことをきいた大《おお》おとこではありませんか。

あのときは防水帽をまぶかにかぶり、外套《がいとう》のえりをたてていたので、顔はよく見えませんでしたが、今、こうしてあかるいところでみると、五月人形のしょうき様のように、かおじゅうひげをはやした男です。

してみれば、あのときの小男のほうが、カオルという、黒衣婦人だったのではありますまいか。

そして、邦雄くんの考えに、まちがいないとすれば、このふたりこそ、灯台守りのおじさんをころし、灯台の灯《ひ》をけして日月丸を難船させた、世にもにくむべき大悪人なのです。

それはさておき、ふたりが改札口を出ていくのを、汽車の窓から、ヘビのような目で見送っているふたりづれがありました。

ひとりはまだ年若い男ですが、カエルのようなガニまたのうえに、恐ろしくヤブにらみです。そして、いまひとりというのは……、ああ、その男こそはまぎれもなく、片目をおおうた、義足の男ではありませんか。

ふたりは三等車へはいってくると、邦雄くんの隣りの向《むか》いの席につき、

「おい、邦雄くん、邦雄くん」

と、義足の男が、いかにもしたしげに、邦雄くんをゆすります。しかし、邦雄くんはあいかわらず、こんこんとねむっているのです。

「どうやら薬がきいているらしいな」

「しかし、親分」

と、ヤブにらみはまだ安心ができないらしく、

「いつなんどき、薬のききめがきれるかもしれませんから、ねんのために、ねむり薬のつよいやつを、一本ちくりと……」

「しいっ」

義足の男はあたりを見まわしましたが、

「よし、そうしよう」

と、ポケットから取りだしたのは銀色の容器です。そのなかから注射針《ばり》と、注射液をとりだすと、邦雄くんの左の腕に、ぐさりと針をつっ立てました。

「あっ、ううむ……」

邦雄くんはちょっと身うごきをしたきりすぐまた、ぐったりねむりこけてしまいます。

「うっふふ、こうしておけば、東京へつくまで目がさめるようなことはあるまい。東京へついたら、こいつになにもかも白状させよう」

ああ、なんということでしょう。いっぱい人々のつまった三等車で、このようなおそろしいことがおこなわれているのに、だれひとり知るものもなく、汽車はいま、夜の闇《やみ》をついて、東へ東へと走っているのです。

名探偵金田一耕助

黒衣婦人にねむり薬をのまされたうえに、義足の男から注射をされた野々村邦雄くんは、その後どうなったでしょうか。

それらのことはしばらくおあずかりとしておいて、わたしたちはしょうきひげの男と、黒衣婦人のあとをつけて見ることにしようではありませんか。

三の宮駅を出たふたりが、それからまもなくやってきたのは神戸の山の手にある、ふるぼけた洋館の地下室でした。

その洋館というのは、空襲のときにやけただれて、

みるかげもなくなっていたのを、ちかごろすこし手をかけて、どうやら人が住めるようになったのですが、そこへ出入りをする人たちといえば、人相風態《ふうてい》、怪しげなれんちゅうばかりでした。

それもそのはず、この建物の主人というのは、密輸入の親分だということですが、だれもその親分のしょうたいを知るものはなく、ふつう、しょうきひげの先生でとおっています。

そのしょうきひげの先生が、黒衣婦人とともに、地下室の酒場へおりていくと、

「おや、先生、おかえりなさい」

と、むかえたのは、クモのようにいやらしい顔をした一寸法師《いっすんぼうし》。

「おお、一寸法師、かわりはないか」

「へえへえ、かわりはございません。どうぞ奥へ……」

おとなしくしています。例の女の子も、
一寸法師に案内されて、酒場をとおりぬけるとき、しょうきひげは顔をそむけて、なるべく人めをさけるようにしています。黒衣婦人もあついヴェールをおろしていました。

酒場のなかには、人相のわるいれんちゅうがいっぱいいて、酒をのんだり、歌をうたったり。……その酒場のおくには、すりガラスのはまったドアがあり、ドアのむこうに便所があるのですが、便所のほかに、ひみつの打合《うちあわ》せをするための、小さい部屋がふたつ三つ。いま、一寸法師の案内で、しょうきひげと黒衣婦人が、ドアのおくへきえたとき、片すみのテーブルからむっくりと頭をもたげた男がありました。

その人――。年ごろは三十五か、六、スズメの巣のようにもじゃもじゃ頭をしていて、おまけによれよれの着物に、よれよれの袴《はかま》という、いかにもひんそうな感じの男です。

もじゃもじゃ頭はさっきから、酒によってうたたねをしていたのですが、それが急にむっくり頭をもちあげて、ふらふらと立《たち》あがったから、そばにいたよっぱらいが、びっくりしたように声をかけました。

「おい、スズメの巣、どこへいくんだ」

「ぼく……ぼく……小便をしてくる」

もじゃもじゃ頭は、ふらふらしながら、テーブルのあいだをぬって、すりガラスのドアの奥へきえていきます。そのうしろ姿を見送って、よっぱらいが

そばをふりかえって、

「おい、あのもじゃもじゃ頭、ついぞ見かけねえ男だが、いったい、どういうやつだ」

「あいつか。なあに、あいつなら心配はいらねえのよ。ちかごろどっからかながれてきて、元町《もとまち》で大道《だいどう》易者《えきしゃ》をしている男だ。天運堂《てんうんどう》とかいうんだが、あれでなかなかよくあたるというんでひょうばんだ。だから、金《かね》もそうとう持ってるんだが、なにしろ酒ときたら目のねえほうだから、まあ、こちとらにとっちゃいいカモよ」

「ふうん、そんならいいが、めったなやつはつれて来《こ》ねえほうがいいぜ」

「あっはっは、だいじょうぶだよ。あんなお人好《ひとよ》しになにができるもんか。安心して、まあ、いっぱい飲みねえ」

だが、しかし、その男もひと目、ドアのおくの天運堂のようすを見たら、いまのことばを、とりけさずにはいられなかったでしょう。

すりガラスのドアが、ばたあんとうしろでしまったとたん、天運堂のようすががらりとかわった。寝ぼけたような顔色が、ぬぐわれたように消えると、ふたつの目が、れつれつとしてかがやきをましてくる。

ああ、このもじゃもじゃ頭のよっぱらいこそだれあろう、天下にかくれもない名探偵、金田一耕助だったのです。

邦雄くんが青年紳士から、黄金の燭台《しょくだい》をわたしてくれと、たのまれたのも金田一耕助。その耕助がこんなところで、いったいなにをしているのでしょう。

それはさておき耕助は、するどい眼《まな》ざしであたりを見まわしていましたが、そのとき、どこかでドアのあく音。それをきくと、耕助はふたたびふらふらとよっぱらいのちどり足。

「だれだ、そこにいるのは……」

近づいてきたのは一寸法師です。

「べ、便所はどこだ。べ、べ、便所は……ええい、じゃまくさい、いっそここで……」

「なんだ、天運堂か。ば、ばか。そんなところで小便されてたまるもんか。便所はこっちだよ。ええい、やっかいな易者だ。ほらよ、便所はここだ。朝まででもゆっくりそこで小便しねえ、あっはっは……」

と、肩でわらって、一寸法師は、また奥へひきかえすと、ひとつの部屋から、小さな人かげをひきずり出して、べつの部屋へはいってゆきます。

それを見ると金田一耕助は、思わずぶるるっと体をふるわせたのです。

ああ、いま、一寸法師にひったてられていった小さな人かげ。それは、なんという奇怪なすがただったでしょうか。

それはさておき、それからまもなく一寸法師は、ふたたび便所のまえをとおりかかったが、そこでおもわず、ぎょっとばかりに立ちすくみました。

便所のまえの物置から足が二本、にゅっとのぞいているのです。

「だ、だれだ、そこに、いるのは?」

声をかけたが返事はなく、そのかわり雷のようないびきがきこえます。だれかがよっぱらって、物置のなかでねているのです。

「だれだ、そんなところでねているのは?」

のぞいてみると、大の字になって寝ているのは天運堂です。一寸法師は舌をならして、

「このやろう、世話をやかせるやつだ。こら、起きろ、起きろ!」

ふんでもけっても起きればこそ、かみなりのようないびきは、いよいよ高くなるばかり。

「このやろう、朝まで便所にいろといったら、いい気になって、こんなところへ寝ちまいやがった。まあ、いいや、べつに毒になるやつでもねえ。いたくばここにいるがいいさ」

両足をもって、よいしょと物おきのなかへおしこむと、がらがらと、戸をしめて、大きな頭をふりながら、表の酒場へ出ていきました。

おきのどくさま

それから一分、二分……物おきのなかからきこえていたいびきが、はたとやんだかと思うと、物おきの戸をそっとひらいて、そこから顔をのぞけたのは金田一耕助。

耕助は、もうよっぱらってはおりません。するどいまなざしであたりを見まわすと、そろそろ物おきの戸をひらいて、ひらりと外へとびだしました。そして足音もなく、廊下をおくへすすんでいくと、やがてぴたりと立ちどまったのは、さっき一寸法師が、

奇怪な人影をつれこんだ部屋のまえです。

　耕助はそこのドアに耳をつけ、しばらくなかのようすをうかがっていましたが、やがてなにかうなずくと、となりの部屋へとびこみました。さいわいそこには、人気《ひとけ》もなく、電気もきえてまっ暗ですが、隣りの部屋とのさかいのかべに、空気ぬきの穴があって、そこからひとすじの光がさしこんでいます。

　耕助はしばらくかべに耳をつけ、隣室のようすをうかがっていましたが、やがてあたりを見まわして、目をつけたのは大きなあき箱。

　そのあき箱を空気ぬきのしたまでかかえてくると、二、三度ゆすってみましたが、思ったよりがんじょうに出来ているらしく、ゆすったくらいではみしりともしません。

　しめたとばかりに耕助は、物音に気をつけながら、あき箱の上にはいあがり、通風孔《つうふうこう》からとなりの部屋をのぞきましたが、そのとたん、思わず大きく目を見はりました。

　部屋のなかには三人の人物がいました。ふたりはいうまでもなく、しょうきひげの先生と黒衣婦人ですが、あとのひとりというのが、まことにきみょうな風態《ふうてい》をしているのでした。

　それはたぶん、十三か十四の子供でしょう。浮浪児《ふろうじ》のようにぼろぼろのシャツに、ぼろぼろのズボンをはいているのですが、奇怪なのはその顔でした。

　ああ、なんということでしょう。その少年はかおに鉄仮面をかぶせられているのです。その鉄仮面には、ふたつの穴があいているから、目はみえます。それから耳も聞こえるのですが、口をきくことはできません。鉄仮面の口のところにしかけがあって、するどいバネが舌の根をおさえているからです。

　ああ、なんというざんこくなことでしょう。なんという無慈悲《むじひ》なことでしょう。

　生きながら、鉄仮面をかぶせられた少年は、地獄のとらわれ人もおなじです。人にかおを見せて、じぶんが何者であるか知ってもらうこともできないし、だれに名前をうちあけて、たすけをもとめることもできないのです。

　おまけに鉄仮面の少年は、手錠《てじょう》さえはめられているのです。

　通風孔から、この奇怪な光景をのぞいた金田一耕助は、あまりのおそろしさに、ぞっとふるえあがり

ましたが、ちょうどそのとき、しょうきひげの男が、じょうきげんな声をあげて高らかに笑いました。

「これはこれは、お姫《ひめ》さま、ごきげんはいかがですか。なにもおかわりはございませんか」

お姫さま……？　それではこの鉄仮面をはめられた人物は、女の子なのでしょうか。しょうきひげはわざと、うやうやしく最敬礼をしながら、

「お姫さまにはごきげんうるわしく、うるわしきご尊顔《そんがん》をはいしたてまつり……と、いったところで、その鉄仮面をかぶっていちゃ、顔色もなにも見えやあしないや。おい、カオル。ちょっと鉄仮面をはずしてやれ」

やがて、銀のカギであけられると、その仮面のしたからあらわれたのは、ああ、なんということでしょう。照りかがやくばかりに美しい、十三、四才の少女ではありませんか。

少女は目に涙をいっぱいうかべ、くやしそうにしょうきひげをにらんでいます。しょうきひげはあざ笑うように、少女のかおを見ながら、また、わざとらしく最敬礼をして、

「これはこれは、小夜子《さよこ》姫にはごきげんうるわしく……あっはっは、あんまり、ごきげんうるわしくもなさそうだな。これ、小夜子、なんでおれをにらむのだ。なんのうらみがあって、そんなこわい顔をしておれをにらむんだ」

少女はくやしそうに、はらはら涙をながしながら、

「鬼！　悪魔！　ああ、あなたは鬼です！　悪魔です！　あたしをこんなひどい目にあわせて……」

「なに？　おれが鬼だ？　悪魔だ？　あっはっは、これ、小夜子、いわせておけばいい気になって……おまえこそ、鬼だ。悪魔だ。そんなかわいいかおをして、年《よし》はもいかぬくせに、玉虫《たまむし》元侯爵《こうしゃく》の孫娘だなどと……だれがそんな大胆なうそをおしえたのだ。

これむすめ、よくきけよ。玉虫侯爵の孫娘、小夜子姫というのはな、戦後、イタリヤからのかえりの船で、おなくなりあそばしたのだ。それをなんぞや、じぶんが小夜子姫などと……このおおうそつきのおかたりめが」

「いいえ、いいえ、うそではありません。あたしはほんとの小夜子です。玉虫侯爵の孫娘、小夜子というのはこのあたしです。おじいさまには、いちどもお目にかかったことはありませんが、あたしこそ、

玉虫元侯爵の孫娘、小夜子にちがいありません」

「うそだ、うそだ、大うそだ。きさまがほんとの小夜子なら、なにかそこにしょうこがあるか」

「しょうこ……？」

少女はちょっとひるんだ色を見せましたが、すぐキッと、けなげな顔をあげると、

「ございます。たしかなしょうこがございます。それは黄金の燭台《しょくだい》に、やきつけられたあたしの指紋です。おじいさまもそのことはよくごぞんじですから、燭台の指紋と、あたしの指紋が一致すれば、それこそ、あたしが小夜子だというたしかなしょうこです」

「うっふっふ、その燭台というのはこれかえ」

あざ笑うようにいいながら、しょうきひげの男がとりだしたのは、あの黒い皮の箱でした。それを見ると少女の顔は、さっと土色にくもります。

「おまえのしょうこというのはこの燭台かえ。この燭台に焼きつけられた指紋こそ、おまえが玉虫元侯爵の孫娘、小夜子であるいうことをしめす、ただひとつのしょうこだというのだな。それじゃ、この燭台をたたきこわしてしまったら……いやさ、この燭台から、指紋のところをけずり取ってしまったら……」

小夜子の顔には、さっと恐怖のいろがはしりました。

「あっ、それだけは……それだけはかんにんしてください。その燭台をこわされたら……その燭台から指紋をけずりとられたら……」

「あっはっは、おまえが小夜子だというしょうこは、なくなるわけか。ところがな、わしはこの燭台をたたきこわしたくてしょうがないのだ。いやさ、指紋のところをけずりとりたくて、うずうずしているのよ」

「ああ、鬼！　悪魔！　あなたは……」

しょうきひげはいかにもうれしそうに、黒い箱のかけがねを、ぴんとはずすと、なかからビロードの布につつんだものを取り出しました。そして、わななく指で、ビロードのきれをとりのけましたが、そのとたん、わっと叫んで、しょうきひげは、いかりのために、まっ青《さお》になってしまったのです。

ビロードのきれのしたからでてきたのは、あの目もまばゆい黄金の燭台だったでしょうか。いえ、い

え、それはさっぷうけいな鉄亜鈴《てつアレイ》。しかも、その鉄亜鈴には一枚のはり紙がしてあり、そのはり紙には、墨《すみ》くろぐろとこんなことが書いてあるではありませんか。

黄金の燭台でなくておきのどくさま
野々村邦雄より

燭台のゆくえ

黄金の燭台《しょくだい》と思いきや、あらわれいでたる鉄亜鈴《てつアレイ》。しかも、その鉄亜鈴にはりつけられた、人を小《こ》ばかにしたようなはり紙……

それを読んだときの、しょうきひげの男の顔こそみものでした。

いかりのために顔じゅうが、紫《むらさき》いろのぶちになり、ひたいの血管がミミズのようにふくれあがり、しょうきひげがぶるぶるふるえ、口からぶつぶつあわをふきます。まるでカニのような男ですね。

しばらくは、いかりのために、口もきけないようすでしたが、やがてむんずと鉄亜鈴をとりあげると、はっしと床にたたきつけ、

「ちくしょう、ちくしょう、あの小僧め！　こんどあったら、首根っ子をへしおってやる」

と、じだんだふんでくやしがっていましたが、やがてものすごい目で黒衣婦人をにらみつけ、

「カオル！」

と、つめたい声でよびました。

黒衣婦人はさっきから、まっさおになってふるえていましたが、しょうきひげからするどい声でよばれると、まるで電気にでもふれたように、ぴくりと体をふるわせました。

「ああ、先生、かんにんして。……あたしはあなたをばかにしようと思って、こんなものを持って来たのではないのです。黄金の燭台だとばかり思って……」

しょうきひげは、ぎらぎら目を光らせて、

「おれをばかにするつもりじゃなかったと？　しかし、けっきょく同じことじゃないか。きさまはおれをばかにしたぞ。この小娘《こむすめ》の面前《めんぜん》で、おれに大恥かかせたぞ。みろ、この小娘は笑っている。きさま、

よくものめのめと、こんな鉄亜鈴などもってきおったな」

「でも、先生、それよりほかに、燭台らしいものはなかったんですもの。あの子の荷物は、みんな重さをしらべてみました。しかし、燭台らしい重さのものは、ボストン・バッグよりほかになかったんです。それがそうでなかったとすると、あの子は黄金の燭台を、持っていなかったとしか思えません」

「あの子が、持っていなかったとすると、黄金の燭台は、どうしたんだ」

「ひょっとすると、小包《こづつみ》で、さきに送ってしまったんじゃないでしょうか」

「そんなはずはない。そんなはずはないと、きさまじしんが、いったじゃないか。下津田の町で義足の倉田《くらた》が、あの子に目をつけているのに気がついた。あいつも黄金の燭台をねらっているのだ。そこで、へんに思って、あの子のことを、さぐってみると、どうやら海野《うみの》青年から、黄金の燭台を、あずかったらしいことがわかったのだ。それいらい、きさまにめいじて、あの子のいえを見張りさせておいたが、あの子はちっとも外へでず、郵便局へもいかなかったと、きさまじしんがいったじゃないか」

「ええ、それはそうですけれど、あの子はいかなくても、おじさんか、おばさんにたのんでいってもらったのかもしれません。とにかくあの子は、汽車のなかへは、黄金の燭台を持ちこまなかったんです」

黒衣婦人はやっきとなっていいわけします。しかし、しょうきひげは口をきわめて、黒衣婦人をののしっていましたが、そのうちになにを思ったか、ぎょっと大きく目を見はりました。

そして、しばらくなにか考えていましたが、やがてにやりと笑うと、テーブルの上から、水びんとコップをとりあげて、ゆっくり水をいっぱいのむと、呼鈴《よびりん》のベルをおしました。ベルにおうじてやってきたのは一寸法師《いっすんぼうし》。

「先生、なにかご用でございますか」

「ふむ、この小娘に鉄仮面をかぶせて、いつものとこへほうりこんでおけ」

「しょうちしました。やい、娘、こっちへこい」

「おじさん、かんにんして。……おとなしくしていますから、そのおそろしいお面をかぶるのだけはかんにんして……」

「やかましいやい。これ、おとなしくしていねえか」

いやがる小夜子をねじふせて、一寸法師はむりやりに、あのおそろしい鉄仮面をかぶせると、仮面の錠《じょう》にピンとカギをおろし、ひきずるようにして部屋から出ていきました。

そのうしろすがたを見おくって、しょうきひげはカオルのほうへむきなおると、

「カオル。おまえには話があるが、ここではいけない。あっちの部屋へいこう」

と、みずから先にたって部屋をでていきます。黒衣婦人はまっさおな顔をして、おずおずと、そのあとからついていきました。

袋のネズミ

それにしても、あわれなのは鉄仮面をきせられた少女小夜子です。

一寸法師にひったてられてやってきたのは、地下室のそのまた地下室ともいうべきところで、じめじめとした穴ぐらのような一室です。

すみのほうに、そまつなベッドがひとつあって、天井《てんじょう》からほのぐらいはだか電気がぶらさがっています。一寸法師はその穴ぐらへ、少女小夜子をほうりこむと、

「ほらよ、おとなしくしているんだよ。いまにネズミが遊びに来てくれらあ。あっはっは」

と、あざ笑うようにそういうと、ドアにピンと錠をおろして、はなうたまじりにごとごとと、せまい階段をのぼっていきます。

あとには小夜子ただひとり、しばらくは枯木《かれき》のように立ちすくんでいましたが、やがてベッドのほうへかけよると、わっとばかりに泣きふします。

「ああ、おとうさま、おかあさま!」

小夜子は声をかぎりに叫びたいのです。しかし、おそろしい鉄仮面をかぶせられた身の、ことばはひとこともそとに出ません。ただ、さめざめと泣くばかり。なみだが鉄仮面の目からあふれて、あのきみのわるい鋼鉄の顔を、ぐっしょりぬらします。

小夜子はしばらく、ただひた泣きに泣いていましたが、なにを思ったのか、ふいに、ふっと顔をあげると、おそろしそうに、部屋のすみに身をちぢめま

した。

誰《だれ》やらまた、階段をおりてくる足音がきこえたからです。やがて足音は階段をおりると、しのびやかにこっちへ近づいてきます。

また一寸法師がやってきたのでしょうか。いえいえ、一寸法師なら、あんなに足おとをしのばせて、あるくはずがありません。その足おとはまるでくらやみをあるくネコのように、一歩一歩に気をつけて、しだいしだいにこっちへやってくるのです。

小夜子はあまりの気味わるさに、ひしとばかりに、ベッドにしがみつきました。

やがて、あしおとがドアのまえにとまったかと思うと、ガチャガチャガチャリと、ドアのカギをまわす音。それからすうっとドアがひらいて、そこから顔を出したのは、いままでいちども見たことのない、もじゃもじゃ頭の男です。いうまでもなく金田一耕助でした。だが、小夜子はだれだかしりません。

金田一耕助は、部屋のなかをみまわして、小夜子のすがたを見つけると、しいっとじぶんの口にゆびをあて、それから注意ぶかくドアをしめると、いそいで小夜子のそばへちかよりました。小夜子はおびえたように、いっそう身をうしろにひいて、じっとこのちん入者《にゅうしゃ》を見まもっています。

「小夜子さん、きみは玉虫小夜子さんでしょう」

小夜子は鉄仮面のしたから、おびえたような目をみはり、いよいよつよく、ベッドにしがみつきます。

「小夜子さん、なにも心配することはありません。ぼくはきみの敵じゃない。味方なのです。きみは海野清彦《きよひこ》という人をしっているでしょう」

海野清彦ときいて、小夜子はなにかいおうとしましたが、悲しいことには鉄仮面のために、口をきくことができません。そこで二、三度、つよく首をたてにふりました。

金田一耕助もそれに気がつくと、

「ああ、きみは口をきくことができないのですね。それじゃぼくのいうことに、首をふってへんじをしてください。わかりましたか」

小夜子はまた首をたてにふります。

「ぼくは金田一耕助といって、海野青年の友だちなんです。海野青年にたのまれて、きみのゆくえをさがしていたんです。そして、やっときみがここにとじこめられていることをつきとめて、このあいだから機会をねらっていたのです。

その機会が今夜やっとめぐってきました。ぼくはきみをたすけて、ここから逃げだそうと思うんだが、きみはぼくを信用しますか？　いまこそ、二度とないよい機会なのです。いま逃げそこなうと、こんどは、いや永久に逃げることができないかもしれないんです。どうですか？」

小夜子はしばらくまじまじと、相手のもじゃもじゃ頭をながめていましたが、やがて二度、力づよくうなずいてみせました。

「そう、それじゃさっそく逃げだしましょう。ちょうどさいわい、いま連中は、うえのホールで酒を飲んでいます。この間に早く……」

金田一耕助にたすけおこされて、小夜子はよろよろ、床から立ちあがりましたが、まだなんとなく、ためらっているようすです。

「どうしたの。なぜ、そんなにびくびくしているの。ああ、きみはつかまったときのことを考えているんだね。逃げそこなってつかまると、ひどい目にあわされるんだね」

小夜子はおそろしそうに、身をふるわせてうなずきます。金田一耕助はひくく笑って、

「しかし、その心配はないんだよ。ぼくはこのあいだから、この洋館のことをくわしくしらべておきました。この地下室にはいまぼくのおりてきた階段のほかに、もうひとつべつの階段があるんです。その階段というのは、うらの物置きにつうじているんだが、そこから逃げれば、だれにもみつかることはありません。さあ、いきましょう」

金田一耕助のことばに、小夜子はやっと決心がついたようにうなずきました。

「よし、それじゃぼくの体につかまっていたまえ。人がこの部屋をのぞいても、きみがいないことがわからぬように電気をけしておこう」

電気をけすと、鼻をつままれてもわからぬようなまっ暗がり。

金田一耕助は、小夜子の手をひいて、部屋からすべりでると、用心ぶかくドアにかぎをかけました。

「懐中電気をつけるといいのだけれど、人がくるといけないから、……しっかり、ぼくのたもとにつかまっていらっしゃい。なにもこわいことはないのだから」

地下のろうかはまっ暗で、じめじめとした空気のために、まるで息がつまりそうです。

小夜子はしっかり、金田一耕助のたもとにつかまり、まっ暗がりのなかを、しのび足ですすんでいきます。心臓ががんがんなって、全身からは玉のような汗がながれます。

こんなところをもし悪者につかまったら、とてもただではおきますまい。どんなひどい目にあわされるか、それを思うと小夜子はひざがガクガクして、このまっ暗なろうかが、とても長いものに思えました。

しかし、さしもながい地下のろうかも、やっといきどまりになりました。金田一耕助ががたんとなにかにつまずき、

「あ、やっと階段へたどりつきました。この階段はとてもきゅうだから、小夜子さん、きみからさきにあがりなさい。ぼくがあとからついていってあげる。気をつけて……」

なるほど、その階段は胸をつくような急傾斜です。おまけにあたりはまっ暗がり、小夜子ははうようにして、その階段をのぼってゆきます。

あとからは金田一耕助、はかまのももだちをとって、これまたはうようにしてのぼっていくのです。

階段はずいぶん高いものでしたが、それでも間もなく出口にちかくなったとみえて、小夜子は暗がりのなかで、ごつんと頭をぶっつけました。

「あ、小夜子さん、それがあげぶたです。上へおしてごらん、あくはずだから」

あげぶたはなんなくひらいて、さっとつめたい風がはだにふれます。小夜子は階段から上へはいあがりましたが、そのとたん、なにやらまっくろなカーテンが、目のまえにたれさがり、むっと息づまるような感じがして、小夜子は思わず、強く床をけりました。

「ど、どうしたの、小夜子さん、ころんだのかい、だから気をつけろといったのに……」

金田一耕助はいそいで階段からはいあがりましたが、そのとたん、これまたまっ黒なものですっぽり体をつつまれて、

「しまった！」

と、叫んだときには、強い力につきとばされて、床の上にひっくりかえっていました。

「それ、一寸法師、早く足のほうをしばってしまえ」

そういう声はしょうきひげです。

「あっはっは、袋の中のネズミというが、まったくこのことだな。袋をさかさにして待っているともしらず、ふたりともじぶんからその中へ首をつっこみおった。やい、このもじゃもじゃ頭」

しょうきひげは袋のうえから、金田一耕助を足げにすると、

「さっきとなりの部屋からのぞいていたきさまの顔がテーブルのうえの、水びんにうつっていたのを知らなかったとは、さても、きさまもうかつなやつだ。おい、一寸法師、小夜子のほうもだいじょうぶだろうな」

「だいじょうぶです。袋の口はきつくしばっておきました」

「よし、それじゃ、さっき、おれのいいつけたとおりにしろ」

「がってんです」

その夜おそくのことでした。

月も星もない、まっくらな神戸港の沖合いはるか、一《いっ》そうのモーター・ボートが来てとまったかと思うと、そのなかから、おもしをつけたふたつの大きな麻袋《あさぶくろ》が、つぎつぎと海のなかへ投げこまれました。

麻袋がぶくぶくと、海底ふかく沈んでゆくのをみさだめて、

「うっふっふ、袋のなかになにがはいっているか、おしゃかさまでもごぞんじあるめえ」

そうつぶやいて、にったりと、きみの悪いえみをもらしたのは一寸法師。モーター・ボートをあやって、またたくうちに、深夜の海上にすがたを消してしまいました。

大先生のうわさ

袋づめにされて、海底ふかくしずめられた金田一耕助と少女小夜子は、そののちどうなったでしょうか。

しかし、ここではそのことは、しばらくおあずかりとしておいて、野々村邦雄くんの、その後のなりゆきから、お話をすすめてゆくことにいたしましょう。

邦雄くんをのせた列車は、夜があけると間もなく、

横浜をすぎ、品川駅《しながわ》へちかづきます。

しかし、黒衣婦人にねむり薬をのまされたうえ、義足の男に注射された邦雄くんは、まだこんこんとねむっています。そして、そのとなりとむかいの席には、義足の男が、見張りをするようにすわっているのです。

「おい、恩田《おんだ》」

と、義足の男は、あたりをはばかるような声で、やぶにらみによびかけると、

「それにしても、さっきのボストン・バッグにはいっていたのは、たしかに黄金の燭台《しょくだい》じゃなかったというんだな」

「へえ、親分、まちがいはございません。あっしゃこっそりしらべたんです。そしたら、黄金の燭台とは、にてもにつかぬ鉄亜鈴《てつアレイ》。おまけに、さっきもいったとおり、へんなはり紙をしてやがるんです」

「うっふっふ。小僧っこのくせに、あじなまねをしやがる。それじゃ、いまごろおひげの先生、かんかんになってるだろう」

「そのおひげの先生というのは、いったい、何者なんです」

それをきくと義足の男は、きらりと目を光らせて、

「だれでもいいさ。そんなこと聞くもんじゃねえ。それより、この小僧だが、あの燭台をどうしやあがったろう」

「それですよ。親分、ここまで追いこんでおきながら、あの燭台が手にはいらなかったら、うちの大先生、どんなにかんしゃくをおこすか知れたもんじゃありませんぜ」

「しっ」

義足の男はするどい声で、あいてをおさえると、

「めったなことをいうもんじゃねえ。あのひとは悪魔のように、なにもかも見とおしなんだ。うっかりかげぐちなどきくと、つつぬけにしれてしまう。大先生のことは、かりそめにも口にだしちゃならぬ」

義足の男はそういって、いかにもおそろしそうに、あたりを見まわし、肩をすぼめて体をふるわせました。

ああ、それにしても、大先生とは何者でしょうか。やぶにらみの男から、親分とよばれる義足の男が、これほどまでにおじけおそれる大先生とは、よほど

おそろしい人物にちがいありませんが、それはいったいどういう人間なのでしょうか。

そのうち、列車が品川駅へちかづくにつれて、義足の男とやぶにらみは、しだいにそわそわしはじめました。

「おい、恩田、いいかい」

「へえ、だいじょうぶです。これこれ、坊や、おきなさい。しょうがねえな。いかに汽車に弱いからって、こんなにまいっちまっちゃ……これこれ、坊や、おきるんですよ」

きんじょの席の人が、

「坊っちゃん、どうかしたんですか」

「いえね。旅さきで病気をして、体がよわっているのを、学校がそろそろはじまるもんですから、むりに東京へつれてかえろうとしたところが、このとおり、すっかりまいっちまって……倉田さん、すみませんが、品川へついたら肩をかしてください。左右からかついでいきますから」

「ほんとにかわいそうに、よくよく、まいったと見えますね」

義足の男は、ていねいな口のききかたをしました。

こうして、列車が品川駅へつくと、邦雄くんは義足の男とやぶにらみに、左右からかつがれるようにして汽車をおろされ、やがて、駅のまえにまっていた自動車にのせられると、いずこともなく、つれさられてしまったのでした。

燭台の由来

みなさん、この野々村邦雄くんの冒険談を、つづけてお読みになるまえに、両方の手のひらを目のまえにひろげてみてください。

みなさんは十本の指のさきに、こまかいうずのついているのに気がつくでしょう。それを指紋というのです。みなさんの指紋は、生れたときから死ぬときまで、けっしてかわることはありません。また世界じゅうに何億何十億という人がいても、おなじ指紋をもつ人はぜったいにありません。なんとふしぎな話ではありませんか。

さて、この物語が、指紋にかんけいがあることは、みなさんもおわかりのことと思います。

野々村邦雄くんが下津田の海岸で、青年紳士からあずかった黄金の燭台《しょくだい》には、指紋がやきつけられていましたね。その指紋は鉄仮面の少女のものです。鉄仮面の少女はその指紋によって、じぶんが玉虫元侯爵《こうしゃく》の孫であることを、しょうめいしようとしているのです。

では、どうしてそんなところに指紋がついているのか、また、玉虫元侯爵とはどういう人か。……ここではそのことから、お話をつづけていくことにいたしましょう。

明治神宮の外苑《がいえん》からほど遠からぬ原宿《はらじゅく》に、御殿《ごてん》のようなお屋敷があります。それが元侯爵、玉虫安麿《やすまろ》老人のお屋敷です。

玉虫元侯爵はおきのどくな人でした。

ことし六十三になるのですが、猛人《たけんど》という甥《おい》のほかには、血つづきになる人がひとりもないのでした。

しかし、安麿老人とて、もとからひとりぼっちではありません。秀麿《ひでまろ》といって生きていれば、ことし三十八才になる、りっぱなあとつぎがあったのです。

ところがこの秀麿という人は、彫刻家になるのが志望で、いまから十一年まえに、おくさんや三つになったばかりのお嬢さんの小夜子をつれて、イタリヤへ勉強にゆきました。

玉虫侯爵（そのじぶんはまだほんとうの侯爵でした）にとっては、小夜子はたったひとりのかわいい孫です。だから小夜子がイタリヤへいってしまうと、淋《さび》しくてさびしくてたまりません。

そこで毎日のように、小夜子のことをたずねて手紙をかきました。秀麿氏もおとうさんの心をさっして、しじゅう小夜子のことを知らせてよこしました。

ところが秀麿氏がイタリヤへいってから、半年ほどのちのことでした。ある日、侯爵のもとへりっぱな黄金の燭台がとどきましたが、それにはつぎのような、秀麿氏の手紙がついているのでした。

おとうさん、おげんきですか。わたしたちもみなげんきで暮していますからご安心ください。

さて、お送りした燭台は勉強のために、わたしがローマの有名な、皇帝オクタビヤヌスの愛用していた燭台をお手本としてつくったものですが、この燭台をつくっているとき、たいへんおもしろいことがおこりました。わたしはまず、皇帝の燭台を手本として、石膏《せっこう》で原型をつくりました。ところがその石膏がまだかわかないうちに、小夜子がはいってきて、燭台の火皿《ひざら》にさわったのです。

おとうさん。

そこで、どんなことがおこったとお思いですか。石膏の火皿にかわいい小夜子の指紋がついたのですよ。

わたしはあわててその指紋を消そうとしました。しかし、思いなおして、そのままそれを鋳型《いがた》として黄金の燭台をつくりました。そこでかわいい小夜子の指紋のついた、黄金の燭台ができあがったわけです。それからそのあとで指紋を消して、こんどは指紋のない燭台を、もうひとつつくりました。

おとうさん。あなたのところへお送りしたのは、指紋のないほうの燭台ですが、こちらには、それと寸分《すんぶん》ちがわぬおそろいの燭台があります。そして、それにはかわいい小夜子の指紋がついているのです。

おとうさん。いつかわたしたちが日本へかえるときには、指紋のついた燭台もいっしょに持ってかえります。おとうさんはこれをごらんになると、小夜子のかわいいおいたを、どんなによろこびになるでしょう。

玉虫侯爵はその手紙を読むと、黄金の燭台をそばにおいて、毎日のようにそれをながめながら、それとそっくり同じかたちの、かわいい指紋のついた燭台が、指紋のぬしの孫といっしょにかえってくる日を、指おりかぞえて待っていたのです。

ところがなんという不幸なことでしょう。そこへはじまったのがあの大戦争です。かえるにかえれなくなった秀麿氏からは、ばったり消息もたえましたから、さあ、玉虫侯爵の心配はどんなだったでしょうか。

しかし、さしもの大戦争もおわりました。

玉虫侯爵はもう侯爵ではなくなりましたが、ひさしぶりに、秀麿氏から手紙がきたときには、どんなによろこんだことでしょう。

しかし、そのよろこびもつかのま、秀麿氏は戦争中のむりがたたって、病気になって、寝ているというのです。そして小夜子のおかあさんも、そのかいほうのためにとうぶん日本へかえれないということでした。

秀麿氏は戦後五年というながいあいだ病気で寝ていましたが、とうとう去年なくなりました。それにつづいておかあさんまで、ながのかいほうのつかれと悲しみのために、今年のはじめになくなりました。そこで小夜子は亡くなったおとうさんのお友だちの、海野清彦という青年につれられて、日本へかえってくることになりました。

このたよりをうけとって、玉虫侯爵はどんなになげき悲しんだことでしょう。しかしまた思いなおして、孫が元気でかえってくるのだからと、その日のくるのを、一日千秋《いちじつせんしゅう》の思いでまっていました。

やがて小夜子と海野清彦をのせた船が、九州の博多へつく日がきました。それは六月のおわりのことでしたが、安麿老人はその船をどんなに迎えにいきたかったことでしょう。

しかし、なにぶんにもご老体のこととて、思うようにはまいりません。そこで、甥の猛人に、かわりにいってもらったのですが、かさねがさね、なんという不幸なことだったのでしょうか。

迎えにいった猛人は、四、五日すると、たったひとりでかえってきました。そして、かれのいうところによると、小夜子も海野青年も、船が博多へ入港するすぐまえに、行方不明になったというのです。きっと闇夜《やみよ》にあやまって、海へ落ちて死んだのだろう、ということです。

それが六月のおわりのことでしたが、玉虫元侯爵はそれいらい病気になって、二月《ふたつき》あまりもたった九月はじめの今日にいたるまで、病の床《とこ》にふせっているのでした。

私立探偵蛭峰氏

さて、金田一耕助と鉄仮面の少女が、海底ふかく沈められてから、三日目のことでした。

原宿の玉虫元侯爵のお屋敷へ、たずねてきたひとりの紳士があります。そのひとは年は四十くらい、しゃれた洋服に鼻眼鏡《はなめがね》をかけた、いかにももっともらしいかおをした人でした。取次《とりつ》ぎにでた書生《しょせい》が名刺をみると、

「私立探偵、蛭峰捨三《ひるみねすてぞう》」

蛭峰とはさてもきみの悪い名前ですが、書生はか

くべつおどろいたいろもなく、

「ああ、あなたが蛭峰探偵ですか。ご前《ぜん》さまがお待ちかねです。さあ、どうぞ」

と、とおされたのは、洋風の寝室で、ベッドのうえには安麿老人がねています。そして枕《まくら》もとのテーブルには、安麿老人が、かたときもそばをはなさぬ黄金の燭台《しょくだい》がかざってありました。

蛭峰探偵はぎょろりとそれを横目でみましたが、すぐさりげない顔いろになって、

「はじめてお目にかかります。わたしが蛭峰探偵です。たびたびお手紙をいただきましたが、あいにく旅行をしていたものですから……ご用件はだいたいお手紙でわかりましたが、お孫さんのゆくえをさがすこととか……」

「そうです。これを見てください」

と、安麿老人が取出《とりだ》したのは一通の手紙で、それにはこんなことが書いてありました。

玉虫安麿さま
わたしはあなたのお孫さま小夜子さまをおまもりして、イタリヤからかえってきた海野清彦というものですが、博多へ上陸する直前に、おそろしいできごとから、小夜子さまを見うしなったことをふかくおわび申しあげます。

わたしは九死に一生をえて、いま博多郊外の漁師のうちにやっかいになっていますが、さいわい小夜子さまの身分をしょうめいする、黄金の燭台だけは、手もとにのこりましたので、ちかく日月丸《にちげつまる》に乗って上京するつもりでおります。

なお、その後博多でしらべましたところ、小夜子さまは死んではおりません。悪者のためにゆうかいされて、どこかに押しこめられているらしいのです。そこで東京にいる友人にたのんで、げんじゅうにさがしてもらうよう、手くばりをいたしました。いずれお目にかかって、おわび申しあげますが、右一筆《いっぴつ》したためました。

海野清彦

日附《ひづけ》を見ると八月二十日。下津田沖で日月丸が難船する、五日まえのことでした。

安麿老人はベッドから半身をおこして、

「蛭峰さん、この手紙を読んでわたしがどんなによ

ろこんだか、おわかりでしょう。わたしはとても海野青年が上京するまで待ちきれませんでした。

そこで甥の猛人を、またすぐ博多へさしむけたのですが、猛人のやつはなにをしているのか、それきり音沙汰《おとさた》がありません。そこへもってきて、新聞をみると、日月丸が難船したということです。

ひょっとすると海野青年は、また遭難したのではあるまいかと思うと、もう心配でたまりません。そこであなたにおねがいしようと、手紙をさしあげたのだが……」

蛭峰探偵は、しかつめらしくうなずいて、

「なるほど、するとわたしの役目というのは、お孫さんをさがすこと。海野青年の安否《あんぴ》をたしかめること。そのふたつですね」

「いや、それからもうひとつ、指紋のついた燭台を、さがしてもらいたいのです」

「なるほど、あなたは小夜子さんに、ながいことお会いにならないのですね」

「そうです。三つのときに会ったきりですから、いま会ってもわからないでしょう。だから、指紋のついた燭台だけが、小夜子の身もとをしょうめいするのです」

蛭峰探偵はそれを聞くと、なぜかにやりと笑いましたが、すぐその笑いをひっこめると、

「その燭台というのは、ここにあるこれと、そっくり同じかたちなんですね」

「そうです。そうです。だから燭台がにせものかほんものかということは、この燭台とくらべてみればすぐわかるわけです」

「なるほど。ところであなたは、海野という青年に、お会いになったことがおありですか」

「いや、一度もあったことはありません。なんでも小夜子の父の秀麿が、イタリヤへいってからできた友人らしいので……」

それをきくと、蛭峰探偵は、またにたりと笑いました。どうも気にくわぬ笑いかたです。

そもそもこの蛭峰探偵というのは、丸ノ内に事務所をかまえ、戦後きゅうに有名になった探偵ですが、昔はなにをしていたのか、だれひとり知っているものはありません。なんとなくあやしい人物とはこのことです。

それはさておき蛭峰探偵は、それから半時間ほど

して、玉虫邸《てい》から出てきましたが、そのとき玉虫邸のへいの外には、ひとりの男がぼんやりもたれかかっていました。

ぼろぼろの洋服にぼろぼろの靴、ぼろぼろの帽子のしたからは、もじゃもじゃの髪がはみだし顔にはいちめんにぶしょうひげ。一見して浮浪者《ふろうしゃ》とわかるふうていです。

浮浪者は蛭峰探偵のすがたをみると、ぎろりと目を光らせましたが、そんなことは知らぬ蛭峰探偵、カバンをこわきにかかえたまま、すたすたと原宿駅のほうへ歩いていきます。それをみると浮浪者も、なにくわぬ顔をして、ぶらぶらとあとからついていきました。

蛭峰探偵は電車で原宿から渋谷へでると、そこでいったん電車をすて、デパートへはいっていきました。浮浪者もそのあとをつけていったことは、いうまでもありません。

蛭峰探偵は三階までくると、急にあたりを見まわし、大便所へとびこむと、なかからがちゃりとかけがねをかけましたから、びっくりしたのは浮浪者です。しかしそれでも浮浪者は、すぐそばにあるおもちゃ売場をのぞくふうをしながら、その目はゆだんなく、便所のほうを見張っています。

ところが蛭峰探偵がとびこんでから、五分ほどたつと、大便所の戸がひらいて、なかから男が出てきましたが、それを見ると浮浪者は、おもわず大きく目を見はりました。

それもそのはず、便所から出てきたのは、蛭峰探偵とは似てもにつかぬ人物でした。毛皮のふちなし帽に皮のジャンバー、片目をくろい眼帯でおおったおとこ、ああ、それこそは義足のおとこ倉田ではありませんか。

義足の倉田はすばやくあたりを見まわすと、ステッキをついてごとごとと階段をおりていきます。そのうしろすがたを見送って、浮浪者はいそいで大便所をのぞきましたが、蛭峰探偵はかげもかたちも見えませんでした。

白木の箱

ああ、もうこうなったら、うたがう余地《よち》はありません。蛭峰探偵と義足の倉田はおなじ人間なのです。

してみるとあの義足は、たんなるみせかけにすぎないのでしょうか。ただ、ふしぎなのはステッキです。

蛭峰探偵はステッキを持っていなかったのに、義足の倉田はステッキをついています。ひょっとするとあのステッキは、伸縮自在の、ちぢめればカバンのなかにでもはいるようなしかけになっているのではありますまいか。

そういえば義足の倉田は、さっき蛭峰探偵が持っていたのと、おなじカバンをさげているのです。

義足のおとこはそのカバンを、渋谷駅のいちじあずけにあずけると、そこから電車にのってやってきたのは品川駅。浮浪者《ふろうしゃ》もそのあとをつけていったことはいうまでもありません。

義足の男は品川駅で電車をおりると、海岸のほうへむかって、ぶらりぶらりと歩いていきます。そして、間もなくやってきたのは海岸どおり。そのへんには工場だの倉庫だのが、ずらりと、たちならんでいるのですが、どこもかしこも、空家《あきや》どうぜんになっていると見えて、あたりは火の消えたようなさびしさです。

義足の男はそこまでくると、すばやくあたりを見まわして、つとすりよったのは大きな工場の正門のまえ。門にむかって何やら小声でささやくと、すぐかたわらのくぐりがひらいて、義足の男はすいこまれるようになかへ消えてしまいました。

と、そのあとからいそぎ足でちかづいてきたのは浮浪者です。二、三度かれは正門のまえを、行きつもどりつしましたが、大きな門はぴったりしまって、とてもはいこむすきはありません。といって、合図のことばを知らないかれは、くぐりをあけさせることもできないのです。

とほうにくれた面持《おもも》ちで、浮浪者は門のまえを、ゆきつもどりつしていましたが、そこへ大きな音をたてて、ちかづいてきたのは、一台のトラック。それを見ると浮浪者は、門のまえにつんである、材木のかげへ、すばやく姿をかくしました。

トラックは門のまえまでくると、ぴたりととまりました。そしてなかからとびおりた運転助手が、くぐりにむかってなにやらささやくと、すぐにくぐりが中からひらいて、助手のすがたはなかへすいこまれました。

と、このときでした。材木のかげにかくれていた浮浪者が、すばやくトラックの下にはいこむと、蛭《ひる》のようにぴったりと車台のうらがわにすいつきました。

やがて大きな正門が、先にはいった助手と、門衛の手によって左右にひらかれ、トラックは工場のなかへすべりこみました。むろん、そのトラックの車台のうらに、あやしい男が吸いついていようとは、だれひとり気がついたものはありません。

「おい、何号工場だ」

「七号」

「よし」

門のなかには大きな工場が、いくむねも、いくむねもならんでいます。

しかしそこには機械の音もせず、また人影とてもありません。まるで廃墟《はいきょ》のようなさびしさです。トラックはまもなく、七号工場のまえにとまりました。

「それじゃ気をつけろよ。なんだか、だいじなものがはいっているらしいから」

「よし。しかし、なんだか気味が悪いなあ。まるで寝棺《ねかん》みたいじゃないか」

「つまらないことをいわずに早くかつげ」

「おっと、よし」

トラックのうえには寝棺のような、大きな白木《しらき》の箱がつんであるのです。運転手と助手はその箱をかつぎおろすと、そのまま、七号工場のなかへはいっていきます。その足音がとおく消えるのを聞きすまして、浮浪者はトラックの下からはいだしました。

さいわい、あたりには人影もなく、七号工場の戸もあけっぱなしになっています。浮浪者は、すばやくそのなかへもぐりこみました。

大きな長方型の工場のなかは、がらんとしてうすぐらく、機械もなければ、人影もなく、たったいま入っていったトラックの運転手や、助手のすがたさえ見えません。

浮浪者は、あっけにとられたような顔をして、ぽかんと立っていましたが、そのときどこからか、かすかな足音がひびいてきました。どうやらそれは地下からひびいてくるらしく、しかも、だんだん上へあがってくるのです。

それに気づくと浮浪者は、ヘビのように足音もなく、ななめに工場をつっきって、いちばん暗いすみに、ぴたりとすいつきました。と、そのとたん、反対がわのむこうのすみから、どたどたとはいだしてきたのは、いうまでもなく、トラックの運転手と助手です。

「おい、早くいこうぜ。今夜は地下のクモ宮殿へ、大先生がおいでになるってよ。おら、もうあの大先生はこわくてしかたがねえ」

「おれもそうよ。すがたは一度もおがんだことはねえが、あの声をきくとな、ゾーッと骨のずいまで、こおりそうな気がするんだ」

「しっ、大先生のことはあまりいうまい。あの人はどこにいても、なにもかもお見とおしだとよ。うっかり悪口をいってると、どんな刑罰をくらわされるかも知れぬ」

「うん、それはそうだが、しかし、あにき、いまの棺桶《かんおけ》みたいな箱な、あれはいったい何がはいってるんだろ。おれはなんだか、人間のような気がしてならねえんだが」

「おれもそんな気がしたが、しかし、まあ、あまり気にしねえことだ。おれたちは、命じられたことさえしてりゃあ、いいんだからなあ」

「それもそうだが、あの箱は神戸へ行ってる、一寸《いっすん》法師《ぼうし》の音丸《おとまる》兄きから、大先生へのおくりものといって送ってきたんだろ。大先生がいかにおそろしい怪物とはいえ、人間のおくりものというのは、ちとどうも……」

「しっ、大先生、大先生とむやみにいうない。そんなことを聞かれてみろ。首の骨をへし折られてしまうぜ」

「おっと、くわばら、くわばら」

運転手と助手のふたりは、逃げるように工場をでると、外からがらがらととびらをしめ、トラックにのってたち去ってしまいました。

そのあとで、そっと暗やみからはいだした浮浪者のひたいには、べっとりとつめたい汗がにじんでいます。今きいたふたりの会話のあやしさ、ふしぎさが、はげしく胸をうったとみえ、浮浪者はしばらく、身うごきさえもできぬようすでした。

ああ、地下のクモ宮殿、怪物のような大先生。一寸法師の音丸あにき、人間のはいっているらしい白木の箱のおくりもの。……どのひとつをとってみても、あやしい予感をそそらずにはおかないではありませんか。

浮浪者ははげしく身ぶるいをすると、やがて大きく深呼吸をし、それから、いま運転手と助手のふたりが、はいだしてきた地下宮殿への入口へと、もぐりこんでいきました。

ああ、それにしても、この浮浪者は何者なのでしょうか。

すすり泣く声

この工場は戦争中、さかんにやっていたのにちがいありません。コンクリートでかためた地下は二階になっているらしく、浮浪者のおり立ったのはその一階ですが、そこには長いろうかが、どこまでもどこまでもつづいており、しかも、そのろうかには同じようなわきろうかが、無数にクロスしているのです。

なるほど、クモ宮殿とはよくいったものです。ここにはまるでクモの巣のようなふくざつなろうかが、あるいはクロスし、あるいははなれ、さながら迷路のように走っています。そして、それらのろうかには、たてよこ無数に、トロッコのレールがついているのです。

浮浪者がまず眼《め》をつけたのはそのレールでした。

この工場はちかごろ休んでいるのですから、したがってトロッコがつかわれることもなく、レールもさびついていなければならぬはずです。

また、じっさい、大部分のレールはあかく、さびついていました。

ところがそのなかにただふたすじ、ぴかぴか光るレールがあります。それこそはいまもなお、たびたびトロッコが運転されているしょうこであり、つまり、悪者のゆききする通路を示しているのではありますまいか。

浮浪者はなにか心にうなずきながら、レールづたいに、長いろうかを進んでいきます。

地下とはいえ、採光のぐあいがよいので、それほど暗くはありません。浮浪者はそれでも用心ぶかく、なるべく影をよっていきます。

広い地下ろうかには人かげもなく、物音ひとつきこえません。それはもう、なにもかもが死滅してしまった世界のようなしずけさで、なんともいいようのないきみ悪さなのです。

浮浪者はいくどかろうかが、十文字《じゅうもんじ》にクロスしたところへ出あいました。そのたびに浮浪者はレールをしらべて進んでいきます。

こうして、ものの三百メートルも歩いたでしょうか。そのへんからろうかはだんだんせまくなり、天井もひくく、採光も十分でないと見えて暗くなってきました。浮浪者は用心ぶかく歩いていましたが、それでもなにかにつまずいて、がたりと音をたてました。

それはたいして大きな音ではありませんでしたが、それでもしずかなこの地下ろうかでは、爆弾が破裂したほど大きくひびきました。

浮浪者ははっとして、暗いろうかに身をよせて、あたりのようすをうかがいましたが、きゅうにぎょっと眼をひからせました。

どこからか、すすり泣くような声がきこえるのです。そして、それにまじってくどくどと、かきくどくような声がつづきます。それはどうやら子供の声のようでした。

悪者の巣ともいうべきこのクモ宮殿で、子供のすすり泣く声。……浮浪者はぎょろりと眼をひからせると、声のするほうへ進んでいきましたが、するとまもなくぶつかったのは、ろうかがTの字がたになっているところです。

そのろうかははばもせまく、すぐむこうで袋になっているようでしたが、すすり泣く声は、たしかにそこから聞こえるのです。

浮浪者はその袋ろうかへ、はいってきました。

このろうかには左右に三つずつ部屋がありますが、どの部屋も、高いところに、小さなのぞき穴がついています。

浮浪者がひとつずつ、そののぞき穴をのぞいていくと、どの部屋もがらんどうのあき部屋でしたが、さいごに右がわの一ばんおくの部屋をのぞいたとたん、浮浪者はぎょっとしたように息をのみました。

部屋のなかにはそまつなベッドがひとつ、そのベッドにもたれて、少年が泣きくずれているのです。それを見ると浮浪者は、いそいであたりを見まわしドアに手をかけました。

ドアにはむろんカギがおりています。しかしそんなことで、しりごみするような浮浪者ではありません。ポケットから太い、まがった針金《はりがね》をとりだすと、なんのくもなくドアをひらきました。ああ、この浮浪者はどろぼうのように、どこのドアでもあけることができるのです。

ドアがひらくと少年は、ベッドにしがみついて、いよいよはげしくすすり泣きます。それからなにやらわけのわからぬことをつぶやきます。浮浪者はそっとそばへよりました。

「きみはいったいだれなの。どうしてこんなところで泣いているの」

それは意外にやさしい声でしたが、少年はそのことばも耳にはいらぬかのように、

「おじさん、おじさん、かんにんしてください。ぼくをここから出してください。ぼくはほんとになにも知らないのです。黄金の燭台《しょくだい》など、見たことも、聞いたこともないのです」

と、泣きつづけていましたが、黄金の燭台というひとことを聞いたせつな、浮浪者ははじかれたように、少年の肩をだきすくめ、

「ああ、きみはいったいだれなんだ。どうして黄金の燭台のことを知っているんだ。ぼくはけっして怪しいものじゃない。きょうはこうして悪者のようすをさぐりにきたんだ。ぼくの名は……金田一耕助というんだ」

「金田一耕助！」

その名をきいたとたん、こんどは少年のほうがはじかれたように顔をあげましたが、いうまでもなくその少年こそは、義足の倉田とやぶにらみの恩田にゆうかいされた、野々村邦雄くんだったのです。

泣虫小僧

ああ、金田一耕助！　神戸港の沖合で小夜子とともに海底ふかくしずめられた金田一耕助は、こうしてふたたび姿をあらわしたのです。

それにしてもかれはどうして、あの九死のなかから一生をえたのでしょうか。

それらのことはしばらくおあずかりとしておいて、野々村邦雄くんは金田一耕助の名前をきくと、びっくりして顔を見なおしながら、

「おじさん、おじさん。おじさんはほんとうに金田一耕助という人なの」

そういう邦雄くんを金田一耕助は、ふしぎそうに

見まもりながら、

「そうだよ、ぼくが金田一耕助だよ。きみはぼくの名前を知っているの」

「ええ、知っています。ぼくはある人から、金田一耕助というひとに、わたしてくれと……」

と、いいかけて邦雄くんははっとして、

「あっ、いけない、だれか来た！　おじさん、ベッドの下へかくれて……」

金田一耕助があわててベッドの下へもぐりこむと、邦雄くんはまたベッドにひれふし、

「おじさん、おじさん、かんにんしてください。ぼくはなんにも知らないのです。ぼくは……ぼくは……黄金の燭台《しょくだい》など……」

と、くどくどとかきくどきながら、めそめそとすすり泣きをはじめます。

するとそのとき、のぞき穴の外へ、ぬっと男の顔があらわれました。やぶにらみの恩田です。

「なんだ、話声《はなしごえ》がきこえると思ったら、泣虫小僧が泣いていたのか。おれはまた、怪しいやつがしのびこんだのかと思ってぎょっとした」

どっちが怪しいやつかわかりません。

邦雄くんはしかし、そんなことばも耳にはいらぬかのように、なおもめそめそとかきくどきます。

やぶにらみの恩田はせせらわらって、

「よしよし、いくらでも泣け。涙がかれるまで泣きつづけろ。しかし、今夜というこんやは、おまえも黄金の燭台の、ゆくえを白状しなければなるまいぜ。こんやは大先生のお出ましで、じきじきお取調《とりしら》べがあるからな」

やぶにらみの恩田は、口笛を吹きながらいってしまいました。

その足音が、遠くかすかにきこえなくなるのを待って、ベッドのしたからはい出した金田一耕助は汗びっしょり。かれはまがった針金《はりがね》で、いそいでうちがわから、ドアにカギをしめると、

「ああ、おどろいた、あいつがドアをあけやしないかと、どんなにびくびくしたことか。ドアにカギがかかっていないことに気がついたら、ただではすまなかったろうからね」

それから金田一耕助は、ゆっくりと、足おとをしのばせて、ひきかえしてくると、ふしぎそうに邦雄くんの顔を見まもりながら、

「きみ、きみ、きみは泣いていたんじゃないの」

邦雄くんはけろりとして、

「ううん、ぼく、泣いたりしません」

「だって、さっきからめそめそと……」

「おじさん、あれ、みなウソですよ」

「ウソ……？」

「そうです、そうです。ぼく、あいつらが来ると、いつもめそめそ泣いてるまねをしてやるんです。だからあいつら、ぼくをとても弱虫の泣虫小僧だと思ってるんです。そのほうがいじめられなくていいんです。さっきおじさんがきたときも、むこうでがたっという音がきこえたから、てっきりあいつらだと思って、大急ぎで泣き出したんです。ぼく、ほんとうはそんな弱虫の泣虫小僧じゃありません」

金田一耕助はかんしんして、思わずつよく邦雄くんの手をにぎりしめました。

「えらい、きみはなかなか勇気があるんだね。それに気てんもきくんだね。きみの名前はなんというの。どうしてぼくを知っているんですか？」

そこで野々村邦雄くんは名前を名のり、また海野青年から、黄金の燭台をあずかって以来のことを、くわしく語ってきかせました。

金田一耕助はあるいはおどろき、あるいは感心して聞いていましたが、やがて邦雄の話がおわるのを待って、

「それで、きみのあずかった黄金の燭台というのは、いまどこにあるの」

「それはいえません」

「どうして？」

「だって、おじさんがほんとうに、金田一耕助という人かどうかわかりませんもの」

それをきくと金田一耕助はまた感心して、

「えらい、邦雄くん、おそれいったよ。ああ、海野くんはよい人に、黄金の燭台をあずけたものだ。それじゃ聞くまい。だが、邦雄くん、ただひとことといってくれたまえ。黄金の燭台は、安全なところにあるのだろうね」

「おじさん、安心してください。黄金の燭台は、どこよりも安全なところにあります」

邦雄くんは、いかにも自信ありげにいいましたが、いったいぜんたい黄金の燭台はどこにあるのでしょうか。

それはさておき、ふたりがなおもヒソヒソ話をしているときでした。とつぜん、地下宮殿のはるかかなたで、けたたましいベルの音がきこえました。邦雄くんはかおいろかえて、

「あ、いよいよ大先生がやってきた」

「邦雄くん、大先生とはいったいなんだ」

「ぼくもよく知りません。ぼくははじめ、義足の倉田が首領だと思っていたんです。ところがそうじゃなくて、まだその上に大先生というやつがいるんです。

そいつはとてもものすごいやつらしく、だれでも大先生のうわさをするときには、まるで悪魔にとりつかれたようにびくびくしています。おじさん、いってみましょう。大先生を見てやりましょう」

邦雄くんはベッドのしたから、まがった針金をとりだすと、たくみにドアをあけました。金田一耕助は目をまるくして、

「邦雄くん、きみはこのドアをあける術《すべ》を知っているのか」

「ええ、ぼくはときどきこうして、この地下のクモ宮殿を探検するんです」

「それで、どうして逃げ出さないんだ」

「逃げたくないからです。ぼくは悪者たちの秘密を、底の底までしらべてやるんです」

ああ、なんという大胆さ、なんという抜目《ぬけめ》のなさ、これでも泣虫小僧でしょうか。

金田一耕助はかんしんのあまり、思わずつよく邦雄くんをだきしめてやりました。

それはさておき、ろうかへ出ると、もう日が暮れたと見えて、あたりはまっくらでした。しかし邦雄くんはなれていると見えて、金田一耕助の手をひいて、かべづたいにすすんでいきます。

「おじさん、悪者たちの部屋はみんな地下二階にあるんですが、会議室は一階にあります。大先生が来たからには、みんな会議室にあつまるにちがいありません。いってみましょう」

迷路のようなろうかをいくどかまがると、やがてはるかのつきあたりから、ほのぐらい光がもれているのが見えました。

「おじさん、おじさん、あれが会議室です」

邦雄くんがささやいたときでした。暗いろうかをサッとすれちがっていった人影があります。

箱の中

ふたりはアッと、かたわらのろうかにしがみつきます。それに気がついたのかつかなかったのか、その人影はふたりのそばを風のようにかけぬけると、またたくうちにろうかの闇《やみ》にのみこまれてしまいました。

金田一耕助と邦雄くんはぼうぜんとして、そのうしろ姿を見おくっていましたが、やがて邦雄くんが息をはずませ、

「おじさん、あいつはどうしたんでしょう。ぼくたちに気がつかなかったのでしょうか」

「いいや、そんなはずはない。あいつはぼくの肩にぶつかっていったんだよ」

「それだのに、どうして声をあげてさわがないんでしょう」

「ふむ、どうもおかしい。しかし、邦雄くん、こんなところでぐずぐずしている場合ではない。早くどこかへかくれよう」

「ええ、おじさん……」

ふたりはそのろうかを足音もなく走りぬけると、つきあたりの灯《あか》りのもれている部屋へとびこみました。

そこはたたみ五十枚ゆうにしけるようなひろい部屋で、正面が舞台のようにいちだん高くなっており、その舞台の上には、うしろにまっ赤《か》なビロードのカーテンをはりめぐらせて、王さまの玉座《ぎょくざ》のような椅《い》子《す》があります。

そして、その玉座のまえには、さっきかつぎこまれた白木《しらき》の箱がおいてあり、舞台のしたには三十ばかりの椅子がならんでいました。

「おじさん、こちらへ……」

邦雄くんはその椅子のあいだをかけぬけると、舞台のうえにとびあがり、玉座のうしろから椅子の下へもぐりこみました。金田一耕助もそれにならったことはいうまでもない。

と、そのとたん、ろうかのむこうからどやどやと、おおぜいの足音が聞こえてきたかと思うと、話声《はなしごえ》がしだいにこっちへ近づいてきます。

「じょうだんいっちゃいけない。このげんじゅうなクモ宮殿へだれがしのびこむものか」

「だってたしかにこのろうかを、走っていく足音がきこえたんだ。そうだ、会議室から、こっちへ走ってくる足音だった」

「ばかもやすみやすみいえ。かりにもそんなことが大先生のお耳にはいってみろ、どんなにおしかりをこうむるか知れたものじゃないぞ」

大先生ということばが出ると、話声はぴたりとやみました。そのことばは、一味のもののあいだでも、よほど恐れられているらしい。

やがてドアがひらいて、入乱《いりみだ》れた足音が、会議室へ入ってきました。そのなかのひとりがスイッチをひねったと見え、会議室にはパッとあかるい電気がつきました。

金田一耕助と邦雄くんは、玉座のしたで思わず身をちぢめましたが、しかし、そんな心配はいらなかったのです。なぜといって、あかるくなったのは平土間《ひらどま》のほうだけで、舞台の上はいぜんとしてほのぐらいのです。

思うにかれらの大先生という人物は、じぶんのほうから部下たちをよく見るが、部下たちからはなるべく見られぬように、気をくばっているのでしょう。

やがて二十人あまりの荒くれ男たちは、それぞれ席につきましたが、だれひとり口をきくものはありません。みんな緊張した顔いろで、かたずをのんでひかえています。

邦雄くんがそっと椅子のしたからのぞいてみると、義足の倉田と、やぶにらみの恩田が、一ばんまえにひかえていました。

一分――二分――だれひとり口をきくものはおろか、せき一つするものもありません。

と、ふいに舞台の左のドアがひらくと、だれかこつこつとはいってきました。二十人あまりの荒くれ男が、さっと立って敬礼するところを見ると、これこそ大先生にちがいない。

金田一耕助と邦雄くんは、椅子のしたからそっと大先生の姿をのぞいてみましたが、そのとたん、なんともいえぬ恐《おそろ》しさと気味わるさに、ぞっと鳥はだがたちました。

大先生はシルクハットをかぶっていました。しゃれたインバネスを着ていました。インバネスのしたにはフロック・コートを着て、手にはステッキを持っていました。

こういうと、いかにもりっぱな紳士のように思えますが、それがなかなかそうではありません。まずふしぎなのはそのからだつきです。腰もあしも弓のようにまがって、しかも体に比例して手の長いところが、ちょうどゴリラのようなかっこうです。

しかし、気味のわるいその体つきばかりではありません。その顔です。大先生は仮面をかぶっているのです。そのお面は瀬戸物《せともの》のようにつるつるとして、鼻もなければ口もありません。つるつるしたタマゴがたのお面には、眼《め》がふたつあいているだけでした。

大先生は玉座につくと一同にむかって、

「腰かけてよろしい」

と、しずかにいいましたが、その声をきいたとたん、金田一耕助も邦雄くんも、またぞっと、鳥はだのたつようなきみ悪さをかんじました。それはまるで猛獣のうなり声のような、なんともいえぬみょうな声です。一同が席につくと、大先生は目のまえにある、白木の箱を指さして、

「神戸から音丸がおくってきた、おくりものというのはこの箱のことか」

「はっ、さようであります」

義足の倉田しゃちほこばってこたえました。倉田も大先生の前に出るといくじがありません。さっきからびくびくしているのです。

「よし、開《あ》けて見い。はやく見たい」

大先生がわれがねのような声で命じました。

言下《げんか》に義足の倉田と、やぶにらみの恩田が立って、つかつかと大きな箱のそばへよると、釘《くぎ》ぬきで一本一本、ふたに打ちつけてある釘をぬきました。釘はまもなくのこらず抜きとられました。倉田と恩田はふたをとってなかを見ましたが、とたんにあっと叫んでしりごみをしました。

「なんじゃ、なんじゃ、なにをそのようにぐずぐずしている。早くなかのものを出してみせぬか」

大先生がじだんだふんで叫びます。まるでいかり狂ったライオンのような声でした。

「はっ」

とこたえて、倉田と恩田が左右から、箱のなかのものをだきおこしましたが、そのとたん、椅子のしたの金田一耕助は、思わずさけび声をあげそうになりました。

ああ、それこそは神戸港の沖合で、金田一耕助と

ともに、海底ふかくしずめられたはずの、鉄仮面の少女小夜子ではありませんか。

生きているのか、死んでいるのか、小夜子はまだ鉄仮面をはめられたまま、倉田と恩田に、ぐったりと抱かれていました。

仮面の怪人

「なんじゃ、音丸のおくりものというのは、この娘のことか」

瀬戸物《せともの》のような仮面をかぶった怪人が、椅子《いす》のうえからまたわれがねのような声でさけびました。

「はっ、さ、さようであります」

義足の倉田が、しゃちほこばって答えました。

「その娘は生きているのか死んでいるのか」

「…………」

「いったい、どちらなんだ？」

「はっ、生きているようであります。体にぬくもりがありますから」

それを聞いて、椅子の下にかくれている金田一耕助は、ほっと胸をなでおろしました。生きてさえいてくれれば、またなんとか、すくいだす方法もあるというものです。

「ふうむ、それじゃ気をうしなっているのじゃな。むりもない。そんな箱につめられて、はるばる神戸からおくられてきたのだからな。しかし、倉田、恩田！」

「は、はっ」

「音丸はなんだってこんな娘を、わしにおくってきおったのだ。また、なんだってその娘は、鉄仮面などかぶせられているのだ」

「さあ、それは……われわれにはまだわかりません。そのことはいずれ音丸兄貴がかえってきて、首領に直接、ご報告もうしあげるそうです。しかし……」

「しかし……？　なんじゃ。思うところがあれば、なんでもえんりょなくいうてみい」

「はっ、音丸兄貴のことですから、万事にぬけ目のあろうはずはございません。その兄貴がこうして直接、首領におくってきたのですから、この娘にはきっとわたしにはわかりませんが、よういならぬ秘密があるにちがいございません」

「そうじゃろう、そうじゃろう」

仮面の怪物はゴリラのような手をこすりあわせて、ごろごろのどをならしながら、

「おまえのいうとおりだ。音丸は一寸法師《いっすんぼうし》でこそあれ、目から鼻へぬけるようなやつじゃ。きっとあいつはすばらしい秘密のカギを、にぎっているにちがいない。早くあって話をききたいものじゃが……倉田！」

「は、はっ！」

「その仮面をとってみい。なにはともあれ、娘の顔を見たい。その仮面をはずしてみい」

「はっ、おい、恩田、手つだってくれ」

義足の倉田はやぶにらみの恩田に手つだわせて、小夜子の面をはずそうとしましたが、この鉄仮面には錠《じょう》がおりていて、合カギがなくてはとてもはずれないのです。

仮面の怪人は気をいらだって、

「なにをぐずぐずしている。はやくしないか」

と、じだんだをふむようなちょうしです。その声を聞くたびに、椅子のしたにかくれている金田一耕助や、野々村邦雄くんはいうにおよばず、舞台のしたにならんでいる部下たちまでが、ぞおっと身ぶるいをするのです。

義足の倉田はあわてて、

「でも、首領、この鉄仮面は合カギがなくてはとてもはずれません。むりにはずそうとすると、この娘はおおけがをします」

「かまわん。顔の皮をひんむいてもよい。はやくその鉄仮面をはずしてしまえ！」

ああ、それはなんというおそろしいことばでしょう。なんという無慈悲《むじひ》な命令でしょう。

金田一耕助と野々村邦雄くんは、背すじがさむくなるような恐怖とともに、いっぽう、全身の血がわきたつような怒りをかんじました。

さすがの悪党、倉田もあおくなって、

「でも、首領、このカギは音丸兄貴が持っているのではありますまいか。そして、兄貴がかえってくるまで、だれにもこの娘の顔を見せては、いけないのではありますまいか」

「なに、音丸が……？」

それを聞くと仮面の怪人も、やっといくらかおさまりました。この怪物はどんなにたけりくるっているときでも、音丸という名をきくと、ふしぎに気嫌《きげん》

がなおるらしいのです。

「なるほど、ふむ、そうかも知れん。よしよし、それじゃ音丸がかえってくるまで待とう。その少女はそこへ寝かせておけ」

「はっ」

義足の倉田とやぶにらみの恩田は、あわてて白木の箱をとりのけると、そのあとへ鉄仮面の少女小夜子をねかせます。

あわれ、少女小夜子はいま、金田一耕助や野々村邦雄くんの、すぐ鼻のさきによこたわっているのです。

それはもう、手をのばせばとどく距離なのですが、それでいて、今の二人には、どうすることもできぬ残念さ、くちおしさ。

それはさておき、仮面の怪人はまたもや、義足の倉田のほうにむきなおり、

「これ、倉田、皇帝の燭台《しょくだい》は手にはいったか」

つめたい、針《はり》をふくんだいいかたです。それを聞くと、義足の倉田はふるえあがって、

「はっ、そ、それはこのあいだもお手紙で申しあげたとおり、残念ながら……」

「手にいれそこなったというのだな。きさま、それですむと思っておるのか」

「は、あの、でも、その燭台のありかをしっていると思われるふたりの人間を、いまこのクモ宮殿のなかに、とらえておきましたから……」

「だれじゃ。ふたりの人間というのは?」

「海野清彦という青年と、野々村邦雄という少年です」

ああ、それでは海野青年も、いまこのクモ宮殿にとらえられているというのか。

仮面の怪物はいくらか、気嫌をなおして、

「よし、それじゃつれてこい。すぐにふたりをここへひっぱってこい」

「はっ!」

義足の倉田があいずをすると、すぐに四、五人のあらくれおとこが、ばらばらと会議室をとびだしましたが、それを見ると椅子の下にかくれている、金田一耕助と野々村邦雄くんは、思わず手に汗をにぎりました。

邦雄くんの姿が見えないとわかったら、いったい、どんなさわぎになるでしょうか。

ドアの銃口

それはさておき、しばらくするとふたりの男が、左右から両腕をとって、ひきずるように、ひとりの青年をつれてきました。

見るとその青年は両手をまえでしばられて、まっ青《さお》になっていましたが、ああ、それこそは下津田の海岸で、野々村くんに、皇帝の燭台《しょくだい》をことづけた青年ではありませんか。

そして、この青年はあれから間もなく、義足の倉田のために、モーター・ボートに乗せられて、いずこともなくつれさられたのですが、それではやはり、このクモ宮殿にとじこめられていたのか……

義足の倉田はその青年を、部下からうけとると、仮面の怪人のまえにひきすえました。

「首領、こいつこそイタリヤから、皇帝の燭台を持ちかえった、海野清彦という青年です。そしてこいつは下津田の海岸で、その燭台をひとりの少年にことづけたのです」

「ちがいます。ちがいます。それはちがいます」

海野青年はやっきとなって、

「ぼくはだれにも燭台を、ことづけたおぼえはありません。あの燭台は難船のとき、海底ふかく沈んでしまったのです」

義足の男はせせら笑って、

「あっはっは！　しらを切ってもだめだ。その少年もちゃんとここに、つかまえてあるのだからな。いまに目のまえにつきつけてやる」

「えっ、そ、それじゃあの少年も……？」

海野青年はさっとまっ青になりました。

「そうよ。かわいそうにあの小僧はな、おまえから燭台をあずかったばっかりに、ひどい苦しみをなめているのだ。それがかわいそうだと思ったら、なにもかも正直にいってしまえ」

「ああ！」

海野青年はするどくうめいてよろめきます。おそらく思わぬことからわざわいを、罪もない少年におよぼしたことを後悔しているのでしょう。それを見ると邦雄くんは、椅子《いす》のしたから思わず叫びそうになりました。

「いいのです、いいのです。ぼくはなんとも思っちゃいません。ぼくはゆかいでたまらないんです。それにぼくはこのとおり安全です」

しかし、邦雄くんは叫びませんでした。叫ぶわけにはいかなかったのです。あたりには、どうもうな面《つら》がまえをした荒くれ男が、いっぱい立っているのですから……

そのときまた、仮面の怪人が椅子のうえから、ものすごいうなり声をあげました。

「そんなことはどうでもいい。小僧はどうしたのだ。なぜ、はやく小僧をつれてこないのだ！」

「はっ！」

義足の倉田が青くなってふりかえったときでした。会議室のそとから、あわただしい足音が聞《きこ》えてきたかと思うと、まっ青になってとびこんできたのは、ひとりの男。

「たいへんです。いままで、あの部屋にかんきんしていたあの小僧の姿が見えません」

「なに？　小僧の姿が見えないと？」

玉座《ぎょくざ》から、すっくと立ちあがったのは仮面の怪人。仮面のおくからものすごい目で、義足の倉田をにらみながら、

「倉田！　これはいったいなんのまねだ。きさま、まさかこのおれを、ペテンにかけようというのじゃあるまいな！」

その声は怒りにふるえ、骨をさすような残酷なひびきをおびております。義足の倉田はふるえあがって、

「首領！　そ、そんな……そんな……あなたをペテンにかけようなどと……おい、はやく小僧をさがしてこないか！」

「いいや、いいや」

仮面の怪人は舞台の上でじだんだふんで、

「おまえはわしを、うらぎろうとしているのだ。このクモ宮殿はもとはおまえのものだった。おまえは一味の首領だった。そこへわしがのりこんできて、いやおうなしにおまえたちを部下にしてしまった。

おまえはそれが不平なんだろう。だからおれをうらぎって、もとどおりじぶんが首領になろうとしているのだろう」

「ちがいます、ちがいます、首領、それは誤解です。邪推《じゃすい》です。わたしはあなたの忠実な部下です。おい、はやく小僧を……」

仮面の怪人からきめつけられて、義足の倉田は恐怖に顔をひきつらせています。ひたいにはびっしょりあぶら汗がういています。

ああ、義足の倉田にこのような、恐怖をあたえる仮面の怪人とは、いったい、どのような恐ろしい人物でしょうか。

それはさておき、義足の倉田にせき立てられて、あらくれ男たちはひとりのこらず、会議室からとび出していきましたが、そのときでした。

さっき仮面の怪人がはいってきた、舞台わきのドアが細目にひらくと、そこからそっとのぞいたのは、まぎれもなくピストルの銃口ではありませんか。

義足の倉田や海野青年は、いうまでもなく、さすがのなんでも見とおしのすごい怪人さえも、それには気がつきません。まして椅子のしたにかくれている、金田一耕助や野々村邦雄くんは、夢にもそんなこととはしりませんでしたが、ピストルはいま、しずかにねらいがさだめられているのです。

しかも、おお、その銃口がねらっているのは、義足の倉田でも怪人でもなく、なんと、怪人の足もとによこたわっている、鉄仮面の少女小夜子ではありませんか。

ドアから小夜子のところまで、五メートルとは、はなれていません。しかもピストルはいま、だれにさまたげられることもなく、ゆうゆうとねらいが定められているのです。

五秒――十秒――

ピストルはいまや、ぴたりと静止しました。と思うと、ごうぜんたる音が会議室のなかにとどろきわたり、つぎのしゅんかん、小夜子のくちびるをついて出たのはけたたましい悲鳴。

怪物脱出

それからあとのことを、金田一耕助や邦雄くんは、あまりよくおぼえてはおりません。

ピストルの音がとどろきわたり、小夜子の悲鳴がきこえたしゅんかん、ふたりは思わず椅子のしたからとび出してしまいました。

これには仮面の怪人はいうにおよばず、義足の倉田や海野青年も、目をまるくしておどろいていましたが、金田一耕助と邦雄くんは、そのほうには目もくれず、ドアのほうへはいよっていきました。

さいわいドアのむこうにいる男は、ふたりのいることには気がつかないらしいのです。ドアのすきまからは、まだピストルがのぞいています。おそらく第二発目をねらっているのでしょう。

それを見ると金田一耕助は、ヘビのようにするすると、ドアのそばへはいよると、ポケットから取りだしたピストルをさか手に持ち、上からはっしとばかりにピストルをたたきつけました。

「あっ！」

ドアのむこうでするどい男の声がきこえたかと思うと、ぽろりとピストルが床におちました。野々村邦雄くんはそれを見ると、さっとドアをひらきましたが、そのしゅんかん、ふたりの眼《め》にうつったのは、顔じゅうにしょうきさまのようにひげをはやした大男です。

ああ、その男こそは、神戸のあやしげな洋館で、金田一耕助と鉄仮面の少女小夜子をふくろづめにして、神戸港の沖ふかく、沈めてしまおうとしたあの男ではありませんか。

「あっ、き、きみは！……」

金田一耕助もおどろきましたが、しょうきひげの大男も、海底ふかく沈められたはずの金田一耕助が、生きて目のまえに立っているので、びっくりして目をまるくしていました。

が、つぎのしゅんかん、くるりときびすをかえして逃げようとします。

「待て！　逃げるとうつぞ」

だが、そのときでした。耕助の背後にあたって、けたたましい叫び声がきこえたのです。海野青年のこえでした。

「あッ、椅子が沈む！　いすが沈む！」

その声に、ふとうしろをふりかえった金田一耕助は、思わず大きく目を見はりました。

ああ、なんということでしょう。さっきまで、金田一耕助や野々村邦雄くんのかくれていた椅子が、いまスルスルと床のしたへ沈んでいくではありませんか。

しかも、その椅子のうえには、仮面の怪人が、鉄仮面の少女小夜子をだいたまま腰をおろしているのです。

「しまった！」

金田一耕助と野々村邦雄くんが、われをわすれてかけよったとき、椅子をのっけた二メートル四方ばかりの床は、すでに舞台のしたへのみこまれていて、やがて、べつの床がしたからバタンとはねあがってきました。

こうして、文章で書いてくると、たいへん長いあいだのようですが、じっさいは、これらのできごとは、ほとんど一《いっ》しゅんのあいだにおこったのです。

金田一耕助と野々村邦雄くんとは、ぼうぜんとして、床を見つめていましたが、やがて、はっと気がついたときには、むろん、しょうきひげの大男も、義足の倉田も、すでにすがたは見えませんでした。

「しまった、しまった！　こんなしかけがあるとは気がつかなかった。こんなことと知っていたら、もっと長く、椅子のしたにかくれているんだった」

金田一耕助はじだんだふんでくやしがります。そうです。もし、ふたりが椅子のしたにかくれていたら、怪人や少女小夜子とともに、床のしたへのみこまれ、あわよくば、怪人をとらえることができたかもしれないのです。

しかし、金田一耕助がぼうぜんとしているあいだに、邦雄くんはすばやく舞台からとびおりると、海野青年のいましめをときました。

「おじさん、おじさん、ぼくですよ。ほら、いつかおじさんが下津田の沖合で、船が難破《なんぱ》したとき、あなたから黄金の燭台《しょくだい》をあずかった……」

「ああ、き、きみか、それではきみはぶじだったのか」

海野青年はまるで夢でも見ているような眼つきです。しんじられないというおももちです。金田一耕助もやっとわれにかえって、舞台のうえからとびおりると、

「海野くんですね」

「はあ、ぼく、海野ですが、あなたは……？」

「まだお眼にかかったことはありませんが、いつかあなたからお手紙をいただいて、小夜子さんのゆくえをさがしている、ぼくが金田一耕助です」

「ああ、あなたが金田一先生！」

海野青年の顔には、さっとよろこびの色がもえあがります。ああ、こうして少女小夜子のためにはたらいている、金田一耕助と海野青年、それから野々村邦雄くんは、はじめて、ここにおちあったのです

が、そのときでした。このクモ地下宮殿のはるかむこうで、とつぜん、わあっ、わっ、わっというときの声がおこったかと思うと、やがて、はげしくピストルをうちあう音がしました。

三人はぎょっと顔を見あわせて、

「あっ、あれはなんだ！」

「ひょっとすると、同士うちがはじまったのじゃありませんか」

「海野くん、邦雄くん、気をつけたまえ」

三人はひとかたまりになって、会議室からそとへ出ましたが、ピストルの音はますますはげしくなってきます。そして、それにまじって、ののしり、わめき、叫ぶ声々。いりみだれた足音が、あらしのようにこだまして地下のクモ宮殿は、それこそ、ハチの巣をつついたようなさわぎです。

三人は会議室を出ると、まっ暗なろうかのかべに、ぴったりと背をつけて、じりじりとすすんでいきます。

やがてろうかのまがり角《かど》までできました。三人はそこでじっと耳をすましたが、さわぎはずっとむこうのほうで、ちかくには人の気配もありません。

それに安心した金田一耕助は、そっとろうかの角をまがりましたが、そのとたん、眼のくらむような懐中電気の光を、さっとまともからあびせられて、思わずあっと立ちすくみました。

「あっはっは！　足音がすると思ったら、やっぱりここにいやあがった。しかし、こりゃざこだな」

「ざこでもいい、怪獣男爵のいどころを聞いてみろ」

暗やみのなかで話しあうことばをきいて、金田一耕助は思わずいきをはずませました。

「怪獣男爵ですって？　そういうあなたがたはだれです。もしや警察の人たちじゃありませんか。もし、そうだったら、ぼくはけっして怪しいものじゃありません。ぼくは……」

「なにをいやあがる、いまさらしらばくれてもだめだ。おい、怪獣男爵はどこだ」

懐中電気をもったおとこが、金田一耕助のかたをこづきました。そのときでした。

「おい、ちょっと待て」

と、うしろからそれをとめた男が、しげしげと耕助の顔をながめていましたが、警部ではありませんか。

「ああ、あんたは金田一さんじゃありませんか」
と、叫びました。

「ぼくですよ、警視庁の等々力《とどろき》警部ですよ」

みずから顔をてらしてみせた人物。それこそは金田一耕助がかねてから親交のある、警視庁の等々力警部ではありませんか。

「きょう警視庁へ、ここに怪獣男爵《かいじゅうだんしゃく》がかくれているという投書がきたので、こうして襲撃したのだが、金田一さん、あんた、怪獣男爵を見ませんでしたか」

「ああ、それじゃあれはやっぱり怪獣男爵だったのですか。怪獣男爵がまたあらわれたのですか」

金田一耕助はそれを聞くと、暗やみのなかでまっ青《さお》になりましたが、それにしても怪獣男爵とはいったいなに者か。そして、またその恐ろしい怪物につれさられた、少女小夜子はどうなったでしょうか。小夜子はあのしょうきひげの男のために、射ちころされてしまったのでしょうか。

袋の中のネズミ

怪獣男爵の、もぐりこんだゆかの下には、四本の鉄のはしらが、すいちょくに立っていて、あの玉座《ぎょくざ》のような椅子《いす》をのせた床は、そのはしらをつたわって、まっ暗がりのなかを、すべりおりていくのです。

やがて床がしぜんととまったのは、きっと地下室のゆかに落ちついたのでしょう。

怪獣男爵はやおら椅子からこしをうかして、くらがりのなかを手さぐりで、一本の柱をなでていましたが、やがてかちっという音とともに、ぱっと電気がつきました。

見るとそれは、直径十五メートルばかりの、まるいつつのようなかたちをした部屋で、ゆかから天井《てんじょう》までやく三十メートル。部屋の中央には、いま怪獣男爵がすべりおりてきた、四本の鉄のはしらがすいちょくに立っており、まわりのかべには、まるでなわでまいたようにぐるぐると、らせんけいの階段が、ゆかから天井までつづいているのです。

つまり、うえの部屋からこの地下室へおりてくるには、いま怪獣男爵がしたように、あのいすのエレベーターをつかうか、それとも、らせんけいの階段をつたって、まわりのかべをぐるぐるまわりながら、おりてくるか、このふたつの道があるわけです。

そしてその階段のふもとから、一メートルほどはなれたかべに、ドアがひとつありましたが、それはいま厳重にしまっています。

さて、あかりがつくと、怪獣男爵は、ひざのうえに抱いている小夜子の体をしらべてみましたが、ふしぎなことには、小夜子はどこにもけがをしているようすはありません。そのかわり、顔にかぶせられた鉄仮面のほっぺたに、小さいくぼみができていました。

ああ、世のなかはなにが仕合《しあわ》せになるか知れたものではありません。鉄仮面をかぶせられた小夜子は、このうえもなく不幸でしたが、しかし、いまはその鉄仮面のおかげで命がたすかったのです。

おそらくしょうきひげの男が、はなった弾丸《たま》は、鉄仮面にあたってはねかえったのでしょう。

もし、小夜子が鉄仮面をかぶっていなかったら……いまごろは、とっくの昔に死んでいたことでしょう。

それはさておき、小夜子が生きていることをたしかめると、怪獣男爵はまんぞくそうな声をあげ、それからあたりを見まわしました。だれも見ているもののないのを見さだめると、はじめてあの気味のわるいお面をとりましたが、ああ、そのお面のしたからあらわれた顔の、なんというおそろしさ！

それはゴリラそっくりでした。いえいえ、それはゴリラほど毛ぶかくもなく、またゴリラほど目がくぼんでもいませんでしたが、見たかんじが、ゴリラにひじょうに似ているのです。

いって見れば、ゴリラと人間のあいのこみたいな怪物でしたが、これが怪獣男爵の正体でした。

やがて、怪獣男爵は小夜子をだいて椅子をおりると、ちょこちょこ、ドアのほうへ走ってきましたが、その歩きかたまでが、ゴリラにそっくりなのです。

と、この時でした。上のほうから遠くかすかに、ピストルを射ちあう音や、人の叫びごえがきこえてきたのは……それを聞くと怪物は、ぎょっとしたように耳をすましていましたが、ピストルの音、人の叫びはますます大きくなるばかりです。

いったいなにごとがおこったのでしょうか？ さすがの怪物も、不安そうに、そわそわしながら、ポケットからカギをとり出すと、ドアをひらこうとしました。ところがどうでしょう。錠《じょう》はひらいたはずだのに、押せどもつけどもドアはびくともしないです。

とつぜん、怪物の顔にむらむらと、いかりの色がこみあげてきました。

怪物は、小夜子の体をゆかにねかせると、四、五メートルほど手前から、ものすごいいきおいで、ドアに体をぶっつけます。しかしそれでもドアはびくともいたしません。

どうやらむこうがわから、がんじょうな掛金《かけがね》がおりているらしいのです。

「うおう！」

怪物はいかりにみちた叫び声をあげました。そして満身に力をこめると、やにわにもうぜんと二度三度、ドアに体をぶっつけていましたが、そのときでした。

だしぬけに、上のほうがさわがしくなったので、ぎょっとしてふりあおぐと、ああ、あのらせん階段をつたって、どやどやとおおぜいの警官が、おりてくるではありませんか。

「ああ、いたいた、警部さん、怪獣男爵があそこにいる！」

そう叫んだのは、金田一耕助。

一行のなかには海野青年や、野々村邦雄くんもまじっています。しかも、その先頭にたっているのは、やぶにらみの恩田ではありませんか。

「うおう！」

怪獣男爵はふたたび、怒《いかり》にみちた叫びごえをあげました。

男爵ははじめてすべてをさとったのです。

警視庁へ手紙を出して、怪獣男爵のありかをおしえたのも、また、ドアのむこうがわからがんじょうな掛金をおろして、男爵の退路をたったのもすべて義足の倉田や、やぶにらみの恩田のしわざにちがいない。

怪獣男爵はいかりにたけりくるいながら、ドアに体をぶっつけます。しかし、あいかわらずドアはびくともしません。

しかも、警官たちはらせん階段をつたって、ぐるぐる部屋のまわりをまわりながら、しだいに下へおりてきます。

怪獣男爵はふいに小夜子をだきあげると、もとの椅子にとびのりました。そして、椅子についたボタンをおすと、椅子はふたたびスルスルと、四本の柱をつたってのぼっていきます。だが十メートルほどあがったところで、怪獣男爵はぎょっとして椅子をとめました。

天井のおとし戸がぱくっとひらいたかと思うと、そこから五、六人の警官がいっせいにピストルをさしむけたのです。

ああ、もうこうなればさすがの怪物も、袋のなかのネズミも同じでした。

「うおう！　うおう！」

とちゅうでとまった椅子のうえで怪獣男爵は二度三度、いかりにみちた叫び声をあげるのでした。

波にうく死体

「怪獣男爵！」

らせん階段のとちゅうから、おごそかに声をかけたのは、警視庁の等々力警部。

「このクモ宮殿はいま、警官たちによって、十重《とえ》二十重《はたえ》と、包囲されています。あなたは、ふくろのなかのネズミも同じです。

さあ、もうこうなったら仕方がない、そのおじょうさんをこちらにわたし、おとなしく、降参《こうさん》しなさい」

怪獣男爵はそれをきくと、バリバリと歯をかみならし、いかりにくるった目であたりを見まわしました。

しかし、もうどうすることも出来ません。かべをとりまくらせん階段のうえには、十数人の警官がひしめきあって、四方八方からピストルをさしむけているのです。椅子のエレベーターであがろうにも、そこにも警官がひしめきあって、ピストルをむけております。

「うおう！」

怪獣男爵は怒りにみちた声をあげます。

「男爵、もうどんなにもがいてもだめです。はやくエレベーターを下へおろしなさい。そしておとなしく手錠《てじょう》をうけなさい」

「うおう！」

怪獣男爵は絶望したような目であたりを見まわします。ああ、あのドアさえひらいたら……怪獣男爵はいまいましそうに、上からそのドアを見おろしましたが、そのとたん、ぎょっとしたように息をのみました。

ふしぎ、ふしぎ、さっきまで、どんなに押しても突いてもあかなかったあのドアが、そのときかすかにひらいていくではありませんか。そして、ドアのむこうから、だれかが手まねきしたかと思うと、ドアはふたたび音もなく、むこうからそっとしめられました。

怪獣男爵はどきどきしながら、あわててあたりを見まわしました。しかし、さいわい誰《だれ》ひとり、それに気づいたものはないようす。

「うおう！」

怪獣男爵はもういちど、ものすごい叫びをあげると、小夜子をだいて立ちあがり、

「警部、仕方がない。こんやはわしのまけだ。おとなしくきみのいうことにしたがおう」

と、うやうやしく一礼しましたが、つぎのしゅんかん、小夜子をだいた怪獣男爵の体は、十メートルの高さから、ひらりとゆかにとんでいました。

「あっ逃げるか」

警官たちがあわてて、ピストルを取りなおそうとするのを、

「あっ、射っちゃいけない、うっちゃいけない。小夜子さんにあたると悪い！」

声をからしてさけんだのは金田一耕助。なるほど、そういわれれば射つこともできません。警官たちはいっせいに、あのらせん階段をおりはじめましたが、なにしろ、まえにもいったとおりその階段は、部屋のまわりをぐるぐるまわっているのですから、そのまだるっこいことといったらありません。

それに気をいらだてたのは、裏切者《うらぎりもの》の恩田です。ここで怪獣男爵をとりにがしたら、あとでどのようなおそろしい返報をうけないものでもないと思ったのでしょう。あと五メートルほどの高さまでくると、らせん階段から身をおどらせて、ひらりと下へとびおりました。

と、そのときでした。小夜子をだいたままゆかにひれふしていた怪獣男爵が、つと身をおこすと、びっこをひきひきドアのほうへ走っていきます。ああ、さすがの怪獣男爵も、十メートルの高さからとびおりて、足をくじいたらしいのです。

それを見るや、やぶにらみの恩田が、

「怪獣男爵！　これでもくらえ！」

うしろからねらいをさだめてズドンと一発。だが、そのねらいがはずれたのが、恩田にとっては運のつきでした。

小夜子をすてて、くるりとうしろをふりかえった怪獣男爵は、ひとめ恩田のかおを見ると、

「うおう！」

と、ものすごい叫びをあげてとびつきました。

「わっ、た、たすけて……」

恩田はかなしそうな叫びをあげてもがきましたが、しかし、ひとたび怪獣男爵につかまっては、ワシにつかまった子スズメも同じこと。

たちまちピストルはたたきおとされ、ずるずるとドアのほうへひかれていきます。

「あっ、助けて……たすけて……」

これを見ておどろいたのは警官たちです。らせん階段をかけおりながら、いっせいにピストルをぶっぱなしましたが、なにしろ、小夜子や恩田にあたってはならぬと思うので、うまくねらえるはずがありません。

怪獣男爵は恩田の体をたてにとりながら、びっこをひきひきドアのところまできましたが、そのときさっとドアがむこうからひらいたかと思うと、なかからとび出したのは一寸法師《いっすんぼうし》の音丸でした。

「先生、早く、早く……」

と、叫びながら、そこにたおれている小夜子をだきあげるとドアのなかへとびこみます。それにつづいて怪獣男爵も、恐怖におののく恩田の体をひきずって、部屋から外へとび出しましたが、つぎのしゅんかん、ばたんとドアがしまると、がちゃりと掛金《かけがね》のおりる音。

「しまった！　しまった！　ちきしょう！　ちきしょう」

やっとらせん階段をとびおりた、等々力警部や金田一耕助の一行が、もみあうようにして、ドアのところまでかけつけたのは、ちょうどそのしゅんかんでした。

警官たちはそのドアを乱打しました。足でけりました。しかし、怪獣男爵の怪力をもってしても、ひらくことのできなかったそのドア。そんななまやさしいことで、ひらくはずがありません。

やっと上から持ってきたいろんな道具で、ドアを

ひらくことが出来たのは、それから十分もたってからでした。

ドアのむこうはトンネルのようなろうかになっています。それをつたって三百メートルほどあるいていくと、とつぜん一行は海のそばへ出ました。つまり、そのトンネルは海岸にきずかれた岩壁のとちゅうに口をひらいているのです。

おそらく一寸法師の音丸は、モーター・ボートでやってきてあやういところで、怪獣男爵をすくい出したのでしょう。むろんもうそのモーター・ボートは、かげもかたちも見えません。

一同は残念そうに沖をながめていました。が、そのときでした。野々村邦雄くんが恐《おそ》ろしそうな叫び声をあげたのは……

「あっ、あんなところに人が浮いている！」

見ればなるほど足もとから、三メートルほどはなれた海面に、だれやらぶかぶか浮いています。

警官たちはいっせいに、そのほうへ懐中電気の光をさしむけましたが、それがやぶにらみの恩田であったことは、いまさら、ここでいうまでもありますまい。

やぶにらみの恩田は、むざんにも、首根っこをおられて死んでいたのでした。

立ちぎく影

さて、翌日になると東京中は、たいへんなさわぎでした。

どの新聞も、どの新聞も、

「怪獣男爵、ふたたび東京にあらわる」

と、いう記事で、紙面をうずめつくしているのですが、それを読んで、あおくなってふるえあがらない人はありませんでした。

ああ、怪獣男爵とは、そんなにおそろしい怪物でしょうか。

そうなのです。もし、諸君のうちに『怪獣男爵』や『大迷宮《だいめいきゅう》』をお読みになった人があったら、そいつがいかにおそろしい怪物であるかということが、おわかりのはずだと思います。

しかし、それを読んでいない人のためには、すこし説明がいりますが、それはもうしばらくあとのことにいたしましょう。

その翌日、警視庁の警視総監《けいしそうかん》の部屋では、ものものしい会議がひらかれていました。

いうまでもなく、それは怪獣男爵をつかまえるための会議なのですが、しめきった部屋のなかで、額《ひたい》をあつめて相談しているのは、警視総監をはじめとして、等々力警部ほか五、六人の幹部たち、それから、金田一耕助と海野青年もまじっていました。

「さて……」

と、警視総監はおもむろに一座を見まわし、

「こうして怪獣男爵の出現が、じじつとすれば、われわれはあらゆる手段をつくして、あいつをつかまえねばならんが、そのまえに金田一さん、あなたはどうしてこの事件に関係してきたのですか。どうしてゆうべ、あのクモ宮殿にいられたのですか」

「ああ、そのことですか」

金田一耕助はにこにこしながら、スズメの巣のようなもじゃもじゃ頭をかきまわしました。

金田一耕助はもう浮浪者《ふろうしゃ》の服はぬいで、いつものように和服にはかまをはいています。

「そのことなら、ここにいる海野君にきいたほうがよいでしょう。海野君、あなたからみなさんに話をしてあげてください」

そこで海野青年は、皇帝の燭台《しょくだい》から小夜子のこと、それから義足の男のことから、野々村邦雄くんに燭台をことづけたことまで、のこらず語ってきかせました。

それにつづいて金田一耕助も、じぶんの冒険談をかたりました。

「ぼくは海野くんから依頼をうけたものですから、玉虫家のようすをさぐっていたのです。

ところがここにひとり、いささか怪しい人物を発見したので……その人物の名まえをいうことは、いまのところさしひかえますが、とにかく、悪党仲間では、しょうきひげの先生という、あだ名で知られている男です。で、そいつの行動をさぐっているうちに、神戸の怪しげな洋館が、かれら一味の関西における根城《ねじろ》になっていることがわかったのです。

そこで、その洋館へしのびこんだところが、小夜子さんが鉄仮面をかぶせられてとらわれていることがわかった。

そこで、それを救い出そうとしたところが、逆にこちらが袋づめにされて、神戸港の沖合で、海底ふ

かくしずめられてしまったのです」

「袋づめにされて……海底ふかく……？」

一同は思わずぎょっと目を見はります。金田一耕助はにこにこして、

「いや、なにもそうびっくりなさることはありませんよ。こうして、まあ、無事にたすかっているんですからな。さいわい、ぼくは懐中にナイフを持っていたので、それで袋を切り破り、のがれることが出来たんですが、ただ心配だったのは小夜子さんのこと。

小夜子さんもぼくといっしょに、袋づめにされて海へ投げこまれたんですが、ぼくにもそれを救うすべはなかった。だから、小夜子さんはてっきり、海中で死んでしまったものとばかり信じて、いままで良心の苛責《かしゃく》になやまされていたんですが、その小夜子さんの姿を、きのう眼前に見たときのぼくの驚き、また、喜びおさっしください。

たとえ、いまは怪獣男爵のためにとらわれの身となっていても、生きていれば、またなんとかして、救い出す方法があるでしょうからね」

「しかし、小夜子さんはどうしてたすかったんでしょう。袋づめにされて、海へ投げこまれたものが……」

警視総監が眉《まゆ》をひそめます。

「さあ、そのことですがね。これはぼくの想像ですが、あのとき袋づめにされ、ぼくといっしょに海のなかへ投げこまれたのは、小夜子さんではなく、人形かなんかだったんですね。

われわれを海へ投げこんだのは一寸法師《いっすんぼうし》でしたが、そいつはそうして、しょうきひげの先生をあざむき、ひそかに小夜子さんをたすけておいて、これを怪獣男爵に贈物《おくりもの》として送ってきたらしいのです。

それをまた、しょうきひげがかぎつけて、あの地下宮殿へしのびこみ、小夜子さんを殺そうとしたんですね」

金田一耕助の話をきいて、目を見はらぬものはありません。警視総監もほっとためいきをついて、

「いや、聞いてみると、じつにややこしい事件だが、すると、なんですね。その小夜子という少女は、いま鉄仮面をかぶせられたまま、怪獣男爵のとりこになっているんですね」

「そうです、そうです。あいつは小夜子さんをたね

にして、なにかまた悪事をはたらこうとしているのにちがいありません」

「その小夜子という少女が、玉虫元侯爵と祖父と孫の名のりをするには、どうしても黄金の燭台が必要なのですね」

「そうです。小夜子さんは三つのときに、おじいさまにわかれたきりですから、どちらも顔をおぼえていないのです。だからにせものだといわれてもしかたがないのです」

海野青年がこたえました。

「なるほど、ところでその燭台のゆくえというのは、いまのところ、野々村邦雄という少年よりほかに、知っているものはないのですね」

「そうです。そうです」

と、金田一耕助。

「だから、われわれはいま邦雄くんがやってくるのを待っているのです。きょう、ここへくるはずになっているのですが……」

と、そういう耕助のことばもおわらぬうちに、かるくノックする音がきこえて、やがてドアをひらいたのは、まっ黒な洋服をきた、まだうらわかい婦人でした。その婦人は杉浦路子《すぎうらみちこ》といって、警視総監の女秘書なのです。

「あの、先生、野々村邦雄さんというかたが、お見えになっていますが……」

「ああ、そう、すぐここへとおしてください」

「はい」

女秘書がひっこむと、いれちがいにはいってきたのは野々村邦雄くん。久しぶりにおうちへかえってよく寝たので、すっかり元気になってにこにこしています。

「おお、邦雄くん、待っていたよ。いま話をしていたのだが、黄金の燭台はどこにあるのだ」

邦雄くんはにこにこして、

「ああ、あの燭台ならここにありますよ」

「ど、どこに……」

「この部屋の、あの金庫のなかです」

「な、な、なんだって！」

警視総監はじめ一同は、びっくりしてとびあがりました。邦雄くんはにこにこしながら、

「警視総監のおじさん、いまから十日ほどまえに、岡山から四角な小包《こづつみ》と、手紙がきたでしょう。そし

て、その手紙には、この小包をしばらくあけないで、おあずかりしておいてくださいと書いてあったでしょう」

「な、な、なんだって、そ、そ、それじゃあの小包が……」

「そうです。そうです。義足のおとこが見張っているといけないと思ったので、ぼくはこっそり人にたのんで、岡山から送ってもらったんです。ここにあればいちばん安全だとおもって……だけど、うまくとどいたかしらと心配だったので、いまそこで女秘書の人にきいたら、総監のおじさんの金庫のなかに、たしかにそういう小包があるといってました。総監のおじさんどうもありがとう」

邦雄くんはぺこりと頭をさげました。一同は目をまるくしてその顔をみていましたが、やがて警視総監があわてて、金庫をひらくと、なかからとりだしたのは小包です。

総監がふるえる指で、その小包をとくと、はたして、なかから出てきたのは、なんと金色《こんじき》さんぜんたる黄金の燭台ではありませんか。

しかも、その火皿《ひざら》にはまぎれもなく、小さい指紋がやきつけられているのでした。

一同はいまさらのように、邦雄くんの奇智《きち》をほめそやしましたが、しかし、かれらはあまりそのことにむちゅうになっていたので、そういう話をドアのそとから、立ちぎきしているものがあろうとは、ゆめにも気がつかなかったのでした。

立ちぎく影――それは警視総監の女秘書、杉浦路子ではありませんか。

怪獣男爵の素姓

ああ、もし金田一耕助や、野々村邦雄くんが、もっと注意ぶかく、この女のかおを見ていたら、どんなにびっくりしたことでしょう。

この女秘書こそは、しょうきひげのあいぼう、カオルという黒衣婦人ではありませんか。

それはさておき、警視総監の部屋のなかでは、たちぎくものありとしるや知らずや、一同しきりに邦雄くんのきてんをほめたあげく、

「警視総監どの、それではこの燭台は、いましばらく金庫のなかに、保管ねがいたいと思います。ここ

にあればいちばん安全ですからね」

金田一耕助のことばによって、黄金の燭台はふたたび金庫のなかにしまわれました。こうして燭台の方はぶじにかたづきましたが、このうえはいっときも早く、小夜子を救いださねばなりません。

しかし小夜子を救いだすためには、怪獣男爵のありかからつきとめてかからねばならないのです。

「金田一耕助先生、怪獣男爵というのは、一体なにものですか」

怪獣男爵の名がでると、邦雄くんはこうふんにおもてをかがやかせながらたずねました。

それをきくと一同は、たがいにかおを見あわせていましたが、やがて金田一耕助が、むずかしい顔をして、

「邦雄くん、きみはまだ小さいから、知らないのもむりはない。あいつはおそろしいやつだ。人間の……それも世界的大学者といわれた人物の頭脳と、ゴリラの腕力とすばしっこさを持った、世にもおそるべき怪物なんだ」

金田一耕助が、身ぶるいしながらものがたったのは、つぎのようなおそろしいはなしでした。

怪獣男爵はもと古柳《ふるやなぎ》男爵といって、世界的に有名な大生理学者でした。

生理学というのは、人間のからだのいろんなぶぶんのはたらきをしらべる学問ですが、古柳男爵は脳の生理学では世界でも一流の学者でした。

古柳男爵は脳を人間のからだから、きりはなして、いかしておくほうほうを発明しました。それからその脳を、ほかのにんげんの脳といれかえる手術にせいこうしたのです。

諸君、これがどういうことを意味するかわかりますか。

ここにひじょうにすぐれた、天才的な脳をもっている人がいるとしますね。しかし、その人は年をとり、体も弱く、ほっておけばまもなく、死んでしまうでしょう。その人が死ねば、じんるいのたからともいうべき、そのひとの脳も死んでしまうのです。

ところが、いっぽう、ここに年もわかく、人なみすぐれてつよいからだをもちながら、ばかか気ちがいという人間があるとします。そのばかか気ちがいの脳をとってしまって、そのあとへ、大天才の脳をうえつけたとしたらどうでしょう。

大天才は年もわかく、ひとなみすぐれたからだの持主《もちぬし》として、生れかわることが、できるわけではありませんか。古柳男爵はこういう研究に、せいこうしたのです」

「それで……それで男爵はどうしたのですか」

あまりものすごいはなしなので、さすがの邦雄くんも、まっ青《さお》になってたずねます。

金田一耕助は、かおいろをくもらせて、

「古柳男爵の考えはよかった。それをうまくつかえば、どれだけ人類のためになったかしれない。男爵はしかしそれを悪用したのだ」

古柳男爵は、そんなえらい学者のくせに、たいへん悪い人でした。

お金や宝石にめのない極悪人《ごくあくにん》でした。大悪人でした。そのために、じぶんのきょうだいをころして、とうとう死刑になってしまったのです。

「し、死刑……それじゃ、男爵は死んだのですか」

「そう、ところがその死体がまだひえきらぬうちに、弟子の博士がひきとって、その脳をぬきとり、かねて男爵がやしなっておいたロロという、人ともサルともわからぬ怪物の脳と、いれかえたのだ。そこで古柳男爵は、あのような、世にもものすごい怪獣として、いきかえってきたのだよ」

「そして……そして……その手術をしたお弟子の博士は、どうしたのですか」

邦雄くんはあまりのおそろしさに、おもわず声をふるわせました。

「殺されたよ。怪獣男爵に……男爵はね、じぶんの悪事はたなにあげて、じぶんを死刑にした社会にふくしゅうをするのだといって、悪いことならなんでもするんだ。あいつは血も涙もない悪魔のような怪物だよ」

ああ、なんという恐《おそ》しいはなしでしょう。毒薬というものは、使いようによっては人もころしますが、また使いようによっては、人の命もすくうのです。

学問もそれと同じこと、その人によって、こんなにもおそろしい結果となったのです。それにしても、そのようなおそろしい怪物のとりことなって、小夜子はこれからさき、どうなって行くのでしょうか。

「そして……そして、金田一耕助先生、あの一寸法師《いっすんぼうし》はどういうやつですか」

「あれか、あれは音丸三平《おとまるさんぺい》といって、小さいときから古柳男爵にそだてられたみなしごで、男爵にとっては、犬みたいに忠実な部下なんだ」

「いや、金田一耕助さん」

そのときよこから口をだしたのは、警視総監。

「それでだいたい、怪獣男爵のせつめいはついたが、どうでしょう、あいつのありかをつきとめるのに、なにかいい考えはありませんか」

「さあ、それです。どうでしょうか。こういうふうにやってみたら……」

金田一耕助はなにか秘策をかたりはじめたが、きゅうに声がひくくなったので、ドアのそとでたちぎく女秘書、杉浦路子にも、そのあとは聞きとれませんでした。

それにしても金田一耕助は、どのようにして、あのおそろしい怪獣男爵のありかをつきとめようというのでしょうか。

二重眼鏡の紳士

さて、警視庁の一室で、怪獣男爵をとらえるために、秘策がねられたその夜のことです。


原宿にある玉虫元侯爵《こうしゃく》のおやしきへ、意気ようようとやってきた人があります。しゃれた洋服に、鼻《はな》眼鏡《めがね》、いかにも、もっともらしい顔をしたその人は、いうまでもなく、私立探偵蛭峰捨三《ひるみねすてぞう》。

ところで諸君は、きのう金田一耕助が尾行して、この蛭峰捨三こそほかならぬ、義足の倉田であることを、はっけんしたのをごぞんじでしょう。知らぬこととはいいながら、玉虫老人もわるいやつに、事件をたのんだものです。

それはさておき、あらかじめ電話でうちあわせがしてあったとみえて、蛭峰探偵はやってくると、すぐいつかの寝室へとおされましたが、部屋へはいると、思わずぎょっとしたように立ちどまりました。

玉虫老人だけと思いのほか、そこには客がひとりいるのです。

そのひとは六尺《しゃく》ゆたかの大男で、顔はきれいにそっていますが、いかにもごうまんそうな面《つら》がまえ。おまけに気味がわるいのはその眼鏡で、ふつうの眼鏡をかけたうえに、また黒眼鏡をかけているのです。

つまり、二重に眼鏡をかけているのですが、よほど目がわるいたちとみえます。

「ああ、蛭峰さん、どうぞ」

蛭峰探偵がドアのところで、ためらっているのをみると、玉虫老人がベッドのなかから声をかけました。気のどくな老人はあいかわらずベッドにねたっきりなのです。

「ここにいるのはわしのおいで、猛人《たけんど》といいます。猛人、あちらがいま話をした、私立探偵の蛭峰さんじゃ」

老人にひきあわされて、ふたりはていねいに目礼《もくれい》をかわしましたが、二重眼鏡と鼻眼鏡、その奥にひかっているのは、どちらも、ゆだんのならない眼《め》のいろです。

「ところで蛭峰さん。おねがいした孫のゆくえですがね。なにか手がかりがつきましたか」

老人が、ベッドのなかからたずねると、蛭峰探偵は、ひきつったような笑いをうかべながら、

「あっはっは、ご老人も気のはやい。あなたからご依頼をうけたのは、たったきのうのことですよ。そう早くはまいりません。いろいろ手をつくしてはいますがね」

「いや、ごもっとも、それについて、あなたとも打ちあわせしておこうと思って、こんやこうして来ていただいたわけですが、じつはこの猛人のことですがね」

「はあ……」

「この猛人も孫のことについては、いろいろ心配してくれておりますのじゃ。小夜子はこれにとっても、親戚にあたるわけですからな。それでこのあいだから、二度も博多へ出むいてくれたのじゃが、ちょっと耳よりなことと申しますと」

「耳よりなことを、きいてくれましたのでね」

「猛人や、そのことについてはおまえからお話ししてあげておくれ」

「そうですか。それではぼくからお話ししましょう」

老人にうながされて、猛人はもったいらしくせきばらいをひとつすると、

「小夜子さんがイタリヤからかえるとき、海野清彦という青年に、つきそわれてきたことは、蛭峰さん、あなたもすでにごぞんじでしたね」

「はあ、それはきのう、ここにいられるご老人からうかがいました」

「その海野青年からおじさんあてに、手紙がきたこともごぞんじでしたかしら」

「はあ、それもきのう、うかがいました。なんでもその青年は、博多郊外の、漁師のうちにやっかいになっているとか」

「そうです、そうです。それでぼくはおじさんにたのまれて、博多まで出向いていったのです。ところがちょうどいきちがいになって、ぼくが博多へついたときには、海野青年はすでに博多をたったあとだったのです。しかも、日月丸《にちげつまる》という瀬戸内海がよいの汽船にのって……」

「日月丸……？　はて、なんだかきいたような名まえですね」

蛭峰探偵は、しさいらしく小首をかしげます。

「それはそうでしょう。日月丸というのは先月の二十五日のばん、瀬戸内海下津田のおきで難船して、そのことは全国の新聞に、大きくでましたからね」

「あっ、そ、それじゃその船に、海野清彦という青年はのっていたのですか」

蛭峰探偵はいかにも、おどろいたようにききかえしましたが、なあに、義足の倉田ならそのことは百も承知、二百もがってんのはずです。

「そうです。その船にのっていたのです。ぼくも博多で、日月丸が難船したことをきくと、あわてて、下津田までひきかえしてきて、いろいろしらべてみたんですが、そのけっか、つぎのようなことがわかったのです。たしかに海野青年とおぼしい人物が、日月丸の遭難したとき、下津田の浜べにうちあげられているのですが、そのときかれはピストルで、胸をうたれていたそうです。

そして、かれが人にかたったところによると、海野青年をうったのは、義足でかための人物だそうです。

しかも、そののち海野青年は、ふたたびその義足の男のために、モーター・ボートでいずこともなく、つれ去られてしまったのです」

「なるほど、すると義足の男というのが曲者《くせもの》ですな」

蛭峰探偵は内心ぎょっとしながらも、たかをくくって、腹のなかでせせら笑っています。

「そう。そこでぼくは船客名簿やなんかをしらべて、やっと義足の男の名をつきとめたんてすが、そいつは倉田万造《まんぞう》といって、住所は東京都大田《おおた》区南千束《みなみせんぞく》となっています。ところが南千束をしらべたところが、倉田万造なんて人物は、どこにもいないんです」

「なるほど、変名をなのっていたんですね」

「そうです。それからひいて考えるのですが、そいつが義足でかた目だというのもうそではないか。つまり人の目をごまかすための、変装じゃないか。そいつはあなたやぼくと同じように、あたりまえの体をした人間じゃないか……おや、蛭峰さんどうかしましたか。お顔の色がわるいようですが……」

「ああ、いや、べつに……」

蛭峰探偵がハンケチをだして、あわてて顔をふいているときでした。書生《しょせい》がはいってきて、かれに一通のてがみをわたしました。

「え？　わたしに手紙？　だれから？」

「いま、靴みがきの少年みたいな子がもってきたのです。蛭峰探偵にわたしてくれと……いえ、手紙をおくと、すぐかえりました」

みると封筒のおもてには、蛭峰捨三どの、と書いてありますが、差出人《さしだしにん》の名はありません。

蛭峰探偵はふしぎそうに、まゆをひそめながらも、玉虫老人と猛人にことわって封をきりましたが、手紙の文面をよんでゆくうちに、みるみるまっ青《さお》になってしまいました。

降伏か死か

蛭峰探偵がおどろいたのも、むりはありません。そこにはこんなことが書いてあるのです。

×　　×

蛭峰捨三よ。

おまえが義足の倉田であることを、だれもしるまいと思っていようが、このわたし、怪獣男爵はよく知っているぞ。よくもおまえはゆうべわたしをうらぎって、警察の手にわたそうとしたな。怪獣男爵はふくしゅうする。裏ぎりものにはかならずふくしゅうするのだ。おまえのなかまの、やぶにらみの恩田がどうなったかを思ってみよ。

蛭峰捨三よ。

しかし、ここにただひとつ、おまえの命のたすかる道がある。それはこの手紙を読みしだい、わがかくれ家《が》へやってきて、わたしの足下《あしもと》にひれふし、許しをこうのじゃ。そして、二度とうらぎりせぬことをちかうのだ。それいがいに、おまえは命のたすかるみちはないと思え。

なお、おまえがどのように逃げようとあせっても、しょせんむだだということを、あらかじめ警告しておく。おまえの身辺にはあみの目のように、わたしの部下をはりめぐらしてある。来たれ、そして怪獣男爵の忠実なしもべとなれ。

怪獣男爵

×　　×

読みおわった蛭峰探偵の手から、ひらひらとレター・ペーパがまいおちました。

猛人が、それをひろおうとすると、蛭峰探偵はその体をつきとばさんばかりにして、あわててひろいあつめましたが、そのかおはまるで青インキをなすったようにまっ青になり、体は病人のようにぶるぶるふるえています。

「どうしたんですか、蛭峰さん、なにか悪いことでも書いてありますか」

玉虫老人があっけにとられたようにたずねました。

「いえいえ、な、なんでもありません。しかし、ご老人、わたしはきゅうにようじができましたから、こ、こんやはこれで失礼を……」

あいさつもそこそこに、部屋をでてゆく蛭峰探偵の足どりは、まるでよっぱらいのようにふらふらしていました。

玉虫老人はびっくりして、ただぼんやりしていましたが、それを見送る猛人の目は、二重眼鏡のおくでものすごく光っていたのです。

ゆかにまいおちた手紙をひろおうとして、何気なくうつむいたとき、猛人の目にちらりとうつったのは、義足の倉田という文字でした。

それではあいつが……猛人は玉虫老人の枕《まくら》もとにかざられた、あの黄金の燭台《しょくだい》を横目でにらみながら、ものすごいほほえみをうかべていたのです。

ああ、玉虫老人の甥《おい》、猛人……この男もまた、ただのネズミではありません。

それはさておき、玉虫邸《てい》をとびだした蛭峰探偵は、せんせんきょうきょう、それこそ風のおとにもびくっとするほど、おびえきっているのでした。

時刻はちょうど夜の九時、お屋敷町の原宿は、もうどのいえも雨戸をしめて、あたりはまっ暗でした。

そのなかを、ネズミのようにキョロキョロしながら、蛭峰探偵は闇《やみ》からやみへと小走りにはしっていくのです。

しかし、蛭峰探偵はなにをそのように、おそれているのでしょうか。怪獣男爵の手紙によると、あやまりに行きさえすれば、ゆるしてくれるというのではありませんか。

いやいや、蛭峰探偵は怪獣男爵を信用しないのでした。そうした甘言《かんげん》でおびきよせておいて恩田とおなじように、しめころしてしまうのではないか……蛭峰探偵はそれをおそれて逃げられるだけにげようとしているのです。怪獣男爵のあみの目をのがれて……

とつぜん闇のなかから、こつこつと靴の音がきこえてきました。蛭峰探偵がぎょっとして、あわててひきかえそうとすると、うしろからもこつこつと靴の音がきこえてきます。蛭峰探偵はまっ青になって、暗がりのなかにたちすくんでしまいました。

しかし、それは蛭峰探偵の思いすぎだったらしく、うしろからきた人物は、そのままそばをとおりすぎていきました。蛭峰探偵がほっとして、ひたいの汗をふいていると、まえからきた男がいきなりつかつかとそばへよってきました。

「きゃっ！」

蛭峰探偵が思わずひめいをあげて、とびあがると、かえってあいてのほうがびっくりして、

「ど、どうしたんです。だんな。怪しいものじゃありません。マッチをお持ちだったら、かしていただきたいと思って」

蛭峰探偵がほっとしながら、無言のままマッチをさし出すと、あいてはそれをすってタバコに火をつけました。マッチの光でみると、浮浪者《ふろうしゃ》のような男でした。

「いや、どうも、ありがとうございました」

帽子のひさしに手をやって、浮浪者はぶらぶらとむこうのほうへ歩いていきます。

そのすがたを見送って、蛭峰探偵がいそいで、やっとあかるい表通りへくると、いいあんばいに、とおりかかったのはからの自動車。それを呼びとめて、とび乗った蛭峰探偵。

「し、新宿《しんじゅく》までやってくれ。お、大急ぎだ」

そういってから、蛭峰探偵はそっと、窓からそとをのぞいてみましたが、べつにつけてくる自動車は

ありません。

蛭峰探偵はほっとして、汗をふこうと、ハンケチをとりだしましたが、そのとたん、ポケットからひらひらとまいおちた紙きれがあります。

なにげなく手にとってみると、

降伏か死か　怪獣男爵

「きゃっ!」

「だ、だんな、どうかしましたか」

「いや、な、な、なんでもない。し、新宿はやめだ。ぎ、ぎ、銀座《ぎんざ》へやってくれ!」

蛭峰探偵は熱病にでもかかったように、がたがたと車のなかでふるえていました。

逃げまどう蛭峰探偵

銀座尾張町《おわりちょう》のかどで自動車をおりた蛭峰探偵は、だれかつけてくるものはないかと、心配そうにあたりを見まわし、それから、銀座どおりへ出ようとしましたが、するとそのとき、だしぬけに道ばたからとびだした少年が、上着のすそをつかまえました。

「だ、だれだ、なにをする!」

ぎょっとした蛭峰探偵がふりかえってみると、それはかおじゅうべたべたと、靴ずみをつけたうすぎたない靴みがきの少年でした。

「おじさん、靴みがかせてよう」

「いらん、いらん、そこはなせ」

「そんなこと、いわないでよう。こんや仕事ないんだもの。靴みがかせておくれよう」

「いらんといったら、いらんのだ。しつこいやつだ。そこ、はなさんか」

「ちぇっ、なんだい、けちんぼ」

少年はぺろりと舌をだすと、そのまま、どこかへいってしまいました。

「ちょっ、いまいましいやつだ」

蛭峰探偵は口のなかで、ぶつくさいいながら、あわてて銀座の人ごみへまぎれこみます。

どの店もあかるく、電気がかがやき、ながれるように人があるいています。蛭峰探偵はほっとした気持です。いかに怪獣男爵といえども、まさか、こんなにぎやかなところで、危害をくわえることはできますまい。

蛭峰探偵はだんだんおちついてくるにつけ、いままで、びくびくしていたのが、ばからしくなってきました。怪獣男爵なんか、へいちゃらだと思いはじめました。

ところがそのうちに蛭峰探偵は、みょうなことに気がつきました。すれちがう人が、みんなじぶんを見て、にやにやわらうのです。

おや、どうしてみんな、じぶんを見てわらうのだろう……

蛭峰探偵はまたふっと、不安になってきましたが、そのときだれかが肩をたたいて、

「もしもし、せなかにへんな紙がはりつけてありますよ」

と、おしえられた蛭峰探偵。あわてて上衣《うわぎ》をぬいでみると、なんと、おしりのほうにピンでとめた赤い紙のうえに、すみくろぐろと、

このおとこ、命売ります　　怪獣男爵

とたんに、蛭峰探偵はまっ青になり、しばらく、ぶるぶるふるえていましたが、いきなり、気ちがいのようにかけだすと、とおりかかった自動車をよびとめ、

「浅草《あさくさ》へ……浅草へやってくれ！」

と、蚊《か》のなくような声でめいじました。

それにしても、いつ、だれがあんな紙をはりつけたのか……

自動車のなかで、蛭峰探偵はそれを考えてみましたが、すると、すぐ胸にうかんだのは、さっきの靴みがきの少年です。

「そうだ、あいつだ、あいつよりほかにない」

すると、そのときまたしても、胸にうかんできたのは、さっき玉虫老人のところへ、怪獣男爵の手紙をもってきた使いのこと。書生《しょせい》のことばによると、その使いというのも、靴みがきの少年だったというではないか……ああ、それではあんな子どものくせに、じぶんをつけているのであろうか。

蛭峰探偵はあまりの気味わるさに、汗びっしょりになりましたが、そのとき自動車の運転手が、

「だんな、浅草ですが、どちらへつけますか」

「ああ、うむ、雷門《かみなりもん》のまえにしてくれ」

時間がはやいので、浅草はにぎやかでした。

蛭峰探偵は自動車をおりると、さっきの靴みがきはいないかと、あたりを見まわしたが、さいわいどこにも姿はみえません。

蛭峰探偵はほっとして、人ごみのなかをあるいていきましたが、すると、とつぜんうしろから、

「もしもし、だんな、これを」

声をかけられて、ぎょっとふりかえった蛭峰探偵。そのとたん、あたまから水をぶっかけられたような気がしました。うすぐらい道ばたにたっているのは、大きなはりこの人形ですが、なんとそのかたちは怪獣男爵にそっくりではありませんか。

「な、な、なんだ、きさまは……」

蛭峰探偵は、いまにもつかみかかりそうなけんまくです。

「ど、どうしたんです。だんな」

人形のなかから男のこえで、

「わたしは映画の広告屋ですよ。いま『ゴリラ紳士』という映画をやっているので、その広告のためにたっているんです。ひとつビラをよんでください」

わたされた宣伝ビラを、ろくに見もしないで、蛭峰探偵はあわててその場をたちさりました。じぶんの思いすごしが、はずかしくなってきたからです。

ところが、そこから百メートルほどきて、あかるいショー・ウィンドウのまえで、なにげなくビラに目をおとした蛭峰探偵。

「ぎゃっ！」

まるで、カエルをふみつぶしたような声をあげて、とびあがったのです。

なんと、それはまっ赤《か》な紙で、しかもこんなことが書いてあるではありませんか。


逃げてもだめ、かくれてもむだ、すみやかに来たりて、われに降参《こうさん》せよ。

怪獣男爵

ああ、もうだめだ。

蛭峰探偵はぶちのめされたように、道ばたに立っていましたが、やがて、自動車をよびとめると、しょんぼりとそれにのり、元気のない声で、どこやら行きさきを告げました。

怪人と猛犬

「金田一先生、あいつまだ、逃げまわるつもりでしょうか」

「さあ、さっきは、だいぶまいっていたね。あの宣伝ビラは、よほどこたえたらしいよ」

「あっはっは、それにしても、よくまあ、うまいぐあいに広告人形があったもんですね『ゴリラ紳士』という映画の宣伝なんですが、まったく怪獣男爵にそっくりですからね。

そこでさっそくぼくがかりて、なかへはいっていたんですが、あの人形をみたときの、あいつの顔ったらありませんでしたよ」

「いや、海野くん、うまくやったよ。きみばかりじゃない、邦雄くん、きみの靴みがきの少年だって、ほんものにそっくりだよ」

「いやだなあ、そんなにほめられると、ぼく、はずかしいですよ。しかし、先生、あいついよいよ、怪獣男爵のところへいくでしょうか」

「うむ、さっきのかお色を見ると、こんどこそ決心したんじゃないかな。運転手くん、まえの自動車をみうしなわないように」

蛭峰探偵の自動車をおって、よるの東京を、町から町へとはしっていく一台の自動車。

のっているのは、さっき玉虫老人の家のきんじょで、蛭峰探偵にマッチをかりた浮浪者《ふろうしゃ》と、靴みがきの少年と、もうひとり浮浪者すがたの青年でしたが、ああ、なんと、この三人こそは、名探偵金田一耕助と野々村邦雄くん、それから海野清彦青年ではありませんか。

しかも、三人のはなしを聞いていると、さっきから蛭峰探偵をふるえあがらせている、あの赤い紙のおどしもんくは、そのじつ、怪獣男爵からきたものでなく、どうやら、金田一耕助は、かつて男爵の部下であった蛭峰探偵をおどかして、そこへ行かせるとどうじに、こっそりそのあとをつけ、男爵のかくれがを突きとめようとしているのです。

ああ、なんというまい思いつき、なんという、すばらしい計略でしょう。そんなこととは、ゆめにもしらぬ蛭峰探偵、かさねがさねのおどし文句に、もうすっかりまいっていました。

逃げてもだめ、かくれてもむだ……

さっきのビラに書いてあったおどしもんくが、まるでネオン・サインのように頭のなかにまたたいて、蛭峰探偵は、骨をぬかれたように、すっかりいくじがなくなっていました。

おりおり、まどからうしろをみると、さっきから、しつこくあとをつけてくる自動車があります。それも一台ではなく二台、三台。

ああ、もうだめだ、怪獣男爵のなかまがおおぜい、あみをしぼるように、じぶんを追いこんで行くのだ。もうこうなったら、いっときもはやく、じぶんから、怪獣男爵のもとへおもむき、ゆるしをこうよりほかにみちはない。

「きみ、きみ、運転手くん、麻布《あざぶ》はまだか、麻布の六本木《ろっぽんぎ》だよ」

「ええ、だんな、ここはもう六本木ですが、どちらへつけますか」

「ああ、そうか。それじゃ溜池《ためいけ》のほうへくだって。……ああ、そこだ、そこでいい」

坂のとちゅうで自動車をとめると、そのへんはむかしから、大きなお屋敷がならんでいて、まことにさびしいところですが、そのお屋敷のおおくは戦災をうけて、まだ復興しておらず、いよいよもってさびしくなっています。

蛭峰探偵は自動車をやりすごすと、坂のとちゅうを左へまがり、やってきたのは、いかめしい鉄の門のついたおやしきです。

蛭峰探偵がこわごわ中をのぞくと、へいのなかはまっくらで、二階だての洋館がくろぐろと夜空にそびえており、その洋館の一角についている、おわんをふせたような、まるい塔のやねが、なんとなく気味がわるいかんじです。

蛭峰探偵は門のわきについている呼びりんを、押そうか押すまいかとためらっていましたが、おりからそこへ、自動車のちかづいてくる音に、あわてて、むかいの原っぱへとびこみ、草のなかへはらばいになりました。

自動車の音はしだいにちかづいてきましたが、すると、どうでしょう。いままでしずまりかえっていた、おやしき町のあちこちから、ものすごく犬がほえはじめたのです。しかも犬のこえは自動車がちかづくにつれて、いよいよはげしくたけりくるいます。

やがて、一台の自動車が、ぴたりと門のまえにとまりました。なかからおりてきたのは、一寸法師《いっすんぼうし》のような小男《こおとこ》です。一寸法師はジャラジャラ鍵《かぎ》をならせて、鉄の門をひらきましたが、そのときでした。

どこからとんできたのか、一《いっ》ぴきの大きな犬が、ものすごいうなりをあげて、自動車にとびついたと思うと、ひらいていた客席のまどから、ひらりと中へとびこみました。

さあ、たいへん、自動車のなかでは、人と犬とのものすごいかくとうです。怒りにみちた叫びごえ、たけりくるったうなり声、しばらくは、自動車もひっくりかえるかと、おもわれるほどのさわぎでしたが、やがて、

「きゃあん」

と、世にもかなしげな、犬のなき声がきこえたかと思うと、自動車のなかはぴたりとしずかになりました。

そして、まもなく自動車のまどから、どさりと投げだされたのは犬のからだです。犬はしばらくひくひくと、苦しそうに手やあしをふるわせていましたが、やがて、ぐったり、うごかなくなりました。

原っぱのなかから、このようすを見ていた蛭峰探偵は全身の毛がさかだつような、おそろしさをかんじましたが、しかし、いまはもう、ぐずぐずしているばあいではない。

いきなり原っぱからとび出すと、いままさに、門のなかへはいろうとする、自動車のそばへかけよりました。

「男爵！　待ってください！」

「だれだ！」

自動車のなかからきこえてきたのは、怪獣男爵のいかりにみちたうなり声です。

「わたしです。倉田です。男爵の命令どおり、あやまりにきました。ゆるしてください」

「なに、おれの命令どおり……」

自動車のなかから怪獣男爵の、ぎくっとした声がきこえましたが、やにわにまどから、ゴリラのようなうでがのびると、蛭峰探偵のくびったまをひっつかみ、

「おれといっしょにこい！」

と、そのまま自動車は門のなかへはいっていきます。蛭峰探偵をひきずったまま……

海坊主の怪

と、すぐそのあとへ、足音もなくかけつけてきたのは、金田一耕助と邦雄くん、海野青年の三人です。三人は懐中電気のひかりで、犬の死体をみつけると、わっとうしろへとびのきました。

それもむりではありません。オオカミのような犬が、みごとに口をひきさかれて……

「せ、先生、こんなことができるのは、怪獣男爵よりほかにありませんね」

「そうだ、怪獣男爵だ。おそろしいやつ……」

三人がみぶるいをしているところへ、ちかづいてきたのは七、八人の男です。

「金田一さん、怪獣男爵は……?」

そういう声は等々力警部。

「ああ、警部さん、どうやらここがかくれ家《が》のようです。手くばりは、いいですか?」

そこへまた七、八人のひとかげが、足音もなくちかづいてきました。

「警部どの」

「よし、これでみんなそろったな。ここが怪獣男爵のかくれ家だ。こんどこそ逃がさぬようにまず家を包囲する。わかったか」

「わかりました」

刑事たちは足音もなく、ぱっと家のまわりへ散ると、やがててんでにへいをのぼっていきます。

「よし、われわれは門をのりこえよう」

等々力警部をせんとうにたて、一同はひとかたまりになって、門をのりこえました。と、ゆくてにちらほら光《ひか》りがみえます。それを目あてにすすんでいくと、大きな二枚のドアがあり、光りはそこからもれているのです。

等々力警部はいさいかまわず、ぱっとドアを左右にひらきましたが、そのとたん、一同は、おもわずぎょっと息をのみました。部屋のなかに、だれかたおれているのです。

「あっ、だれかたおれている!」

つかつかとなかへふみこんだ等々力警部が、その体をだきおこしたとたん、一同はあっと叫んでしりごみしました。

それもそのはず、それは蛭峰探偵でしたが、警部がだきおこしたせつな、首が大きくぐらりとかたむいたのです。

「ああ、先生、やっぱりさっきの悲鳴は……」

「そうだ、怪獣男爵が、裏切者《うらぎりもの》の首根っこをへしおったのだ」

あまりのおそろしさに邦雄くんは、思わず顔をそむけましたが、そのとき目についたのは、部屋のすみにころがっている、もうひとつの体でした。

「あっ、先生、あそこにもだれか……」

「あっ、あれは小夜子さんじゃないか。ああ小夜子さん、小夜子さんしっかりしてください」

海野青年がだきおこしたのは、いかさま、鉄仮面をかぶせられた少女でした。

「海野くん、小夜子さんもころされて……」

「いいえ、いいえ、生きています。ただ、気をうしなっているらしいのです」

「ありがたい、それじゃ小夜子さんはきみにまかせるよ。それにしても怪獣男爵は……」

と、金田一耕助のことばもおわらぬうちに、

「わっはっは、その男爵ならここにいるぞ」

ものすごい声をきいて、一同がぎょっと上をあおぐと、ああ、なんということだ、たかい天井《てんじょう》からぶらさがった、まるいかごのなかから、顔をだして気味わるく笑っているのは、まぎれもなく怪獣男爵。そばには一寸法師《いっすんぼうし》の音丸も、にたにたわらっているではありませんか。

「おのれ、怪獣男爵、おりてこい。やしきは包囲されて、アリ一匹はいだす、すきもないぞ。おとなしく降伏《こうふく》しろ」

警部のことばに怪獣男爵、はらをかかえて笑うと、

「おい、金田一耕助、等々力警部、おまえたちの智《ち》慧《え》はそんなものか。まわりを包囲すれば、それでよいと思っているのか。空はどうした。地《ち》のそこはどうだ。わっはっはっは!」

「ええっ!」

金田一耕助は、ぶちのめされたようによろめきました。

ああ、なんと、怪獣男爵と一寸法師をのせたかごは、そういううちにも、ゆらゆらと、上のほうへあがって行くではありませんか。

「おのれ、おのれ、おのれ!」

等々力警部が歯ぎしりしながら、めくらめっぽう、

ピストルをぶっぱなします。

「わっはっは、金田一耕助、また会おうぜ、わっはっは！」

そのとき、天井がぽっかりわれたかとおもうと、怪獣男爵をのっけたかごは、ゆらゆらとそこから消えていきました。

ちょうどそのとき、やしきを包囲していた刑事たちは、なんともいえぬ、ふしぎなものを見たのです。

あの、おわんをふせたようなまるい屋根が、花びらのように八方にわれたかとおもうと、あとから海《うみ》坊《ぼう》主《ず》のようなものが、むくむく、あたまをもたげてきたのです。

「わっ、なんだ、なんだ、あれは……」

刑事たちがびっくりして、目をまるくしてみていると、海坊主はしだいしだいに、せりだしてきて、やがてぽっかり、屋根からうきあがったのは、なんと軽気球ではありませんか。

「わっはっは、どうだ、おどろいたか、金田一耕助。わっはっは！」

怪獣男爵のこえをのこして、軽気球はくらい夜空にまいあがると、やがて、いずこともなく飛びさったのでした。

怪軽気球

怪獣男爵が軽気球にのって、逃走したというニュースは、その夜のうちに電波にのって、日本全国つづうらうらまで放送されました。

そのばんの風むきのぐあいでは、軽気球は東京の西郊《せいこう》から、山梨県ほうめんへむかうだろうという放送があったので、さあ、その方向にあたる村々、町々のさわぎはたいへんでした。

いたるところに自警団が組織されて、軽気球よ、来たらばきたれと、かがり火たいて、夜《よ》どおし空を見はっているというさわぎです。

ところが、その夜もあけた翌朝のこと、軽気球が奥多摩《おくたま》の、とある山中の大木のこずえに、ひっかかっているのが発見されたのです。

しかも、かごのなかに人かげらしいものが見えるという知らせをきいて、もよりの警察では警官たちをかりあつめ、それっとばかり、そのところへ急行しました。

なるほどみれば軽気球は、けわしい山のてっぺんの、杉の木にひっかかっています。

おそらくガスがしだいにぬけて、ついらくするとちゅうで、杉の枝にひっかかったのでしょう。ぺしゃんこになったガス袋が、杉のこずえにかぶさって、なかばかたむいた籠《かご》が、ぶらんとぶらさがっていましたが、その中には、たしかに人影らしいものが見えるのです。

警官たちはそれをみると、にわかに勢いをえて、アリのようにけわしい坂みちをのぼっていきます。まもなく杉の大木は、武装した十数名の警官たちによってかこまれてしまいました。

「おい、怪獣男爵、しんみょうにしろ、こうなったらもうだめだ。おとなしくおりてこい」

警官たちのせんとうにたった署長が、下から大声でどなりました。

しかし、怪獣男爵は、うんともすうとも返事をしません。だいいち、こんなに警官たちがつめかけてきているのに、さっきから身うごきひとつしないのがふしぎです。

警官たちは顔を見あわしていましたが、やがて署長がこころみに、空にむかって二、三発ピストルをぶっぱなしてみました。それでも籠のなかの人間は、動くけはいはないのです。

「署長さん、あいつらは気絶してるんじゃありませんか。ひとつのぼってみましょうか」

「うん、そうしてみてくれ」

すぐにみがるな警官がひとり、猿のようにするすると、杉の大木をのぼっていきました。下では署長をはじめ一同が、手にあせにぎって、そのなりゆきを見ています。

やがて、籠のそばまでのぼっていった警官は、太い枝を足場《あしば》として、籠のなかをのぞいていましたが、やがて、ひらりと中へとびこみました。と、おもうまもなく籠のなかから聞こえてきたのは、世にもきみのわるい声。

「わっはっは、どうだ、おどろいたか、金田一耕助。わっはっは！」

あっ！　怪獣男爵だ！

警官たちはさっと、顔いろをかえると、いっせいにピストルをにぎりなおしましたが、そのとき、籠のなかから顔をだしたのは、さっきの警官でした。

「署長さん、署長さん、怪獣男爵の正体というのはこれですよ」

と、目よりもたかくさしあげて、どさりと一同のまえになげおろしたのは、なんと、怪獣男爵そっくりの人形ではないか。

警官はつぎに、一寸法師《いっすんぼうし》の人形を籠からなげおろすと、やがて、金属製の箱のようなものを片手にぶらさげ、するすると杉のこずえをおりてきました。

「木村《きむら》君、木村君、それじゃゆうべ軽気球にのってにげたのは、怪獣男爵ではなく、この人形だったのか」

「署長さん、きっとそうです。そうして警察の目をそっちのほうへむけさせておいて、じぶんはこっそり、かくれ家《が》から逃げだしたのにちがいありません」

「しかし、さっききこえたあの声は……?」

「ああ、あれはこれです」

木村警官がさしだした箱をみて、署長は目をまるくしました。

「なんだ、それは……」

「ほら、いまはやりのテープレコーダーというやつですよ。声の写真とかいわれていますね。ひとつかけてみましょうか」

木村警官が箱をひらいて、スイッチをいれると、そのなかから流れてきたのは、

「わっはっは、どうだ、おどろいたか、金田一耕助。わっはっは!」

まぎれもなく、怪獣男爵の声ではありませんか。

一同はそれをきくと、あきれかえったように、目をぱちくりとさせました。

ああ、なんということでしょう。それでは全国の警察が、やっきとなって追っかけていた軽気球にのっていたのは、怪獣男爵ではなく、怪獣男爵の人形と、テープレコーダーだったのか。

それにしても、ほんものの怪獣男爵はどうしたのでしょうか。

あの六本木のかくれ家で、金田一耕助や、野々村邦雄くんが見たとき、籠のなかにいたのは、たしかにほんものの怪獣男爵と、一寸法師の音丸三平でした。それがいつ人形にかわったのでしょうか。

わかった、わかった、軽気球がいったん天井《てんじょう》の上へきえて、それから屋根からとびだすあいだに、ふ

たりはすばやく人形と、いれかわったのでしょう。そして、テープレコーダーがしゃべるように、スイッチをいれておいたのでしょう。

こうして、警官たちの目を、そっちのほうへひきつけておいて、じぶんはこっそり、かこみのとけるのをまって、かくれ家から逃げだしたにちがいありません。ああ、なんという悪がしこい怪物、ぬけめのない悪党でしょう。

そんなこととは夢にもしらぬ一同は、あれからまもなく、せめて小夜子をとりもどしたのをてがらにして、警視庁へひきあげてきたのですが、さて、さんざん苦労したすえに、鉄仮面をはずしたとき、海野青年の口をついてでたのは、世《よ》にもいがいな叫びでした。

「あっ、ち、ちがう、こ、これは小夜子さんじゃない！」

ああ、なんということだ。それは小夜子とは、似てもにつかぬ少女ではありませんか。

こうして金田一耕助と警視庁は、怪獣男爵のために、かさねがさね、まんまといっぱいくわされたのでした。

にがいコーヒー

この事件はなんといっても、警視庁と金田一耕助にとって、大きな黒星でした。

新聞という新聞は、いっせいにこの事件を書きたてて、警視庁と金田一耕助を非難しました。なかには怪獣男爵に、手玉にとられている、金田一耕助と等々力警部の漫画いりで『名探偵か迷《めい》探偵か』などと、からかっているのもありました。

こうなると、警視庁の面目《めんもく》にかけても、一日もはやく怪獣男爵をつかまえ、少女小夜子をすくいださねばなりません。

そこで、奥多摩の山中で、軽気球が見つかった晩のこと、警視庁の警視《けいし》総監《そうかん》室では、またしても、捜査会議がひらかれることになっていました。

あつまったのは、等々力警部をはじめ五、六名の幹部たち、それから、いままでのいきがかりじょう、金田一耕助もまじっていました。

さて、まるいテーブルをとりかこんだ一同は、さっきから人まちがおに、しきりに腕時計をながめています。それはこんやの主人公であるはずの、警視総監のすがたがまだ見えないからです。

時計をみるとまさに八時、とうとうたまりかねたように、金田一耕助が口をきりました。

「警部さん、警部さん、警視総監はいったいどこへいかれたのですか」

「いや、ちょっと用事があって、女秘書の杉浦さんとともに出むかれたのだが、どんなにおそくとも、七時半までには帰るといっていかれたのに……」

「とちゅうで、なにか事故があったんじゃありますまいか」

「それならそれで、電話がありそうなものだが……秘書もいっしょにいるのだから……しかし、ちょっと交換台へきいてみましょう」

等々力警部が、卓上電話の受話器をとりあげたときでした。ろうかのそとに足音がして、ドアがひらいたかとおもうと、いそぎあしではいってきたのは、女秘書の杉浦路子でした。

「ああ、みなさま、おまたせしてすみません。とちゅうで交通事故があったものですから」

「えっ、それで総監どのは、おけがをされたのですか」

「ええ、でも、ご心配なさるほどのことはございません。いま、お見えになります」

と、そういうことばもおわらぬうちに、

「やあ、どうも、すまん、すまん。すっかりおそくなっちゃって……」

と、いいながらはいってきた警視総監のかおを見て、一同はおもわずいっせいに椅子《いす》から立ちあがりました。

それもそのはず、警視総監は頭から顔から、すっかり白いほうたいでつつまれて、見えるところといえば、ふたつの目と、鼻の穴と口ばかり。

「総監どの。いったい、ど、どうされたんですか」

「いやあ、なに、自動車がしょうとつして、顔にちょっとかすりきずをおうたのさ。そこでもよりの病院へかけつけたところが、医者め、バイキンが入っちゃならんとか、なんとかいって、こんなぎょうさんなことをやりおった。あっはっは、いささかきまりがわるいくらいのもんだよ」

「だいじょうぶですか。ほんとうに」

「だいじょうぶ、だいじょうぶ。さあ、席についてくれたまえ。さっそく会議をはじめよう。杉浦君、コーヒーでもいれてくれたまえ。うんと濃くしてね」

警視総監がせきにつくまえに、金庫をひらいてとりだしたのは、それこそもんだいの黄金の燭台《しょくだい》、小夜子の指紋のついた燭台なのです。

「さて、もんだいはこの燭台だが、金田一さん、怪獣男爵もこの燭台をねらっているのかな?」

「どうもそうのようですね」

金田一耕助が身をのりだして、はなしをしようとしたとき、女秘書の杉浦路子が、コーヒーをいれてもってきました。一同はそれをすすりながら、耕助のはなしに耳をかたむけます。

「この燭台をねらっている悪党には、ふた組あるようです。それは海野くんや野々村少年のはなし、さてはまた、ぼくじしん品川の地下工場で、たちぎきした怪獣男爵のことばなどをそうごうして、考えられるところなんですが、そのひと組というのが、義足の倉田や、やぶにらみの恩田、それからひいて怪獣男爵の線ですが、このれんちゅうはあきらかに、黄金の燭台そのものをねらっているようです。その理由はまだよくわかりませんが……」

と、金田一耕助は、コーヒーをすすりながら、

「ところが、ここにもうひと組、この燭台をねらっているやつがある。しかし、そいつはかならずしも、燭台をじぶんの手中におさめなくてもよい。この燭台がこの世から、なくなってしまえばよいと思っているようです」

「どうして、そんなことがわかるかね」

と、警視総監がたずねました。

「それはそいつが、鷲の巣灯台の灯台守《も》りをころし、灯台の灯《ひ》をけして、日月丸を沈没させたところから、そう考えられるのです。日月丸には海野くんが、この燭台を持ってのっていました。日月丸が沈没すれば、燭台も海底ふかくしずむわけです。そいつはそれをねらったのです。

しかし、さいわい、海野くんのはたらきで、この燭台はすくわれましたが……」

「しかし、そいつはどうしてこの燭台を、なきものにしようと思っているんだね」

「それは、この燭台にやきつけられている指紋が、こわいからでしょう。これは小夜子という少女の指

紋です。

いつかもおはなししたとおり、小夜子という少女は玉虫元侯爵《こうしゃく》のお孫さんなのですが、三つのときわかれたきりなので、おたがいによく顔をおぼえていない。だから、手ぶらでおじいさんに会いにいったのでは、にせものだといわれる心配があるのです。

だから、この指紋をしょうことして、おじいさんと名のりあいたいと思っているのですが、そうなると、ここにひとりつごうのわるいやつが出てくるのです」

「つごうの悪いやつとは……」

「それはまだ、はっきりもうしあげるわけにはまいりません。しかし、小夜子さんが玉虫元侯爵の孫ときまれば、玉虫老人の財産は、みんな小夜子さんのものになります。玉虫老人はいまでもとてもお金持《かねもち》ですから……」

しゃべっているうちに、金田一耕助は、とつぜん、ぎょっとあたりを見まわしました。

ああ、なんということだ。等々力警部をはじめとして、そこにいるれんちゅうぜんぶ、こっくりこっくり、いねむりをしているではないか。

しかも、耕助じしん、きゅうに頭がおもくなって、舌がもつれるのを感ずるのです。

「しまった！　いま飲んだコーヒーだ。あのなんともいえぬにがい味……」

金田一耕助はぎょっとして、警視総監のほうをふりかえります。

みんないねむりしているなかに、ただひとり、たいぜんと腰をおろしている、警視総監の目と唇《くちびる》が、まっしろなほうたいの奥から、にやにやと、あざけるように笑っているではありませんか。

そのとき、きゅうに卓上電話のベルが、けたたましく鳴りだしました。

尾行する影

「ぼ、ぼ、ぼく、金田一耕助です。そちらはどなたですか？」

受話器をとりあげた金田一耕助は、体がふらふらとして、舌がもつれます。いまにもぶったおれそうな気持《きもち》です。

それをまた、いかにもおもしろそうに、ほうたいだらけの警視総監《けいしそうかん》が、にやにやと見ているのです。

電話のむこうから、蚊《か》の鳴くようなかすかな声がきこえてきました。

「おれだ、警視総監だ。悪者のためにつかまって、あるところへおしこめられていたのを、いまやっと脱出してきたのだ。そちらに、なにかかわったことはないか」

かわったことがないどころか大《おお》ありです。

「ああ……警視総監どの……いま、ここに、あなたのにせものが……」

だが、金田一耕助は、それだけいうのが、やっとのことだったのです。なんともいえぬだるさが、全身をおしつつんだかと思うと、受話器をにぎったまま、ぐったりとテーブルの上にのびてしまいました。

そのときすでに警視総監は……いやいや、警視総監のにせものは、黄金の燭台《しょくだい》をケースにつめ、それを小《こ》わきにかかえると、だっとのごとく部屋をとび出していました。部屋のそとにはしんぱいそうな顔をした女秘書。

「カオル、いけない、ほんものの警視総監が、おしこめてあったばしょから、逃げだしたらしい。いそいでここから逃げださねばならん」

ふたりがいそぎ足に、階段をかけおりていったときでした。

警視総監の部屋のなかでは、いままでぐったりとねむりこけているようにみえた金田一耕助が、きゅうにむっくり、頭をもたげたのです。

金田一耕助は、電話の受話器をとりあげると、

「受付へ。大至急だ」

やがて、電話が受付へつながれると、

「いまそちらへ、ほうたいだらけの警視総監が、女秘書をつれておりていくからね。そいつのあとをつけてくれたまえ。そいつはにせものなんだ。

しかし、まだつかまえるのは早い。もうすこし、たしかなしょうこをつかみたいんだ。だからぜったいに逃がさぬように、うまくあとをつけてくれたまえ」

受話器をかけると金田一耕助は、にんまりわらって、

「うっふっふ、このぼくがおまえたちの手にのると思っているのか。あの女秘書がしょうきひげの助手だということは、いつか神戸の地下室でのぞいてみ

たから、前からちゃんと知っていたんだ。

すぐにつかまえようと思ったが、それじゃ、しょうきひげをとり逃がすおそれがあるので、きょうまでわざと知らんかおしていたんだ」

金田一耕助は、それからねむりこけている人たちを、ひとりひとりおこしてみましたが、よほど強い薬だったとみえて、なかなか目がさめそうにもありません。

「こんなことなら、ちょっと注意すればよかったが……まあ、いい、この人たちがほんとうにねむってくれたおかげで、ぼくのお芝居《しばい》も、ほんとうらしくみえたんだからね。

ぼくはあのほうたいの男が、コーヒーをのむまねをしながら、床へこぼしているのを見て、すぐ、さてはと気がついて、同じようにコーヒーをみんな、床にあけてしまったんだが……」

金田一耕助は、それから帽子をかぶりなおすと、ゆうゆうと部屋をでていきました。そして、げんかんの受付で、

「警視総監の部屋で、等々力警部ほか五、六人のひとが、ねむり薬をのまされて寝《ね》むっているから、すぐ、医者をさしむけるように」

と、それだけいいのこすと、あっけにとられている受付をその場にのこして、風のように、警視庁から出ていきました。

それにしても金田一耕助は、こんなにゆうゆうとしてよいのでしょうか。

ほうたいの男は、指紋のついた燭台を、持ち去ってしまったではありませんか。

もしあいつが、燭台をこわしてしまうか、いやいや、指紋をけずり取ってしまえば、小夜子が玉虫老人の、孫だというしょうこは、どこにもなくなってしまうではありませんか。

それはさておき、それから半時間ほどのちのこと、麻布六本木の、とあるさびしい町角《まちかど》に、一台の自動車がとまりました。

そして、なかからおりてきたのは、なんと、しょうきひげの大男と、警視総監の女秘書にばけていた、あのカオルという黒衣婦人ではありませんか。

さては、さっきのほうたいの男というのは、しょうきひげの悪者だったのか。

ふたりは自動車がたちさるのを待って、きょろき

ょろあたりを見まわしたのち、だれもつけているもののないのをみさだめると、安心したように歩きだしました。

「それでは、先生、あの怪獣男爵は、その燭台をもってきたら、小夜子さんを、あなたにわたすというんですね」

「しっ、大きな声をだすない」

しょうきひげはあわてて、くらい夜道をみまわしながら、

「そうだ、カオル、怪獣男爵はどうして知ったか、おれが小夜子をさがしていることを知ったらしい。そこで、きょうおれのところへ電話をかけてきて、燭台と小夜子をこうかんしようといってきたんだ。いったい、どういうわけでこの燭台を、あいつがそんなにほしがっているのか、おれにはわけがわからないが……ああ、この家だ」

しょうきひげの大男と、黒衣婦人カオルが足をとめたのは、なんと、ゆうべおおさわぎを演じた、怪獣男爵のかくれ家と、背中あわせにたっている、古びた洋館ではありませんか。

しょうきひげは門柱についているベルを、用心ぶかくおしましたが、こういうようすを、二十メートルほどはなれた暗がりから、じっとみつめている、ふたつの影がありました。

なんとそれは、海野清彦青年と、野々村邦雄くんではありませんか。

怪人対怪物

さて、しょうきひげの大男が、門柱についたベルをおして、しばらく待っていると、やがて門のうちがわから、かたこととみょうな足音がきこえてきました。

「だれだそこにいるのは？」

門のなかから、ひくい、しゃがれた声がきこえます。

「わたしだ。きょう男爵から電話をもらった男だよ」

「なに、男爵から電話をもらった男……？　ああ、そうか。そして、例のものは手に入れたか」

「細工はりゅうりゅうだ。手に入れてちゃんとここに持っているから、男爵にそういってくれ」

「よし、ちょっと待て」

門のうちがわで、がちゃがちゃと掛金《かけがね》をはずす音がしましたが、きゅうにまた、

「だれだ、そこにいるのは……おめえひとりじゃないのか」

と、とがめるような声がしました。

「ああ、これか。これはべつに心配なものじゃない。わたしの助手で、燭台《しょくだい》を手に入れるために、ひとかたならず働いてくれたものだ」

「ああ、警視総監《けいしそうかん》の秘書にばけていた女だな」

しょうきひげと黒衣婦人は、思わず顔を見あわせます。あいてはなんでも知っているのです。

「ほかに、だれもいやあしないだろうな」

「だいじょうぶだ。だれもいやあせん」

「よし」

やがて、ぎいっと門がひらくと、そこに立っているのは、黒いマントを着た見あげるばかりののっぽです。

「早くはいれ。そしてげんかんのところで待っていろ」

しょうきひげと黒衣婦人が、門のなかへはいってしまうと、のっぽはすばやく外を見まわし門をしめると、げんかんのところで待っているふたりのところへ、かたこととみょうな足音をさせてやってきましたが、なんとへんな足音がするのもどうりです。

そいつは木でつくった竹馬《たけうま》みたいなものを足にはいていて、その上から、ながい吊鐘《つりがね》マントをすっぽりと着ているのです。いうまでもなく、それは一寸《いっすん》法師《ぼうし》の音丸三平でした。

黒衣婦人がうすきみ悪そうに、しりごみするのを一寸法師は、歯をむき出してわらいながら、

「あっはっは、なにもこわがることはねえよ。おれはこんな体だから、ひと目ひとに見られたらおしまいだ。だから、こうしてのっぽにばけているのよ。さあ、おはいり。男爵さまがさっきからお待ちかねだ」

げんかんをはいると暗いホール。それから、まがりくねった長いろうか。ろうかにも明《あか》りはなくてまっ暗でしたが、一寸法師はその暗がりを、懐中電気で照らしながら、さきに立って案内します。足にはいたあの高い竹馬みたいなものが、かたことと、暗いろうかに鳴りひびいて、なんともいえぬきみ悪さ

です。

やがて、一寸法師はおくまった部屋の前に立ちどまりました。

とんとん、とんとんとん、とん――拍子《ひょうし》をとって、かるく二、三度ドアをたたくと、

「はいれ」

なかからわめくような声がきこえましたが、ああ、その声のきみわるさ、黒衣婦人のカオルは、つめたい水をあびせられたように、ぞっと体をすくめました。

一寸法師はドアをひらくと、

「男爵さま、きょう電話をかけた男がやってまいりました。しゅびよく黄金の燭台を手に入れたそうでございます」

と、まるで、王さまにでも、申しあげるようなうやうやしさです。

「わかっている。早くこちらにおとおしもうせ」

「はっ」

しょうきひげと黒衣婦人は、一寸法師のあとについて、ドアのなかへはいりましたが、そのとたん、黒衣婦人のカオルは、またぞっとつめたい水をあびせられたように身ぶるいしました。

そこは五メートル四方ほどのまっ四角な部屋でしたが、四方にまっ黒なカーテンをたらし、部屋の中央には、じょうごをさかさにふせたような、黒いブリキの電気の笠がぶらさがっています。そして、末《すえ》ひろがりの光のなかに、まるいテーブルがおいてありましたが、そのテーブルのむこうに、ゆうぜんと腰をおろしているのは、つるつるとした、白いゴムの仮面をかぶった人物です。

「いや、よく来られたな。まあ、そこへかけられい」

いうまでもなく、それは怪獣男爵。仮面をかぶっているのは、顔を見せていたずらに、あいてをおどろかせないための心づかいでしょう。

ことばづかいはていねいですが、その声のきみ悪さといったらありません。さすがのしょうきひげも、ちょっと恐れを感じたらしく、ちゅうちょしていましたが、やがて、いわれるままに怪獣男爵とむかいあって腰をおろしました。

ああ、こうしていよいよ、怪人対怪物の、世にもおそろしい取引きがはじまったのです。

檻の中の少女

「いま聞けば、黄金の燭台《しょくだい》を手にいれられたということだが、ほんとうかな」

ことばはていねいですが、仮面のしたからのぞいている、怪獣男爵の眼《め》がものすごい。

「ほんとうですとも。ここに持っているのがそれです」

しょうきひげが小《こ》わきにかかえたケースを見せると、怪獣男爵が身をのりだし、むんずとうでをのばします。

「あっはっは！」

しょうきひげは、のどの奥でかすかに笑って、

「そうはいきませんよ。これを手に入れるためには、命がけの冒険をしてきたんですからね。約束どおり小夜子をもらいましょう。そうすればこれはそちらへわたします」

「むろん、小夜子はきみにわたす。しかし、その前にその燭台を見せてくれたまえ。にせものをつかまされたら困るからね」

「その心配はご無用。これは警視庁の金庫に、保管してあったんですからね。警視庁ともあろうものが、にせものを後生《ごしょう》だいじに保存しておくはずがない。それよりも、小夜子をここへ出したまえ。小夜子はほんとに君の手もとにいるのかね。小夜子のすがたさえ見たら、燭台を見せてあげてもよい」

しょうきひげもさるものです。うっかりあいての手にのるようなことはいたしません。

怪獣男爵は仮面のおくから、すごい目をひからせていましたが、やがて腹立たしげにテーブルをたたくと、

「おい、音丸、お客人《きゃくじん》はとてもうたがいぶかい。あの子をお目にかけてあげてくれ」

「はっ」

ドアのそばに立っていた一寸法師《いっすんぼうし》が、うやうやしく答えて、壁にとりつけてあるハンドルをしずかにまわすと、ああ、なんということでしょう。

頭のうえから、ギチギチとみょうな音がきこえてきたかと思うと、なにやら大きなものが天井《てんじょう》から、ゆっさゆっさとおりてきたではありませんか。

「あれ！」

黒衣婦人のカオルは、思わず悲鳴をあげてとびのきます。しょうきひげの大男も、思わずテーブルのはしを握りしめました。

「あっはっは、なにもおどろくことはない。小夜子を見せろというから見せてあげるのだ。よく目をとめて見るがよい」

天井からおりてきたのは、なんと、獅子《しし》か虎《とら》を入れるような大きなおりではありませんか。

しかも、おりのなかには、セーラー服の少女がひとり、しずかにすわっているのです。

いうまでもなくそれは小夜子でした。小夜子はもう鉄仮面をかぶされてはおりません。お人形のようにかわいい顔が、ほのぐらいあかりのなかにうきあがっています。

それにしても、小夜子はいったいどうしたのでしょうか。ちんまりとすわったまま身動きもせず、ぱっちりと見開いた目はまつ毛ひとすじ動かないのです。それはまるで、血もかよわぬ蠟人形《ろうにんぎょう》のようでした。

「ああ、小夜子さま」

黒衣婦人のカオルが、金切り声《かなきりごえ》をあげて、

「小夜子さまは、死んでいらっしゃるのでございますか……小夜子さまは……」

「いいや、死んじゃいない。ただ、つよい薬でねむらせてあるだけだ」

怪獣男爵はしょうきひげをふりかえって、

「どうだ。これでうたがいが晴れたかね」

しょうきひげは、ひたいの汗をぬぐいながら、

「いや、よくわかった。それじゃ燭台をわたしたら、小夜子をわたしにくれるのだね」

「むろん、わしはあんな子供に用はない。燭台さえもらえばいつでもきみにひきわたす」

「そして、わたしがあの子を、どうしようと、きみはいっさいかんしょうしないね」

「あっはっは、それはきみの勝手だ。煮てくおうと焼いてくおうと、わしの知ったことじゃない」

ああ、なんというおそろしい取引きでしょう。しょうきひげはかつて小夜子を海にしずめて、殺そうとしたことがあるのです。

その悪者に、小夜子をひきわたすということは、とりもなおさず、殺せというのも同じことではありませんか。

「よし、それで話はきまった。それじゃこの燭台はきみにわたす」

しょうきひげがテーブルの上にケースをおくと、怪獣男爵はやにわにそれを引きよせました。そして、ふるえる指でふたをひらくと、なかから黄金の燭台をとりだしました。仮面のおくで怪物の目が、どんよくな光をはなちます。

「さあ、燭台はきみにわたした。はやく、あの子をこっちへわたしてくれたまえ」

しょうきひげがせき立てます。しかし、怪獣男爵は、そのことばを耳にも入れず、いっしんに燭台をながめていましたが、だしぬけに顔をあげると、怒りにみちた叫び声をあげたのです。

「ちがう、ちがう、これはにせものだ！」

「な、な、なんだって！」

しょうきひげと黒衣婦人のカオルが、いっせいにさっと椅子《いす》から立ちあがりました。

「ば、ば、ばかな！　そんなばかなことが……」

「なにがばかだ。きさまはこれが読めないのか。これを見ろ！」

つきつけられた燭台の、台座のうらを見ると、なんと、そこにはこんな文字がほってあるではありませんか。


重ねがさねにせものをつかませて、お気の毒さま。

金田一耕助

それを見ると、しょうきひげと黒衣婦人の顔色が、さっとむらさき色にかわりましたが、そのときでした。とつぜん、天井にとりつけてあるベルが、耳も破れんばかりにけたたましく鳴りだしたのです。

「あっ、だれかへいをのりこえたやつがある」

怪獣男爵がさっと椅子から立ちあがり、うしろのカーテンをひきあけると、そこには横一メートルたて半メートルばかりの、カガミがかけてありましたが、その上にくっきりとうつっているのは、はうように庭をすすんでくる、野々村邦雄くんと海野青年。そのうしろには五、六名の警官が、手に手にピストルを持ってはいよってくるではありませんか。

それを見ると、くるりとしょうきひげのほうをふりかえり、

「おのれ、おのれ、この悪者め、にせものを持って

きたばかりか、よくも警官までひきつれてきおったな。それッ、音丸、こいつらを逃がすな」

ゴムの仮面をかなぐり捨てて、すっくと仁王立《におうだ》ちになった怪獣男爵のおそろしさ。

闇からの声

野々村邦雄くんと海野清彦青年は、金田一耕助のめいれいにより、警視庁からほうたいだらけの怪警《けい》視《し》総監《そうかん》と、女秘書をつけてきたところが、ふたりがやってきたのが、昨夜大さわぎをえんじた怪獣男爵のかくれ家《が》と、せなかあわせの怪屋《かいおく》であったばかりか、いつのまにやら警視総監が、しょうきひげの大男にかわっているので、ふたりは、大いにあやしみました。

そこで、さっそく警視庁へ電話をかけてみましたが、あいにく金田一耕助はどこかへ出かけていったあとだし、等々力警部をはじめ幹部のひとたちは、ねむり薬をのまされて、まだこんこんとねむっているというのです。

そこでふたりはしかたなく、もよりの警察にかけあって、五、六人の警官をかりあつめてきたのですが、しかし、そのときふたりは、まさかその怪屋に、怪獣男爵がかくれていようとはゆめにも知らなかったのです。

ただ、警視総監にばけて、警視庁をあらした悪者がかくれているという口実で、警官をよんできたのでした。

さて、一同はへいをのりこえ、暗い庭を腹ばいになってすすんでいきましたが、そのとき、とつぜん家のなかから聞《きこ》えてきたのが、耳もやぶれんばかりのベルの音。

「しまった。さとられたかな」

と、舌うちしたのは海野青年。

「ようし、こうなったらしかたがない。警官、もうこの上は、せいせいどうどうと、のりこもうじゃありませんか」

「きみはそういうが、この家に悪者がかくれているというのはほんとかな。ここは長いあいだ空屋《あきや》になっていて、だれも住んでいるものはないんだ。うかつなまねをしてあとで世間からひなんされてもこまるからな」

なにしろ人権問題などのやかましい時代ですから、巡査部長がしりごみするのもむりはありません。

海野青年は力づけるように、

「だいじょうぶですよ。警官、われわれは悪者がこの家へはいるところを見たんです」

「そうです。そうです。それにおまわりさんはこの家をあきやだとおっしゃったが、そんなことはありませんよ、悪者がベルを押すと、とても背の高いのっぽの男がなかからでてきて、門をひらきましたよ」

野々村邦雄くんもそばからことばをそえました。

巡査部長はそれでもまだ、決心がつきかねるようすでしたがそのときです。とつぜん家のなかからきこえてきたのはピストルの音。それにつづいて、なんともいえぬおそろしい、怒りにみちたさけび声……

それをきくと野々村邦雄くんと海野清彦青年は、思わずはっと顔を見あわせました。

「あっ、海野さん、あれは怪獣男爵の声ではありませんか」

そのことばもおわらぬうちに、またしてもピストルの音にまじってきこえるのは、

「うおう！」

人ともけだものともわからぬ怪物の声。

「ああ、やっぱり怪獣男爵が、この家にかくれているのだ！」

「な、な、なんですって、怪獣男爵ですって？　それじゃ怪獣男爵は、まだこんなところにかくれているんですか」

巡査部長も昨夜のさわぎを知っているから、怪獣男爵ときくと青くなっています。

「そうです。いまの声はたしかに怪獣男爵です。あっ、あの声はなんだ」

はっと立ちすくんだ一同の耳に、つづけざまに聞こえてきたのは、ズドン、ズドンとめちゃくちゃにぶっぱなすピストルの音、それにつづいて、

「ひいっ！」

と、世にもおそろしい悲鳴がきこえてきましたが、それと同時に物音はぴったりやんで、あとは墓場のような淋《さび》しいしずけさ。

「なんだ。いまの悲鳴は……」

さすがの巡査部長もまっ青《さお》です。

「とにかく、なかへ入ってみよう。なにか、またおそろしいことがあったにちがいない」

海野青年と野々村邦雄くんは、さきに立って、げんかんからなかへとびこみました。

邦雄くんのような少年がさきに立って行くのですから、警官たちもしりごみしているわけにはまいりません。かた手にピストル、かた手に懐中電気をてらしながら、みんなそのあとからつづきます。

さっきもいったように、げんかんのなかは暗いホール、それからまがりくねった長いろうか。そのろうかを進んでいくと、まもなく暗がりのなかから聞こえてきたのは、なんともいえぬみょうな声です。

「くっくっくっ、くっくっく……」

泣いているのか、笑っているのか、しのびやかな人の声。一同は懐中電気のなかで、きみわるそうに顔見あわせましたが、

「とにかくあの声をたよりに行ってみましょう」

やがて一同がたどりついたのは、さっき怪人対怪物のあいだに、取引きがおこなわれていた部屋です。あのきみのわるい声は、その部屋の暗がりからきこえてくるのです。

「だれか、そこにいるのは?」

巡査部長が声はげましてたずねましたが、返事はなくて、きこえてくるのは、

「くっくっくっ、くっくっくっ……」

ああ、もうまちがいはない。その声はたしかに笑っているのです。だれかが暗やみのなかでわらっているのです。

それに気がつくと一同は、あまりのきみ悪さに、思わずそこに立ちすくみましたが、やがて海野青年が勇気をふるってドアをひらき、電気をつけると、

「だれだ、そこにいるのは!」

と、声かけながらあたりを見まわしましたが、そのとたん、一同は思わずあっと息をのみました。

部屋のなかにはしょうきひげの大男が、かた手にピストル持ったまま大の字になってふんぞりかえっています。見るとそのひたいがざくろのようにさけて、そこからおそろしい血が吹き出しているのです。そしてその死体のそばにおちているのは、血にそまったにせものの燭台《しょくだい》でした。

それにしても、あのわらい声は……と、部屋のなかを見まわした一同が、またもやあっと息をのんだ

のもむりはありません。

ちゅうにぶらさげられたおりのなかに、女がひとり、髪ふりみだして、くっくっ笑っているのです。それはあの、黒衣婦人のカオルでした。檻《おり》のなかにとじこめられた黒衣婦人は、気がくるったのでしょう、世にもおそろしいその場のようすを見おろしながら、

「くっくっくっくっくっくっくっ……」

とめどもなく笑いころげているのでした。

怪獣男爵や一寸法師《いっすんぼうし》、さては小夜子のすがたは、もうどこにも見えませんでした。

黒衣婦人の末路

野々村邦雄くんはおそろしそうに、その場のようすをながめていましたが、ふと、ゆかに落ちている燭台に目をつけると、

「あっ、あんなところに黄金の燭台が……」

と、あわててそれをひろいあげましたが、すぐそれがにせものであることに気づきました。

「ああ、それじゃ金田一先生が、にせものの燭台をこしらえて、それをわざと大事そうに、警視庁の金庫にしまっておいたんですね」

海野青年もうなずいて、

「うん、きっとそうにちがいない。それを知らないでこいつが盗みだし、ここへ持ってきたところが、にせものだということがわかったので、怪獣男爵がおこって、こいつをなぐり殺したにちがいない」

「しかし、海野さん、こいつはなんだって燭台を、怪獣男爵のところへ持ってきたんです」

「邦雄くん、あの檻を見たまえ。あの檻のなかにはきっと、小夜子さんがとじこめられていたにちがいないよ。こいつは燭台と小夜子さんを、とりかえに来たにちがいない」

その檻のなかでは、いま黒衣婦人のカオルが、気がくるってあばれまわっているのです。

そして、その檻をおろそうとして、警官たちがやっきになって、部屋のなかを動きまわっています。

邦雄くんはきみ悪そうにそのほうから目をそらすと、ゆかのうえにたおれている、しょうきひげの顔を見ましたが、

「あっ、海野さん、こいつです。こいつです。鷲の

巣灯台の灯《あかり》を消して、日月丸を沈没させたのは……」

と、思わずさけびました。

ああ、忘れようとして忘れることができぬ悪漢、あのやさしい灯台守《も》り、古川のおじさんを殺した男。——邦雄くんは東京へかえるまえ、古川謙三の墓にまいって、かたく復讐《ふくしゅう》をちかったのですが、いまそのかたきは死体となって、目のまえに横たわっているのです。

野々村邦雄くんは目をとじて、おじさんのために、長いおいのりをささげました。

海野青年はその肩をたたいて、

「邦雄くん、こいつは悪いやつだったよ。ぼくと小夜子さんがイタリヤから、はじめて日本へかえってきたとき、汽船のなかへしのびこみ、博多の沖でぼくを海へ投げこみ、小夜子さんをさらって逃げたのはこいつなんだ」

「海野さん、いったいこれはだれなんです。なんだって小夜子さんや、黄金の燭台をねらっているのです」

海野青年はそれをきくと、ひざまずいて男の顔から、しょうきひげをむしりとりました。ああなんと、そのひげはつけひげだったではありませんか。

「見たまえ。これは玉虫元侯爵《こうしゃく》の甥《おい》なんだよ。名まえは猛人というんだ」

「でも、その人がなんだって……」

「それはね、玉虫老人はとてもお金持《かねもち》なんだ。しかも身よりといっては小夜子さんと猛人しかない。だから小夜子さんが死んでしまえば、財産はこいつのものになるんだ」

「ああ、それじゃ財産を横どりするために、小夜子さんを殺そうとしたんですね」

「そうだ、そうだ」

「しかし、燭台をねらっているのは？」

「それはね。あの燭台には小夜子さんの指紋がついているだろう。その指紋いがいに小夜子さんは、じぶんの身もとを証明する、しょうこがひとつもないんだ。だから燭台さえなくしてしまえば、たとえ小夜子さんが玉虫老人のところへかえってきても、しょうこがないから、にせものだといって追っぱらうつもりだったんだ。

だから、燭台か小夜子さんか、どちらかをなくしようとしていたんだ」

「わかりました。それでこいつが小夜子さんや黄金の燭台を、ねらっていたわけがわかりました。しかし、海野さん。怪獣男爵はなんだって、あの燭台をねらっているのでしょう、あいつはべつに、玉虫老人とかんけいがあるわけじゃないでしょう」

「ああ、そのことだよ。そればかりはぼくにもわからない。怪獣男爵や義足の倉田、それからやぶにらみの恩田たちは、どういうわけで黄金の燭台をねらっているのか……」

海野青年はふしぎそうに首をかしげましたが、そのときやっと警官たちは、宙にぶらさげられた檻をゆかのうえにおろしました。

そして、檻のなかから黒衣婦人をひきずりだしましたが、気のくるった黒衣婦人は、ただげらげらと笑いころげるばかりで、なにをきかれてもとりとめがありません。

邦雄くんはきみ悪そうに、その顔を見つめていましたが、きゅうにいきをのむと、

「あっ、海野さん、ぼくはこの人を知っていますよ。いつか汽車のなかで、ぼくにねむり薬をのませて、にせものの燭台をうばっていったのはこの人なんです」

「なるほど、このひとは猛人の手先につかわれていたんだね。そして女のくせに悪事のてつだいをしていたんだろう。

しかし悪いことはできないものだ。猛人はころされ、この人はとうとう気がくるってしまった。おそらくこの人はくるい、死ぬまでも病気がなおるようなことはあるまい」

海野青年は気のどくそうにつぶやきましたが、そのときでした。

「あっ、こんなところにへんなはり紙がしてありますよ」

と、檻のなかからさけんだのは、警官のひとりです。

その声に邦雄くんと海野青年が、檻のなかをのぞいてみると、そこには一メートル四方もあろうかという、大きな紙がはってあって、そのうえに墨《すみ》くろぐろと、こんなことが書いてあるではありませんか。

金田一耕助よ。
来《きた》る十三日金曜日の夜八時、ほんものの黄金の

燭台をもって、目下、蔵前《くらまえ》にて興行中のオリオン・サーカスの一等席へきたれ。しからば燭台とひきかえに小夜子をわたすであろう。もしこの命令にしたがわずば、小夜子の命はなきものと思え。

怪獣男爵

それを見ると海野青年と邦雄くんは、思わず顔を見あわせました。

ああ、いよいよ怪獣男爵のほうから、戦いをいどんで来たのです。

奇怪な道化師

それはさておき、怪獣男爵のいっているオリオン・サーカスについて、ここにちょっと説明しておきましょう。

そのころ、東京中の少年少女は大さわぎをしていました。それというのがアメリカからオリオン・サーカスという大曲馬団《きょくばだん》がやってきたからです。

少年少女諸君は、だれでもサーカスが好きですね。サーカスというとむちゅうになりますね。しかも、こんど来たオリオン・サーカスというのは、いままで日本で見たこともないような、大仕掛《おおじかけ》なものだという評判でした。

新聞のつたえるところによると、象《ぞう》だけでも十何頭というほかに、ライオン、虎《とら》、ヒョウ、チンパンジー、ゴリラ、熊《くま》、アザラシ、ワニ、ニシキヘビ、その他さまざまなめずらしい鳥や動物がいて、まるで動物園みたいだというのですから、子供たちがむちゅうになったのもむりはありません。

オリオン・サーカスは汽船を一《いっ》そう借りきって、日本へつくと、すぐ東京の蔵前で興行をはじめましたが、まいにちたいへんな人気でした。それというのが仕掛が大げさばかりではなく、このサーカスの芸人のなかに、アメリカうまれの日本人、つまり二世がたくさんまじっていたからです。

このサーカスを利用して、小夜子と黄金の燭台を、とりかえようというのですから、警視庁がさっとばかりに緊張したことはいうまでもありません。ひょっとすると、サーカスの団員のなかに、怪獣男爵や一寸法師《いっすんぼうし》の音丸が、まぎれこんでいるのではあるまいか……

そこで、サーカスの団員たち、ことにアメリカうまれの二世たちは、警視庁からげんじゅうにとりしらべをうけましたが、べつに怪しいふしもありません。

みんなちかごろアメリカから、やってきた人たちばかりですから、怪獣男爵とかんけいのあるような人間はいなかったのです。

こうしていよいよ問題の十三日、金曜日の夜がやってきました。

蔵前にたてられたお城のような大テントは、きょうも大入満員です。その満員の一等席、貸切《かしき》りボックスのなかに、金田一耕助は宵《よい》からおさまっていました。

例によってよれよれの着物によれよれのはかま、もじゃもじゃ頭をかきみだしたまま、いちばんまえの席に腰をおろしているのですが、緊張しきっているせいか、身うごきひとついたしません。そばには等々力警部が私服のまま、これまた緊張した顔でひかえています。

むろん、この貸切りボックスのちかくには、私服の刑事が三々五々《さんさんごご》、見物にばけてまぎれこんでいるのですが、ふしぎなことには、野々村邦雄くんと海野青年のすがたは、どこにも見えませんでした。

さて、めずらしい曲芸や曲馬のかずかずがくりひろげられて、しだいに八時にちかくなってきます。見物席にまぎれこんだ刑事たちは、怪獣男爵、来たらばきたれと、手にあせにぎって待ちかまえていましたが、ちょうどそのころ楽屋では、ちょっとみょうなことが起《おこ》っていました。

このオリオン・サーカスの楽屋というのは、テントがべつになっていて、そこに、鎖《くさり》につながれた象や、檻《おり》にいれられた動物が、たくさんひしめいているのです。

ところが八時ちょっとまえ、この動物テントのなかへ、一寸法師がはいってきました。

たぶん、サーカスの道化師《どうけし》でしょう。水玉模様のだぶだぶ服に、おしろいをまっ白にぬり、ほっぺたにダイヤだの、ハートだののかたちを、べたべたとかいているので、どんな顔をしているのか、さっぱりわかりません。

道化師は象や馬のつないであるところをぬって、

やってきたのはゴリラの檻のまえ。そこまでくると道化師は、ふと立ちどまってあたりを見まわします。しかし、動物テントのなかには、ほのぐらい電球がぶらさがっているだけで、どこにも人影は見えません。

一寸法師の道化師は、にやりと白い歯を出して笑うと、とんとんとゴリラの檻をたたきます。すると、いままでうずくまっていたゴリラが、むっくりと顔をあげると、なんと、人間のように口をきくではありませんか。

「おお、音丸か。どうだ、首尾《しゅび》は……?」

そういう声はまぎれもなく怪獣男爵！　ああ、怪獣男爵はゴリラの皮をかぶって、こんなところにかくれていたのです。

「男爵さま、金田一のやつは、たしかに一等席にきております」

その道化師が音丸三平であることは、いうまでもありません。

「そうか。そして、例のものを持ってきているようすか」

「はい、いっしょにいる等々力警部が、黒いカバンを持っていますから、きっとあのなかに、黄金の燭台があるのでしょう」

「よしよし、しかし、カバンのなかにはいっていちゃまずいな。なんとかして、カバンから出させるくふうをしなきゃ……」

怪獣男爵はちょっと考えていましたが、

「まあ、いい、それはなんとかくふうをしよう。それより小夜子をひきずり出せ」

「はっ」

一寸法師の音丸は、うやうやしくおじぎをすると、隣《とな》りの檻をひらきました。その檻にも小さなゴリラが寝ているのですが、一寸法師はそのゴリラをひきずり出すと、皮をむくように、ゴリラの衣裳《いしょう》をぬがせました。すると、どうでしょう、なかから出てきたのは、軽業師《かるわざし》のように肉じゅばんを着た小夜子ではありませんか。

小夜子はいぜんとしてねむり薬がきいているらしく、こんこんとねむってます。怪獣男爵はそれを見て、

「おい、目かくしをさせておいてやれ。もし、気がついて目をまわすとかわいそうだ」

「はっ」

一寸法師はポケットから、むらさき色の細ながい布《きれ》を出すと、小夜子に目かくしをしましたが、そのときテントの入口から、だれかがはいってくるようすに、あわてて小夜子を檻のうしろへひきずりこみました。そこはちょうど、ライオンの檻のまえで、檻のなかには二頭のライオンがねむっていましたが、ひとの気配にむっくりと頭をもたげます。

「あっはっは、おい、ライオンや、しばらくこの子の番をしていておくれよ」

一寸法師はくつくつ笑いながら、ゴリラの檻のまえへ出ましたが、そこへ見廻《みまわ》りの刑事さんがきました。

「あっ、き、君はそんなところでなにをしているんだ」

「いえ、なに、こんどはゴリラの曲芸なんで、こいつをつれにきたんです」

一寸法師はわざと、かたことの日本語でいいます。

「それならいいが……べつにかわったことはなかったか」

「いえ、べつに、なにも……」

刑事さんはなにも気がつかず、ことことと動物テントを出ていきます。そのうしろすがたを見送って、

「ああ、びっくりさせやあがった。小夜子が目をさまして、声を立てたらどうしようと、びくびくしましたぜ」

一寸法師はライオンの檻のまえへやってくると、くつくつ笑いながら、

「あっはっは、ライオンや、よくこの子の番をしていてくれたな、礼をいうぜ」

と、いいながら、目かくしされた少女のからだを、かるがると抱きあげました。檻のなかからそのようすを、一頭のライオンがふしぎそうに見まもっているのです。

怪物と少女

一等席ではあいかわらず、金田一耕助と、そのとなりには、等々力警部が、不安そうにカバンをかかえて、そわそわとあたりを見まわしているのです。

腕時計を見ると八時ジャスト。いったい怪獣男爵は、どこからやってくるのだろうと、きょろきょろ

場内を見まわしていましたが、そのときでした。大テントのなかの電気という電気が、いっせいに消えて真の闇《やみ》。等々力警部はすわこそと、ひっしとなってカバンをだきしめています。

それにしてもふしぎなのは金田一耕助。電気が消えても口もきかず、身動きさえもしないのです。あまりの緊張のために、体がしゃちほこばってしまったのでしょうか。

それはさておき場内は、しばらくけんけんごうごうたるさわぎでしたが、そのとき、まっくらがりの場内を、圧するようにとどろきわたったのは、世にもきみの悪い声。

「金田一耕助……金田一耕助……」

ああ、まぎれもない、まさしくそれは怪獣男爵の声なのです。それを聞くと見物はぴたりと鳴りをしずめて、場内はしーんとしずまりかえりました。

と、そのしずけさのなかに、また怪獣男爵の声がとどろきわたります。

「金田一耕助、等々力警部。約束どおり小夜子をつれてきたぞ。そちらも黄金の燭台《しょくだい》をカバンから出して、まえの手すりの上におけ。よいか、手すりの上におくのだぞ」

等々力警部はそれを聞くと、不安そうにもじもじ体をうごかします。どこから怪獣男爵の声が聞《きこ》えるのか、見当《けんとう》がつかないからです。

「警部どの」

「よし、手くばりをしろ」

「はっ！」

ばらばらと闇のなかを散っていく、刑事の足音がしましたが、そのときでした。だしぬけにぱっと明《あか》りがつきましたが、そのとたん、等々力警部は思わずあっと息をのんだのです。

お城のような大テントの天井《てんじょう》には、丸太がじゅうおうに張りわたされて、そこから五つ六つ、ブランコがぶらさがっています。そのブランコのひとつに、ゆうぜんと腰をおろしているのは怪獣男爵。

怪獣男爵はいつのまにか、インバネスとシルクハットに着がえ、しかも片手に、肉じゅばんの少女をだいているではありませんか。

「わっ、怪獣男爵だ！」

と見物が恐れおののくのを、怪獣男爵はせせらわらって、

「静かにしろい！　へんなまねをすると、この子をしたへ突きおとすぞ！」

それを聞くと見物ははっと息をのみます。ブランコから下は数十メートル、つきおとされたら命はありません。見物がしずまったのを見ると、怪獣男爵は声をはげませ、

「金田一耕助、黄金の燭台をはやくまえの手すりにのせろ」

金田一耕助はいぜんとして、身動きをいたしません。

等々力警部はそわそわと、あたりを見まわしていましたが、そのときどこからか聞えてきたのは合図のような口笛です。

警部はそれを聞くとにっこり笑って、足もとにあったカバンのなかから、取り出したのは燭台です。それを手すりの上におきました。

「あっはっは、やっと決心がついたな。それじゃちょうだいするぞ」

怪獣男爵がそういいながら、取り出したのはまるく輪にした綱でした。綱の輪を少女を抱いた左腕にかけると、右手に綱のはしをにぎって、くるくると宙にふります。

ああ、わかった。怪獣男爵はアメリカのカウ・ボーイのやる投げなわで、黄金の燭台を釣《つ》りあげようとしているのです。

きりきりきり、きりきりきり。

怪獣男爵の頭の上で、綱のはしが水車のようにまわっていましたが、やがてさっと綱がとんだかと思うと、丸く輪にした綱のさきが、がっきと燭台にまきついたではありませんか。

満場の見物が思わずどっとどよめきます。怪獣男爵は綱をたぐって、するするすると手もとにひきよせます。

やがて燭台は釣りあげられましたが、それを手にとってひと目みたかと思うと、なんともいえぬ怒りのさけびが、怪獣男爵のくちびるからもれました。

「おのれ、金田一耕助、まだこのおれをばかにするのか。このようなにせものはいらぬ！」

と、はっしと燭台をたたきつけると、腰から取りだした一《いっ》ちょうのピストル。怒りのあまりズドンとぶっぱなしましたが、ねらいはあやまたず、みごと金田一耕助の胸に命中しました。そして金田一耕助

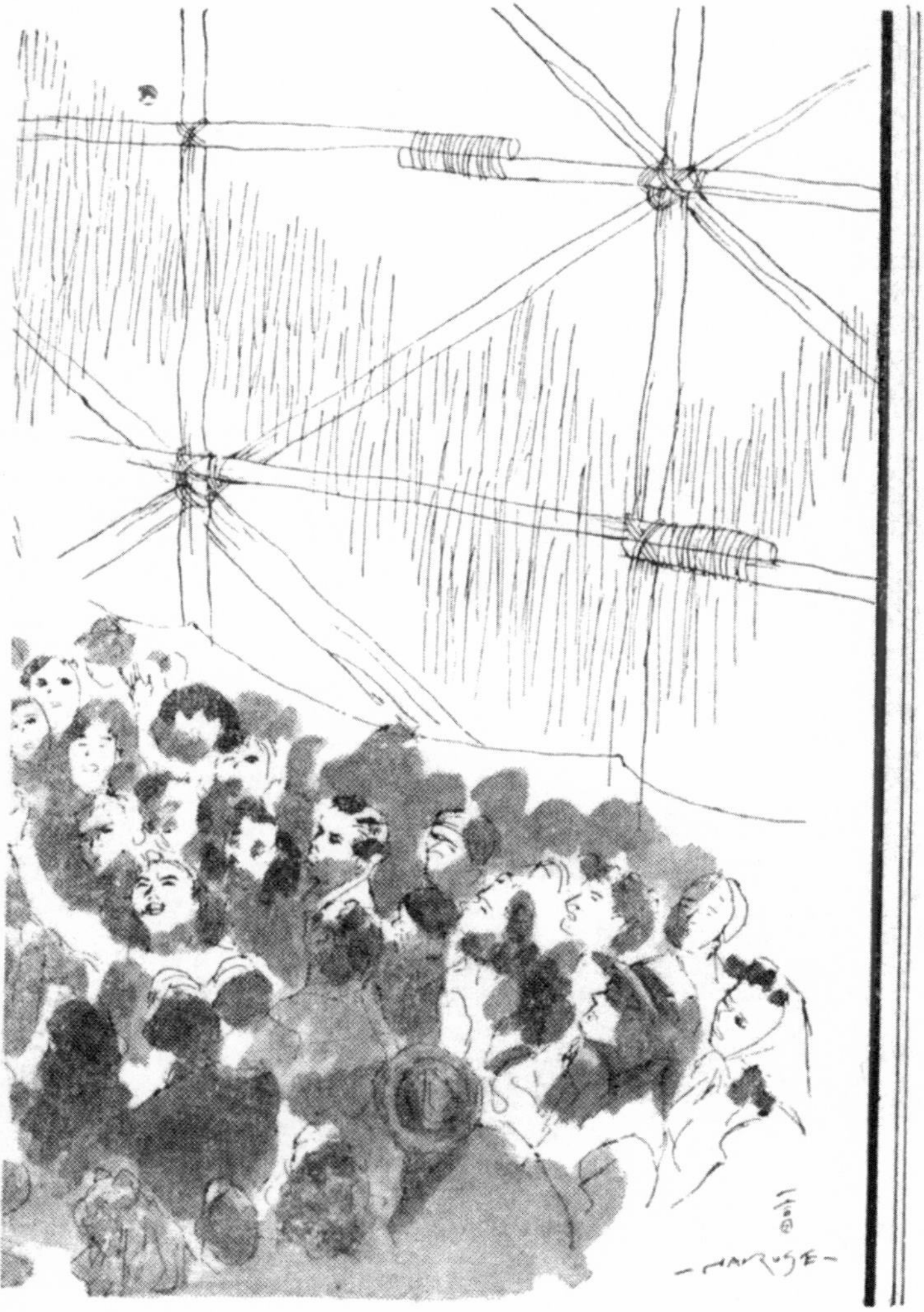

はものもいわずに、椅子《いす》からすべり落ちたのです。

それを見るより、見物のなかにかくれていた私服の刑事が、いっせいに立ちあがりましたが、そのとき、テントのなかではたいへんなことが起ったのです。

「わっ、た、たいへんだ。だれかが檻《おり》をあけたと見えて、ライオンが逃げだしたぞ。ワニとニシキヘビも逃げだした！」

楽屋のほうからきこえる声に、さあ、たいへん、見物はわっと総立ちになり、サーカスのなかは上を下への大騒動。

怪獣男爵の逃亡

じっさい、その晩から翌朝へかけての、下谷《したや》から浅草、神田、さらに隅田川《すみだがわ》をわたった本所《ほんじょ》から深川《ふかがわ》へかけての騒ぎはたいへんなものでした。

ライオンだけなら、陸のうえだけ警戒すればよいのですが、ワニとニシキヘビがいるのですから、水の中とてもゆだんはなりません。いや水の中ほど危険が多いわけですが、本所や深川は川や堀がたくさんありますから、ひとびとはもうふるえあがって、生きた心地もありません。

どの町でも自警団を組織して、青年たちが手に手にこん棒ひっさげて、辻《つじ》つじにたいたかがり火のそばで徹夜をするというさわぎです。

そうなると、また、枯尾花《かれおばな》がゆうれいに見えるようなもので、やれ、どこそこの堀を、ワニらしいものが泳いでわたっていたの、やれ、どこそこの森の木のてっぺんを、ニシキヘビがのたくっていたのと、いろいろ、デマがとぶものですから、ひとびとはせんせんきょうきょう、さわぎはいよいよ大きくなるばかりです。

こうして不安な一夜はあけましたが、さいわい、ワニのほうは翌朝はやく見つかって、警官隊に射殺されました。それから、ニシキヘビのほうは、サーカスのものにつかまって、ぶじにおりにかえりました。しかし、ライオンだけはどうしたものか、いつまでたっても見つかりませんでした。

ところが、あとでわかったところによると、見つからないのもあたりまえでした。ライオンが逃げたというのは、まちがいだったことがわかったのです。

それでは、どうしてそういうまちがいが起《おこ》ったかというと、それはこういうわけでした。

怪獣男爵と小夜子がゴリラにばけて、かくれていたおりのそばに、ライオンのおりがあったということは、まえにも書いておきましたね。

そして、一寸法師《いっすんぼうし》の音丸が、見まわりの警官の足音をきいて、ねむっている小夜子のからだを、ライオンのおりの前にかくしたところが、おりの中のライオンが、ふしぎそうに見ていたということも、そのとき書きそえておきましたから、みなさんもおぼえているでしょう。

ところが、あのさわぎが起ったとき、そのおりもからっぽになっていたので、さてこそ、ワニや、ニシキヘビといっしょに、二頭のライオンも、逃げだしたのにちがいないと思って、さわぎはいよいよ大きくなったのですが、あとになって、よくよくしらべて見ると、動物テントのかたすみに、一頭のライオンの皮がぬぎすててあるではありませんか。

そうすると、おりをぬけ出したライオンを、だれかが殺して、皮をはいだのでしょうか。いえいえ、そんなことは考えられません。第一、その皮には血もついておらず、それに、そんなに新しい皮ではないのです。

そうすると、あのとき、おりの中にいた二頭のライオンのうち、すくなくとも一頭だけは、ほんとうのライオンではなく、ライオンの皮をかぶった何者か……つまり人間だったのではありますまいか。

そうすると、いかに度胸のよい人でも、そしてまた、いかにじぶんがライオンの皮をかぶっているとはいえ、本物のライオンと、同じおりの中におれるはずがありませんから、もう一頭のライオンも、やっぱりライオンの皮をかぶった人間だったのではありますまいか。

そうです、そうです。きっとそうです。

あのときおりの中にいたライオンは、二頭とも、ライオンの皮をかぶった、人間だったにちがいありません。

しかし、そうすると、そのライオン、いや、ライオンの皮をかぶった人間は、そののちどうしたのでしょうか。

ぬぎすててあった皮は一頭だけでしたから、ひょっとすると、あとの一頭はまだ、ライオンの皮をかぶったまま、うろついているのではありますまいか。

しかし、そのことはもう少しあとでお話しすることにして、ここでは、話をもとへもどして、あの大さわぎのおこったときのことから、筆をすすめて行くことにいたしましょう。

怪獣男爵の出現だけでも、みんなふるえあがっているところへ、なおその上に、ライオンやニシキヘビが、逃げ出したというのですから、オリオン・サーカスの中はうえをしたへの大そうどうになりました。

われがちにと逃げまどうひとびとの群《むれ》が、テントの中で押しあい、へしあい、それこそ、芋《いも》を洗うような大混雑になりましたから、そのために、かねてはずのしてあった、おまわりさんの活動が、すっかりさまたげられました。

怪獣男爵にとってはそれがなによりしあわせだったのです。

人質にとった小夜子のからだをだいたまま、ブランコからブランコ、丸太から丸太へと、それこそ、ほんものの猿《さる》のように、身がるにとびまわっていましたが、やがて、柱をつたってするするする、地上におりてきましたから、

「それ、怪獣男爵がおりてきたぞ」

「つかまえろ、つかまえろ、逃がしちゃならんぞ。手におえなければ発砲してもよいぞ」

等々力警部は声をからして叫んでいます。

しかし、なにしろ逃げまどう見物人たちのために、あいだをへだてられて、そばへよることができません。

発砲してもよいといったところで、この大混乱のなかですから、うっかりそんなことをするとたいへんなことになります。

こうして、警官たちがまごまごしているあいだに、怪獣男爵は小夜子をだいたまま、サーカスのテントから外へとび出しました。

「それ、怪獣男爵がそとへ逃げたぞ」

「追っかけろ、追っかけろ、逃がしちゃならんぞ」

警官たちはやっきとなって叫んでいますが、テントの外も、テントの中と同じように、芋を洗うような大混乱です。

サーカスのワニやニシキヘビが、逃げ出したというわさは、すでに近所いったいにつたわっていま

したから、恐怖のためにわれをわすれたひとびとが、わけもわからず、暗い夜道を、右往左往《うおうさおう》しているのですから、怪獣男爵にとって、こんなつごうのよいことはありません。

闇《やみ》から闇へ、人ごみから人ごみへと、たくみにぬって、怪獣男爵はとうとう、警官たちの手から逃げ去ったのです。

ああ、それにしても、怪獣男爵にねらい射たれた金田一耕助は、ほんとうに死んでしまったのでしょうか。

ライオンとゴリラ

さて、ここはオリオン・サーカスがテントを張っている蔵前から、ほど遠からぬところにあるお厩河岸《うまやがし》です。

もう夜がふけているので、ひろい隅田川のうえはまっ暗です。

水にうつる両岸の灯《ひ》もさびしく、おりおり、川の中心をとおるランチが、波のうねりをあげていきます。

そのお厩河岸の崖《がけ》したに、さっきから、小さなランチが一そうとまっていましたが、そこへ、石段をすべるようにおりてきたのは、いわずとしれた怪獣男爵。かたわきにはあいかわらず、小夜子のからだをかかえております。

男爵の足音をきいて、あわててランチの中から顔を出したのは一寸法師《いっすんぼうし》です。

まだ、ピエロのすがたのままで、顔いちめんにおしろいをぬり、ほっぺたに、ダイヤだの、ハートだのをかいております。

「男爵さま、お待ちしておりました」

「おお、音丸か、小夜子をうけとってくれ」

「はい」

小夜子はまだ目かくしをされたまま、ぐったりとねむりこけています。きっと怪獣男爵にのまされた薬が、きいているのでしょう。

一寸法師が小夜子を抱きとると、怪獣男爵も、すぐにランチの中へとびこみました。

一寸法師は小夜子のからだをソファにねかせると、怪獣男爵のほうへふりかえり、

「おお、男爵さま、ひどいほこりですね。じっとし

ていらっしゃい。わたしがはらってあげましょう」

「うん、なにしろ、やじうまがうじゃうじゃするなかを、やっとの思いで逃げ出してきたのだからな。そうそう、さっきサーカスのおりから、猛獣たちを追い出したのはおまえか」

「はい、男爵さまの逃亡をおたすけしようと思いまして……」

「いや、よく気がついた。おかげでおれもぶじに逃げられたというものだ」

「しかし、ふしぎなことがあります」

「なにがふしぎだ」

「わたしがおりから追い出したのは、ワニとニシキヘビだけなんです。ライオンのやつはどうして逃げたのでしょう」

「なに、だれかがあわてておりの戸をひらいたのだろう。そんなことはどうでもいいさ。おかげでおれがぶじに逃げられたのだから」

「ほんとにさようでございます」

一寸法師はかいがいしく、怪獣男爵のほこりをはらってやりながら、

「ときに、黄金の燭台《しょくだい》はどうなさいました」

「そのことよ。金田一耕助のやつめ、わしににせものをつかませよった」

「にせものを……」

「そうだ。わしもあまり腹がたったから、一発のもとに射ちころしてやった」

「それはよい気味でございました。金田一耕助もばかなやつでございますね」

「そうよ。わしもあいつがあんなばかとは知らなんだ」

「しかし、黄金の燭台が手にはいらなかったのは、残念でございますな」

「うん、しかし、こっちには小夜子という、人質がとってあるのだから、いまにきっと手にいれて見せるわ」

「男爵さま、そのときにはわたしにも、ごほうびをくださいませ」

「よいとも、よいとも、あの黄金の燭台さえ手にはいったら、たちまち大金持《おおがねもち》になるんだからな。おまえにも、たくさんほうびをやるよ」

「なにとぞお願いいたします」

怪獣男爵は一寸法師の顔を見て、

「音丸、おまえ、どうしたのだ。少し声がへんじゃないか」

「はい、かぜを引いたのか、のどがいたくてしょうがありません」

「そうか、気をつけねばいかん。それじゃ、音丸、追手《おって》に見つかっちゃめんどうだ。はやくランチをやれ」

「はっ！」

運転台にすわった一寸法師が、ハンドルをにぎるとまもなく、
ダ、ダ、ダ、ダ、ダ！
と、はげしくエンジンが鳴り出しましたが、やがてランチは、怪獣男爵と一寸法師、それから眠りこけている小夜子の三人を乗せ、隅田川の下流めざして、いっさんに走り出しました。

それにしてもふしぎなのは、いまの怪獣男爵と、一寸法師の対話です。

あの黄金の燭台が手にはいったら、大金持になれるというのは、いったい、どういう意味でしょうか。

なるほど、あの燭台は黄金メッキがしてありますから、そうとうの値うちがあることにまちがいはありませんが、大金持になれるというほどのものではありません。

ひょっとすると、あの黄金の燭台には、なにかしら、だれも知らない秘密があるのではないでしょうか。

それはさておき、怪獣男爵のランチが、お厩河岸をはなれたときです。

隅田川の中心や、むこう河岸にうろうろしていた五、六そうのランチが、それを追うように、下流めざして、いっせいに走り出しました。

見るとそれらのランチには、みんな武装いかめしい、警官たちが乗っています。

その警官たちにまじって、海野青年や野々村邦雄くんも乗っていました。ふたりはじっと前方をにらんでいましたが、やがて、邦雄くんが心配そうにいいました。

「ねえ、海野さん、金田一先生はだいじょうぶでしょうか」

と、なんだか武者ぶるいをするような口ぶりです。

「だいじょうぶだよ。そばにはあの人がついているのだから」

海野青年はしいて平気らしく答えましたが、それでもなんとなく、不安そうな声でした。

「しかし、怪獣男爵というやつは、とても兇暴《きょうぼう》なやつですし、それに、ゴリラみたいに腕力の強いやつですから」

「いかに兇暴なやつでも、不意をつかれたらたまらないさ。それに素手《すで》じゃアねえ」

「それはそうですけれど、あの人、うまくやってくれるかしら。もし、あの人がやりそこなったら、たいへんなことになりますよ」

「だいじょうぶだよ。邦雄くん。あの人は手品師で、とても指さきが器用だというから、そんなことは平《へい》ちゃらさ」

邦雄くんも海野青年も、それきりだまりこんで、心配そうに前方をいくランチをにらんでいます。

ああ、それにしても、いまのふたりの対話には、いったいどういう意味があるのでしょうか。

ふたりが金田一耕助の殺されたことを、まだ知らないのもむりはないとしても、あの人とはいったいだれのことか。また、手品師だから、指先が器用だというのはどういうわけでしょう。

それはさておき、こちらは怪獣男爵です。

昏々《こんこん》とねむっている小夜子のそばをはなれて、ランチの後尾《こうび》へやって来ると、なにげなく外をのぞきましたが、とつぜん、ぎくんととびあがりました。

「しまった！　音丸、つけられたぞ！」

怪獣男爵がおどろいたのもむりはありません。

男爵のランチの背後から、五、六そうのランチが、糸でつながれたようについてくるのです。しかも、下流へすすむにしたがって、追跡のランチはしだいに数をまし、いまや怪獣男爵のランチは、完全に包囲されつつあるのです。

「しまった、しまった。ちきしょう、やられた。おい、音丸、フル・スピードだ。なんでもいいから東京湾へ出てしまえ！」

怪獣男爵はやっきとなって叫びます。

しかし、これはいったいどうしたのでしょうか。いつもはあんなに忠実に、男爵の命令にしたがう音丸だのに、今夜にかぎって、男爵があせればあせるほど、しだいにスピードをおとして、やがてランチはぴったりと、とまってしまったではありませんか。

おどろいたのは怪獣男爵です。

「これ、音丸、ど、どうしたのだ。きさま、気でもくるったのか」

怒り心頭に発した怪獣男爵、ものすごい顔をして音丸のほうをふりかえりましたが、そのとたん、さっと髪の毛がさか立つような恐怖にうたれました。

怪獣男爵がおどろいたのもむりはありません。いつのまに乗りこんだのか、ランチの中には、ライオンが一頭うずくまっていて、ランランたる目を光らせながら、じっとこちらをにらんでいるではありませんか。

怪人対巨人

怪獣男爵いかに兇暴とはいえ、ほんとのゴリラではありませんから、とてもライオンにはかないませんん。

舌の根がつりあがるような、恐怖に身をふるわせながら、じっとライオンとにらみあっています。

やがて、ライオンが、ウウウとひくくうなりながら、のそりとひとあしふみ出しました。

そのとたん、はっと正気にかえった怪獣男爵は、腰のピストルをとるよりはやく、やつぎばやにひきがねを引きましたが、これはいったいどうしたことでしょう。ただ、かちかちと音がするばかり、弾丸《たま》は一発もとび出しません。

「わっ、こ、これはどうしたんだ」

さすがの怪獣男爵も、まっ青《さお》になりましたが、そのとき、ライオンはまたウウウとひくくうなりながら、のっそり前へふみ出してくるではありませんか。

「ちきしょう、ちきしょう。音丸、音丸、きさまなにをぼんやりしているんだ。ライオンだ、ライオンだ。わっ、たすけてくれ！」

怪獣男爵は必死となって、たすけを求めながら、むちゅうでピストルをふりまわしていましたが、そのとき、なんともいえぬへんてこなことがおこったのです。

「わっはっはっ、わっはっは！」

とつぜん、ライオンが人間の声で笑い出したではありませんか。おどろいたのは怪獣男爵、ぎょっと一歩あとずさりすると、

「な、な、なんだい、こりゃ……」

「あっはっは、さすがの怪獣男爵も、どぎもをぬか

れましたね」

「な、な、なにを！」

「まあまあ、ピストルを振りまわすのはおよしなさい。そのピストルには弾丸《たま》がこめてないのですから」

ああ、とうとう、ライオンが人間のように口をきいたのです。

はじめのうち、怪獣男爵はおのれの耳をうたがいました。あっけにとられて、ライオンの姿を見つめていましたが、やがて、しだいにほんとのことがわかってきたのでしょう。のどの奥でくっくっ笑いながら、

「なんだ、ほんもののライオンじゃなかったのか。おどろかせやあがる。しかし、きさまは何者だ。……と、聞くまでもない。どうせ、警察のものだろうが……」

「あっはっは、いや、お察しのとおり。いや、警察のものじゃありませんが、まあ、それにちかいものです。男爵、わたしですよ」

いままで四つんばいになっていたライオンが、すっくとばかり立ちあがりました。そして、ライオンの頭をうしろにはねのけ、ぬいぐるみのなかから、ぬうっと顔を出しました。

その顔を見たときの怪獣男爵のおどろきようったら！　まるでうしろにひっくりかえらんばかりでした。

「や、や、や、き、き、きさまは金田一耕助！」

いかにもそれは金田一耕助、さっき怪獣男爵のために、一発のもとに射ちころされたはずの名探偵、金田一耕助でした。

「はっはっは、さよう、金田一耕助です。怪獣男爵、ごきげんいかが？」

「しかし、……しかし、……それじゃさっきのやつは……？　おれが一発のもとに射ちころしたのは……」

「あっはっは、あれは人形ですよ。人形が身がわりになってくれたのですよ。それにしても、あの人形はよっぽど、うまく出来ていたと見えますね。怪獣男爵ほどの人がまんまとひっかかったのですから」

男爵の目がさっと怒りにもえあがりました。怒るといよいよゴリラに似てきます。

金田一耕助はにこにこしながら、

「どうもぼくにはね、子供らしいいたずら心があっていけないのですよ。人形をつかってあなたをだましたり、ライオンに化《ば》けてあなたをおどかしてみたり……あっはっは、しかし、このライオンには、あなたも、よっぽどおどろかれたようですね。お顔の色ったらありませんでしたよ」

金田一耕助に嘲弄《ちょうろう》されて、怪獣男爵の目に、またさっと殺気がほとばしります。

しかし、しいてそれをもみ消すと、

「金田一くん、負けたよ。完全な敗北だ。えらいね、きみは……まあ、そこへかけたまえ。そして、話してくれたまえ。こうも完全に、ぼくをやっつけたいきさつをさ」

怪獣男爵はそういいながら、ポケットから葉巻《はまき》を取り出すと、ゆうゆうとそれに火をつけました。

「いや、そうおほめにあずかっちゃ恐縮ですね。で、なにからお話ししたらいいでしょう」

怪人と巨人はこうしていま、いかにも打ちとけたようすで話しています。しかし、ふたりとも心中すこしのゆだんもないことは、いうまでもありません。

金田一耕助は、きっとピストルを身がまえていま す。腕力ではとてもかなわない相手だからです。

「そうさね」

と、怪獣男爵はどっかといすに腰をおろすと、さもうまそうに葉巻をすいながら、

「まず第一に、だれが、いつのまにわしのピストルから、弾丸《たま》をぬきとったのか、……それから話してもらいたいね」

「ああ、そのことですか。それならそこにいる一寸《いっすん》法師《ぼうし》……」

「な、な、なに、音丸三平だと……？」

男爵の顔に、またさっと怒りの色がもえあがります。

「そ、それじゃ音丸はわしを裏切ったのか……」

「いや、まあまあ、男爵、話はしまいまで聞くものですよ。ほんものの音丸くんは、いまごろ警察の留置場にいるでしょうよ」

「えっ、音丸が……？」

さすがの男爵も顔色をうしなった。

「そ、それじゃそこにいるのは……？」

「替玉《かえだま》ですよ。いや、このほうが本物かも知れませんね。だって、あなたは音丸くんに顔をまっしろに

ぬらせて、オリオン・サーカスの道化師《どうけし》の替玉につかったでしょう。だから、わたしもあなたに習って、サーカスの道化師くんにたのんで、こんどは逆に、音丸くんの替玉になってもらったんです」

「そうか、それじゃ音丸はつかまったのか」

怪獣男爵は残念そうにうめきました。こういう悪者でも、音丸にだけはふかい愛情を持っているのです。

「そうですよ。お気のどくながらね。こういえばあなたも、いつ、だれがあなたのピストルから弾丸《たま》を抜きとったのかおわかりでしょう。この人はね、手品の名人なんです。とても指先が器用なんです。だから、さっき、あなたが小夜子さんを抱いて、ランチの中へはいって来られたとき、洋服についたほこりを払うようなまねをして、すばやく、ピストルの弾丸《たま》をぬきとったのです。あっはっは、男爵、あなたにしてはゆだんでしたね」

目をとじて、なにか考えながら、金田一耕助のことばに耳をかたむけていた怪獣男爵は、小夜子ということばを聞くと、ふっと目をひらいて、ソファによりかかっている少女のほうへ目をやりました。

少女はまだ目かくしをされたまま、ソファのうえで、昏々《こんこん》とねむっています。

金田一耕助は怪獣男爵の目つきに気がつくと、にやりと笑って、

「あっはっは、男爵、いけませんよ、そんなことをお考えになっちゃ……」

と、すばやく少女のまえに立ちふさがります。

「な、なに、わしがなにを考えていたと……?」

「あっはっは、おかくしになってもいけませんよ。あなたはいま、こんなことを考えていたでしょう。ああ、ここに小夜子がいる。小夜子がここにいる以上、これをおとりに使って、まだまだのがれるみちはあるかも知れんと……」

「う、う、う……」

図星《ずぼし》をさされたと見えて、怪獣男爵は目を白黒。金田一耕助はおもしろそうに笑って、

「しかし、ねえ、怪獣男爵、それももうだめですよ。ここにいるのは小夜子さんではないのですからね」

「な、なに、そ、それが小夜子ではないと。ば、ばかな……」

「あっはっは、おうたがいなら、いま正体を見せて

あげましょう。妙子《たえこ》さん、ごくろうでした。もういいから、目かくしをとって、男爵に顔を見せてあげてください」

「はい」

ああ、なんということでしょう。いままで昏々とねむっているとばかり思っていた少女が、にわかにむっくりソファの上に起きあがると、じぶんで目かくしをかなぐり捨てましたが、ひと目その顔を見たとたん、

「あッ、お、おまえは……」

と、怪獣男爵は思わず大きく目を見張ったのです。

木《こ》っ葉微塵《ぱみじん》

それもそのはず、いまのいままで、小夜子だと思っていたのに、それは小夜子とは似てもにつかぬ少女でした。

しかも怪獣男爵は、その少女を知っているのです。

金田一耕助は、にこにこしながら、

「あっはっは、おぼえていらっしゃいましたね。これはいつかあなたが、鉄仮面をかぶせて小夜子さんの身がわりに、われわれに引きわたした少女ですよ。あなたはこの少女を、まずしいサーカスからつれて来たのでしたね。そこでわたしはまた、あなたのお智恵《ちえ》にならって、この少女妙子さんに、小夜子さんの身がわりになってもらったんです」

「しかし、……しかし……いつのまに……」

怪獣男爵は、夢にゆめ見るここちです。

「あの動物テントの中ですよ」

「動物テントの中で……?」

「そうです。そうです。あのときあなたと小夜子さんは、ゴリラに化《ば》けておりの中にはいっていましたね。わたしはそれを知っていました。だから、そのとき、あなたを捕《とら》えようと思えば捕えることが出来たのです。

しかし、あなたのそばには小夜子さんが、捕われの身として、同じおりの中にいました。うっかり、あなたをおこらせると、どんなことになるか知れません。兇暴《きょうぼう》なあなたのことだから、小夜子さんをしめころしてしまうかも知れないのです。そこにわれわれの苦心があったわけです」

「そんなことはどうでもいい。いつ、小夜子とこの

子をとりかえたのだ！」

　怪獣男爵はわれがねのような声でさけびます。その声をきくと、少女妙子も、一寸法師《いっすんぼうし》の道化師《どうけし》も、青くなってあとずさりしました。

「あっはっは、男爵、いやにおいそぎですね。それじゃ、なるべく手っとりばやくお話ししましょう」

　金田一耕助はあいかわらず、ゆだんなくピストルを身がまえながら、

「さて、あなたがたがかくれていた、ゴリラのおりのそばに、ライオンのおりがあったのを、あなたもおぼえていらっしゃるでしょう。あのおりの中にいたライオンというのがわれわれ、すなわち、妙子さんとぼくだったというわけです」

「う、う、う……」

　怪獣男爵はうめきながら、しかし、その目はゆだんなく、ランチの外をうかがっています。

　しかし、怪獣男爵のランチの外には、いまや、十幾《いく》そうという大舟小舟が、ずらりと取りまいているのです。

　怪獣男爵は、いまやまったく、袋の中のネズミも同じです。男爵はいかにもくやしそうに、歯をバリバリとかみならしました。

「わたしたちは、なんとかして、小夜子さんをぶじに取りもどそうと、あなたがたのすきをうかがっていたのです。ところが、おあつらえむきに、音丸くんが小夜子さんを、われわれのおりのまえにおいて立ち去ったではありませんか。このときとばかりに、わたしは小夜子さんと妙子さんをすりかえました。

　すなわち、小夜子さんをライオンの皮のなかにかくし、いままでライオンの皮をかぶっていた妙子さんに目かくしをして、小夜子さんの身がわりになってもらったのです」

　怪獣男爵は葉巻《はまき》をくわえたまま、ゆっくり椅子《いす》から立ちあがります。

　金田一耕助はゆだんなく、ピストルを身がまえながら、

「さて、こうして、ぶじに小夜子さんを取りかえしたので、ぼくはすぐにそのことを、見物席にいる等々力警部に知らせました。男爵、等々力警部はこんや、ほんものの燭台《しょくだい》と、にせものの燭台とふたつ用意していたんですよ。

　もし、小夜子さんを取りもどすことが出来なかっ

たら、しかたがないからそのときは、ほんものをおわたしするつもりだったんです。ところが、ぼくから、小夜子さんを取りもどしたというあいずがあったので、安心して、にせもののほうを、あなたに、わたすことにしたんです」

「う、う、う……」

怪獣男爵のくちびるから、いかにもくやしそうなうなり声がもれます。

「男爵、ほんとに惜《お》しいことをしましたね。あなたはもう少しのところで、ほんものの黄金の燭台を、手にいれることが出来るところだったんですよ。それを、音丸くんのほんのわずかなゆだんから、にせものをつかまされることになったんです。

そこで、あなたは怒りにまかせて、一発のもとに、ぼくを射ちころそうとなすったが、あにはからんや、ぼくだと思ったのが、人形だったというわけですよ」

怪獣男爵は、もう完全にうちまかされたかっこうです。

怪人対巨人の勝負は、こうして完全に巨人の勝利となったわけでした。

「わかったよ、金田一くん」

怪獣男爵はすっかり、うちひしがれたようなかっこうでいいました。

「どうやら、この勝負は、完全にわしの負けらしいね。で、どうすればいいのかね」

「なに、なんでもありませんよ。われわれといっしょに、おとなしく、警視庁まで来てくだされぱいいのですよ。音丸くんも、さきへいって待ってますからね」

警視庁と聞くと、怪獣男爵の目があやしく光ります。

「いいや、金田一くん、まあ、ごめんこうむろう。わしはどうも、警視庁というやつは、虫が好かんのでね」

「それはそうでしょうが、もうこうなったら、しかたがありません。怪獣男爵、このランチを取りまく舟が、どういう舟だかよくごぞんじでしょう。逃げようたって、逃げることは出来ませんよ」

「ところが、わしは逃げるつもりだがね」

「どういうふうにして」

「こういうふうにしてさ」

そのとたん、ランチが少しゆれました。怪獣男爵はよろよろと、よろめいたかと思うと、手にした葉巻を、壁の一部に押しつけました。

と、とつぜん、壁のうえからぱちぱちと、青白いほのおが燃えあがったかと思うと、導火線でもひいてあるのか、さっと、ひと筋《すじ》の火が、壁のうえを走り出したではありませんか。

「あっはっは、金田一耕助、おれは警視庁へはいかないぞ。この舟といっしょに爆発して、木《こ》っ葉《ぱ》みじんとなって死んでしまうのだ。しかし、ひとりで死ぬのはいやだ。きさまもいっしょにつれていくのだ」

怪獣男爵は勝《かち》ほこったような顔をして、おお声《ごえ》をあげてわめきます。ああ、その顔の恐ろしさ、その声のものすごさ！

「あっ、しまった、いけない！」

金田一耕助はそうさけぶと、妙子の手をとって、甲板《かんぱん》へとび出しました。

ハンドルを握っていた道化師は、すでに水の中へとびこんでいます。

金田一耕助もそのあとから、妙子とともにとびこみましたが、そのとたん、ランチの中から、さっと一団の火がもえあがったかと思うと、怪獣男爵をのっけたまま、ランチはまるで、ネズミ花火のように、水のうえを走り出しました。

「あっ、怪獣男爵が逃げるぞ！」

まわりに待っていたランチは、いっせいにあとを追跡しましたが、なにしろ、相手は炎々《えんえん》たるほのおにつつまれているのですから、うっかり、ちかよることは出来ません。

あれよ、あれよというちに、怪獣男爵をのっけたランチは、ものの千メートルも走ったかと思うころ、ものすごい音響とともに、木っ葉みじんとなって、空中高く、青白いほのおとともに吹きあげられたのでした。

燭台の秘密

諸君、諸君は、邪《じゃ》はついに正《せい》に勝たずということばを知っているでしょう。

この物語がそれでした。

悪人たちはつぎからつぎへとほろんでいき、さいごにのこった、いちばん凶暴《きょうぼう》な怪獣男爵さえ、金田一耕助のまえに屈服したのです。

それはさておき、小夜子はぶじに、玉虫老人のもとへかえりました。

そのときの老人や小夜子のよろこびが、どんなだったかは、みなさんのご想像におまかせしましょう。

さて、それから一月《ひとつき》ほどのちのこと、玉虫老人は小夜子の健康がかいふくするのを待って、こんどの事件ではたらいたひとびとを、お礼のために招待しました。

招待されたのは、金田一耕助をはじめとして、野々村邦雄くんに海野青年、等々力警部に少女妙子もまじっていました。

かわいそうなみなしごの少女妙子は、あれ以来、玉虫家にひきとられて、いまでは小夜子のお友だちとして、幸福にくらしているのです。

さて一同が食堂へ案内されると、食卓のうえには、ごちそうが山のように盛りあげてあります。そして、その中心に飾られているのは、恐《おそ》ろしい思い出のつきまとう、あの黄金の燭台《しょくだい》です。

一同がその食卓につくと、玉虫老人が立って、まずあいさつをしました。

「このたびは、いろいろお世話になりまして、なんとお礼を申しあげてよいかわかりません。

わたしはこのとおり、身よりのない、あわれな老人ですが、みなさんのおかげで、かわいい孫を取りかえすことが出来ました。あつくお礼を申しあげます。これ、小夜子や、おまえからも、みなさんにお礼を申しあげなさい」

老人にうながされて、小夜子も食卓から立ちあがりました。

それにしても、小夜子はなんというかわりかたでしょう。鉄仮面をはめられた、あの顔色の悪い少女はどこへやら、いまの小夜子は血色もよく、照りかがやくばかりの、美しい少女になっていました。

小夜子は上気した頰《ほお》をまっ赤《か》にそめながら、

「今晩は、みなさん、よくおいでくださいました。このたびはあたしのために、皆さん、いろいろ危険な目にあわれて、ほんとうに思い出しても、ぞっとするくらいでございます。

しかし、そういうみなさんの、ご苦労のおかげで、あたしはこうして、ぶじにおじいさまのところへ帰ってくることが出来たのです。あたしはもう、こんなうれしいことはございません。心の底からみなさんに、あつくお礼を申しあげます。

今夜はほんとうになにもございませんけれど、どうぞ、ごえんりょなくおあがりください」

りっぱなあいさつでした。一同は割れんばかりに拍手《はくしゅ》をすると、それから、めいめい、ご馳走《ちそう》をぱくつきましたが、そのあいだも、一同のあいだに持ち出されるのは、こんどの事件の思い出ばなしです。

「それにしても、金田一さん、どうしてあんなにたくさんの悪者が、この燭台をねらっていたのですか」

等々力警部が食卓の中心にかざられている、黄金の燭台を見まもりながら、ふしぎそうにたずねました。

金田一耕助はにこにこしながら、

「そうですね。それでは、今夜はその話をしましょうか。こうして小夜子さんも燭台も、ぶじにご老人の手もとへかえって来たのですから」

金田一耕助はナフキンで口をふきながら、

「この燭台をねらっていた悪者には、それぞれちがった、ふたつの目的がありました。その一組はご老人の甥《おい》の猛人くんです。

猛人くんは、この燭台がほしかったわけではない。燭台についている指紋をしょうこに、小夜子さんがご老人のところへかえってくるのを、なによりもおそれたのです。小夜子さんがかえってくると、ご老人の財産を、もらいそこなうからです。そこで、なんとかしてこの燭台を、なくしてしまおうとしていたわけです」

「あの悪者めが！」

玉虫老人は、いかにも憎らしそうに、つぶやきました。

金田一耕助はうなずきながら、

「ところが、ここにもう一組、まったくちがった目的で、この燭台をねらっている悪者がありました。それが義足の倉田に、やぶにらみの恩田一味です。

ところが、いつか怪獣男爵がそのことを聞き、じぶんでわりこんできたのです。怪獣男爵はあのとおり、恐ろしいやつですから、たちまちのうちに、倉田や恩田をやっつけて、これを部下としました。

そして、じぶんでこの燭台を手にいれようとしたのですが、倉田や恩田にしてみれば、それが不平でたまらない。そこで、怪獣男爵を裏切って、警察へひきわたし、じぶんでまた首領になろうとしたのですが、それを知った怪獣男爵のために、あいついで殺されてしまったというわけです。こうして、怪獣男爵は、単独でこの燭台をねらうことになったのです」

「金田一さん、その目的というのはなんですか。猛人のばあいはその目的もよくわかりますが、怪獣男爵はどうしてあんなに執念《しゅうねん》ぶかく、この燭台をねらっていたのか……この燭台にそれほどねうちがあろうとは思えないが……」

「ところが、警部さん、この燭台はそれだけの値うちがあるのですよ」

「値うちがあるとは……?」

金田一耕助は、にこにこしながら、

「じつは今晩、それをみなさんにお目にかけようと思っていたんですがね。海野くん、ちょっとその燭台をとってくれたまえ」

海野青年が燭台をとってわたすと、金田一耕助はそれを手にとり、表面にちりばめられた紫《むらさき》ダイヤをいじっていましたが、すると、とつぜんぱちっと音がして、燭台がたてにぱっとひらいたかと思うと、ああ、なんということでしょう。

燭台の中からこぼれ落ちたのは、ダイヤ、ルビー、エメラルド。……ありとあらゆる宝石が、まっしろな食卓の上に、さんぜんとして、七色の虹《にじ》をえがいたではありませんか。

「あ、こ、これは……」

一同は思わずいきをのみます。

金田一耕助はにこにこしながら、

「ご老人、小夜子さん、警部さんも、これでなにもかもおわかりでしょう。小夜子さんのおとうさんは、イタリヤで戦争に追われて、スイスへ避難されるとき、いっさいの財産を宝石にかえて、この燭台の中へしまっておかれたのです。

小夜子さんのおかあさんは、おとうさんのあとを追うてなくなられるとき、きっとそのことをいおうと思っていられたのでしょうが、とうとう、そのひまがなくて死んでしまわれた。

だから、小夜子さんも海野さんも、ちっともこのことをご存じなかったのですが、どうしてだか……

それだけはぼくにもわかりませんが、義足の倉田や、やぶにらみの恩田がそれを知っていた。

そこで小夜子さんと海野くんが、日本へかえるのを待ちうけて、燭台をよこどりしようとしたのです」

金田一耕助はそこで小夜子のほうをふりかえり、

「さあ、小夜子さん、どうぞお受けとりください。この宝石はみんな、あなたのものですから。……」

小夜子はまるで、夢みるような目つきで、すばらしい宝石の山を見つめていましたが、金田一耕助にそういわれると、目がさめたように一同を見まわした。

それから、かるく首をよこにふると、

「いいえ、あたしはその宝石をおうけすることは出来ません」

「えっ、宝石をうけとることが出来ないとは……?」

「みなさん、お聞きください。あたしはこうして、おじいさまのところへ、かえってこられただけでも幸福なのです。ええ、とても、とても幸福なのです。なおそのうえに、そのような思いもよらぬ宝石をいただいては、きっとばちがあたるでしょう。

それに、その燭台は、海野さまや邦雄さん、金田一先生や警部さんがいらっしゃらなければ、とっくの昔に悪者にとられていたことでしょう。そこで、あたし、いま考えたのですが……」

と、そこにつつましくひかえている、妙子のほうへ目をやりながら、

「世の中には、妙子さまのようなお気のどくなかたが、たくさんいらっしゃいます。なんの身よりもない、気のどくなみなしごのかたが……あたしは、この燭台のためにはたらいてくださいました、みなさまのお名前で、そういう気のどくな人たちに、少しでもお役に立つよう、寄附《きふ》いたしたいと思います」

一同はしばらく、しーんとしずまりかえっていましたが、とつぜん、だれからともなく、われるような拍手がわきおこったのでした。

さあ、これでこの長い物語もいよいよおしまいです。なにもかも、めでたく解決がつきましたね。

しかし、ここにただひとり、あまりうれしそうでないのは金田一耕助です。金田一耕助がなぜうれしそうでないかといえば、怪獣男爵をおそれるからです。

ネズミ花火のように水のうえを走るランチ……木《こ》っ葉《ぱ》みじんとなって、空中高く吹きあげられたランチ……しかし、……しかし、どんなに捜索してみても、怪獣男爵の死体は発見されなかったのです。

しかも、それからまもなく、警視庁の留置場にとらえられていた、一寸法師《いっすんぼうし》の音丸三平も、たくみに逃げてしまったのです。

ああ、怪獣男爵は、まだどこかに生きているのではありますまいか。

そして、いつかまた、一寸法師をひきつれて、また、どこかにあらわれるのではないでしょうか……

金田一耕助はそれを思うと、安心して眠ることも出来ないのでした。

巻末資料

『大迷宮』(1952年版)あとがき

『大迷宮』(1952年版)カバーそで文

『日本少年少女名作全集14』まえがき

『少年少女名探偵金田一耕助シリーズ』まえがき

角川スニーカー文庫版解説　新井素子

『大迷宮』（一九五二年版）あとがき

「大迷宮」について

横溝正史

子どもにあたえる探偵小説というと、とかく世間の風あたりが強いようだが、私は、それはまちがいであると思う。

むろん、子どもに読ませたくないような探偵小説もあることはある。しかし、これは探偵小説以外のほかの小説だって同じことで、探偵小説だから、子どもに悪いというようなわけのものではない。

子どもにあたえる探偵小説にも、よいものと悪いものとあるわけで、よい探偵小説となると、ほかの小説よりも、もっともっと、子どもに読まれたほうがよいのではないか。

私は一カ年にわたって「大迷宮」を書いているあいだ、いつもそのことを考えないときはなかった。

子どもに、ゆめや活動力のみなもとをあたえる一方、まちがいなくものを判断する力や、ものごとをつきつめて考える才能を、すこしでも伸ばすようにというのが、この小説を書いているあいだ、私が抱きつづけた願望である。

私はこれからも、そういう方針のもとに、すこしでもよい、そしておもしろい探偵小説を書きつづけていきたいと思っている。

御愛読していただければ、たいへんしあわせだと思っている。

『大迷宮』（一九五二年版）カバーそで文

私の家が薬屋だったので、私も薬剤師になって薬局を開こうと、大阪薬学専門学校を出たのですが、子供のときから探偵小説が好きで好きでたまらなかったので、とうとう探偵小説家になってしまいました。十九の年にはじめて探偵小説を書いてから、もう三十年になりますが、「本陣《ほんじん》殺人事件」「八《や》つ墓《はか》村」「犬神家《いぬがみけ》の一族」などが評判になりました。

『日本少年少女名作全集14』まえがき

子供のための探偵小説

子供のために探偵小説を書くときには、私はいつも苦しみます。それはこういう小説が、子供たちを傷つけるのではないかというような意見を、しかつめらしい大人たちから聞くことがあるからです。しかし、私自身、じぶんの少年時代をかえりみるとき、探偵小説をむさぼり読んできたのだけれど、そのために傷ついたとは少しも思っていません。

子供たちに必要なのは夢であり、飛躍する心です。それらをすっかりうばわれた戦時中の子供たちが、どんなに不幸だったか、それらの子供たちが成人して、どんなに味気《あじけ》ない生活を送っているか。……長い人生のうちでも、いちばんみずみずしい頭と心を持つ少年時代に、夢と飛躍する心をうばうのは、そのほうがむしろ罪悪です。

そして、少年たちにもっともこころよい夢と、飛躍する心をあたえる読物としては、探偵小説をおいてほかにないと私は信じます。ただし、なんでもそうであるように、少年探偵小説にも、よい小説とわるい小説とあることはいうまでもありません。

私じしんかえりみて、いつもよい少年探偵小説ばかり書いてきたとはいえないかもしれません。私はそれらの小説を戦後出版しないことにしています。

ここにおさめた『真珠塔《しんじゅとう》』『夜光怪人《やこうかいじん》』『怪獣男爵《かいじゅうだんしゃく》』の三篇も、戦後書いたものばかりで、子供たちの冒険心や推理力、あるいは夢や飛躍する心をそそるようにつとめたが、童心を傷つけることのないように、いつも心がけてきたつもりです。

横溝正史

一九五五年一月

『少年少女名探偵金田一耕助シリーズ』まえがき

作者のことば　ミステリー好きの少年少女諸君へ

諸君はよく知っている。ミステリーのおもしろさは〝謎解《なぞと》き〟にあるということを。

どのミステリーを読んでいても、小説のはじめのほうで奇抜《きばつ》な謎が提供される。そして、その謎を解いていくのが、そのミステリーに登場する探偵である。

わたしのミステリーに登場するのは、金田《きんだ》一耕助《いちこうすけ》という、いっぷう変わった探偵さんだが、わたしは金田一探偵をズバぬけた天才だとは思っていない。ごく平凡な、いってみれば、諸君の知恵の最大公約数的人物だと思っている。

だから、金田一探偵ごとき、平凡な探偵の解ける謎なら、諸君にも解けないはずはないだろう。

このシリーズを読む読者諸君よ。ひとつ、諸君のすぐれた頭脳をはたらかせて、金田一探偵といっしょに、いや、金田一探偵にまけないように謎を解いてくれたまえ。
一九七四年　秋

横溝正史

角川スニーカー文庫版解説

新井《あらい》素子《もとこ》

一読、何だかとっても奇妙な感覚を覚えるお話である。

☆

と、今、こんな書き出しのこの文章を読んでいるあなたは、一体いくつの人なんだろうか。このお話からうける〝奇妙な感覚〟って、読者の年によってかなり違うんじゃないかなあ。

まず、あなたが、最初に作者がこのお話を書いた、昭和《しょうわ》二十三年あたりの生まれだったり、その前の生まれだったら。（あ。年号も平成《へいせい》に変わったことだし、これからどんどん、昭和何年っていうのが感覚的に判《わか》らない世代がでてくる筈《はず》だから……昭和二十三年っていうのは、１９４８年のことです。）

懐かしい。その一言に、多分、尽きるんじゃないかしら。もっとも、これは、多分に推測で書いているのだけれど。

それから、あなたが、私と同じ昭和三十五年程度の生まれだったら。（1960年ですね。）

まず、懐かしい。そーいや子供の頃《ころ》、こういう類《たぐい》のお話を、胸ときめかせて読んだものだ。

それから……一抹《いちまつ》の、混乱する気分。

懐かしいんだけど、古めかしい。私の世代の人が読んでも、このお話、十分古い処《ところ》がある。大体が、タイトルになってる『男爵』だけど、私の世代は、皇室以外で、生きて歩く貴族って人を知らないしなー。（それに、正しくは、皇室の方々は皇族であって、貴族や華族とは、ちょっと違う。）

そして、ここからが更《さら》に混乱するんだけれど、このお話、古めかしいんだけど、妙に新しいのだ。徹底して古めかしいアイテムと妙に現代的なアイテムが共存し、しかも、肝心の事件たるや……勿論《もちろん》、道具だてや舞台設定は違うけど、つい最近、よく似た事件を新聞で読んだような気がするぞ。

ついで、あなたが、私より遥《はる》かに下の世代――昭和五十年代や六十年代、下手《へた》すりゃ平成生まれだとしたら……このお話、一体どんな気分で読むんだろう？　案外、「古いなー」って気はしないかも知れない。

例えば、東京にある邸宅《ていたく》でパーティがあり、その庭に、数々の屋台や余興の芸人がでてるってのは、いささか想像しにくいだろうし（どんな家なんだそれは）、しかも、その家の裏の空き地でサーカスが興行をしているとなると、殆《ほとん》ど想像を絶する世界だと思うけど（どうしてそんなに巨大な空き地が、それもお屋敷の裏にあるんだ！）、ここまでいっちゃうと、もう、〝古い〟というより〝別世界〟って感じだもんね。

悪漢の屋敷へ踏み込むと、肝心の敵の姿は見えず、ただ、こちらの動作を的確に理解しているリアクションがある。これ、読者にしてみれば、「ああ、どこかにTVカメラでもあって覗《のぞ》いてるんだな」ってすぐに理解ができるのに、警官はまったくそれが判らず、探偵役の博士は、「この部屋に特種《とくしゅ》な集音集像装置がしかけてあって、われわれの一挙一動、一言一句、電波によって送られるんだ」なんてひどく迂遠《うえん》なことを言う。（集音集像装置！）しかも、警官が慌《あわ》てて吹くのは呼笛《よびこ》だったりする。

博士の屋敷では、お客がブザーを鳴らすと、博士は書斎でスイッチをいれる。すると、博士の机の上にたててある、四十センチ×五十センチのスクリーンに玄関先の様子が映《うつ》る、そんな描写が中に出てきて、これ、つまり、TVカメラ内蔵のインターホンだよね。インターホンって一言書けばいいものを、何だってこう仰々《ぎょうぎょう》しくまわりくどく書いているのかなって思うと、そんな博士に急を知らせるのは、何《な》故《ぜ》か電報だったりする。

……これは……もう……〝古い〟んじゃなくて、〝別世界〟じゃないかなー。いっそ開き直って、「これはパラレル・ワールドの話だ」って思った方が、理解が早いような気がする。

（えっと。念の為《ため》に書いておくとね、昭和二十年代には、TVって、普及していなかったの。普通の家にTVがない状態で、どっかの部屋にTVカメラ潜ませてそれをモニターするって、すんごい斬新《ざんしん》なアイディアだったと思う。ついでに言うと、インターホンも、なかったんじゃないかな。昭和三十年から四十年代初め、私が子供の頃《ころ》は、大抵の家は、夜と長期旅行以外ではドアに鍵《かぎ》を掛けず、インターホンもないから、子供達は、友達の家を訪ねると、勝手にがらっと玄関をあけ——殆どの玄関が、今みたいなドアじゃなくて、引き戸だった——、玄関先で大声で、「何とかちゃん、あ、そ、ぼっ！」って叫んだのである。それからえーと、電話が個人の家に完備されるようになるのは、昭和四十年代以降だと思う。）

☆

小道具だけじゃない。このお話、筋《すじ》だてはもう、笑っちゃうほど懐かしいものなのだ。

まず、オープニングが、瀬戸内海《せとないかい》の怪《あや》しい島。そこに建っている、お屋敷。聞けば、そこのお屋敷の初代当主はとても怪しい人物で……。

子供達が乗ったボートが、嵐でその島についてしまうのは、お約束。その島で監禁されてしまうのも、お約束。途中で、サーカスがでてきたり、精神病院がでてきたり、おお、見事なまでに、お約束どおりだ！

しかも。悪役の〝怪獣男爵〟が、『ゴリラにそっくりで、足がまがって、手が長くて、背中を丸くして、半ば這《は》うような恰好《かっこう》で歩く、フロック・コートを着て、黒いマントをはおり、シルクハットを被《かぶ》っている』怪人なんだから、こりゃ、もう、お約束も極まったってなもんだろう。

けれど、起きる事件は何だか妙に〝この間似たような騒ぎがあった〟って印象のものが多くて……。財産を相続する為に自分の兄を殺し、甥《おい》を誘拐《ゆうかい》する。医者を拉致《らち》監禁して治療行為をさせる。仕立屋《したてや》を拉致監禁して服を作らせる。サーカスの動物をわざと逃がして、町は大騒ぎ。ライオンなんかは目立つからすぐ殺されたけど、ワニと錦蛇《にしきへび》がなかなかつかまらず、人々は眠れぬ夜を過ごす。ペスト菌を持ったノミを東京へばらまこうとする。

そして、クライマックス、体に触れただけで死ぬ毒薬、それも伝染性がある奴《やつ》(えーと、被害者の死体に触ると、触った人も死ぬ訳《わけ》ね)を、花火にいれてうちあげようとするのだ。

……これ……極めて最近、サリンをばらまいたどこかの誰《だれ》かと……やっていることは、殆ど同じじゃないのか?

☆

作者は、多分、〝荒唐無稽《こうとうむけい》〟な犯罪として、このお話を書いたのだと思う。作者のお話には比較的多い、土着《どちゃく》的な情念だとか、血の復讐《ふくしゅう》とか、そういう、重たいものじゃなくて、あくまで、判りやすい悪人、極悪非道《ごくあくひどう》を絵に描いたような悪人として、このゴリラ男爵を作ったんじゃないだろうか。何たって、最初と最後、〝金目当てに肉親を殺す〟、〝無差別大量殺人を試みる〟って、どこからも文句のつけようのない極悪非道だもの。

けれど。

ここ数年、そういう極悪非道をさらっとやってしまうケースが……何かあるような気がするんだよね。最近なんか、保険金目当てに、実の子供や実の親を殺しちゃう事件も珍しくないし。(私が子供の頃は、親が子供を金目当てで殺すだなんて、まったく考えられなかった。)

そう思うと、このお話、とても現代的だっていうか、全然中身は古くなっていないような気がするし……そして。

〝荒唐無稽〟な〝極悪非道〟がわりとある社会に住んでいる私達って……何かとっても怖《こわ》くなってきた……。

『怪獣男爵』(一九九五年)所収

編者解説

日下三蔵《くさかさんぞう》

柏書房で刊行してきた『横溝正史《よこみぞせいし》ミステリ短篇コレクション』（全6巻）、『由利《ゆり》・三津木《みつぎ》探偵小説集成』（全4巻）に続く横溝正史シリーズとして、『横溝正史少年小説コレクション』（全7巻）をお届けできることになった。

角川文庫旧シリーズの横溝作品は一九七一（昭和四十六）年の『八《や》つ墓村《はかむら》』から八五年の『風船魔人・黄金魔人』まで八十九冊に及び、そのうちの十六冊が少年物に充《あ》てられていたが、現在はいずれも入手困難である。大量の横溝作品を手軽に読めるようにしてくれたという点で、角川文庫の功績は非常に大きかったが、一方で国民的ともいえる横溝ブームを背景にした大量出版の弊《へい》で校訂の面では不満の残る本も多い。特に少年ものでは、いわゆる「差別語」の改変のみならず、探偵役のキャラクターを金《きん》田一耕助《だいちこうすけ》に書き換えてしまっているものもあり、オリジナルのテキストからは程遠いと言わざるを得ない状況であった。

そこで今回のシリーズでは基本的に初刊本（角川文庫で初めて本になった作品については初出誌）に準じた形で校訂を行い、挿絵《さしえ》についても可能な限り再録を試みた。これによって横溝正史の少年向けミステリは、ようやく本来の形を取り戻したと言っても、決して過言ではないと思う。構成は概《おおむ》ね登場する探偵別とし、第1巻と第2巻には金田一耕助もの、第3巻には由利先生もの、第4巻から第6巻には三津木俊助《しゅんすけ》もの、第7巻にはノン・シリーズ作品を、それぞれ収めた。

第1巻の本書には、『怪獣男爵』『大迷宮』『黄金の指紋』の三長篇を収めた。敵役《かたきやく》として異形《いぎょう》のキャラクター怪獣男爵が登場する三部作である。

『怪獣男爵』は一九四八（昭和二十三）年十一月に偕成社から書下しの単行本として刊行された。横溝正史は「新青年」編集長となって兼業作家としても活動を開始した一九二七（昭和二）年から新作の発表がいったん途切れる直前の六一年まで、一貫して少年向けの作品を発表しているが、『怪獣男爵』は少年ものとしては戦後初めての作品である。出版社からの依頼を受けて、疎開《そかい》先の岡山県で執筆された。

この作品には金田一耕助は登場せず、小山田《おやまだ》博士が探偵役を務めているが、戦後に産み出された名探偵である金田一は、『怪獣男爵』執筆時点では、まだ四六年連載の『本陣《ほんじん》殺人事件』と四七～四八年連載の『獄門島』、中・短篇では「蝙蝠《こうもり》と蛞蝓《なめくじ》」「黒猫亭事件」「殺人鬼」「黒蘭姫《くろらんひめ》」にしか登場しておらず、江戸川乱歩《えどがわらんぽ》の明智小五郎《あけちこごろう》のように少年もので活躍するほどの知名度はないと判断されたのだろう。

この作品の刊行履歴は、以下の通り。

怪獣男爵	48年11月	偕成社
怪獣男爵	50年11月	偕成社
真珠塔・夜光怪人・怪獣男爵	55年1月	河出書房（日本少年少女名作全集14）
怪獣男爵	68年3月	偕成社（ジュニア探偵小説3）
怪獣男爵	76年3月	朝日ソノラマ（ソノラマ文庫）
怪獣男爵	78年12月	角川書店（角川文庫）
怪獣男爵	95年12月	角川書店（角川スニーカー文庫）

児童書は重版であっても版数を表記しないケースが多く、書誌的には出るたびに新版扱いとせざるを

得ない。偕成社版は、確認できただけで五一年版、五八年版、七一年版があることが分かっているが、煩雑《はんざつ》になるのでリストからは省いた。

本書には初刊本から伊藤幾久造《いとうきくぞう》氏によるイラスト十葉を再録した。河出書房「日本少年少女名作全集」は表題の三長篇に「黒薔薇《くろばら》荘の秘密」「謎《なぞ》のルビー」「怪盗どくろ指紋」の三短篇を併録。著者によるまえがき「子供のための探偵小説」が付されていたので、本書にも巻末資料として収めた。

角川文庫は七八年から少年ものも出し始め、十二月には『怪獣男爵』『夜光怪人』『黄金の指紋』『仮面城』の四冊を一挙に刊行している。その際の帯には「横溝正史文庫4000万部突破！　帰って来た金田一耕助」と書かれていたが、『怪獣男爵』には金田一耕助は登場していない。いい加減といえばいい加減だが、大らかな時代だったということだろう。もっとも、金田一ものでお馴染《なじ》みの等々力《とどろき》警部は登場しているので、続篇で怪獣男爵と金田一耕助が対決する布石《ふせき》は打たれていたのである。

なお、角川文庫の横溝作品の背表紙には、通常は黒地に緑色でタイトルと著者名が入っているが、少年ものはタイトルが黄色になっているので、ひと目で判別することが出来る。「人形佐七《さしち》捕物帳」シリーズの三冊はタイトルが赤字。少年ものでは十六冊のうち末期に出た『怪盗Ｘ・Ｙ・Ｚ』のみタイトルが緑であった。担当者が法則を認識していなかったのだろうか。

『怪獣男爵』
偕成社（48年版）表紙

『日本少年少女名作全集14』
河出書房　函

『怪獣男爵』
偕成社（68年版）カバー

『怪獣男爵』
ソノラマ文庫版カバー

『怪獣男爵』
角川文庫版カバー

『怪獣男爵』
スニーカー文庫版カバー

角川書店は九五（平成七）年の十二月に若者向けのレーベル角川スニーカー文庫から、七冊の横溝ジュブナイルを一挙に復刊している。横溝作品のコミカライズを多く担当してきたマンガ家のＪＥＴさんがカバー画と本文イラストを描き、ライトノベルのジャンルで活躍していた七人の女性作家が各巻に解説を寄せている。連動して少女マンガ誌「ミステリーＤＸ」に特集記事が掲載されており、主に若い女性読者をターゲットにした復刊であったことがうかがえる。

ラインナップは『怪獣男爵』『夜光怪人』『蠟面《ろうめん》博士』『まぼろしの怪人』『真珠塔・獣人魔島』『幽霊鉄仮面』『青髪鬼《せいはつき》』で、本書には『怪獣男爵』の新井《あらい》素子《もとこ》さんによる解説を再録させていただいた。

『大迷宮』は講談社の児童向け月刊誌「少年クラブ」に五一（昭和二十六）年一月号から十二月号まで、一月増刊号を含めた十三回にわたって連載され、五二年一月に講談社から単行本として刊行された。

この作品から小山田博士に代わって金田一耕助が怪獣男爵と対決するが、『怪獣男爵』の後に『夜《よる》歩く』『八つ墓村』『犬神《いぬがみ》家の一族』を書いて、自作を代表する名探偵としてのポジションを確立したと見なされたのだろう。

連載に先立つ前年十二月号には、次のような予告が掲載されていた。

作者のことば　事件があやしくみだれ、わけがわからなくなることを、迷宮にはいるといいます。しかし、ここにいう大迷宮とは、そういういみでなく、ほんとうに、なぞと怪奇のみちみちた、一大迷宮が出てくるのです。
　大迷宮とはなにか？　どのような怪奇な、なぞがひめられているのか、しょくんよ、ひとつ作者といっしょに、その神秘をといていこうではありませんか。

この号には三津木俊助ものの短篇「孔雀扇《くじゃくおうぎ》の秘密」（論創ミステリ叢書《そうしょ》『横溝正史探偵小説選２』所収）が掲載されているほか、「１９５１年の少年クラブで活躍される先生がた」というグラビアページにも登場している。写真に添えられたキャプションは、「待望の大探偵小説「大迷宮」いよいよ登場。作者は、横溝正史先生」であった。
この作品の刊行履歴は、以下の通り。

大迷宮　52年１月　大日本雄弁会講談社（少年少女評判読物選集３）
大迷宮　55年５月　偕成社
大迷宮　68年４月　偕成社（ジュニア探偵小説５）
大迷宮　75年３月　朝日ソノラマ（少年少女名探偵金田一耕助シリーズ８）
大迷宮　76年４月　講談社（少年倶楽部文庫）
大迷宮　79年６月　角川書店（角川文庫）
大迷宮　06年１月　ポプラ社（ポプラポケット文庫／名探偵金田一耕助２）

「少年クラブ」グラビアより

『大迷宮』
大日本雄弁会講談社版カバーA

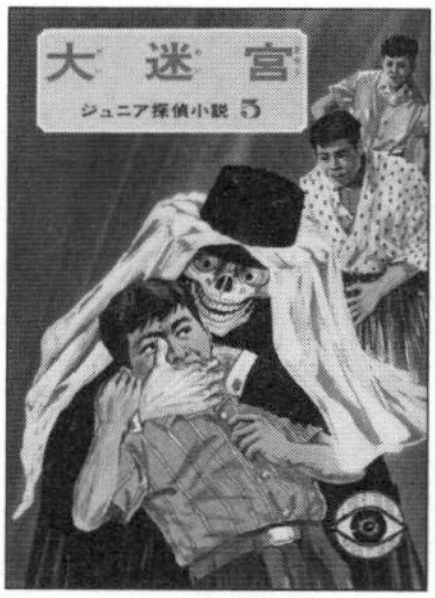

『大迷宮』
偕成社（68年版）カバー

『大迷宮』
大日本雄弁会講談社版カバーB

『大迷宮』
偕成社（55年版）カバー

偕成社からは五九年版も出ている。本書には初刊本から富永謙太《とみながけんた》郎《ろう》氏によるイラスト十二葉を再録した。初刊本にはカバーそでに著者によるコメント、巻末にあとがき「『大迷宮』について」が付されているので、本書にも巻末資料として収めた。

　朝日ソノラマの「少年少女名探偵金田一耕助シリーズ」は、その名の通り横溝正史の少年向けミステリをまとめた全十巻の単行本シリーズであった。

1　仮面城
2　黄金の指紋
3　八つ墓村（山村正夫《やまむらまさお》による同名作品のリライト）
4　三本指の男（中島河太《なかじまかわた》郎《ろう》による『本陣殺人事件』のリライト）
5　蠟面博士
6　夜光怪人

7　獄門島（山村正夫による同名作品のリライト）
8　大迷宮
9　女王蜂（中島河太郎による同名作品のリライト）
10　洞窟《どうくつ》の魔女（山村正夫による『不《ふ》死蝶《しちょう》』のリライト）

このシリーズには全巻共通のまえがき「作者のことば　ミステリー好きの少年少女諸君へ」が付されているので、本書にも巻末資料として収めた。ただし、末尾の年と季節のみ変更があり、第四巻までは一九七四年秋、第五巻以降は一九七五年春になっている。

ご覧の通り、十巻中半数の五巻が一般向け作品をジュニア向けに書き直したリライトだが、元々が少年ものだった残りの五冊にも、山村正夫氏によって文章に細かい改変が加えられている。特にオリジナルでは三津木俊助ものだった『蠟面博士』と由利先生ものだった『夜光怪人』は、探偵役が金田一耕助に変えられてしまっており、そのままソノラマ文庫と角川文庫に収められているため、長らく元

『大迷宮』
朝日ソノラマ版カバー

『大迷宮』
少年倶楽部文庫版カバー

『大迷宮』
角川文庫版カバー

『大迷宮』
ポプラポケット文庫版カバー

の形で読むことは出来なかった。先ほど、今回のシリーズで横溝正史の少年向けミステリが「ようやく本来の形を取り戻した」と書いたのは、このためである。

なお、現在では、この改変を暴挙と見るファンもいるようだが、当時の横溝正史ブームは実質的には金田一耕助ブームとほぼ同義であったので、読者のニーズに配慮した措置《そち》であったことは間違いないだろう。

話を『大迷宮』に戻すと、朝日ソノラマ単行本と角川文庫が山村改変版（テキストは異なる。つまり山村正夫は『大迷宮』を二度リライトしている）だったのに対して、講談社の少年倶楽部文庫版は初出誌、ポプラ社の新書判叢書ポプラポケット文庫は初刊本を底本にしているため、文章はオリジナルに近い。ただ、少年倶楽部文庫版では途中の一回分（第九回）を飛ばしてしまっており、ポプラポケット文庫版もいわゆる差別語が細かく書き換えられている。

『黄金の指紋』は文京出版の児童向け月刊誌「少年少女譚海《たんかい》」に五一（昭和二十六）年六月号から五二年八月号まで『皇帝の燭台《しょくだい》』のタイトルで連載され、五三年一月に偕成社から『黄金の指紋』と改題して刊行された。

五〇年にロマンス社の児童向け月刊誌「少年世界」に掲載されて中絶した『皇帝の燭台』を改めて書き直したもので、原型バージョンは本シリーズでは第四巻に収録予定。

連載に先立つ五月号には、次のような予告が掲載されていた。

【作者のことば】

少年諸君は探偵小説がすきである。

探偵小説の謎秘密、怪奇、冒険、それから名探偵の示す推理などが少年諸君のもっている大きな夢や、好奇心にぴったりするからであろう。

それだけに、少年諸君に読んでもらう探偵小説はむつかしい。うっかりすると、少年諸君を悪いみちへさそいこむかも知れないからだ。

私の探偵小説は、そんなことのないように、出来るだけ気をつけるつもりだ。謎や、怪奇や、冒険や、それこそ、手にあせにぎるようなハラハラする場面のなかにも、少年諸君に何が正しいか、何が正しくないかということを、知ってもらいたいと思いつつ、この小説を書きつづけるつもりである。

傑作を書きたいと思う。

御愛読下さい。


【本文の一節】


「あっ、あなた、どうしました」

邦雄君がちかよって抱きおこしてみると、青年紳士の胸はべっとりと血でそまっていました。青年紳士は苦しげな息の下から、

「あ、君、ぼくはもうだめだ。悪者にピストルでうたれて……これを……、東京のこの家まで届けてくれたまえ…」

青年紳士にわたされたものは、高さ十二三センチたてよこ六センチぐらいの長方体のモロッコ皮のケースでした。

ああ、このケースのなかには、いったい何が入っているのでしょう。

そして邦雄は、これからどんな怪事件にまきこまれていくのだろうか？


「本文の一節」は初回で主人公が謎の箱を託《たく》されるシーンの抜粋《ばっすい》だが、実際の本文のままではなく、予

告のために別途書かれた文章になっている。
　この作品の刊行履歴は、以下の通り。

黄金の指紋　53年1月　偕成社
黄金の指紋　55年4月　偕成社
黄金の指紋　68年7月　偕成社（ジュニア探偵小説10）
黄金の指紋　74年11月　朝日ソノラマ（少年少女名探偵金田一耕助シリーズ2）
黄金の指紋　76年8月　朝日ソノラマ（ソノラマ文庫）
黄金の指紋　78年12月　角川書店（角川文庫）

　偕成社からは五八年版も出ている。本書には初刊本から成瀬《なるせ》一富《かずとみ》（のち数富）氏によるイラスト十三葉を再録した。この作品も七四年の朝日ソノラマ単行本で山村正夫による改変が行われ、同じテキストがソノラマ文庫と角川文庫に収められた。

『黄金の指紋』
偕成社（53年版）カバー

『黄金の指紋』
偕成社（68年版）カバー

『黄金の指紋』
朝日ソノラマ版カバー

『黄金の指紋』
ソノラマ文庫版カバー

『黄金の指紋』
角川文庫版カバー

ソノラマ文庫と角川文庫が広く流布《るふ》しただけに、ほとんどの作品で六〇年代以前の偕成社版まで遡《さかのぼ》らなければオリジナルの文章が読めないことは、熱心な横溝ファンの間でも、あまり知られていなかったように思う。そして、読もうとしても、そんなに古い児童書は図書館にも古書店にも滅多《めった》になく、稀《まれ》に古書店に出ても万単位の古書価がついているため、現代の読者が横溝正史のジュブナイル・ミステリをオリジナルのテキストで揃《そろ》えるのは困難を極める。

今回のシリーズも決して安価な本ではないが、それでも全巻揃えても児童書の古書価一冊分に相当するかしないかの金額で、未刊行作品を含めた児童書二十冊分以上の作品が読めるようになるはずである。横溝作品を愛し、探偵小説を愛し、少年少女小説を愛する皆さまのご愛読をお願いする次第であります。

本稿の執筆及び本シリーズの編集に当たっては、横溝正史の蔵書が寄贈された世田谷文学館に多大なご協力をいただきました。また、弥生美術館、綱川洋子氏、芦辺《あしべ》拓《たく》氏、黒田明氏に貴重な資料や情報をご提供いただいた他、創元《そうげん》推理倶楽部分科会が発行した研究同人誌「定本　金田一耕助の世界《資料編》」の少年もの書誌を参考にさせていただきました。記して感謝いたします。

本選集の底本には初刊本を用い、旧字・旧かなのものは新字・新かなに改めました。なお、山村正夫氏編集・構成を経て初刊となった作品および単行本未収録作品については初出誌を底本としました。明らかな誤植と思われるものは改め、ルビは編集部にて適宜振ってあります。今日の人権意識に照らして不当・不適切と思われる語句・表現については、作品の時代的背景と価値とに鑑み、そのままとしました。

横溝正史《よこみぞせいし》少年小説《しょうねんしょうせつ》コレクション1

怪《かい》獣《じゅう》男《だん》爵《しゃく》

二〇二一年七月五日　第一刷発行

著　者　横溝正史《よこみぞせいし》

編　者　日下三蔵《くさかさんぞう》

発行者　富澤凡子

発行所　柏書房株式会社
東京都文京区本郷二‐一五‐一三（〒一一三‐〇〇三三）
電話（〇三）三八三〇‐一八九一［営業］
（〇三）三八三〇‐一八九四［編集］

装　丁　芦澤泰偉

装　画　深井国

組　版　株式会社キャップス

印　刷　壮光舎印刷株式会社

製　本　株式会社ブックアート

ISBN978-4-7601-5384-8